U0906328

作者简介

王光荣　彝族，广西那坡人。1967年7月毕业于中南民族学院（今中南民族大学）中文系。曾任中学教员，那坡县文工团负责人，县人大办、县委党史办秘书，县志办主任。1985年自那坡县政府机关调入广西师范学院工作，为该院研究员、教授，民族民间文化研究所所长，硕士导师。2011年8月退休后，任邕江大学教授、广西师范学院师园学院中文系主任。兼任中国民俗学会、民间文艺家协会理事，中国西南民族学会常务理事，广西民俗学会会长，第五届广西民间文艺协会副主席。15岁开始涉足民族文化领域。截至2011年12月，出版《彝族歌谣探微》等12部独著和《民族民间文学原理》等15部合编合著，发表学术论文120篇，文学作品64件，出版和发表文稿共420万字。

历史文化研究丛书

歌谣的多学科研究

GeYao De DuoXueKe YanJiu

王光荣 著

图书在版编目（CIP）数据

歌谣的多学科研究/王光荣著．—北京：中国书籍出版社，2012.11

ISBN 978-7-5068-3252-6

Ⅰ.①歌…　Ⅱ.①王…　Ⅲ.①民间歌谣—文学研究—中国　Ⅳ.①I207.7

中国版本图书馆CIP数据核字（2012）第264794号

责任编辑/ 杜乃建
责任印制/ 孙马飞　张智勇
封面设计/ 中联华文
出版发行/ 中国书籍出版社
地　址：北京市丰台区三路居路97号（邮编：100073）
电　话：（010）52257143（总编室）　（010）52257153（发行部）
电子邮箱：chinabp@vip.sina.com
经　销/ 全国新华书店
印　刷/ 北京彩虹伟业印刷有限公司
开　本/ 710毫米×1000毫米　1/16
印　张/ 26
字　数/ 468千字
版　次/ 2015年9月第1版第2次印刷
书　号/ ISBN 978-7-5068-3252-6
定　价/ 95.00元

版权所有　翻印必究

窗体底部(自　序)

我们伟大的祖国是个拥有56个民族的大家庭,各民族歌谣源远流长,多姿多彩。无论是汉民族还是各少数民族乃至各族的不同支系,不同方言区的人们,都有各自在内容和形式上区别于别的民族、别的支系和别的方言区的歌谣。各种歌谣反映社会生活真实、迅速而广泛,几乎包括社会生活的各方各面,表现了人民的思想感情,记载着人民的历史。正如高尔基所说:"如果不了解劳动人民的口头创作,就不可能了解劳动人民的真正历史。"也正如民俗学家吴同瑞、王文宝、段宝林所说的,民间歌谣具有"心灵的火花,立体的文学,多样的体式,广泛的内容"的特点(《中国俗文学概论》)。

生活中时时处处有歌谣。特别是在漫长的旧中国,歌谣同神话、传说、故事以及其他民间文学样式一样,作为劳动的伴侣、斗争的武器、自我教育的教材和社交娱乐的工具,广泛作用于社会生活的方方面面。

歌谣,多半是劳动人民在从事生产活动中创作出来的艺术品。它从"前呼邪许,后亦应之"的初级文学形态,发展成为有音有词的呼号式劳动歌,是先民集体进行艰巨、沉重的劳动而呼喊、歌唱的心声。它除了有振奋精神,减轻疲劳的作用外,更主要的是用以统一动作,集中力量,大大地提高了劳动的效率。如广西的壮、彝、苗、瑶、侗、水等民族的人们有互相帮助修建房屋的习惯。房屋的柱子很大,立柱需要很多人,有的拉缆,有的撑竿,习惯在天亮时点起火把立柱。为了协同动作,统一行动,拉缆、撑竿、扶柱时,众人同声高唱《立柱歌》(名称不一,内容大同小异)。其中有许多"咳呀哈"、"嗨罗嗨"之类的衬音,实际上是统一和协调劳动动作的号令。依照鲁迅的说法,这号令本身就是一种歌谣,即是一种文学,是人类最早的艺术形态。

呼号式的劳动歌进一步发展,就有了抒情歌曲。它主要不在协调动作,而在调节精神,消除烦闷,减轻疲劳,让劳动成为一种享受。如畲族的《采棉歌》唱道:“双手采棉心里爱,亲栽棉桃蒲蒲开(盛开貌),左边采来右边转,采棉歌儿阵阵来。”朝鲜族的《织布的福姬》唱道:“卡达卡达,卡达卡达,福姬唱着歌儿织布欢——白天织的是日光绸,晚间织的是月光缎……织出我们自己穿的花绸,织出打扮我们生活的彩缎;福姬心中有源源不断的动力,越织越有劲,越织心越欢。”鲁迅说:诗歌源于劳动后的休息。这是因为诗歌句短而热情,在劳动中能起协调动作和振奋精神的作用。

在我国55个少数民族中,除维吾尔、藏、蒙古、哈萨克、回、朝鲜、彝、纳西、傣等民族外,大多数民族原先就没有文字,或没有用本民族文字写作的历史。各民族歌谣,对本民族的历史,大都靠口耳相传来保存下来。侗族叙述民族历史的歌,有《祖源歌》、《侗族祖先哪里来》、《祖公上河》等。苗族有《神母狗父》、《跋山涉水》等。瑶族有《盘王的传说》。白族有《氏族的来源》。哈尼族有《哈尼族祖先过江来》。著名的三大史诗——藏族的《格萨尔》、柯尔克孜族的《玛纳斯》、蒙古族的《江格尔》,以及壮族的《莫一大王》、《岑逊王》、《侬智高》等,虽然不能说它们就是历史,却可以从中窥见某些历史的脚印,认识历史的某一个侧面,故俗话说:“老的不讲古,小的失了谱。”“谱”,在民间就相当于历史。其次是进行品德教育。恩格斯在《德国民间故事书》一文中说:“民间故事还有这样的使命:同圣经一样,培养他的道德感。使他认清自己的权利,自己的自由,激起他的勇气,唤起他对祖国的爱。”

歌谣自古以来,具有社交和娱乐的作用。《诗经》一书,在春秋时代就成为各国聘问宴席吟诵的范本。各少数民族中,至今还有各种社交往来的礼仪歌。如壮族人到别家作客,一进村就要唱赞歌,赞美主人家的村寨,赞美主人家的家园;广西彝族在年、节和各种喜庆的日子,大小酒宴席间,都要由在场的长老领唱酒歌,叙说主人的家谱和喜酒的缘由,赞美家主的为人、品德和能耐。许多民族在人生礼仪的每一个环节都以歌相伴,生日就唱《祝寿歌》,是婚嫁就唱贺婚嫁的歌,是丧葬,就念唱《开路经》、《送魂词》和《离堂歌》等。其他民俗活动,如建房、迁居、入宅志禧,也都伴有各种各样的歌谣。壮族民歌中说:“哪座春山没鸟叫,哪条河流水不生波,有口都该把歌唱,人不唱歌活着做什么?”因此,人人能唱歌,人人爱唱歌。在少数民族地区,无论是聚餐还是平时社交,常常以歌代言,以歌问答,而且是随兴即唱,见什么就唱什么。因为唱歌是训练和表现一个人的聪明才智的好机会,故在社交场合,便非唱不可。蒙古族对牲畜繁殖、新蒙古包建成、娶亲嫁女、婴儿诞生等喜庆之事,也都要唱赞歌。他们自夸祝词之多,“像草原蠕动的羊群”,赞词之美,“像秋夜灿烂的星空”。蒙古人昔日以马为主要交通工具,广袤的草原,无马不行,对马尤其珍视。社交中免不了要赞马。赞马奔驰之速道:"刚掖下后襟,就驰过了十重山岭;刚掖下前襟,就跨过了七座山峰。比出弦的飞箭还快,比飞翔的鹰还猛。"由马本身,连带对马镫、马鞍、套马杆等都有歌赞。

过去少数民族居住的地方,交通闭塞,居住分散,很少有文化生活。人们一天辛苦劳动结束之后,为了解除疲劳,便坐在火塘边、树荫下,以民歌和故事的形式,讲述过去,憧憬未来,既传授知识,又是一种娱乐。这些娱乐活动,各民族自有其特点。如赫哲人在猎场、网滩或乡村土筑的茅屋里,听民间歌手说唱"伊玛堪"。水族有"开塘"习俗,本来是办丧事,却当成喜事来办,以歌声冲淡悲凉气氛。丧家"开塘",亲友们都要送礼物,按风俗,最上等的礼物不是钱财,而是文艺节目。"开塘"的一天一夜里,丧家的里里外外,就像举行文艺晚会一样,吹笙,歌舞,花灯,唢呐,各显身手,人鬼皆娱。

广西那坡彝族跳弓节期间,无论是本民族师公"腊摩"(亦称"毕摩")吟唱的各种祭经,还是众人所唱的各类长歌、短歌,都充满着生活哲理、道德观念和社交礼仪风范,人们听后,无不深受教育和熏陶。

改革开放以来,随着经济建设的发展和旅游事业的兴旺,民间歌谣在促进经济建设方面,发挥着特殊的作用。政府和企业团体利用歌谣和其他相关的活动,为经济生产服务。特别是少数民族地区,有计划、有组织地举办艺术歌节,招徕各地商家财团,建立各种贸易关系,提高当地企业生产的经济效益,增加当地各种服务行业的财政收入。广西南宁市国际民歌艺术节自从1999年至今,连续举办了五届,伴随之而来的当地与国内外商家贸易成交额一届比一届高,外地商家在当地投资的数量一届比一届增大。类似南宁国际民歌艺术节这样的以民间歌谣大唱为主要内容的民俗文化活动,在祖国的东西南北、城市乡村,比比皆是。不言而喻,歌谣在这些民俗文化活动中,起了十分重要的桥梁作用,为各地经济大发展做了很好的铺垫。事实证明,歌谣在当今的经济建设中,有实实在在的、不可低估的特殊作用。这也正是我们今天提出要加强歌谣的研究,充分发挥歌谣(其他样式的民间文学亦然)作用的一个最主要原因。

对于歌谣的研究,古已有之。从孔夫子及其弟子广泛采集和编纂各国"国风"(当时对民歌的称呼)并编纂我国第一部民歌总集(也是第一部诗歌总集)《诗经》以来,各个朝代都有官方学者或民间艺人搜集、整理和研究民间歌谣,而且收集的数量一代比一代多,研究得一代比一代更加深入、细致,成果也一代比一代更加突出。尤其是20世纪80年代以来,歌谣研究的专著、论文源源不断地问世。乍一看,似乎没有多大继续研究的必要,专著更是不必要再出版。其实不然:一是人类社会生活瞬时万变,新的歌谣不断地产生;二是以往包括古代和现当代所产生的歌谣数量宏富，谁也不敢说已经搜集完全，缺乏了研究对象；三是不同人有不同的眼光，亦有不同的角度，大有挖掘和研究的空间和余地；四是本人从事《歌谣艺术》(原为《歌谣学》)课程近20年的教学，每届授课，都发觉不少新的切入点可以深入探讨。本书一方面是在前人研究的基础上，继续对歌谣基本常识的探索；另一方面，注重于我国少数民族和国外一些主要民族歌谣实例的分析。对汉族歌谣，主要是分析那些表现形式和音律比较特殊的歌谣。总体上，注意宏观与微观结合，进行多侧面、多角度的研究。

在撰文过程中，摘引了不少专家学者已发表的文字。这些文字，绝大多数地方都已作了注释和说明，少部分地方一时顾及不到，敬请作者多多包涵。而无论是说明或注明与否，我都从心底里表示衷心感谢，并诚挚希望各位专家、作者见书后继续多加指教。

著者

目 录
CONTENTS

第一章

绪　论

当今世界上有各种各样的文学。从地域上说，有“中国文学”、“外国文学”、“东方文学”、“西方文学”、“欧亚文学”、“北欧文学”、“南非文学”、“北美文学”……。从时代而言，有“远古文学”、“古代文学”、“近代文学”、“现代文学”、“当代文学”、“新时期文学”。按作者、读者身份说，有“作家文学”、“民间文学”、“俗文学”、“通俗文学”……。按服务对象而言，有“大众文学”、“民众文学”、“工农文学”、“士兵文学”。若按民族成份而言，就有“汉民族文学”、“少数民族文学”、“××民族文学”，还有“韵文”、“散文”等。然而，这个文学那个文学，其源头只有一个，就是本书浅析的对象——歌谣。她是最早的文学形态，也是最早的艺术形态之一。

歌谣，亦称民间歌谣，是民歌与民谣的合称。就中国而言，自孔子生前时代甚至更早一些时候，到当今社会主义新时期，无数文化志士从不同的角度，用不同的方法和手段，搜集、整理和研究民间歌谣，成果不计其数。本人多年从事歌谣的研究和教学，亦有不少的感受和体会，特将这些感受和体会融合于前人研究成果，再作些微观性的探索。

第一节　歌谣的界说

中国幅员辽阔，民族众多，不仅具有悠久的历史，而且具有优秀的文化传统，尤其是各民族的民间歌谣源远流长，丰富多彩，是祖国光辉灿烂文化的一个重要组成部分，在中国乃至整个人类文化、文学史上，占有重要的地位。

“界说”一词含义比较广泛，旧时指定义，后词义扩大，泛指称谓、定义、概念及其有关的内容，比“定义”或“概念”的范围都要宽泛。《马氏文通·正名》载：“凡立言，先正所用之名以定命义之所在者，曰界说。”“界之云者，所以限其义所止，使无越畔也。"①说得具体一点，"称谓"主要指事物的名称和叫法，属外表性的东西，而"定义"或"概念"则是就事物的本质特征而言，属内在的东西。

(一)歌谣的称谓

"歌谣"一词英文名字为 Folk - song 和 Ballad。前者意为"民众所作的歌"；后者为"跳舞的歌"。这个 Ballad 是从古法文 Belier(跳舞)一词演变过来的，原意为歌舞队进行合节拍表演时所唱的歌，后来变形为 Ballad，成为法国一种古老诗体的专有名词。Ballad 的原义主要是指抒情短歌及"韵文的故事"。18 世纪以后，才专指"抒情、叙事的短歌"。

就我们目前理解的情况看，前者 Folk - song 与我们现在所用的歌谣(口唱及合乐的歌)之说法较为吻合，也比较切合歌谣所表达的实际内容。

在我国，民间歌谣的称谓因时、因地、因人、因民族，以及因形式特点而异，其名目繁多，难以计数。古籍里就有多种不同的说法。《诗经》把歌谣统称为"风"，诸如"十五国风"，即十五国歌谣，"卫风"即卫国歌谣；《乐府诗集》引梁元帝《纂要》里又有各种称法："齐歌曰讴，吴歌曰歈，楚歌曰艳，浮歌曰哇"。前三种是因地异称，后一种是以声之轻重得名。《国语・楚语》注："浮，轻也。"因为这种歌调子轻靡，故称为"浮"。又因当地的方言，这种浮歌被称为"哇"。②

至于"谣"，除上述与"歌"连称外，还有许多带有附属成分的称法。《后汉书》称谣为"风谣"、"谣言"(注：这里的"谣言"不是当今所讲的造谣之谣言，而是指吟唱的歌词)，《晋书》称为"民谣"，《南史》叫"百姓谣"，《旧唐书目录》称为"谣辞"，《明季北略》称"口谣"等。此外，以朝代定名称的有"尧时谣"、"周时谣"、"秦时谣"、"汉时谣"等；以地区地方定名的有"长安谣"、"京师谣"、"王府谣"、"都郡谣"、"二郡谣"、"天下谣"等；以人为标题的还有"民谣"、"童谣"、"儿谣"、"小儿谣"、"婴儿谣"、"女谣"等。

归纳起来，歌谣歌谣，包括"歌"和"谣"两个部分。那么，什么叫"歌"？什么叫"谣"？《毛诗故训传》言："合乐曰歌，徒歌曰谣"；《韩诗章句》说："有章曲曰歌，无章曲曰谣"，用现代话说就是有伴奏，有乐曲的叫歌，无伴奏、无乐曲即徒歌者称谣。

由于汉语各方言的差异和各少数民族语言的差别，如今在广大人民群众生活中，对自己所熟悉的歌谣，还一直保留着许多传统的亲昵称呼。如汉族地区的"山歌"、"山曲"、"野曲"、"家曲"、"酿曲"、"花儿"、"少年"、"宴席曲"、"信

① 见《辞海》缩印本，第 1676 页。

② 见《乐府诗集》卷 1，第 8 页，南宋郭茂倩编。

天游”、“爬山歌”、“号子”、“秧歌”、“盘歌”、“对歌”(对子歌)、“猜调”、“哭嫁歌”、“丧歌”、“夯歌”、“赶五句”、“串号子”、“×送”、“×绣”,等等。少数民族对歌谣的统称和别称更是五花八门,不可胜数。甚至同一个民族地区,同是一个县、一个乡,叫法也各异,如壮族的“欢”、“诗”、“比”、“加”、“喃”、“叹”、“吟”、“衣”、“弹”等等,都是对歌谣的不同称呼。其中“欢”又有五言欢,五三五言欢、七言欢、七三七言欢、长短言排欢、勒脚欢等等。其他民族歌谣,较有代表的称呼有藏族的“鲁”、“谐”,蒙古族的“好来宝”,水族的“双歌”,苗族的“飞歌”,侗族的“大歌”,瑶族的“香哩歌”、“石牌话”,土家族的“打闹歌”,布依族的“浪哨歌”,还有彝族的“尔比”、“克哲”、“梅葛”、“阿妹开”、“腊美”……这些不同名称和叫法,在各族民间已成为习惯,它们往往是以当地(或本民族)歌谣的体例、风格、内容、及作用等为依据,予以命名。虽然仅仅只通行于一定地域,但在总体上,都属与歌谣同类。

追溯歌谣各种称呼的来源对于我们了解当地歌谣的面貌,加强搜集工作,进行歌谣的综合分类和比较研究,都有极大的帮助。

(二)歌谣的定义

歌谣的定义,即如前所述,与“概念”一样,是歌谣内涵比较确切的说明,属内在的成分。

中国歌谣的定义,向来比较难以确定:一是合乐与徒歌难分;二是劳动人民口头创作的民间歌谣与作家诗人创作的诗歌,二者的界限也不一定那么分明。《诗经》所录的乐歌,就有上述的两种作品(民间歌谣与个人诗歌)的混淆;《乐府诗集》更是上述两种作品混杂而存在。

古人对歌谣的解释多从字义入手。《尚书·舜典》云:“歌永言”。永,同“咏”,意为朗诵,合句意思为朗诵对白的话。《毛诗正义》云,“歌之,谓引声长咏之”。《毛诗大序》云:“诗者,志之所之也。在心为志,发言为诗。情动于中,而形于言。”这里的“志”指的是思想、意识、志向等,“所”可解为“表达”二字。又云:“言之不足,故嗟叹之;嗟叹之不足,故永歌之;永歌之不足,不知手之舞之足之蹈之也。”“不知”当“不自觉”解,说明歌谣的自发性。宋人朱熹《诗集传序》:“风者,多出于里巷歌谣,男女相与歌咏,各言其情也。”上述古人所云之意,可归纳为:歌谣是一种语言艺术,是用来表达思想感情的言语。

至于外国名人,对歌谣又有一些别的解说,但其宗旨也与我国上述说法相同或相近。英国吉特生(Trank Kidson)在《英国民歌论》里说:“民歌是一种歌曲,生于民间,为民所用以表现情绪,或为抒情的叙述者。”

据近代民俗学家劳依舍尔说:“民歌是一种民间能咏唱的歌;以内容论,又以语言的及音乐的形式论，它合乎最广的地域之情感生活，想象生活；并且不被人视为私有的东西，又带了典型的姿态，至少有十年之久，经过人口传的。”①

“五四”运动前后，在新文化运动热潮的推动下，中国无数个歌谣学的奠基人和先驱者，在歌谣学研究的许多领域进行了开创性的探索，北大《歌谣》周刊专门展开了关于“歌谣是什么”等问题的讨论，使学术界对歌谣的性质、定义的认识大大地迈进了一步，对以后的研究起到了积极的影响。当时发表文章较多的是周作人等。

周作人（1885～1968，浙江绍兴人，五四时期任北大教授，新中国成立后曾任政协全国委员）继承了英国人吉特生所下的定义，指出歌谣“是民族文学的基础”，是民众“表达民族心声”的韵文作品，它的性质“是原始文学遗迹，也是现代民众文学的一部分”，“民歌的最强烈，最有价值的特色是它的真挚和诚信”。② 当时北大主持《歌谣》周刊的教授们，把一向被鄙视为不登大雅之类的民间歌谣，誉为反映“民族心声”的珍贵材料，这是歌谣研究史上的一大进步。他们的论述，当时虽然未形成一个完整的体系，但也初具轮廓，他们的观点，既受到西方民歌理论的影响，也体现了“五四”前后歌谣运动追求民主、科学的倾向。

中国共产党十一届三中全会以来，随着采风运动的深入，我国歌谣研究者对民间歌谣本质的考察与认识，愈来愈全面、深刻。钟敬文主编、数十名专家教授参撰的高校文科教材《民间文学概论》，对歌谣下的定义是比较全面、确切和简明的概念：

民间歌谣是劳动人民集体的口头诗歌创作，是民间文学中可以歌唱和吟诵的韵文。它具有特殊的节奏、音韵、叠句和曲调等形式特征，并以短小的篇幅和抒情的性质，与史诗、民间叙事抒情长诗和其他韵文样式相区别。

著名学者杨堃在《民族学概论》中也有类似的提法：“民间歌谣是可以歌唱和吟诵的一种韵文形式的民间文学。它一般比较短小，且带有抒情的性质。”乌丙安教授在他的《民间文学概论》中强调了一点：“民间歌谣是广大人民的生活、思想感情在富有音乐性的语言形式中的真实反映。”

概而论之，歌谣是民间文学中，可以歌唱和吟诵的韵文作品，是反映民众生活，表达民众思想感情的诗歌形式。她是劳动人民的一种中头创作，是劳动人民歌唱的文学，是劳动人民美妙的心声。有特殊的节奏、韵律和曲调等。广义

① 见李长之：《略谈德国民歌》，载《歌谣》周刊第2卷36期。

② 见《中国民歌的价值》。转引自吴超刊授讲义《歌谣学概论》第11页。

歌谣包括各种长歌(史诗、抒情、叙事长歌)和所有的短歌。狭义歌谣则指短小的民歌、民谣、儿歌、童谣。

不言而喻,民歌有着民间文学所具有的基本特征——诸如口头性、集体性、变异性、承传性和立体性等,但是它同一般的民间文学作品如神话、传说、故事不同。即神话、传说和故事是散文作品,而歌谣是韵文作品,其形式上最大的特点——有特殊的节奏、韵律、曲调、声律,而且是随时可以配曲唱之。

(三)歌谣与乐舞谚语的关系

按今人的理解,一般认为可以唱的为歌,光说不唱的叫“谣”。有时也以“民歌”作为“歌”与“谣”的总称。

古代的歌谣与乐曲、舞蹈、谚语有密切的关系。

1. 歌谣与音乐的关系

根据朱自清《中国歌谣》讲义中所说的,歌谣是原始的诗,而古代的诗、乐、舞三位一体,结合得很紧密,它们最初的形成,都受节奏的影响,往往同时产生,分不出先后。若干个时代以后才逐渐分家,独立门户,就是分了家,它们之间仍然有血缘关系。如今一些少数民族地区,我们还能看到这种三位一体的现象,特别是那些即兴随唱的民歌,词和曲多是一起迸发出来的。当然也有用旧调填新词的。作为歌,受到音乐的制约,有比较稳定的曲式结构,所以歌词也有与之相应的章法和结构;而谣,大都没有固定的曲调,“唱法”自由,近于朗诵,所以谣词多为较短的一段体,章句格式要求没有那么严格。

2. 歌谣与舞蹈的关系

“歌舞”一词常常联用,关系一直十分密切。

“谣”字最初作“缶”,从“缶”(音“否”),“缶”是乡下农民用的小口大肚水缸,即瓦器。《诗经·陈风·宛丘》有“击缶为节以歌舞”句。可见,“谣”的最初义是舞,“击缶为节”必是且歌且舞。①)就是这种歌舞结合的例子。

3. 歌谣与谚语关系

歌谣与谚语的关系也非常密切。我国古代许多学者“谣”、“谚”不分。如《国语·越语》说:“谚,俗之善谣也。”对“谚”的解释也多与“谣”相近。只是谚语是民间的格言,有较强的劝诫性,语言比较凝炼;谣,是劳动人民对当时社会现实的直接反映,是劳动人民“感于哀乐,缘事而发”的高度概括,有较强的讽喻性,语言比较自由。当然,谣谚之间的区别不是绝对的,有时它们之间可以互相转化。如“八字衙门朝南开,有理无钱莫进来”,既是民谚,又可作为短谣。

---

① 吴超刊授讲义:《歌谣学概论》,第3页。

第二节 歌谣的内容与形式

歌谣是劳动人民的心声。在民间,诗、歌、舞常常融为一体,至今仍是众多民族日常生活中的一种娱乐形式。"饥者歌其食,劳者歌其事"。诗歌起源于劳动,早就有"邪许歌"的记载。然而歌谣的价值,何止在于娱乐方式!从笔者参加编纂的《中国歌谣集成广西卷》所辑入的歌谣看,各族歌谣不仅内容丰富,题材广泛,而且体裁多样,形式韵律多彩多姿。

(一)内容与题材

歌谣的内容与题材,由时代、社会、历史、环境以及人与人之间的关系、道德、伦理、斗争、生息等等决定。古今中外,民间歌谣的内容和题材,从繁重的劳动生产到日常的人生礼仪,从上古时代的神话传说到当今世界的现实生活,可谓无所不唱,无所不包。①

反映各族人民创造物质财富的生产劳动,是歌谣的一大内容。劳动创造了人,劳动也创造了文艺。种田种地要出力,这就需要有人组织、指挥。组织指挥者不是一般的空泛呐喊,而是用歌谣作指挥信号,从而使大家同心合力,这是劳动人民创作劳动歌的功利性之所在。由于它是在劳动中产生,所以具有劳动时强烈的节奏和鲜明的集体性。如广西龙胜各族的《开山歌》和融安县壮、汉、瑶杂居处的《打锣挖地》。就是由劳动组织者以锣声为信号与节奏,一边呼唱、一边劳动,从开工到收工的每个环节,均服从指挥信号,使劳动时体现出齐心协力的热烈气氛。有的劳动歌谣则是在劳动中一人呼唱,众人应和,用以协调动作,求得最佳效果。如《打硪歌》、《推艇歌》、《榨油歌》、《拉山歌》等等,都属于这类内容的歌谣。人们在生产劳动中不光出力,同时也在开动脑筋不断地探索,从中找出规律,这时,歌谣便成为总结劳动生产经验和传授生产知识的最好传播工具。如"正月不恋鞋和袜,先把刀斧快快磨……四月光阴贵如金,争分夺秒莫错过,牛背犁耙马背鞍,犁田耙地不停脚……"(侗族《十二月歌》)。一年四季种田的一些规律,就这样反映了出来。劳动歌的内容,还有不少是表现劳动者的心态的,如"夏天时节晴似火,耕田耙地汗淋漓。有饭有肉咽不下,馊粥酸菜倒好吃"(壮族《农家四季歌》),抒唱了劳动者的艰辛。"戽斗沉甸甸,田水哗哗

① 见《中国歌谣集成广西卷》序第2页,中国社会科学出版社1992年7月版。

流，禾苗张嘴开脸笑，欢天喜地望丰收”（壮族《戽水谣》），是劳动者对丰收的热切期望。“八月跟来九月天，田峒稻谷应开镰……每人眉展成八字，吃稀吃稠任你选”（壮族《丰收谣》），是丰收的喜悦。彝族的《担子歌》为挑担上山下地的人赋予一种强劲的鼓动力量。还有《拉木歌》（侗族）中抒发劳动的豪情，《打鱼歌》（壮族）中的自慰等等。总之，人民在劳动中的酸甜苦辣、喜怒哀乐，都在歌谣中得到充分的表现。用歌谣组织生产、记叙规律和表达心态，这是劳动歌的直接功能。有时候，一首歌谣同时兼有了这几个方面的功能，如扛担号子中，领唱者与众人一呼一应：“来哟！碰哟！膊头痛哟！鬼叫你穷哟！”（汉族）这里既是协调动作的需要，也是搬运工人穷困潦倒、被迫出卖苦力的痛苦心声和无奈悲叹。劳动歌是劳动者自己创作的口碑文学，因此，它具有浓郁而强烈的人民性。

反映各族人民千百年来的生活和斗争，是民间歌谣的第二大内容。随着历史的推进，人类从无阶级社会进入充满矛盾斗争的、血与火的阶级社会。在漫长的社会历史中，各族人民深受统治阶级的压迫和剥削，在有些地方，残酷的土司统治制度一直延及二十世纪二十年代，那是一种极其野蛮的统治制度。因而在各民族的生活歌谣中，倾诉苦情的歌谣分量相当重，如长工苦歌、征兵歌、鳏寡歌、孤儿歌、童养媳苦歌等等，几乎俯拾即见。各民族的生活歌谣直接表达了自己的立场和爱憎，对痛苦与反抗赋于同情和支持，对统治阶级的残酷与暴虐给予无情的揭露和抨击。如广西壮族的《嘹歌·唱离乱》，产生于四百多年前明王朝的黑暗统治时期。那时，壮族、瑶族农民深受地主土司的重压，走投无路，于是揭竿而起，赶走土官，占据衙门，但终因受到重兵镇压而失败。在这斗争和反抗的过程中，各地州官土司出于兼并地盘扩充势力的目的，纷纷征兵征夫，强迫民众参与“平乱”，人们被迫背井离乡，妻离子散。《嘹歌·唱离乱》以一对男女青年悲欢离合的故事为线索，采用男女对歌的形式，唱出了“三年离别三年苦”的悲惨情景，唱出了“皇帝心不正”、“官逼歌做贼”的正义的呼声，抒发了时代之情，人民心声情。哪里有压迫，哪里就有反抗。当地各族人民具有光荣的革命斗争传统，从汉建武16年（公元40年）在今属合浦县一带壮汉人民的武装斗争，到十九世纪中叶的太平天国农民起义；从黑旗军守边御敌的反帝国主义侵略斗争，到中国共产党领导下的新民主主义革命、抗日战争、解放战争，革命的烽火连绵不断，反映这类题材的歌谣十分丰富，有像《民国管天下》（壮族）这样揭露国民党反动派反动统治的歌；有《上等之人欠我钱》（汉族）这样唤起民众的歌；有《东兰有个韦拨群》（壮族）这样赞颂革命英雄的歌；有《四面农军齐出动》（壮族）这样欢呼胜利的歌；还有对斗争进行总结反思的歌。1728年西林县发生灾荒,各族人民在如今的八达乡举行起义,但很快失败。其中,清王朝的残酷镇压和叛徒出卖是一个原因,自己的准备不足,也是一个原因。反映这场斗争的歌不仅唱出了“丙年练兵马,猴年大发师”那样的声势,还唱出了“粮弩未备齐,出师太匆忙”的教训。这字字句句来自斗争实践,来自人民的内心,没有半点虚假。

中华人民共和国成立后,广西各族人民用发自心底的歌,歌唱中国共产党,歌唱社会主义的新中国,歌唱幸福的新生活。“哪里有花哪里香,哪里有风哪里凉,哪里有了共产党,哪里人间胜天堂”。过去的歌总是和着血泪的歌,新中国诞生后,民歌不断伴随着甜蜜的笑声。这是广西歌谣的新篇,是社会主义的民间文学。人们喜爱真善美,厌弃假恶丑。在生活歌谣中,还包括众多的劝世歌。如劝告世人尊老爱幼的《劝教顺》(壮族),告诫摒弃各类恶习的《戒赌歌》(汉族)、《戒嫖歌》(汉族)、《传扬歌》(壮族)等等。在旧社会,欠、嫖、赌是社会上的三大毒瘤。民歌都对这些丑恶现象,进行强烈的批判、遣责,对世人忠言劝告。“劝人在世莫吹烟,骨瘦如柴不安然”,“为人在世色莫贪,正犯阎王第一关”,“劝人在世莫赌钱,输光钱银坏心田”。这类歌谣都属于人们进行伦理道德教育的媒介,也是劳动人民做人规范的传世之歌。

反映各族人民在长期的生产和生活中形成的风俗礼仪,也是民间歌谣的一大内容。在广西,各族人民常常以歌代言,在各种风俗礼仪中更是如此。在婚嫁、丧葬、建房等民间风俗中,都有一系列(一整套)的歌谣,它表现了或喜悦或悲哀的情感。就是在平时的交往中,歌谣和礼仪也总相伴不离。在许多地方,人们到外村或别家去作客时,都要唱歌赞山、赞水、赞村、赞人,主人也要以歌迎客,自谦自责。这样以歌代言,以歌致礼,从而,把双方懂道理、讲礼貌的品质淋漓尽致地表达出来了,体现了一个民族的文明与文化修养。于是,人们更加团结,更加亲密。如果抽掉这些歌谣,似乎人间马上回到荒蛮愚昧的年代,无礼仪可言。因此,广西的歌谣在民俗中占据着十分重要的地位,它是各民族口头文学中的歌谣独具的特色。各民族的风俗礼仪歌,大体可分五类:一是生辰诞寿;二是成人礼俗;三是婚嫁礼仪;四是丧葬仪式;五是日常生活中的其他风俗仪式。婚嫁的礼仪分得很细,从登门求亲、讨八字、定亲、出嫁、迎亲到回门,都有一定的仪式。如出嫁时,有伴娘哭嫁、新娘哭嫁;准备出门时的梳头、离房间、下楼梯、上轿等都有一套礼仪,而每一仪式,都伴有相应的歌。丧葬仪式也是如此,从接到噩耗、入殓到出殡,都有严密的礼仪,而每种仪式进行时,都有相应的歌。除了婚嫁、丧葬这两大系统的仪式外,日常生产和生活中的各种礼仪风俗,相当繁多,如建房屋,有从奠基到上梁落成的一整套的仪式,亲朋之间的迎来送往中,又自有迎送的礼俗。广西十二个民族及各地区的礼俗,有相同之处,但又各具独特的形式。因此,通过广西的仪式歌谣;我们可以发现各民族的多彩的风俗以及灿烂各异的传统文化风貌。它对研究一个民族的社会历史、心理特征、审美情趣等等,都很有参考价值。以文学价值而言,这类歌谣,感情浓郁真切,突出了人情世故,因此,代代相传,永不衰竭。

歌谣中,情歌是海中之海,无边无际,情深意远。“竹篙打水浪飞飞,我俩结交不用媒。哥有情来妹有意,唱支山歌带妹回”(壮族)。这首情歌虽然有艺术上的夸张,但男女青年通过唱歌交流感情,说情说爱,直至唱定终身,是人们爱情婚姻生活的一大特点。在现实生活中,通过唱歌而互相认识,建立感情,乃至珠联璧合、百年偕老者,不乏其人。情歌,贯穿着恋爱婚姻的全过程。男女青年萍水相逢后,由小心翼翼的试探,发展到真心实意的赞慕;从难舍难分的离别,到喜出望外的重逢,直至“生不离来死不离,我俩生死永相依,哥死与妹同坟墓,墓上开花枝对枝”;“不服死,不服死,死到棺材不服埋,死在棺材十八夜,想到情哥又活来”(汉族)。要死要活的热恋、海誓山盟的结交定情,无不以歌为媒。更有趣的是,唱情歌还不仅仅是谈情说爱,在一些民族的祭祀活动中,常夹唱情歌,如广西毛南族和彝族的一些庆典活动就是这样。这显然不是在谈爱,而是在娱神乐神。广西彝族葬礼仪式上念诵的《开路经》就有两章专门咏唱情歌。原本不会唱情歌的人念诵一两次《开路经》后初步学会了情歌,并能以歌谈情谈爱。在歌圩中,男女青年唱歌选对象、谈恋爱,是很普遍的,而很多结了婚的,有了小孩的,甚至是中老年的异性朋友,也在歌圩上对唱情歌,当然也属一种娱乐活动。有时不是在赶歌圩,而是探亲访友,朋友之间、主客之间也有唱唱情歌的,这实际是借歌交谈的一种社会活动。至于有时在田野上劳动,相互之间对唱一两排或者“自斟自饮”、“自产自销”,那便是消遣自娱了。

古歌、史诗及历史传说故事歌,是歌谣中的又一组成部分。各族人民群众中间,自古以来就流传着许多优美动人的神话、故事、传说。其中,有不少是用歌谣来唱叙的。很多有价值的神话传说也赖以保存。这类歌谣大体可归纳为四部分。第一部分是反映上古时代神话的创世古歌。这类创世古歌,与各民族历史上信仰的原始宗教有关,这些歌谣,如壮族的《布洛陀》、瑶族的《密洛陀》、侗族的《人源歌》等。第二部分是根据现实生活的典型,加以综合概括提炼而成的故事歌,如壮族的《妲媳》、汉族的《舜儿》、侗族的《娘梅歌》等。第三部分是人物风物传说歌,如壮族的《歌仙刘三姐》等。第四部分是对一些真实历史事件、人物进行唱述和评论,如唱述太平天国农民起义的歌谣等等。

儿歌、童谣是歌谣的又一种内容和题材。这类歌谣,有的是娱乐性的,它力求顺口，对儿童学习语言、了解自然和社会却有巨大的作用。也有的则对现实教育有直接意义，如“来来来，快快快，大家来拾马蹄菜，捡来喂大猪，大猪肥得快”（壮族儿歌《捡猪菜》）。有的是反映儿童美好童心的：“山风起，我不怕，大雨来，我不愁，我撑竹排江中游。随波流，下柳州，到柳州，卖茶油，卖了茶油买黄牛。骑黄牛，天下走，到天边，摘北斗。我摘北斗当灯笼，千年万代不用油”（侗族儿歌《摘北斗》）。

（二）形式和韵律

歌谣的形式多种多样。从演唱的角度上看，可以分为三大类：一是“歌”，一是“谣”，一是介于“歌”和“谣”之间的“诵词”。“歌”有相对固定的曲调和韵律，“谣”则只有一些不太严格的韵律，没有曲调。“诵词”既不象“歌”那样按照曲调和韵律进行演唱，也不象“谣”那样可以随口念来，而是用一定的腔调来吟诵，同时带有较强烈的感情色彩和抑扬顿挫、轻重缓急的节奏。“歌”绝大部分是徒口演唱的，少部分用乐器伴奏，如侗族的琵琶歌用琵琶伴奏，苗族、瑶族的一些歌用芦笙伴奏。

广西壮族的“歌”，分为散歌、勒脚歌、组歌、排歌、叙事长歌五类。散歌，每首句数不多，每句字数较少，意思却很完整，可以独立成章，韵律较严。大量的散歌是五言四句或七言三句、四句、六句、八句，较长的散歌有十二句的，但超过十二句的不多。勒脚歌，是壮族、毛南族很有特色的歌谣。有八行勒脚、十二行勒脚、十八行勒脚三种，其主要特点是句子反复回唱。

组歌，几首或十几首短歌连在一起，表达一个完整的意思，每唱就是一组，否则意思不完整。如劳动歌里的《十二月田歌》、《农家四季歌》，生活歌里的《十样美酒歌》，情歌中的《十二绣花鞋》等。组歌一般是传统性的，有较稳定的结构和内容，长的组歌可达二十四首一组。

排歌，是一种自由体抒情歌，每首的句数可多可少，每句的字数也不受限制，而且，凡对某一方面的抒情，都有很多首歌，俗话说是“欢排”，即一排排的歌之意。有的排歌，在演唱过程中，还可以根据自己的感情，适当发挥，增减字句，韵律也较自由。排歌特色最浓郁的要数壮族歌谣中的情歌，如“哥哥，花开在崖上，花开朵朵香。谁吹竹笛声悠扬？谁吹木叶声声脆，惊动阿妹半夜起，唤醒阿妹出梦乡？……哥呵，妹象蝴蝶刚学飞，飞得不像样。妹是小鸡才成长，不曾飞过墙，妹拿花纹新剪刀，无人教裁新衣裳，妹无父母教唱歌，一句都难唱。”这样优美抒情的歌，可以与一些新诗中的情诗相媲美而流传于世。

叙事长歌，每一首句数较多，但这是指一般情况，也有一些歌并不很长，有的甚至比某些排歌还短，它的主要特点在于叙事，并夹以一定的抒情和对所叙事件的简短评论。叙事长歌多见于古歌和历史故事传说歌。

歌谣有多姿多彩的表现形式和独特的艺术风格。就全国而言,有各种各样的句子、结构、手法和声律。以壮族为例,现已查明确定的形式就有五言四句、六句、八句的,七言二句、三句、四句、六句、八句、十二句的,还有七言中夹着五言句或五言中夹着三言句的“吊脚”歌(又称嵌脚歌)、勒脚歌等三十多种。勒脚歌虽然是句子的反复重叠,却丝毫没有使人产生罗嗦重复的感觉。相反,由于复唱的句子在与新句子组成新歌节时,保持了主题、形象和韵律的高度统一和和谐,使歌谣的意境和感情产生了螺旋式的升华。壮族三大悲歌《特华之歌》、《达稳之歌》和《达备之歌》都是用勒脚歌艺术形式来表现的,缠绵悱恻,一咏三叹,层层加深和强化了艺术感染的特殊效果。仫佬族的每一类歌式都有严密的格律,有固定的句式、字数和曲调,什么场合适用什么歌式,唱什么曲调都有讲究,演唱起来得心应手,运用自如,使自己的感情得到酣畅淋漓的表达。在广西各民族中,现发现独具特色的歌式已经很多,但还有不少有待挖掘。如扶绥县发现的壮族《加吊激情对唱歌》,每节六句,分两段,每段三句,为七五七言结构。其中的五言句称为“加吊”,内容上既起到两个七言句之间的传承过渡的作用,又是深化感情的楔子。更奇的是,这首歌男女对唱,先男后女,各轮一节。女方唱的每一节,一、四句的头一个字与男方唱的一、四句的头一字相同,表现形式十分新颖。侗族的歌谣分琵琶歌、耶歌(俗称“多耶”)、款词、酒歌等几大类,各具特色。琵琶歌用琵琶伴奏,句子可长可短,活泼自同,抒情优美。耶歌则伴以舞蹈,人们边舞边唱,有领有随,一呼百应,声势浩大,场面壮观,气氛热烈。瑶族的歌谣形式更多,仅古典词曲结构式的就有七种,俗称七任曲。

歌谣的音韵除少部分押自由韵或只押调不押韵的以外,绝大部分都有严格的韵律,其中,主要用腰脚韵、头脚韵(又称顶头韵)、环链韵、脚韵四种。腰脚韵:主要在壮族歌谣中运用,而侗、水、毛南、仫佬等民族亦属壮侗语族,故也有这种押韵方式。这种押韵的特点是,在一首歌中,既要押脚韵,又要押腰韵。例如五言四句歌,要求第一句的末字(脚)与第二句中间(腰)的某个字(这个字可以是第二或第三第四个,一般是词意已相对完整,唱的时候可稍作停顿或拖腔的)押韵。第二句的末字与第三句的末字押韵。第三句的末字又要与第四句中间的某个字押韵。这种韵律,在五言八句歌、七言四句歌、嵌句歌中也有运用。头脚韵:主要特点是上句末字与下句的头一个字押韵,壮族歌谣多表现在五言四句和七言二句、三句、四句的歌式中。环链韵:这种韵律主要表现在京族的六、八言歌式中。六、八言歌式结构为每两句作一单元,上句六言、下句八言,每首或四句、八句,或连若干单元为长篇。每一单元内,上句末字(即第六字)与下句第六字押腰韵的,称为“六六腰韵”;上一单元的下句末字(即第八字)与下一单元上句的末字(即第六句)押脚韵,称“八六脚韵”,如环链般接连下去。脚韵:是广西各族民歌较普遍的韵律,其押韵规律与汉族文学中的七言律诗的押韵方式相类似,有一二三四句全押脚韵的,有一二四句押脚韵的,还有只在偶句押脚韵的。相对于“歌”而言,广西的“谣”数量较少,而且,多是童谣。“谣”的韵律比较自由,有韵律的多为脚韵或腰韵。“诵词”的数量虽然无法与“歌”相比,却比“谣”丰富。瑶族的“石牌话”、“彩语”、“细声歌”,苗族的“竖岩词”,侗族的“款词”等,都属于此类。“诵词”的韵律也比较自由,但很注重音调上的错落有致,吟诵起来抑扬顿挫,琅琅上口。

我国华东地区的吴歌,东北地区的“萨满调”、“赞达仁”、“伊玛堪”和西北地区的“爬山歌”、“信天游”、“花儿”与“少年”等,均具有不同形式特点和风格的歌谣。

在韵律方面,值得一提的是,歌谣中的衬词。民间歌谣衬词很多,它在歌谣中的作用一般是补助语气,促进情意的延伸,增加美感的流向。广西歌谣中的衬词,不少歌谣还兼有对内容的适时、适度、贴切的补充。“尼罗”歌、“尼雅辽”歌(壮族)中的“尼罗”、“尼雅辽”是“好”“很好”的意思。“哪里有了共产党,尼罗,哪里人间胜天堂”,双重功能显而易见。“吊格歌”(壮族)中的“金银”、“娇娥”包含对对方赞美、美称之意,也起到定韵、定调的作用。“香哩”歌(瑶族)中的“香哩”也是对对方的美称,起到音韵美感的艺术效果。彝族歌谣中的“呐吧”含有感谢的意思,而“腊梅”则是对对方的良好祝愿。

第三节　歌谣在文学史上的地位和作用

鲁迅曾说:民间文学(包括民间歌谣)往往给衰颓文风以清新的活力。歌谣是各种文学的源头、鼻祖,是历代诗人的乳娘、母亲。并非俗话所说的“打鱼人说鱼肉好吃,养羊人说羊肉补身子。”而是有事实根据。在所有的文学形式中,歌谣产生得最早(几乎是与语言同时产生),影响也最深,各种文学形式都在歌谣基础上发展起来。有人说“民间歌谣的历史要比专业诗人创作的历史长十倍、百倍”。笔者认为还不止这十倍、百倍,应该更长一些。因为歌谣的产生是在人类出现之初期,而专业诗人创作是在文字广泛使用以后,此两段时间为二百多万年与数千年之差距。中国文字史上,诗歌的源头在民间。① 许多作家,注意向民间歌谣学习,取得了很大的成绩。屈原、李白、杜甫、陶潜等,都是在不同程度上吸取民间歌谣的养料后,创作出不朽的诗篇。现当代的作家、诗人就更不必多言,李季的《王贵与李香香》,就是其中的优秀代表。这首长篇叙事诗,大胆采用了民间传统的艺术形式,表现和歌颂工农兵群众的前赴后继的革命斗争和翻身解放的新生活,为革命诗歌形式的发展提供了成功的经验。毛泽东同志生前一再提醒我们的作家、诗人要向民歌学习,要在民歌和古典诗歌的基础上发展新诗,对发展我国新诗起了很大的促进作用。诗人们在向民歌学习的过程中,取得了很好的成绩。新中国诞生以后,特别五六十年代,各地曾兴起了广阔的搜集民歌、学习民歌的热潮,诗人黄勇刹和韦其麟就是其中突出的例子。他们的大量诗作,都是在民间歌谣或民间叙事文学的影响下,创作而成。

从中国的诗歌史上,由广大人民创作的民间歌谣,与诗人个人创作的诗歌,有着十分密切的关系。

一是中国古典诗歌的主要形式几乎都是从民间歌谣形式中首先创作出来的。现存的古体诗歌四言诗、五言诗、七言诗、楚辞诗、词与曲等等诗歌体式开始都是民间歌谣,后来才为作家所采用。唐代是我国诗歌黄金时代,当时诗歌的形式民间早有存在,诗人们采用它来抒发自己的思想感情,表达自己的思想倾向。其他朝代产生的具有固定形式的诗歌更是如此。顺便说一句,我国新诗中由国外引进的"十四行诗"和"楼梯诗"的诗体也是由意大利和俄罗斯等国的民歌体脱胎而出的。就是目前世界盛行的"迪斯科",也是从拉丁美洲的民歌舞发展起来的,最初是歌谣,后与舞结合。

二是中国古代民间歌谣对后代诗人创作发生过深远的影响。如《诗经·国风》、汉魏乐府民歌的南北朝民歌等,都是我国诗歌史上第一流作品,有的成为典范之作。《诗经》,我国第一部诗歌总集。

三是中国文学史上的历次创作高潮都和民间歌谣有深刻的渊源关系。楚辞同国风,建安文学同两汉乐府,唐代诗歌同六朝歌谣,元代杂剧同五代以来的词曲,都存在这种关系。

四是凡卓有成就的伟大诗人,几乎都向民间文学(特别是民间歌谣)进行过认真学习。如屈原、曹植、李白、杜甫、白居易直到黄遵宪,都向民歌汲取了丰富的营养。在现代诗歌史上,不仅写民歌体的诗人李季、田间、阮章竞、张志民、戈壁舟等学习民歌,而且写自由体的艾青、公刘及写楼梯诗的郭小川、贺敬之等杰

① 吴同瑞、王文宝、段宝林编:《中国俗文学概论》,北京大学出版社 1997 年版。

出诗人，也都受过民歌的哺育。甚至写自由体诗的郭沫若也从大量民歌中吸收营养。

上述事实表明，在诗歌创作和研究中，歌谣不可忽视。

第四节 本书的宗旨和概要

歌谣的采集和研究，在中国已有几千年的历史。无数先辈于不同时代，从不同角度研究中国歌谣的方方面面。较早从事歌谣研究，并有突出成就的当属朱自清和郑振铎。早在20世纪20年代，他们就在大学分别开设讲授《歌谣》、《中国俗文学史》课程，对中国民间歌谣的起源、发展、类别、艺术特点等专题作了一一剖析。在现当代，有不少研究歌谣的专家、学者蜚声文坛。华东的天鹰，北方的吴超、王文宝、段宝林及已故的张紫晨，南方的过伟及已故的黄勇刹，西北的王克文、韩燕如、郭超，西南的杨知勇，等等，在歌谣研究史上成果累累，贡献巨大。段宝林和过伟对歌谣的研究，不仅深入于全国50多个民族歌谣艺术、格律（他们称之为“诗律”），而且申延到国外重点民族相关的内容和题材。他们主编的《民间诗律》、《中外民间诗律》和《古今民间诗律》三部巨著中，收编了李赋宁、江枫等近20名著名学者研究英、法、德、日本等10多个国家民间歌谣的文章。本书则在前人研究成果的基础上，结合自己采集涉猎印象，进一步梳理中国歌谣起源和发展的脉络，探索中国歌谣的社会功能与价值，阐明歌谣学与各其他各学科的关系，分析歌谣思想内容特色和艺术形式，特别是剖析一些特殊形式的歌谣表现手法，补充鲜为人知的实例，以充实祖国民族文化的宝库。在阐述论证过程中，理论上主要参考和引用上述专家、学者相关成果的观点、说法，实例上主要采用本人常接触的少数民族歌谣例子，让广大读者与笔者一起共同分享中华各族民间歌谣之美感和魅力。

全书绪论一章对民间歌谣的称谓和定义等略作解说。接着对民间歌谣自产生以来所展示的思想内容和艺术形式作总的介绍，让广大读者粗略领会本专题研究的价值和意义，也初步感受民间歌谣的魅力。第二至七章大致分析民间歌谣产生、发展、类别及存在过程中，与内外各种因素的关联、效应，意在说明民间歌谣是人类社会生活不可缺少的重要组成部分。第八至十二章主要阐述民间歌谣结构、章法、句式、音律、表现手法等一些形式技巧方面的东西。第十三至十六章叙述汉族几个不同地区（不同方言区）、不同形式的民间歌谣概貌，包括台湾本岛汉族两种不同方言民间歌谣和民间谚语的一些风格、特色。十七、十八两章对中国的儿歌和中国民间歌谣盛会及其演变情况，作些微观地论述，亦进一步印证民间歌谣正在发展之中。最后两章为摘引江枫等几位学者研究外国歌谣的文章。

为了让读者也从这本书了解国际民间歌谣的一些概貌，感受到民间歌谣不仅在中国各民族文化生活中有强大的吸引力，而且在世界各国各族中，也同样具有深沉的魅力，从段宝林、过伟、刘琦主编的《中外民间诗律》（北京大学出版社 1991 年版）中引入几篇研究外国民间歌谣的论文，作为后几章的内容。所选文章虽然文字不多，却有一定的代表性，读者可以通过它们管窥世界五大洲具有代表性民族歌谣的一些特点和概貌。

第二章

悠悠长河:歌谣的起源与发展

无论在中国或在世界各国,歌谣的生命力极强。在漫长的历史长河中,歌谣不时呈现绚丽斑斓,多彩多姿的巨幅画卷。研究这些歌谣产生和发展的历史,对发展我国本土文化艺术,有着深刻的意义和不可估量的价值。在国际上,可以从民间歌谣的研究入手,深入探索各型各类文化的盘根错节状况,促进各国文化交流。然而,要全面研究歌谣产生和发展的历史,建立一个科学、完备的歌谣体系,则非本书之所及,因而只能根据前人提供的资料和个人采风的感受,赋之于自己的一些意识和观点,作概略性的阐述。

第一节　歌谣产生的几种观点

歌谣的起源有诸多的说法,以下列举国内外一些主要的观点。

一、源于劳动之说

歌谣源于劳动,这是主要的观点。

歌谣的萌芽,是艺术的开端,有人说她是人类历史上第一次不自觉的创作。鲁迅先生在《门外文谈》中,曾做过通俗和生动的说明:"我们的祖先的原始人,原是连话也不会说的,为了共同劳作,必须发表意见,才渐渐地练出复杂的声音来。假如那时大家抬木头,都觉得吃力了,却想不到发表,其中有一个叫道'杭育杭育',那么,这就是创作;大家也要佩服,应用的,这就等于出版;倘若用什么记号留存了下来,这就是文学;他当然就是作家,也是文学家,是'杭育杭育'派。"鲁迅在这里以幽默的笔调,描绘了原始"文学家"的创作过程。他所讲的"杭育杭育派"显然是针对三十年代文艺中的某些脱离大众,脱离实际的超现实的文学派别而言。但是,他把原始人语言的产生和劳动呼声——歌谣萌芽过程,描绘得十分具体。由于共同的劳动，练出了复杂的声音，产生了劳动呼声，这实际上就是唱出了最初的劳动之歌，它为原始歌谣创作迈出了可贵的第一步。鲁迅这段话是对歌谣来自劳动的最具体而又最概括的说明。

在人类历史上，第一批民间歌谣就是劳动歌，即劳动中产生、反映劳动者感情、情趣之歌。这种初期的原始劳动歌密切地配合劳动动作，常常是劳动不可分割的一部分。汉代刘安《淮南子·道应篇》云："今夫举大木者，前呼邪许，后亦应之，此举重动力之歌也。"这是汉代人通过当时举木之声，谈到劳动之歌，其情景与原始劳动的产生相似，都是劳动中的自然呼声。如今许多地区众人体力劳动的场面，仍然存在这种情景，只是如今所呼喊的内容比过去（远古时代）丰富得多，文明得多。

原始歌谣（主要是劳动歌）的节奏和韵律，受到各种不同性质的劳动的制约，反映着劳动的节奏和韵律。原始劳动者在劳动歌中，体现的这种节奏和韵律，实际上也是在生产劳动过程中获得的。原始劳动者不仅在劳动过程中要依循一种节拍，而且还从劳动工具碰击对象的响声中获得音乐感。普列汉诺夫在《艺术论》中说道："感得韵律并引以为乐的人的能力，使原始生产者在劳动过程中依从一定的拍子，并且在那生产动作上，伴以匀整的音响，或各种挂件的富有节奏的响声。"①这些拍子和响声是原始舞乐的形成因素，也是原始歌谣形成的因素。因此，"在原始种族中，各种各样的劳动，有它各种各样的歌，那调子，常常是极精确地适应着那一种劳动所特有的生产动作的韵律。"

这种在劳动中形成的有规律的反复和轻重调节的韵律一经形成为一种形式，便不断发展完善，同时又具有一定的约束力，对于歌体的内容产生着有力的影响。

自从恩格斯 1873 年提出"劳动创造了人本身"的论说以来，文艺源于劳动的说法成了许多学者公认的主张。这些主张自然有一定的科学依据。因为劳动使人的手变得自由，使思维器官发达，使表达意识感情的工具——言语得以产生，因而产生了雕刻及音乐、歌谣的艺术。劳动是原始人类社会生活的最基本、最主要的部分，它必然反映在最早出现的艺术作品（包括歌谣）中，成为艺术的主要源泉。人类最早的意识形态的任何精神生产，都是和劳动生产分不开的。这是个基本的认识。

---

① 见《普列汉诺夫哲学著作选集》第 2 卷，第 322 页。

二、三结合体之说

如前所述,《毛诗大序》所说:“情动于中而形于言,言之不足,故嗟叹之;嗟叹之不足,故歌咏之;歌咏之不足,不知手之舞之足之蹈之也。”①这也是对诗歌产生的一种说明。它侧重于心志和感情的作用。情为内在者,言为表现形式。由于心志的萌生,发出各种言语,言语在一定条件下经过简要的提炼加工,形成原始诗歌——歌谣。在言语、诗歌表达感情不完善的情况下,手舞足蹈配合。同时,劳动的音响作为一种辅助手段,表达劳动者的感情。这种响声逐步形成原始音乐。

原始音乐,是劳动工具的打击乐,它是劳动音响的艺术再现。最初阶段,这种“音乐”属于单纯音响,以后人们逐步按其节奏,配上一些有意义的语言,这就是歌,同时又从劳动工具中演化出各种各样的乐器。

原始舞蹈,发自原始劳动者对劳动感情冲动,其动作取自生产过程,即再现采集、狩猎或捕鱼等劳动过程和劳动动作。这些劳动过程和动作,往往与原始歌谣结成一体——人们边唱、边诵、边舞,又唱、又吟、又跳,成为综合性的娱乐活动。这些歌、舞、词一经结合起来,就相互为用,得到新的发展。这种发展表现为,用想象和回忆补充劳动现场的具体情景,在摹拟与表演方面进行不自觉的艺术加工,形成自然形态的艺术。其中歌占主导地位,它决定了舞乐的内容。

关于原始劳动歌谣与原始乐舞结合的形式,古书上早有记载。《吕氏春秋·古乐篇》云:“昔葛天氏之乐,三人操牛尾,投足于歌八阕”,就是一个例子。这里说的葛天氏,相传为远古时代的原始部族。“三人操牛尾,投足以歌八阕”正是原始歌舞的综合写照。“舞”字原形为两人手持牛尾巴舞动状。古文字形成初期的象形阶段,是反映两个人手里拿着猎物尾巴舞动的形状。这种操手投足的舞蹈起源很早,大约产生于原始社会初期。这里所说的“歌八阕”反映出边歌边舞,以歌伴舞的情形。“阕”(què)为诗词的单位,指一首或一部、一篇。“八阕”,是当时记下的篇数。这八篇后来有人附会出具体的名目,(见张紫晨《歌谣小史》第7页)明显地染上了《吕氏春秋》的时代色彩。其中提及的“五谷”、“草木”、“天地”、“鸟兽”等较合初民的思想,而“敬天常”、“建地功”之类,已经不是原始部族的东西,而是周代以后的内容了。

---

① 见《毛诗大序》第21页。

三、源于模仿(摹仿)之说

主要见于西方一些学者,但国内也有些人持这种说法。

先说西方学者。亚里士多德在《诗学》第四章中说:

一般来说,诗的起源仿佛有两个原因,都是出于人的天性。人从孩提的时候起就有摹仿的本能,人对于摹仿的作品总是感到快感。摹仿出于我们的天性,谐调感和节奏感……也是由于我们的天性。起初那些天生最富于这种资质的人,使它一步步发展,后来就由临时口占而作出了诗歌。

从这段话可看出,摹仿说与天性说、本能说有着紧密相关。

从人的心理学和生理学的角度出发,这种说法亦属言之成理,但中国学者一般持怀疑态度,众多学者的论著名可以证明。

西方的另一名学者德谟克利特认为:"从天鹅和黄莺等歌唱的鸟,学会了歌唱。"

著名的德国艺术家格罗塞(Ernst Grosse)在《艺术的起源》中也有一段精辟的论述:

在我们的儿童之中也可看到这种同样的摹仿欲。摹仿的冲动实在是人类一种普遍的特性,只是在所有的阶段上并不能保持同样的势力罢了。在最低级文化阶段上,全社会的人员几乎都不能抵抗这种摹仿冲动的势力。但是社会上各分子之间的差异与文化的进步增加得愈大,这种势力就变为愈小,到文化程度最高的人则极力保持自己的个性了。因此,在原始部落里占据重要地位的摹拟……

格罗塞在这里不仅强调了摹仿欲是人类的一种普遍的特性,也指出了摹仿欲逐渐衰弱的趋向。①

在我国,摹仿说主要见于云南新发现的一部370年前的理论著作《论傣族诗歌》。这部著作的作者名叫祜巴勐,他是一位学问渊博的诗人、学者和理论家。在诗歌起源、傣族诗歌与佛教关系、傣族诗歌的种类和民族特色等问题上都有独到的见解。他先给人们讲了两个传说:一是一位聪明的姑娘从山泉流淌声中学会了歌调;一是一位少女从一种鸟儿的叫声中学会了歌调。她们都是傣族歌调的发明者。他说:"我们傣族,正是按照水流声和诺戛兰托鸟的叫声而成歌调的。所以自古以来,傣歌总是清脆高低、缠绵柔软、婉转动听,波浪式的前

---

① 转引自吴超刊授讲义《歌谣学概论》,第9页。

进。这就是说，傣族歌调的产生，也和语言和诗歌一样，是来自人类大自然通过物质媒介而产生的，都是遵循着眼见、感觉而后过渡到头脑活动而抒发出来。”祜巴勐这种朴素的带有唯物主义的分析，是有一定的科学道理的。

四、源于宗教之说

宗教说亦称巫术说，也是中外许多学者的一个共同观点。

黑格尔《美学》第二卷中说：“从客体对象方面来看，艺术的起源与宗教的联系最密切……在宗教里呈现于人类意识的是绝对现象，这种绝对最初展现为自然现象。”①

十九世纪英国著名的人类学家爱德华·泰勒在他的《原始文化》一书中，提出了文学艺术起源于巫术论，即所谓“交感巫术”。后来，西欧学者哈特兰特、弗雷泽、贝拉格尔、弗朗特都作过大量研究。他们都认为原始人最初活动（包括劳动）的目的就是想控制自然，获取利益。因此，他们提出要用巫术（包括咒语、头发、指甲以及多变幻的法术）为武器，对付自然和敌人。如弗雷泽在他的名著《金枝》中说：“从很早的时候起，人类就忙于追求凭借什么样的法则才能使自然现象的规律去服从自己的利益。”这是一种巫术观点。这种巫术观点，在过去时代的许多民间文学作品中都得到反映。反映在歌谣中，就成为歌谣的起源之一。

在我国古籍中，言及宗教、巫风与诗歌文学关系的记载早已有之。郭绍虞在《中国文学史纲要》稿本“韵文先发生之痕迹”一节中，论述得特别详细，其中有一段摘要如下：

历史学者考察任何国之先民，莫不有其宗教，后来一切学术即从先民的宗教分离独立以产生者。这是学术进化由浑至画的必然的现象，文学亦当然不能外于此例，所以于其最初，亦包括于宗教之中而为之服从。

王国维《宋元戏曲史》云：

“歌舞之兴，其始于古之巫乎？巫之兴也，盖在上古之世。”“巫之事神必用歌舞。”“古代之巫实以歌舞为职以乐神人者也。”舞必合歌，歌必有辞。《尚书》言：“恒舞于宫，酣歌于室，时谓巫风。”②

以上的论述，中心就是歌谣起源与宗教、巫风有关。

---

① 黑格尔《美学》第382页。

② 转引自《中国文学史纲要》第7页。

鲁迅先生在《中国小说的历史的变迁》中也曾说:“诗歌起源于劳动和宗教。其一,因劳动时,一面工作一面唱歌,可以忘却劳苦,所以从单纯的呼叫发展开去,直到发挥自己的心愿和感情,并偕有自然的韵调;其二,是因为原始民族对于神明,渐因畏惧而生敬仰,于是歌颂其威灵,赞叹其功烈,也就成了诗歌的起源。”

近几年来,有的学者根据少数民族的实际情况,对文艺源于宗教说又作了新的发挥。认为“祭坛是文坛”,“原始宗教不只是原始文学的武库,而且也是它的土壤。正是原始宗教给了文学以思想,以灵魂,以活动舞台,并且给它准备培养了从事文化活动的精神首领——巫师兼歌手。”①原始文学与原始宗教之间“存在着某种渊源关系”。并举出大量事例证明“原始宗教思想即文学思想,原始宗教活动即原始文学活动,尤其证明:原始巫师即原始歌手。”“诗歌起源也不例外。”

除了上述主要观点,还有些别的说法,那就是在20世纪80年代初期云南民间文学界学者在讨论中概括的十种说法:一是康德、席勒、斯宾塞、王国维等人的游戏说;二是弗洛依德和他的继承人们的灵魂表现说,也叫自我表现说;三是德莫克利特的模仿说;四是亚理斯多德和苏舜钦的天性说;五是胡适的梦幻说;六是马克斯·缪勒的语病说;七是柏拉图的灵感说;八是里田鹏信的美欲说;九是托尔斯泰的感情传达说;十是众多人的宗教说。除此还有本能说、功利说、性欲说、精力过剩说、能动说等等。

第二节 劳动并非歌谣的唯一源泉

张紫晨先生在谈到歌谣的源泉时,言歌谣“渊源起于劳动呼声”,这话也不错。人类在原始时期,为了生存的生产活动,促进了各种器官的发育,首先发展了大脑,产生了认识能力和思维能力。有了这种能力,在原始劳动过程中,便产生交流思想的需要。于是便逐步产生了语言。所以对于不断进化中的原始人来说,除了创造和使用工具的能力之外,最突出的是具有语言和意识。这种语言和意识构成了歌谣产生的必不可少的条件。

关于语言和意识的产生,马克思曾经这样说过:“语言和意识一样古远;语

① 转引自吴超刊授讲义《歌谣学概论》第10页。

言是一种实践的、既为别人存在,并仅仅因此也为我自己存在的现实的意识。语言也和意识一样,只是由于需要,由于和他人交往的迫切需要才产生的。"①这就是说,语言和意识的产生是从客观实践中来的。这两者不仅同样古远,而且都是出于和他人交往的迫切需要才产生的。

语言表现意识,又促进意识的发展。人类有了语言之后,认识和思维能力得到加深和提高。这种语言的原始形态只是简单的呼声,这在劳动场合,或劳动进行中,又表现为劳动呼声。既用以交流思想,又用以指挥和协同劳动动作。当它和某种笨重劳动结合的时候,又往往具有简单的节奏的韵律,这便形成了原始诗歌的雏型。

然而,歌谣起源不仅仅在于劳动生产,而且也在于多方面,笔者赞成吴超先生,劳动是歌谣主要源泉,但不是唯一源泉的说法。

原因有如下几方面:

(一)原始人类生活由多方面组成

原始人类生活不仅仅是"劳动"。恩格斯在他的论著《劳动在从猿到人转变过程中的作用》里讲了"劳动创造了人本身。"而在这句话以前有一段重要的话,即由于劳动"是整个人类生活的第一个基本条件……以致我们在某种意义上不得不说"这段话说明劳动是人类生活的"第一个基本条件",那么,就自然有第二、第三个……条件,而且劳动创造人本身,也不过是从"某种意义上"而言。因此,劳动只能说是人类得以生存的重要部分,而不能说是原始人类生活的全部。

原始人类的生活所包含的内容极为广泛。概括起来说,主要是由生存、繁殖、娱乐等三大方面组成。我们的祖先,随着生产力的发展,大脑的发达,精神世界也是多方面的,在劳动生产、吃喝穿住外,还有繁衍后代,婚丧习俗,爱情生活,宗教信仰,以及娱乐活动,还有部族间的掠夺和战争,等等。这一切都来源于原始人类的社会实践。它们不仅是原始人类生活的组成部分,而且也反映在原始艺术(包括民间歌谣)之中。马克思主义学者认为,一切文学艺术是一定社会生活在人类头脑中的反映。"作为观念形态的文艺作品,都是一定社会生活在人类头脑中反映的产物"。因此,我们认为,民间歌谣和一切文学艺术一样,不仅仅起源于劳动,而且起源于人类社会的全部实践。

(二)大量古物、古籍证明歌谣起源于多种实践活动

众多的出土文物、历史文献和口头流传的歌谣作品,证实歌谣不仅起源于劳动,而且起源于别的社会实践活动,包括人们的心理活动。吴超先生举了大

① 马克思《德意志意识形态》。

量例子,进行了说明。

甲骨文中的卜辞,有近似古老的民歌、谣谚,这是最早、也是比较可靠的资料。如《卜辞通纂》(郭沫若译编):

癸丑卜,今日雨?其西来雨?其东来雨?其北来雨?其南来雨?

从句式上看,近似《诗经》上的“其雨,其雨,杲杲出日。”它反映的是古代人祈祷求雨的焦急心情。相当多的卜辞反映了古代人在社会生活方面各种愿望,并非仅仅是劳动。说明这首歌(或谣)是来占卜活动。在“万物有灵论”的蒙昧时代,人类的精神世界也是丰富多采的。

《易经》是我国古老的占卜文献,从卦爻中也可以窥见当时多种多样的社会生活。如《屯卦·六二》:“屯如,邅如,乘马斑如,匪寇,婚媾……,泣血涟如。”这里,生动地反映了古代掠夺婚姻的情景。又如《明夷·初九》:“明夷于飞,乘其翼;君子于行,三日不食。”描写的是出行之苦,抱怨在上者派遣差役。

再如《吕氏春秋》所写的“三人操牛尾投足以歌八阕”的词句,反映了古人操牛尾,以手执杖击拍,足尖踏地合节,尽情歌舞的动人场面。据其内容看出,这是一首史前史(文字产生以前)的风谣。表现了初民对于自然界的敬仰和畏惧。

古代文献记载的歌谣,目前还能见到的有如下十多首①:

神农时代:《蜡辞》　(《礼记》)
黄帝时代:《弹歌》　(《吴越春秋》)
《有焱氏颂》　(《庄子》)
《游海诗》　(《拾遗记》)
少昊时代:《皇娥歌》　(《拾遗记》)
《白帝子歌》　(《拾遗记》)
唐尧时代:《击壤歌》　(《论衡》)
《康衢童谣》　(《列子》)
虞帝时代:《卿云歌》　(《尚书》)
《南风歌》　(《家语》)
《虞帝歌》　(《尚书》)
夏　　代:《涂山歌》　(《吴越春秋》)
《五子歌》　(《尚书》)
《夏谚》　(《尚书》)

① 摘引自吴超《歌谣学》(讲义)第11页。

《夏人歌》　　　　　　　　（《韩诗外传》）

商　　代:《盘铭》　　　　　　　　（《礼记》）

《桑林祷词》　　　　　　　（《荀子》）

《商铭》　　　　　　　　　（《国语》）

上述这些古歌谣,只有一首是与劳动有关,这就是黄帝时代的《弹歌》:“断竹,续竹,飞土,逐肉。”这首歌描绘了先民(原始人)制造弓箭和从事狩猎活动的情景。可意译为,砍下竹子,用绳索接连两头,弹出石子(古代土石不分),追打动物。其他各首,都是反映各方面的社会生活。《蜡辞》:“土反其泽,水归其壑,昆虫毋作,草木归其泽。”抒发了人类同大自然作斗争的强烈愿望,但也不是真正反映劳动情景。《康衢童谣》:“立我蒸民,莫匪尔极,不识不知,顺帝之则。”是对贤明君主的赞颂。《击壤歌》:“日出而作,日入而息,凿井而饮,耕田而食,帝力于我何有哉?”歌唱劳动人民对田园生活的向往。《夏谚》:“时日曷丧?予及汝偕亡!”反映的是奴隶们对奴隶主的诅咒。《卿云歌》:“卿云烂兮,糺缦缦兮,日月光华,旦兮旦兮。”则是对在上者的颂歌。

《诗经》辑录了一百六十篇歌谣,占《诗经》三百零五篇的百分之五十二。其中,真正反映生产劳动的歌谣为数很少,反映其他方面生活内容的却相当广泛,包括宗教、婚姻、爱情、徭役、剥削等各方面。尤其是涉及爱情、婚姻的歌谣最多,占全部国风的百分之八十以上。这就从反面说明了歌谣的源泉不仅仅是来源于劳动生活,而是来源于多方面。

(三)多元思想观念的融合

纵观原始艺术起源的研究现状,不仅各种学说观点之间有互相融合、互相补充的趋势,而且每一种学说本身包含着多元论思想。格罗塞的学说中杂有功利说和审美说的因素;毕歇尔说过原始舞蹈无非是一定生产动作的有意摹仿,却又说原始劳动“不论在形式上和内容上都接近游戏。”①席勒和斯宾塞的游戏论中明显地有摹仿的内容。巫术说中所涉及的方面就更多。卢卡契的观点基本上属巫术说,但他认为劳动所形成的社会内容是推动审美形成和从巫术中分化出去的主要因素,摹仿和激发造成了审美反映方式的主要基础,巫术活动在审美形成机制中只起了一种中介作用。② 所以当代美国著名的史前考古学家亚历山大·马沙克认为“由考古学家们所提出的任何一种单独的理论都无法解释

① 《原始文化史纲》中译本,第181~182页。

② 参见《美学》第四期第215页。

多样而复杂的艺术和符号的起源的意义。"①普列汉诺夫也说:"人类的进步并不是这样简单,也不是这样公式化,以致一切民族的进展都服从于同一规律。"②卢卡契说得更果断:"人类的审美活动不可能由唯一的一个来源发展而成,它是逐渐的历史发展综合形成的结果。"③

由于上述原因,我们对于前面所介绍的一些次要的起源说,不能采取回避和排斥态度。只要它们有可取之处就应该加以研究,善于吸收。比如鲁迅谈到诗歌起源时,既提到"劳动",又提到"宗教",过去不少论著引用鲁迅观点时,只强调前者而取消后者,这是不妥当、不严肃的。

在多的学派中,每一种理论一般都具有坚实的论据,同时又有不可避免的片面性和局限性,这说明各门艺术自身的特殊性给艺术起源论带来一定的障碍。也说明各门艺术的起源不可能是同一个因素决定的。因此,对于各门艺术(包括歌谣)的具体起源问题,要做具体的分析和研究,不宜人云我云,只肯定一方而忽视或否定另一面。

第三节　中国歌谣发展史略

民间歌谣,从最初阶段简单的呼唤声、劳动号子,发展成为当今具有纷繁内容和多种形式的一门艺术,自然有它具体的演变和发展过程。

我们的祖先,在创造了语言之后不久,就创造了歌谣。在文字和书面文学出现之前,口头歌谣就已经有了相当漫长的历史。可以说民间歌谣既是古老,又是青春常在的艺术。之所以说古老,是因她一直伴随着人类,伴随着历史,经历了一个由简到繁,由粗到细的艰难历程。之所以说"青春常在",是她无论在内容或形式方面都在不断地更新,不断发展,给人清新的魅力。如今人们探讨和研究的,只能是根据流传至今的一些作品和史书记载的歌谣。此外,还有大量的失传了的口头作品,已经无法去赏析。

任何民族的原始创作活动,都是从诗、歌、舞(或说歌、舞、乐)三位一体的样式开始。随着社会的发展,诗歌逐渐从中分离出来,成为一种独立的文学形式。至今,有的少数民族还保留着这种三位一体的原始形态。

---

① 转引自朱狄《艺术的起源》第 170 页。

② 见普列汉诺夫《论艺术》第 95 页。

③ 《原始文化史纲》中译本,第 181 ~ 182 页。

歌谣的演变和发展经历了原始社会、阶级社会和如今的社会主义社会几个阶段。

(一)原始社会的歌谣

原始歌谣,同人们的生存斗争密切相关:或表达征服自然的愿望,或再现劳动情景和猎获野兽的欢快,或祈祷万物神灵保佑,带有纯粹的功利目的。正如普列汉诺夫所说的:"总之,人最初是以功利观点来观察事物和现象,只是后来才站到审美的观点上来看待它们。"①这个时期的歌谣与乐、舞的结合自然比后来要紧密。最初的原始歌谣是生活或劳动的呼号,开始是一种没有意义的声音,以虚词为主。人们边舞边唱,在为某一件欢快或悲哀的事起舞,或敲击乐器的同时,按舞动步伐、器乐节奏,发出哼哼哈哈的腔调,并逐步填入一些表白内心感情的词,形成了与乐舞紧密相连的歌谣。这些歌谣内容和形式都比较简单,往往是一句、两句话,甚至是一个呼声的重复出现,表达一种感情、愿望,而且多半有动作(舞)的配合。

(二)阶级社会的歌谣

到了阶级社会,即从奴隶社会的开始至新中国诞生前夕,劳动人民受着统治阶级的残酷压迫和剥削,生活极为痛苦,因此在他们的社会生活中,除了生产斗争外,还要进行阶级斗争,以反抗剥削压迫。这时的歌谣,反映劳动人民痛苦生活以及反抗剥削压迫的内容占很大的比重,歌谣也成为人们进行政治斗争的武器。这个时期的歌谣从内容到形式,都比原始时期复杂得多,广泛得多。而且歌、舞、乐开始逐步分离。

阶级社会,又可以按歌谣发展情况,分以下几个阶段:

1. 春秋时期歌谣

这个时期原指公元前722~公元前481年,因鲁国编年史《春秋》一书包括这一段时期而得名。现在一般把截止到公元前476年划为春秋时代。这个时代的歌谣开始用文字记录下来。《诗经》是我国历史上第一部诗歌总集。它收集了从周朝初期的春秋中叶五百多年间的诗歌三百零五篇,分为"风"、"雅"、"颂"三个部分。其中的"风"和一部分"雅"是歌谣,它们反映了奴隶社会时期人民在劳动生产、婚姻爱情等方面的生活,有着深刻、丰富的思想内容。周朝的歌谣能够如此集中地记录下来,是和当时周王室建立采诗的制度分不开的。朱自清在《经典常谈》一书中说:"春秋时,各国都养有一班乐工,象后世阔人家的

① 本节文字参考和摘引张紫晨《歌谣小史》相关文字,福建人民出版社1982年3月出版。文字有变动。

戏班子,老板叫太师。各国史臣来往,宴会时都得奏乐唱歌。太师们不但得搜集本国乐歌,还得搜集别国乐歌。除了这种搜集来的歌谣外,太师们所保存的还有贵族们的特种事情,如祭祖、宴客、房屋落成、出宾打猎等等作的诗,这些可以说是典礼诗,又有讽谏、颂美等等的献诗;献诗是臣下作了献给君上,准备让乐工唱给君上听的,可以说是政治诗……。"周代歌谣形式极其自由,它们的词句根据内容的需要,可以自由伸缩,不受束缚。国风的诗句就变化多端,有一言、二言、三言、四言、五言以至九言等。其中,最多的是四言句。这种四言句是周代民歌的基本形式。《诗经》经过秦始皇禁止之后,还能够保存下来,正是由于它在民间曾广泛流行,为许多人所记忆。正如《汉书·艺文志》中所说:"诗三百篇,遭秦而全者,以其讽诵,不独在竹帛故也。"

2. 战国时期歌谣。

这个时期,楚歌曾普遍流行,特别是巫风盛行。民间祭祀时,巫风常常"作歌乐鼓舞以乐诸神"。屈原的《九歌》基本上是民间祭神的歌谣。西汉刘向的《说苑》记载了许多楚国的古代歌谣。其中有一首用楚语翻译的《越人歌》,据专家们反复考证是一首古老的壮族歌谣,很有研究价值,十分珍贵。战国末年荆轲作《易水歌》,秦末汉初项羽、刘邦曾作《该下歌》、《大风歌》,都是即兴之作,也都是南言、楚声,民歌风甚浓。

关于九歌原是民歌这点,还有一些说法。屈原本人在《离骚》里就引述过:"启九辩与九歌兮,夏康娱以为从。"《天问》中又说:"启棘宾商,九辩九歌。"王逸注说:"九歌九辩,启作乐也。"《山海经·大荒西经》说:"夏后开(启)上三嫔于天,得九辩与九歌以下。"郭璞注也有"启作九辩九歌"之说。他引《归藏启筮》云:"昔彼九冥,是与帝辩同宫之序,是为九歌。"启是禹之子。禹时涂山刚巧有南音,启自然也会多有熟悉。在民间,大凡一种民歌的缘起,总要说成是为某人所始作,只不过是要造出一种传说来而已。关于九歌的来源也是如此,正说明它原来本无作者。其实,九歌是早已存在于楚国的一种民间祀神祭礼的乐歌。《离骚》说:"奏九歌而舞韶"已经说明它是古代相传的乐曲。它在祭神祠礼的歌辞中,叙述人神之间、神与神之间,男神与女神之间的关系,表达人们对神祇的理解。屈原所作九歌十一篇,除了记述了祭祀排场及赞颂阵亡将士等,中间各篇依然是人神相爱或男女之神之间的相爱,如大司命与云中君,河伯与洛神,湘君与湘夫人等。屈原借此表现他与国君的关系和政治理想,批判楚国贵族腐朽的政治。但据郭沫若的考证,九歌的创作是屈原还没有失意时的事。因此歌辞清新,调子明快,借题发挥之处并不多。他运用和改作这些祀神的乐歌反映了楚地沅湘间崇信巫鬼的风俗及这种乐舞的程序、气势与内容。使我们看到楚歌与祀神歌的关系。

其实,九歌在春秋时代就已不神秘,到处使用。《左传》文七年说:"《夏书》曰'戒之用休,董之用威,劝之以《九歌》,勿使坏',九功之德皆可歌也,谓之九歌。"《左传》昭二十年,又把九歌作为数字并列,"一气、二体、三类、四物、五声、六律、七音、八风、九歌,以相成也。"可见,九歌和声律、音、风等都有属一体。它既是乐曲,必然有舞。乐舞结合,娱乐与祀神结合,人与天上结合,民歌与诗结合,这就是九歌所特有的形态,也是楚歌的形态。

3. 汉代歌谣

汉代是歌谣发达时期,大量的优秀歌谣被采入乐府。《汉书·艺文志》载,汉武帝乐府后所采集的歌谣共十三种,一百三十八篇。可惜这些歌谣都未能保存下来,现在所能见到的乐府歌谣是东汉的作品。

汉代统治者采诗的目的与周代不同。周代统治者采诗是为了观民风,"审乐知改",多出于政治上的需要;汉代的采诗,追求的是寻欢作乐,制作新声。

汉乐府民歌的形式和《诗经》中的《国风》一样,也是相当自由,篇无定句,句无定字,变化多端,从一言到七言均有,音韵也无规律可寻。后来基本变成了五言体。由周代民歌的基本四言变到汉代民歌基本五言体,这在中国诗歌形式的发展史上,是一个重大的变化。这种五言体诗歌对后世影响较大的作品是东汉的《陌上桑》和《孔雀东南飞》。这两部作品都是叙事乐歌。

4. 南北朝歌谣

南朝歌谣分为吴歌和西曲歌。吴歌流传于建邺为中心的江南一带,曲调很多;西曲歌是长江中游一带的歌谣,句式有三言、七言体,基本格调也是五言句。

北朝歌谣也多为五言体,但七言句比南朝民歌多得多。《木兰诗》是北朝乐府民歌的代表作。

5. 唐宋和元代歌谣

唐代被誉为"中国诗歌的黄金时代"。歌谣为这个"黄金时代"奠定了基础。伟大诗人李白、杜甫、白居易,都从民间歌谣中吸取了丰富的营养。特别是李白受民间歌谣的影响更明显,更深刻。《敦煌曲子词望远行》有"行人南北尽歌谣"的记载。刘禹锡《竹枝词》中也有"人来人往唱歌行"的写照。唐代的谣体作品记载较多,不少与时政结合,讽刺尖锐,又短小精悍,有如匕首,揭露了统治阶级的腐朽黑暗。

宋元间,民族矛盾和阶级矛盾都十分尖锐,谣体民歌更为突出。把当时一伙奸党骂得狗血淋头,表达了人民对奸贼不共戴天的心情。如元代的《树旗谣》:"山高皇帝远,民少相公多,一日三遍打,不反待如何!"《石人谣》:"石人有只眼,挑动黄河天下反!”铿锵有力,胜似讨伐封建统治者的檄文。

6. 明清两代歌谣

这一时期歌谣数量特别多,形式极为活泼。据刘复等人编的《中国俗曲总目稿》所记,有六千九百多种(实际上还没有记全)。不但数量极多,而且地域极广。由于资本主义经济因素的发展,商业运输相应发达,民主主义思想有了萌芽,进步文人在采集和编纂歌谣专集方面,开创了新局面如冯梦龙的《桂枝儿》、《山歌》就是杰出的代表。

明清时为了加强其封建统治,大兴文字狱,禁歌焚书,但民间歌谣这股泉流并未枯竭中断,特别是清代也是一个民歌繁盛的时代。继明代之后,民歌又出现一个广为流传及辑录的高潮。清代俗曲是当时民歌的一个重要门类,留传下来的很多。郑振铎先先生在《中国俗文学史》中记述了这个盛况。他说:“明人大规模的编纂民歌成为专集的事还不曾有过,都不过是曲选或《杂书》的附庸而已。——除了冯梦龙的《桂枝儿》和《山歌》之外。但到了清代中叶,这风气却大开了。象明代成化刊的《驻云飞》、《赛赛驻云飞》的单行小册,在清代是计之不尽的。刘复、李家瑞的《中国俗曲总目稿》所收俗曲凡六千零四十四种,皆为单行小册,可谓洋洋大观。其实还不过存十一于千百而已。著者曾搜集各地单刊歌曲近一万二千余种,也仅仅只是一斑。(惜于“一二八”时全付劫灰)诚然是浩如烟海,终身难望窥其涯岸。”确实如此,《明清民歌选》甲集属清代的有六种,乙集所收的也有十二种。但清代民歌只是明代民歌的继续,在思想内容和艺术手法上总的来看,都没能超过明代的水平。它的题材范围,也多是局限在描写男女爱情方面。而且在清代的严酷思想统治之下,时遭禁止。在大清律《刑律杂犯》中特别规定了禁歌的条文:“凡有狂妄之徒,因事造言,捏成歌曲,沿街唱和,以及鄙俚亵慢之词刊刻传播者,内外各地方官及时察拿。”但是民间歌谣还是到处流传,而且在地区性上也更加广泛了。如奥歌、闽歌、四川山歌、北京、浙江民歌,乃至台湾、西奥等少数的民歌,均有辑录。这是明代所没有的。

7. 近代歌谣

自1840年鸦片战争以来,中国歌谣突出体现了反帝反封建的思想内容。如反映鸦片战争、太平天国、义和团运动;反映中国共产党领导下的历次国内革命战争和抗日战争,充分表达了人们的思想、感情和愿望,体现了人民群众的爱国主义精神。

按中国历史的分期,一般把十九世纪中叶以后,从1840年的鸦片战争开始,到“五四”运动以前称为近代史时期。它标志着中国由漫长的封建社会转入了半封建半殖民地社会。主要指“帝国主义列强侵略中国,在一方面促使中国封建社会解体,促使中国发生了资本主义因素,把一封建社会变成了一个半封建的社会;但是在另一方面,它们又残酷地统治了中国,把一个独立的中国变成了一个半殖民地和殖民地的中国。"①

然而它实际上是包括晚清末期和辛亥革命后的旧中国时期。关于鸦片战争后的晚清歌谣,我们已在清代民歌一章中加以叙述。因此,本章则把辛该革命推翻清朝统治以后,以至国民政府被推翻以前这段时期作为中心。这一历史时期,又包括旧民主主义革命和新民主主义革命两个阶段。当然,就民间流传的歌谣来看,有些并没有明显的时间界限。

例如:

进了地主门,
汤饭一大盆,
勺子搅三搅,
浪头打死人;
窝窝长了翅,
饼子生了鳞;
使的碗不涮,
筷子拉嘴唇。

这两首歌谣形象地反映了贫富不均的情景。这样的歌谣,不仅流传当时,而且对后世有着深刻的影响。同样《小媳妇,不是人》这一首也如此:

小媳妇,不是人,
起了五更贪黄昏,
吃的饭,冷冰冰,
穿的衣,破领襟,
晚上睡着没得个狗安身!

这些歌谣反映劳动人民的痛苦都是既形象又深刻的。可是在时间的概括性上却很大,产生的背景也可以伸到清代。它们在近世的歌谣活动中被搜集上来,并在近代民主思想的影响下得到人们更加广泛地传诵。

类似这样的歌谣,数量极多,流传极广。如上海地区流传的《长工苦》,江苏的《五更转》、《农民苦》、《九年三熟》、《冬吃麦皮夏吃糠》等,也都是如此。《冬吃麦皮夏吃糠》一首更为深刻:

冬吃麦皮夏吃糠,

① 见《毛泽东选集》第二卷。

春二三月草头汤,
饿仔肚皮合仆困,
两个拳头垫肚肠。

这些歌谣真实感人。它们所反映的旧中国劳动人民生活的情状,可以代表这一历史时期最重要的方面。它说明诉苦歌与劳动歌在近代民歌中所占的位置是十分重要的。

在这些诉苦歌与劳动歌中,反映的生活面更加广阔。它比起清代市民层的歌曲来,不仅题材有明显的扩大,而且大多是真正劳动人民的作品。所以在反映人民生活的深度与广度上都呈现出深切、真实,具体感人的特点。特别是歌者本人的感受都直言不讳地放在歌里。如:

青蛙叫,云雀响,
过了夏至才插秧。
别人家耥稻我插秧,
赛过尖刀戳肚肠。
数九寒天去摇船,
摇断了橹绳河底钻,
跌湿了鞋子赤脚走,
跌湿了衣衫自吹干。

这些作品,都是在深切感受的基础上直抒胸意。它没有多少雕琢,似乎是脱口而出,其感人正源于它的真实。再如:

十月日短夜里长,
挑担小麦进磨房。
磨脐底下白如霜,
长工脸上黄纸黄。

赊饼垩瘦田,
破车踏漏田,
借债交会钱,
穷人落井潭。

这些歌谣有这样的共同特点:即它们没有城市小调的文气,也不带什么造作,而是句句坚实。同是反映度日的艰辛,下面一首《摇橹歌》和前面的《数九寒天去摇船》又有很大的不同:

解缆开船撑一篙,

舶公便来把橹摇,
生丝格绷绳摇得寸寸断,
橹人头发火水来浇。

上述歌谣展示了具体的劳动过程,也是摇橹人的内心情感的写照。“橹人头”是支橹的小铁柱,头是圆的,因称橹人头。“橹人头发火”以及生丝绳寸断,都是精心安排的,既反映出摇橹次数之多和劳动量之大,也形象地衬托出摇橹人的心情。

“五四”新文化运动中后期,众多知识分子深入民间,积极搜集民间歌谣,即民歌。1922 年 12 月 17 日北京大学创刊《歌谣》周刊,刊载了大量的歌谣,标志着歌谣发展进入了崭新的历史阶段。

(三)社会主义社会时期的歌谣。

社会主义是共产主义的初期阶段。这个时期,劳动人民翻了身,作了主,歌谣注满了新的内容,新的思想和新的感情。少数民族歌谣更是丰富多彩,瑰丽多姿,是我国文学百花园中的奇葩,具有很高的艺术价值。

随着全国的解放,旧中国带给广大人民的痛苦和伤痕,已变成历史的陈迹。苦尽甜来,一切新生,在人们的思想感情上出现了巨大的变化。这一切都在各族民间歌谣中得到了充分体现。解放初期,虽然还处于恢复国民经济和医治战争创伤之中,但广大人民已经有了一种从来没有过的幸福感。他们在新生活面前唱出了心中的甜美:

世间什么东西最甜?
老话说只有蜜汁最甜。
哟,过了时的皇历怎么能用,
蜜汁怎么能比得上幸福生活甜。

这样的民歌,只有在人民真正翻了身的情况下才会出现。但对广大人民说来,愈益欢畅的解放之声,却产生在伟大的土改翻身运动中。

土地改革运动是解放初期的群众翻身运动。早在 1947 年的 10 月 10 日,中国共产党便发布了《中国土地法大纲》,各解放区便掀起了轰轰烈烈的革命群众运动,对地主阶级展开了尖锐的斗争。但从全国来看,这个土改运动是在全国解放的初期普遍地开展的,它完成了民主革命,废除了封建土地所有制,使广大被剥削的农民群众从封建的土地关系中解放出来,成了土地的主人。人民在生活中迸发出的翻身激情和胜利欢笑是更加强烈的。这时期的新民歌把政治上的解放和经济上的翻身溶而为一,在精神无比焕发之中,洋溢出热烈的欢腾气氛。例如:

天晴了,雨停了,
地主变成了狗熊;
天亮了,变样了;
农民起来算账了。

这首民歌从语气、音调、节奏到精神面貌都显得那么轻松和欢跃。在它的节奏里,既有欢庆腰鼓的鼓点,又有翻身秧歌的欢跳。地主由原来的狐假虎威,变成了一副狗熊的模样,农民由原来的做牛做马变成了顶天立地的翻身汉,这个变化,正有力地反映出革命的胜利和时代的变化。歌中以"天晴了,雨停了","天亮了,变样了"这样简洁生动的比喻,突出这个翻天覆地的巨大转变,充分表现出时代的面貌。

不少儿歌也以新的形象表现出令人欢欣鼓舞的气氛:

小喜鹊,叫喳喳,
农会主席到俺家;
"报个大喜事,
土地回老家。"
妈妈听了咪咪笑,
爹爹听了笑哈哈;
"我的乖,我的娃,
你算生到好天下,
不是恩人毛主席,
咱休想有块土坷垃!"

这样的儿歌侧重点虽然在于感恩,但却反映了一个新时代的出现,和人民对它的希望。

在土改民歌中,由于土改翻身运动是一场尖锐的阶级斗争,又使它呈现出尖锐的战斗性和斗争精神。如:

土地还家归原主,
血债要用血来还,
刀把掌在老子手,
现实不准你胡来!

崭新的社会主义生产关系,在各族人民生活中产生强大的推动。精神面貌的改变必然带来艺术创作的前进。随着现实生活的发展和思想内容的需要,在各族民歌的互相影响下,新民歌的形式也处在不断丰富和创造之中。各族歌手在传统民歌基础上进行大胆地探索,不断推陈出新。固定的套语,与内容无关的比兴越来越少。因意遣词，排除旧套，陈旧的手法和语言，为新鲜活泼的形式所代替。那些柔软、缠绵的调子也因为表现崭新的革命内容而变得健壮有力了。

当代歌谣，主要产生于社会主义社会时期，它们大多数是抒情短歌，但也有一些是抒情性的长诗创作。李永鸿的渔民之歌，黄声笑的装卸工人之歌，康朗甩的《傣家人之歌》以及安徽歌手姜秀珍等人创作的长歌，都是比较著名的。这些作品是个人创作，主要以书面方式流传，然而思想感情和艺术趣味以及表现手法、艺术风格，却具有浓厚的民间创作特点，为劳动人民所喜闻乐见。李永鸿是白洋淀的渔民诗人。他的渔民之歌，是在许多短歌基础上发展而成的，叙述了渔民在旧社会的深重苦难和翻身后的幸福生活。诗中用“渔民苦”和“渔民乐”的对比形式，进行生动地叙述，展现出一幅幅现实生活的图画。工人诗人黄声笑用民歌形式创作的长诗，组织结构上不甚纯熟，但民间诗歌的韵味却很明显，其主调是对社会主义新生活的歌颂。傣族歌手康朗甩创作的长诗《傣家人之歌》更是一曲充满无限激情的社会主义颂歌。歌手满怀对党和祖国的无限深情，为我们描绘了一幅金色的西双版纳翻天覆地的跃进图。在那激情不可遏止的诗章中，唱出了苦难的傣家人在党的领导下，怎样成了春天的主人，表达了铭刻在傣家人心上的对祖国、对党和毛主席的无限感激，无限的爱。可以说，它是一枝从民族民间文学土壤上生长起来的别具色香的鲜花。这首长诗，溶汇了抒情短歌的优点，又以浩瀚的篇章，创造了容量宏大、气氛浓郁、场面壮阔、形象丰美的绚烂诗篇。诗中把旧制度下西双版纳的深重苦难，描写为如傣家人的眼泪与溪水日夜流淌。可是就在这苦难的深夜，在这战火漫延的废墟上，却升起闪闪发光的的太阳，建起社会主义的天堂。这首歌不仅热情洋溢地写出了傣乡的黎明，更重要的是歌颂了改天换地的新时代。诗中以优美的民族民间诗歌特有的格调和语言，运用了生动确切的比喻，鲜明的对比，呈现出浓郁的民族特色，丰姿奕奕，刚健清新。结构上虽有许多直抒胸臆的部分，但却眉目清楚，层层深入，浑然一体。

当代歌手所创作的长诗，具有浓厚的民间特色。它的一个重要特点，就是把传统的民族艺术精华和崭新的社会主义生活完美地溶合在一起，把叙事和抒情溶合在一起。抒情成分比较往往比较重。其次，叙事部分虽有今昔对比的描写，但重点却在于描绘社会主义的今天，充分显示出新的时代特点。再次，便是具有个人风格，很少流传中的集体修改和加工。

当代新民歌在它的繁荣和发展之后，却又遭到了厄运。那就是在 20 世纪六七十年代的“文化大革命”期间,“四人帮”①对民间歌谣的排斥和反对。“四人帮”对新民歌记录了社会主义新中国的发展进程十分反感,对其热情颂扬老一辈革命家开创的无产阶级革命事业更是仇视。他们以“不爱听民歌”“民歌是低级趣味”等为借口,对新民歌大加禁止和扼杀。他们把民歌说成“四旧”,把唱新民歌说成是“复辟”,使广大歌手和民歌作者都遭到了浩劫,在相当一个时期内造成了新民歌的空白和倒退。到了“文革”后期,“四人帮”为了加快篡党夺权的步伐,又一反常态,利用新民歌大造反革命舆论,把民歌创作引上评法批儒、反回潮,反复辟的邪路上去。新儿歌也被利用,糟蹋得不成样子。它的严重后果和恶劣影响,直到现在还不能完全清除。

但是,“四人帮”的做法和历代封建统治者的禁歌一样,是必然要失败的。在“四人帮”横行时期,一九七六年的“四五”运动中,革命歌谣就迎着“四人帮”的腥风血雨,奋然而生。它和许多革命诗歌一样,冲破黑暗与阴冷,利箭一般闪射出其战斗的锋芒。一面热情歌颂老一辈无产阶级革命家的丰功伟绩,沉痛悼念周总理;一面以民间歌谣特有的讽喻和讽刺的特点,痛快淋漓地怒斥“四人帮”,成为憎的大纛和爱的丰碑。革命群众亦哭亦泪,亦泪亦歌,默默地思念“总理精神在,光华万丈长,小丑狂吠日,早晚自遭殃”,喊出了“欲悲闻鬼叫,我哭豺狼笑。洒泪癸雄杰,扬眉剑出鞘”的愤怒之声。这是发自内心的群众创作,也是最好的新民歌。它是悲痛与仇恨的交织,是燃在广大群众心里的革命火种。此时新民歌又迎来了一个伟大的历史转折。

在新民歌的再生之中,热情讴歌老一辈革命家:“红心柳儿杈套杈,周总理的恩情实在大,刻在心上忘不下,下狠劲,定要实现四个现代化。”

20世纪80年代,进入新时期的新民歌,虽经过了极左思潮的浩劫,但其目标更远,雄心更大,热情更高,更富想象力和感染力。在拨乱反正之后,把歌唱新时期的总任务当成头等大事来描绘。东乡族花儿唱道:

三月的春风扑面来,
总任务,
好似那春日暖胸怀。

各民族歌手齐登台,
情满怀,

① “四人帮”:即“文化大革命”期间,以革命者面目出现,干着反革命勾当的王洪文、江青、张春桥、姚文元四人反党集团。

歌潮儿滚滚浪潮湃。
新长征路上大步迈,
众乡亲,
禁不住高原的“花儿”漫起来。

四个现代化的前景和宏伟蓝图,更引起人们热情讴歌:

高高的白杨青松柏,
翠莹莹,
大路两旁端端儿栽;
四化的美景眼前摆,
五彩路,
高过了通天的金楼台。
百灵子唱歌山花开,
新农村,
好比是孔雀的屏开;
宏伟的蓝图心上刻,
新生活,
好象是长虹闪七彩。

这时期的民歌内容更新,在风格上也显示出扎扎实实的务实特点。它虽在构思和形象思维中有丰富的想象和传神的比喻,但却直面现实,少有那种浮夸的色彩和虚华的因素。民歌又走上了健康发展的道路。形势的发展和时代的要求,会给新民歌带来一个持久繁荣的局面。新民歌在它的发展中,将为实现四个现代化紧密服务,发生日益广泛的影响。新民歌将会把新时期的历史描绘得更加灿烂辉煌。

中国共产党历来主张对一切文化遗产采取批判地继承的态度,我们要让炎黄子孙几千年来所创造的一切有益的精神财富,包括各民族歌谣,为建设社会主义的物质文明和精神文明服务,为建设马克思主义的具有中国特色的歌谣学作出贡献。

第三章

天籁之力:歌谣的功能与价值

第一节　多层次的效能

功能,也叫效能,是某种事物或方法所发挥的有利的作用。亦可以同“功效”相提并论。民间歌谣的功能,主要是指在人类社会生产生活中体现的积极方面的作用。这种作用不是单方面的,而是多侧面、多层次的。歌谣的作用,须从古代歌谣说起。

古代的歌谣,最重要的一个歌谣总集——《诗经》在很早的时候,便被升格为“应用”的格言集或外交辞令。孔子很看重“诗”的应用与价值:“诗,可以兴,可以观,可以群,可以怨;近之事父,远之事君,多识于鸟、兽、草、木之名。”“不学诗,无以言。”这论述可以说是最彻底的“《诗》”的应用观了。实际上,孔子所说的“诗”即歌谣,“诗”也确实有实用的价值。在春秋时期,诸侯、大臣、乃至史家们,每每引诗以明志,称诗以断事,或引诗以臧否人物(见于《左传·国语》的关于这一类的记载)。

然而,《诗经》在当时就已被蒙上了一层迷障,相当一部分诗已经被当作歌颂上层统治者的格言,即劝戒统治者的话。其真实的性质已很难得为人所看得明白。

到了汉代,经学成了仕进之途之一。“博士相传,惟以训诂章句为业”,对于《诗经》更是茫然不知其真相之为何。他们以它为“圣经”之一了,再也不敢去研究其内容,更不敢去讨论和估定其在文学上的价值。齐、鲁、韩三家以及毛诗的一家,全都是争逐于训诂之末,像猜谜似的在推测,在解说着“诗”意。齐诗尤可怪,简直是以“诗”为“卜”。

在宋代以后,朱熹等人打破了迷蒙的训诂重障,以直觉来说“诗”,方才发现了“诗”的正义的一部分。但还不够胆大,还不敢完全冲破古代旧解的牢笼。我们如果以《诗经》和《乐府诗集》、《花间集》、《太平乐府》、《阳春白雪》一类的书等类齐观,便能明白《诗经》的内容并没有什么奥妙,并没有什么神秘。

在《诗经》的三百篇中,内容是比较复杂:自庙堂之作以至里巷小民之歌,无所不有,而里巷之作,所占的成分尤多。以孔子的论“诗”的眼光看来,他是不会编选这部不朽的《古诗总集》的。“诗”的编定也许曾经过不少人的手。孔子也许只是最后的一个订正者。我们看,《诗经》以外,古书里所引的“诗”之少,便可知道“三百篇”的这个数目乃是相当古老的相传的内容了。

《诗经》里的“里巷之歌”,后世人一般只注意到《桑间濮上》的恋歌。这一部分的民间恋歌自然不失其为最晶莹的珠玉,但尤其重要的还是民间的一些农歌,如社饮、祷神、收获的歌。古代的整个农业社会的生活状态在那里都是活生生的被表现出来。我们现在先讲恋歌及其他性质的东西,然后再谈到关于农民生活的歌谣。

《诗经》里的恋歌,描写少年儿女的恋态最无忌惮,也最为天真,如:

彼狡童兮,不与我言。维子之故,使我不能餐兮。彼狡童兮,不与我食兮。维子之故,使我不能息兮。(郑风)

这一首歌是说男子不理会女子的心思和举动,而女子是那样的不能餐不能息的不安情绪。《青青子衿》写相思者的念着穿着青衿的人儿,又责备着他:

青青子衿,悠悠我心。从我不往,子宁不嗣音?青青子佩,悠悠我心,从我不往,子宁不来?挑兮达兮,在城阙兮,一日不见,如三月兮。(郑风)

但一见到了他,又是如何的如渴者的赴水。“一日不见,如三月兮”!他们是如此的一刻不能相别!

《卫风》里的“氓之蚩蚩”是一篇叙事诗,写一大段恋爱的经过;从初恋到别离,到两人结合,到婚后的生活,到三年后的“士贰其行”,到女子的自怨自艾,与《白头吟》十分相似。我们可以从这些民歌中看出恋爱婚姻的大致过程。

民间歌谣的功能可以从以下几方面理解:

(一)生产劳动的手段之一

歌谣本是精神物,可她在一定的场合,也能成为物质的东西,特别是能促进生产劳动,正如民歌本身所唱:“如今山歌用箩装,千箩万箩堆满仓,莫看都是口头语,搬到田里变米粮。”

1. 组织指挥和协调劳动

民间歌谣在生产劳动中,能够协调劳动动作,统一劳动节奏,减轻劳动负担,提高生产效率。它不仅是劳动生活的一部分,而在某些场合可以说是劳动的手段和工具。有些劳动,从一开始就必须有歌,抽掉了歌,那种劳动也就不复存在,人类初期劳动更是如此。如各种劳动号子、夯歌、拉纤歌、打铁歌,便属于这类歌。这些歌,从头到尾一直不停地伴随着劳动节奏,有领有和,指挥并协调劳动的动作。这种功能,自原始社会开始,至今犹存。传说伏羲时就有“网罟之歌”,神农时就有“扶犁之歌”。

如前所述,《淮南子·道广州》中说:“古人劳役必讴歌,今举大木者,前呼‘邪许’后亦呼之,此举重动力之歌也。”这里说的“举重动力”指的就是劳动功能。普列汉诺夫在考察了大量原始民族的艺术后也指出,在原始部落里,“每种劳动有自己的歌,歌的拍子总是十分精确地适应于这种劳动所特有的生产动作的节奏。”建国后,在我国一些少数民族地区也流行着这种劳动歌,如纳西母系氏族里的《打稗子歌》,高山族和黎族原始部落里的《杵歌》,景颇族的《舂米歌》,都是以劳动呼声为主,其节奏鲜明、伴随着木枷的起落和杵舂的动作,集体唱劳动歌。广西彝族的《担子歌》,则是配合挑担上山下地的节奏而唱。湖北鄂西北一带还流行着一种“薅草锣鼓”。一伙人薅时,由两名歌师带上锣鼓,站在薅草人对面,用响亮的锣鼓声和动人的歌声来掌握作息,协调动作,平衡进度,鼓舞干劲。实际上是由这两位歌师组织和指挥生产。当地群众反映:薅草不打锣鼓,干活抬不起劲儿。打薅草锣鼓,多干活,身体觉得轻松;不打薅草锣鼓,活儿干得少,人还觉得累。因此,当地有“一鼓当三工”之说。歌谣这种特殊功能是其他文学形式少有的。

2. 坚定劳动信心,鼓舞劳动热情

有许多歌谣,虽然节奏不如号子、夯歌那么鲜明、强烈,但它也是劳动的伴侣,劳动中时刻离不开它。如牧歌、秧歌、渔歌、车水歌、脚夫调等,能够抒发劳动的感受,起到解除忧愁,鼓舞劳动热情的作用。正是:“山歌本是古人留,留在世上解忧愁,三天不把山歌唱,八岁孩子白了头。”“带唱山歌带种田,不费工夫不费钱,自己省得打瞌睡,旁人听听也新鲜。”

3. 总结生产劳动经验,传授生产知识。

高尔基说:“在古代,有一个时期,劳动人民的口头艺术创作,乃是他们的经验的唯一组织者。”

如前所举的《弹歌》“断竹,续竹,飞土,逐肉”短短四句八个字,就再现了先民用弹弓射击禽兽的劳动过程。《诗经》中的《豳风·七月》描写了周代早期的农业生产情况,叙述了农民在一年中所从事的农业劳动,并反映了当时的生产关系和人民的艰苦生活。就诗的内容看,这首歌谣是周代以前豳地(今陕西省邠县一带)的诗歌。据说周公曾陈述此诗以教戒成王。因此,这首歌谣不仅是一篇杰出的文学作品,而且是一段历史的记录,具有很高的历史价值。

少数民族民间歌谣(古歌)中,类似《七月》的作品不少,诸如傣族的《叫人歌》,赫哲族的《春季生产歌》,彝族的《插秧歌》,佤族的《下种歌》,等等,都属于这类歌谣。就彝族《插秧歌》而言,不但反映插秧的劳动情景,更主要的是叙述谷种的来历,吟唱当地彝族祖先“上天”索取谷种,历尽千辛万苦,战胜各种灾害的艰难过程。歌词言:

彝族第二代祖先带着一只神犬,上天取谷种,第一次爬过大悬崖,人犬一起掉下深渊,大熊把他们救了上来,可谷种全无了。第二次去取谷种,途经一条大河,突然发大水,把谷种都冲走了。第三次取谷种,拐了很大很的弯子,走了三年的路,才回到住地,把谷种交给寨老。……

这段歌词,显然是告诉人们——谷种来之不易,应该注意育种、留种,否则来年就无种下田。

(二)中国文化精神的集中反映

中国文化的基本精神,从实质上说就是中华民族的民族精神,是中华民族特定价值系统思维方式、社会心理及审美情趣等方面内在的面貌。民间歌谣反映的文化精神主要有以下几方面:

1.勤劳刻苦精神

民间歌谣中有很多描写劳动的情景,许多都以劳动为主题。歌颂劳动、歌颂勤劳刻苦的劳动人民成了这类民间文学的特征。《诗经》中的《伐檀》《江南》《采莲童曲》等,都是以劳动为主题。即使是写爱情题材的,也与劳动有关。如大家所熟悉的乐府民歌《陌上桑》《涉江采芙蓉》等,虽然描写男女恋情,但也离不开田间劳作。民间歌谣按歌唱者的职业分,又可分为“田歌”、“樵歌”、“牧歌”、“采茶歌”、“夯歌”等,这些歌谣都是对某类劳动的描述。而劳动歌则是一种由体力劳动直接激发起来的民间歌谣。劳动歌谣,古人称之为“举重劝力之歌”。劳动号子有薅秧号子、打篮号子、扁担号子、打夯号子、采石号子、伐木号子、装卸号子、板车号子、行船号子、捕鱼号子等,尽管号子反映的具体内容不同,但都体现了劳动人民的勤劳。

2.自强不息精神

中华民族精神之一,是自强不息。民间文学对这一基本精神的反映在各类传说、神话、谚语、小戏、民歌中皆有表现。即使文本的最初目的并不是写主人公的自强不息,但通过对主题的叙述反映了主人公对目标百折不挠,历尽艰辛,最终成功的顽强精神。

不仅是那些篇幅较大的叙事长歌,反映民族精神,朴实的短歌,也展示了民族的自强不息。“穷人穷来力不穷,能填海来能移峰,西海搬到东海去,北峰移来合南峰”(陕西民歌),也与盘古开天辟地的气概,精卫填海的毅力,愚翁移山的精神相吻合。

在自强不息这一点上,“天行健,君子以自强不息”和“发愤忘食,乐以忘忧,不知老之将至”等所代表的“大传统”与“无志山压头,有志能搬山”等民间谚语的“小传统”有异曲同工之妙。

3. 正道直行观念

中华民族是坚持正义,勇于追求真理,崇尚气节的民族。在广西柳州市象州、来宾一带广为流传的《十劝青年》①就是一首讲究正统道义的歌谣,是帮助青少年树立良好道德风的教材。

移风易俗歌·十劝青年

一劝青年莫赌钱,输赢都挨受熬煎,
若是公安抓到了,绳子立刻挂上肩。

二劝青年莫抽烟,又伤身体又费钱,
万一中毒得癌症,自己造孽莫怨天。

三劝青年莫偷扒,偷人钱财人咬牙,
不怕你有隐身术,总有一天犯刑法。

四劝青年莫打架,要讲道理要守法,
无理横蛮乱打斗,就和牛马不相差。

五劝青年莫结帮,结帮胡闹不应当,
帮派原是四害种,莫把砒霜当白糖。

六劝青年莫嚣张,莫要奸淫耍流氓,
刑法好比装电网,碰着不死也挨伤。

七劝青年莫闲逛,莫要猜马度时光,

① 黄勇刹、陆里、蓝鸿恩主编:《广西歌圩的歌》广西壮族自治区民间文学研究会编印,1980年版。

青年不学硬本领，电子世界当科盲。
八劝青年莫颓丧，要树革命人生观，
长征靠你当后备，革命靠你去接班。

九劝青年莫忘本，革命传统要发扬，
有了导弹载火箭，莫忘小米加步枪。

十劝青年志要壮，定要祖国换新装，
同把四化建设好，人民富来国家强。

4. 敢于抗争精神

敢于抗争是中华民族“小传统”的一个鲜明特色，中华民族传统文化虽有务实守成恋土乐耕、安居乐业等群众观念，但更有不畏强暴，奋起反抗，舍生取义，为民族为人民抛头洒血、慷慨捐躯的精神传统。

反映这类精神的歌谣也很多，如“职方贱如狗，都督满街走，宰相只要钱，天子但呷酒“、“举秀才，不知书；举孝廉，父别居；寒弟清白浊如泥，高等良将怯如鸡”、“知县是扫帚，太守是粪斗，布政是叉袋口，都将去京城里抖”等。诸如“皇帝是土匪，土匪是皇帝”、“舍得一身剐，敢把皇帝拉下马”等谚语更反映了人民的斗争精神。

陕西民歌《茅山歌》：“欲知圣人姓，田八二十一；欲知圣人名，果头三屈律”，把黄巢称为圣人。还有歌颂闯王的歌谣：“莫求升，莫求和，打开大门迎闯王，闯王来了不纳粮。”

值得一提的是，鸦片战争以后，殖民主义和帝国主义成了压在中国人身上的一座大山。在此期间，产生了大量反对侵略的传说、歌谣。如《林则徐借款》《三元里抗英》《渔童》和“林则徐、禁鸦片，焚烟土、在海边；开大炮、打洋船，吓得鬼子一溜烟”等。“哪里有压迫，哪里就有反抗”，这是世人所知的真谛，民间歌谣深刻地反映了这一道理。

5. 积极乐观情怀

劳动人民历来是朝气蓬勃的，只要社会还没有黑暗到民不聊生的地步，人们总是豁达积极的。民间歌谣流露出人们对美好理想的追求和幸福生活的渴望，表现了豁达乐观的天性。这里有情歌如《藤缠树来树缠藤》、《高高山上一树槐》、《在那遥远的地方》、《妹妹紧紧追》等，童话如《蛇郎》、《田螺姑娘》、《金鱼姑娘》等。为了实现美好的愿望，劳动人民常常借助神仙、精灵、宝物。恩格斯说过民间故事书的使命是:“使一个手工业者的作坊和一个疲惫的学徒的可怜的屋顶变成诗的世界和黄金的殿堂,而把壮健的情人行用成美丽的公主。”①劳动人民的幻想大部分源于现实生活中得不到的满足。

流传在全国各地的民间笑话、诙谐歌、颠倒歌是人们表现乐观的又一阵地。如湖南的诙谐歌(又叫扯白歌):

无事唱个扯白歌,风吹石头上山坡,麻雀子窝里生鸡蛋,树尖子儿马咬窝,砍柴砍出鲤鱼蛋,耙田耙出野鸡窝,对门山上獐咬狗,雄鸡公背起豺狼走,后背圆里菜吃羊,厨房里媳妇心肝妹子哟,打家娘,叮叮当当海棠花,十指尖尖那妹子呀,唉哟,打家娘

这首歌说的全是一些生活中不可能发生的事情,但听起来荒诞得有趣,令人忍俊不禁。

(三)阶级斗争的有力武器

在漫长的阶级社会里,歌谣成了劳动人民反对压迫、反对剥削的强有力的武器。

1. 揭露旧社会的黑暗,控诉人世间的不平

在阶级社会里,劳动人民深受剥削和压迫。他们过着牛马不如的生活,却又限于自己的无法反抗,于是用歌声来反映他们的不幸及对社会的无比憎恨。

穷人头上三把刀:
租子重,利钱高,苛捐杂税多如毛;
穷人眼前三条道:
逃荒,上吊,坐监牢。(辽宁)

没有个大椒不辣人,
没有个财主不狠心,
春天放下驴打滚,
秋天连人一起吞。(江苏)

这两首歌真实地反映了旧社会穷人受苦受难的情景,传达了广大劳动人民的心声,但也体现歌者一些消极无奈的情绪,似乎除了逃荒、上吊和坐牢,就再也没有别的出路。当然从积极意义考虑,也可以理解为一种反抗心理和情绪的表露。

2. 反对歌功颂德,与敌人针锋相对地斗争

① 见《马克思恩格斯论艺术》第四卷,第401页。

莫夸财主家豪富，财主心肠比蛇毒。
塘边洗手鱼也死，路过青山树也枯。
……
凭着你的家财多，强抢民女做小婆。
（你）抢米粮，抢田地，抢去花果金银坡，
只有嘴巴（你）抢不去，留着还要唱山歌。

（广西《刘三姐》）

这两首歌比前两首相对地具有反抗精神。虽然不是真刀裤枪与敌相持，但意识的力量亦不可低估。刘三姐与众歌伴唱此歌时，财主和管家暴跳如雷。

历代反动统治阶欺压人民，骑在人民的头上作威作福，激起劳动人民的强烈反抗。这种反抗（包括反抗精神和反抗行动），首先表现在以歌同他们展开针锋相对的斗争。《诗经》中的《伐檀》、《硕鼠》，就是揭露了剥削者不劳而获，坐享其成的丑恶嘴脸。许多"长工歌"、"苦情歌"唱出了长工和穷人从不自觉到自觉地走向革命的心声。如"腊月长工腊月中，喊一声老板娘子不要凶；走你家大门一把锁，走你家后门一把火；再过三来望望，要你跟我一样穷。"

3. 革命的号角和战鼓

在我国历史上，历次农民起义中的歌谣，都发挥了宣传群众、组织群众的巨大作用。从秦末的陈胜、吴广揭竿而起，汉朝的黄巾起义，元代的红巾军起义，明代的李自成起义，清代的太平天国运动、义和团运动，直至新民主主义革命运动，都有不少歌谣相应产生，并对这些运动起了鼓舞和推进作用。如：

苍天已死，黄天当立，
岁在甲子，天下大吉。

（黄巾起义口谣）

天高皇帝远，人少相公多，
一日三遍打，不反待如何？

（元代红巾军起义歌谣）

历次的革命斗争中，红色歌谣总是成为宣传政策的有力武器。大革命时期，中国共产党及其领导下的革命队伍，常用仿十二月、十杯酒、闹五更、孟姜女等调或十字、六字句等韵文，宣传党的政策和革命道理，收到了良好的效果。

（四）婚姻爱情的媒介

在我国，无论是汉民族还是各少数民族，男女青年谈情说爱，都以歌为最有力的媒介。

苗家有歌万万千,
苗歌就是小姻缘。
恋爱不把歌来唱,
短棍打蛇难拢边。(贵州)

婚姻恋爱,是人生大事。民间歌谣在人类爱情中所起的作用,是其他文学形式所不可比拟的。早在《诗经》的《东门之杨》、《溱洧》、《静女》、《宛丘》等民歌中,就有男女之间自由交往,一同游玩,飞歌问答、互赠信物的记载。在大量的歌谣集子和“歌山”、“歌海”中,我们时常见到或听到这样的唱词:“无郎无姐不成歌”、“山歌无姐唱不成”、“唱个山歌做媒人”。这就说明情歌和与男女之一事有关的歌谣众多是由来已久。如今许多少数民族地区,青年男女通过对歌、赛歌来相互结识,表达爱情,进行婚配的风气还十分盛行。

情歌在歌谣中数量多,艺术性也较高。有一首纳西族情歌展示了爱情真谛:

岩密窝窝甜,
梅子颗颗酸。
爱情酿的酒浆呀,
酸甜苦辣样样全。
不管酸甜与苦辣,
有情人总要喝一碗。

这首歌说明一个道理:恋爱是一般人都要经历的事情,如处理得好就获得幸福,处理不好就会带来终生痛苦。

男女青年以歌为媒,在恋爱、婚姻的各个不同阶段都有不同的歌。因人、因时、因地而异,酸甜苦辣,味味俱全。初恋时期有初识歌,试探歌,赞美歌;热恋阶段有相思歌、忍别歌、重缝歌、怨情歌、狂恋歌;热恋到一定的程度,临近成婚前有定情歌、远景歌、盟誓歌。流传在广西靖西、天等、大新一带的壮族情歌《猫牙石上造良田》(黎德尧演唱,黎浩邦搜集翻译),就是一首具有代表性的热恋歌:

哥得交妹交一世,
天崩地裂不分离;
交到芦杆能站立,
交到母鸡变公鸡。

妹得交哥交一代,

好比鱼水不分开；
不得同生要同死，
要像山伯与英台。

妹若真心同哥恋，
我俩一起上山巅；
哥挑泥来妹挑水，
猫牙石上造良田。

这首歌既表现了男女相恋到底的决心，又体现了他们对未来艰苦创业的意志，恋爱双方一门心思创未来。

感情是复杂的，但从根本上看，建国以前的情歌多与封建道德观念相对立。有的真挚直率地表达了他们的美学观点和选择爱人的标准，更注重对方的人品：

月儿弯弯照西墙，
娇女低头想情郎，
不想浪荡富家子，
只想农家勤俭郎。

有钱有势不嫁他，
妹爱犁耙后生家，
犁嘴犁出千条路，
耙齿耙出万朵花。

有的歌唱出了他们对自由婚姻的向往，对爱情的忠贞，对旧社会封建婚姻制度的反抗和不满。如：

竹篙打水浪飞飞，
我俩结交不用媒，
不用猪羊不用酒，
唱首山歌牵手回。
不怕爹妈家法大，
不怕县官讲王法，
天要塌下一起顶，
压死也要作一家。
树上斑鸠叫咕咕，

哥无妻来妹无夫，
我俩都是半壶酒，
何不共拢做一壶。

这些情歌采用了白描手法，毫不隐瞒自己的思想感情，爱就爱，想就想，直率大胆。虽然没有作什么形象艺术的比喻，可它激情似火，活灵活现，充满生活气息，扣人心弦，韵味无穷。

（五）自我娱乐和游戏工具

歌谣是劳动人民最热爱的文艺形式之一，也是生活中不可缺少的最普及最灵便的娱乐方式。旧社会的农民，特别是偏僻地区的农民，很少有文化生活，歌谣就是他们一种自我娱乐的形式。歌谣不仅能够起到消愁解闷的、使人感到安慰、快乐、恢复体力、精神的作用，而且能够"寓教于乐"，使人们从中受到多方面的教育。许多对歌、盘歌、猜调，互问互答，测验智力，就是以游戏形式出现的。我国北方广泛流行的一种汉族传统小调《对花》，以互相问答，对猜花名的方式比赛智能、传授知识、娱乐嬉戏，非常风趣。浙江乐清县牧童唱的山歌《对鸟》，要求歌者有更丰富的自然知识和更高的对答技巧，孩童们挑逗顽皮的神情，更觉有趣可爱。河北民歌《小放牛》载歌载舞，男女对唱，描写的是村姑向牧童问路，调皮的牧童故意留难，要村姑回答他提出的问题才告诉她。二人一问一答，边歌边舞，富于表情，生动、活泼、风趣，充分表现出劳动人民的聪明才智和开朗乐观的性格。云南流行的《猜调》是儿童游戏时唱的对歌，内容非常生动，通过一连串的排句"什么长长上天……"向对方提出一连串的问题，一气呵成，不给对方一点思考机会。但对方并没有被难倒，不假思索，脱口而出，问得巧，答得妙，生动活泼，妙趣横生。四川康定藏族的年轻姑娘和小伙子玩一种叫"阿洛木"的游戏，彼此用诗句来猜心意，被猜着的人就要唱歌，充满了欢乐、智慧和风趣。每逢广西壮族的"歌圩"、甘肃莲花山的"花儿会"以及各民族举行赛歌会时，更形成了一个歌山歌海的娱乐场所。

（六）民间法律

一些少数民族地区，歌谣还有一种维护社会道德和社会秩序的特殊功能。人们常常用民歌形式或史诗中的道理来解决人民内部矛盾。广西三江侗族的"款词"和金秀瑶族的"石牌话"就是这种歌谣。费孝通先生称这"石牌话"是当地瑶族先民立下的自古奉行的强有力的法规。它们的歌谣形式把群众的各种共同意愿，记录下来，约束着人们的行动，作为排解纠纷、处理民众事端的依据。头人或调解人在处理纠纷时，有时叙说，有时高声吟唱，比喻生动贴切，极有说服力。少数民族地区众多的习惯法及部分规民约皆以歌谣形式书写和口头传诵，老百姓喜闻乐见，效果甚佳。

第二节　潜在的积极上进因素

"潜在"二字指存在于事物内部不容易发现或发觉的东西。歌谣是劳动人民生活的一个组成部分。它包含多方面的性质和内容，有文学方面的，也有民族的、历史的、语言的、哲学的、宗教的、民俗的、心理的、美学的，以及农业气象、水文地理、医学等方面的因素，因此，它具有多方面的价值，为社会科学、自然科学的研究提供了珍贵的资料，被誉为生活的"百科全书"。

一、文艺创作的养料

民间歌谣的文艺价值，实际上是包含了本书开头说的，歌谣哺育了历代作家、诗人，也就是歌谣对历代作家、诗人的影响。这种影响集中表现在以下几个方面：

（一）歌谣与神话、传说和故事一样为作家、诗人提供了丰富的素材和生动的典型形象

高尔基说："各国伟大诗人的优秀作品都是从民间集体创作的宝藏中吸取滋养，自古以来这宝藏曾提供了一切诗的概括、一切有名的形象和典型。"①英国莎士比亚戏剧中的奥塞罗、哈姆雷特及德国诗人歌德塑造的浮士德博士等，都是来自民间歌谣或故事的典型形象。普希金、海涅等许多诗篇中成功运用了歌谣、故事的内容和形式。我国民族戏剧中的《阿诗玛》、《刘三姐》、《王贵与李香香》，都是在民间歌谣、故事基础上形成的优秀作品和艺术形象。

（二）歌谣丰富了诗歌形式

各种诗歌体裁大都来自歌谣。由劳动人民先创造出来，以后被诗人吸取。正如鲁迅所说："歌、诗、词、曲，我以为原是民间物，文人取为己有。"如前所述，我国的四言诗、五言诗、七言诗以及后来的词、曲，都首先在歌谣里出现。鲁迅又提到唐朝的《竹枝词》和《柳枝词》之类，原都是"无名氏的创造。经文人的采录和润色之下，流传下来的。"唐代诗人刘禹锡在巴渝（川鄂之间巫山地区）一带发现巴人唱"竹枝"，便仿作《竹枝词》。"巴人"为土家族先民，至今湘鄂土家族

① 转引自吴超《歌谣学概论》（刊授大学讲义）第42页。

民歌和古代竹枝词仍然保持一脉相承的联系。

歌谣中的赋、比、兴等艺术手法被诗歌广泛使用(后面专题详述)。

(三)歌谣的人民性和现实主义、浪漫主义手法对作家、诗人创作的影响

历代现实主义和积极浪漫主义作家诗人,所以在艺术上取得的伟大成就,都与他们接近人民,向人民学习分不开的。上一章我们介绍了屈原的《九歌》、《天问》、《离骚》、《九章》等作品,深受楚地民歌的影响。也讲了汉魏六朝乐府民歌哺育了建安七子和李白、杜甫、白居易等伟大诗人,形成了我国诗歌史上的黄金时代。那末,他们如何受歌谣的影响呢?可从以下几方面理解:

1. 一些著名诗人、作家,从上古神话及古代歌谣中吸取浪漫主义因素。上古神话和一部古代歌谣充满幻想色彩,后代诗人根据其精神进行创作,因而他们的作品多带浓郁的浪漫情调,屈原、李白和苏轼等就属这类诗人。

2. 现实主义精神的影响,即不少诗人从古代歌谣中接受现实主义精神。杜甫就是我国古代现实主义诗人的代表。此外,白居易也大量吸取民歌中那种时弊、朴实无华的诗风,写出了不少反映民众疾苦的诗作。

3. 推崇民歌反映真实生活,表达真实感情的精神。这方面,明清时较为突出。中国诗歌的现实主义传统和历代歌谣是息息相通的。

(四)歌谣的语言对作家诗人的影响

古往今来,凡有成就的作家诗人,都是善于吸取、提炼人民语言而自成一格的语言大师。被誉为俄罗斯语言大师的普希金,曾多次提出"作家唯有保持着和民间文艺的密切联系,才能掌握语言的艺术。"①曹雪芹在他的《红楼梦》中采用了许多民间谣、谚。如"护官符":

贾不贾,白玉为堂金作马。
阿房宫,三百里,住不下金陵一个史。
东海缺少白玉床,龙王来请金陵王。
丰年好大"雪",珍珠如土金如铁。

其他作家的名著,如《水浒传》、《三国演义》、《儒林外史》、《金瓶梅》及现代作品《暴风骤雨》、《李有才板话》、《漳河水》、《死不着》等等,也都成功地运用了民间谣谚。

---

① 详见《苏联民间文学论集》第121页。

二、科学技术的基因

(一)历史的一面镜子

民间歌谣能够帮助人们认识历史,特别是关于史前史以及民族史、文化史、民俗史、阶级斗争史方面,我们需要更多地参考祖祖辈辈口传下来的歌谣、史诗等作为依据。这些口头文学作品保留了各个历史时期积存下来的东西,形成一个大的沉积层,其中有许多历史上遗留的社会现象,正是我们的历史学者和歌谣学者需要考察研究的东西。人类的起源、民族的产生、部落战争和民族大迁徙等情况,尽管不是信史,但透过人类童年天真的现象,仍可窥见远古人类社会的面貌和思想意识。马克思评摩尔根《古代社会》一书时说过:"古代的歌谣是唯一的日耳曼人的历史。"恩格斯特别注意民间文学对认识历史的重要价值,在他的名著《家庭、私有制和国家的起源》中,为了阐明古代社会历史的重要问题,专门引用了古德意志民歌、古斯堪的那维亚民歌等作为例证。高尔基也强调:"如果不知道人民的口头创作,那就不可能知道劳动人民的真正历史。"郭沫若在 1950 年在中国民间文艺研究会成立大会上的讲话中,也特别指出:"民间文艺给历史家提供了最正确的社会史料。"《诗经》国风中的民歌对周代社会各方面的真实反映,已为史学家们广泛利用,并已成为权威性的史料。司马迁《史记》的《本纪》、《世家》、《列传》等篇章里,就运用了近百首歌谣。我国汉学史上常举一些歌谣例子,如"一尺布,尚可缝;一斗粟,尚可舂;兄弟二人,不能相容"、"直如弦,死道边;曲如钩,反封侯"、"狡兔死,走狗烹;飞鸟尽,良弓藏;敌国破,谋臣死"等等,已成为醒世的格言。又如"上等之人欠我钱,中等之人得觉眠,上等之人跟我去,好过在家耕瘦田"的民歌,则成为研究太平天国历史的珍贵资料。至于近代产生的许多生动形象的红色歌谣更是研究我党领导的革命老根据地历史的重要资料。为什么歌谣受到史学界这么重视呢?其奥妙就在歌谣是人民的心声,历史的回音,它真实地反映了历史的本质,帮助人们了解历史真相。

(二)自然科学研究的依据之一

歌谣在自然科学方面的价值不能低估。如过去人们探索黄河源头究竟在哪里,开始比较茫然,青海藏族地区有一首民谣就提供了个宝贵的线索:"黄河的水哪里来?约古列宗。约古列宗老家在哪里?雅哈拉达合泽。"自然科学家根据这一线索去考察寻找,果然找到了黄河的源头就在约古列宗的"玛曲"(河名)。许多有关气象的谚语就是民谣,不少科学家,都根据那些民谣、农谚,证实天气变化情况,测报气象。

再如对黄河水文历史调查时,科学工作者根据“光绪三十三,黄河涨上天”这一民谣,结合实地考察、了解黄河水位涨落的规律得到许多有关的数据。

(三)研究语言的重要资料

歌谣是语言艺术之一,是语言的宝库。要研究语言,特别是研究各地方言、音韵和古今语言变迁的情况,更是离不开歌谣。我国语言学者很早就注意运用歌谣进行音韵学、方言的研究。“五四”新文化运动中,北京大学的《歌谣》周刊曾发表了许多关于歌谣语言研究的论文。语言学的专家、学者们分析各地歌谣资料,了解到各种方言、语音、语法的词汇特点。

歌谣对修辞学的研究作用更大,许多修辞方法,如复沓、谐音、双关、叠音、叠韵以及固定的起兴、套语、比喻、夸张,等等,都是首先在歌谣中使用起来的。因此,修辞学研究也离不开民间歌谣。

三、劳动人民的内感动力

民间歌谣有一股强烈的内在感情动力,许多含蓄、复杂的感情,最好的表达方式莫过于唱诵歌谣。在少数民族地区,常常发现以歌代言的情况,特别是宾主之间,多以歌声代替对白。这不仅是为了营造某种气氛,激发某种感情,而且是正常交流交际的需要。一是有些复杂的话题,不便直说,改换一种含蓄和谐的方式,就能更好表达双方的意图。二是消除方言土语不同的语言障碍。即有些民族操不同的方言,日常对话中因为用词或语音差别,不能直接用本民族语言交流。但唱歌时,双方都惯用自古沿袭下来的相同相近的词汇和曲调,彼此明白对方开唱的内容,于是骤感亲切、融洽,对话的效果更佳。笔者在中年时期曾多次到云南彝族地区采风,几乎每次都遇到这种情况,即以广西、云南交界地区通用的民歌对唱、交流,彼此亲如一家。从这个角度上看,民间歌谣又具有特异的交际功能。

关于民间歌谣的含蓄性,早就被古人充分重视和选用。古诗《陌上桑》就是一个典型例子:

行者见罗敷,下担捋胡须;
少年见罗敷,脱帽著绡头。
耕者忘其犁,锄者忘其锄;
来归相怨怒,但坐观罗敷。

这首歌没有“漂亮”、“美丽”、“动人”等形容的字眼,但从行者、少年、耕者、锄者的举动中,知道罗敷美貌过人,令人如痴如醉,这就是含蓄性的魅力所在。

运用含蓄手法,利于表达深邃多姿的感情。

下面是一首江边送别的歌,同样含有丰富内容:

哥慢走,大船下滩哥慢游;
三百洋钉钉船底,叫哥好好坐船头。

这里的“三百洋钉钉船底,叫哥好好坐船头”包含三层意思:①祝你一路平安——船底钉满了钉,任凭风急浪大,险滩暗礁,都不能阻碍你顺利远航;②我俩的心,就像铁钉钉船底,稳稳当当,永无变故;③心中时刻挂念行船人——远去的一船人,送行者自然把注意力投聚于坐在船头的那个人。这里,歌者采用含蓄手法,隐去了其他表现手段,给读者更大的想象空间。

又如一首叙唱姑娘相貌的歌:

今早拿牛去犁田,犁田犁到田中间;
见妹打伞田边过,黄牛挨打几多鞭。

这首歌对姑娘没有作什么肖像描述,而是将姑娘的美丽程度和引人力量包含在“黄牛挨打”一句之中,这里也同样包含三个意思:①为了看姑娘看个够,赶紧打牛紧追上去,多看几眼;②见了美貌姑娘,心花怒放,做活轻松,嫌牛走得太慢;③打着伞的姑娘过田边,小伙子因为看姑娘,停下手中的活路,误了工,待姑娘走远,拼命鞭打黄牛,补回误工所造成的小损失。归结起来就是姑娘貌美引人。

第三节　人类心灵绽放的花朵

民间歌谣就像一丛丛鲜艳的花朵,绽放于人类的心灵,这不仅表现在歌谣内容方面的深刻性,而且体现在形式的多样性。

中国人民不仅勤劳勇敢,而且多才多艺、能歌善舞。在人们生活中处处都有歌谣,还在襁褓中就听到母亲哼唱柔美的摇篮曲,在呀呀学语时就学说童谣、顺口溜,在做游戏时唱的儿歌童谣就更多了。放牛娃骑在牛背上唱山歌,草原上更有连绵不断的牧歌。青年男女在谈情说爱时对唱情歌。在劳动中有各种号子与民歌,婚丧嫁娶都有许多仪式歌。哈萨克民歌这样唱道:

当你降生的时候,
用歌唱打开世界的门户;
当你死去的时候,

歌声伴你走进坟墓。

歌谣是人民心上的花朵,它的根在生活的最深处。俄国小说家列夫·托尔斯泰在《艺术论》中指出民歌与传说故事、神话、谚语一样,深入浅出,是“最高级的艺术”。他认为艺术感染力的大小“是衡量艺术价值的唯一标准”。这决定于三个条件:感情的独特性、感情传达的明晰性与感情的真挚程度。“这第三个条件——真挚——是三个条件中最重要的一个。这个条件在民间艺术中经常存在着,正是因为这样,民间艺术才会那样强烈地感动人。”正是这样,优秀的歌谣是发自人民内心深处的声音,感情深刻而真挚,如风行水上,自然成文。它朴素自然,生动明快,刚健清新,经过千百万群众的传唱、加工,在流传中发生变异,往往愈变愈好,成为精美之作,为群众喜闻乐见,是世界上最有生命力的诗歌①。

歌谣是民间韵文中短篇作品的总称,又可分为民歌与民谣两大类。歌与谣不同,在先秦时代即已有了区别。《诗经·魏风·园有桃》有“心之忧矣,我歌且谣”之句,毛传注曰:“曲和乐曰歌,徒歌曰谣。”什么是徒歌,有人理解为无伴奏的歌唱,这并不符合歌谣的实际。其实,徒歌应为无曲调的——只说不唱的韵文作品,正如《韩诗章句》所述:“有章曲曰歌,徒歌曰谣。”用是否有曲调来区别歌谣是比较科学的。在历史上,有曲调的可唱的是歌,无曲调的只说不唱的是谣。古代常常谣谚并称,民谣与谚语都是只说不唱的。

民谣又叫“顺口溜”、“风谣”、“童谣”、“练子嘴”等。民谣短小精干,易编易传,形式灵活,能敏锐而迅速地反映时事,能像风一样迅速传开,往往具有强烈的政治讽喻性。如夏末暴君桀以太阳自比,民谣即曰:“时日曷丧,予及汝偕忙。”表现了人民的强烈不满。民谣揭露黑暗政治往往一针见血,如《后汉书·五行志》所记一首桓帝初童谣:

小麦青青大麦枯,
谁当获者妇与姑,
丈夫何在西击胡,
吏买马,君具车,
请为诸君鼓咙胡。

描写战争对人民正常生活的影响,给人很深的印象。“五行志”中把民谣作为一种占卜时政的工具,甚至说这是天上的荧惑星(火星)下凡化为儿童来传唱的。这种迷信恰恰表明民谣真实而深刻地反映军阀言行的不一,如:

---

① 参见吴同瑞、王文宝、段宝林编《中国俗学概论》第28至30页,北京大学出版社,1997年版。

不要钱——嫌少，
不拉人夫——嫌老，
不住民房——嫌小，
不怕死——先跑。

当代讽刺不正之风的民谣，如“四菜一汤，糊弄中央”，表面是说“四菜一汤”，实际仍酒菜满桌，一桌几百乃至几千元，正是“一顿吃掉一条牛”，结果是“酒杯捏扁了，筷子吃短了，椅子坐散了，离群众越来越远了”。尽管这类干部是少数，但其危害却很大，民谣的讽刺与谏戒是很及时而深刻的。邓小平同志说：“一个革命政党，就怕听不到人民的声音，最可怕的是鸦雀无声……”（邓小平《解放思想，实事求是，团结一致向前看》，1978）因此，搜集和研究这类新民谣是继承和发扬采风传统以利于民主建设的大事。

民谣中也有歌颂的，赞美与讽刺是民谣的两个方面。凡是为人民作过好事的人，人民群众都是赞扬的，对一些突出的人物就会在民谣中进行歌颂。周恩来总理为中国人民的幸福奋斗了一生，在他不幸逝世后还受到四人帮的诬陷，但人民群众却突破封锁在天安门广场对他进行了大规模的吊唁活动。在大量传抄的天安门诗歌中，流传最广的往往是一些口碑民谣，如：

人民的总理人民爱，
人民的总理爱人民，
总理和人民同甘苦，
人民和总理心连心。

尽管当时“四人帮”把这些诗歌打成“反动诗歌”，但仍然不能阻止它们在全国广泛传诵。改革开放以来，许多民谣也歌颂了党的富民政策的胜利。如湖北民谣：“种田有了自主权，一抖翅膀飞上天，掐掐大腿不是梦啊，农民笑在彩云间，长了见识开了眼。”因为实行了农业联产承包责任制，农民有了经济民主，大大提高激发了劳动积极性。多劳多得真正落实，农村改变了贫困面貌，民谣生动地记录了农村的变化：“粗粮变细粮，草房变瓦房，烂袄换新装，光棍娶新娘。”

民谣中还有些是讽刺懒汉的，带有很大的艺术夸张：“大肚汉，能吃不能干，挑着两个猪尿泡，累得一身汗。有心想歇歇，又怕回家赶不上吃饭。”写得多么生动与深刻。民谣中有一种很有特色的“颠倒歌”，如：

月亮白光光，贼来偷酱缸。
聋子听见忙起床，哑巴高声叫出房。
跛子追上去，瞎子也帮忙，
一把抓住头发，看看是个和尚。

表面看这是一种调笑游乐的作品,说得都是反话,但在黑白颠倒、言行不一的旧时代,有一定的讽刺性。

民谣的体式甚为灵活,句式自由多变,一般都短小精干,顺口好记。

民歌与民谣不同,它的抒情性较强,是口头传唱的。正如两千年前的《毛诗大序》所说:“情动于中而形于言,言之不足,不嗟叹之,嗟叹之不足,故永歌之,永歌之不足,不知手之舞之、足之蹈之也。情发于声,声成文谓之音。”民歌的曲调很丰富,各地不同,一般为独唱的,也有对唱、重唱与合唱的。像壮族的“诗”,就是二部重唱;侗族大歌以及瑶族、布依族、毛南族等南方少数民歌中甚至有二声部乃至多声部合唱、伴唱的民歌,其和声甚为悦耳,独具特色;蒙古草原的长调民歌高亢而悠远,举世罕见。民歌深情地表达了人民的心声,代表民族的灵魂,最能激动人心,引起深深的共鸣。

民歌是离不开曲调的,但歌词也有相对的独立性,同一首曲调可以填上不同的歌词。民间文学所说的民歌主要指歌词部分。

我国民歌的体式极多,曾经出现过二言、三言、四言、五言、七言、杂言(长短句)等种种形式。上古代先秦时代有二言、三言,而以四言为主,在《诗经》中有很多记录。楚辞体民歌在五、七言基础上有所变化,是南方的一种的民歌体式,后为伟大诗人屈原所发展。秦汉以来五言、七言民歌流传了两千多年,唐宋以来又有长短句的词曲。明清俗曲民歌中早已有了白话的诗歌,如:

瓜仁儿本不是个希奇货,
汗巾儿包裹了送我亲哥,
一个个都在我的舌尖上过,
礼轻人意重,好物不须多。
多拜上我亲哥也,休要忘了我。

(《桂枝儿·赠瓜儿》)

这首明末民歌表现了纯真的爱情,而语言又是白话口语体。

现代民歌的主体式有山歌体、信天游、花儿、爬山虎、民间小调、偕、鲁(拉伊)、欢、琵琶歌等等。它们都在内容上反应了各族人民美好的心灵,在形式上为诗歌的创作,确立了典范。

第四章

情同手足:歌谣与民俗①

历代文人对“民俗”有多种不同的解释:有的解释为一种礼仪;有的解释为某地区人们的习惯;有的解释为某地区的人情、心理、性格;也有的是指某地的自然环境(郑玄认为“地气使之然也”,这里的地气便是指自然环境);还有的指一种风气,一种教化。如《诗经》里的“风”便属于这种。这个“风”包含了民歌。《毛诗序》对“风”的解释:“上以风化下,下以风刺上,主文而谲谏,言之者无罪,闻之者足以戒,故曰风。”

五四运动初期,我国学术界广泛研究歌谣,实际上是包含了民俗的研究。北大成立了歌谣研究会,创办《歌谣》周刊。1927 年广州中山大学创办了《民俗》周刊,从此以后,“民俗”成为一个固定的学术名词。

“民俗”一词的含义相当丰富。它是一种历史文化的传承,是一种相沿成习的文化现象。具体说,民俗是世界各民族共同创造和享用的生产、生活习惯、文化活动、组织制度、信仰和迷信等一系列传承文化。学术界又称之为人类的“行为方式”。这种行为方式,由人们的民俗观念、民俗行为和民俗物资三大部分组成。民俗观念,即人们的所思所想,所祈求的意识;民俗行为包括日常生产、生活方式和各种礼仪;民俗物资则是指人们根据生存观念意识需要而制作的衣物、民居建筑、交通设施(如桥梁、亭池等)和各类各式大小工具,等等。也可以说,民俗是社会生活中普遍存在的文化现象,包括物质文化和精神文化。既指精神传统方面的各种现象,包括神话、传说、故事、歌谣、民间谜语、谚语、戏剧等形式的民间文学,又指民俗的各种行为、形态(礼仪等),制度及由人类生产、生活需要而建成起来的建筑物。正因为如此,歌谣和民俗之间,有着千丝万缕的联系。

---

① 摘引自吴超刊授讲义《歌谣学概论》第六讲,文字有变动。

第一节 不分彼此的文化现象

(一)“歌”与“俗”的渗和

歌谣与民俗关系极为密切。两者都与人民生活有着血肉的联系,它们本身就是人民生活的一部分。如果把人民生活比作母亲,那么两者犹如一对孪生的姐妹。它们同一个血缘,你中有我,我中有你,情同手足,形影不离。

人,从生到死,都离不开歌,也就是离不开民俗。正如哈萨克族的一句谣谚:“你伴随着歌声躺进摇篮,也伴随歌声离开人间”。彝族丧葬古歌中也有类似的句子——“歌声带你来,歌声送你回”。在笔者家乡,旧时产妇在家中的火灶旁边分娩,往往由其婆婆或丈夫充当接生员。这个当接生员的婆婆或丈夫,在婴儿出生前及出世后大约七八分钟,唱一种祈祷的歌,祈求祖先保佐,让婴儿安然出世,健康成长。他们边吟唱,边处理产后有关事宜。如今医疗条件较好,产妇一般到正规医院或乡村医疗点分娩,接生婆一般不再是婆婆或丈夫,而是有关医务人员,自然没有什么歌儿伴着婴儿出世。然而,只要婴儿被抱回家中,就要张罗简便仪式,请寨上师公或族老,到家中念几段经词。用现代的话说就是向本家主上报个户口,让前世列祖列宗明白、开恩,求个吉祥。每个人,从生到死,也离不开民俗:无论是城镇或乡村,一个人一出生,就伴随着各种礼仪,经过冠礼、起名、戴帽、穿衣、婚礼、寿礼,直至逝世后的丧礼,以及日常生活中的衣食住行、岁时节庆、宗教信仰等等,在民间形成了一连串的仪式和习俗。每一种民俗也总是伴有相应的歌,每一种歌都反映一定的民俗。有的歌就是民俗事象的有机组成部分,抽掉了歌,民俗活动就不存在了。近年来,一些地区想恢复一些礼仪,恢复不了,就是因为没有歌唱。民俗的失传,首先是歌的失传。笔者家乡跳弓节昔日各种仪式多姿多彩,好生引人。近几年来由于能唱会说的师公、歌手相继去世,减免了各种仪式,其他活动也随之减少。广西作为实行少数民族区域自治的省区,聚居着我国人口最多的少数民族——壮族,此外还分布有瑶、苗、侗、仫佬、仡佬、毛南、彝、京、水、回等少数民族,民俗文化的蕴藏十分丰富。而这些民俗文化又以歌谣为主要特征和标志。其中壮、瑶、苗、侗、彝、京等民族均是好歌喜舞的民族,素以能歌著称,以歌抒情、以歌求偶、以歌会友。唱歌,成了他们生活的重要组成部分。在壮族地区,每年春秋两季还要举办歌会,届时男女青年盛装打扮,汇集到特定的场所进行对歌,名曰“歌圩”。春季歌圩以三月三歌圩最为隆重,规模也最大,秋季歌圩则以八月十五歌圩最为流行。

歌圩活动一般要持续三几天,参加者以未婚男女为主,也有其他人员和附近的各族群众,人数不定,少者一二千人,多则上万人。活动程式以对歌为主,有男女个人对唱,也有男女群体对唱。具体有见面歌、邀请歌、盘歌、新歌、爱慕歌、盟誓歌、送别歌等。同时也进行抢花炮、演戏、舞龙等文娱活动。农历十月十六日的瑶族盘王节,也是歌的盛会。届时人们要唱"盘王歌"和历史歌、爱情歌、生产歌等,并有长鼓舞、打花棍、放花炮等文娱活动。青年男女则要摆"歌堂",互相对唱,通宵达旦。农历十月十五前后的苗族歌会,活动时间为三天三夜。届时男女老少一路唱着山歌赴会度节,使得节会期间到处可见对唱、独唱、领唱、齐唱等欢乐情景。青年男女则对歌传情,以定终身。除对歌以外,更有商品交流,经济与文化已被熔于一炉。此外,仫佬族的走坡节、京族的唱哈节、毛南族的分龙节、彝族的跳弓节等,都是有着悠久历史的民间歌舞盛会。南宁作为广西的首府,自 1999 年以来每年的 11 月份举办一年一度的以民歌会唱、经贸洽谈为主要内容的南宁市国际民歌艺术节,实际上是一个以壮族秋季歌圩为主体,同时吸收瑶族盘王节、苗族歌会、仫佬族的走坡节、彝族的跳弓节等节会的民俗因素,并掺入现代文化要素熔铸而成的综合性地方新兴节会。无论在节期选定、内容安排和参节者预期等方面,均有一定的民俗依据。如节期选在 11 月份,既照顾到壮族秋季歌墟、瑶族盘王节、苗族歌会等节会的节期要素,又考虑到此时南宁地区天气晴朗方便活动的气象因素。节会活动则定位于以中外民歌会唱和经贸洽谈、商品展销为主,也有民间节日熔文化娱乐与经济交流于一炉的民俗依据。"歌"与"俗"掺和在一起,把人们的生活装点得五彩缤纷,有声有色,从各方面丰富了祖国的民族史和文化史。

(二)"镜子"和"窗口"并存

由于民间歌谣全面深刻地反映了一个民族的社会历史、时代生活和风土人情,表达了人们的思想感情、艺术趣味和美学理想,常常被喻为社会生活的一面"镜子"。又因为通过民俗可以了解到一个民族在不同历史阶段的社会各方面情况、政治结构、生产、生活方式、居民建筑、服饰、饮食、人生礼仪、婚丧、宗教信仰、喜好禁忌等古老遗风和民族性格、民族心理形成历史,因此,常常被看作是社会生活的"窗口"。

"镜子"和"窗口",具有共同的性质、共同的对象、共同的作用。歌谣的创作离不开当时当地人类共同的风俗习惯和衣食住行等生活方式。一切民间风俗,既存在于生活中,又广泛反映在民间歌谣中,借生动形象的口头文学得以传承。

民间歌谣具有相当强的传承力。人在童年时期,民歌的传承者主要是母亲、祖母、外祖母等。而长大后最能被人们所牢记的儿歌,具有普遍性的,有"拉大锯、扯大锯”,“月亮光、照地堂”、“月亮走,我也走”之类。有的儿歌,特别是少数民族儿歌,常常是记录着当地的民俗事象。如广西三江侗族一首叫《迎客》的儿歌,正是反映了当地侗族的风土人情:

莹火虫,落窗中,
客人到来我不懂,
什么东西待客礼最重?
去杀鸡?鸡说莫杀我,
留我早早叫人去做工。
去杀鸭?鸭说莫杀我,
留我下田吃禾虫。
去杀狗?狗说莫杀我,
留我守夜防盗贼。
去杀牛?牛说莫杀我,
留我耕田把粮种。
去杀马?马说莫杀我,
留我拉车又载重。
什么东西来待客?
打锅油茶笑融融。

这首儿歌提出了待客方法的一系列问题,最后表明“打油茶”最合适,这就告诉人们:打油茶是该民族的一项重要民俗事象。“油茶”不单纯是茶,而是一种多味食品和饮料。“打油茶”具有丰富的文化内涵,如“先苦后甜”,“五味齐全”,“又秀又甜”,“百里飘香”,“真情相见”、“深情厚谊”,等等。儿歌诚然不必要也不可能说得尽透,然而它明确地告诉人们此一活动是该民族待客的最重要礼节。

民间歌谣主要是通过民间口耳相传,而书面记录也是保存和传播民歌的一种途径。我国收集民歌的工作历史悠久,主要有两种情况。一种是官方派专人或设专门机构采风,如春秋时“天子听政、使公卿至于列士献诗,瞽献曲……百工谏,庶人传语……”(《国语·周语》),战国《礼记·王制》记有“命太师陈诗以观民风”,汉代何休记:“男年六十,女年五十无子者,官衣食之,使之民间求诗。”汉孝武帝则“立乐府而采歌谣……以观风俗,知厚薄云”(班固《汉书·艺文志》)。诚然,汉武帝的这类采风,主要目的是应施政之需,是为巩固统治地位而采取的举动,但在客观上起了保存民间歌谣的作用。

另一种情况是文人学士出于对社会关注与个人的喜爱而编制采集。如宋代郭茂倩编《乐府诗集》、元陶宗仪采《醉太平》小令、明杨慎的《古今风谣》、《古今谣》,清代杜文澜的《古谣谚》等。有的直接采录汇编当代口头活态民歌成集,如冯梦龙的《挂枝儿》、《山歌》,清乾隆年间刊本《万花小曲》(1743 年)、《霓裳续谱》(郭自德选辑、王廷昭编订)、还有华广生辑的《白雪遗音》、郑旭旦的《天籁集》、悟痴生的《广天籁集》、范寅的《越谚》等。特别是吴淇等四人以及李调元的采录、出版少数民族情歌专集《粤风》,这对前人采录古壮族《越人歌》、巴人竹枝词等工作的极有意义的继承与发扬。

到了现当代,日益增强的具有歌谣学学科自觉意识的采风,不论在采录的理论建设、组织领导、人员组成,还是采录的目的、地域范围、记录整理方法和所采作品的内容与形式,都有新的变化和突破。当代更有长足的发展。20 世纪 50 年代就出版有:《西南采风录》、《广西特种部族歌谣集》、《花儿集》、《陕北民歌选》、《信天游》、《东蒙民歌选》、《白族民歌选》、《爬山歌》(一、二、三)、《河曲民歌采访专集》、《红旗歌谣》、《中国民歌选》(一、二)等。20 世纪 80 年代以来,出版了大量的各民族民歌集。规模浩大的"中国民间歌曲"与"中国民间歌谣"两套集成的系统工程,更是体现了我国政府对征集民间歌谣的高度重视。

伴随着历史的民歌,也随生活的变化而产生变异。特别是在社会生活急剧变动时期,易于出现"旧瓶装新酒"、"旧曲谱新歌"之类的作品,如"十送"是民间早有流传的歌式,多半用于送情哥情妹。在广西歌圩场上就经常出现这类情歌。我国抗日战争时期,革命根据地人民利用"十送"调的套式,创作出革命情歌《十送红军》等。丰富的民俗,提供了大量的民族性、地域性的素材,是歌谣取之不尽,用之不竭的创作源泉。相反,绚丽多彩的歌谣,是民俗的直接反映和生动感人的表达。作为一种传承的资料积累,它是民俗学的一个分支,是民俗学研究丰富的资料宝库。

有的民俗活动,如对歌、赛歌等,更直接推动了歌谣的发展,而有的歌谣演唱活动,则充实和丰富了民俗事象的内容。

(三)不同阶级利用民俗与歌谣为各自政治服务

由于歌谣和民俗都来自社会的最低层,自古以来统治者总是利用它们来达到某种政治上的目的。其具体用处:一是外交,二是驾驭臣民。早在三千多的年前的周朝,就有专人从事采集民间歌谣的活动。《礼记·王制》篇载:"天子五年一守……命太师陈风以观民俗。"《汉书·艺文志》载:"古有采诗之官,王者观民风,知得失,自考正也。"到了汉代,汉武帝仿周天子"采诗"之说,正式成立掌管音乐的机构——乐府,负责采集民歌。他们打着"观风俗,知得失"的旗号,其实是为了加强统治,满足宫廷里礼仪和娱乐需要,并不是为百姓服务。

近代资本主义特别是帝国主义国家也很注意歌谣和民俗的研究,为的是加强对本国人民和殖民地的统治。

无产阶级和一切反动统治阶级不同,历史上农民起义,工人革命运动和无产阶级革命是为了人民的利益而运用歌谣和民俗。马克思、列宁都非常重视歌谣的政治作用和实际意义。毛泽东同志一贯重视歌谣的作用和民俗调查。无论在农民运动讲习所时期、古田会议上,还是在社会主义建设中,一次又一次提倡搜集歌谣,通过歌谣了解群众情绪,运用歌谣等通俗文艺形式进行革命宣传,搞好移风易俗工作。

第二节 歌谣学在民俗学中的地位

如前所述,歌谣是民俗的一个分支,而且是一个极其重要的分支。不言而喻,歌谣学在民俗学中有着举足轻重的地位。

(一)歌谣学是民俗学的一个重要组成部分

歌谣学和民俗学,最初同出一词汇——Folklore。这是英国学者汤姆斯于1846年提出的一个概念。意为民众的智慧,民间的知识。也有人翻译为“民众的知识”、“民众的学问”。1922年,北京大学出版的《歌谣》周刊发刊词中提出了“民俗学”这一名称,并明确提出“歌谣是民俗学上的一种重要资料,我们把它辑录起来,以备专门的研究。”①还提出“民俗学的研究在现今的中国是很重要的一件事业”。从此,歌谣的搜集、研究,就被纳入了民俗学的范围,成为民俗学的一部分。

(二)歌谣学是民俗学的基础

中外民俗学的产生和发展多是从歌谣的搜集、研究开始的。在欧洲,民俗这个科学名称正式产生以前,就有些国家的学者、文人已经开始记录、整理和评价民间歌谣,如法国的赫尔德(J. G. Herder)对歌谣的高度评价和赞赏。有不少民俗学学者都是从歌谣的搜集、研究入手,而后进入民俗研究(民俗学),在中国的情况也是如此。中国民俗学的兴起不仅是从歌谣学开始,而且许多歌谣学的开拓者同时又是民俗学的创始人,如蔡元培、刘半农、周作人、顾颉刚、钟敬文等。初期的民俗学活动,歌谣也是最活跃的。歌谣,不仅是文学,而且还包含有哲学、历史、民俗、宗教等等因素,具有多种价值、多种功能,它的创作和流传,同

① 转引自吴超《歌谣学概论》第44页。

人民群众的生产、生活习俗及宗教仪式、娱乐活动等紧紧结合在一起,或伴随着生产劳动的动作节奏而产生,或在各种特定场合演唱。总之,作为民间歌谣除了其作品本身外,还涉及到其他各种促使其产生或传播的外界条件,因而它是活动的、多层面的、立体的。这是作家文学所不具备的一种特征。也是它与民俗事象密不可分的表现。可以肯定大凡民俗学(即研究民俗)都离不开歌谣的研究。正因为如此,有的学者将民俗学一词翻译为"谣俗学",体现了歌谣学和民俗学的亲密关系。

(三)歌谣学是民俗学的第一大类

各国民俗学者对民俗学的解释范围、角度不全相同,分类的依据也不尽一致,然而从中外民俗学大师们的分类表看,无论是英国民俗学会会长伯恩(C·S·Gurne)《民俗学手册》里的分类,瑞士著名学者霍夫曼·克莱耶的分类,还是日本民俗学创建者柳田国男的三大分类,歌谣都是重要的项目,排在第一、二位。最早对民俗进行分类的英国民俗学家高梅氏(Sir Lourenme Gomne)将民间歌谣与叙事曲并列,作为民俗的一大类。英国另一位民俗学家班尼(Charlotte Sophi Burunne)对高梅氏的分类法进行修订,将歌谣与故事、谚语、谣并列,同样作为民俗的一大类。当今我国民俗学家将歌谣与神话、传说、故事、叙事诗谚语、谜语并列作为口承语言民俗。总而言之,歌谣作为民俗的一大类,已经成为古今中外专家学者的共识。

在我国,歌谣学不仅与民俗学同属一个系统,有共同的发展历史,而且中国歌谣本身源远流长,品种繁多、蕴藏深厚,依然活跃在民俗事象中。同时中国歌谣与多种艺术形式(音乐、舞蹈、戏剧等)多种学科(自然科学、哲学等)互相交叉、互相渗透,具有多方面的功能和价值。

第三节 相互补充和印证

歌谣学和民俗学不仅关系密切,在学术研究活动中占有同等重要的地位,而且在人类社会历史研究中互为补充,互为印证。

一、歌谣借助民俗学得以认识和理解

许多歌谣的思想内容,需要从民俗的角度去理会。特别是一些古老的歌谣,必须借民俗的研究,才能得到较全面的认识和合理的解释。也就是说,从民

俗资料中理解或推断古代歌谣的某些问题。例如《诗经·国风》一百六十篇中,叠章复句的就有一百三十篇左右。

坎坎伐檀兮,置之河之干兮……
坎坎伐辐兮,置之河之侧兮……
坎坎伐轮兮,置之河之漘兮……

岂曰无衣,与子同袍……
岂曰无衣,与子同译……
岂曰无衣,与子同裳……

采采芣苡,薄言采之,
采采芣苡,薄言有之,
……

所谓"叠章",即章、段重复。所谓"复句",即句子重复。为什么有这么多的迭章复句?一个意思,一些语句,要在一首民歌里往返重复的出现?这个问题,从20世纪20年代初期到中华人民共和国诞生后,曾有不少学者作过有益的探讨和研究。这些探讨和研究,虽然给我们不少启示。然而在未曾从民俗学的角度去理解前,总是觉得不够圆满。如今,人们结合民俗,对于这种歌谣进行考察时,就会得到较满意的解释。

就拿《诗经》产生的时代来说,歌谣有那么多迭章复句的原因,正是当时民俗活动的需要。那时,人们"歌心酣,舞心恒",唱歌跳舞不至尽兴决不罢休。国风如实记录了这种风俗。这种情况,如今在我们许多少数民族地区仍然存在着。特别是一些唱歌节日和赛歌会上,表现得更加充分。广西那坡彝族跳弓节彝胡伴歌的每节歌词都反复咏唱"后生呀,来吧","姑娘呀,来吧",是因为每唱一节歌时,都有许多仪式和表演活动。

歌谣中叠章复句的形成是由歌者思想感情的表达以及劳动、音乐和舞蹈等诸方面的因素决定的。其中思想感情的表达是内在因素,起决定作用,劳动、音乐和舞蹈是外在因素。为了把胸中积蓄的情感充分抒发出来,就必须采用再三咏叹,形成章节、语句的重复。当然,形成歌谣迭章复句的因素还不只这几方面,比如宗教、生活方式等方面习俗也有一定的影响,而且各个因素之间关系也是错综复杂的,不能从单方面去考虑。

叠章复句不仅在少数民族歌谣中富有生命力,在汉族地区也仍然流传。特别是在吴歌(上海、江苏、浙江一带)十分盛行。如太平天国时苏南流行的一首吴歌：

豌豆花开花蕊红，太平军哥哥一去影无踪。……只见雁儿往南飞，不见哥哥回家中！

全歌共三段，每段都含这几句。

又如鄂西流行的一首情歌：

高粱叶儿青，山歌交知音，不要爹妈来操心！
高粱叶儿翠，哥妹来相会，不要媒婆来卖嘴！
高粱叶儿红，妹到哥家中，不用请客拜祖宗！

以上例子说明迭章复句有其根据，并有其特有的作用，不可把这种形式看作是“累赘”，在搜集记录时，要注意保留它，不能任意删去。

云南白族一种古老的“打歌”，过去一般把它译成“踏歌”，解释“踏”为“舞蹈”，“歌”为唱歌，于是把“踏歌”说成是“边舞边唱”。后来有的学者结合民俗调查，请老人实地表演，了解到“踏歌”实际上是“打歌”。这种“打歌”并非“边歌边舞”或“边舞边歌”，而是围着篝火唱歌娱乐的意思，体现了白族游牧时代的生活情景。他们围着火堆边走边唱，借以抵御寒冷，消除疲劳，娱乐身心，久而久之，演变成了“打歌”活动。这种“打歌”除了游戏、娱乐外，还包含传授生产、生活和历史知识，也用以娱神祭神活动。

总之，没有结合民俗调查，歌谣中许多问题就不能作出满意的回答，歌谣研究就不容易深入。

二、歌谣弥补民俗学史实和论据的不足

歌谣生动地反映了民俗事象，是民俗学研究的一个重要对象。透过歌谣，可以窥见作为民族精神文化组成部分的民间风俗的产生、发展和演变状况。歌谣提供的民俗情况，往往比过去文献资料和文人记载更客观、更真实，甚至可以校正历史文献中的某些谬误，也可以填补史册的某些空白和不足。

（一）体现先民劳动情况

如白族民歌《岩羊犁地》：

你地我方不相同，
我们用岩羊犁地，
公羊用来单独犁，
母的两个换着犁。
新犁钯加旧犁板，

犁得整整齐齐。

这首歌,告诉人们白族先民在使用耕牛之前,经历了个"羊犁地"的曲折过程,再现了古代先民生产、生活情景。

又如傣族《抬木歌》,仅从歌词上看也使人感到欢快的情绪和强烈的节奏:

嗨 唷 嗨,沙——罗! 口沙 口罗 嗨,短——对!
象猴群攀藤,象蚂蚁抬虫!
哟哟哟! 啾啾啾! 沙——罗! 短——对!
热热闹闹上山来。

这些情绪和节奏,是劳动创造。鲁迅谈文学起源时那个著名的"杭育杭育"理论,在这首歌里,正好得到补充和确证。

还有各民族许多歌谣,分别展现了本民族的先民采摘、游牧生活和集体劳动情景。如高山族《狩猎歌》:

狂风吹起树叶儿飘,狂风吹起树干弯了腰,狂风吹起行人的帽,狂风吹起打猎人心焦。狂风啊,你吹你的吧,吹得树叶满山飘,吹得行人的帽子满天飞,可掀不动打猎人的心啊,为了打鹿捕羊还要满山跑。

这首民歌体现了高山族人为了获得猎物,在风雨中奔跑的情景。凡是经历狩猎生活的民族都有类似这种行动及其歌谣。

(二)表现先民血缘家庭关系。、

有关资料表明,人类在三百万年的历史长河中,至少有二百多万年是处在各种形式的"血缘家庭"之中。所谓"血缘家庭",又称"血缘婚",按美国民族学家摩尔根的说法,系原始社会的一种婚姻形态,属于群婚阶段。指男女同辈互为夫妻,禁止不同辈分的性关系。恩格斯指出"血缘家庭"的出现,标志着原始群开始解体。

对于血缘婚,人们知道的很少。而一些少数民族古歌谣中,就有反映。如基诺族歌《到祖灵住地去成双》:

同一个氏族内的姻缘,
在人间世世代代不能传。
一对钟情的"巴什"活着不能结婚,
只能到祖先居住的鬼寨去成双。

"巴什"即血缘氏族内恋人。这首歌反映了古老血缘婚的事实。民间歌谣中,反映家庭婚姻习俗的数量极多。从这些歌谣中,人们可以窥见古代不同阶级婚姻形态及礼俗见情——除血缘家庭外,还有兄妹开亲、"阿注"婚、抢婚、不落夫家、包办婚、逃婚等等。

（三）反映不同民族的图腾崇拜和宗教信仰。

远古时候，由于生产力极端低下，知识极为贫乏，人们不可能科学地解释各种大自然现象，而是用万物有灵的观念去看待眼前的一切。他们把与人类生活关系密切的某些动物、植物当作自己祖先，加以崇拜，这就是最早的图腾崇拜。而不同的民族有不同的图腾对象，也反映到歌谣之中。哈尼族以龙树为崇拜对象，龙树被视为人类的保护神，每个家族有自己的龙树，每个村寨都有共同的龙树林。每年三月属龙日祭龙树，届时先将祭品陈列于树前，主持人点香放炮，祈求全村人畜兴旺。祭毕，祭品分给大家在龙树前煮吃。这些习俗，不见文献记载，而都反映到民间歌谣中。哈尼族的《祭祀酒歌》，很生动地反映了龙树祭的场面：

龙树下，祭龙树，全寨老人把酒喝。小龙树下围拢小娃娃，喝酒玩耍多快活！家家的小伙子，把小雀拿来献给小龙树啦；小雀脚上插竹筒，小雀嘴上插梨花。祭了龙树转回来，米谷门前来坐下，大家都来喝酒呀！转动碗中的小雀头，雀嘴朝谁该谁喝哟，小娃娃端酒敬给他。

（《云南少数民族文学资料》第2辑）

以植物为崇拜对象的除龙树外，更多的是葫芦，还有竹子、松树等。我国汉族以及南方许多少数民族先民，都产生过对葫芦的崇拜，认为最早的人是从葫芦里出来的。彝族普遍崇拜竹子，也有认为祖先是从竹子中出来的，传统的《过年歌》中还有祭祖敬竹的唱段：山上的竹子砍一捆，一棵竹划两半，编起篾席成一张，铺在祖公牌下，亲戚六眷都来坐，老祖宗们最喜欢了。

（《楚雄民间文学资料》第2辑）

图腾崇拜的对象除了植物以外，还有众多动物。普列汉诺夫说："原始人不仅认为他们同某种动物之间的血缘关系是可能的，而且常常从这些动物引出自己的家谱，并把自己一些不太丰富的成就归于它。"①作为图腾崇拜对象的动物，有龙、鱼、虎、牛、鸡、狗、猴、松鼠、老鹰、秧鸡、水鸟、孔雀、天鹅等等。当然，随着生产力的发展，人对大自然的控制能力的提高，人们开始意识到自己在自然界里的主宰地位，因而逐渐改变自己的图腾信仰。许多图腾禁忌也逐渐消除，一些禁猎、禁吃的动物也可以猎取作为食物了。佤族有一首《狩猎歌》，反映了这种风俗变化的过程：

岩舍（即老虎）啊，我们本不想使你流一点血，我们本不想把你打死。你把我们的鸡当作箐鸡，你把我们的小牛当作麂子，所以我们使你流血，所以我们把

① 《普列汉诺夫哲学著作选集》第三卷第386页。

你打死。

这些歌谣中反映的图腾崇拜的痕迹和风俗的变化,为民俗学研究提供了具体的实例。

原始宗教与图腾崇拜、巫术交错在一起。在原始社会里,原始宗教作为一种强有力的社会意识,必然影响到原始歌谣的创作活动及内容。事实上,有些歌谣与原始宗教仪式结合得很紧,如独龙族过年节(卡雀哇节)剽牛祭天神时所唱的"剽牛歌",傣族的"跳柳神"歌。进入阶级社会以后,有的歌谣也与宗教结合在一起,如藏族的"打卦调",傣族的"升和尚歌",布依族、柯尔克孜族的"丧葬歌",赫哲族的"萨满调"等等。现举布依族的《葬老人》为例。此歌由巫师演唱,唱时用碗装上米,米上放一个鸡蛋,以此呼喊灵魂。开头叙述因为老人死得凄苦,所以在世儿孙办斋酒纪念,希望老人从此愉快度日,说明祭奠老人的原因和目的。随后,叙述对死者寄托的希望,祝愿老人灵魂安息,早登仙界,庇荫在世儿孙长命富贵。有一段唱词是这样唱的:

过年吃酒肉,再请老人转回来,老人"升天"(去世)后,第一要保佑田地,第二要保佑钱财,第三要保佑牛马,第四第五要保佑子孙。千年保富贵,万年保儿孙……

不难看出这类丧事歌除敬重老人、寄托哀思,尚可批判接受外,内容多半是宣扬封建迷信的。但是对待宗教仪式歌谣,我们一定要按照历史唯物主义的观点,作历史的具体的分析。既要看到宗教势力力图使歌谣和一切民间口头创作都成为它的附属物,总是规定着民间口头创作的范围和方向,为宣传宗教教义服务;也应该看到宗教又在客观上起到保存传播口头创作的作用。如傣族的"升和尚歌",除了宣扬宗教迷信外,也包含了赞美生产劳动的内容。它巧妙地从升和尚时要用袈裟去赕佛,唱到如何挖地播种棉花、纺纱织布,最后才做成袈裟,叙述了整个劳动过程。广西那坡彝族《开路经》主要是为老者送葬时念诵的祭词,内容十分丰富,体现当地彝族的许多哲理观念,同时包含着大量优美的神话、传说和生活故事。念一场《开路经》,也是对世人一则传统文化教育。又如民间巫师用来驱邪除鬼、收疮治怪的"咒语",多是歌谣体的,从内容上看基本上属于封建迷信,但透过阴阳五行、九宫八卦等词句,可以窥见受宗教影响的痕迹,巫师的医术也确有可借鉴处,这些对民俗学、歌谣学、宗教学、医学研究都是有价值的。

第五章

世界文学之母:歌谣与文人创作

民间歌谣,是人类最早出现的文学形式,是世界文学之鼻祖,是各种诗体的母体,前面已作了概括性的论述,本章再分类作具体的分析。

第一节　诗歌的创作之源

一切文学、文艺源于生活、源于劳动,这是一条真谛。然而文人从事诗歌创作,起步于民间歌谣,是民间歌谣把他们送上成功的大道,这也是不可否认的事实。

中国的历代诗歌,无不与歌谣有着渊源关系。各种新诗体,如四言、五言、七言、词、曲、长短句、自由体诗,等等,都首先在民间酝酿,之后才被文人采用发展而成。

一、民间歌谣形式为各种诗体的形成开辟了道路

(一)歌谣对古体诗和近体诗的影响

在文字产生以前,我国就有了民间歌谣。而最初,歌谣和诗歌没有什么区别,诗歌就是歌谣,歌谣就是诗歌。所谓"饥者歌其食,劳者歌其事"。文字产生以后(文字产生到现在约四千年),特别是到了《诗经》时代(距现在二千多年),出现了诗歌与歌谣的区别。两者的根本区别在于:诗歌是个人创作,歌谣是集体创作;诗歌是用文字创作,歌谣是口头创作(后来有部分用文字记录或今有的歌手用笔创作,另当别论);当今新诗形式上更自由,极少有固定形式;歌有曲调,诗没有曲调。

"古体诗"和"近体诗"有它们特别含义。这两个概念都出现在唐代。不能以我当今所处的时代的新观点观之、论之。

古体诗——又叫“古诗”、“古风”。初出于周朝,正式形成于汉魏六朝。它包括汉魏乐府古辞、南北朝乐府民歌及这个时期的文人诗。有四、五言或六、七言杂以十一言,句数有二三句,也有多句,篇幅长短不限。

近体诗——也叫“今体诗”。是唐代形成的律诗、绝诗和排律的统称。(“律诗”即唐初形成八句为一首,有严格平仄、对仗、用韵规律的诗;“绝诗”即每首四句。有“五律”、“七律”,也有“五绝”、“七绝”,皆以每句的字数为据;排律则每首句数不限)。“近体诗”是有严格的声律、韵律、句式和字数。但其中“排律”句数不限,最少十句一首,多者几十句,甚至一、二百句。

歌谣如何影响“古体诗”和“近体诗”呢?

1. 四言诗形成于民间歌谣

据各方面资料表明,四言诗当是源于我国周代四言歌。

二千五百多年前编纂的《诗经》,收集了从周初到春秋中叶五百年间的民间歌谣和贵族文人的创作。整部书分为风、雅、颂三部分。宋代朱熹说:“大抵风是民庶之作,雅是朝廷之作,颂是宗庙之作。”所谓民庶之作,就是民间歌谣。朱熹说的大抵,就是指不尽然,“雅”中的“小雅”里也有相当一部分是民谣。朝廷和宗庙之作,大都是公卿士大夫的作品。这些作品都是出自个人之手,可以看作是最早的诗歌。有些诗歌还说明了作诗的目的,注明了作者的姓名。

由于周代建立了从民间采诗的制度(考察民俗和诸侯的需要),当时的民歌也就上达贵族。他们根据周民歌的基本形式——四言句,创作个人诗歌,这些诗歌也几乎都是四言句。本来,周代统治阶级的采诗是为了达到其政治目的,然而客观上获得另一种结果,就是第一次将广泛流传的民间歌谣完整地保存了下来,也使当时的贵族文人也获得了向民歌学习的机会。他们从民歌得到了启示,创作了贵族文人的诗歌。其中有一些如《生民》、《公刘》、《大明》是周代的珍品。周朝时代,南方是“荆蛮”之地,因此,十五国风中没有收集南方的歌谣,但是早已有了“南音”(南方歌谣)。正如《文心雕龙》所说:“至于涂山歌于侯人,始为南音。”所谓“涂山歌于侯人”,就是《吕氏春秋·音初篇》中说的涂山氏之女命其妾侯禹于涂山之阳时所唱的“侯人兮猗”的歌调。尽管这些传说并不十分可靠,但由此说明很早以前就有了以楚歌为代表的南方歌谣。《说苑》,就记载了许多古代楚国民歌,包含了特别成熟的作品,如《至公篇》中的《子文歌》,《正谏篇》中的《楚人歌》。《善说篇》中还有一首用楚语翻译的《越人歌》(壮族先民歌),其语调与后来的楚辞非常相似,如:“今夕何夕兮,搴舟中流;今日何日兮,得与王子同舟……”

2. 骚体诗源自楚地的民歌

春秋战国时期,著名的诗人屈原、宋玉,为后世留下了不少的诗歌。他们的诗歌,便是在当时广泛流行的楚歌的基础上产生的。

屈原的《九歌》,本来就是民间歌谣。经过他的整理和修改,成了国具有深远影响的文人诗作。宋人朱熹肯定了这点。

屈原在民间歌谣形式的基础上,首创了一种新的诗体,叫“骚体”,也叫“楚辞体”。这是我国古代诗歌的一种特殊体裁。其诗文采绚丽,语言优美,字句参差错落,形式自由多样,且多用“兮”字以助语气,易于表达复杂的思想感情,富于抒情成分和浪漫色彩。如:“帝高阳之苗裔兮,朕皇考曰伯庸。摄提贞于孟陬兮,惟庚寅吾以降。揆余初度兮,肇赐余以嘉名:名余曰正则兮,字余曰灵均……”屈原的《离骚》就是这种楚辞体(骚体)的代表作。

屈原还综合了民间歌谣(主要是楚歌)和诸子散文的形式特点,首创了一种散文化的诗体——屈赋。后来又有宋玉沿用这种诗体创作。司马迁在《史记》中记载:“屈原既死之后,楚有宋玉、唐勒、景差之徒者,皆好辞,而以赋见称;然皆祖屈原之从容辞令……”宋玉等人不但皆祖屈原之“从容辞令”,而且也继承了屈原向民歌学习的精神。如宋玉的《招魂》,就是根据民间祭乐内容和形式创作的。朱熹说:“古者人死,则使以其上服,升屋覆危,北面而号……遂以其衣招之,乃下覆尸,此礼谓覆也。荆楚之俗,乃或以是施之生人。故宋玉哀闵屈原放逐,恐其魂魄离散而不复返。遂因国俗,托帝命,假巫语以招之。“屈赋是出自贵族文人(包括屈原)之手”。

虽然屈赋又受诸子散文的重要影响,但楚地民歌是屈赋的土壤和母胎,是其生长的决定因素。

3. 五言诗源自汉代民歌

汉代是我国民间歌谣发展的重要时期。汉武帝建立乐府,并派人采集民间歌谣。

汉乐府民歌和《诗经》中的十五国风一样,形式非常自由。其词句变化多端,从一言到七言均有。除了追求音节的和谐外,音韵上没有特别的讲究,无规律可寻。最早乐府民歌,如《善哉行》、《孤儿行》等,仍沿用四言句,但后来基本形式变成五言。从周代民歌基本是四言的形式变到汉代民歌基本形式——五言体,这在中国诗歌形式的发展史上,是一个重大的变化。五言句不仅在表达意境上比四言宽阔,而且创作起来也方便得多,这是人们长期实践的结果,是一种进步。

由于音乐的帮助,五言民歌在贵族文人中得到广泛传播,引起了文人们的关注。但文人的五言诗,从产生到成熟,经过了三百多年时间。

最早的文人五言诗,出于东汉班固之诗作。历代历史家们一般都轻视街陌谣讴,班固也不例外,因此,他在《汉书》里没有将汉乐府歌辞记录下来。但是他与别的史学家不同,对于民歌的意义有一定的认识,他认为:“歌谣……感于哀乐缘事而发,可以观风俗,知薄厚云。”他在《汉书·艺文志》中说:“自孝武立乐府而采歌谣,于是有代赵之讴,秦楚之风,皆感于哀乐,缘事而发,由此可以观风俗,知薄厚云。”他认为熟悉民间歌谣,便“可以观风俗,知薄厚云”,这是对歌谣认识上一个进步观点。为了研究当时的政治生活与民情风俗,他还在史书中引用了歌谣的一些片断。这些歌谣都是五言形式。如《陌上桑》、《羽林郎》等著名的乐府歌词都是在那时产生的。因此,班固是第一个采用五言形式写诗的文人,决不是一件偶然的事情。班固的《咏史诗》是目前公认的第一首文人五言诗。虽然比较粗糙,“质木无文”,却继承了汉代民歌的特色——叙事性。

与班固同时代但稍晚的张衡的《同声歌》,在艺术上远远超出了《咏史诗》。五言诗体在此时已升格到文人诗歌的领域,并牢牢地站住了脚跟。到了曹植,字烹句炼,声华并茂,将五言诗,提高到一个很高的境界。同时的还有曹操、曹丕、王粲等一班粲若群星的建安作家。

东晋以后,五言诗曾一度衰落,南北朝时得以复兴。南北朝民歌主要保存于南北朝的乐府。南北朝乐府有两种,这就是前面曾经提及的吴歌和西曲歌。吴歌流传于建邺(今江苏、南京一带)为中心的江南地区。它的曲调很多,歌辞也不少。西曲歌是长江中游一带的民歌,有五言,也有三言、七言,但基本格调仍是五言。北朝乐府民歌,也多是五言句,但七言句的份量比南朝乐府要多得多。

七言诗的产生年代,有各种观点争论,但一般人认为先秦时代就开始出现。如《诗经》、《楚辞》中的少量七言。只是当时极少。东汉以后,七言诗比五言诗更为广泛流行。据有关资料表明,文人依照歌谣创作的第一首七言诗是曹丕的《燕歌行》,诗通过对思妇形象的刻画表达深沉的离愁。全诗抒情角度多变,表现手法丰富,综合环境描写、心理刻画等多种技巧,反复渲染思妇的情绪。

4. 唐宋时期歌谣对诗歌创作的影响

唐宋时期,主要是歌谣艺术手法对文人诗作的影响。

众所周知,唐代是我国“诗歌的黄金时代”,是古体诗广泛采用和近体诗最繁荣的时期。这个时期出现了许多杰出的诗人,如李白、杜甫、李贺创作了大量优秀作品。而白居易和元稹等人发起的新乐府运动,主要着重于诗歌内容的改革,号召诗歌要为现实服务。他们在诗歌形式上虽然没有什么重大突破,但由于采用了民歌的艺术手法,其诗作一般都平易浅近,没有典故和词藻的堆砌,为人民群众所喜爱。

最明显的要数竹枝歌对诗作竹枝词的影响。唐朝的竹枝词实为竹枝歌,原出自巴渝,唐贞元中刘禹锡在沅湘一带(今湖南境内)依照骚人九歌作竹枝新词。刘禹锡34岁(永贞元年)被贬到郎州(今湖南常德),发现当地"男女皆唱竹枝歌"(夔州府志),与此同时,又见到他以前的诗人李益"无孤舟夕,山歌闻竹枝"和顾况运用山歌形式写的竹枝词。"帝子苍梧不复归,洞庭叶下荆云飞,巴人夜唱竹枝后,肠断晓猿声渐稀",(见《乐府诗集》卷八十一)萌发了他对竹枝歌(一种民间歌谣)的浓烈兴趣,创作出《竹枝词》9首(亦称"竹枝词九章"),每首七言四句,形同七绝。除了刘禹锡,还有陈基、李益、顾况、白居易、刘商等诗人的诗作,均不同程度受竹枝民歌的影响。

从整个诗歌形式发展的历史来看,每次诗体的变迁,起决定影响的都是民歌,但有时也受外来文化的影响。

近体诗的音韵格律要素有两种:一种是字与字间的轻重律,包括平仄和字数安排;一种是句与句的和谐律,包括韵脚与对仗的安排。其中字数安排完全是从歌谣中学来的,而韵脚是从谣谚中学来的。至于平仄和对仗,则是多方面的综合而成的。

(二)民歌运用于戏曲

明代出现了个人编辑民歌集,如冯梦龙《桂枝儿》、《山歌》就是杰出代表。

新诗——指"五四"运动以来出现的一种诗歌,也叫"自由诗",其特点是没有固定格律的限制,节数、行数、字数、韵脚,都比较自由。虽然也注意节奏,但并不讲究有规律的组合音节,而是顺乎口语的自然规律,使语音自然错落,形成间歇,便于自由表达复杂、奔放的思想感情。新诗及是美国惠特曼根据民歌首创的。中国"五四"前后,以郭沫若为代表的文人普遍运用。

"五四"以来,许多著名的学者、文人都非常重视歌谣。如鲁迅、郭沫若、翟秋白、闻一多、刘半农、朱自清、肖三、柯仲平、臧克家、田间、公木、何其芳、严辰、李季、阮章亮、郭小川、贺敬之、张志民、公刘等人。他们有的收集整理,有的研究推广,有的用民歌进行创作,如刘半农、刘大白、柯仲平等都写过民歌体的诗歌。

从"五四"以来,各个时期许多作家向民间歌谣学习,在创作新诗方面,取得了很大的成绩,如前所述,李季的《王贵与李香香》这首长篇叙事诗,大胆采用了民间传统艺术形式(包括歌谣形式)来表现和歌颂工农兵群众的前赴后继的革命斗争和翻身解放的新生活,为章节诗歌的发展提供了成功的经验。

中国诗歌发展的历史证明,历次诗歌创作高潮都与民间歌谣有着深刻的渊源。无产阶级革命诗歌的发展,也证明了这点。由于我国当代诗人正处于伟大的社会主义革命新时代,他们有和人民群众保持密切联系的条件,而又自觉地掌握诗歌发展规律,诗歌创作高潮是远非历史上任何发展时期所能比的。

二、民间歌谣的思想内容为诗人、作家提供了丰富的题材和形象

(一)激励诗人的创作

歌谣,是历代劳动人民欢乐和痛苦的心声,也是历代劳动人民生活状况的真实写照。如蒙古族民歌《敕勒歌》:

敕勒川,
阴山下,
天似穹庐,
笼盖四野。
天苍苍,
野茫茫,
风吹草低见牛羊。

这首民歌充分体现了游民生活特色,使人一目了然。它的画面形象带有极为鲜明、辽阔、丰饶的草原风采。它是牧民开朗豪放的情怀自然流露,是牧民诗化生活的审美观念的形象表现。它在特定的环境中(天川、草原、牛羊)展现了蒙古族那种豪迈、向上的精神。这种向上的精神和描写自然环境的手法,给诗人以鼓舞和启发。他们的诗篇就自然而然地产生了。

《刘三姐》歌:

你讲唱歌我也会,
你会腾云我会飞,
黄蜂歇在乌龟背,
你敢伸头我敢锥。

莫夸财主家豪富,
财主心肠比蛇毒,
塘边洗手鱼也死,
路过青山树也枯。

这两首歌同样表现了民族精神,但与“敕勒歌”的风味、色彩不一样。前者

体现了北方牧民生活情景，后者体现了南方渔民生活面貌，而且体现了人民与恶势力面对面斗争的精神，激励了诗人敢于面对现实，反映现实的创作欲望。

不同的风味，不同的色彩，不同的民族风格，给诗人、作家带来了许多丰富的联想，促使他们写出不同风格、不同特色的诗歌，创作出各种不同类型的作品。

（二）歌谣促使诗人贴近劳动人民的思想感情，从而获得丰富的创作题材

民间歌谣是民间文学样式之一，民间文学核心的东西就是劳动者的口头创作，是劳动人民自己的作品，它势必以反映劳动人民思想感情为主要内容。那些揭露统治阶级罪行的作品，实际上也反映了劳动人民的愿望和要求，是劳动人民思想感情的体现。无数诗人正是从民间歌谣中受到影响，受到激发，逐步贴近劳动人民的思想感情，写出反映劳动人民思想感情的诗篇。中国的历次政治运动、社会变革，都伴随大量的民歌民谣，为诗人的创作提供了丰富的题材。试想，没有劳动人民的思想感情，诗人能有那么多流传千古的诗篇吗？不可能！

（三）为诗人提供创作题材和形象

许多诗人、作家的作品中，采用了许多神话、传说、故事等民间材料。这些材料首先是在民间歌谣中出现。如许多神话，就出现在创世古歌、英雄古歌中。许多典型的人物形象也首先在民间歌谣、民间故事中出现。建国以来四川大凉彝族有不少诗人、作家创作出以山鹰为题材诗歌、散文和小说。正是因为在广大彝族民间流传着鹰血造就彝人的神话故事，激发了他们创作的热情，更是确立了他们讴歌的对象及其雄姿，使他们创作出无数人喜闻乐见的篇章。

歌谣语言对诗人、作家创作的影响——生动、形象、贴切、质朴、自然的语言都来自歌谣。

山上的青松挺又直，
阿黑就像那高山上的青松……

这里突出了阿黑勇敢、坚强的精神。

阿着底的鲜花千万朵，最美的有一朵马樱花，
撒尼人的姑娘千万个，最好的是阿诗玛。

这里突出的是阿诗玛的才貌出众。

第二节　历代诗人作家之乳汁

歌谣的营养十分丰富，它就像母亲的乳汁，哺育了中外历代的作家、诗人。

一、中国有名诗人受歌谣的哺育

在我国,无论是古代或现当代,也无论是汉民族或少数民族,大凡有成就的作家,诗人,几乎都从民间歌谣中吸收过一定的养料。

(一)屈原、宋玉

屈原,字灵,名平,又自称名正则,字灵均,约前340至前270年。战国时期楚国人。故里传为秭归县。

屈原是我国最早的伟大诗人,是"骚体"(亦称"楚辞")这一文学体裁的创始人。屈原是个很有政治才能和文学才能的人,曾辅佐楚怀王,做过左徒、三闾大夫。由于他在政治上有自己的主张,想实现他理想中的"美政",与当时贵族集团的政治措施发生冲突而多次遭贬、被罢官、受流放。最初流放到汉北,后来(顷襄王即位后),长期被流放到沅、湘一带。相传于当年五月五日投汨罗江自尽。关于屈原的生平,在文学史(或古典文学)中都有详细介绍。这里,只着重介绍一下他在民间歌谣中,吸取丰富营养的事实。

屈原虽然出生于统治阶级家庭,但从青年时期开始,就对黑暗现实不满,特别是遭贬、被流放以后,较多地接触百姓,接近人民生活,不仅了解人民的思想、愿望和要求,而且有机会熟悉民间歌谣,并把民间歌谣的表现手法、形式技巧,运用到自己的诗作中来。他的主要诗作《离骚》、《天问》、《招魂》、《九章》、《九歌》等,都是采用或参考了民间歌谣表现形式创作出来的。如《九歌》是由十一篇组成的诗作。此诗采用了民间祭神祀鬼的歌曲(包括一些词),经过艺术创造,深刻反映了诗人忧国忧民、有才难展、有国难报的凄苦心情;《天问》则以奇特体制,就自然现象、神话传说、历史故事,向天提出了一百多条质问,表明诗人对传统思想和历史人物的批判态度。这种思想内容本身就是来自民间。况且,连续发问这种手法更是少数民族歌谣常用形式。这种质问式的手法在一些少数民族歌谣中也经常见到。如彝族歌谣《鹭》,通篇就是以问句表达被迫出嫁的姑娘对父母、兄弟姐妹、情人以及家禽家畜的惦念之情。《鹭》段译:你是高飞的鹭吗?你可常见到我的家乡?你可见到我的爹娘?你看见我爹在田地里耕耙吗?你看见我娘在日夜摇着纺车吗?你看见我亲哥哥在山上伐木吗?你看见我的姐姐田里忙活吗?你听到我那诚挚的"表哥"(情人)梦里叫唤我的声音吗?看见他在我们幽会的泉边流泪吗?除此,屈原的全部诗作,想象丰富,构思奇伟,大量运用比兴和拟人化的手法,溶神话、日月风云、山川花草于一体,构成一幅幅感情激越、色彩绚丽的图画,开创了我国浪漫主义文学先河。在句式上利用和借鉴了当时楚国南方楚地民歌的长短参差及带有"兮"字的自由句。

屈原根据楚地民间歌谣的句式,创造了一种文采绚丽的、语言优美的诗体——"骚体"。这种诗字句参差错落,一长一短,且多用"兮"字以助语气,易于表达复杂的思想感情,富于抒情成分和浪漫色彩,《离骚》就是这种诗体的代表。

宋玉,也是战国时期诗人,晚于屈原。相传是屈原的弟子(学生),做过一些侍臣之类的小官。他也从民间歌谣中吸取创作营养,其著名诗《九辩》是仿照屈原《离骚》而作的一篇自叙抒情诗。不过句法比《离骚》更灵活,特别是音节错综变化,纵横铺陈,情景交融,具有浓烈的抒情色彩。

宋玉发展了"骚体",把"骚体"演变成为一种兼具诗歌与散文特点的新的文学体裁——"赋",相当于当今的"散文诗"。因此,人们也把宋玉称为战国时期的辞赋家。他的一些诗句如"悲哉秋之为气也"一段(《九辩》开头)被后人誉为"千古绝唱"。"宋玉悲秋"之语亦由此而来。

(二)曹氏父子

曹氏父子,指的是曹操、曹丕和曹植。

曹操(155~220)即魏武帝,字孟德,小名阿瞒,沛国谯县(今安徽亳县)人。是三国时期政治家、军事家、文学家。

曹操二十岁时就举孝廉为郎,任洛阳北部尉、都尉、济南相、典军校尉等职。二十一岁为魏王,也就是说他从二十岁开始就当官,一直到终年,而且精于兵法。

曹操虽然长期生活在戎马军旅中,但又是一位诗人。他推行屯田制度,注意发展农业生产,因而有更多的接触农民的机会。亲眼看到百姓凄苦,使他从现实中获得诗歌创作的源泉,创作出具有强烈的现实主义精神的诗篇。其诗作《蒿里行》、《苦寒行》等,就是反映当时社会动乱和人民苦难的著名诗篇,被誉为"汉末实录"。其中,"白骨露于野,千里无鸡鸣。生民百遗一,念之断人肠"等诗句,常为后世叹唱。而这种现实主义精神,正是保持了《诗经·国风》和汉乐府的民歌等歌谣的传统。如《步出夏门行》中的《龟虽寿》:"老骥伏枥,志在千里。烈士暮年,壮心不已。"形式上与《诗经》中"国风"没有什么区别,即采用了"国风"这种民歌形式。

曹丕(187~226),即魏文帝,字子桓,曹操次子。三国时期文学家。他爱好文学,博闻强记,下笔成章。其诗歌多写男女恋情和游子思归的离愁别恨,缠绵悱恻,深切感人。而这些诗的表现手法和语言,是发展乐府民歌的长处而成的。其代表作《燕歌行》是现存最完整的七言诗。

曹丕除写诗外,还著有《典论·论文》专论,强调文章"经国之大业,不朽之盛事"的功能和价值,在文学批评史上第一次提出文气问题和文学风格问题。

曹植(192~232),字子建,曹操三子。十多岁时就大量诵读《诗经》,乐府诗集(包括民歌)和辞赋。小时深受曹操宠爱,几次欲立为嗣子,终因其任性而行,饮酒无度失宠。曹丕称帝后,曹植屡遭猜忌迫害,其诗"煮豆燃豆箕,豆在釜中泣;本是同根生,相煎何太急。"表达了对这种煎迫的愤懑。曹植的诗脱胎于乐府民歌,景物描写生动,感情描写曲折,兴气奇高,词采华茂,慷慨悲壮,工丽警策而不流于柔糜。对五言诗的发展起了很大的推动作用。

(三)李白

李白(701~762),字太白,祖籍陇西成纪(今甘肃秦安),父辈迁居中亚碎叶(今巴尔喀什湖南面,时属西安府),五岁随父迁居绵州昌隆(今四川江油县),唐代伟大诗人。李白从十六岁起,就开始了漫游生活。他一生中游历了不少地方,其足迹可以说遍及长江、黄河两岸广大地区,游历了无数的名山胜水,广泛地接触群众,特别是接触了从事各种劳动的人民,如山村的农民、作坊的铸铜工、江上的渔夫、河畔的捕鱼人、酿酒的老师傅、林中的捕鸟者,以及猎手等,并与他们建立了深厚的交情。这就使他能够写出多的面向现实、内容丰富、生活气息较浓、具有民歌味、语言通俗、浅显的诗歌。

对于李白诗歌创作上的成就,历代不少的作家、文学评论家都给予了很高的评价。如唐代诗人杜甫评其:"笔落惊风雨,诗成泣鬼神。"(《寄李十二白二十韵》)唐人散文家韩愈:"李杜文章在,光焰万丈长。"(《调张籍》)明代文学家王世贞:"纵横变幻,极才人之至。"(《艺苑卮言》)清代诗人沈得潜:"太白落想天外,局白变生,大江无风,涛浪自涌,白云舒卷,从风变灭。"(《说诗晬语》)。李白的诗歌在艺术上之所以能够取得这样大的成就,其原因固然很多,但是,诗人虚心向民间文学学习,从中吸取养分,充实自己,丰富自己,是一个不可忽视的重要因素。

李白诗歌的一个鲜明的特色是,在反映现实社会和表现思想感情时,创造性地运用了古代神话、民间传说、民间寓言等民间文学作品,并赋予它们以新的意义。

民间歌谣,是劳动人民集体创作的具有音乐美和节奏感的文学艺术,它刚健清新,富有生活气息,洋溢着深沉的思想感情,闪耀着劳动人民智慧和才华的光彩。我国历代很多有名的诗人,都非常重视民间歌谣,认真地虚心地向民间歌谣学习,并取得了丰硕的成果。李白就是其中之一。

我国民歌,源远流长,《诗经》,特别是其中的《国风》,可以说是我国最早的民间诗歌。到了汉魏时代，民歌有了很大的发展，形成了我国诗歌史上第一个高峰——汉魏乐府民歌。南北朝民歌是继周代民歌和汉魏乐府民歌之后所出现的一批新的民间歌谣。这些民间歌谣，标志着我国诗歌史上又一新的发展，影响着当时和后来一些诗人及其诗歌。显然，李白和他的诗歌所受的这种影响更明显、更深刻。

从李白诗歌的艺术风格来看，他在学习《诗经》以来的民歌上是很努力、认真的，也是有成效的。如现存的约一千首诗歌中，就有一百四十九篇乐府诗，约占他的全部诗作的六分之一，可见李白在学习乐府民歌上所下的功夫和所取得的成就。李白为什么特别喜欢乐府民歌呢？这是有原因的。大家都有知道，李白是一个性格豪放，胸怀开阔，想象丰富，追求个性解放，不愿受约束的诗人，这就决定了李白写诗必然采用象乐府民歌那样格律较宽，字句不限，比较自由、灵活的形式。明代的文学家胡应麟在《诗薮》里说："古诗窘于格调，近体束于声律，唯歌行大小短长，错综开阖，素无定体，故极能发人才思。"这正是李白喜欢写乐府歌行诗歌的原因。

李白除了学习民间歌谣，上述特色之外，还学习了民间歌谣其它一些传统的、比较普遍和突出的表现手法。如形象的比喻、拟人化的手法、动态的描写、把写景和写人紧密结合起来。

(四)冯梦龙

冯梦龙(1574～1646)，长州(今江苏吴县)人，明代文学家、诗人、戏曲家。曾参加抗清活动。与兄冯梦桂、弟冯梦熊并称"吴下三冯"。冯梦龙同历代诗人一样，十分重视民歌、小说、戏曲和通俗文学。小时最喜欢老人唱民歌(冯的家乡是吴歌盛行的地方)，对民歌有一种亲热感情。他认为民歌都是"真情"之作，比《孝经》、《论语》更感人，因此，提出民歌绝"不可废"，这在当时是种进步的思想。

冯梦龙既能写诗、又能写小说、戏曲，其作品自然带有浓烈的民众性。他还十分注意搜集民歌，编有歌谣集《桂枝儿》、《山歌》，开了我国历代个人编歌谣集的先例。同时，他还编了不少的话本集(古今小说)、散曲集、剧本等。

古代的诗人，诸如建安七子及唐代的杜甫、白居易、刘禹锡等，同样受到民间歌谣的哺育，文学史上已有很多记载，大家也很熟悉，这里不再一一列举。

(五)艾青

艾青，原名蒋海澄，1910 年生于浙江省金华县畈田村，是中学语文《大堰河——我的保姆》的作者。

艾青出生时因难产，一位算命先生说他的命是"克父母的"，因此被送到一位贫苦农民家中抚养。5 岁被领回家中开始读书,但依然受冷遇,不准叫自己的父母为爸爸妈妈,只准叫叔叔婶婶。正如他自己所说,他是在“冷漠和被歧视的空气里长大”的。

艾青小时曾喜欢绘画。曾加入“左联”而被国民党逮捕坐牢。著名的长诗《大堰河——我的保姆》是 1933 年写于监狱中的。这是一首带有自传性的抒情诗。诗中,诗人以幼年生活为背景,集中地描述了自己的保姆大堰河的悲苦经历,抒发了他对大堰河真挚的怀念和热情的赞美,表达了诗人对旧世界的仇恨和诅咒。

艾青开始有点崇洋,曾一度看不起民间的东西,但由于家庭和社会环境的影响,特别是 1942 年听了毛泽东在延安文艺座谈会上讲话以后,改变了原来的看法,注意向民歌学习,追求“民歌体”的诗作,使其诗的质量大大提高。他很快接受了民间歌谣的哺育。首先在于思想感情上,由于他特殊的身世(寄养在贫苦农民家里),对那些劳动妇女,有着特别深厚的感情。这种反映劳动人民思想感情的作品,是民间文学——包括民间歌谣在思想内容方面的一大特点。“大堰河”,实际上就是一位勤劳、忠厚、纯朴、善良的旧中国被压迫的农村妇女的典型形象。她具有一个母性应有的共同的优良品性,同时又具有在特殊的境遇中所形成的特殊个性,这就是诗中所描写的“爱”、“笑”、“梦”、和“死”。试想,如果艾青没有那种特殊的身世,没有感激他的养母、奶娘的心情,能够写出这样的诗来吗?

其次,诗人在青年时期曾经对民歌发生浓烈的兴趣,在延安(这是他出狱以后)时期,他与周围的同志认真探讨民间秧歌的形式,还大量地搜集民歌。因此,其诗歌无论长诗、短诗,都具有浓郁的民歌风,民歌对于他的诗作带来了深刻的影响。

大凡历史上有名的诗人,均是如此。就是五四时期以写“古怪诗”而闻名的李金发,也时刻向民间歌谣学习。他曾经精心编选一本民间歌谣集《岭东恋歌》,这本别致的歌谣集于 1929 年在上海出版,不仅在当时有一定的影响,如今还被选进高等学校文科教材《民间文学作品选》的书目。

二、外国大诗人向民间歌谣学习

外国许多学者、作家就民歌学习问题发表了很多言论。高尔基说:“最深刻、最明显、在艺术上达到完美的英雄典型乃是民谣,劳动人民口头创作所创造的。”果戈里说:“歌谣对于小俄罗斯包括了一切:是诗歌,是历史。……谁要是对它们不加以深入的钻研，谁就一点也不会懂得俄罗斯。”托尔斯泰说：“民歌、英雄叙事诗、民间故事，虽然很简单，可只要俄罗斯语言存在一天，就有人读。”……

（一）歌德和海涅

歌德（1749～1832），是十八世纪德国著名的诗人和剧作家。他青年时期就长时间参加搜集民歌活动，广泛吸取民间营养，经过六十年的努力，创作出具有民歌风格、充满热情的长篇诗剧《浮士德》。这是根据中世纪民间传说写成的作品。中年时期，由于政治所迫，他曾一度改名换姓，私住意大利，广泛接触意大利的历史和古老的民族文化艺术，其许多作品，民族民间风味甚浓。

海涅（1797～1856），德国诗人，政论家。其名作《洛列莱》就是由民歌加工整理而成的。

（二）莎士比亚

莎士比亚（1564～1616），是英国文艺复兴时期的诗人、戏剧家。一生著述甚多。留有十四行诗154首，长诗两部，剧本37部。莎士比亚善于集中人民的创作，将民间歌谣、谚语、俗语、故事、传说等各种成果焙于一炉，推陈出新，大胆创作，为后世人作出了很好的榜样。

（三）普希金

特别值得提出的是普希金，他是俄国十九世纪伟大的诗人，是俄罗斯文学语言的创造者和俄罗斯文学的奠基人，是“第一个注意到民间创作并且把它们介绍到文学里来”的俄国民族作家。普希金创作取得辉煌的成就，与他长期以来苦心学习民间文学是分不开的。

普希金从小就受到民间文学的薰陶。还在很小的时候，生长在偏僻领地而终生保护着普通俄罗斯妇女特性的外祖母就给他讲述过许多古代俄罗斯、彼得大帝等故事；后来普希金由农奴出身的奶娘阿琳娜罗季昂诺夫娜照管，她是个谙熟口头文学的劳动妇女，经常给他唱歌谣、讲故事。普希金在外祖母和奶娘的影响下，酷爱民间文学，小时候就阅读了很多民间故事、寓言童话和朱尔可夫等人的民歌集，这些民间文学哺乳了并且一直激励着普希金的创作，启迪了他一生坚持不懈地学习研究民间文学并从中吸取丰富的创作养料。在保存到今天的普希金私人图书馆里，可见到“俄罗斯民间歌曲、谚语、成语、史诗的藏书很丰富，其中有：寇尔丹尼洛夫编的集子、朱尔可夫在1770年编的民歌集、诺维可夫在1780年编的民歌集、1779年出版的古俄罗斯谚语集、海波莱脱波权达维契在1785年搜集的俄罗斯谚语等等。这些都是诗人煞费苦心收罗的，说明他对于民间文艺作过深刻的和严肃的研究。（苏联，H·布洛茨基《普希金与民间文艺》)的确,普希金那宏伟壮丽的创作大厦正是矗立在民间文学的基石上的,他的整个伟大的创作都闪耀着民间文学的绚丽光华!

普希金直接利用民间文学的材料、形象和表现手法,包括民歌民谣的曲调、风韵,创作出具有民间文学特色的作品。

1817 年,普希金在皇村学校读书时开始写作。1820 年完成的第一部长篇童话诗《鲁斯兰和柳德米拉》就采用了许多民间故事材料,如魔法师、女水妖、隐身帽、巨头与长须矮人的搏斗以及鲁斯兰死而复生等民间传说,歌颂坚贞的爱情和刚毅的品格。正是由于这部童话诬蔑诗采用了民间创作的材料和语言以及表现出的民主精神,引起守旧派的攻击,说它是一个“满脸络腮胡子,穿着农民衣服,穿着一双树皮鞋”偷偷闯进上流社会里来的不速之客。

1820 年普希金由京城彼得堡流放到南俄,在南俄时期创作的浪漫主义新诗都以他当时所经历的俄国各族人民生活为题材。在这些诗作中,诗人吸收了各族的民歌进行创作,并努力去体现该民族性格的风貌。如在《高加索的俘虏》中,写进“契尔克斯民歌”;在《巴赫契萨拉依的喷泉》中写进“鞑靼民歌”;在《茨冈》中写进捷姆菲尔地方的茨冈人民歌。民歌激发了他创作的热情,写下了许多感情激越的诗篇:长诗《强盗兄弟》是诗人从表现农民反抗压迫的俄罗斯民歌“强盗之歌”受到启发而写成的;他在民歌的激励下运用其风韵写下充满狂热渴望的《囚徒》成为人们喜爱传唱的民歌。在这个时期的诗作中,内容上吸取了许多民间文学的材料,充满了对纯朴人民的深切同情,对民主自由的热烈向往;在艺术形式上又与民歌的曲调和风格溶为一体,质朴而真挚,热烈而明朗。他从小受到民歌的薰陶,经常穿着朴素的衣服,打扮成农民,混入集市人群中,倾听盲人和乞丐的歌谣,并亲自搜集大量的民歌,从而创作出《渔夫和金鱼的故事》等著名的叙事诗。由于他十分注意向人民群众学习语言,并在群众口语的基础上进行提炼和创作,他的诗作能以非凡的艺术能力描绘俄国的社会生活和自然风物,语言也清新流畅、优美动人,成为俄罗斯文学语言的大师。当社会上有人攻击他的做法时,他立即作出有力的反驳:“对于古歌、童话等等的研究是很必要的。我们的批评家轻视这些东西是没有道理的。”

第六章

枝叶繁茂:歌谣的分类①

歌谣的分类,是歌谣采集、研究中的一个重要课题。歌谣的分类法,也是歌谣学中一个重要的项目。古今中外,人们根据不同的出发点和用途,提出了多样的分类法。不言而喻,采用不同的分类标准,自然出现不同的种类,这也是歌谣产生不同魅力的依据。

第一节　歌谣的分类标准

"标准"原是指衡量某种事物的准则,这里指歌谣分类的依据。以不同的标准,划分歌谣的类别,自然产生不同的种类。

我国有几千年的采集、研究歌谣的历史,在歌谣分类问题上,摸索、积累了不少经验,其中分类法有简有繁,各有依据,也各有作用。"五四"以后,随着西方有关歌谣分类法的陆续引进,进一步促进了我国学术界关于歌谣分类的探索和研究。20世纪20年代初,在北京大学《歌谣》周刊上曾对这一问题开展过热烈的讨论。朱自清曾将国内外的分类标准归纳为音乐等十五种,即音乐、题材、形式、风格、创作手法、母题、语言特色、歌者身份、韵脚、地域、时代、职业、民族、歌唱人数、效用。

(一)按音乐分(即按音乐性质来分)

古代有徒歌、乐歌之别,近代有小曲、自来腔之分。

《诗经》三百零五篇按音乐分为"风"、"雅"、"颂"三大类;《乐府诗集》按音乐分为"庙歌辞"、"燕射歌辞"、"鼓吹曲辞"、"横吹曲辞"、"相和歌辞"、"清商曲辞"、"舞曲歌辞"、"琴曲歌辞"、"杂曲歌辞"、"近代曲辞"、"杂歌谣辞"、"新乐府辞"等十二大类。当今许多歌谣,同样按音乐分成"小曲辞"、"采茶调"、

① 参引吴超刊授讲义《歌谣学概论》第三讲。文字有改动。

“五更调”,等等。侗族有“知了歌”、“笛子歌”、“月琴歌”,也是按音乐曲调特点分类的。

(二)按题材分(又叫按实质分)

这种分类是按歌词反映的社会、历史内容分。可分为六大类:即劳动生产类、社会斗争类、爱情婚姻类、世俗风物类、传说故事类和儿童生活类。每个大类又可分为若干个细类,如劳动生产类可以分为农、业耕作(耕地、播种、插秧、锄地、车水、收割、担子等)、林业操作(伐木、放排、运木、植树等)、放牧、打猎捕鱼、水上运输、搬运、筑路、修房建堤、水利、采茶、榨油、晒盐、开矿、打石、砍柴、叫卖、纺织、养蚕、计数、扯炉等。

其中,爱情婚姻类的又可分为爱情(如结交、爱慕、初识、初恋、相思、盟誓、送别、探望、新情歌等)、婚姻(夫妻恩爱、单身苦、骂媒、哭嫁、反婚、僧尼思凡、小女婿、童养媳、择偶等)。

社会斗争类,有诉苦、讽刺、罢工、反旧礼教、人民起义、反压迫、革命歌、抗战歌、社会主义建设歌、颂歌、反帝反殖歌;国际主义、爱国主义歌等。

世俗风物类又分为:节日喜庆、婚礼仪式、丧葬仪式、祭祀、颂扬(颂物、颂古人)、生活常识、幽默讽刺、医药卫生、宗教信仰、民间艺术、农事季节、乞讨、新闻等。

传说故事类又可分为:爱情故事、战争故事、历史故事、神话故事、寓言故事等。

(三)按形式分(也叫按体裁分)

如《四季相思》、《五更调》、《十二月》、《十杯酒》、《二十四枝花》、《百花名》等。也有叫“数字”、“对字”、“对句”、“接字”、“对山歌”、“宝塔歌”等,以及“花儿”(少年)、“信天游”、“爬山歌”等等。

(四)按风格分

如过去《歌谣》第七期上发表的沈兼士先生提出的“自然民谣”与“假借民谣”之说。不过这种分法过于笼统模糊,难以断定,少有人提倡。“自然民谣”,主要指反映客观现实的歌谣;“假借民谣”,主要指借题发挥,带有主观想象的歌谣。

(五)按作法分

吴康《诗经学大纲》中把《诗经》分为“记叙”、“抒情”、“状物”、“议论”四大类。

(六)按母题分

众多歌谣大同小异,学术上把这种“大同”本旨叫母题。

将同样母题的歌谣归为一类,就是按母题分。如《看见她》、《孟姜女》、《月光光》、《张打铁》等等。

（七）按语言特色分

近代有的学者把歌谣分为普通话歌谣、吴语歌谣、粤语歌谣、客家话歌谣等。

（八）按韵脚分

即“有韵歌谣”、“无韵歌谣”。

（九）按歌者的身份分。（以人为标题）

《古谣谚·凡例》里有“以人为标题者”，便是这类。这种按歌者分，有“军中谣”、“诸军谣”、“民谣”、“百姓谣”、“童谣”、“儿谣”、“女谣”、“小儿谣”、“婴儿谣”等。

《吴歌甲集》中的歌谣分为儿歌、民歌二类。民歌又分为：乡村妇女歌、闺阁妇女歌、男子歌（农民歌、工人歌、流亡歌）、杂歌等等。

（十）按地域分（以地为标题）

即按地区分。《古谣谚·凡例》所说的“以地为标题者”，便属这类。如“长安谣”、“京师谣”、“王府中谣”、“邻郡谣”、“二郡谣”、“天下谣”等。

近代的一些曲调，也常以地域为标题，如“泗州调”、“扬州调”、“粤讴”等等。

许多歌谣的集子也以地域为名，《北京歌谣》、《吴歌甲集》、《粤东之风》、《广西民歌》、《广西情歌》、《台湾情歌集》、《陕北民歌选》等等。

（十一）按时代分（以时为标题）

这就是《古谣谚·凡例》中所讲的“以时为标题者”。如“尧时谣”、“周时谣”、“秦时谣”、“汉时谣”、“新中国谣”、“红旗歌谣”（“红旗”代表大跃进时期）等等。又如“古代歌谣”、“近人代歌谣”、“当代歌谣”等等。

（十二）按职业分

实际上是按歌词反映的工种分。如山歌、樵歌、渔歌、牧歌、农歌、采茶歌、夯歌、厂歌、舂歌等等。

（十三）按民族分

如建国前见到的猺歌、俍歌、僮歌、客家歌谣、疍家歌谣、倮倮歌谣及当今的藏族民歌，瑶族歌谣，等等，我国五十六个民族都有自己的歌谣。猺歌包括苗族和瑶族的歌谣。俍歌和僮歌就是如今壮歌的前称。

（十四）按人数分

如独歌、和歌，以及如今常提及的独唱、合唱、对唱、重唱等。

（十五）按效用分

廉泉先生《国粹教科书·诗经读本》卷上，依据孔子的话，就歌谣分为“可兴"、"可观"、"可群"、"可恶"四类。

上述十五个分类标准,概括了我国歌谣分类标准,就目前而言,各种分类标准大体都在这十五大类之中。当然有些是这十五个标准中某几项的综合使用。但其基础仍然离不开这些类别。

这十五种分类标准中,前八项是属于歌谣本身的特点,后六项则是关于歌谣的背景,末一项则是独立的。

较常用的是第一、二、三、九、十、十一、十二、十三等八项,即按音乐、题材、形式、歌者身份、地域、时代、职业、民族等类别划分。其余各类不常使用。

当然,在这之前,也有人以歌谣传诵的背景和配乐状况为分类依据。《乐府诗集》就是按此一标准把歌谣分为歌、曲、谣三大类,另加新乐府辞,然后又分为若干小类。因而就有郊庙歌辞、燕辞、鼓吹歌辞、横吹曲辞、清商曲辞、近代曲辞、杂歌谣辞和新乐府辞。

第二节 近代有代表性的分类法

前面讲了分类标准,这是歌谣分类的一种依据,不同于分类方法。标准不一定接触到具体的类别,方法可是要对具体的事物(此指歌谣)进行具体的分类排列。本节介绍几种具有代表性的分类方法。

(一)英国吉特生分类法

这个方法把民歌分为十二大类。这十二大类是:

1. 叙事歌

按照吉特生说的:"最早的叙事歌就是最古的民歌的遗形。"这种说法,有待研究,有片面性。

2. 情歌、神秘歌

吉特生说:"一切抒情诗里,爱情占第一位,民歌里自然不例外。""民间的歌者欢喜神秘力的东西。"他还举例说,象《不安的坟墓》便是这一种。(《新青年》八卷三号)

3. 牧歌

"它的主要的题目旧乡村生活的快乐。"如剪羊毛、收获歌等。其中有少数是对唱的。

4. 饮酒歌、滑稽歌

5. 剪径贼歌、小偷儿歌

“这些是他们入狱后，作以劝世的。”有些是职业的制歌人做出来的。

6. 军士歌（包括逃军歌）

7. 如海上歌《绿洲捕鲸谣》。

8. 强募海军歌

“这些歌比前几种都富于戏剧性些。”强募海军是十八世纪的事情。当时人民一夕数惊，留下极深的印象。这种歌流传至今，歌中往往叙说“女子上船找她的真正的爱人，用‘金子’将他赎回。”

9. 猎歌、运动歌

10. 劳动歌

因各种工作而异，或以整齐工作（协同动作），或以减轻劳苦。如船歌、水手歌等。

11. 流传的颂歌

包括宗教颂歌、节日颂歌两种。

12. 儿童游戏歌

“最简单，最特别，容易记忆；历代相传，传讹最少。”“这些公认为极古的歌。”“有人说在里面可以看出异教的婚丧祭礼。”①

吉特生的分类主要是以歌谣的题材为依据。

（二）英国威森女士的十大分类法：

1. 谜语歌

2. 家庭悲剧歌

所叙有被动的新娘、私奔、弃妇、争吵的弟兄、阴谋的母亲、暴虐的继母、妒嫉的婆婆、不义的仆人等等。威森女士认为这类叙事歌中英吉利、苏格兰最多。

3. 挽歌

这类歌谣包括：一种是生者悼死者的，一种是死者与生者作别的。

4. 迷信歌

所叙的是超自然的世界。如仙人、魔术的变形、死人的回来自欺欺人等。

5. 圣经歌

主要是叙述耶稣的故事。

6. 传奇歌

威森女士认为，这是歌工们所作。

7. 滑稽歌

① 《英国民歌论》第53～78页。转引自吴超刊授讲义《歌谣学概论》。

极少。

8. 新闻歌

即事成歌。属此种也不多。

9. 年歌

这是边地的叙事歌,颂扬英吉利、苏格兰间的边地里的侵略与战争。这类歌的内容较重要。

10. 绿林歌

所叙是侠盗。

威森女士说,以上十类叙事歌是依着论理的次序定之(《英吉利、苏格兰叙事歌选粹》)引论)。

威森女士十大分类法和吉特生的民歌十二大分类法显得比较零乱,但在 19 世纪末 20 世纪初有一定的影响。

(三)邵纯熙的"七情"分类法

这种分类先按照国际所通用分类惯例,将歌谣分为民歌、儿歌两大类,然后每大类又分为假作、自然两类。而"两类"中又分成一些细类。见下表:

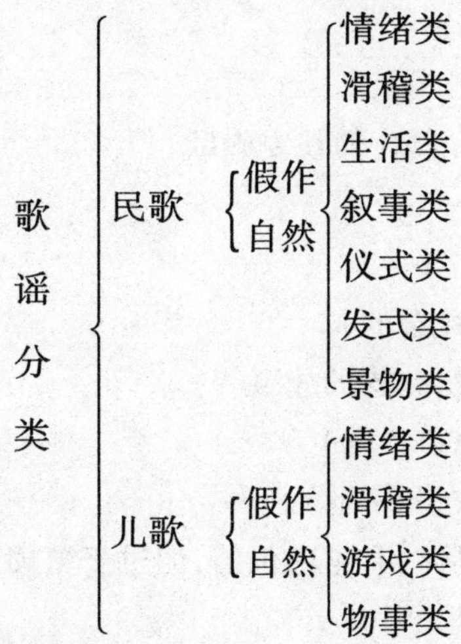

这种分类法看起来较严密,也较细致,但问题不少。一是"假作"、"自然"概念模糊不清;二是对"七情"——喜、怒、哀、惧、爱、恶、欲的定义不准确。"情绪类"与其他各类也没有一个较明确的界限,实践中不好运用与划分。

(四)傅振伦的二分法

这类分法也是两大类,但各类的具体内容比邵纯熙的分法相对现实,较容易领会。

1. 民歌

(1)事物歌

A 抒情歌——狂歌、情歌、七情等。

B 叙事歌——韵文故事。

——人物、景物。

——即事歌。

——岁时歌。

(2)生活歌。

A 职业歌——劳动歌(包括决择歌、行歌、工歌、厂歌、山歌、秧歌、农歌、夯歌等)。

B 社会歌(包括乞丐歌、喜歌等)。

(3)习俗歌

A 仪式歌(古候歌、婚丧歌、喜庆歌)。

B 非仪式歌。

(4)滑稽歌

嘲讽、讽刺。

2. 儿歌

(1)以歌式而论——母歌、催眠安慰歌。

(2)以歌性及类用分——

A. 事务歌。

B. 生活歌(家庭的、社会的)。

C. 儿童教育歌(劝诫、有韵的故事等)。

D. 滑稽歌(骂、嘲、急口令等)。

E. 游戏歌(如踢毽歌、转晕歌)。

这种分类也较细而具体,有参考价值,但过于繁琐,不便运用和推广。

(五)周作人的六分法。

20 世纪 20 年代,周作人参照俄国上下分类法,结合中国实际的分类法,将中国歌谣分为六大类。

1. 情歌。

2. 生活歌。包括各种职业劳动歌、社会、家庭生活歌、妇女、童媳歌。

3. 滑稽歌。嘲讽及“没意思”的歌。

4. 叙事歌。即有韵文的故事。如《孔雀东南飞》、《木兰歌》。又有一种“即事”的歌,叙述当代的事情,如北方通行“不剃辫子没法混,剃了辫子怕张顺”。

这是一种民谣,相当于平时人们所说的“顺口溜”,但比顺口溜要深刻、含蓄。

5. 仪式歌。如结婚的撒帐歌、节日祝词等等。

谚语本是理智的产物,但因也用歌谣形式也往往附在仪式歌末尾。

6. 儿歌。

包括:A 事物歌。事物歌包括一切抒情叙事的歌及谜语歌。

B 游戏歌。

周作人的“六分法”是在 1923 年分的。其分类标准基本上是依据歌谣的实质,即题材、思想内容,同时兼顾其特点的功能及服务对象。虽然仍有不够明确和欠完整之处,但相对来说是比较妥帖,具有一定的科学性,又克服了其它分类法过于简略或繁琐的弊病,在当时被认为是“比较的最适用”的一种分类法。这与周作人既借鉴外国理论,又较了解中国歌谣的面貌分不开。后来许多人包括朱自清也采用这种分法。

第三节　当今中国较为通用的分类法

(一)钟氏歌谣分类法

钟氏歌谣分类法是指 1980 年出版的钟敬文主编的全国高等学校文科教材《民间文学概论》中提出的歌谣分类法。

这个分类法是在“五四”以来各家分类的基础上,扬长避短,另立别说。它是全国数十名参加编写人员(教授、副教授)共同商量后确定的,因此,比起以往各家各人自行分类法,显得较准确、圆满。如前面讲过,建国以前分类比较科学的就是周作人的“六分法”。钟敬文把周作人分类法中“生活歌”大类的“职业劳动歌”抽出来,专立为一类,叫“劳动歌”;又把周氏分类中不太明确的“嘲弄讽刺”、“滑稽歌”,改名为“时政歌”,比前者更全面、科学。同时,以“劳动歌”专作一类,也体现了歌谣主要源于劳动的精神,令人容易接受。

钟敬文的分类法主要是从歌谣的内容出发,结合它的某些特殊功能和服务对象,分为六类:劳动歌、仪式歌、时政歌、生活歌、情歌和儿歌。

1. 劳动歌。

是指体力劳动直接激发出来的民间歌谣。它伴随着劳动节奏歌唱,与劳动的行为、动作紧密结合,具有协调动作,指挥劳动,鼓舞情绪等特殊功能。由于劳动的工种繁多,强度不一,劳动歌的样式多种多样,有呼喊号令式的,也有描述抒情式的。呼喊号令式的劳动歌节奏感更强,歌词简短有力,多由感叹性的词句组成,句式整齐,有领有和;领唱者的词句带有号令性质,合唱者的词句则完全是劳动呼声。这类劳动歌在文学上的价值不如在音乐上的价值大;在艺术上的价值也不如在实用上重要。

描述抒情式的劳动歌节奏没有前者那么强烈,劳动负荷较轻,动作比较单一。在持续长时间的劳动中需要用歌声来调剂精神,减轻疲劳,歌词丰富多彩,在劳动呼声中经常夹有一些较长的,甚至与劳动无关的描述词句,反映出一定的社会生活内容,有优美的音乐旋律,劳动呼声在其中起着点缀节拍的作用。这类劳动歌文学价值比前者大,是民间文学工作者观注的重点。从内容上看,有反映劳动者对自己从事的劳动态度的;也有触景生情,有感而发,唱一些带有风俗特征或爱情内容的;还有一些是唱历史和传统故事的等。

劳动歌是从生活歌中分化出来的,对于那些虽然是在劳动环境中歌唱,但并不明显受劳动节奏制约,而是接近于一般抒情民歌的,则可以归入生活歌中。

2. 仪式歌。

仪式歌也叫礼仪歌。主要是指随着民间祈年庆节、贺喜禳灾、祭祖吊丧等仪式及日常迎亲送友等礼仪活动吟唱的歌谣。仪式歌包括有仪式的歌和非仪式的歌,是从吟唱的场合而言的。但从其内容和应用的情况而言,仪式歌又可以分为诀术歌、节令歌、礼俗歌和祀典歌四种。

"诀术歌"是被认为具有法术作用的歌诀与咒语,如"天皇皇,地皇皇,我家有个夜哭郎,过路君念一遍,一夜睡到大天亮"之类。作品除少数保留有生活经验和起积极作用外,一般内容和作用是消极的,迷信色彩较浓。

"节令歌",是与节令有关的各种民间节日庆祝和祭祀仪式中的歌功颂德的歌谣,多与农活有关,有的具有纪念意义,有的宗教色彩较浓厚,也有的逐渐脱离宗教形式,演变为以娱乐和游戏为主的民间节日活动。如古代的《蜡辞》、《田者祝》、《穰田歌》,至今壮族春节舞春牛时唱的《春牛歌》等,都是祈求免除灾害,盼望人畜太平,五谷丰登的祷辞。

"礼俗歌",常用于男婚女嫁、贺生送葬、新屋落成等红白喜事及日常迎宾待客等场合。歌词寄托着人们对美好生活的向往,对乡土和祖先的赞颂与怀念,以及对亲友的真挚感情和美好的愿望,也有痛苦的哭诉和对包办婚姻的控诉等。这类歌在仪式歌中数量最多,文学价值也较高,主要有酒礼歌、哭嫁歌、盖房歌等。

"祀典歌",是在重大祭祀和庆典时唱的祈祷性的歌。如民间的祭灶歌和农民起义中天地会的《祭五祖》等。由于这类歌数量较少,常与礼俗、节令结合,因此,也有人将它并入"礼俗歌"或"节令歌"。

仪式歌一般都有较为固定的套式,代代相传,变化不大,有的千百年来一直保持着原始的状态。也有的仪式歌已脱离原有的礼仪形式而成为独立存在的歌谣。

3. 时政歌。

时政歌反映了劳动人民对时政的认识态度和理想愿望,是劳动人民进行政治斗争的有力武器。这种歌有美有刺,有歌颂,有暴露,内容多半是揭露、讽刺反动统治阶级的,也有少数量颂扬严明官吏和他们政绩的。如赞颂"包青天"、"海青天"、况钟、林则徐等人的歌谣。歌颂历代农民起义、反抗民族压迫的歌谣,是斗争性最强的部分。我国秦朝末年第一次农民大起义时,就产生了"大楚兴,陈胜王"的民谣。明代李自成起义军所到之处,唱遍了"吃他娘,穿他娘,大家开门迎闯王,闯王来时不纳粮"、"朝求升,暮求合,近来贫汉难存活;早早开门迎闯王,管叫大小都欢悦"等歌谣。这些作品,虽然字句朴实、简短,却概括了广大农民的根本要求。太平天国起义时,广大农民想要通过自发斗争推翻反动统治阶级,建立农民自己的政权,这种愿望在歌谣里也表现得十分强烈。不少歌谣生动地表达了广大农民对革命的支持,对农民武装的拥护和对太平军领袖的爱戴。

时政歌中的颂歌是解放后新时政歌的主流。也有针砭时弊,批评我们工作中落后面的东西的。

时政歌以民谣居多,一般篇幅较短,字句比较自由,没有什么固定的格式,语言精炼、锐利,爱憎分明,个性鲜明、时代感强。讽刺歌谣常采用反话正说、歪打正着等喜笑怒骂的方式,谐音、隐语较多;颂歌则比较直率、明快,常采用赋体直述手法。

4. 生活歌。

生活歌是反映劳动生活和家庭生活状况的歌谣。包括各民族日常生活歌、农工歌……最引人注意的是农民和妇女的生活歌。在汉族地区广为流传的《十二月长工歌》就是农民生活歌的代表作。这首生活歌有许多异文,深刻地揭露了地主残酷剥削、农民处于痛苦深渊的黑暗现实,表现了长工们的觉醒和强烈的反抗精神。

妇女生活歌大多抒写被压迫在生活最低层的劳动妇女之苦。表达了女性特有的细腻感情,凝聚了深沉悲哀与痛苦的血泪词语,唱出了妇女一生的悲惨遭遇。尤其是童养媳、望郎媳和寡妇们的歌最为凄凉悲切,催人泪下。其中也表现了妇女的大胆反抗和对自由幸福的向往与追求。

新的生活歌一反悲苦低沉的基调,欢乐高昂,轻快舒畅。歌颂党、歌颂人民政府及歌颂新生活是这类生活歌常见的主题。也有讽刺人民内部缺点和错误的作品。生活歌不论是现代的,还是传统的,都直抒胸臆,实叙现实。

5. 情歌。

它是劳动人民爱情生活的反映。主要抒发青年男女由于相爱而激发出来的悲欢离合的思想感情，特别是少数民族爱情生活中，情歌更是不可缺少的工具和媒介，可以说没有情歌，就没有他们的恋爱和结合。

在丰富多彩的慕情、求情恋情、离情思情、怨情和苦情歌中，有不少佳作堪称艺术珍品。这类歌数量最多，充分表现了劳动人民纯朴健康的恋爱观。

6. 儿歌。

儿歌在我国古代称之为“孺子歌”、“童子歌”、“小儿语”、“童谣”等。“五四”新文化运动前后才逐渐采用了“儿歌”这一称谓。

关于“童谣”一词，虽然早在两千年前就出现在《康衢童谣》之中，但历代记录下来的所谓“童谣”作品，内容大多是成人出于某种政治目的而创作的教儿童传唱的时政歌谣，形式风格也与一般的儿歌不同。因此，昔日的“童谣”其实不是儿歌。

当然，儿歌有狭义、广义之分。狭义的专指儿童自己创作以及由大人创作的符合儿童接受能力的歌。广义则除上述外，还包括大人（一般是妈妈、奶奶）教，儿童传唱，但其内容并非儿童所能理解和接受的歌。

优秀的儿歌一般具有内容单纯、易懂易记、形象生动、音韵优美、节奏明快、琅琅上口，合乎儿童生理、心理特征及爱好习惯与接受能力等特点。

儿歌一般形体比较短小，有直叙体、问答体、趁韵体等形式。

句式和章法无定格，全篇三字句或以三字句起头的三、三、七式的结构为最常见。拟人化的手法运用普遍。

儿歌按其作用可分为游戏用、教诲用、训练口齿用三类。其中游戏用的数量最多，可丰富游戏内容，统一游戏动作；训练口齿用的歌有趁韵歌、颠倒歌、绕口令歌等。教诲用的儿歌在新儿歌中占的比重愈来愈大，起着培养儿童良好思想习惯、传授知识、启发智力等作用。

（二）《中国歌谣集成》分类法

20 世纪 80 年代，中国文化部牵头实施编纂全国民间文艺十大集成工程，由中国民间文艺家协会主持的《中国歌谣集成》参照上述钟氏分类法，将歌谣分为八大类别，提议各省市自治区将其运用于实践。这八大类是：劳动歌；时政歌；仪式歌；情歌；生活歌；历史传说歌；儿歌；其他。这种分类法其实是在钟氏分类基础上增多“历史传说歌”和“其他”两类，另外各类别比钟氏分类更具体、更明确。

“历史传说歌”包括反映历史事件、历史人物、历史故事等。也包括有关传说故事的歌(与史诗、叙事诗有别,这些歌较短,没有连续性的情节,概括性也比较强)。

“其他”,即杂歌,凡上述几类包括不了的歌,都可以归入“其他”类。

也有些民族如壮族歌谣在上述八类的基础上,多出个“引歌”和“古歌”。引歌主要用于一方歌者激发对方唱歌的激情,开腔与其对唱。古歌则是区别于历史传说歌的那些古老的神话歌。

各大类歌谣都有具体的小类。劳动歌包括狩猎歌、农田歌、牧业歌、渔业歌和各种手工行业的歌,如纺纱歌、纺棉歌,搅制蓝靛歌、补衣歌、榨油歌、建屋歌、阉猪谣、货郎歌等等。仪式歌包括婚嫁歌、寿诞歌、丧葬歌、风俗诀术歌。生活歌包括长工苦歌、单身苦歌、妇女苦歌、壮丁苦歌、孤儿苦歌。生活知识歌、劝世谣、文化娱乐歌——诸如抢歌、让歌、斗歌、大话歌、反话歌和夫妻笑骂歌。① 情歌又包含初识歌、试探歌、赞美歌、离别歌、相思歌、重逢歌、热恋歌、怨情歌、盟誓歌、定情歌。

无论大、小,每类都含有丰富的内容,体现其所属民族生活绚丽斑斓,多姿多彩。下面举些具有特色的歌谣:

《劝孝歌》:

我劝晚辈们,
孝顺老年人;
老人若生病,
服侍要殷勤;
早端洗脸水,
晚端洗脚盆;
口渴帮倒茶,
风冷要关门;
在生不行孝,
死时枉伤心;
酒肉供满桌,
老人不沾唇;
灵前声哭哑,
死了难回生;
四块棺木板,

---

① 详见《中国歌谣集成广西卷》分类目录,中国社会科学出版社 1991 年 4 月版。

永远离子孙；
晚辈要牢记，
父母养育恩；
活时不孝敬，
何必去拜神？（搜集翻译者：候庆恒）

这首歌充分体现了中国传统道德观念——孝顺老人是每个晚辈的天职。

《大话歌》（文化娱乐歌之一）：

女：大话歌，大话歌，
雀儿生蛋大过箩；
鼠儿扛猫上屋顶，
小蛇拖象上山坡。

男：妹讲大话兄不怕，
妹讲稀奇兄亦知；
树尾高头跑过马，
急水滩头下过棋。

女：妹在海边插竹篙，
谁人大胆敢来摇；
龙在长江敢扯尾，
虎落平阳敢拔毛。

男：三岁出门学地理，
哪点来龙弟不知？
走过九州十八县，
哪个山头没踩低？

女：飞沟不过妹飞沟，
一个筋斗上云头；
人人都讲山有虎，
特地扛刀拦虎头。

男：飞天不过弟飞天，

拿刀剖月敢瞒天;
山中猛虎是我马,
路上青蛇是我鞭。

女:兄讲兄高妹更高,
半边明月当飞刀;
天鹅飞过天边时,
一刀斩断九斤毛。

男:明讲明讲给妹唱,
一个蚊子三百斤;
四个城门挂四脚,
剩有下水未曾秤。搜集者:张奕

这首歌表面看来,似乎无多大意义,但它是两方歌者智慧的结晶,听众可以从中得到某种教益和启示。

《反话歌》:

海狗上岸深潭热,
老虎入沟去睡眠;
黄鳝有鳞虾有翼,
青蛙拉蛇田过田。

田螺拉鸭罗罗转,
老鼠拉猫在灶边;
桅杆顶上开酒店,
白云山顶划龙船。

鲤鱼拉獭过屋顶,
空中麻雀来耕田;
猴子落水摘甜果,
蚂蚁背牛过水边。

十五十六娥眉月,
初一初二月团圆;

夏天冷来冬天热，
阿婆拉被遮额前。

尼姑拉住和尚髻，
和尚抓住尼姑辫；
刚好盲佬来看见，
聋佬听闻哑仔言。

搜集者：滕奔滕　　卢艺

这首歌的意义除了与上述《大话歌》同类外，还体现了其所属民族语言的生动性和含蓄性。

（三）《中国民间歌曲集成》分类法。

这种分类法主要按音乐体裁分，也兼顾了其他方面。先是按省、市、自治区分卷；其次按民族分册（或目）；然后按音乐分为：号子、山歌、小调、儿歌、叙事歌、宗教歌。

第七章

生活的脉搏:歌谣思想内容特色

第一节 时代的晴雨表

“晴雨表”是自然科学领域的名词,原为天气变化情况记录,这里,我们借以说明社会的风云变化情况,引申为歌谣思想内容方面的一个作用。

人类社会发展的各个阶段,都有不同的特点,有不同的生产、生活内容。形势千变万化,事情无奇不有。歌谣,就像人们手中的晴雨表,记下了各个时代的社会风貌、习俗、信仰和人们的思想状况。在某种程度上,歌谣反映的社会面貌比史书、典籍记载更为确切、全面、具体,也更有说服力。

(一)不同历史时期经济状况的反映

经济包括生产、生活资料,是人们生存、生活的依据。不同的时期有不同的经济状况。这在史书上只比较笼统地记载,而歌谣,则具体形象地反映了各个时期的经济状况及其特点。如前所举的《弹歌》——“断竹,续竹,飞土,逐肉”,虽然只有八个字(八个音节),却反映了当时人们的狩猎生活,“断”、“续”、“飞”、“逐”几个连续动作,都是行动性很强的凝炼语言。按其动作程序,即是截竹子,又用弦索把这些截断了的竹子接连起来(“续”当“接连”解),飞射出泥丸(小石子),追逐那些跑着的鸟兽(“肉”在此指“鸟兽”)。

从“断竹,续竹,飞土,逐肉”这首歌的歌词中可以看出,其结构是完整的,每句都是一个简单的动宾结构,依照事物本来的次序构成歌词的连贯性。然而,这首歌的内容又是非常单纯,它纯粹体现了打猎的过程,一目了然,没有什么祈神的因素,也没有掺杂其他的社会内容,没有人与人的关系,猎物分配情况等等。这就是原始狩猎经济的特点。这个特点,主要表现在劳动项目单纯,工具比较原始(简单)。但是人们对野兽的抗争能力很强。这种抗争力强的原因,主要是当时人们的思维能力较低,考虑的问题比较少,自然力对于他们的利害关系还没有充分感觉得出来。

到了农耕时代,情况就不一样。人们生产、生活方式逐步复杂化,因而逐步感觉到自然力对他们的侵害,思维也复杂得多了。反映在歌谣中,则常常是生产者对支配自然的无力,或作为超自然力加以祈求。这就出现了祈祀神农的内容或咒词之类的歌谣,表达出原始劳动者企图避免自然力的危害,受到冥灵帮助,获得庄稼丰收的要求和愿望。《礼记·郊特牲》中的《蜡辞》就是体现这方面内容的歌谣:

土反其宅,水归其壑,
昆虫毋作,草木归其泽。

"反"通"返",即回归;"壑"音he,山沟;"毋作",意为莫作践,作害。

这首歌,不仅从形式上比《弹歌》复杂些,而且在内容上也不同。歌中所讲的是以万物祭百神的祭典上祈求丰收的歌唱内容。全歌以祈祷的口吻,希望土堤土梗能够安稳巩固,希望水能归在低洼之处,不要归到滥流;希望害虫不要危害庄稼,草木也要归到泽薮之地,不要在田里乱长。它抒发了同自然作斗争的愿望,但含有祈求心理。歌中的土、水、昆虫、草木都是农耕中保持或应该排除的东西。

从《弹歌》到《蜡辞》,我们可以看出它们分别代表原始歌谣的两个不同阶段。相比之下,前者(《弹歌》)更原始,从内容到语言风格都较早。后者(《蜡辞》)稍晚,明显看出是氏族社会后期的产物,其具有农耕时代的特点。土要怎么样,水要怎么样……都是农耕情景,而不是单纯狩猎。

到了周代,社会经济状况又与《弹歌》、《蜡辞》出现的时期大不一样。即人类社会已进入了奴隶社会。许多歌谣,如《豳风·七月》就描写了奴隶劳动者一年到头,从早到晚时刻受奴役的情景。诗中的劳动者为奴隶主(农奴主)养蚕、织布、狩猎、制裘,自身却是"无衣无褐。"他们为统治者修筑宫室,自己却住在遍地老鼠、满墙窟窿的茅屋里。

《七月》大约是周朝西北一带的民歌,全文较长,共七段。前三段都是以"七月流火"开头。抒情气氛相当浓烈。所概括的劳动生活和阶级剥削的图画也不是一时的东西,而是综合性的叙述。

原文	译文
七月流火,	七月火星向西沉,
九月授衣,	九月人家寒衣分,
一之日觱发,	冬月北风叫得尖,
二之日栗烈,	腊月寒气袭人,

无衣无褐，	粗布衣裳无一件，
何以卒岁？	怎样度过一年！
三之日于耜？	正月时修犁钯，
四之日举趾，	二月里忙下田，
同我妇子，	和我女人孩子一起干，
馌彼南亩，	饭菜送到田边，
田畯至喜。	田官老爷高兴。

从这首民歌看出当时已经是具有经济剥削行为的阶级社会，表达人民对所处的社会的愤怨，而不是《弹歌》、《蜡辞》反映的那种大家劳作、大家享受的时代。

这首歌后面还讲了姑娘采桑摘菜而又提心吊胆，担心被公子带走的心情，内容更深入了一层。《伐檀》、《硕鼠》也是这方面的代表作。

（二）历史变革的掠影

随着时代的前进，各种制度也在不断地形成，又在不断地受到改革。歌谣也形象生动地反映了这种变革。春秋战国时期出现的《子产歌》，就属于这种歌谣。

我有子弟，
子产诲之。
我有田畴，
子产殖之。
子产而死，
谁其嗣之？

子产，即公孙侨，又名子美，春秋战国时期郑国政治家。郑简公十二年（前554年）为卿，二十三年（公元前543年）执政，实行改革，整顿田地疆界和沟洫，有利于农业生产。后来又创立了按“丘”征“赋”的制度，把“刑书”（法律条文）铸在鼎上公布，不断听取“国人”意见。这些改革给当时的郑国带来了新气象。

这首《子产歌》反映了当时改革的情况，同时也反映了人民对改革者的态度。译成现代汉语，即是：

我们的子弟，
得到子产的教育，
我们的田地，
按子产划定的界限种殖，
子产要是死了，

谁来继承他的事业呢?

歌中历数了子产的功劳,把他称为一个贤相,甚至忧虑他死后谁来继承他的事业的问题。从歌中简明而生动的描写可以看出当时人们是怎样欢迎田畴(土地)私有制度。也可以看出歌谣产生的时代背景。

这首歌极具针对性:即当时子产推行改革用了三年时间,而三年间,曾有人想把他杀死,后来他的改革成功了,许多人都改变了态度,由原来想杀死他,变为歌功颂德,于是出现了“子产而死,谁其嗣之”之句。

有些歌谣反映了历史上一些重大的生产措施。如《汉书·沟洫》中的《郑白渠歌》:

田于何所,池阳谷口。
郑国在前,白渠在后。
举锸如云,决渠为雨。
水流灶下,鱼跃入釜。
泾水一石,其泥数斗。
且溉且粪,长我禾黍。
衣食京师,亿万之口。

反映的就是汉代兴修水利的情景。这首歌生动地描绘出集体劳动的场景,表现出人民对兴修水利、发展生产的兴趣和颂扬之情。

(三)各时期人事关系和阶级矛盾的记录

1. 反映农民起义

秦汉歌谣反映农民起义是一个重要内容。如:秦末(前209年)的陈胜、吴广起义,在歌谣中得到了深刻的反映。

2. 反映统治集团内部争权夺利、勾心斗角

如《古谣谚》载《城上乌谣》把贪婪的统治者比作乌鸦,描绘出他们像一群争食的乌鸦,不顾一切地争夺人民的劳动成果的情景。——“城上乌,尾毕逋。公为吏,子为徒。一徒死,百乘车。车斑斑,入河间。河间姹女工数钱。以钱为室金为堂,石上慊慊舂黄粱。梁下有县鼓,我欲击之丞卿怒。”歌谣所揭示的是东汉末年统治集团内部争权夺利,钩心斗角,相互残杀的内幕。父亲做高官,儿子为恶徒。歌谣使我们看到,桓帝和宦官杀了外戚梁冀(“一徒死”)、新贵成伙,车辆如云(“车斑斑,入河间”)。同时指出汉灵帝的母亲(“河间姹女”)董氏也善于搜刮,以钱为室,用金作堂,广大人民为其劳役,有怨有怒,无处申诉。歌谣最后说,虽有悬堂大鼓也不敢去打。到了西晋,在长江以北,出现了历史上罕见的饥民流亡现象。由于统治阶级的残酷压榨和诸侯王之间的相互争战的摧

残,从惠帝元康六年(公元196年)到永安元年(公元304年)十年间流亡人数竟达100余万。晋武帝死后外戚杨骏,楚王司马玮相继擅权,贾后杀了杨骏及其党羽,又爆发了"八王之乱",长达十六年,人民的劫难是日甚一日的。《古谣谚》卷八《永熙中童谣》辛辣地抨击了这种情况:

二月末,三月初,
桑生裴雷柳叶舒。
荆毛杨板行诏书,
宫中大马儿作驴。

荆,是指楚王司马玮。杨,是指外戚杨骏。宫中大马,指晋惠帝司马衷。他昏庸愚痴,成为鬼儡,所以说他几乎成了驴。在这时期,又有李特起义的发生。大康末年,四川流行的两首歌谣反映得十分深刻:

尚之所爱,非邪则佞;
尚之所憎,非忠则正。
富似鲁卫,家成市里;
贪如豺狼,无复极已。

蜀贼尚可,罗尚杀我。
平西将军,反更为祸。《晋书·罗尚传》

这两首歌谣集中揭露了梁州刺史、平西将军镇压李特起义的刽子手罗尚。歌谣中指责罗尚的所爱,不是邪恶就是忤佞;他的所憎,不是忠良,就是刚正。而他本人却"贪如豺狼","富似鲁卫"。北魏拓跋王圭统治的时代,反映农民起义的歌谣也在流传着。如"燕东倾,赵当续。欲知其名,淮水不足。"(《魏书·长孙肥传》)"赵当续"的"赵",即起义首领赵淮。这个起义虽然规模不大,但在河北一带也震动一时。"当续",是说燕已东倾,大势已去,赵淮的义军应取而代之了。两汉至魏晋,是动乱时期,也是民间歌谣大量产生时期。它及时地反映了统治阶级的动向和历史的进程。如东晋哀帝司马丕改年号,歌谣便紧紧抓住评论:"虽复改兴宁,亦复无聊生。"(《晋书·五行志》)"兴宁"是由"隆和"改来的。歌谣是说,虽然又改为"兴宁",可是人民还是不得生,那就是其反动本质依然未变,给人民带来的灾难,也丝毫没有减轻。对于"隆和",歌谣也不放过:

升平不满斗,
隆和那得?
桓公入石头,
陛下跣足走。

“升平”是东晋穆帝的年号。“升平不满斗”巧妙地运用了升、斗的双关词义,说他改了“升平”的年号后这“升”并没满“斗”,仅仅五年,便死了。所以又改为“隆和”,也还是不得长久。“桓公入石头,陛下跣足走。”是说东晋大将桓温进了石头城(建康,今南京)皇帝连鞋也穿不上就跑掉了。此事《晋书·五行志》说得很具体:“哀帝隆和初童谣曰‘升平不满斗,隆和那得?桓公入石头,陛下跣足走。’赵廷闻而恶之,改年曰兴宁。人复歌曰:‘虽复改兴宁,亦复无聊生’......哀帝寻崩。”在这年号的前后变迁中反映了历史的真象。歌谣之口碑的意义,在这里得到了充分的表现。

3. 反映阶级剥削、压迫的情景

古老的歌谣,如《异苑》所载的《秦世谣》就指名道姓地揭露秦始皇对人民的掠夺及其带来的灾难。

秦始皇,何僵梁,
吾开户,据吾床,
饮吾酒,唾吾浆,
餐吾食,以为粮,
张吾弓,射东墙。
前至沙丘当灭亡。

这首歌谣据说是写在孔子的坟壁上。秦始皇发现后非常恼火,生出一场大病。其内容是对秦王朝的残酷盘剥的概括。它公开指责秦始皇的强暴,多方面地揭露他的压榨和抢掠,并发出了希望他灭亡的诅咒。其言词的犀利反映出人们情绪的强烈。

这方面的歌谣数量很多,进入阶级社会以后,各个时期都有。各时期的生活歌、苦情歌、妇女诉苦歌等等,都属于这种歌谣。

彝族歌谣《牧羊女之歌》:

遍山羊群是奴隶主的,
软软牧鞭是奴隶主的,
放羊姑娘是奴隶主的。
牧场响起了悲歌——
唯有歌声才是自己的。

解放后,反映穷人当家、民族团结、上下一致的歌谣,则体现了社会主义社会人与人的新关系。

(四)记录各时期民俗、风情

前面讲的《蜡辞》(原始歌谣)就体现了一种祀典仪式。以后各个历史时

期,反映各民族风情民俗的歌谣很多。如20世纪20年代云南昆明儿童唱的《求雨歌》和《舞春牛》

夏天求雨

小小儿童哭哀哀,
洒下秧苗不得栽。
求祈龙天下大雨,
乌风暴雨一齐来。
天久旱!绿禾槁!
五谷不生人饥倒。
小儿洗手拜上天,
大降滂沱雨来了。
——跪下!

(云南昆明 张连懋 《民俗》 1929年第七十一辑)

这是旧时昆明儿童所唱的求雨歌。每当天旱的时候,常有许多孩子聚集在一起做求雨游戏。他们要向街上的居民募“公德”——几炷香。点燃香后,在街上走,并唱这首歌谣。他们中间有一个敲木鱼的小孩,算是队伍的指挥。队伍后面有三两个孩子,抬着一个由柏枳编织成的亭子,里面供着一个偶神像——有人说是太乙真人,又有人说是张三丰真人,还有人说是龙王——作为求雨活动的统率者。他们唱完,齐呼“跪下”,就同时跪下,然后起来,继续往前走。最后到达翠湖中的海心亭里,一起跪在观音神龛前,唱的声音就更高了。

舞 春 牛

(壮族)

春牛拜年到村头,
村头锣鼓响悠悠,
村头锣鼓悠悠响,
凶星退去吉星照当头。
春牛拜贺到村边,
村头锣鼓响连连,
村边锣鼓连连响,
风调雨顺太平年。

这是广西桂平一带舞春牛歌词的一部分。舞狮、舞春牛是壮族人民的一种文娱活动,有歌有舞。歌词内容主要是唱农事生产、驱妖除邪、人畜太平等事。当年节或民间集会时,还经常去到别村表演拜贺,受到人们的隆重欢迎。双方所唱的歌,体现了当时的风情民俗。

在江苏、浙江吴歌流传地区,婚礼上给新娘开脸时唱的“红鸡蛋,满脸转,今年请我喝喜酒,明年请我吃喜面。”同样反映了当地的民俗民风。当地习俗,妇女生小孩,主家请人吃面条,叫“吃喜面”。

(五)反映各阶段政治局势

如“四人帮”统治阶段,歌谣讽刺、揭露“四人帮”罪行;当今时代,人们又用歌谣讽刺官僚、腐败行为……。如:

鸡 鸣 歌①

说你当官当得“精”,麻风出脸早有名;
我是笼里公鸡仔,心里有气叫几声。

屙尿放屁也讨论,回回拍板拍不成;
看你好比田中水,清不清来浑不浑。

文件搭桥你才过,一读报纸又刹车;
你是旱塘蚂拐仔,又想伸头又怕蛇。
……

第二节 民族精神的自然流露

民族精神,包含民族思想感情、民族心理素质、民族性格特征等。

民族精神的形成,有漫长的历史,有独特的表达方式,通常是特定的典型环境、生活条件、民俗约定俗成的真实反映。独特的民族生活是构成歌谣的思想内容方面的民族特色的唯一根据。不同民族有不同的生活色彩,不同的生活色彩,就有不同的思想内容的歌谣特色。

1. 开阔、向上精神的流露

且看壮族盘歌里的几段:(直译词)

什么石头会说话?
什么村庄笑哈哈?

① 黄勇刹、陆里、蓝鸿恩主编:《广西歌圩的歌》,广西壮族自治区民间文学研究会编印,1980年10月。

(壮语记音如下:"桑赛哆吞漏那刚?桑赛班江枯哈哈?")

什么斑纹多过蛟龙的花纹?
什么比糯粑还柔软?

(壮语记音如下:"桑赛列花来卦都龙来?桑赛怒再娘嗯卦?")

什么直过梁柱?
什么弯过牛轭?

蛤蚧在石洞里叫喊,
那就是石头会说话。

大风扫过龙眼树,
那就是村庄会笑哈哈。

壮锦被毡的斑纹多过蛟龙的花纹,
弹过的棉花比糯米糍粑还柔软。

榁榔树直过梁柱,
锅头耳朵弯过牛轭。

这几段歌谣的直观形象——蛤蚧、龙眼树、榁榔树、糯米粑、壮锦,都是壮族的风物。壮族人民把它们列为歌唱对象。虽然歌中没有直接描写人物形象,但从这些风物的壮族色彩(特别是壮锦花纹)中,听众可以体会到壮族歌手微妙的情怀。它与过去所说的"天苍苍,野茫茫,风吹草低见牛羊"属相同的类型,体现了歌者开朗,对前途充满乐观(从壮锦的花纹引喻出来)的性格。然而,壮族有壮族特定的风光,特定的风物——蛤蚧、龙眼树、榁榔树、壮锦等,而不是"风吹草低见牛羊"那种北方游牧民族地区的风物、风光——这就是游牧民族性格或民族心理素质的自然流露。虽然流露出来的民族精神是同类的,但离开了这个民族所处的自然环境,抛弃了这个民族所伴随的风光、风物,民族精神就不能自然流露。如把"天苍苍,野茫茫……"说成是广西壮族的,或者把"壮锦花纹多过蛟龙纹"说成是蒙古牧民的歌谣,那就不符合实际了。不符合自然风光、风物实际,不符合特定人物形象的情怀的实际,一句话,不符合各有标志的民族生活特色的实际。

2. 反抗情绪的体现

歌谣直抒情怀,表现于多方面。但也同样离不开民族所处的风光、风物。

壮族《嘹歌》第五章《唱离乱》中的“问年”，就体现了壮族男女对旧社会征兵的不满情绪：

男：今年什么年，
泉水发蚂蝗，
井水铺萍草，
水泡象滚汤。

女：什么鬼年月，
芋叶变桐叶，
桐叶变榕叶，
人逃上山不断绝。

男：今年什么年，
满天鱼鳞霞，
河里鱼仔翻大船，
田垌爬满穿山甲！

从歌中所看到的现象都是反常的，诸如“泉水发蚂蝗”、“芋叶变桐叶”，还有“鱼仔翻大船”、“田垌爬满穿山甲”……都是一种极为反常的现象。男女双方唱出这些歌，自然激发人们对当时征兵拉夫制度的不满和反抗情绪。而这又不是明白直说，而是通过一系列反常的事态的描绘，让人们受到启发、醒悟。这就是歌谣内在的鼓动力量，也就是歌谣思想内容方面的特色之一。这种内在的鼓动力量，同样是借助本民族特有的自然风物，加以激发。如“蚂蝗”、“鱼仔”、“芋叶”、“穿山甲”等等，就是壮区（或南方民族）特有的风物。

当然，也有些歌谣，不一定借助地方风物，即没有直观的风物画面，而直接表达歌者的某种思想感情。不过，它往往与民族的习俗有某种联系。如《布洛陀》里一节歌：

女：妹命是羊命，
浪游四方食树叶，
食一餐呀哭十餐，
不得郎哥做姑爷。

男：娘请巫婆来卜卦，
卜算不出什么鬼，

哥的魂魄它高飞,
飞落妹家未曾回!

这首歌反映男女相爱而不能成亲的苦闷心情。其中“卜卦”就是一个民间迷信习俗。昔日旧社会这种迷信的做法相当普遍。

又如:

我俩结缘的当初,
曾杀白鸡食鸡冠,
曾杀生鸡饮鸡血,
曾把鸡血涂过香炉底,
我俩洒泪山盟又海誓,
你誓不相忘,我誓心不变,
谁忘谁变遭雷劈,
雷劈先把脚拇指断……

这首歌体现了男女誓死相爱的感情,其中双方盟誓方法又与民间的“歃血”、“诅咒”习俗有关。

类似这种体现男女山盟海誓的情歌,各族都有,而且产生已久。如汉代汉族著名的短歌《上邪》就属这种歌:

上邪!我欲与君相知,长命无绝衰。山无陵,江水为竭,冬雷震震,夏雨雪,天地合,乃敢与君绝!

第三节 生活的广泛快捷反映

歌谣是生活的画卷,一首首歌谣,就像一幅幅绚丽多彩的画图,展现在人们的眼前。这里,我们以流传在我国西北地区的“花儿”及当前出现的一些新歌谣为例,说明歌谣反映了生活的广阔性、迅速性和尖锐性。

花儿,歌谣名称之一,流传于我国西北甘、青、宁三省区汉、回、土、东乡、保安、撒拉、裕固和藏等八个民族中。它具有独特的高原风格,其内容丰富,曲调优美,乡土特色浓郁。

(一)反映生活的广阔性

歌谣,是社会现实的集中反映。就拿“花儿”这种民歌来说,它形式短小活泼,反映生活异常广阔。有反映社会问题的时政歌,反映戎马生活的战歌,反映牧猎生活的牧歌,反映一般家庭劳动和民族习俗的生活歌,更有大量的反映男女婚姻恋爱的情歌。

1. 反映爱情生活

“花儿”常常被称为爱情的花环，是因为这种民歌中情歌的比重很大。旧社会劳苦大众政治上受压迫，经济上受剥削，同样在爱情上受到封建礼教的束缚，得不到自由。于是胸中的反抗怒火，连同争取自由爱情的歌唱，一同迸发出来。

青石头根里的药水泉

担子挑，
桦木的勺勺儿舀干；
若要我俩的姻缘散，
三九天
硬冰上开一朵牡丹。

“三九天硬冰上开一朵牡丹”是绝不会有的事，歌手以此来比喻男女爱情的坚贞。

又如：

……
狂风打给的磨盘子转，
青龙白虎呀叫唤；
宁叫他皇帝的江山乱，
决不叫我俩的路儿断。

他们把爱情看得高于一切，“宁叫皇帝的江山乱，决不叫我俩的路儿断”，把爱情凌驾于皇权之上，把封建帝王踩在脚下，这是何等惊人的气魄，何等的自豪和尊严！这类具有深刻意义和高度艺术性的歌谣，是我国文学宝库中永射光辉的瑰宝，它继承了我国古代民歌《诗经》中的《柏舟》和汉乐府中的《上邪》等优秀作品的传统，并且远远超越了它们。

新中国诞生后，爱情花儿内容更新，男女之间的爱情，与劳动生产有密切关系，与理想的展望结合在一起，反映了劳动人民爱情观念的新转变。

① 隆隆的机声满山吼，
震天里响，
尕妹驾的是铁牛；
山尖上行来云雾里下走，
歌声欢，
阿哥有了奔头。

② 河水清清越过南坪，

流过咱家的村前，
千亩旱地变水田，
又浇了我心爱的牡丹。

这两首歌中的主人公显然是新型的男女青年建设者的鲜明形象。

2. 多方面暴露社会问题

在旧社会,歌谣是揭露阶级压迫、倾吐心中不平、向反动统治者斗争的工具。例如:

上山的老虎下山的狼,
凶不过蒋匪帮,
今日的款子明日的粮,
百姓们活下孽障,
……

这首歌反映了国民党统治时期,人民灾难深重的情景。就算到了社会主义时代的今天,歌谣也不断地把当今现实中的一些矛盾和各种不合理的社会现象暴露无遗。

如《当代歌谣》:

人情赛过债,
锅碗背起卖,
请帖到家门,
赶紧勒裤带。(《人情债》)

这里抨击了请客送礼的不正之风。

亲家局,夫妻科,
外甥打水舅舅喝,
孙子开车来爷爷坐,
全家老少都快活。(《全家老少都快活》)

这里揭露了人事安排上的不正之风。

上班喝茶水,无病喝药水,
想法捞油水,按时拿薪水。(《四水干部》)

这里揭露干部贪污腐化风。

又如《嘴巴干部》:

做起报告不停嘴,
赴上宴席大动嘴,
自我批评紧闭嘴,

汇报情况忙抢嘴，
办事收礼抿紧嘴，
见了问题哑了嘴，
讨好上司耍甜嘴，
差点伸手自掌嘴。

这里揭露某些干部只会玩嘴皮，不愿办实事。

再如《三好歌》：

盖上三个大公章，
不如有个好老乡；
开上十张介绍信，
不如有个好亲戚；
走千遭，跑万趟，
不如掌权好爹娘。

这里揭露走后门的歪风。

《开会歌》：

七点开会八点到，
九点头头作报告，
台上讲话台下叫，
你结绒线我看报。
靠边角落秩序好，
全都眯眼困大觉，
匆听“散会”猛一惊，
揉着眼睛朝外跑。

这里揭露了干部拖沓不负责任的作风。

又如《打官倒》：

当官能把买卖搞，
国家生意私人做，
公私合营利不少，
吃喝送礼全都报。
……

歌谣揭露了官僚作风，体现了广大人民群众鲜明的政治态度。

当然，歌谣有揭露，也有歌颂。这就是社会主义各时期的颂歌。

高不过蓝天大不过海，

好不过毛泽东时代;
幸福的大道共产党开,
青松翠柏我们来栽。

(二)抨击坏人坏事的迅速性

除了长篇叙事、抒情歌外,一般来说歌谣形式都比较短小自由,容易流传、记忆和掌握,因此,反映生活及时而迅速。前面举的反官倒,揭露了党政干部队伍中各种不正之风的歌例,这就是这种及时、迅速的表现。

1975年"四·五"运动(即"天安门事件")中一下子就出现了许多抨击"四人帮"反党集团罪行的歌谣。还有"四人帮"被粉碎以后,各地也出现了不少歌颂党中央英明决策的歌谣。如青海"花儿":

金鸡娃叫(者)天亮了,
红太阳笑,
祖国的江山越发俊了;
党中央把蓝天擦亮了,
头顶里亮,
脚底越有劲了。

当党中央落实农村经济政策的春风吹到各地后,人民群众马上感到自己有了奔头,于是,抑制不住自己的兴奋,满怀喜悦地唱道:

政策回到山垴呢,
社员起黑贪早呢,
赶着日月赛跑呢,
日子越过越好呢。

(三)揭露矛盾的尖锐性

有人曾把短小的歌谣比作蜜蜂。蜜蜂有蜜又有刺,身子又小,这是最恰当不过的。许多歌谣,表达思想明确,抒发感情热烈,是人民群众内心世界的最坦率的流露,没有一丝一毫的吞吞吐吐,没有一点点的曲折隐晦,歌颂、赞美可批评、揭露,都是直率、坦白,不喜欢拐弯抹角,更没有那种"朦胧诗"的味道。

群众心中有杆秤,
是好是坏分得清。
千条大河者万架山,
硬汉子不怕它路远;
长征路上脚放展,
干出个"四化"的明天。(青海"花儿")

这里歌颂了群众的眼光和人民的力量。

也有些歌谣直面指责强暴官员。

莲花山,莲花山,
上山要过"狼虎关";
盘问、搜身、拉抢栓,
真比《刘三姐》里的莫老爷还凶残!

这里抨击了那些反对群众的少数人。

除此之外,前面所举的反官僚、反官倒、反不正之风的新歌谣,也都是尖锐性的表现。歌手们不怕打击报复,具有坦率的精神,才创作出那些火药味甚浓的歌谣,以激发人民群众的公愤,达到促使社会进步的目的。

第八章

智慧之花:想象、构思与语言

第一节　奇特的想象与构思

民间歌谣中的想象与构思,既是思想内容方面的特色,也是艺术形式方面的特征。这里先作为思想内容方面的特色加以阐述。

想象,属一种心理活动,即在知觉材料的基础上,经过新的组合而创造出新的形象的过程。

各民族歌谣在想象和构思方面均具有各自的特色。汉民族歌谣是如此,各少数民族歌谣同样是如此。

一、超拔奇特的想象

"超拔"与"奇特"一样,都含有不寻常、超出一般或高出一切的意思。歌谣在艺术上具有奇特、超拔的特色,这是与别的文学样式比较而言,即歌谣比起神话、传说、故事、谚语等民间文学作品和各种样式的作家文学来,更有丰富而独特的想象力。

《太阳月亮都赞成》:

太阳夸它自己红,
月亮夸它自己明,
我夸领袖毛主席,
太阳月亮都赞成。

——(天津)

这首歌不仅将太阳、月亮拟人化,赋予这两种事物以人的生命和思想感情,而且把它们描绘成与自己直接有关的东西,听众听起来,似乎歌者与这两样东西(太阳、月亮)作过深入细致地商讨,实在是奇特、超拔。没有丰富的想象力,自然创作不出这样的歌。广西壮族歌谣中的“排欢”就有许多奇特想象和细节描写。如:

男:哥爬山过岭,汗淋干枯藤,枯藤苗苗青,花蕾唰唰生,花蕾朵朵艳,象妹花头巾,花巾妹若送,哥掏心换情。

女:妹走垌过田,遇着鬼旋风,花巾风卷走,挂在太阳边,哥若有情意,踮脚问苍天,苍天若答应,我俩就结缘,苍天不答应,送巾也枉然。太阳高又远,花巾挂日边,伸手摘不到,看你奈何天!

男:哥拉弓射箭,何必求苍天,苍天敢不应,天眼要射穿,不信你仰望,利箭已出弦,哥射第一箭,九层乌云分两边,哥射第二箭,射中月头正中间,花巾飘飘落下了,正好挂在哥胸前,妹呀,你还有何言?!……

这是要花巾“排欢”里的头三节,男方从“汗淋干枯藤”起兴,并给了十分生动的细节描写:“枯藤苗苗青,花蕾唰唰生,花蕾朵朵艳,象妹花头巾。”这当然是奇特的想象。而女方的唱答中,从“遇着鬼旋风”起兴,也作了巧妙的细节描写:“花巾风卷走,挂在太阳边……伸手摘不到,看你奈何天!”这当然也是奇特的想象。是不是难住男方了呢?不!男方奇特想象充分的表现在一连射两箭的细节描写里。“哥射第一箭,九层乌云分两边,哥射第二箭,射中月头正中间,花巾飘飘落下了,正好挂在哥胸前……”这三节歌词里,假如我们把它的各自奇特超拔的想象力抽掉,那就没有看头和唱头了。情人问巾问鞋或送巾送鞋,本是极为平常的事情,但表现在壮族“排欢”里的花巾,居然产生了这样巧妙深刻的“托物寄意”,这不能不承认作者从实际生活出发的奇特超拔的想象力!又如:

心变双飞燕,过海哪怕浪翻腾,浪花只当雨花淋。心变双飞鹰,腾云不怕响雷霆,天崩只当墙落灰!

这种想象力之巧妙,也是文人创作少有的。假如不与出神入化的“天崩只当墙落灰”的细节描写相结合,那就无法把后一段的可谓惨遇甚至“肚肠霉烂如纸钱,两眼脉脉相连还含情,还含情”的更高一级的想象升华到完成主题的高度的。同样的道理,假如我们把后一段歌词的细节描写去掉,那么,这段“排欢”的想象翅膀就必然被折断而飞不起来了。想象和生活,浪漫和现实,完全符合艺术的辩证法,要求在一首短小的民歌里具有多种多样的奇特想象,那当然是不可能的。所以,壮族的“排欢”形式就作为短小散歌的集成和发展,以表现比较复杂的情节、性格而广为群众所喜闻乐见地完善起来。

高尔基在《我的文学修养》一文中,曾经说过:“在生存竞争中自卫的本能,使人类发达到了两种强有力的创造力:认识和想象。认识是:观察,比较,研究自然现象及社会生活的事实的能力。简单地说,认识是思维。想象,在本质上,也是关于世界的思维,不过它特别是形象的思维,是'艺术的'思维。想象可以是一种甚至能给与自然的自发现象和事物以人的性质、感觉和意图的能力。"我们以上所举出的"排欢"里面,自然现象的"枯藤"可以开花,挂在太阳边的花头巾可以被射落,心可以变双飞燕、双飞鹰,人死后肚肠霉烂象风吹雨打的纸钱,但两眼还可以脉脉地相连含情,到最后这一段,人可以问雷公问龙王,而且雷公和龙王会写结婚证书等等,都具有"人的性质、感觉和意图的能力"。这种想象力的来源,又是离不开对自然现象及社会生活的观察、比较、研究,否则,想象必将是无本之木,无源之水。壮族"排欢"里储存着大量奇特想象和巧妙的细节描写的艺术珍品。"惟有明白旧的,看到新的,了解过去,推及将来,我们的文学的发展才有希望。"(鲁迅《上海文艺之一瞥》)

想象来自歌手对生活的深刻感受,来自特定的生活环境(如壮族竹楼),也来自于歌者大胆的设计。就是在已运用无线电传真技术的今天,如果不熟悉壮族人民的居住环境和歌圩生活的悠久历史及其现实的深远影响,是无法理解和信服这种天涯海角的传真式的对歌的想象力的奇特和超拔的美妙的。大凡见过或经历过歌圩生活的人,都知道歌圩本身就带有许多美妙的情景,不少男女青年在歌圩场上,受到不同程度的熏陶。

再如壮族长歌《唱英台》叙唱梁山伯与祝英台的故事,其结局与汉族说法(大家所知道的化蝶)不同,即壮族人民传说中梁山伯与祝英台不是以化蝶告终,而是以梁祝于阎王殿上告状并美满地返回人间,让马家郎变成一只掩脸虫为结局。这在别的一些民族看来,似乎是多余累赘,然而它反映了壮族人民那种百折不挠的民族性格,是惊人泣鬼之神笔,而绝不是续貂败笔。这种奇妙的描绘,也来自壮族的现实和大量传统歌谣的影响。因为在壮族的琳琅满目的艺术人物画廊中,还没有出现过汉族地区流传的陈世美式的人物形象。

奇特、超拔的想象,与整个民族心理素质(民族精神之一)分不开。如前所举的"太阳月亮都赞成",赞成什么?赞成"我"歌颂毛泽东。为什么?因为歌颂毛泽东是翻身农民一种共同的心理素质,这种心理素质是民族精神诸种因素之一。有了这种民族精神,就容易引起民族的奇特超拔的想象。若没有"歌颂"念头,就不可能有那种想象。同时,壮族人民,由于普遍具有不屈不挠和开阔向上的民族精神,因而在处理《唱英台》的结局上,更是多了一个层次。

奇特、超拔的想象,也来自某种深沉的情怀。如东兰县一位老歌手去山上打柴,路过他死去妻子的坟墓前,陷入了深沉的回忆,于是即兴随唱:(意译)

……

去年三月我俩对歌地，
不料你坟墓就堆在那儿，
腊月初一我俩分别，
好比婴孩死爹妈。

妹呀你死了什么都忘记了，
你哪知我的魂魄随你飞天涯！
拿信寻你我走上又走下，
谁人碰面都是假呀都是假！

这是老歌手内心的写照。原歌用勒脚形式唱。内容和形式结合得相当完美、巧妙。是歌手与亲人生离死别之后的情怀的自然流露，也是奇特想象的来源之一。

二、巧妙的构思

歌谣的构思十分巧妙。总的特点是思路开阔，精明切入。构思方法大体有以下三种：

一是带有起兴性质的手法，即"先言他物引起所咏之词。"这里以壮族歌谣为例，说明其思路上的一些特点。如《什么好过妈心窝》：

什么圆过簸箕？（太阳）
什么弓过山坡？（彩虹）
什么踢得比马恶？（蝗虫）
什么威猛胜过牛？（大象）
什么闹过铜鼓？（瀑布）
什么响过枪声？（雷鸣）
什么软过糍粑？（棉胎）
……
什么好过妈心窝？

这首歌一连用了二十几个问句，末了才点到"什么好过妈心窝？"（连情好过妈心窝），这是第一个感情浪头，也就是破题。紧接着：

娘讲千筐万筐话，
不比情人一句歌，
妹不跟娘同生死，

妹要跟哥共死活。

这是完成主题、完成形象的高潮。它“先言他物”,然后“引起所咏之词。”最终体现了男女爱情的忠贞。

二是按数字排序法。有一首唱“花”的壮族排歌,则从“正月开茉莉,二月开丹茶”一直唱完十二个月之中开放的各种花朵,最后才点到还有一朵什么花还在含苞未曾开放?为什么不开放?要等到哪年哪月哪日哪时才开放?具体的回答是,还有一朵情人的心花还在含苞未曾开放,要等到爱情的春风的爱抚和爱情的雨露的浇灌才能开放。广西歌圩上就经常出现《十赞后生》、《十月想妹》、《十送情郎》或《十送情妹》之类的情歌。

三是巧妙计算法。《刘三姐》中“分狗歌”的一问一答式与上述排歌问物猜花的思路有明显的一脉相承之处。

秀才唱:你聪明,你聪明,
三百条狗四下分;
一少三多要单数,
看你怎样分得清?
三姐唱:九十九条学赶鸟,
九十九条腊起来,
九十九条打猎去,
还剩三条……狗奴才。

这组数字运用得十分巧妙“三条狗”之“三”刚好与莫财主请来的三位秀才数字相同。这首歌用来讽刺三位秀才的奴才相,其构思的路子就象上述猜花的顺序,一路排下来。只是两者思想倾向不一样:前者猜花(排歌)是歌颂性地完成主题,后者(分狗答问)是讽刺性地刻划形象。刘三姐唱这首歌时在“狗奴才”前面有意地停歇片刻,让莫怀仁一伙人造成误会而瞬时得意,最后一字一板地唱出“狗、奴、才!”,大大地加强了其讽刺的辛辣性。这种习惯的构思路子(包括歌颂性和讽刺性的)在壮族歌谣中随处可见,《嘹歌》、《马骨胡之歌》、《唱英台》、《文龙与肖尼》、《金花银花》(《蛇郎与七妹》)等都有这种构思。

巧妙的构思也来源于特定的生活、题材和主题的深刻感受。只有对自己所经历的生活所反映的主题和题材深刻的理解和认识,才能顺心自如地产生这种思路。真正做到“出乎意料,在乎情理”。

当然,歌谣中的思路不仅上述这些,这里仅仅是些常见的例子。

第二节　生动形象的语言

语言,是文学作品的基本材料。歌谣语言自然是歌谣的基本材料。歌谣本身就是一种语言艺术。

生动性和形象性,是各种类型文学作品在语言方面的共同要求。但是歌谣的语言比其他类型的文学作品更加突出,更加美妙。特别是在民族化、群众化方面,更能体现歌谣语言的特点。这是因为歌谣的作品与劳动人民的生活体验及用语习惯、爱好,比其他文学作品的作者更加密切。歌谣的作者绝大多数就是劳动人民本身,其语言更带劳动人民生活色彩。

所谓生动性,即具有感人的力量。而形象性则是使歌谣中体现的形象达到具体、鲜明,有时,也包括生动性。

苦胆的锅锅里熬黄莲,
穷苦人受尽熬煎;
狗财主吸干了穷人的血,
骨头里熬出了青烟。

白龙马要喝乌江水,
啥时候江沿上到哩;
百姓象阴山冻成冰,
啥时候太阳照哩?

（花儿:《啥时候红太阳照哩》)

这首歌的语言具备了生动性和形象性。一是感人活泼。“苦胆的锅锅里熬黄莲”,本来苦胆是苦的,还要与黄莲同一锅来熬,实在是令人感到“苦上加苦”,所以说它有生动性;二是鲜明性、具体。财主剥削穷人,就象吸血虫吸干了穷人的“血”,穷人的“汗”,人们一听起来,自然感受出旧社会广大穷苦人民苦难的情景。三是对老百姓盼望解放的迫切心情也描绘得相当生动——“百姓象阴山冻成冰”,冰冻得久,自然盼望太阳出来。就象谚语说的“度过寒冬的人,深感到春天的温暖、阳光的宝贵”。这首歌生动形象地体现了穷苦人翻身解放的强烈愿望。

语言生动性和形象性还具体表现在语言的民族化和群众化。

下文以几节壮族歌谣为例。就歌谣作品的语言和其它文学作品的语言的生动性和形象性来说，具体的要求是基本一致的。但就歌谣语言的民族化和群众化都要求化得极为美妙的角度来说，其它的文学作品未免略逊一筹和相形见绌。其它文学作品的作者，多数与劳动人民的生活体验及其用语习惯和爱好，多少是存在距离。

如果哥哥得了桦木来做船，
双手扶得船只上急滩，
如果哥哥得喊妹娘做母亲，
哥的一生就没有什么贵遗憾，
十天和你共吃一颗芝麻也够饱，
九天和妹共吃半颗碎米也心甘！
如果哥哥得了别人做妻子，
喝茶冲蜜糖还嫌淡。
每天吃十一把熊掌还喊饿。
满桌龙肉当饭餐
哥还叫喊肚剐肠欲断！

（广西上林）

这一节歌谣语言，不但具有突出的生动性和形象性。而且“十天和你共吃一颗芝麻也够饱”和“九天和妹共吃半颗碎米也心甘”的生活细节描写，我们都是非常熟悉。这是壮族化和群众化都处理得极为美妙的语言。再从它的“熊掌和龙肉当饭餐”的对比写照，我们对这种“富贵不移”的纯真爱情，是不能不加以赞美和支持的。下面，请看“威武不屈”的别致描写：

（意译）
土司捉得我俩拿去杀，
我俩面向龙潭跳下眼不眨，
土司捉得我俩拿去砍，
我俩背向险滩跳下腿不麻，
双刀架着我俩的颈脖，
我俩的血注相绞同飞洒，
我俩的颈脖相靠同时断，
我俩的肚肠已烂如纸钱贴泥沙，
两眼相连还脉脉含情哩，
膝盖永相靠手臂永相拉！

以上这一节歌谣语言，是形象性十分鲜明，生动性十分感人的“字立纸上，人活纸上"的语言。(袁枚《随园诗话》)从民族化和群众化的角度来考察,也可以说是完全符合毛泽东在《反对党八股》里所说的:"化者,彻头彻尾彻里彻外之谓也"的要求的。壮族传统情歌里关于牺牲精神的描绘,在这一节歌谣里刻划得活灵活现。它并没有直接的肖像描写,但所表现的壮族生活气息和壮族心理素质,可算是彻头彻尾彻里彻外之化也矣!据我采风所见,这一节歌谣流传之广泛,是很惊人的,特别是右江流域,简直是有口皆碑的。这一节歌谣语言所蕴藏的感情,已不须借助于什么他物的比兴。它比之《刘三姐》中的"奈何桥上等三年"的白描更为强烈、更为逼真。它是形神兼备、韵味齐全的典范性的壮族歌谣语言。在满天星斗颗颗闪亮的大量长短歌谣里,有许许多多极为洗炼、极为生动、形象的精华语言。马克思恩格斯在《神圣家族》(《马克思恩格斯全集》第二卷第194页)里曾说过:"古往今来每个民族都在某些方面优越于其他民族。"别的方面且不讲,仅就歌圩活动规模之大、次数之多,至今仍为别的民族所无法比肩的这个历史事实来说,壮族歌谣特别发达这一优越点,是不可不论的。在这浩浩歌海之中,究竟蕴藏着多少歌谣语言的珍珠呢?谁也难以用具体的数字来回答。将来,当我们的拉丁壮文已发展到相当于汉文的水平时,大量的壮文歌谣出版物,也许可能说还是从几滴水珠来反映太阳的难以描绘的神奇的光采而已。斯大林在《马克思主义与民族、殖民地问题》(第337页)中,曾说过"每一个民族,不论其大小,都有它自己的、只属于它而为其它民族所没有的本质上的特点、特殊性,这些特点便是每一个民族在世界文化共同宝库中所增添的贡献,补充了它,丰富了它。"对照发掘本民族优秀文化传统,特别是发掘壮族歌谣的语言珍宝的工作来说,我们是面有愧色的。历代的壮族歌谣的优秀语言,可以说最直接、最鲜明、最准确地反映了壮族人民的欢乐和痛苦的心声。它无疑是我们"考察、研究、探索、揣测和把握民族特点和特征"的活教材。从最古老的《越人歌》的美妙语言"破笋做竹篾,绑柴必断节",充分说明了我们民族歌谣的美妙语言,事实上已经构成了我们民族精神的重要组成部分。这就是历代反动统治者的什么禁令、通辑令都无法禁绝的原因之所在。它象日月之经天,江河之流地,只可顺其性能而运用之,发扬光大之。

第九章

赋、比、兴：歌谣的三大主要表现手法

赋、比、兴，是民间歌谣的主要表现手法，俗称“民歌三法”。这是众多学者所公认的，而且被长期文学创作实践特别是诗歌创作的实践所证实。古今中外，历代名家对其定义和运用的论述大体一致。

运用赋比兴的目的，是为了使作品中的形象活灵活现，有声有色，有情有理，但必须用得好，用得恰当。如果用得不好，效果就会相反。当然，除了这三种手法，也还有许多别的手法，诸如拟人、拟物、夸张、对举、复沓、铺排、盘问、对答、数数，等等，都属表现手法。这里仅就赋、比、兴手法作阐述。

第一节　歌谣的赋及其运用

赋者，“敷陈其事而直言之也”（许慎《说文解字》）。简言之，赋，就是一种白描手法。它直接表达某种观点、感情和倾向，不用比喻、起兴、夸张等曲折的手法。

如民歌《我心里有个毛泽东》：

年过六十能劳动，
干过活来也轻松，
不是自夸骨头硬，
我心里有个毛泽东。

这是一首运用“赋”的手法的民歌，它用直接表达的手法，把一个翻身老农民的情怀表现得十分生动、感人。

赋的美在于它的自然、朴实、深刻，并以火热的激情作底，以流水行云的笔法作面，或扬或刺，或褒或贬，既可弹动于心，又可琅琅上口，发而为声，韵味更浓。又如革命烈士诗抄：

砍头不要紧，

只要主义真，
杀了夏明瀚，
还有后来人。

上述两例，均属歌颂、赞美的赋，即直接表达歌者内心感受。除此之外，还有讽刺、揭露的。1958年“大跃进”时代出现了许多用赋的手法创作的讽刺、揭露性的歌谣。

讽刺的，如讽刺当时好打扮而不积极干活的人：“头发梳得光，脸上擦得香，只因不劳动，人人说她脏。”

揭露的，如过去时代出现的歌谣“收工一进门，稀饭一大盆，瓢子舀三舀，浪头打死人！”就是揭露财主剥削劳工的罪行——让劳工做工，不让劳工吃饱。

旧情歌里也有不少“赋”。如：

小小唱歌到十八，
不曾开口骂人家，
带刀上山带刀下，
不曾砍过一枝花。

有歌就唱不怕丑，
短笛横吹不怕羞，
不曾禁得唱歌路，
除非红河水倒流。

近代情歌，如《刘三姐》里的一首：

连就连，
我俩结交定百年，
哪个九十七岁死，
奈何桥上等三年。

类似这种歌还有：

连就连，
不讲手镯不讲钱，
讲起钱财连不久，
不讲钱财久久连。

这些白描，反映了劳动人民真挚、朴实的感情。

上一章谈到的古代北方的民歌“天苍苍，野茫茫，风吹草低见牛羊”也是运用赋的手法之歌。它已成为千古绝唱。李白的“床前明月光，疑是地上霜，举头望明月,低头思故乡。”也是运用了赋法。这首歌原是民歌,原文的最后一句是“低头费思量”,李白作了改动,写成“思故乡”,使之成为抒发思念故乡之情的千古名诗。

赋法,着重是叙事,然而它又不是为叙事而叙事,而是为抒情而叙事。如前所述,“年过六十能劳动,干过活来也轻松”,这本来是叙事,但它又是抒发热爱人民领袖的情怀。情歌“我俩谈到五更头,点完灯草点完油”也是叙事,但它又是抒发了一对情人难分难舍之情。这种情怀通过“世上三年逢一闰,为何不闰五更天”抒发出来,就能更加动人心弦了。以上的例子是全首用赋的歌,数量较少。大量的歌,都是赋、比、兴兼而有之,并互相依存,相得益彰。“山歌好唱难起头,木匠难起八角楼”。第二句是比,又是兴。赋在歌中一般都是起到点题、破题或完成主题的作用。即“直言”某个主题。若把“直言”抽掉,像“山歌好唱难起头”去掉,就使歌意像“低头费思量”那样模糊不清,即主题不明确(“思量什么”? 搞不清。)

赋法的运用。

在赋、比、兴兼有的歌谣中,赋的位置一般在头或在尾,上述的“山歌好唱难起头”和“低头思故乡”分别为头和尾。个别在第二句或第三句。如:

好田好地不用肥,
好郎好姐不用媒。
多个媒人多张嘴,
媒人口里出是非。

一切歌手,对于赋的运用,不论在头、在尾或在中间,都是非常纯熟自如的。在他们的直言中,充满着劳动人民的思想感情,再现了劳动人民的纯朴性格,渗透了劳动人民的生活感受。这种思想感情、性格和生活感受,不但给我们以高尚的情操,乐观的情怀,还给我们以丰富多彩的诗化了的生活知识和闪闪发光的艺术智慧。在我们看来,往往觉得是难得的惊人之笔,而在他们却是家常便饭,易如反掌。

赋的手法也体现了劳动人民分明的爱与憎。如“什么树开什么花,什么藤结什么瓜,什么时代唱什么歌,什么阶级说什么话”,“下水有网捉得鳖,管你老爷不老爷”这就是赋的风骨,人民的风骨。

第二节 歌谣的比及其种类

(一)什么是比

比,即比喻,简言即打比方。

汉代郑众:“比者,比方于物。”(见《毛诗正传》)

六朝时的刘勰:“比者,附也。”(见刘勰《文心雕龙》)

六朝时的钟嵘:“因物喻志,比也。”

宋代朱熹:“比者,以彼物比此物也。”

历代这些解释,总的意思是把诗歌的比,看作是比附事理、借物言志的一种手法,实际上是包括了比喻和比拟(把人当物或把物当人来叙述)两种修辞手法。

比(比喻),是歌谣中最常用的手法,其运用的目的是使歌谣更加形象生动,便于抒发歌手的思想感情。

山曲儿好比牛毛多,
三年唱了一只牛耳朵。

这里比喻自己的歌多,唱了三年只唱去一点点。

白泥墙小抹了一把灰,
活得人不人鬼不鬼。

这里比喻旧社会劳动人民痛苦生活。

莲花生在水里头,
毛主席活在咱心里头。

这里比喻新社会劳动人民感激毛主席的恩情。

(二)比喻的要素

比喻有三大要素——本体(比喻对象)、喻体(比喻物)和比辞(比喻词)。

上述歌例用的“好比”之类的比辞。一句词里比辞起着点明和突出喻体与本体关系的作用。

(三)比喻的种类及其运用

比喻有明比、暗比、借比、排比、正比、反比等。明比,就是甲像乙或乙像甲。这种明比往往是用比辞“好比”、“好像”、“像”、“似”、“同”等等连结起来。如“毛主席来到天安门广场,好比一轮红日出在东方”,“远见阿妹气昂昂,好比财主不开仓”;“泪水好比水下滩,白云做巾抹不干”。可见明比,是三个要素同时出现,即不仅出现本体、喻体,还同时出现比辞。

暗比。其形式:甲是乙或乙是甲。

“你是沟边死鱼仔,
我是海里大龙王。”

“妹是好花满园香,
哥是蜜蜂万里来。”

“哥是线来妹是针,
针针线线是难分。”

“哥是天上一条龙,
妹是地上花一丛。”

这里运用了“是”字(“是”字是连结词,不算比辞),不像明比那样明显,故人们又把这种比喻叫隐比。

借比。这种比喻比明比、暗比都高一级,它没有“好比”之类的比辞,也没有“是”之类的连结词,但仍可以断定它是比喻。

冬瓜地瓜做一堆,
葫芦牵藤去做媒,
豆角出来成双对,
唯有苦瓜最倒霉!

这里的“苦瓜”,比喻歌者本身,但用得惟妙惟肖,不同于前面的明比、暗比。前一章所举的“你讲唱歌我也会,你会腾云我会飞……”也是借比。

借比,不但比辞不出现,就连本体也往往不出现。如“唯有苦瓜最倒霉”,以“苦瓜”代替了歌者。又如“山中只有藤缠树,世上哪有树缠藤”、“青藤若是有缠树,枉过一春又一春”,这些歌的本体没有出现。但听众自然听出歌者的身份。借比需要更加深厚的功底。

(四)比喻的特点

1. 鲜明的倾向性

比喻要准确,并且具有鲜明的倾向性,这是用比喻的第一个特点。人们常常把自己心爱的人比作牡丹、腊梅、竹笋、青松、嫩禾、蜜蜂、画眉等等,而以虎狼、老鼠、毒蛇、干死藤、毛毛虫等,比喻阶级敌人和歌者所憎恶的人物。

2. 浓厚的生活气息

在情歌中,常常用各种花来比拟姑娘,用蜜蜂或蝴蝶采花来比喻爱情的追求。又常常用“铁树开花水倒流,公鸡下蛋把情丢”来表达男女相爱的誓言,也有壮族“难道我就不想念你吗?吃饭忘了筷子我还不忘你”(壮话:“我咧迷念尼脑喽,根扣轮透我张轮“)的比喻。它们都具有浓厚的生活气息,也有各自的民族特色。还有的用乌云遮太阳比喻反动统治,用云开雾散、枯树开花,形容解放,用山高海深来比喻党的恩情,用“铜盆烂了斤两在”比喻人穷志不穷等等。这些都是来源于生活,来源于歌者对生活的深刻感受。

比喻中的本体和喻体有某种内在的共同点,如“妹是桂花香千里,哥是蜜蜂万里来”中的妹和桂花是不同物,但在美的方面是一致的;哥和蜜蜂在勤劳方面是一致的。

少数民族歌谣中的比喻则更准确地体现本民族的特点。就彝族而言,无论是在短小歌谣或长篇创世古歌、抒情叙事长歌,其作者——广大彝族人民总是把比喻形象同正句的含义紧密地结合起来,鲜明地提示出被喻事物的本质特征,并且具有浓厚的生活气息和民族特色。如《阿诗玛》对阿黑保护阿诗玛的一组比喻,既新颖,又有独创性。

阿黑说:
“哥哥像一顶帽子,
保护妹妹,盖在妹妹头上。”
阿诗玛说:
“妹妹像一朵菌子,
生在哥哥大树旁。”

这个比喻来自生活,它同彝族人民的社会生活、自然环境、传统习惯和审美情趣有着直接关系。可想而知,若不是在撒尼人所居住的山林地带,若不是爱撒尼人那种“姐妹受难,兄弟全力相救,哪怕倾家荡产”的观念作指导,决不会有这种“盖帽子”、“菌子”、“生在大树旁”之类的比喻。

彝族叙事长歌《月亮找太阳》所运用的一些比喻,更是生动而富于民族色彩:

巧月亮找到了太阳,
合心的笛子配上合心的口弦。
合心的口弦弹头下,
合心的笛子吹头声,
一对灵雀初相会,

一对金鸡初相交。

像这样的例子，在《月亮找太阳》和别的长歌里，比比皆是。

运用比喻要注意美的意向，即要贴切，不可信口开河。如某基层干部念诵的两句"歌"："哥妹相爱不可分，好比农民爱大粪"。这种比喻太庸俗，不文雅，违背"文字是美学"的原则。

第三节　歌谣的兴及其作用

兴，也叫起兴，兴起。不同的学者有不同的解释。

唐代孔颖达解释："兴者，托事于物"时指出："则兴者，起也。取譬连类，起发己心。"

宋代李仲蒙："触物以起情谓之兴……"

黄彻："兴者，因事感发。"

宋代朱熹："先言他物以引起所咏之词。"

总的说来，大致为"兴者，起也"。"起"——即开头。因此，"兴"是歌谣、诗歌用他物开头的一种方法，也可作"兴趣"解，即先讲别的事物，引起听众的兴趣，然后说正题。多数学者引用朱熹的说法。如一个小伙子唱："竹篙打水浪飞飞，我俩结交不用媒"，前面的一句就是起兴物。

歌谣中运用兴的手法最为常见，数量也最多。前面我们分析歌谣的构思时，曾把"先言他物以引起所咏之词"作为构思的总特点，正是从常见、数量多这个观念出发。

为什么歌谣要运用那么多兴的手法？

一是抒发感情的需要。创作歌谣的目的，就是要抒发歌者（创作者）的思想感情。你要做到以情动人，就不能总是竹扁担过门坎——直来直去。比如情歌，你总是不能一开始就唱什么"阿妹呀，我爱你呀——爱你爱得不得了呀……"，你这么一唱，姑娘准是又臊又恼，一会儿就溜了，以后也不再愿意同你对歌了。就是当今谈恋爱也如此：你看准某个异性同伴，认为他（她）的德才貌都使你中意，很想同他（她）交朋友，谈恋爱，甚至想同他（她）结为终生伴侣，你总不能一开始就是"唉，张三，你非常好，我非常爱你，我们俩谈恋爱，将来做夫妻，好吗……"。你这么一说，非把对方给吓跑不可，他（她）以为你患了神经病。你只能找其他的话题（比如向他或她请教，借故了解其他问题等等。）同他（她）搭讪，逐步放开自己的心思。

以上话题，说明“兴”的重要性。歌谣就是习惯先以别的话题起头（兴），然后点明正题或者不说正题，让对方自己领悟。如“山中只有藤缠树，世上哪有树缠藤”，其正题（本意）应该说：历来都是男人向女人求婚，没有女人向男人提婚事。然而歌者在此并没有把这个本意道白出来，由对方自己心领神会，以至向女方求爱。

二是随兴即唱。起兴之物可以是指眼前的东西，也可以是指远方的东西。起兴之物和所咏之物不一定有什么内在联系，这是起兴与比喻的区别之一（比喻的本体和喻体需有某些相同之处，如花与妹在美方面相同，哥与蜜蜂在勤劳方面相同。）

月儿弯弯照九州，
几家欢乐几家愁。

这里说的是远的，比较抽象。下面一首属近的，相对具体。

挑水码头步步高，
一连见你两三朝。

两首歌的头一句和第二句，没有必要联系，可以随时更换，只要音律节奏吻合即可。

当然，起兴一般是触景生情，如前面讲的“竹篙打水浪飞飞，我俩结交不用媒”是撑船的小伙子唱的。如果是在山上做活的小伙子，他就不会唱“竹篙打水浪飞飞，我俩结交不用媒”，而将会唱“火烧芭芒一堆灰，我俩结交不用媒”；要是在油坊里榨油的小伙子，他可能又唱成“手举椰头大槌挥，我俩结交不用媒”；若是在路上推车的小伙子，他可能又会唱“双手扶杆把车推，我俩结交不用媒”……

也有的随着时辰的不同而采用不同的起兴内容。如：

清晨露水打裙边，
看见阿哥在河边。

这里说的是早上。

夕阳无限好，
只是近黄昏。

这里说的是下午。

锁住日头在山顶，
夜来我俩当白日。

这里说的是傍晚。

暮从碧山下，

山月随人归。

这里说的是临夜。

夜了天,

夜了我郎在路边。

这里说的是晚上。

天上星星送月归,

身边坐着好阿妹。

这里说的是深夜。

兴,一般来说是兴起一物唱一事。但也有的一连兴起若干物后才唱出一事,形成一种铺陈排列的比兴。如彝族的《访亲调》:

我们地方有座山,有山没有松。你们地方有棵松子,我向你们来找松子撒上山。山上长满了青松,满山青松长得多可爱!

我们地方有座坝塘,塘水清清却没有鱼。你们有的是鱼种,我向你们来找鱼种放塘里。鱼儿繁殖起来了,满塘的鱼儿多美丽!

我们地方有蜜蜂,有蜜蜂没有花。你们地方有的是花种,来你们地方找花种撒山上,一支花开了,一支山花都红了!

我家要盖房子,要盖房子没有梁。你家有的是好大梁,来到你家找大梁。大梁找来盖房子,房子盖起多漂亮!

我家有一片田,要栽秧没有谷种。你家有的是谷种,来到你家找谷种。找来谷种撒下田,秧苗长出来了田里一片绿荫荫!

我家有匹马,有马没有鞍。你家有的是好鞍子,来到你家找鞍子。鞍子找来配马。我家的马就好瞧了,我家的马就好看了。

我们地方有条箐,箐里不长藤子。你们地方有的是藤子,来到你们地方挖藤根。藤根挖起来栽箐里,遍箐爬满了青藤!

我家有块好地,有地没有牛。你家有条好牛,借了牛来犁地。一铧犁到头,地里长庄稼,庄稼好收成!粮食装进仓,满屋子都亮了。

我家有一坛好酒,只等舅舅来喝酒,舅舅来了喝下一口酒,亲热的话越嗽越多,越嗽堂屋越热闹,我家真光彩!

我家有个儿子,有儿子没有姑娘,你家有个姑娘,来你家说去做媳妇。男女做成一家,传宗又接代,子子孙孙代代往下传!

明明是来说亲,却先要从别处说起,说有山没有松树,有水塘没有鱼种,有密蜂没有花种,有马没有马鞍……一口气讲了九个"彼物"、"他物",最后才说"来你家说媳妇,男女做成一家"。一串串的"彼物"、"他物"娓娓道来,既有感情上的关联，又有逻辑上的某种联系，直到引起人们的注意，最后才一语道破，颇具艺术效果。这种铺陈排列的比兴，对彝族文学的发展，有着深远的影响。媒人唱段一连用了九个比喻，才提出说媒之意。

又如《姑娘哭丧调》：

春天不发芽，可是有风来，
有风撒种不会出，有雨撒种才会发。
夏天不栽秧，石蚌先栽秧，
不但石蚌栽，石蚌和人一齐栽。
栽得绿莹莹，不栽灰蒙蒙；
夏天粮不熟，来到秋天后，
谷子黄生生，荞子黄澄澄。
秋天收粮食，冬天吃粮食，
稻米堆满仓，稻杆成千柴……

作品说的是一个出嫁的姑娘，回到娘家来给死去的父亲哭丧。一开头就这样哭唱，似乎不切题，令人费解。其实她是借稻谷的荣枯来比兴。一粒稻谷撒到地里，发芽而成为秧苗，秧苗插到田里，开花抽穗成熟，一颗化成多粒，而母体却凋枯了。这样的比兴，是很深沉的。姑娘哭诉说，最后一段时间，她精神恍惚，一连做了几次坏梦。一次梦见了大山、大河，忽然又下起了大雪、大霜。一次梦见天塌地陷，自己跪在神的面前，眼前又晃动着一朵白云、一朵黑云。又有一次梦见去到了"谷窝"（昆明城）、去到了京城，淌一股红水，盖了些新房子。又说有一天早上，听见乌鸦叫，到了晚上，又听见狐狸叫。第二天来了两个客人，想来是好事，哪晓得父亲死了，派人来报丧。接着就说自己要来奔丧，可是"去看看粮仓，粮仓没有粮；去看看羊圈，羊圈没有羊，猪圈没有了猪，门外鸡不叫；最空是我家，拿去的没有"。来娘家时，"身上不背粮，手里不提鸡"，只好"先来看死人，后来看活人"。到了亡父面前，想起了做梦的事情，于是哭诉道：

我梦见到谷窝，梦见到京城，不是去谷窝，不是去到京城，只是在今天，来到爹死处。不是下大雪，是见白孝布；不是下大霜，是见纸钱飞。不是跪神前，而是跪在爹面前。梦见爬大山，实是抬棺材上山。……不是大树倒，是亲人死了，那天听见的，不是乌鸦叫，是乌鸦来报丧；不是狐狸叫，是狐狸来报丧。

这首《姑娘哭丧调》似乎同常见的哭丧调大不一样，没有历数亡人同自己的往事，来表明亡人同自己关系之密切，也没有淋漓尽致悲哀陈词，表白自己对亡人的深厚感情，更无借题发挥，趁机渲泄昔日家庭尤其是姑嫂之间的琐屑纠纷。这种不同于一般，恰是其独特比兴手法的运用。且不说它准确地体现了本民族固有的心理素质,就是在表达真挚和深沉悲痛的感情方面,作品选用一些彼此间心灵感应的材料,说明了父女之间远隔长道,彼此互不了解情况。可是父亲病危死去,远方的女儿却精神恍惚,似乎有所感觉,这就表现出了彼此间"打断骨头连着筋"、"痛着牙,苦全身"的血肉联系,这是一种含义极为深刻的比兴。它使作品产生一种魅人的艺术效果。歌中也展示了该民族在丧葬习俗上的一些特色。

第十章

多重构架：歌谣的章法、结构和句式

第一节　章　法

广义的章法，即文章的段落组织。这里主要指歌谣内容上的层次和小节，俗称“段体”。

每种文体都有各自的章法。民间歌谣亦不例外。据笔者所掌握的资料表明，中国少数民族歌谣的章法，比汉族歌谣的章法更复杂些。狭义的章法，主要指歌谣传统分段法。民间歌谣大致有一段体（亦称单段体）、二段体、三段体和多段体。

（一）一段体（单段体）

所谓一段体，即一首歌不分什么段落，用几句歌词直接表达某一种思想感情或某一种意思。它不在于句数、字数多少，而在于表达一个完整的意思。有的是两句一首（段），有的是七八句、十多句一首。前面讲的《弹歌》就只有八个字（四句），但它能较全面地反映了原始人狩猎的全过程，也就是表达了完整的意思，构成了一首歌。《诗经》上的诗、歌，有一部分是两句的，它们也都分别表达了某种完整的意思。我国有相当一些歌种，也是两句为一首，表达一个意思。就汉族来说，流传在我国北部地区的“爬山歌”、陕北的“信天游”，山西的“山曲儿”、河北的“两句头”、南方客家话山歌中的一部分，都是习惯以两句表达一个完整的意思。还有壮族南部方言山歌，纳西族、土家族的部分民歌和彝族的谚语歌也多半是两句为一首，也即两句为一段体。

大青山上石头多，
天底下的穷人揭不开锅。（内蒙古爬山歌）

南方山坡高来山坡低，

河湾水地是老财主的。(信天游)

只要有哥哥你那个心一片,
黄莲根也能变得比蜜水甜。(爬山歌)

你格山歌经得唱,
赛过山上画眉唱得更好听。(客家话歌)

见面时刻没有话儿说,
不见面时想说的话儿一大箩。(彝族谚语歌)

绣球镶边要针线,
有针无线也难连。(壮族南部方言歌)

上述各首都是二句一首的歌谣。至于四句一首,六句一首的一段体歌谣就更多,也更普遍了。尤其是四句为一首或一段的歌谣形式,几乎各民族都在运用。

不唱山歌冷嗖嗖,
唱起山歌闹九州,
闹到九州十八县,
闹得黄河水倒流。(贵州,汉)

天上大星管小星,
地下抚台管军门,
只有知府管知县,
哪个管得唱歌人?(广西,壮族)

也有五句一首的,如《做官的吃米我吃糠》:

口唱山歌手插秧,
今年收谷谷满仓;
牛出力来牛吃草,
做官的吃米我吃糠,
老鼠子还要三分粮。(江苏,汉族)

竹笋出土尖又尖,

工农团结不怕天;
天塌有我工农顶,
地裂有我工农填,
共产党把路来指点。(湘赣革命根据地)

六句一段的如《十送红军》里的每一段都是六句:

一送红军下南山,
秋风细雨缠绵绵,
山里野鹿哀号叫,
树树梧桐叶落完,
红军啊,
几时人马再回山?
……

还有一些歌谣由更多的句子为一段,同表达一个完整的意思,因而也是一段体。如壮族的《丰收歌》①:

八月跟来九月天,田垌稻天应开镰,田垌稻田应收进,人人展眉笑开颜;每人眉展成八字,吃稀吃稠任你选,吃稀吃稠由你意,今年收成胜往年;今年收成胜过去,全靠工到肥料添;全靠到肥料够,稻穗长如牛尾悬。稻穗长如牛尾样,歪在田里亮闪闪;歪在田里闪闪亮,马拉一穗也气喘;马拉一穗拉不动,粒粒饱满不瘪扁;粒粒饱满粒粒大,原来耘田过几遍;耘田耕过四五次,浮萍稗草全都除完;浮萍稗草全都踩烂,禾苗才长高上天。

这是流传在壮歌中的一首排歌,歌词有 24 句之多,却表达了一个意思——多耕田迎来稻谷丰收,是单段体。类似这种排歌,在广西桂中、桂西壮区比比皆是。

又如早期北平歌谣《我想我亲娘》②:

小白菜呀,地里黄呀。三岁两岁没了娘!
好好跟着爹过呀,就怕爹爹续后娘!
续了后娘三年整呀,生个弟弟比我强!
弟弟吃肉我喝汤呀,拿起饭碗我泪汪汪!
亲娘想我一陈风呀,我想亲娘在梦中!
河开花河里落呀,我想我亲娘谁知道?

① 见《中国歌谣集成广西卷》第 48 页,中国社会科学出版社,1992 年版。

② 见朱介凡《中国歌谣论》第 122 页,台湾中华书局印行。

想亲娘呀,想亲娘!
白天听见蝈蝈呀,夜里听见山水流;
有心要跟山水走呀,又怕山水不回头!

这首歌有 19 句之多,却只表达一个意思——想亲娘,因此,同样是单段体。

(二)双段体

双段体,也叫二段体。

这种歌的歌词自然成两段。一般来说,头段设喻,第二段为题旨,两段之间有着不可分割的逻辑关系。如彝族新民歌(意译):

春雷响声震身来,
和风细雨扑面来,
雷声不同往年时哩,
风雨不同旧年代。

来了伟大的理论,
英明政策到家乡,
穷山换了新气象,
彝寨也要建小康。(科秀炼唱;王光荣译)

不言而喻,这首歌前四句(第一段)属喻体,后四句(第二段)是本体。两段之间存在着因果的逻辑关系。在彝族歌谣中,这种二段体和后面讲的三段体,占有很大的比例。

另一种情况,如:

什么圆圆圆上天?什么圆圆在水边?
什么圆圆街上买?什么圆圆姑娘前?

太阳圆圆圆上天,荷叶圆圆在水边,
烧饼圆圆街上买,镜子圆圆姑娘前。

这首歌前后两段,虽然不是设喻和题旨关系,而是一种问与答的关系,头段是问,第二段是答,也属二段体。

(三)三段体

这是我国一些少数民族歌谣中比较常见的章法。

所谓三段体,一首歌在形式上由三段构成,在内容上,头两段是比喻,第三段才是要歌咏的事物,即头两段是起兴,第三段才是题旨。三个段的句式完全相同。同时,除了比喻事物外,三段歌词的大部分词语也相同。如彝族歌谣《南方的白雁》就是一首比较典型的三段体歌谣：

南方的白雁，
生在南方生，
长在南方长，
到了第二年春天，
飞到北方去了，
北方的白雁——
人们都这样叫它，
南方的白雁——
没人再这样称呼它了。

沟边的竹子，
生在沟边生，
长在沟边长，
到了第二年春天，
竹子转青了。
坝子上的青竹林——
人们都这样称呼它了。
沟边的竹子，
没人再这样称呼它了。

妈妈的女儿，
生在妈妈怀里生，
长在妈妈怀里长，
到了第二年的春天(指成年以后)
女儿嫁出去了。
婆家的新媳妇——
人们都这样叫她；
妈妈的女儿——
没人再这样称呼她了。

这首歌总的意思就是一个——表达即将出嫁的姑娘对父母怀念之情，但它分三段唱。一、二段是比兴的内容，若没有第三段，就不知道是什么意思(至少是题旨不清)。然而如果没有头两段，直接唱出第三段，就显得平淡无味，没有艺术魅力,因此,前后两者都不可缺少。

(四)多段体

多段体一般由三个以上的段落构成,也可以只有三个段落。它与三段体的区别主要不在于段落的多少,即不是在于形式上,而是在于内容上有没有三段体(或二段体)那种严密的结构——设喻和题旨关系。总的内容是表达一个意思,即为三段体或二段体。反之,若前后段间没有设喻和题旨关系,每段有各自意思,即为多段体,其结构比较自由。下面两首就是多段体的歌谣:

例1:《月亮照山箐》

月光照山箐,
相会在竹林。

溪水日夜淌,
我俩永不分。

好像芭蕉心一条,
竹筒焖饭心合心。

这首歌头两句描绘一对情人相会情景,三、四句表达两人常相处的决心,最后两句心心相印的状况,三段之间没有必然的内在联系,可以拆开来各成一首,故属多段体。

例2:《小女哭嫁妆》

红日落西方,
耳听外面闹嚷嚷,
小女哭嫁妆。

哭声奴的爹,
爹把陪嫁多办些,
婆家看得起。

哭声奴的娘,
养大女儿嫁远方,
枉把我来养。

还有七字一句,多句一段的:

天上星星排对排，
押礼先生走进来。
爹妈接你火塘边，
哥嫂接你屋檐坎。

押礼先生来得早，
跑到后面去吃草。
押礼先生来得迟，
跑到后院吃猪食。

梨树开花朵朵白，
押礼先生要失格。
石榴开花朵朵红，
押礼先生耳朵聋。
坐到左边听不着，
坐到右边听我说。

这两首歌从表面上看都是三段，但前两段并非第三段的设喻，每段均可以分别说明一个意思，同时三段歌词在句子中的长短、词语的使用是自由的，不像前边所讲的《南方的白雁》那样形式相同，词语也大部分相同，因此，它属于多段体。

再比较一下以下两首彝族民歌，进一步认识三段体与多段体歌谣的区别。

①山上种下了青松，
满山的青松多可爱。

清塘里头养着鱼，
满塘的鱼儿多美丽。

舅家的姑娘花样鲜，
我有心思把花剪。（广西，王光荣辑译）

②月儿明明照山箐，
我俩俏俏会竹林，

溪水潺潺日夜淌，

我俩依依伴月亮。

好心芭蕉心一条,
竹筒焖饭心合心。(云南,黄金义译)

这两首民歌中,第一首的一、二段显然是比兴的内容是为第三段作铺垫,前后有着设喻和题旨关系,叙唱时要三段一起唱完,不宜只唱其中的某段,因而它是三段体。第二首中,一、二、三段分别各表达一个意思,彼此之间没有必然的关系,可以抽出其中某段单独叙唱,因此它是多段体。

当然,多数时候,多段体歌还是由三段以上的段落构成的。即四五段、七八段、十几段不等,各段之间没有设喻和题旨的关系,各段的形式和词语也较自由没有其他形式的限制。

第二节 结 构

歌谣的结构,即是歌谣行、句的安排与处置的方式。民间歌谣有许多结构法式。朱介凡在《中国歌谣论》中有一节对歌谣结构法式作了较详尽的分析,而且举出了不少实例,这里作些摘引,并适当地加以分析。

众多的歌谣实例表明,中国民间歌谣结构大致分为:平摆、堆积、引进、递接、对举、排列、属序、连锁、重叠、问答、反诘。

(一)平摆

若置木石,平平摆放,给人予一种整齐、平稳的感觉。用美学观点说就是给人一种对称美、整齐美,没有什么疙瘩和障碍,就像一块平整的地板上,铺着一张张四方的地毯。

唱唱山歌散散心,
笃当我是快活人,
吃了朝顿无夜顿,
黄莲树下来操琴。(苏州)

日头落山将天离,
今无发愤到何时?
再等二年老将到,
千金难买少年时。(广东感恩)

城墙上跑马，
掉不回那个头，
思想起咱们包头，
哎哟！
我就眼儿抖。（绥远）

（二）堆积

按朱介凡的解释就是："堆累积拢，为高为大"。从下面两首歌例中可以体会出众多事物积于一处的感觉。当然，这种"堆积"是为了表达某感情或说明某种意义。如"豆花"讲叙了一个家庭内，不同身份的人对嫁女的不同态度。产生这几种不同态度的原因，歌里并没有直说，但听众可以听出各人均是从自身私利的观念出发。

碗豆花，
蚕豆花，
今朝妹子嫁人家。
娘哭她是我穿针女，
爹哭她是我一枝花，
哥哥说她是个赔钱货，
嫂嫂骂她是个惹事精，
惹得猫儿不拿鼠，
惹得狗儿不看家，
惹得桃花不结果，
惹得李树不开花。（北平）

哥哥送妹妹，
嫂嫂送姑娘，
一送送到对面岗，
打声锣鼓换衣裳。
花衣一换了十八件，
鞋子一换了十八双，
耳圈一换了排一房。
耳圈头上一双鹅，
起早傍晚唱山歌。

山顶头上一棵树，
四个桠，
又结葡萄又结瓜，
又结山东金蜜枣，
又结石榴开红花。（安徽）

（三）引进

情境吸引，逐渐进入。从表现手法看，每首歌的前一句都为其下一句的基础，情境上层层深入，内涵一层比一层丰富。

摇摇摇，摇到外婆桥，
外婆叫我小宝宝，
糖一包，果一包，
还有团子还有糕。（苏州）

这首歌的最后一句已被人们多次修改，一般用“我吃糖糕上学校”，也有改为“外婆送我去学校”等。其情境比原歌深入了一层，显示出更高的思想境和更广的生活视野。而内容无论如何改动，在结构上均保持“引进”的特点。

妹子担水坑唇企，
看到阿哥笑咪咪，
哥哥问妹笑末啵？
自家发梦想到你。（广东客家）

（四）递接

朱介凡的解释是：“站站驿传，承递相接。”我们可以从以下歌例中领悟其内涵。

太阳出来照西坡，
时兴的小伙子怕老婆。
世人怕，没我怕：
猪肉丝，溜饪炸，
人家吃，我瞧着。
孩子哭，我哄着。
点上灯，我顶着。（河北安次）

叶三，叶两，叶底下跑竹马。
姨出来拴大马，姨出来拴小马，
大马拴在梧桐树，小马拴在石榴花。

掉下鞭子没处挂，挂到丈母门头下。
大马吃黑豆，小马吃芝麻。
隔着门帘看见她：
通红舌头雪白牙，青丝头发黑黝黝，
两鬓还插海棠花。
耳戴金耳环，手戴戒指忽喇喇，
高底鞋，錾梅花，左梳头，右插花，
俊死她来爱死我，典房卖地娶过她。（山西晋城）

骨头簪，戴满头，我去井边喂花牛。
井沿低，井沿高，瞧见娘家柳树梢，
柳树梢上公鸡叫，受气挨打谁知道？

娘想我，哥来叫，我想娘，谁知道？
攀住柳枝吊死了。（河南辉县）

以上几首歌的每一句大体上都表达一层意思，每一句又引出下一句，下一句也对上句起到某种承接作用，构成一种承递关系，体现了民间歌谣比文人创作更为突出的结构特征。

（五）对举

"两相举照，黑白分明。"正是：

八月十五是中秋，
有人快活有人忧，
有人楼上去吹箫，
有人地下叹风流。（云南鲁甸）

大柿子，
圆又圆，
外头红来里头甜，
有爹有妈甜如蜜，
没爹没娘苦如黄连。（北平）

歌者有意识地把两种情形相对，相反的事物对举，以吸引读者、听众的视听，亦即引起受众的强烈思考，就像山区公路险情路标——一根根成排的立柱，一节节黑白或红白颜色相间，引起各种车辆驾驶员的注意，起到提示作用。

(六)排列

并同数事,排列比证。

三房拍门好仙丹,
三战吕布虎牢关,
三顾茅庐诸葛亮,
三国兄弟刘关张。(福州)

主旨在首句。旧俗,欲看新妇,必敲门求进,敲门时须唱喝彩,屋内始开门有请。唱此歌者多系喜娘。

叫朋友,
快接签,
一根签只卖二十枚铜钱。
一会不得二会得,
三会四会不吃亏,
不吃亏,
不上当,
得会总比买的强。
叫朋友,
你接签,
听我与你说一番:
要吃梨,
走　州,
要骑好马走凉州,
要穿窝窝走肃州,
要掇好碗走耀州,
要穿绸缎走杭州,
要戴眼镜走苏州,
要吃西瓜走同州,
要好水烟走兰州。
把这些州不算州,
秦殃大闹潞安州,
罗城卖线在登州,
李逵劫狱在江州,
张飞夜走是巴州,

老爷家乡是解州，
孙权讨的是荆州，
隋炀帝观花在扬州。（陕西西安）

朱介凡言："此谓之摇会歌，抓会赢彩的小贩，每到阴历年市上最多。其法，碗下藏彩，招人压钱，然后一面唱歌，一面用签子数彩盘的数目以决胜负。得彩者，可赢瓷碗、纸烟、肥皂、玩具等。未得彩者，压彩的钱就归了小贩。"

西南和南方许多少数民族也有这种排列法，俗称排歌，其句数不限。句子长短不论，表达某种完整的意思为宜。

（七）属序

"按着数字，依序叙说。"

一拍胸，
二打掌，
三手心，
四手背，
五盅酒，
六双筷，
七托盘，
八兰花，
九炒菜，
十个瓜。
灯络笐帚箸笼筷，
张家大姊家来送盅筷。（江苏武进）

"送盅筷"，为旧式婚礼中的一项节目。此为小孩踢纸毽时，据以表演动作的歌。这类歌谣也多属儿歌。

一打一，
红花果子；
二打二，
红绸袄子；
三打三，
莲花牡丹；
四打四，
一个铜钱四个字；
五打五，

五家门上过端午;
六打六,
六口馍馍六口肉;
七打七,
烧酒叉曲;
八打八,
八十老婆想娘家——
上得坡,
斫门牙,
再也不坐你鬼娘家!
九打九;
九真观里喝烧酒;
十打十,
养的十个秃女子,
要卖时,
舍不得;
不卖时,
没吃的。(陕西绥德)

虽系嬉戏的儿歌,末四句,却呈现出荒年农民卖儿卖女的苦难生活背景,内涵显得更加丰富,意义更加深远。

(八)连锁

“事不相属,连锁得之。”这是朱介凡的解释。我们可以从以下歌例中领略它的内涵。

山老鹳,
白脖子,
张三找了个老婆子。
脚又小,
手又巧,
两把剪子一齐铰,
左手铰了牡丹花,
右手又铰灵芝草。
灵芝草上两双鹅,
扑拉扑拉飞过河。

江河这边是您家，
江河那边是俺家。
铺开单被晒芝麻，
一碗芝麻两碗油，
大姐二姐梳油头。
大姐梳了蟠龙髻，
二姐又梳看花楼，
落了三姐没得梳，
梳了个狮子滚绣球。（山东邹平）

扑拉，鸟飞声。看花楼与滚绣球，均往日妇女所梳的发髻名色。

（十）重叠

“重章叠句，反复而歌。”这是歌谣的一种结构形式，也是歌谣的一种表现手法。

一针二线安怎引？
一哥二嫂安怎亲？
一个食醋若变面，
拍歹阿哥无意神。
一针二线安怎引？
一哥二妹安怎亲？
一个吃醋又变脸？
累得阿哥伤脑筋。（台湾）

这种唱法，我们在前面作为表现手法之一加以分析。朱介凡称为结构之一，也符合多视角，多含义的精神。

（十一）问答（也叫盘歌）

问答逗趣，俗称对口。

丈夫亲？
不是亲，
同床合被两条心。
儿子亲？不是亲，
身长六尺是闲人。
女儿亲？
不是亲，
三箱四箩还嫌轻。

女婿亲?
不是亲,
三声闲话不上门。
媳妇亲?
不是亲,
三言两语面皮青。
拐杖亲?
嫡嫡亲,
日日伴我不离身。(苏州)

为什么不点灯?
外面刮大风。
为什么不梳头?
无有桂花油。
为什么不洗脸?
无有胰子卤。
为什么不戴花?
丈夫不在家。
为什么不关门?
外面尚有人。(吉林伊通)

这首歌是讽刺懒惰女人,不知自己过失,还要强词夺理来掩饰。这种结构形式,也增加了歌谣的趣味性。

盘歌,是流行西南乡里的歌谣。盘字的意义,就是"查究事由"。其形式相似,内容则各不同。尽管盘一两天也可以,但也不顺口胡诌,他们还有他们的理论和经典为其根据。从其中可看出民众对于宇宙的现象与起源,植物界、动物以及个人、全体活动的各种状态的智识和解释。

(十二)反诘

"重在诘句,正话反说。"按照汉语词典解释,"反诘"为反问之释义。朱介凡言其为"正话反说",笔者理解为一种内在引申,即给听众、读者留下疑点,并从思考中获得答案。这是民间歌谣特有的魅力之一。

门前河水浪飘飘,
阿哥戒赌唔戒嫖,
讲着戒赌妹欢喜,

你要戒嫖妹也恼。（广东客家）

这里“戒嫖妹也恼”就是一个令人不解的疑点。“戒嫖”，妹恼火他，不戒嫖（客家话“唔戒嫖”）反而不恼火他，这明明是正话反说。

青石头根里的药水泉，
桦木的小勺啦舀干。
要得我俩的婚缘散，
三九天坚冰上长一朵牡丹。（东北）

这个“三九天坚冰上长一朵牡丹”，也是个正话反说，它同样给听众带来个疑点。

日头出来点点红，
照见哥哥米缸空，
米缸越空越好耍，
只愁没志不愁穷。（安徽）

女子不嫌弃其意中人的穷苦，反特加激励。当然，这首歌与前两首有不同之处，那就是“正话反说”后面多加一层道理——只要有志气就能改变现有的不佳状况。

第三节　句　式

歌谣不同于散文作品。分析散文作品，如神话、传说、故事及作家文学中的小说、散文……都没有讲到，也不必要讲究其句式上有什么规律，可以由作者自由发挥。歌谣则不然，它必须有一定的规律，因为它大部分是通过歌唱来表现其内容。就是不唱，只用于吟诵的那些短谣，也要有一定的句式规律，否则不但不能唱，就是吟诵也有困难。

所谓句式，指的就是句数的多少和长短的规律，也就是每首歌谣各句字数（音节数）的规律。句子多少如前举的单段体、多段体便属于这类。

由于过去大家接触七言、五言句较多（唐诗就是七、五言句居多），所以在人们的印象中，似乎歌谣的句式不外乎就是七言四句、七言八句或五言四句，五言八句。除此之外就认为是不规范，不正规。这是个片面的理解。其实，在实际生活中，我们发现歌谣的句式并非那么单纯，那么千篇一律。

综合起来，歌谣的句式可以分为三大类——整齐句、杂言句和长短句（不整齐句）。

(一)整齐句

整齐句——一首歌谣中,无论有多少节、句,各句的音节数(字数)完全相同的,称之为整齐句。平时我们所接触到的五言句、七言句,就属于这种句式。古代的歌谣,尤其是《诗经》时代(周朝)的民歌,有不少是四言句。

整齐句一般来说,音节(字数)比较少,常常是二言句(如古代《弹歌》、《蜡辞》)、三言、四言句,五言、六言、七言句,八言句等。当今以五言、七言句居多,汉族歌谣多为七言句,少数民族歌谣多为五言句。

七言句,如《唱得长江水倒流》:

种田要用好锄头,
唱歌要选好歌手,
如今歌手人人是,
唱得长江水倒流。(安徽)

又如《唱歌不怕江妖婆》:

叫我唱歌就唱歌,
叫我撑船就下河,
撑船有了好舵手,
唱歌不怕江妖婆。(湖南)

《刘三姐》中的《你讲唱歌我也会》、《世上哪有树缠藤》等,都是七言四句歌。这些歌从文字上一看就是整齐句,听起来也有个完完整整的感觉。

五言句的,如《闻妹来走亲》(彝族):

春雷敲铜鼓,
山风吹五筐。
闻妹来访友,
闻妹来走亲。
悄悄屋边过,
蹑手又蹑脚,
有心见阿妹,
向阿妹求歌。

这是少数民族歌谣中常见的句式,当然,如前所述,无论哪个民族的歌谣,都不仅仅是单调的这种整齐的句式,而是多种多样的,这里只是讲“常见的”,而不是以此代替全体。

除上述的二、三、四、五、六、七、八等音节(字数)较少的整齐句外,也有音节较多的整齐句,特别是一些少数民族歌谣,句内超过十个音节,却仍然是整齐句。如壮族南部方言区的“十八字歌”就是每首有两句,每句有十八个字。

凤凰难舍梧桐树金鸡常住竹林深处啼不停,
对山喊话妹不应阿妹分心是何原因为何情?

这两句歌,我们写成文字可按意思加标点符号,写成“七、四、七”句。开唱时要一口气唱十八个音节(字),问的、答的都要用这种句式,因此,它属于整齐句。

(二)杂言句

杂言句——以某个整齐句为基础,偶尔夹杂着其他的句式。常见的杂言句有:七言杂以三言、五言杂以多言句,也有三言杂以多言,六言杂以多言的。

七言杂以三言,其句式为:“三、七、七、七”式,这是最常见的。如布依族情歌《日夜相思在梦中》:

路难通,
日夜相思在梦中;
唱歌难拖脚步走,
带信又怕人开封。

又如《刘三姐》歌:

你聪明,
三百条狗四下分,
一少三多要单数,
看你怎样分得清?

连就连,
我俩结交顶百年,
哪个九十七岁死,
奈何桥上等三年,

这种七言杂以三言句中的三言句往往是重唱,广西汉族民歌多属于这种。

五言杂以多言,如《矿工谣》即是“五、五……多言、五”句式。

吃阳间的饭,
干阴间的活,
四块口头夹着一块肉,
不死也够受。

又如彝族《插秧歌》:

米饭装箩筐,

封口作酒酿。
上山采草果,
下地挖山姜。
问问众父老,
酿酒做哪样?
不是请客办喜酒,
只因叔伯和弟兄,
为我去插秧。

六言杂多言,"六、六、六……多言"句式,如:

天下黄河几十几道湾?
几十几道湾上,
几十几只船哎?
几十几只船上,
几十几根竿哎?
几十几个艄公来把那船只搬?

除此,还有"三句半"——"七、七、七、五"句式(如白族民歌),有"两句半"——"七、七、五"句式(如河北小调);也有"五、五、七"句式(如湖北山歌)。再有一种是"梗叶"式,即"七五、七五、七五、七五"(如湖鄂"穿号子")。这是一句句穿插起来唱,一人一句,十分巧妙。这种歌唱时先唱"叶子",后唱"梗子"。即一人先唱一句"叶子",另一人接唱一句梗子,依次连成一首号子,就象绿叶衬托红花,丰富多彩。

(叶子)一个姑娘十七八,　(梗子)一树樱桃花,
(叶子)哭哭啼啼回娘家,　(梗子)开在岩脚下。
(叶子)娘问女儿哭什么,　(梗子)蜜蜂不开采,
(叶子)女婿太小难当家,　(梗子)空开一树花。

上述这些歌谣,是不整齐句,但每首都以某一整齐句为基础(或五言、七言、六言),有一定的规律。这点也是与后面要讲的长短句的区别。

(四)长短句(不整齐句)

一首歌中,句子长短不一,就像我们平时所讲的自由体诗。其中有二、三、五、六、七、八言句,多言句不等。它以杂言句的区别也正是没有什么整齐句为基础,在句子的长短方面,没有规律可循。

下面是几首长短句歌例:

《五姑娘》(吴歌)唱词:

汾湖水，
碧碧清，
阿天有双好眼睛，
望见五姑娘难准自家跑过来，
伊拉开喉咙唱起山歌来伊迎。……
（以下有三言、二言短句，十一、十二言句）
想来是湖伯伯亦怕湖水浑了听勿清

另一首更突出，前面几句是五言、六言、八言、十言不等，最后一句是二十个字。

勿要买粗针，也勿要买月来针。
……（其中有七、八、九、十言）
铜匠店对门，
铁匠店斜角，
要买百花三姐屋里的小炉灶上（哪个）这只绣花针。

这首歌一大段歌词是用很快的速度，一口气唱出来的。这种节奏与五、七言相差何止十万八千里！这种句式在吴歌里相当普遍。上述两首是长篇吴歌《五姑娘》中的唱段。《五姑娘》产生于清代末年，至今已有一百多的历史。可见，我国自由体诗（或歌）的形成是有历史渊源的，并非“五四”运动才突然兴起或外移。冯梦龙编纂的歌谣集《山歌》就已经有很多类似上述歌例的长短歌谣，在他辑录的二百多首的苏州一带山歌中，整首为七言的已微乎其微，几乎每首中都出现了七言以上的长句。如《月上》：

约郎约到月上时，
那了月上子山头弗见渠，
嗅弗知奴郎处山低月上得早，
嗅弗知奴郎处山低月上得迟。

吴歌如此，南方各省的许多山歌莫不是如此。

第十一章

美的声律:歌谣的韵律、节奏及音乐性

第一节　歌谣的韵律

歌谣的韵律,即歌谣押韵的规律。

歌谣作品,要讲究一定的韵律,否则难以称其为歌谣,而代之称为其他散文式作品。就像一般的诗歌那样,除了新兴的自由体诗不太讲究外,传统的诗歌,都十分注意押韵。翻开我国唐代数以千万计的诗歌,没有一首是不押韵的,只是押韵的方式各有不同罢了。

押韵的作用,一是便于记忆和吟诵。尤其是对于口头创作和流传的歌谣作品来说,押韵显得更为重要。二是押韵使作品具有节奏和声调之美,叫人聆听起来娓娓入耳,传诵起来琅琅上口。

过去人们研究歌谣或诗歌押韵规律,往往只注重在句末的押韵,而没有注重研究句子其他位置上的押韵规律,因而常常把押韵规律概括为“韵脚”(“脚”指尾韵、句末韵)。一讲到某首歌谣、某首诗歌是否押韵,只查看各句最后一个音节是否韵母相同、相近(押韵),顶多再说一、四韵,一二四韵等。出现这种片面性,是因为过去研究的多半是汉族歌谣,而汉族歌谣基本上是尾韵,即押最后一音节。因此众人的印象似乎押韵只是押句末音节,便以此类推,一概论之。

其实,押韵不仅在句末,而且还押在歌谣句子的其他位置上。常见的韵律有——尾韵(也叫脚韵)、腰韵、腰脚韵、首韵(头韵)和首尾连环韵。

(一)尾韵(脚韵)

这是最常见的韵律,也就是汉族歌谣最常用的押韵方式。有一、四韵,一、二、四韵,对偶句韵和句句韵。汉族歌谣中的“四句头”(或四句头为基础的杂言句)基本上是采用这种韵律。

老汉今年六十多(△),

糠箩跳进米箩箩，
前半生扛活受压迫，
后半生提笔写诗歌。

写出颂歌千万首，
首首出自心窝窝，
飞到空中化彩虹，
落到田里提金波。

这首歌，前半节为“一、二、四”韵，后半节为“二、四”韵。

还有：

人不劳动去找歌，
就像瞎子把鱼摸，
好歌见你要躲藏，
关门哪能编山歌？

这首歌的内容，说明歌谣产生于劳动，其韵律也是“一、二、四”韵。

我国唐代以来出现的大量的近体诗，也受歌谣这种尾韵的影响。几乎每首都采用了类似上述的韵脚：

杨柳青青江水平
闻郎江上唱歌声
东边日出西边雨
道是无晴却有晴

除一、二四句韵和二、四句韵外，还有对偶句韵、奇偶交叉韵和句句韵。

对偶句韵，即一首歌中，分别两句一韵。如“信天游”《毛主席派来了医疗队》：

喜鹊鹊展翅蓝天上飞，
毛主席派来了医疗队。
青松翠柏把手招，
层层梯田苗常笑。

翻过了高山越过了躺，
北京的大夫到山庄。

……

奇偶交叉韵在歌谣中也占有一定的比例。特别在西北“花儿”中较为突出。如:

天上的太阳地上的水
万花儿靠着它者长哩;
新社会阳光真个美
党领导咱们了闯哩。

又如:

核桃树开花人没有见,
绿核桃咋这么大了?
我俩说话人没有见,
空各声咋这么大了?①

句句韵是一首歌中,每句的句末一个音节都押一个韵,一韵到底。如《笔尖儿会说话了》:

今年的庄稼成下了,
麦穗儿长大了;
尕妹妹学下文化了,
笔尖儿会说话了。

又如《新嫂嫂》(儿歌):

花喜鹊,尾巴翘,
哥哥娶了个新嫂嫂,
大眼睛,黑眉毛,
脸孔像个五月桃。

……

大清早,

① 段宝林、过伟编:《民间诗律》,北京大学出版社1987年版。

她和哥哥去锄草,
乐得妈妈咧嘴笑,
夸我哥哥娶了个好嫂嫂。(湖南)

这种句句韵多用于儿歌或快板书,而且常常是整个音节押韵,即以同一字结尾,念诵起来,别有风味。多用“了”、“头”、“子”、“儿”、“哩”……

如:

天大的窟窿我戳哩,
地大的补丁啦补哩;
五尺的身子我舍哩,
三魂陪你者坐哩。

又如:

太子山起了白云了,
高庙上拉起雾了;
出门的阿哥回来了,
针眼里透了命了。

粗看来,第一首中的“戳”和第四句中的“坐”,第二首中的“云”和“命”,似乎各自押韵,其实这类“花儿”一般都不以句中韵为主韵,语气词“哩”、“了”倒成了主韵韵脚。如果四个句子中都不存在句中韵,只要有语气词“哩”、“了”在,还是认为合韵的。

如:

打一把五寸的刀子哩,
刻一个乌木的鞘哩;
舍一个五尺的身子哩,
闯一个天大的祸哩。

在一韵到底的“花儿”中,还有一种特殊的押韵形式,就是在每句的韵后面,又附以语气词“哩”、“了”等字,特别和谐。好似押双韵,别有风味。

如:

羊毛架在山间哩,
哪一年捻成线哩;
想尕妹想的眼酸哩,

哪一天才见个面哩?

(二)首韵(头韵)

首韵,即各句的头一个音节押韵。我国蒙古族、景颇族、彝族和哈萨克等民族民歌都常采用这种韵法。有全韵式、交韵式、随韵式和歇尾韵式。

X X X X X
▲
X X X X X
▲
X X X X X
▲
X X X X X
▲

蒙古族史诗《江格尔》"弓背上"一节,用蒙古语唱就是这种韵式。

〔国际音标〕əlgən dəːxə－ni

〔直　　译〕腹部　上

ələi　məgəI　xəjərii gi

鸢　蛇　两个

ʃuurulduulun　səiləgs ən。

相互捕抓　刻上

ko btʃI　dəːrə－ni

弓弦　上

kobun　kuːkən　xəjərii gi

童男　童女　两个

naːdɷulon　səiləgs ən

相互玩耍　刻上

təːg　dəːrə－ni

箭扣　上

təkə　xɷtʃa　xəjɔri gi

公岩羊　公棉羊　两个

m orgulduulun　səiləgs ən

相互顶撞　刻上

〔意译〕弓背上,

雕刻着,

鸢蛇搏击的画面。

弓腹上,

雕刻着,

孩童嬉戏的画面。

箭扣上,
雕刻着,
公羊顶架的画面。

这里共三个诗段,每段由三行组成。这三个诗段互有押韵关系,因此每个诗段的行数都相同。当然,由于史诗故事情节的不同每个诗段的行数不一定都如此整齐,但是史诗演唱者们总是努力做到行数的整齐。

这种 AAAA 型每句的句首都有韵,叫全韵式;

交韵式:ABAB(交叉头韵);

随韵式:AABB(前后分别对韵);

歇尾韵式:AAAB(前三句韵,最后一句不韵)。

(三)腰韵

腰韵,即每句的中间某些音节上押韵,也叫着“腰与腰押”。如《诗经·唐风·有木大之杜》:

中心△好之,
曷饮△食之。

我国傣族民歌、蒙古族民歌(部分)、侗族民歌(部分)、彝族的谚语歌、东乡族谚语歌和锡伯族民歌常采用这种韵律。

(四)腰脚韵

腰脚韵,即前句句尾与下句句中的音节相押韵。如壮族的“欢”和毛南族、京族民歌都有这种韵法。

腰脚韵常见于五言歌和七言歌,分别称五言腰脚韵和七言腰脚韵。

五言:O O O O A
O O A O B
O O B O C
O O C O O……

七言:O O O O O O A
O O O A O O B
O O O B O O C
O O O C O O O………

后一句对韵的音节,不一定是第三个字或第四个字,只要是中间一点(不是头尾)就可以了。但壮族的七言欢,一定是在第四个字。

如:

天上星星亮晶晶,
清泉流经我心里,
政策落实干劲大,
奋战四化心亮堂。

又如毛南族民歌:

平生未闻金鸡叫,
巴望听到凤凰啼;罗嗨!
谁料金凤落村里,
老少男女都欢欣。罗嗨!

有心请侬来唱歌,
妹我初学靠侬教;罗嗨!
平生未闻金鸡叫,
巴望听到凤凰啼。罗嗨!

山雀邀约画眉唱,
快开金嗓莫迟疑;罗嗨!
今晚凤凰落村里,
老少男女都欢欣。罗嗨!

有一种腰脚韵与上述押韵方式又有所区别。如:

两只小黄鹂,
来讲七讲八,
徘徊瓜棚下,
问嫂家要衣,
奴衣未安扣,
奴袖未镶边,
明年再来要,

勿叨奴吝啬，

奴何时吝啬？

有客邻作证！

这种腰脚带有连环式的用韵，主要流传于西部的右江流域，无论短歌或是长歌，都是如此。

（五）首尾连环韵

一首民歌中，前句句尾和下句句首音节押韵。黎族民歌、傣族“赞哈调”、彝族的五言体歌，都常采用这种韵法。

其形式：

O O O O A

A O O O B

B O O O C

C O O O D

D O O ……

如彝族《送别话》开头几句唱道：

（汉字记音）　　乃比雪力塔△，

那△威嘎位衣○，

米○今牙道内▲，

类▲地遥目呆？

（意译）　　过了这一天，

阿哥你远走高飞，

单独丢下我阿妹，

你说我的日子怎么过？

这首歌用彝语唱诵，是一首标准的首尾连环韵。首句头一个音节“乃”属“ai”韵，接着是“a”韵、“i”韵、“ei”韵最后到“呆”“ai”韵。

腰脚韵体除五、七言外，还有一种“嵌句”式的。这种歌体是从五、七言四句腰脚韵体发展而来的，由四句五言或七言和两句三言或五言相嵌而成为“五三五”或“七三七”、“七五七”的格式。因为它有两个短句象嵌上去似的，所以可统称之为“嵌句歌”。它主要流行在桂中北部、东部和西部部分地区。例如“五三五”式：

烧锅水滚开△，

去借债,
空手来发痴;
无杂粮白米,
灭火去,
空叹气又哭。

（黄革提供）

这是流行在广西上林县的一首生活苦歌。这种“五三五”的嵌句歌,在上林叫做“三五韵”,在宾阳叫做“三字中”。它从字数、句数到唱法,都与上述的五言四句腰脚韵体不同,但整首歌的基本结构和押韵规则,都有五言四句腰脚韵体的痕迹,只不过多了“去借债”、“灭火去”这两个短句如果是把它删掉,就很像一首完整的五言四句腰脚韵体的歌了。然而,这两个短句在歌里并不是多余的,通过它作必要的说明或具体的描述,对上下句的歌意起到了解释、引申或补充的作用。如歌里的“去借债”一句,就把第一句和第三句的内容连缀起来,表明“发痴”(方言,即“发呆”之意)的原因是借债无门;“灭火去”一句,也把第四句和第六句的内容连缀了起来,说明无米难成炊,从而很好地渲染了凄苦无告的气氛。

又如“七三七”式:

日落西山哥点灯,
一转身,
看见妹伦在跟前;
哥忙起步把手牵,
没见脸,
原是妹影现墙边。

（马永全、黄革提供）

这显然也是从七言四句腰脚韵体那里演变出来的。它在广西东兰、巴马、都安叫做“跛脚比”,在贵县叫做“跳脚欢”。其格式和押韵方法与“五三五”的嵌句歌相同。

再如“七五七”式:

隔了多年不见面,
烦同纺纱线,
睡不安然吃不下。

（林凯、黄革提供）

这种歌式比较特殊,三句为一首,相当于"七三七"的一半,但它既可以独立存在,也可若干首连起来表达一个完整的内容。第三句的韵可押可不押。其流行范围比较小,仅限在广西邕宁且境内的一些地方。这也许是因为它过于特别而不易为更多的人所接受的缘故吧。

(六)首尾韵

这种韵体主要体现于少数民族歌谣中,多为五言四句歌。这种歌体也是一种"欢",以五言四句为主。它的最大特点是头脚韵相押。但不一定构成连环,这是与前面所讲的"首尾连环韵"的区别。如有一首用象征手法含蓄地表达爱情的歌:

有只黄尾鸟,
早晚站树梢;
春天不筑巢,
到冬怎么过。

在这里,第一句的"鸟"(脚部)和第二句的"早"(头部)相押;第二句的"梢"(脚部)和第三句的"巢"(脚部)相押;第三句的"巢"又和第四句的"到"(头部)相押。这种押头脚韵的立法,在腰脚韵体的长歌里,当遇到用韵困难时也偶尔用之。

在这种纯粹押头脚韵的歌,在其他民族的民歌里也能找到,但今天的壮欢里却不常见。不过保存在古代壮族的谣谚和成语韵语当中,却有很多是押头脚韵的。如:

吃多,嗦裂。(物极必反)
病上身,疮入骨。(病入膏肓)
怕如穿山甲,惊恐若黄猄。(惊弓之鸟)
鱼不离潭,皮不离肉。(亲离无间)

谣谚(包括韵语在内)不是"欢",但也是民间歌谣中的一种体裁。古代壮族民间既然有那么多专押头脚韵的谣谚作品(二言、三言、四言五言、六言、七言、九言都有),自然也会有不少头脚韵体的民歌,只为过因为它是口头创作和口头流传,加上诗歌形式也在不断变化发展,所以这种歌体在今天就比较少见。然而,否认这种歌体的存在是不对的。①

① 见欧阳若修等编著:《壮族文学史》,广西人民出版社1986年版。

第二节 歌谣的节奏

节奏,是音乐中交替出现的有规律的强弱、长短音的现象。歌谣节奏主要是指根据词性和各个词语间关联密切程度而采取的抑扬顿挫。

军队和—老百姓

子弟兵—爱—人民,人民—爱—子弟兵

音乐的节奏往往是来自歌谣的节奏。那些音乐作曲家,可以为某一段歌谣配上优美和谐的音乐曲子,正是根据(某词段)原有的节奏,运用音乐符号的功能,谱写而成。即使那些没有歌词的器乐曲子,音乐家在作曲前,也势必在心中有个“词”的观念,即先考虑这首曲的内容,然后用音乐的抑扬顿挫符号,把它纪录下来,进一步加工、整理而成,绝非胡编一通。如果没有一定的内容,胡编一通,听众听起来就只能是一派杂乱的声音,把人们的耳朵搞聋而已。

歌谣之所以有节奏,是因为它来源于生活,来源于劳动。特别是古老的歌谣,首先是从劳动中产生。而劳动本身就有鲜明的节奏,即是有声音、动作的长短、强弱的变化,歌谣自然适应那种劳动的声音强弱、动作长短、变化而产生。平时的生活及说话,也都有一定的节奏变化,作为反映人类生活和劳动的语言艺术——歌谣,自然也有各种节奏。特别是那种劳动号子的歌谣,节奏更加鲜明。

歌谣的节奏首先是由句式决定,不同的句式,有不同的节奏。节奏一般又称为“分顿”,停一次为一顿。所谓句式,包含两个内容,一是句子的多少,一是指句子的长短。而主要是指后者(句子的长短)。长短句各含的节奏不一样,就是相同的句式(同是五言或七言),也有不同的节奏。现介绍几个常见句式的节奏。

(一)七言句式的节奏

在我国现行的歌谣中,七言句的份量最多,汉族歌谣大部分采用这种句,少数民族歌谣也有一部分采用这种句式(如壮族的“欢”),其节奏大致有:二二三式;三二二式;二一二二式等。

二二三式的:

祖国 好比 一盏灯,

社会 主义 是灯芯。

我愿 做颗 桐油果，
为灯 添油 灯常明。

天上 断云 海断沙，
人间 不断 爱情花，
要剥 龙鳞 当瓦盖。
我俩 生死 共一家。

唐代诗人刘禹锡代表作：

杨柳 青青 江水平，
闻郎 江上 唱歌声。
东边 日出 西边雨，
道是 无晴 却有晴。

这种二二三式节奏也叫“三字尾”，即每句句末三个字连成一拍。
三二二式的，如壮歌：

相当年 眼泪 直流，
好比那 洪水 卷来。
壮家人 苦难 多愁，
百姓们 凄惨 到头。

二一二二式与三二二式相近。主要是少数民族歌。
如：

昔日 我 凄凉 受压，
如今 我 作主 当家。

(二)五言句式节奏

五言句式节奏，一般有二三式、三二式、二一二式三种。
二三式，如：

好因 阿诗玛，
头上 红艳艳，

脸白　如月亮,
耳环　挂两边。

三二式,如:

老阿爸　上山,
老阿妈　下河,
终年里　辛劳,
全家人　受饿。(反映旧社会劳动人民苦难)

二一二式,主要是少数民族语言唱的。

彝歌直译:

哥有　妹　篾帽,
妹有　哥　花朵。

意译:

哥是妹的帽,
妹是哥的花。

(三)八言句的节奏。

八言句节奏一般为二二二二式,如:

鹦鹉　可以　随便　说话,
马鹿　可以　任意　行走。
只有　受苦　受难　奴隶,
永远　没有　人身　自由。

(四)长句节奏

长句,指一句超过十个音节的句子。其节奏比较复杂,但也有一定的规律,若没有一点规律,就不被称为歌了。即五言句或七言句节奏的复沓。(五言句或七言句的节奏基础,重复出现)。

不唱山曲月不明,
只要　哥哥　唱山曲　才能　安住　妹妹心。

前一句是七言,节奏明显。后一句是两句七言句构成的一句歌词,是由两个二二三式节奏组成的。

又如:

金鸡　常住　竹林　深处　啼不停,

阿妹 分心 是何 原因 为何情?

每句前半段四言句式节奏(二二式),后半段是七言句节奏(二二三式)。

(五)特殊节奏

有些歌谣就象音乐一样,不仅拖腔,而且有衬音和休止式的停顿,使其节奏有别于一般句式的节奏。如“花儿”。

大雁(儿)|飞了(者)|鹰没(有)|飞0|,
鹰飞时|铃铛儿|响哩|;
身子(们)|回了(者)|心没(有)|回0|,
心回时|咋这么|想哩|。

其节奏很明显为:

X X⊙|X X⊙|X X⊙|X o

这种节奏更带音乐性。当中的X表示不可少的字,⊙表示衬音,可增可减的字,o表示休止,一般不拖腔,也不添加字。

歌谣的各种节奏给人们带来了强烈的音乐感,为音乐家的创作奠定了基础,也为一般歌者和听众带来了多彩的旋律美,使得歌谣本身具有强大的生命力,能够万古流传。

第三节 歌谣的音乐性

歌谣是唱的文学,它要受音乐节奏和旋律的制约。构成歌谣音乐的条件,除了形体整齐、有领有和、嵌入衬字、韵律和节奏明快等因素外,还有结构、修辞上的重要因素——单词、词句、段落和同字韵的重叠反复。

格罗塞在《艺术的起源》中说道:“每一个原始的抒情诗人,同时也是一个曲调的作者,每一首原始的诗,不仅是诗歌的作品,也是音乐的作品。”①这段话道出了歌谣与音乐的密切关系。

原始时期,歌、舞、乐为一体,这在本书第一、二章已作论述,本章不再赘言。这里,均就笔者个人的理解和感受,简言几句。

(一)劳动号子为歌谣与音乐的共同母体

人类初期,为了战胜自然,出入集体行动,在重体力劳动时,统一动作,于是产生了各种各样的劳动呼号,即劳动号子。这种劳动号子,有固定的音律节奏,

① 《艺术的起源》第188页,商务印书馆,1984年版。

既是音乐的基础,也可说是音乐之源。不同地区,不同民族,以及不同的工种产生了不同的劳动号子,也随之产生了不同的音乐曲调。

(二)歌谣中的激情,促使激昂音乐的产生

不言而喻,每一个比较强烈的感情,又常常表现于歌谣之中。人们将一些遇到的激动的事情,信口咏唱,一些简明的曲调也就应运而生。有这么一首反映原始狩猎情景的歌:

今天我们有过一次好狩猎,
我们打了一只野兽;
我们有了吃的
肉味儿好哩好,
酒味也是好哩好。(云南)

原始人将这些歌辞,按一定的节奏,反复吟咏不止,并根据感情的需要,不断改变腔调。情绪越高昂,音乐也随之突现。

(三)歌谣的节奏影响着音乐的旋律

马克思·德索认为:“只有把节奏形式看作是已被固定下来并使它能长久存在,艺术方能开始。”①音乐作为一种艺术,常常根据歌词的节奏,产生多种多样的旋律。

除了节奏之外,原始民族对音调有着特殊的敏感。《诗经》就明显地体现出节奏感、音调感与音乐感的关系。如《诗经·芣苢》:

采采芣苢,薄言采之。采采芣苢,薄言有之。
采采芣苢,薄言捋之。采采芣苢,薄言掇之。
采采芣苢,薄言袺之。采采芣苢,薄言襭之。

这篇歌谣,象是脱口而出,把妇女采集芣苢(车前草)的劳动生活写得韵味十足。全诗回环往复了三遍,只是将末句的“采”字换成“有”、“掇”、“捋”、“袺”、“襭”诸字而已。可以说,整首诗没有表达多少思想,只是在对劳动动作的反复咏叹中,表现了一种轻松愉快的情绪,这里除了节奏、韵律和它回环往复产和珠旋律以外,内容则所剩无几。今天,在许多民族的劳动号子中,这种传统的节奏感、音乐感,还保留得十分明显;即使在一般的歌谣中,也深藏着这种血型和因子。

由以上论述,我们至少可以说,原始诗歌的产生,与原始人的节奏和音调的感觉有着直接的关系。节奏感和音调感是原始诗歌产生的中介或最直接的因

① 转引自朱狄《艺术的起源》。

素。

原始人类的生产活动,逐渐培养了人对于节奏和音调的特殊感觉。在这里,客体的自然的节奏、音调,像日月星辰的周期,昼夜的更替,季节的变换,光、热、声的传播,以至于鹰在空中的盘旋,风吹树枝的摇摆,江河湖海的波澜起伏,植物的生长变异等,都是不可忽略的外因;主体的内在节奏、音调,像心脏的跳动,血液的循环,感情的驰张,呼吸的声音等等都是重要的内因。人身体内在的节奏、音调,虽然看不见,不太容易意识到,但对人的整个行为有很大的影响。

第四节　歌谣的衬词与对仗

歌谣本身是一种民俗文化事象,许多歌谣是在民俗仪式中产生,也有日常生活中随兴即唱,因而她接近生活,接近日常交流用语,却又需要合拍合调,这就产生许多衬词衬腔,并注意对仗。著名学者刘保元在研究瑶族歌谣时,对衬词和歌谣的词语对仗作了细致的分析,以下转引他《瑶族歌谣的形式与格律》①一文中的几段文字,说明衬词,衬腔和对仗在歌谣的重要地位。

衬词:有一些瑶歌既不押韵,也不押调,而以衬词来达其和谐。兹举“香哩歌”和“哪罗哩”为例。

(一)香哩歌不讲究押韵,但注重于衬词的运用。一首香哩歌若无衬词,就会失去本身的和谐与音乐美。如《不怕穷》(汉译):

不怕穷呃,香哩!
但得我俩配成双。
不怕苦呃,岁雅!
但得我俩结成对。
只要我俩情意长,只要我俩恩爱深。
清水当餐,
我也讲这世值了呃,香哩!
稀粥度日,
我也说这辈抵了呃,岁雅!

① 见侯宝林、过伟编:《民间诗律》,北京大学出版社 1987 年 11 月版。

《瑶族风情歌》

衬词“香哩”和“岁雅”是这首歌的不可缺少的组成部分,亦是说,如去掉这些衬词,它就不成其为“香哩歌”了。“香哩歌”就是因衬词“香哩”而得名的。

“香哩歌”的衬词除“香哩”、“岁雅”外,还有“人嗳”、“人双”和“人对”等。这些衬词除了起和谐作用外,还含有一个共同的意义,即对对方的称呼。歌唱的对象不同,译成汉文时,视其对象而定;如果歌唱的对象是情人,可译为“情哥”、“情妹”或“阿哥”、“阿妹”;如果对象是父母,则可译为“阿爸”、“阿妈”,其余类推。

(二)“哪罗哩”和“香哩歌”一样,都因其衬词而得名。“哪罗哩”歌的歌体,一般为七言体。歌唱时,用衬词“哪”和“哪罗哩”来协调全歌,使之悦耳动听。兹举《盘王歌·万段曲》中的一段为例(汉译):

深更(哪)半夜客来到,
来到主人(哪罗哩)门下停,
主人拱手下阶(哪)迎。
远乡(哪)贵客迎进厅,
客身坐下(哪罗哩)龙贵凳,
喝杯浓茶实在(哪)香。

《瑶族民间文学资料》

衬词“哪”和“哪罗哩”,只起和谐音韵的作用,不含实际意义。

词语对仗:在瑶族的自由体歌谣中,从表现手法上来看,大都取排比对偶句式,而对偶有“句对偶”和“段对偶”两种。对偶句在格律上,非常讲究词语的对仗,更擅长于句首、句尾对仗的工整。

词语的对仗,一般是词性的统一,即名词对名词,动词对动词,形容词对形容词,数词对数词。兹举自称“布努”瑶族的《侯友歌》和自称“拉珈”的《香哩歌·我这么苦》为例。

例一、《侯友歌》片段:

〔国际音标〕Ie̗^{1} tɔ^{2} to^{2} paN^{8} pja^{5}
〔直　　译〕黑 来 到 山 坡
Ie̗^{3} tɔk^{1} taN^{4} pia^{3} ʐu^{6}
黑 来 到 山 岭
Iəŋ^{8} ketoc^{2} kiɔ^{8} kjɔN^{1} ma^{5} ʐɔ^{4}

小 鸡就 成 群 回 笼

ləŋN8 tu4toc4 koc↔8te4 ma3 ʐəŋ2

小 牲口 就 成 对 回 栏

sɔ2 no1ɛ3 pen4 θəi3

造 肉也 成 酸

sɔ4 no2 lʒɛ3 pen4 Πʒe1

造 酒 也 成 酸

mɔŋ2 ʐu2 taŋ4 mpu8 taŋ4

望 朋 友 到 不 到

Nocen4 naŋ4 tɔ5 mpu8 tɔ5

盼 嫂 来 不 来

〔意　　译〕黑夜来到了山坡，

黑夜来到了山岭，

家禽成群回笼，

家畜成对归栏，

煮的肉已变酸，

熬的酒已成醋，

望到的朋友不见到，

盼来的朋友不见来。

《瑶族民间文学资料》

这首歌句首的词语对仗是“黑夜”对“黑夜”，“禽”对“畜”，“煮”对“熬”，“望”对“盼”；句尾对仗是“坡”对“岭”，“笼”对“栏”，“酸”对“醋”，“到”对“来”。

例二：《香哩歌·我这么苦》：

〔国际音标〕ma2 tsiŋ5 tsik8 le3 ə3 lei4

〔直　　译〕你 真 值 了 呃 香 哩

mi2 fa:m1 pɛk7 at7 tsieŋ4 tseu1

有 三 百 在 长 洲

mj2 fa:m2 pɛk7 at7 ta:j4 toŋ6

有 三 百 在 大 洞

Tsi1 ə3 jieN3 lei4

我 呃 香 哩

fa:m1 kan1 kou3 kju1 at7 hien1 laŋ2

三 棵 玉 米 在 上 岭

fa:m[1])a:ŋ[2] kou[3] kok[7] at[7] ou[4] kjuei[3]

三 穗 谷 粒 在 里 冲

pì:n[5] p`:n[5] ja[6] tok[7] num[4] tep[7]

丘 丘 田 是 泉 水 冷

kùaŋ[5] kʒuAN[5] ti[6] tok[7] nai[2] ko:ŋ[5]

块 块 地 是 泥 土 红

jen[4] ja[6] pja[2] ie[4] jau[2]

埂 田 爬 蛇 绿

ti[6] pi:n[1] pja[2] kjeN[3] kjap[7]

地 边 爬 毛 虫

tsi[1] ni[1] ho[3]

我 这 么 穷

ma[2] saŋ[5] nem[2] li[3] tsi´ ə[3] jieŋ[3] lei[4]

你 怎 跟 得 我 呃 香 哩

〔意 译〕你真值了呃，香哩！
有三百①在长洲，
有三百在大洞。
我呃，香哩！
三棵玉米在岭顶，
三穗谷粒在山冲。
丘丘梯田淌泉水，
块块＊地均红土。
田埂藏青蛇，
地边爬毛虫。
我这么穷，
你怎跟得我呃，香哩！

《瑶族风情歌》

这首歌句首的词语对仗是“有”对“有”，“三棵”对“三穗”，“丘丘”对“块块”，“田埂”对“地边”；句尾的词语对仗是“长洲”对“大洞”，“岭顶”对“山冲”，“泉水”对“红土”，“青蛇”对“毛虫”。

自由体歌谣对偶句的这种句首和句尾的词语工整对仗，唱来委婉动听，

---

① 三百：指三百把禾把，有三百把禾把者被视为富裕者。

且有一种独特的民族风味。

当然这种衬词、衬腔和对仗法，古已有之。《诗经》中的许多民歌、屈原的楚辞、汉乐府民歌……都有这种情况。唐代土家族民歌“竹枝园”，就属这种情况。

土家族先民所歌唱的“竹枝”就是七言两句或七言四句一首的。从前人的搜集记载可以看到雏形。例如在万树的《词律》中曾记载皇甫松十四字体的“竹枝”：

芙蓉并蒂（竹枝）一心连（女儿）①，
花侵隔子（竹枝）眼应穿（女儿）。

山头桃花（竹枝）谷底杏（女儿），
两花窈窕（竹枝）遥相应（女儿）。

也记载有孙光宪的二十八字体的“竹枝”：

门前流水（竹枝）白蘋花（女儿），
岸上无人（竹枝）小艇斜（女儿）。
商女经过（竹枝）江欲暮（女儿），
散抛残食（竹枝）饲神鸦（女儿）。

而刘禹锡搜集、整理、仿作的十一首《竹枝词》都是七言四句一首的形式。土家族歌谣形式之所以向七言四句发展，是因为它可以扩充歌的篇幅，丰富思想内容，增强感情色彩。但土家族歌谣七言四句的唱腔流传至今，仍是两句吟唱的反复，在音乐上谓之“两句反复唱段”。这不能说不是土家族歌谣七言四句格式居多而仍保留古风的原因之一。唐代以后，特别是明清以来，土家族民间歌谣和文人《竹枝词》诗体就多是七言四句的形式和七言五句的形式，这是土家族歌谣内在发展规律的必然，也是土家族与其他兄弟民族特别是与汉族文化交流影响所产生的结果。

① 括号中的字如“竹枝”、“女儿”均为衬词，是和唱者所谓的“帮腔”。

第十二章

各具风采：歌谣的几种特殊形式

我国56个民族，都有各自的民歌（歌谣）形式。就汉族歌谣而言，除了流传在广西大部分地区和全国少部分地区的“四句头”外，还有“赶五句”（“五句子山歌”）“三句半”、“六言六句”、“齐山歌”等整齐句歌谣；除此之外，还有句式长短不一的“乱山歌”、“信天游”、“爬山歌”、“山曲”（又叫“烂席片”）、“花儿”（“少年调”）、更有“吴歌”、“粤语民歌”、“客家话歌”等独具特色的民歌。至于各少数民族歌谣体式更是气象万千，难以尽述。这里，从歌式角度，选取少数民族几种鲜为人知的特殊歌式，略加评介。

第一节　壮族勒脚歌

壮族，是我国少数民族中人口最多的民族，有1700多万人（1990年），与国内的傣、侗、布依、毛南、水、仫佬、黎等和东南亚许多民族有同源关系。壮族歌谣，不仅思想内容丰富多彩，灵活厚实，而且艺术形式多种多样，纯朴独特。有各种句式（二、三、四、五、六句）的短歌体，也有长歌式的排歌、长诗和勒脚歌。本节着重介绍勒脚歌及其一些相关内容。

（一）勒脚歌的定义

“勒脚”二字译为汉语，即反复回唱之意。有的地方叫“马蹄勒”、“欢三脚”（壮语：huènsam k̃a）、“比绍勒”……叫法各异，却都有复唱的意思。勒脚歌，亦上述复唱的歌，它是属壮族一种歌式。广西毛南族和云南一些少数民族也存在，但没有壮族歌谣那么普遍。

勒脚歌的句式一般有五言、七言、五三五言、七三七言句。五言句，七言句都是整齐句，容易理解。五三五言和七三七言，属杂言句，不太容易领会。

五三五言，如：

X X X X X
X X X
X X X X X
…… ……

七三七言，如：

X X X X X X X
X X X
X X X X X X X
…… ……

（二）勒脚歌的种类

勒脚歌一般按行分类。有五行勒脚歌、六行勒脚歌、八行勒脚歌、十二行勒脚歌、十八行勒脚歌、三十六行勒脚歌、七十二行勒脚歌。

1. 八行勒脚及其形式特点：

八行勒脚也叫单勒脚，因为它只反复一次。从表现形式上看，每首歌两节，每节四行，共八行，实际上是由六行演变而成，其中第七、八行是第一、二行的重复。

见妹第一面，（1）
好比捡得金。（2）
日思夜又想，（3）
爱慕埋在心。（4）
三月春色翠，（5）
鸟相恋在林。（6）
见妹第一面，（1）
好比捡得金。（2）

从内容上看是六行歌，但要排成八行。七言单勒脚的结构也是一样的。

勒脚歌同样讲究韵律，只是它们是按本民族语言之语音押韵，翻译成汉语歌后，押韵规律或许有所变化。这种歌式，在老百姓的歌本或歌手提供歌词时，一般不写八行而只写定六行。因为大家都已熟悉知其开头的第一、二行是作为勒脚歌复唱部分的规格。为了便于不太熟唱这种歌式的读者一目了然，我们还是把其复唱部分和复唱位置也照样录写出来，故以八行命名为宜。

请先看歌例：

Gwnz mbwn duenh ndαundeiq,

Cingznngeih rαeuz mbouj duenh,
Beingz vuengzdαeq doemq luenh,
Rαeuz goj mbouj duenh sinq
Lingz mieng mbouj ngeix,
Gwnz mbwn duenh ndαundeiq,
Cingzngeiz rαeuz mbouj buenh.

天上断星斗，
我俩情不断，
皇帝江山乱，
我俩情不断，
猴子发誓不吃果
水獭发誓断鱼膻，
天上断星斗，
我俩情不断！

这首歌前四句的艺术结构，包括上下句腰脚韵和二、三行的韵脚，读壮语韵律才明显，与我们上面所分析的五言四行短歌式，是完全一样的。Gwnz mbwn duenh ndαundeiq 的 ndeiq 与第二行的 ngeih 构成腰脚韵，Biengz vuengzdαeq doemq luenh 的 luenh，与 Cingzngeih rαeuz mbouj duemh 的 duenh，构成脚韵。我们再看后四行的艺术结构，也是完全符合五言四行短歌式的规格的。mαk 与 nαg 构成脚韵。Ngeix 与 ndeiq 构成脚韵。接着来又是腰脚韵。每一首独立的五言（包括七言）四行歌式的艺术结构，都包括三个韵律要素组成：

①一、二行的腰脚韵，

②二、三行的脚韵，

③三、四行的腰脚韵。

八行勒脚歌就是由两首四行短歌式扩展而成。（十二行、十八行的勒脚歌就是分别由三首四行和六行短歌式组成）假如没有这种特定的艺术结构，那就不是勒脚歌式。从内容与形式要求完美统一的观点来考察，老歌师有许多言传身教的经验，值得我们总结和吸取。

第一、三个概括和三个统一

三个概括，即主题概括、形象概括、韵律概括。三个统一，即主题统一、形象统一、韵律统一。关键在于编好每一首勒脚歌开头一节四行歌。这开头就是三概括和三统一的唯一根据。比方说上面举的这首八行勒脚歌的第一节：

“天上断星斗，我俩情不断，皇帝江山乱，我俩情不断。”这四句是概括了深情的主题；鲜明地概括了“我俩”的形象；合拍地概括了铿锵的韵律。从而达到三个统一的高度。

第二、根据头一节歌的主题、形象、韵律进行具体描写，要求达到加深、加重并水到渠成地与勒脚（复唱）部分天衣无缝的结合，使人感到不是主题、形象、韵律的原地踏步，而是主题的深化、形象的翻新、韵律和艺境的升华。事实上，“猴子发誓不吃果，水獭发誓断鱼膻”既离不开头四行的主题、形象、韵律，同时，又是它们的深化和完成。唱完了“猴子发誓不吃果，水獭发誓断鱼膻”，自然而然地与开头两行组成十分和谐、新鲜的勒脚式（即复唱式）。

从总体上看，八行勒脚歌就是由两首四行短歌式组成的。它的最为关键处是要懂得勒脚的联接。假使违反了勒脚的要求和规格去进行编歌或演唱，那么，不是主题分散；形象模糊就是韵调相左。主题虽然集中，形象虽然鲜明，但韵律一相左、一脱韵，则亦不能认为是以复唱为特点的勒脚歌。比方说，这后四句中的第二句，如果改成“Nαg byαm bouj gwn”（水獭断吃鱼）这个 gwn（吃），与开头一句的 Gwn zmbwn duen hndαu ndeiq 的 ndeiq（星）就无法构成脚韵。所以，它的原句“Nαgmieng byα mbouj ngeix”的 ngeix 字，是严格受开头第一行歌的尾字 ndeiq 的指示和制约的：新写的第二句的尾字要按照 ci 的韵路来找字与它配合并构成和谐的脚韵。否则，就不符合四行短歌式关于二、三行要押脚韵的规格，作为四行短歌式看，既然是违反要求的，那么，作为一首四行短歌式来看，那就是不符合规格的了。在这个意义上说，假如不能理论与实践相结合地精通四行短歌式的韵律（包括五言七言四行短歌式）那是无法进入勒脚歌式的艺术大门。

2. 十二行勒脚

十二行勒脚和十八行勒脚，都被称为双勒脚。故名思义，“双勒脚”就是要两次反复。其中十二行勒脚歌每首三节，每节四行，共十二行，第七、八行是第一、二行的重复，第十一、十二行是第三、四行的重复。

平生未闻金鸡叫，（1）
巴望听到凤凰鸣。（2）
今晚金鸡落村里，（3）
男女老少都欢喜。（4）

有心请妹来传歌，（5）

请妹传歌到今时。（6）
平生未闻金鸡叫，（1）
巴望听到凤凰鸣。（2）

久不唱歌忘记歌，（7）
久不下河难打鱼，（8）
今晚金鸡落村里，（3）
男女老少都欢喜。（4）

整首歌内容上只有八行，但排成十二行。之所以称之“双勒脚”，就是因为它有两次重复：第一次重复第一、第二行，第二次重复第三、第四行。

十二行勒脚歌，是至今流传最为广泛的勒脚歌。在广西马山、都安、武鸣、河池、东兰、巴马、武宣、来宾、贵港、上林、忻城、柳江等县，群众最熟悉也最爱唱这种歌。假如我们能把这种歌式分解清楚并能掌握和运用它，那对其他的勒脚歌式，也就不难懂难用了。这种歌式有五言、五三五言、七言、七三七言等四种结构。分别举例说明如下：

十二行勒脚

妹是一棵槟榔树，
长在县官厅堂前，
槟榔我想吃半颗，
恨手太短实难攀！

假如早上嘴能尝，
到夜槟榔味还甜，
妹是一棵槟榔树，
长在县官厅堂前。

脚踩青草枯萎了，
槟榔树下团团转，
槟榔我想吃半颗，
恨手太短实难攀！

县官的堂前，在老百姓看来，无异于“禁地”，但作为这个情妹的比喻形象——槟榔树，偏偏生长在这块“禁地”上。即使是时时在树下团团转，（壮语 gwgcuenh，直译就是时时刻刻都在这里转来转去。）追求的主题、形象都概括在开头一节的四行歌里了。韵律方面也由第一行的尾字 lαngz 和第二行的尾字 yuenh 定下了基调。这两个字也体现了我们上面所提过的概括韵律的要求。从勒脚歌式头一节的概括的要求来考察，完全符合规格。第二节的“假如早上嘴能尝，到夜槟榔味还甜”和第三节的“脚踩青草枯萎了，还在槟榔树下团团转”都分别是追求槟榔（即情妹的形象）主题的深化和对追求对象的具体描写。这种深化和刻划，与开头四行所规定的主题、形象、韵律是统一合拍的。这是广泛流传在来宾一带的传统十二行勒脚歌，它的结构是十分紧严的。

又如《红河两岸遭铁蹄》①：

日本鬼子进广西，
红河两岸遭铁蹄，
村头红棉花乱谢，
园中桃李花落枝。

开枪击牛剜腿肉，
刺刀戳猪不要皮，
日本鬼子进广西，
红河两岸遭铁蹄。

拉兵拉夫劫美女，
擂破门户抢粮食，
村头红棉花乱谢，
园中桃李花落枝。

上述各首十二行脚歌的形式，可用下图标表示。即：

1. ______ }a
2. ______ }a

3. ______ }b
4. ______ }b

5. ______ }c
6. ______ }c

① 石冠庭唱、石朝瑛译，见《中国歌谣集成广西卷》，中国社会科学出版社 1992 年版。

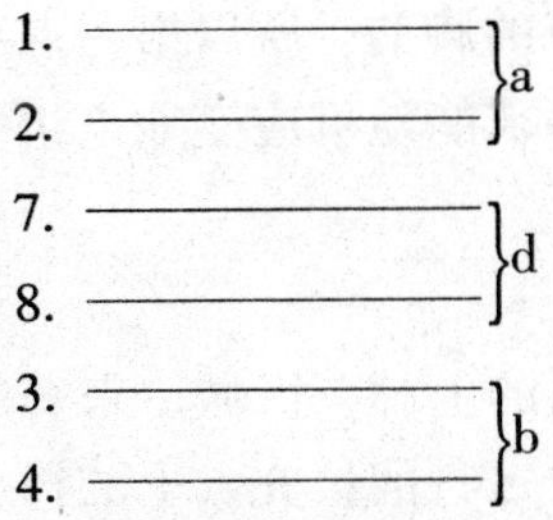

1. ————————
2. ———————— } a

7. ————————
8. ———————— } d

3. ————————
4. ———————— } b

上图表明这样几个要点：

第一，开头一节四行歌，分成前半部（1、2 行）和后半部（3、4 行）两个部分，即 a 和 b。

第二，头一节的前半部 a 构成第二节歌的勒脚复唱部分。

第三，头一节的后半部 b 构成第三节的勒脚复唱部分。

第四，第二节和第三节的前半部（5、6 行和 7、8 行），既然是对头一节所概括出来的主题、形象的深化和刻划，它们究竟是通过什么手段去体现统一的主题和形象呢？主要是通过壮族群众最喜欢见的第一行和第二行的腰脚韵及第二行和第三行的脚韵把三节十二行歌紧密地联接起来。在分解四行短歌式时，我们已着重阐明这样一种腰脚韵和脚韵必兼而有之的作用（在此不作赘述），而一首十二行勒脚歌式，就是由三首四行短歌式联接构成的，假如这三首四行短歌式，不作为勒脚歌式来要求，它们之间是可以随便换韵的。即各在各的四行之中来换韵，不必受第一首或第三首的韵律的制约。但作为勒脚歌式的要求，则第二首（第二节）和第三首（第三节）都要受第一首（即第一节）的制约，比方说，如果头节歌的第一行不是“Nuengx dwg go mɑk lɑngz”（妹是槟榔树）而是“Nuengx dwg go mɑkbug”（妹是柚子树）的话，那么，这十二行歌中的第二节的韵律就要有很大的变化。具体地说，就是第二节第二行的尾字必须紧紧地钉在 ug 韵上，否则，作为第二节的第三行歌的尾字 bug，就构不成统一和谐的脚韵。在这里，我特别提醒这么一点，请有心于学习和运用勒脚歌式的同志和朋友注意：勒脚歌的头一节的第一行的尾字韵，就是第二节第二行歌尾字的韵点，比如“nuengxdwg go mɑk lɑngz”的 lɑngz，就是“Doengxhɑemh goj lij vɑn”的 vɑn 字韵的根据。如果把 mɑklɑngz 改作 mɑkbug，则 vɑn 字对 bug 字就是明显的脱韵，构不成统一和谐的符合复唱勒脚规格。如果把“Doengxhɑemh goj lij vɑn”改“Doengzhɑemh vɑn dɑengzuk”（到夜甜透脑），那么，这个 uk 与 bug 构成的脚韵就可以认为是符合规格的了。可见熟悉与不熟悉每一首勒脚歌的第一行的尾字韵是第二节歌的二、三行的韵点的根据和提示，是很关紧要的第一要点。如果熟悉并能掌握运用它，你就能按照主题形象来组织第二节的脚韵。所以第一点要点的内容，就是要学好勒脚歌的第一行的尾字韵并要求能随机应变地来组织第二节歌的脚韵。

3. 十八行勒脚及其特点

十八行勒脚歌流传的地区并不广泛，只在广西的上林、忻城、来宾等县个别乡镇的小山村流传。所谓十八行，其实都是十二行的扩充。十二行分三节，每节四句，十八行也分三节，但每节是六句。头一节六行，也是破作两半。前三行是第二节的后半部，后三行是第三节的后半部。图标如下：

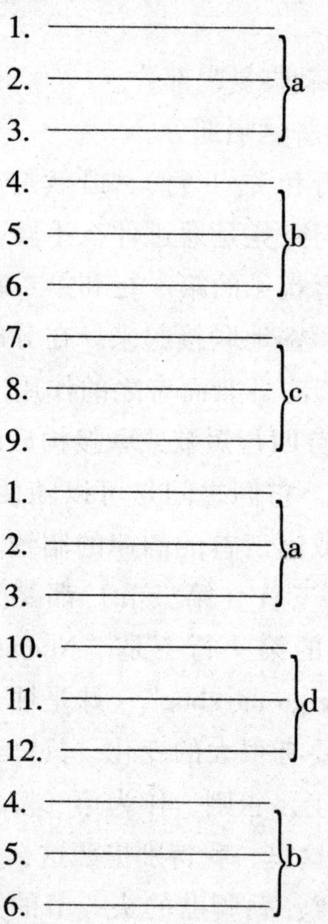

上图标示了十八行歌式的结构及每一行歌所处的位置。这个十八行歌式或十八行勒脚的图标，是我们为了方便而画的式样，老歌手歌本里所记载的行数是只有十二行。另外六行作为十八行复唱部分（这与八行作为十二行复唱式的路子是完全一样的）。

哥架水车在高田上，
哥建新屋在大树旁，

留给达妹得阴凉。
哥是愚蠢又低贱，
怕你嫌弃罗情妹，
怕你丢车断水断春光。

狮子和麒麟，
同玩在岭边，
成双成对在阴间。
哥架水车在高田上，
哥建新屋在大树旁，
留给达妹得阴凉。

哥开畬地在山顶上，
哥栽鲜花在刺蓬中，
望它早早开似红太阳！
哥是愚蠢又低贱，
怕你嫌弃罗情妹，
怕你丢车断水断春光。

十八行勒脚歌式，也像十二行勒脚歌式一样分做三节。第一节也是破成两半，前半部的1、2、3行构成第二节的后半部，后半部的4、5、6行构成第三节的后半部。对主题、对形象、对韵律的三概括三统一的要求，不但与十二行勒脚歌是一样的，与八行勒脚歌的要求也是一样的。不过，这里要特别指出的是：八行勒脚部分是两行（习惯叫做一绍，即我们常说的一联），十二行勒脚歌的勒脚部分是两个一联，而十八行勒脚歌的勒脚部分是三个脚勒（亦即民间常说的fwensɑmgiek），意即两个三行。具体来说，头一节的1、2、3行是第二节的勒脚部分，第4、5、6行是第三节的勒脚部分。要学会掌握并运用三脚勒的歌式，使之严格地就范于并能体现着三概括三统一的要求，仅从艺术方面来说，那就是要非常透彻地认识到头一节第一行的尾字一定要与第二节的第三行的尾字构成脚韵。请对照一下实际，即第二节的第三行的尾字gɑn是受制约于第一行的尾字sɑng的（如从总行数下来，即第9行的尾字必须与第1行的尾字构成脚韵）。这样才能在第二节歌里组成相互呼应的复唱勒脚歌式，即gɑn与sɑng的脚韵，这是一。还有第二点也必须非常透彻地认识到：头一节的第四行的尾字必须与第三节的第三行的尾字（从头一节第一行数下来是第12行的尾字）构成脚韵。即 sien 和 cienh 构成脚韵。否则，也就无法在第三节歌里组成互相呼应的复唱勒脚歌式。这种十八行勒脚歌式的押脚韵的道理，与八行勒脚歌式、十二行勒脚歌式的押脚韵的道理，是完全一样的。但是其中有一点必须特别指出：即八行和十二行勒脚歌式（包括四行短歌式）的脚韵，都是先偶句后单句的所谓偶单句脚韵，而十八行勒脚歌式的每一节的脚韵，却是先单句后偶句的脚韵（请对照歌例实际，头一节是第三行与第四行构成脚韵），第三节是第三行与头一节的第一行构成脚韵，第三节是第三行与头一节的第四行构成脚韵。这种先单句接单句而又是单句接偶句的脚韵，实际上是与龙州一带的四行短歌式中的第一行经常是与第二行组成脚韵的方法一个道理。比如：

Ok loh mɑhɑenh（rɑen）go mɑujdɑnh,
Mbɑw minz（de）bɑenz doiq yix bɑenz hɑngz.
登程来见牡丹妹，
绿叶成对又成行。

为什么这种先单后偶的脚韵，违反了我们从四行短歌讲到八行和十二行勒脚歌式的先偶后单的脚韵实际呢？主要是十八行勒脚歌式的每一节歌的行数，既不是短歌的四行一首，也不是八行勒脚歌式的四行一节（共两节），更不是十二行勒脚歌式的每一节四行（共三节）而是每一节都是六行。八行、十二行的勒脚歌式是一联（两行一联）的勒脚，而十八行勒脚歌式却是三个脚（即三行三个脚）的勒脚，一联一联的勒脚。在四行歌词中，必然是先偶句后单句的脚韵（即第二节新写的第二行、第三节新写的第二行，依次与头一节歌的第一行第二行构成脚韵）。而三个脚的勒脚，在六歌词中，必然是先单句后偶句的脚韵（即第二节新写的第三行（单句）与头一节的第一行—在这节中的位置是偶句构成脚韵。又第三节新写的第三行（单句）与头一节的第四行（偶句）构成先单句后偶句的脚韵）。这是比较复杂的韵律结构。

综上所述，壮族勒脚歌的总特点是一首歌里的某些句子按一定的规律重复回唱。但不是简单的无意义的重复，而是为了感情和意境的需要。复唱的句子与新句子组成新的歌节时，一方面保持了原有的主题、形象、韵律的统一，另一方面，使全歌的感情、意境进一步升华，以产生新颖而独特的效果。

第二节 广西彝族五柱歌和“羊情带”

广西彝族人口不多，只有近万人，主要居住在百色市的隆林、那坡、西林和田林等县（自治县）高寒山区，然而其文化底蕴相当丰厚，多姿多彩的民间舞蹈，精美的雕塑、石刻、工艺，优美动人的神话、传说与生活故事，以及各种形态的民俗事象，均为当地各族同胞、海内外游人倾叹。各种不同旋律和调式的民间歌谣，更是具有本民族特色。其中，五柱歌和羊情带调尤其突出。

（一）五柱歌

这是流行于广西隆林德峨彝区的具有固定形式、固定句数和固定音节的歌谣，其格式、字数和句数都不能随意改动。某项内容都要在“五柱”之内表现完毕。

《会情郎》就是其中一例：

一柱岭来一炷香，妹郎来到桃园边，
爹娘问妹什么响？“风吹桃树动桃园。”

二柱岭来二炷香，妹郎来到大门旁，
爹娘问妹什么响，“风吹门板响咚当。”

三柱岭来三炷香，妹郎来到屋中央，
爹娘问妹什么响？“猫儿碰碗响叮当。”

四柱岭来四炷香，妹郎来到床头边，
爹娘问妹什么响？“风吹扇动我衣裳。”

五柱岭来五炷香，妹郎离妹转回家，
爹娘问妹什么响？“寨上姑娘串寨啦”

（王文魁搜集）

这是一首反映姑娘背着爹娘会情郎的彝歌。在内容上，它间接地揭露了旧时“父母之命，媒约之言”的封建婚姻制度的不合理现象。全首歌共五段二十句。各段均以“△柱岭来△炷香”启头，从“一柱”唱到“五柱”。每段的第三句常常为询问句，第四句为对第三句的答复。

“五柱歌”也适用于一些生产民俗活动。这些反映生产民俗活动的五柱歌基本格式不变，只是第三、四句不一定是问、答句，而是与前两句内容关联的陈述句。《祭水神》就是彝胞于插秧季节唱的五柱歌。

一柱岭来一炷香，正是三月好风光，
今天我来祭山神，供台搭在龙泉旁。

二柱岭来二炷香，早早育下稻谷秧，
今天我来祭地神，供台搭在田坝上。

三柱岭来三炷香，耕牛带耙田中忙，
今天我来供水神，秧苗送到田坝上。

四柱岭来四炷香，搬开犁耙铺绿毯，
今天我来敬兽神，敬罢水神插青秧。

五柱岭来五炷香，香火绵绵田庄，
今天我来祭鸟神，万神保佑田中粮。

五柱歌用汉语西南官话的桂西土语吟唱，其押韵规律亦与汉族歌谣相同，一般为一、二、四句押脚韵。

（二）羊情带

“羊情带”，也叫“月情带”，是广西隆林县彝族、仡佬族共有的歌谣形式，因以“羊情带”或“月情带”为固定衬音而得名。这种歌每段内都有固定音节、固定韵律，这点与前面分析的“五柱歌”相似。但是，“五柱歌”除了受句数的限制外，还要受段数的限制，即一首歌只能有五段，不可多，也不可少。“羊情带”则不受段数限制，少的可以一两段，多的达十多段、数十段不等。

“羊情带”歌在形式上有自己的独特性，具体表现在以下三个方面：

1. 每段由六句词组成。勉强以少代多或以多代少，都难以配上曲调。每句的音节数，除了第三、六句分别为三个音节一次重复外，其余四句以七个音节为一句，个别句音节数可以出入一二个音节，但不可出入太大。

2. 每段的第二、五句各七个音节中，必须分别包含“羊情带”或“月情带”这个衬音。“羊情带”一词原意为“情投意合”，后转为放弃了原意的衬音，而成为一种调名。

3. 每段中的三、六句歌词实际上分别为第二、五句的组成部分，即第二、三句和第五、六句分别是一句词，只是当中插入了“羊情带”这一衬音，将原有的一句分为两句，目的是强调句中某个成分，加深听众的印象。因此，每段歌词实际上只有四句。

下面是一首四段的“羊情带”《说嫁歌》：

妹家狗儿汪汪叫，媒公媒婆（羊情带），
来到了，来到了，媒公骑的是大红马，
媒婆骑的是（羊情带），大黄骡，大黄骡。

妹把板凳拉一拉，媒公媒婆（羊情带）
请进家，请进家；妹把板凳拖一拖，
媒公媒婆（羊情带），请来坐，请来坐。

妹家桌子摆一摆，媒公媒婆（羊情带），
开声来，开声来，说一说二娘不应。
妹在房中（羊情带），急跺脚，急跺脚。

说三说四娘答应，妹在房中（羊情带），
乐哈哈，乐哈哈；三言两语是成了，
前世姻缘（羊情带），配得合，配得合。

（胡国雨搜集）

这是一首情爱歌，它表达了姑娘迫不及待与自己情郎成婚的愿望。

广西隆林各族自治县的彝族和仡佬族，男女成婚大致有三种情况：一是由父母包办的买卖式的旧式婚姻制；二是后生、姑娘自由恋爱成亲的新式婚配；三是青年自由恋爱与父母撮合相结合，在乡村尤为盛行。后生、姑娘通过各种社交活动，双方产生爱情，感情发展到一定程度时，由男家派人到女家说亲（俗称“说媒”）。被派去说媒的人，不管他（她）们原先是否做过媒，都可以称之为媒公媒婆。姑娘得自己知心上人托人来与家中父母说亲，心里甜滋滋、情切切，可她在表面上装着厌烦，不冷不热地拉一条板凳给媒人坐下，自己躲到闺房里，偷偷听父母与媒人对话。《说嫁歌》（羊情调）正是反映了上述这种情景和意境。它出自姑娘口中，表白对情郎的钟情。也有的作为婚礼仪式歌，由他人吟唱，表示对这门亲事的颂扬。

“羊情带”歌多用彝语吟唱，也有用汉语桂柳方言或西南官话配原曲调唱。无论用彝语、汉语唱，都得遵守其基本格式。六句式及“羊情带”这个衬音一定得保留，不宜随意变动。

第三节　畲族特殊形式民歌①

畲族主要分布在我国的福建、浙江、广东、江西、安徽等省60多个县。各地畲族有自己的会亲节或会歌节。其歌谣亦有自己的特点。这里介绍一下福建闽东一带畲族歌谣的一些格律。

（一）字歌，一般是将标题的字，作为每句的头一个字。

如《福如东海》四字作为每句之句首字：

福字福建人来多，
如字写来如意难，
东字日头东边升，
海字海洋深又深。

有些是将标题的字作首句的开头几个字。

如《功建前朝》：

功建前朝本事人，
帝喾高辛女为亲，
殿上赐女三杯酒，
名垂后裔到如今。

还有《十把白扇》、《十二月苦人名》、《五更苦》等，则是把数字、月名，顺次编排放在每首第一句首字。

（二）分字歌或谜歌。这种歌是要把一个字拆成两个字或几个字分别顺次编出，凑成一首歌，并在句尾点明是什么字。如福鼎畲族婚俗喝闹房酒，上每碗菜或每碗面，其顶上都贴有写上字的红纸，一定要照碗面字的笔划或字义编成歌唱过，才能动箸吃这碗菜。

如红纸上写的是“章”字就唱：

立日为十章

---

① 蓝天：《闽东畲歌格律浅说》。见段宝林、过伟编《民间诗律》，北京大学出版1987年版。

遇着子路同子张
借问二人哪里去
孔子门下读文章

（三）畲族歌中为了强调某一事物和人物，常用叠句手法。如：

生好少娘远路来，
风吹衫裾两边开；
风吹衫裾两边绣，
是娘寄歌引郎来。

你娘唱歌没赢我，
我是岗头松柏柴；
我是岗头松柏树，
经尽狂风打不斜。

（四）儿歌、婚嫁歌、祭祀歌，则根据感情的需要自由吟唱，没有固定的格律。如顺昌县雷婉妹唱的儿歌《女儿出嫁难》：

姆妈坐灶下，
女儿要出嫁；
嫁妆办不起，
两眼泪花花。
没路走，走高山；
没轿坐，坐滑竿；
没厝住，住茅坑；
没床睡，睡猪栏；
没衣穿，穿烂衫。
"山哈"妮仔慢慢大，
有朝雾散见日光。

又如宁德钟成兴唱的《哭嫁别亲歌》：

阿爹哎，
给我安下没好家。
阿娘哎，
给我安下没好亲夫。
阿哥哎，阿姊哎，

一年三百六十天。
阿哥哎,
同你一起落田一起转。
阿姊哎,
与你山里砍柴;
一起上一起下哎,
你今旦会丢你心肝。
阿姊哎,阿姊哎,
今天晚上与你分开,
远遥遥哎阿姊哎。

再如福安县畲族婚礼酒宴上的小令《传花》:

门前击鼓响冬冬,
花到手,
花到茶花手,
茶花要食酒。

还有福鼎县钟大坤唱的《豁拳》小令:

头名顶戴,
准讲一词令。
你斟酒送到伊,
鼓打一词令。
食酒食一瓶,
醉得醉醺醺。
越醉越高兴,
七巧!八马!

福鼎县畲族请祖公时吟唱的祭祀,在形式上又有自己的一些特点,多半是长短句结合,押偶句韵。

日吉时良,天地开张,
开了金炉,烧起祷香…
……
祈保蓝家子孙,
养起槽头糠猪。
牙人相拖,客人相寻,
蓝家子孙养起牛羊。

日间上山，夜间归栏，
食草不断场，
食水不断源。
踏藤不断，踏石不翻，
……

（五）畲族歌手都是随口自由唱歌，音调、节奏都随着歌手情绪的变化而变化，装饰音极多，因各地调式的不同，各有衬音、衬字。

如福鼎县雷志满唱的《对面山歌》：

郎这边（哩）娘那边（罗），
红花艳（哩）艳照过山（噜呜嘿）。
红花（噜）插在郎身上（哟），
心想和娘（哩）结同年（噜呜嘿）。

如霞浦县雷森勋唱《好花不栽郎坝》：

无好（啊噜）田园栽韭（呀）菜，
无（呀）好（啊噜嘿），
（哎）无好利刀割不（呀）来（罗乌哎），
无好（那罗乌）肥田插草（呀）禾（罗阿鲁罗乌哎），
（哎）无好阿妹（哎）结头对（罗乌哎哎罗罗乌—乌哎）。

（六）歌手为了反复歌咏，尽兴抒情，往往在一着歌中，不变原词，只换一、二、四句最后一、两字，即换一脚韵反复唱。

如：

一粒星仔透九城，
娘洞那取娘端正，
娘洞那取娘生好，
牡丹来对金石兰。

一粒星仔透九州，
娘洞那取娘清秀，
娘洞那取娘生好，
牡丹来对金石榴。

有时歌手为了显示歌才，或延长盘唱时间，就以这两条“歌娘”，反复换字韵，一直唱下去。这种唱法，畲族叫做“编篱笆”。所谓“歌娘”，好比是篱笆的桩。“歌娘”就是歌母，好象拼音的字母一样，可以拼出许多字母。

（七）男女歌手盘歌，双方在开唱每一首歌前，和每一首歌结束后，特别是盘唱杂歌、散条时，常常称为表妹、表兄，以示亲热。

（八）小说歌和叙事杂歌的编者，往往在歌头，编一、两条“编者的话”；在歌尾，把自己的姓名，用分字法，编一两条搭上。

如：

笔头落纸字字清，
编出歌言《扫盲班》，
现在文盲有书读，
意义讲分各人听。

在歌尾搭上：

郎编歌言有姓名，
上是草头下作坚，
石字加力是郎名，
托出编者姓蓝名石助。

第四节　侗族歌谣的特殊韵律[①]

侗族民间歌谣的韵律与众不同。据侗乡学者杨权介绍，侗歌有正韵、勾韵和内韵之分，颇为引人。

侗族民歌有和谐的韵律。侗族民间（特别是歌师们）进行民歌创作时，用韵颇严格。人们常说：“没有图案不成侗锦，没有韵律不成侗歌。”侗歌如用韵不当，如“唱歌没有味，炒菜没有盐”。

流传民间的侗族民歌篇幅长短不一，通常以四行至一、二十行的短歌居多，最短的仅有两行，而长的可达数千行。诗行的音节数比较自由，有三个音节的短句，也有十一个音节以上的长句。一般说来，一首民歌的句数须成偶数，而每句的音节须成奇数。只有一些古老的祭祀歌、酒歌例外。

侗族民歌的句数和音节数是灵活的，押韵却是严格的。侗语称侗歌的押韵为“钩钮”（oulnyiux 连环扣）或“奥韵”（αolyenl 取韵）。常见的押韵有三种形式。我们按照民间的习惯，称之为正韵、勾韵和内韵。

---

① 过伟：《侗族诗学初探》，见段宝林、过伟、刘琦主编《中外民间诗律》，北京大学出版社 1991 年版。

“正韵”是侗歌的主韵。它总是出现在偶数句的末尾，也可称为“脚韵”。一首合格的侗歌从头到尾必须押正韵。除了一些篇幅较长的歌外，正韵一般是一韵到底，中间很少转韵，因此能让每首侗歌一气呵成。一篇作品取什么韵，是指正韵而言；正韵便是其韵脚的名称，比如疑西韵（nyicsil）、难先韵（nancxanl）、灭瑟韵（medcsedl）等称谓。

“勾韵”是指每首侗歌上下句相押韵。一般押在奇数句末尾一个音节和偶数句的第一、二、四等音节或四个以后逢双的音节，也可称为“腰韵”。勾韵视内容需要可以自由更换，在一篇歌中不要求一韵到底。押勾韵使整篇歌的奇偶数句形同环链，紧密相扣，上下呼应。

“内韵”指的是在同一个句子中出现的押韵，也可称为“句内韵”。奇偶数句都可以押，但用在奇数句者较多。句子可分成几个小节，每个小节自成一个词组，内韵就押在前一小节的末一个音节和后一个小节的开头音节上。由于每句的第一个小节往往是四音节结构，所以内韵一般出现在四、五两个音节。有的句第一个小节是六音节结构，那就要押在六、七两个音节上。如果一句有两个以上的小节，那末这个句子中就要押两个以上的内韵。句子不管分多少个小节，一般前几个小节都是双数音节，最末一个音节才是单数音节，所以内韵都出现在双单数相连的音节，而不出现在单双数相连的音节。内韵用得好坏，尤其是开头句，常常表现出作者的水平。正韵和勾韵在侗歌中不可缺少，它们相互依存。内韵虽然可有可无，但有了内韵它会使歌更富于音乐美，读来铿锵悦耳，唱来娓娓动听。

概括地说，侗歌的韵律是：“正韵偶句末尾，勾韵奇偶挂钩，内韵同句相连，通篇句句相扣。”试举信道平坦侗歌为例：

〔汉文直译〕野菊开花满山谷

原本个人侗族爱唱歌

代传代来歌常唱

声音盖山草回响江河

这边山这唱来那边唱

一个唱声音万个回答

大家称赞党好聪明有看得远

你恩情他盖村河

以上用“○”表示正韵、“▲”表示勾韵、“△”表示内韵。若用侗语唱，可简化示意如下：

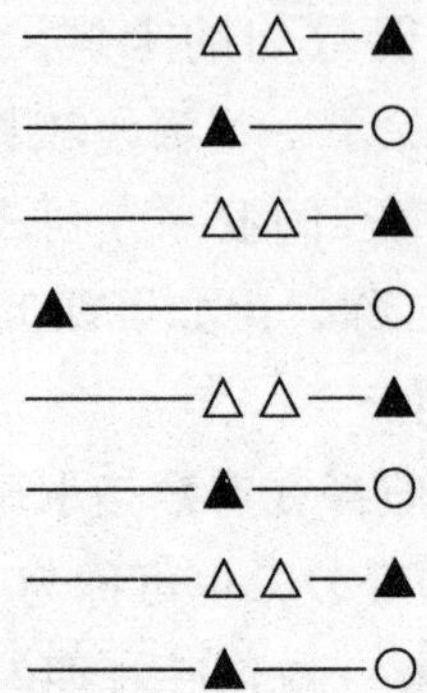

又如：

微微地笑和说话看情人脸
甜月亮十二
得话情人别给忘
脱些上身为信物
别给人谁讲烦闷上二三

照上述方法，用侗语唱可简化示意为如下模式：

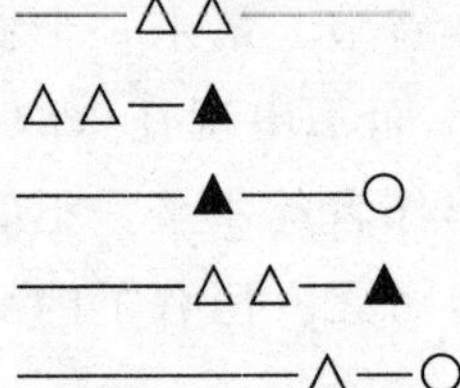

〔汉文直译〕

轻声细雨，看你像是十二晚上的月光，
得到知心话儿，更是不能遗忘；
把身上穿戴的服饰拿来做信物珍藏，
莫让爱情的话语像平时说笑变化无常。

信道平坦侗语有五十五个韵母（侗语南部方言第一土语区的韵母系统基本上相同），其中十三个阴声韵（单母音韵和带母音韵尾的韵），二十一个阳声韵（带鼻辅音韵尾的韵），二十一个入声韵（带塞辅音韵尾的韵）。诗歌韵律中的勾韵和内韵可以用任何一个韵母来押，但正韵却有一定的限制，不是所有本民族语言中的韵母都能用，常习惯用传统的二十四个韵。这就是侗族民间世代传习的二十四大韵。

同侗歌韵律关系密切的是侗语的声调。侗语声调异常发达，由九个舒声调、六个入声调，共十五个（从科学语言的角度称全阴平、次阴平、阳平、全阴上、次阴上、阳上、全阴去、次阴去、阳去、全阴入短、次阴入短、阳短入、全阴长入、次阴长入、阳长入)。难怪人们常说，听侗族人讲话就象唱歌一样。侗歌的韵律严整，包括语言的韵母和声调两个方面。

一般地说，侗歌所押的韵必须同声调，阴平押阴平，阳平押阳平，阴上押阴上……，但由于侗语的全阴调各调和相当的次阴调各调原本属于同一调类，因此也可以相押。入全阴平和次阴平相押。此其一。

其二，正韵只能出现平声（包括全阴平、次阴平、阳平）和短入声（包括全阴入短、次阴入短、阳短入)。从上面所述的侗族诗歌二十四大韵中可以看出，韵目的名称都是低一高，正是阳平和阴平的调值（短入声的调值和平声的调值相当)。勾韵不能用平声和短入声。内韵则完全自由，所有声调均可出现，很有规律。

侗歌的用韵，在二十四大韵中运用最多的是第三组的拿那、排耐、瓢鸟、难先、王相韵，疑西、门身、盟生韵次之。这是就正韵而言。勾韵和内韵都超过了二十四大类的范围。

二十四大韵在民间流传，歌手或群众掌握了这套韵律就可以进行诗歌创作。但是，事实上除了著名的歌师外，一般人都不能完全掌握或完全熟悉运用，而只擅长其中的几个韵。因此，诗歌作者在利用韵律上常常反映了个人不同的风格。一些歌手从老一辈歌师学习，由于个人用韵的影响，在民间进行诗歌创作的时候，似乎形成了流派的雏形。

侗歌的传统韵律历史悠久。在侗族民间传说里，二十四大韵是在“造歌给我们唱”的侗歌的始祖“助夫”造歌时就有了的。助夫是否真有其人？不得而知。但侗歌拥有如此严谨的韵律，决不会是原始侗歌所能具有的，而只能在长期历史发展中逐渐形成。从现在收集的大量侗歌来看，反映明清以前社会情况的歌比现代的用韵更为严谨。由此或可推测，二十四大韵的形成最迟当在明清之际。

整齐的韵律，和谐的节拍，使侗歌悦耳动听，更富魅力，难怪“侗家人人爱唱歌”!

第十三章

西北美声："花儿"的审美意识

"花儿"亦称"少年"，是流传在我国西北区甘肃、宁夏、青海、新疆等省区，回、汉、土、东乡、保安、撒拉等民族共有的一种抒情短歌，在歌名、内容和形式方面，都有自己独特的风格。她是当地各族人民群众创造的民间艺术，也是人们追求精神生活美的产物。本文综合李林《试谈"花儿"的美学价值》① 和其他有关论文提供的内容，作粗浅的分析和介绍。

第一节　歌名与内容美

以花儿来命名，本身就给人一种美感。"花儿"的许多曲令是以花名命名的，有"白牡丹令"、"二牡丹令"、"兰牡丹令"、"二梅花令"、"金点花令"、"水红花令"、"好花儿令"、"九月里兰花儿开令"、"牡丹月里来令"等几十种。人们还把一年一度在各地举行的唱山会称作"花儿"会；把著名歌手亲切地称作"花把式"、"花儿行家"，甚至用花名直接冠以歌手，如"牡丹花"、"石榴花"、"刺梅花"等等，都是和花紧紧联系在一起的。

"花儿"，这朴素的歌名，还寓意着人民群众热爱一切美好事物的情操，和人们对美好生活的向往。根据民俗调查，在莲花山周围，至今还留有妇女生头胎吃满月时，唱"花儿"庆贺的习俗。当地群众把这种"花儿"叫作"搭喜花儿"，这种仪式要在婆家举行一天一夜。双方亲家除唱"花儿"庆贺外，还互赠礼品，娘家要带圈圈馍（一种中间有圆孔的大饼）和给小孩做的衣物，叫"顾脚"；临别时婆家要回赠"拉麻"（即切成三双六牙的大饼）。唱"花儿"前，娘家人要给孩子的爷爷奶奶头上戴上圈圈馍馍，还要拉他们在亲友面前戴舞一番才开唱。如果双方都不会唱，就要各自请歌手来帮忙，

---

① 参引自《花儿论集》第2集第39页，中国民间文艺研究会甘肃分会编印。文字有变动。

被请的歌手叫"拉喜花"的。拉喜花儿有固定的套语，也有即兴的祝词。一般除了祝词外，还要唱"十二月牡丹"、"十二贤孝"等，在这种场合情歌是不能唱的。由此看来，"搭喜花儿"是古老习俗的遗风，而这种用"花儿"来赞美人生的礼俗歌象征兴旺，富有热爱生活的寓意，正是人们审美能力的体现。

朴素的歌名，也表现了人民群众坚韧、顽强的性格美。多少年来，"花儿"和它的主人——人民群众一样，从争取美好生活的愿望到今天幸福生活的实现，饱经了风霜雨雪，但是，狂风没有吹掉它的芳香；雨雪没有打掉它的娇艳，它唱出的依然是人民完顽强的性格。今天"花儿"又为我们的生活增添了色彩，使文艺园地锦上添花，更美更艳了。时代富于"花儿"以新的内容，"花儿"也赞颂了各族人民为四化建设而献身的精神美。

人民群众是"花儿"的主人，他们并不懂得"色彩即思想"的深奥道理，但他们却能很好地使自己的思想感情与着了色的景物结合起来，能成功地运用色彩来呈现自己丰富的感情，能给自己的思想感情找到一种形象化了的可感的美。

人们在"花儿"的创作过程中，通过自己的观察和探索，描绘出了家乡的自然美。大量比兴的存在，其目的也不仅仅是咏唱自然，而是间接地歌唱人，或者是在歌颂自然景物中，借以抒发自己的思想情感、志趣爱好，或者借对自然景物的描述，来衬托人物的心情。如：

远看黄河是一条线，
近看黄河是海边；
远看尕妹是藏金莲，
近看尕妹是牡丹。（河州的花儿）

两棵杏树一条根，
两个腔子一个心，
杏树根深花叶茂，
心对心是情意深。（莲花山花儿）

不同流派的"花儿"，虽然有各自独特的风格，但所咏唱的内在美却是一样的。"花儿"中所创造的人的艺术形象从内至外都是美的。它揭示了只有劳动才能创造美好的一切，要求永远保持勤劳、朴实和正派的人格美的哲理，也教育人们要从中吸取教训，永远保持自己的人格美。如：

青石板上砸乱麻，

野花再好莫缠它；
家花不好宝中宝，
野花虽好露水草。（莲花山花儿）

大豌豆的花是满地开，
小豆花开开是对对；
人家的尕妹（哈）莫眼黑，
青草尖上的露水。（河州花儿）

同样，“花儿”中所创造的人的艺术形象更是充满着人道主义的美、人性美和精神境界的美。如最近搜集整理出的河州叙事“花儿”《尕豆过兰州》就是一曲人道主义和精神境界美的赞歌。它叙述了马五被抓到兰州后，尕豆只身一人，不畏艰险，跋山涉水到兰州去看望情人，最后双双殉情的故事，表达了尕豆誓与情人同生死、共患难的坚贞不屈的感情。从表现手法上看，这首叙事“花儿”这所创造的艺术形象比过去用河州小调所创造的形象更为丰满，也更能表现尕豆对爱情忠贞不渝的高尚情操。如尕豆走到洮河边上和乡亲们的对唱：

“没戴个盖头（者）象姑娘，
身没穿转来的衣裳；
单身子空手到河旁，
尕心里有什么惆怅？”

“五马哥（啦）成亲是没指望，
活者是连死了一样；
我要到兰州去看一趟，
宁可叫一刀子串上！”

再如乡亲们知道尕豆去兰州的心愿后，帮助她蒙骗追赶的人的几段唱：

尕新姐抹下的青头面，
大嫂子脱下的布衫；
姐妹们尕豆（哈）巧打扮，
装成个新姐是干散。
尕兄弟摘吓的大桃杏，
大姐姐送的是手巾；
亲亲热热地尕豆（哈）送，

蒙过了追的人的眼睛。

香柳木做吓的尕浆杆，
红心柳做吓的扯船；
有心的尕豆你快上船；
我一浆杆划的（者）对面。

"花儿"表现了人民群众对这一悲剧事件的同情、支持和对黑暗社会的不满，它以朴素的笔调，传神地刻画了人物的灵魂美，把赞美加在善良、弱小和被人看不起的普通老百姓身上。人们通过悲剧，从中看到了扬善抑恶，歌颂了一个坚贞不屈、忠于爱情的回族妇女形象。黑暗的封建势力，并没有压垮尕豆忠贞不屈的性格，传统的封建礼数，更没有能束缚人民群众对美好生活的向往。"花儿"给人的是乐观向上的美。

对生活充满乐趣的美，对未来、对爱情充满希望的美，共同构成了"花儿"中人物形象的情操和情感美。"花儿"中描述生活、歌唱爱情的比重很大，不论是传统"花儿"，还是新编"花儿"，大都充满了勃勃生机，以乐观主义为主调，展示了丰富多彩的情感：风趣、活泼、淳朴、幽默、忠于爱情，憎恨邪恶等等。如：

樱桃树上结沙果，
你的好心我试过；
你是墙上绿头草，
这边风大吾边倒。（莲花山花儿）

它以风趣的口吻批评了对待朋友不诚实的人。再如：

吃葱要吃个葱根哩，
吃它的葱秧（者）咋哩；
维人要维个人心哩，
管他的模样（者）咋哩。（河州花儿）

在对待有毛病的朋友时，"花儿"以幽默的说教进行帮助，知心而又亲切，寓意更为深刻。还有大量是忠于爱情的，如：

麻一架，一架麻，
你是酥油我是茶，
菊花碗里倒一搭。

青枝枝，绿叶叶，

你是牡丹我是叶，
牡丹开罢叶不跌。(莲花山花儿)

这些都表现了男女之间朴实、纯真的感情。“花儿”中所创造的一些妇女形象，更是灼灼动人，她们身上除了有共同的人格美，还有为爱情和争取幸福勇于牺牲的叛逆美。如：

四股子麻绳（啦）背扎吓，
老爷的大堂上挂吓，
刀子拿来了头割下，
不死是就这个闹法。

亲亲热热说吓的话，
死里么活里是一搭；
再和马五哥（啦）说几句话，
头割吓，
血身子也要一搭里站吓！(河州花儿)

这种激情美和叛逆美，都是对美好生活与爱情的追求和向往，是对未来生活充满希望的乐观的表现。

“花儿”还有一个明显的特点就是拟人美。如“花唱十二月”、“十二月念情”、“十二月牡丹”等等，都是运用拟人、象征、对比、寄兴的手法，在动植物身上寄寓了人们对真、善、美与假、恶、丑的审美评价。如莲花山“花儿”《十二月牡丹》：

正月里，春发哩，
牡丹土里生牙哩，
啥时结籽开花哩。

它表面上是直叙，是赋，但实际上是兴，兴生命、兴爱情、兴一切有生命力的美好事物，名为写物，实则唱人。再如河州“花儿”《十二月念情》：

八月里到了月圆了，
把阿哥远路上照哩；
有心了变个相思鸟，
多早会一搭里到哩。

“花儿”用月亮的圆，比喻朋友、情人的团圆；用相思鸟寄寓希冀，名为写传说故事，实际在进行道德和伦理的教育，这是“花儿”与生活美的有机结合。

明人李梦阳《诗集自序》里说："夫诗者，天地自然之音也。今途谔而巷呕，唠呻而康吟，一唱而群和者，其真也，斯之谓风也。"又说："今真诗乃在民间。"花儿就是这种真诗，它并无惊人的文采，然语意直出肺腑，毫无雕饰，使人观之闻之，真觉一股真朴之气迎面扑来，犹如初绽的荷花，带着泥土的芳香，浸人心田。一首花儿道："花儿本是心上的话，不唱是由不得自家；刀刀拿来头割下，不死是还这个唱法。"这是花儿的创作者对花儿特质一个极好的表白。说得具体些，花儿就是劳动人民描绘内心世界、抒发内心感情、表达内心愿望、讴歌内心理想的心头话。心头话必然是真话实话，而不像口头上的应酬话可真可假。

花儿的这一特质源于生活。有一首别具情味的花儿："一更里唱到星满天，金嗓门，愈唱（者）愈觉舒坦。唱出了早晨金灿灿，抖精神，再唱个四化的春天"。这首花儿告诉我们：一曲发自肺腑的歌声，必然和一个时代的社会生活有着密切的联系。唱家们之所以能有那样大的歌兴，正是由于"四化"建设激发出来的感情。大家知道，艺术是客观现实的真实反映。所谓真，就是实在地感受生活，实在地反映生活，也就是对生活的真情实感。脱离生活的"艺术"，一切描写和抒情，必然假情假意，无病呻吟，会成为无源之水，无本之木，不仅没有丝毫的真实，根本没有什么生命力可言。花儿几个世纪历尽沧桑之变，若行云流水，久而不衰，正是由于它来自生活，具有真实的特质。花儿的创作者劳动人民，饱尝过社会生活的酸甜苦辣。他们曾有过流离失所的灾难也有过安居乐业的幸福；曾有过失恋的苦情，也有过爱情的欢乐；曾有过劳累的痛苦，也有过收获的喜悦；曾有过心灵的创伤，也有过心灵的安抚；...... 这一切，不仅是花儿创作的源泉，而且是花儿创作者思想感情的依傍。劳动人民凭着对社会生活的种种感受，口头创作了数以万计的花儿，这些花儿是他们用心血谱成的，篇篇都凝结着真情实感，篇篇都是社会生活的真实写照。花儿之真来自社会生活，这在花儿作品中处处可以拈来例子进行验证。这里仅举一斑，足以见其全豹。像"青石板上砸乱麻，野花虽好别缠她，家花不好家中老，野花再好露水草。"这首花儿所表达的思想感情，充分说明了劳动人民的劳动生活、爱情生活的本质特点，是他们实在地感受生活，实在地反映生活的结果。有一则谚语说："丑妻薄地家中宝。"这是劳动人民在日常生活中长期总结出来的真实的具体的生活经验，它反映了劳动人民的审美观念。他们认为，做为自己的妻子，应该是劳动的帮手，能同甘共苦，白头到老的伴侣。他们选择对象不以相貌取人，而是重于劳动，重于感情。对那些水性杨花，如同"露水草"般的美人从心底感到厌恶。如果我们拿这则谚语和“露水草”这首花儿相互对照一下，就会即刻发现它正是这则谚语的艺术阐发，两者所表现的审美的观念是完全一致的。可见，有了对生活的真实感受，才会有创作的真情实感，而表现在艺术创作中的真情实感，必然来自社会生活。

花儿的这一特质亦从社会作用和教育意义出发。像“松柏指路花招手，白云深处歌悠悠，攀登不畏山路陡，要看美景需奋斗！”这首花儿，其本身就具有一种鼓舞性和号召力。花儿创作的目的非徒以真而已，而是要求起到一定的社会作用和达到教育人们的目的。理论家常说“寓教于乐之中”，其实我们何尝不能说“寓教于真之中”呢？因为真实是艺术的生命，真与乐有直接关系。真实可信的才能起到教育的作用，虚假伪装的只能欺骗人们。所以花儿必定要求它的创作者描写反映生活的本来面目，以真实去打动读者和听众。因此，花儿的创作，教育是目的，真实是手段。当然这种真实并不是对生活进行纯客观的模拟和复制，而是反映现实生活的基础上表现人们对理想的追求和奋斗。通过理想的召唤，激励人们奋发向上的精神。那些反封建礼教的传统爱情花儿就是典型的例证。如“桂花的窗子桂花的门，大老爷堂上的五刑；打断了骨头挑断了筋，越打是我两人越亲。”在封建社会里，青年男女的婚姻经常不能如愿以偿，他们的爱情还常常受到封建家长和反动官府的压制和迫害，有许多青年男女被押上断头台，死于非命。虽然他们也曾为争取自由婚姻做过各种斗争，但终归仍免不了悲剧的结局。花儿的创作者从它的社会作用和教育意义出发，便创作出这种表现理想的花儿，以寄托自己的愿望，鼓动青年男女与封建婚姻和封建礼教奋作斗争。诸如：“缠完阳世还不算，一心缠到阴世间，左手推倒阎王殿，右手打破鬼门关。手拉手儿回阳间，指甲连肉活几年”，“刀刀拿来头割下，不死是还这个闹法”，“板子打了九十九，出了衙门手拉手”等。尽管，这些在封建势力盘根错节的社会里是不可能的，但它却成为鼓舞青年男女争取自由婚姻的号角，是对青年男女为争取自由婚姻而斗争的精神所做的高度概括和赞扬。因之，花儿的真实，同样要求对社会生活进行提炼加工，而提炼加工的结果，逼近而无损真实，反而会比现实生活更典型、更形象、更有教育意义。正如杜甫赞美曹霸画玉花鬃马说的：“斯须九重真龙出，一洗万古凡马空！”（见《丹青史》）这正说明了真实来自现实生活，但一经艺术的概括、提炼和加工，就比现实生活更为典型了。这种概括、提炼和加工并不是脱离现实进行无依据的虚构。无论它怎样高度概括，总不游离于现实之外，而是在现实世界中处处有它的影子。像花儿家乡的马五和尕豆反封建婚姻的爱情悲剧便是典型的例子。马五和尕豆爱情的实际内幕究竟怎样，已无确切的资料可考，但反映在作品中的经过艺术概括加工的马五和尕豆反封建势力的斗争精神却使人难以怀疑，从而也产生了巨大的社会效果。所以花儿从社会作用和教育意义出发，对社会生活进行的高度度概，始终来源于现实生活的描写，同样是花儿不失真的重要原因。

第二节　"花儿"的押韵规律

花儿的押韵形式可以从不同的角度归纳出许多类型。如河洲地区花儿的押韵主要由两方面构成：从每句花儿韵脚的安排来说，基本上不是上句和下句之间押韵，而是段与段对应句之间押韵；就每句的韵脚的字数来说，既有单字韵，也有复字韵，而大多数诗篇是复字韵。

（一）二段体及其押韵规律在 240 首河州情歌中，339 首都是由两段组成的。

（1）　白纸上写一颗黑字来，
黄纸上拓出个印来。
死了托一个梦来，
没钱买一匹布来。

（2）　有钱带一匹绸子来，
有心了看一回尕妹来，
活者捎一封书信来，
没心了辞一回路来。

这两首花儿由上下两段组成。每首的前两句为一段，后两句为第二段。第一首中第二句的"印来"、第二首第三句"信来"相押；第一首的"布来"和第二首的"路来"相押。

又如：

这一朵云彩里有雨哩，
地里的青苗儿长哩。

坐下的地方想你哩，
由不得清眼泪淌哩。

两段中的"雨"、"你"押一七辙上声韵，两段次句"长"、"淌"押江阳辙上声韵，两段对应句的“哩”押一七辙轻声韵。

十字当街牛拉车，
牛拉了柏木的板了。

你把阿哥心拉斜，
拉斜是你不管了。

两段中的“雨”、“你”押梭斜辙平声韵；两段次句“板”、“管”押言前辙上声韵，两个“了”字押遥条辙轻声韵。

干柴湿柳架一盆火，
火离了干柴是不着；

尕妹是肝花心是我，
心离开肝花是不活。

两段首句“火”、“我”押梭斜辙上声韵；两段次句“着”、“活”押梭斜辙平声韵。

葱白的袜子葱白的鞋，
葱白布篷下的腰带。

身材不大脸又白，
庄子里你就是盖盖。

其中两段首句“鞋”、“白”押怀来辙平声韵，两段次句“带”、“盖”押怀来辙去声韵。

尕拉鸡飞过三座山，
野鸡儿没飞上半山。

我你想给了年对年，
你我哈没想上半天。

其中两段首句“山”、“年”和“三”、“年”各押言前辙平声韵；两段次句“山”、“天”押言前辙平声韵，两“半”字押言前辙去声韵。

头一道林里的黑刺柴，
第二道林里的桦柴；

认不得尕妹口难开，

花儿里搭一个话来。

其中两段首句"柴"、"开"押怀来辙平声韵，两段次句"柴"、"来"押怀来辙平声韵，"桦"、"话"押怀来辙去声韵。

这种类型的花儿如果次句韵与首句韵类同了，就变成了句句入韵、一韵到底的形式。这样，段与段的押韵关系在外部形态上就不太明显了。例如：

桂花的窗子桂花的门，
大老爷堂上的五刑；

打断了骨头挑断了筋，
越打是我两人越亲。

其中两段首句韵"门"、"筋"与次句韵"刑"、"亲"同为中辰辙平声韵。这类花儿的韵脚多为言前、中东等辙字和读轻声的虚字。由于这些韵辙字入韵多，所以容易使次句韵与首句韵混同。不过从句式的长短、节奏的多少等方面仍可以看出段与段之间押韵的内在联系。值得注意的是，这类花儿的作者往往有意无意地用声调这一语音形式进行补救，以实现段与段之间的押韵。例如：

三间大房两过厅，
过厅里没房个宝瓶。

你去莫忘苦命人，
苦命人忘不掉你们。

其中首句的"厅"、"人"和次句的"瓶"、"们"都押中辰辙平声韵。

可见，这种首句韵和次句韵混同的形式并不是突破段与段之间押韵形式而造成的，而是首句韵和次句韵偶然相同造成的。

还有一些四句式花儿以两段的首句不入韵，只押次句韵而显示其段与段的押韵关系。例如：

十八辆车子顺摆下，
兰州的关山过上哩；

钢刀子取了我的头，
血身子陪你者坐哩。

（二）在有些花儿情歌中，则是分两段，每段三句，每首共六句。常见类型为首段首句与次段首句押韵，首段次句和次段次句押韵，首段末句与次段末句押韵。例如：

你拿上锣锅我拿上枪，
上高山，
要吃个黄羊的肉哩；

你拿上黄表我拿上香，
对老天，
要吃个长久的咒哩。

其中两段首句的“枪”、“香”押江阳辙平声韵；次句的“山”、“天”押言前辙平声韵；末句的“肉”、“咒”押求辙去声韵，两“哩”字押一七辙轻声韵。

还有一种是五句式的，第三句是衬句，前两句为一段，后两句为一段。押韵仍然在段与段之间进行。例如：

十八马站三座店，
哪一个店口站哩，

十个指头掐着算，
十二个月，
哪一个月里见哩。

因此，河州花儿无论四句式的、六句式还是五句式的，都可以分为两段。首段和次段相对应的句子互相押韵，而且大多数诗篇，对应的首句、次句或末句都入韵。这是河州花儿押韵形式方面的一个重要特征。

（三）句末虚词的运用。花儿句末的虚字不是额外的点缀，而是不可缺少的机体。从句式、节奏等方面看是如此，从押韵方面看也是如此。首先，句末虚字本身押韵。例如：

长江水里摇浆哩，
桨杆儿顺水流哩；

别人不想想你哩，
我和你有恩情哩。

这首花儿有“哩”字互相押韵，无论放声歌唱，还是低眉吟诵，都是和谐优美的。如果取掉了“哩”字。无韵可押，便毫无音乐性了。其次，有的花儿是靠末句虚字和实字来押韵的。如：

转转槽里马栓上，
雕花的鞍子们备上；
维人维者心尖上，
三天者就见上两趟。

其中首段次句的虚字"上"与次段次句的实字"趟"押韵。如果取了这个"上"字，既不成话，也不成韵。另外，花儿的句末虚字往往与前面的实字配合起来，押复字韵。如上列中首句韵就用"栓"、"尖"相谐，"上"、"上"相谐而构成。

有些花儿首句韵是双字韵，次句韵是四字韵。

白毡压了红毡了，
箱子里，
压了猩猩毯了；

阿哥越走越远了，
庄子里，
妹妹的精神短了。

首句韵是双字韵，次句韵是三字韵，末句韵是四字韵。

还有五个字的。例如：

铁匠打下的鹦哥架，
架上鹰蹲着哩；

多人的伙里难搭话，
我俩心通着哩。

个别首句韵为单字韵，次句韵为五字韵。

核桃树开花是人没有见，
绿核桃咋这么大了？

我俩说下的人没有见，
空名声咋这么大了？

其中首句韵为四字韵，次句韵为五字韵。

甚至还有六个字的。例如：

八辆车子十六个扇，
两扇子踏一扇哩；

想起尕妹放夜站，
两站儿踏一站哩。

总之，在花儿情歌中，大多数有复字韵，而且每首中单字韵、双字韵、三字韵、甚至四字、五字、六字韵互相交错，构成了特有的押韵特色。由于复字韵多，韵脚密度大，听起来鼓击钟鸣，冰碎玉裂，动人心弦。

第三节 “花儿”的修辞格

任何民间文学作品，如民间歌谣或神话、传说，总是“意与言会，言随意迁”，都是以所传达的情意充分、恬当为目的。同样，植根于人民群众土壤中的“花儿”，为了沟通唱者与听者之间的情意，使之产生共鸣，对担负传达中介责任的语词，不能没有相当的注意和研究。所以，认识、了解、探讨“花儿”中的修辞手法，对促进“花儿”的繁荣、发展有着重要的意义。下面就“花儿”中比、兴、铺张、镶嵌等修辞手法，谈谈粗浅的认识。

（一）比喻和比拟。

“花儿”中的比喻，是为了使歌咏对象显得更加生动、具体、形象，交流思想、表达情感，而采用的一种打比方的修辞手法。这一手法从比的侧重点来说，分为以形状相似而比和以义相比两个方面。如“刀豆开花是虎张口，牡丹花就象个绣球......”此处以“虎张口”来比喻开放的刀豆花，以“绣球”比牡丹花，形象、逼真，是以形状相似而比。“阿哥是太阳山口里赧，尕妹是才开的牡丹。”这里以太阳刚刚露出山口状，比阿哥专注与尕妹，有什么心事想说又不好开口，而感到羞赧的样子，比喻生动，真切，是属于以义相比。再从修辞的角度看，“花儿”中的比喻可以分为明喻、暗喻和借喻。其中明喻运用最为广泛，但暗喻和借喻，仍是不乏其例。“花儿”中的明喻，主要是在歌词中，比喻和被比喻的事物，分明并揭，分明有别。表现形式上二者是相类的关系。其具体用法：一是在一首“花儿”的一个句子中，以乙比甲；二是在一首“花儿”中以第一句比第二句，或是用第二句比第一句；有时用前两句比后两句如：“尕妹好比清泉水，越淌越是清俊了...”这里将比喻事物放在被比喻事物之后，是一个句子里，以乙比甲的类型。“四月八进城（者）浪红园，牡丹花，比不过尕妹干散……”虽属于一个句子里两个事物的并用，但在顺序上恰恰与前者相反，将比喻事物放在被比喻事物之前。“担粪的尕妹妹一塄坎，就好像一群群飞燕……”，“山丹花向阳满坡红，比不过贺龙的心红……”这里是用第一句或第二句，来比第二句或第一句的。由此可见“花儿”中比喻事物和被比喻事物，在一个句子里，或是两个句子里，到底谁先谁后，是没有定格的，用第一、二句比第三、四句的“花儿”，在其次序上则是固定不变的。“花儿”中明喻手法非常明显，主要标志是常用“好比”、“好像”、“一样”等比喻词语，把比喻和被比喻两个成分组合起来。而暗喻，虽然比明喻更进一层，也更为紧切，但在表现形式上，却把比喻和被比喻混合为一，二者是相合的关系。它不是用比喻词语，而是用判断词“是”，“不是”和完成词“成了”等来组合两者，把被比的对象判定为比喻词所表示的结果。如“社会主义是金凤凰，民主和法制是翅膀”，“党的政策是黑夜的灯，照亮了四化的前程”等就是靠判断词“是”来组合，达到比喻的目的。这个意义上，暗喻在“花儿”中，不仅是表形状物，而是侧重于义，因此感情比明喻更激昂、浓烈、直接。至于借喻，在“花儿”中是以比喻作为替代，把歌咏对象，直接唱出来，如：“篡党夺权的野心狼，‘母老虎’吃天是妄想。”句中借相类之物作比，是“母老虎”替代江青，讽喻深刻，切中要害。

从以上三级比喻看，感情一层比一层紧切，形式一级比一级简短、直接。比喻也越来越占了主位，在实际歌唱中，感情激昂时，采用形式简短的比喻；比喻的观念高强时，采用比喻越占主位的暗喻和借喻。

“花儿”中比拟和比喻，是相辅相成，互为补充的。在其他文学作品中，比拟手法通常分为拟人（以人比物）法和拟物（以物比人）法两类，一般都以拟人为主。但在“花儿”中，则是以拟物（以物比人）为主，而以人比物的并不多见，这是因为“花儿”土生土长，是人们“感于哀乐，缘事而发”的心声，和其他民歌一样，是“饥者歌其食，劳者歌其事，想者歌其思，欢者歌其乐”，直接唱出自己的所憎和所爱。所以，当他们触景生情，急想抒发，乃至对唱时，为了交流情感，吐露真情，歌唱者就采用此种手法，表达饱满的感情。如“百花园里的红牡丹，摘不到手里时枉然”，这里是以“红牡丹”比人，突出歌唱对象，自然地吐露出追求者的爱慕之情，和求偶不得而表现出来的怅然。再如“双双对对的鸳鸯鸟，亲亲热热地飞哩...”句中以鸟比人，歌颂爱情的忠贞不渝，真是撩人情愫，耐人寻味。

以人比物，将物拟人的手法，在“花儿”中虽不普遍，但也值得一提。如“果子花开成银粉了，水红花喝醉了酒了”此处酒后脸生红云，来比喻桃色艳姿。这虽然是一首之中的一小部分，但表达贴切，恰到好处。

总之，“比”是“花儿”最为突出的修辞特点。虽然不曾被人所重视，也没有人专论过它的定格，但它却在各民族的广大歌手广泛使用，而且用得非常贴切，形象，自然。所以，许多“花儿”在人民群众中传唱不已，印象深刻，像搬上舞台的“花儿与少年”就是一个最好的例证。

（二）起兴手法

“兴”是“先言他物，以引起所咏之词”。《说文》云：“兴者，起也。”所以，兴也叫起兴。“兴”在“花儿”中，是运用最多不过的了。它作为每一首“花儿”的发端，用来引出歌者所要着意表达的主题。这一手法在“花儿”中的运用没有什么具体定格，但从它与下文的关系看，可以归纳出以下几种情况：兴有时和咏词有关，有时无关；有时在情调上有联系；有时从韵脚上引出下文；有时起象征作用；有时兼有比喻。如“乌云散尽（者）天晴了，红太阳四海里照了”，这两句本是歌者借眼前的景象发端的话，但云散天晴，太阳高照，可以比喻灾难已过，重见光明，和下文的“穷苦的尕妹翻身了，全托了共产党的福了”，在意义上发生着关联。兴句的“云散天晴”引出的“穷人翻身……”所以说前两句是“兴而比也”。“霜杀的红梅格外红，风雪里挺立的青松。”这两句指出红梅不畏寒霜，傲然绽放；青松不避风寒，昂然挺立的精神、风格，和下文“出生入死的彭老总，爱党爱民的忠臣”，在意念上、情调上都有着共同的地方，起兴句很显然是起着象征的作用。有的起兴句，虽不以事类推，以声为用，也不只是趁韵引出咏词，仍然在情调上和下文多少有点联系。如“塄坎上栽的红沙柳，梯田里育上的香柳”和下文“‘四化’的大陆上朝前走，好光阴还（在）个后头”所唱的主题，在意义上没有直接的联系，但细细推敲，植树致富，绿化祖国与实现“四化”还是有联系的。再从韵脚看，起兴句和咏词凡是一韵到底的，除了起韵引出下文的特点外，在意义上总还是有着直接或间接的关系。根据上述，兴在“花儿”中的可以概括为三点：起兴作比，引出咏词；加强感情，突出主题；语言生动形象，音韵和谐自然，使听者加强印象，深化认识。所以，兴在“花儿”中，好比“清汤羊肉里放芫荽”）味鲜、色翠、可口醇香。

（三）辅张手法

辅张手法，即顺口夸大，是“花儿”的又一显著特点。辅张者，辅饰张大也。每当歌咏者的主观情意感动深切的时候，往往顾不得事物的程度高低、范围大小、数量多少……就顺口夸大地唱出来）“花儿”中的辅张法是在逻辑思维上人为的产物，而不是客观的产物。唱的人为了抒发一时的情意，自然地唱出来。因此，听的人也自然听得进去，而不觉得是逆耳的。日常口语中，特别是临夏地区的方言口语中，时常听到，时常用到。如"……一手遮天"、"我想死你了"、"……眼泪流成了河"、"香死了"……就是口语中的辅张。"花儿"是富有地方色彩，具有浓厚乡土气息的民歌，必然受到当地群众语言的直接影响。于是，辅张法成了"花儿"修辞的一个重要组成部分。"花儿"中辅张手法，大致分为两个方面：一是把歌咏对象的性质、状态……尽量地向长、大、多、高、强等方面伸展、夸饰，使听的人，不但不觉得不合理或不真实；反而感到可信，真切。二是把歌咏对象的性质、状态尽量地向短、小、少、低、弱等方面敛缩，饰听者同样感到在理、如实。如"脚踩云头（者）上天哩，新愚公要挖个通天的路哩"，此处所唱，虽不是事实，但决不会让人误认为作者所讲的是事实，相反地使人很自然地联想到"'四化'是天堂人爱哩，人心齐，要争先恐后地上哩"。再如"身上的热气化雪哩，清冰上开一朵花里"，事实上完全不可能，但听众不会追究这些，而是不由地领悟下文中"宏伟的蓝图揣心里，豁上（个）命了（者）干哩"所表达的大干"四化"的坚强决心和无畏的精神。由此可见，"花儿"中辅张手法的艺术效果是非常显著的。

（四）镶嵌手法

镶嵌手法是民歌中常用的一种修辞法，在"花儿"中的运用尤为突出。"花儿"由于结构形式、音韵曲调的制约，在歌唱时为了加强语气，或转换语气，以适应独特句式的需要，总是把一些无关紧要的，甚至没有关系的字镶嵌在词语中，起延音加力作用。被镶嵌的字、词语拖长声音，也就增加了原来词语的音数，变换了原来词语的形式，以引起听者的充分注意。在实际歌唱时，往往用镶嵌的字，把歌词中表示主语、谓语、宾语或其它成分的词拆开，彼此互相夹用。"花儿"中镶嵌的字，一般是形容词、数词等实词和"者、哈、吧、哩、嘛、了、啦"等没有实在意义的虚词，至于"是"，"不是"主要是用来表示判断，指出唱词中的主语是什么或不是什么。因为关系紧要，就不能算作是镶嵌字。如"青枝绿叶的红牡丹，绿叶叶闪在（个）外边"、"千家万户开银花，电视机堂屋的桌子上摆下"。前者是形容词"青"、"绿"被镶嵌在名词"枝"、"叶"中，互相夹用，后者是数词"千"、"万"被镶嵌在名词"家"、"户"之中。再如"幸福的大路（哈）向阳开，昂首（嘛）阔步地走来，春雷一声（者）除'四害'，打头阵的是叶帅"中镶嵌的字"哈、嘛、者"都是没有实在意义的虚词，但延音的作用却很明显。"花儿"中的镶嵌字，并不是非用不可的，比如"上去高山望平川，平川里有一朵牡丹……"本来没有镶嵌的字，但在实际歌唱时，由于唱令不同，唱者可以按照“令”的需要，为了延音，把该镶嵌的字比较自如地镶嵌在里面，这样上面一句就成了“上去（个）高山（者）望平川……”。如果唱令再变，上句还可以变成“上去（个）高山（者）望平（呀）川，平川里（呀）有一朵牡丹”。所以“花儿”中镶嵌字的使用，一处只镶嵌一个字并且也较自由。这些字虽然无关紧要，但作用却是不可忽视的。

对“花儿”中的镶嵌法，有的人认为是映衬法，于是把镶嵌字也称之为衬字。这种观点恐怕根据不足。因为映衬是把两种相反的，或是互相矛盾的事物并在一起叙述，使其相映相衬，正者愈正，反者愈反。这与镶嵌法是绝对不能等同的。至于把镶嵌字叫做衬字，是对衬字的含义及其作用，特别是对镶嵌字在“花儿”中所处的位置和作用疏忽所致。所谓衬，是“托之使外显者曰衬”。衬字主要是起衬托作用，是曲子在曲律规定字以外，为了行文和歌唱需要而增加的字。根据需要的不同，一处可以加一个字、两个字或更多的字。加一两个字的叫衬字，加更多的字而且这些字可以成句的叫衬句。就衬句而言，可分两类，一是有实在意义的方言词；一是叠词，只在演唱上起作用。如“北风（那个）吹，雪花（那个）飘”中的“那个”以及“花儿”开唱时起音的“哎哟……”等都是衬字，前者有指示作用，后者有打招呼的意思，都有实在意义；再如“大夏河水清溜溜清，松柏的的叶叶儿青”、“水葡萄结果时颗颗连，满山崖，大红枣结成串串”中的“清溜溜、叶叶、串串等叠词，属方言，而且也表示了程度、数量等，起了修辞的作用。上述所举，都是衬字，像四季歌中的“小呀阿哥哥”、临夏流行小曲中的“杨柳叶子青”等都是不受曲律规定所加的衬句。所以衬字、衬句都与曲子正文有着比较紧要的关系，有一定的意义。另外，镶嵌字的词性比较固定、单一，而衬字的范围较广，除了实词中的形容词、数量词和部分虚词外，还包括实词中的名词、代词等。再从流行的地域来说，衬字使用不受地域限制，可以说是面广量大。“花儿”就其流派来说，分“河州花儿”和“洮岷花儿”两大流。“花儿”中镶嵌字的运用只限于“花儿”流行的地区，而且与些地区当地群众的口语有直接联系。所以，“镶嵌”与“衬”是两个不同的概念，各自的内涵和外延都不一样，把镶嵌字叫作衬字，至少是不全面的。“花儿中的修辞手法，除上述外，还有对偶映衬，赋等，都对“花儿”起着重要作用，需要进一步认识和总结。此处不再赘言。

第十四章

北国风光：信天游与爬山歌

如果说“花儿”是我国西北省区各族人民所喜爱的抒情歌，那么，信天游和爬山歌则是我国陕北及内蒙古西部地区最具有乡土特色的颂歌，也是劳动人民的心声。信天游往往是信口而唱漫天而歌，它既是歌，也是诗，是陕北广大人民群众长期创造流传的独具一格的具有优美节奏与韵律的诗歌。在某种意义上说，是格律诗。而爬山歌在内蒙古西部地区，也拥有广泛的群众基础，当地老乡亲切地称之为“二诗经”。可以说，信天游和爬山歌都是我国北部汉族、蒙古族具有代表性的歌谣。

第一节　信天游的格律特征①

信天游的格律没有旧体诗那么严格，形式上比较自由，但也有一定的结构特点、韵律和修辞手法。

陕北地区的民歌，从门类而言，有劳动号子、小调、秧歌、二人台、宗教礼俗歌等，而信天游是其中流传最广，最为广大人民喜闻乐唱的一种山歌。它的曲调丰富，难以数计，见诸于音乐工作者记录的曲调就有十六个。据目前掌握的材料，以曲谱计算，竟达百个以上，八千余首。信天游并非陕北所独有。靠近内蒙的爬山歌，靠近山西的山曲儿，与信天游在风格上稍有差异之外，实际上都是这一自然区划之内的同类山歌。信天游也包含着其它两邻近省区的一部分山歌在内。有的具有内蒙草原牧歌的风味，有的又有着浓厚的晋西北音律。所以真正要把它们截然分开，是十分困难的。它们是“你中有我”，“我中有你”，水乳交融，浑然一体。作为分类民歌介绍，音乐家往往

① 宁锐：《陕北民歌“信天游”的格律》，见段宝林、过伟、刘琦主编：《中外民间诗律》，北京大学出版社 1991 年版。

把它们通称为“信天游”。

如果进步考察，陕北的“信天游”也有绥德、米脂、延安、靖边之别。但从演唱上来归类，总的看有两种类型：一种音调高昂、节奏较自由，起伏颇大，山歌性更强；一种节奏较规整，接近两句头小调。有些小调如“脚夫调”也是信天游。

信天游和其它民歌比较，最突出的不同点就是两句为一首。也就是说用两句唱词组成一首歌。歌者或抒情或叙事，往往用多段体联唱，但仍维持两句一段（节）的固定形式，歌无定节，唱完为止。有人说“信天游，不断头”，就是这个意思。如：

青草开花一寸高，
唱个山曲儿解心焦。

信天游在用字上极其自由，每句的字数不固定，如果加上衬词衬音就更加错落不齐了。正如何其方所说的“这就是更自然，更接近口头语，更多地保存了劳动人民的语言的特点。”在信天游中有上下句字数相同的，但并非主要由七字句组成。如：

红鞋扎的绿花花，
你把哥哥眼耀花。

西北风刮的冷森森，
什么人留下出门人。

发一回山水冲一层泥，
搿一个朋友脱一层皮。

吃了一碗扁食没喝一口汤，
没打定主意上了人家的当。

有上句短下句长的。如：

把住情人亲了个嘴，
肚子里相思的疙瘩化成水。

有上句长下句短的。如：

煮上一圪堆（榆树）钱钱下了一圪堆米，
路上搂柴嘹一嘹你。

还有下句相当长的。如：

咱二人为朋友往后交，
让那些踹不死的鬼婆婆，没头鬼见男人（指公公、小叔子等等）……
都死了嘛，亲亲。

信天游按其两句一首（或一节）的基本句式，通常押尾韵，有不同字押韵，也有同字入押的，体现了口语的特点。如：

雪花达墙冰盖房，
露水夫妻不久长。

百灵子正在墙头里，
想你想在心头里。

半斤羊肉放坏啦，
良心卖了心坏了。

信天游地方性强，完全是用方言方音演唱的，因此我们读到好多句式，好象根本不押韵，然而如果考之方音土语，它还是押韵的。如：

十冬腊月下大雪（xue），
因为看你冻坏了我的脚（jue）。

羊肚子手巾三道道红（hong），
劝了你的耳朵劝不了你的心（xing）。

你要走来我要拉（la），
袄袖子下多半截（qia）。

信天游常有“一问一答”、“一唱一和”的对歌联唱形式，形同两人说话。有时就其基本句式用字来看，似乎很不合韵。如：

捎回冰糖你吃过来吗？
哥哥走了你哭爱怜吗？

捎回冰糖我没吃，
哥哥走了我没哭。

其中“吃”和“哭”在方音中也是不押韵的。但是一经唱起来却很符合音乐的节奏韵律。原因是记录者省去了“拖音”——啊，演唱中实际是这样的：

捎回冰糖我没吃啊！
哥哥走了我没哭啊。

现在的各种记录本由于大部分省去了衬字、拖音，给我们研究民歌的形式和韵律代来了不必要的麻烦。所以好多研究者由于不熟谙信天游歌唱中的实际情况，往往认为“它们是歌唱的格调，大都有无韵的时候”。

据笔者了解，信天游的押韵要求还是比较严格的，若不合韵，也就是失掉音乐性，很难唱出口来。

民歌的歌词大多是唱出来的，信天游更是非唱不能成歌。因此它是在曲谱的制约下创作的，具有自然的音乐的旋律感。读起来也就顺口悦耳，自然和谐，有着异乎寻常的韵味。信天游作者，往往在自觉不自觉的创作活动中借用修辞手法来加强这种韵律感。

首先，迭字是陕北地方语言的独特修辞方式，歌手采取迭字入诗，往往形成一种特别的节奏。

清水水玻璃隔着窗子照，
满口口白牙对着哥哥笑。

蛐蛐儿爬在暖炕上叫，
哥哥的心崩呀崩崩跳。

你是哥哥命蛋蛋，
搂在怀里打颤颤。

鸡蛋壳壳点灯半哟半炕明，
烧酒盅盅淘米也不嫌你穷。

其次是重字重词的运用，使句字的粘合力量增加，音乐的旋律感也从而增强，读起来起伏有致，十分流畅上口。如：

三月里太阳红又红，
为什么我赶脚人儿这样苦命。

晴天蓝天高格朗朗天，
什幺人留下种洋烟。

百灵子雀儿百灵子蛋，
谁不知道妹妹我没老汉。

你唱你唱尽你唱，
交朋友不在唱曲上。

此外还有重句、连锁等句式，都和信天游的特有韵律形成关系较大，但因其它民歌也常常用到，这里就不一一赘述了。

第二节 爬山歌的形式特点①

任何艺术作品都有自己的形式特征。形式是体现内容的外衣。爬山歌由于世代相沿传唱的习惯每唱两句要停一下，就很自然地形成这种两行一段体的形式。但它每句字数不定，可以六七字一行，也可以多达十六个字，因而节拍音韵参差不齐，错落有致，铿锵悦耳。这种既规整（形式）又有相当自由的诗体，被歌手们运用得出神入化，相当自如，他们扬其所长、避其所短，在规则中求变化，在变化中求完美，使之成为一种具有自己独特风格的民歌形式。爬山歌的曲调在不同的地区，有各自不同的音响特色，比如土默川调比较柔和，河套调比较轻快，伊盟调比较婉转，中滩调比较深沉，大青山调比较奔放强烈……当然，由于抒唱的内容不同还有新的变化。另外，在吟唱时，一些短句加上衬字，能达到音调谐美、自然流畅的效果。

爬山歌在用词上显得简单，但有一定的局限。它能以短见长，体小容量大；有高度的艺术概括力，在短短的两行中常常能表达出复杂的心理感情，勾画出人物的肖像，描绘出动人的神态。所以，在一般情况是两行段体，也经常是几段连缀起来，即多段成诗，又是较长的完整的歌子。爬山歌和信天游在形式上同属一种类型，是有着血缘关系的姐妹艺术，在内蒙古伊盟与陕北交界地区，爬山歌与信天游确实难解难分。它们共同的特点是以质朴感人，不以瑰丽取胜，但毕竟是产生于两个不同地区的艺术。从语言、曲调以及所反映的社会生活、人情习俗来看，各具特色，有着明显的区别。散发着不同泥土气味的山丹丹与山樱桃，有不同的乡土气息。

① 韩燕如、郭超：《爬山歌的诗律特色》，见段宝林、过伟编：《民间诗律》，北京大学出版社 1987 年版。

前面提到，爬山歌两行一段体，字数不拘，歌手即景生情，随编随唱，每首词句可长可短，随内容的变化而变化，如：

该咋嘞，咋活嘞，
欣赏就像猫挖嘞。

基本上是六个字。另如“风扫院，月点灯”等皆是。七言、八言较普遍，九至十六言较少。以下略举数例。褥言的，近乎半截七绝诗：

河头地里种草麦，
半扇玻璃云遮月。

只估划和妹妹风搅雪，
不估划和妹妹两分岔。

大青山的老虎乌拉山的狼，
这地方没有俺们挨心的娘！

其实，爬山歌两行上下参差，字数不相等的则是主要的，这样比较自由，又接近口语，如：

马鞭鞭一绕上了马，
双手手揪住哥哥的马尾巴。

白鹅鹅下了一颗双黄蛋，
光棍汉回家谁收揽？

一般上下相差两三个字，个别达七个字：

不唱山曲儿月不明，
只有哥哥唱山曲儿才能安住妹妹心。

尽管这样，民间歌手却能从容不迫地唱下来，这说明爬山歌的形式虽然较简单，但变化是很大的，并不影响对内容传情达意的表现。

我国古典诗歌和民歌，突出的民族传统特色之一，就是与音乐的关系十分密切，有声韵、有节奏，有音调，能吟能唱。爬山歌虽是不识字的诗人心灵的抒唱，情感火花的喷射，他们对声律音韵未作过专门研究，却天籁自鸣，如行云流水，金声玉振，每首歌均具有流畅回环的韵律美，因情赋声，以声传情，在波浪起伏、跌宕多姿的咏唱中，使内容得到充分的表现。如：

小妹妹 / 唱得 / 铜钟钟/音，
顺风风 / 刮上 / 专叫/哥哥听。

落了/一层/雪/踩狐蹄，
你叫/妹妹/刻骨挖髓/咋想你？

两首歌基本都是四个音步（顿），“音”和“听”、“蹄”和“你”是押韵的，有的即使合适的韵没有押上，结尾运用虚字也可吟唱，也有韵味：

货郎子跟前扯梭嘞，
一丈一丈地想你嘞。

还有“白马叫唤倒主呀，寡妇唱曲儿要走呀”，这两首歌的“梭”和“你”，“主”和“走”都是不押韵的，用“呀”、“嘞”字收尾，就象曲艺中的单弦一样，唱起来不露痕迹却有韵味儿。另外，爬山歌中的有些歌上下符合音韵，但上句起兴与下句的内容，没有什么必然的联系，主要意义是在下句，比如：

红莲豆开花一串串红，
卖给人家当牲灵。

沙柳条条乌柳梢，
舍出脑袋要和哥哥交。

很明显，这两首诗表现手法都一样，每首上下句并无关联，上句只是个歌引子，借音韵便于歌唱而已。爬山歌把这叫做“借韵叫律，独句成诗”。

上面谈到爬山歌的音韵、声韵，这里顺便提一提爬山歌的字句结尾。明人谢榛说：“结句当如撞钟，清音有余”（《四溟诗话》），它是说诗的内容要令人回味。这里谈的结尾是从音韵角度来考察的，一般民歌三字结尾较多，爬山歌也是如此，但一、四字结尾也不难找到，二、五字结尾较少，如一字尾：

手扳住马鞍桥桥脚踏住个镫，
巧嘴嘴白牙牙你给哥哥安顿些甚？

二、四、五字结尾的如下：

荞麦地里撵起个兔儿，
人在这儿心在那儿。

火车走开轱辘辘多，
心上难活泪蛋蛋多。

甜不过的冰糖辣不过的蒜，

亲不过的朋友恨不死的汉，

每首还有交错运用，从节奏抒唱的效果看，一般三、五字比较清缓，尾音悠长且缓慢，一字结尾显得音短而急促，嘎然而止，重音在后，带有强调和询问的意思。各种不同字尾相间交错，音调缓促交替有规律的起伏，使各种不同的思绪感情能完善地表达，而具有韵味无穷的音乐美。

爬山歌是劳动人民口头创作，既是诗又是优美的歌，能读能唱，读起来是诗，唱起来是歌。它有多种多样的曲调，据初步整理约有一百多种，其中既有高亢、激越的，也有委婉、柔和的；既有欢快、明朗的，也有深沉、哀怨的；既有粗犷、奔放、强烈的，也有缠绵、纤细、凄恻的……随着地域风貌的不同，以歌手们当时歌唱的内容情绪变化而异。歌的表达离不开曲调，在抒唱时又离不开衬字衬句，正如词句上加上某些虚字一样（嗨、呀、儿），都是我国民歌的一个共同特点。音乐家冼星海说过："中国民歌还有它的衬词，比如呀、哪、哟、啊、嗨等等，都是外国音乐所没有的，这些衬词表达出民众愉快或悲苦的情绪。"这是为了歌唱的需要，起到烘托、渲染强调的作用，使所要表现的主题、形象更为鲜明，感情更为丰富；另外还可弥补歌词的短缺，使词的结合有较大的灵活性，还可使节奏有更多的起伏变化，给曲调以较大发挥的可能性，并使曲式结构趋于完整。比如爬山歌的衬字衬句像"那个"、"亲亲"、"哎咳"、"哇"、"吆呵"……在歌唱中富于装饰性，它没有一定的格式，下面试举数种。歌词短缺加上较为完整的：

白马（你那）金镫（哇哪）虎皮鞍，

你把妹妹驮在（个那）狼山湾。

一种带有对唱夹白性质的衬字衬句：五月天（那个）山丹花（哥哥）（哎）蒙生生雨（呀）淋，眼里头（那个）看见（哥哥）（哎）心（上那）里头亲。

另一种双声迭韵的歌词，加上衬字衬句，略加改动，显得更为活泼，带有花腔的情味，使节奏更趋急促明快，有点近似"二人台"的唱词：

一（嘞）对对（那）花（嘞）蝴蝶花（嘞）蝴蝶牡（那）丹花上（哎咳）落。

一（嘞）对对（那）毛（嘞）眼毛（嘞）眼眼朝着哥哥（嘞哎咳）瞭。

有的衬字衬句竟超过词的本身，显然是为了抒唱使之悦耳动听，如："天晴（呀）路干（那么）（亲亲连心）（呀）你来"，"大闺女（那）唱曲儿

（呀嘞那个）要（上个）女（呀那）婿。”这些衬字衬句不是多余的“蛇足”，而是使歌具有一种音韵美的因素，读之明霞散绮，诵之抑扬顿挫，唱之又如玉盘珠落，行云流水，这是爬山歌能经受时间长河的冲刷，在人民群众中广为流传、深受喜爱的重要原因。

爬山歌另一个较为突出的特点，是双声迭韵的运用，这也不是随意加上去的，而是歌词语句根据内容的需要自然形成的。它可以加强语势，使声调、音节更为鲜明、谐美，更亲切地表达内容。当然，双声迭韵自古皆有，如《诗经》：“昔我往矣，杨柳依依，今我来思，雨雪霏霏。”（《小雅·采薇》）汉民歌：“水深激激，薄苇冥冥，枭骑战斗死，驽马徘徊鸣。”（《战城南》）双声迭韵不仅有音响的效果，还能起到写景、状物、形声的作用。爬山歌不少诗句都采用迭字重音，一般的每首上下两句多少总有二、三组这样是迭字：

清风风刮不动碎游游沙，
盼哥哥盼不来我该咋？

有的集中到上句或下句，如：

绿皮皮小瓜瓜脆脆铮甜，
咱二人结下解不开的缘。

家雀儿落在大豆地，
白亮翅翅跑断哥哥腿。

有的上下句竟多达五、六个重音迭字：

歪嘴嘴葫芦秋嘴嘴瓜，
千层层毛眼眼左右右花。

双声迭字不是任意添加的，一方面与本地口音大有关系，有着特有的乡土风味，增加了音律美和修辞美；另一方面也是内容的需要，如：“大青山来乌拉山，海海漫漫土默川”，静中有动，后句双声迭韵的重字，为我们勾绘出一幅辽阔草原的图景。如用“海漫土默川”不仅不成句，而且也没有节奏感，如用其它两个字恐怕也难达到这种传神的艺术效果。以上是对爬山歌的沿革及形式特点概括性介绍。

第三节　信天游与爬山歌比较

信天游和爬山歌都是两行一段的歌体，却有许多不同之处，本文参考韩燕如、郭超《爬山歌论稿》的文章，作些阐述①。

爬山歌和信天游，基本上是同一类型的民歌体，都是采用两句一组（或节或首或段，即独立成首连缀成段），每句字数不拘，每节转韵的形式，多用比兴，或用蝉联，或用迭字重音。

从已经整理出版的信天游与爬山歌的专集来看，大部分是传统歌谣，前者搜集较早，后者虽是建国后才开始大量搜集，但新歌谣只占很小的比例。信天游与爬山歌毕竟是两个不同地区的产物，不论从它们所反映的社会内容，或语言、曲调来考察，二者是各有自己的艺术特色的。生长在旧时代同一社会制度下的劳动人民，他们各有自己独特的生活天地，所接触的自然环境也不相同。生活环境、习惯风情、语言习惯、审美观点等等，形成了他们各自不同的艺术传统。所以，口头文学有相同类似的形式，也有共同的劳动者的风格（如朴素），但它们的语言结构和艺术风格仍有区别。

（一）看信天游与爬山歌的“同点”

首先这两种歌谣都是两行一段体，形式看似单调，但歌手们不受它的束缚，在规律中求变化，在变化中丰富形式，诗句可长可短，两行可作独立的一首诗。多行多段有机地联合交融，也可表现出更为完整的内容。

其次，在艺术手法上，信天游与爬山歌都是触物生情、联类起兴，下句引起正文的表达。有的起兴只是个引子，起到发端、运脚的作用，有的联系较紧，不但渲染诗的情绪，而且水乳交融难以分割。比如同样内容的两首歌，信天游唱道：

清水水玻璃隔着窗子照，
满口口白牙对着哥哥笑。

二刀子韭菜缯（捆）把把，
忘了你的人样忘不了你的话。

爬山歌则是这样表现的：

白花花开花白花花落，
满嘴嘴白牙牙朝哥哥笑。

刮起一阵黄风点起一盏灯，
忘了哥哥脸巴巴忘不了心。

---

① 韩燕如、郭超：《爬山歌论稿》，内蒙古人民出版社 1983 年版。

起兴不同，内容完全一样，表现手法基本是相近的。有的起兴略有不同，如信天游：

一对对鸳鸯一对对鸭，
一对对毛眼眼玻璃上爬。

而在爬山歌中则分为两段，略显得较为细腻：

一对对花蝴蝶牡丹花上落，
一对对毛眼眼朝着哥哥嘹。

山雀儿落在窗棂棂上，
毛葫芦芦眼眼爬在玻璃上。

除了起兴的景物稍有不同外，手法和语言多有相似。两种歌体都用了迭字重音，遣字用语也一样，如“爬”字用的十分精妙，一下子勾出了人物的神韵。信天游与爬山歌的语言，是选择、提炼的言情达意的经过文学语言。之所以富有生命力，散发淳美天然的泥土芳香，原因就是它们的根深扎在丰沃的土壤中。这些质朴的口语，经过民间诗人和歌手的感情锤炼与思想过滤，具有高度的艺术概括力和表现力。它们能“寓华于朴”、“寓绚于素”，从而达到深入浅出及那种“美的极至”的艺术境界，这可以说是这两种歌体的一个共同特点。它们在风格上非常相似，如信天游的一首歌：

牵牛牛花开红彤彤，
露水夫妻一场空。

而在爬山歌中则较为含蓄，多了几个字：

只估划山丹丹开花慢慢儿红，
不估划牵牛牛开花一早晨，

有的选用形象、口语不同，句式结构却几乎一样，如受旧婚姻迫害，骂公婆、骂媒人、埋怨爹娘的歌，各地传统歌谣里很多，信天游与爬山歌也不少，比如前者这样唱道：

攮刀子公公死囚汉，
水牛角婆婆门前里站。

我大我妈爱银钱，
倒灶鬼媒人两头煽。

媒人好吃羊羔肉，

浑身害的钻骨瘤。

爬山歌的表现方式，却是如此相似：

枪崩鬼公公挨刀鬼汉，
吊死鬼婆婆门上站。

妈妈大大姓了钱，
万丈红崖往下掀。

没头鬼媒人爱吃肉，
仰面回家一出出路。

后一首末句“一出出路”，也是骂人的话，即一去不复返之意，可见其积怨之深，愤恨之甚。还有些歌的起兴正文完全相近，只有字数之差，如信天游有两首歌：

手拿上镰刀割韭菜，
慢慢品你这心好坏。

鸡蛋壳壳点灯半哟半炕明，
烧酒盅盅掏米也不嫌你穷。

爬山歌却是这样唱的：

柳叶儿镰刀割韭菜，
慢慢儿品哥哥的心好赖。

灯盏盏点灯半炕炕明，
烧酒盅盅挖米不嫌哥哥穷。

两相对照，两个不同地区的民歌，竟是如此的相似雷同，值得研究。类似的情况还可以找到很多，比如信天游：“山羊绵羊一搭里卧，我和妹子一搭里坐”。爬山歌则是：“山羊绵羊一搭搭卧，我和妹妹一搭搭坐”。仅是迭字重音不同，几乎一模一样了。再如信天游：“想哥哥想得迷了窍，柴禾跌在洋芋窖”。而爬山歌的起兴句完全相同：“想哥哥想得迷了窍，呼隆咚掉在萝卜窖”。像这种互相套用的起兴诗句，在两种歌体中经常出现，如“百灵子雀儿百灵子蛋”，“三十三颗荞麦九十九道棱”，“千里的雷声万里的闪”，“风尘尘不动树梢梢摇”，“三十六眼窗子双扇扇门”、“白马白鬃白银蹄”、“前山的粟子后山的谷”、“山羊绵羊乌花羊”、“东山上点灯西山上明”等。另外，两种歌体的某些方言口语的运用又一样，如：红火、一疙瘩、相跟上、年馑、阳婆、伙计、眼花花、单瓜瓜、刮野鬼、荞面圪垛、命蛋蛋等。语言、艺术手法相近，尽管所反映的社会生活内容不同，艺术风格是很相似的。在同样的社会条件下，反映的社会生活彼此相同，在陕北和内蒙古交界邻近地区的歌谣，的确难分难解，有着血缘的关系。无怪乎有人说信天游是内蒙古的爬山歌，爬山歌是陕北的信天游，这说明它们虽不是同一地区产物，却是艺术上的一对孪生姐妹。

劳动人民的口头创作，多是口耳相传，随着文化上的交流，歌谣就象鸟儿般飞越本地区，相互传播，互相影响，比如信天游中有两首歌：

大青山石头乌拉山水，
十三省地方我挑下你。

西山咀来卧羊台，
扔下妹妹莫回来。

在爬山歌中兴句基本一样，正文略有变文，只变动几个字：

大青山石头乌拉山水，
十三省地面上我挑准了个你。

西山咀来卧羊台，
扔不下妹妹莫回来。

按所表达的内容来看，这两首歌是流传在内蒙古地区的，何时流传，怎样传入陕北地区，无从查考。其中涉及到的四个地名，均属于内蒙古地区，大青山、乌拉山尤为著名。大青山即阴山，乌拉山在乌拉特前旗境内，是古代阴山的一段。昆都仑河在包头附近将大青山分为两支，一支向西北，是为狼山；一支向西南，是为乌拉山，蒙古称之“穆尼乌拉”，汉语穆尼山的意思（蒙古语“乌拉”就是山）。可是汉籍中只取“乌拉”随着又加上汉字“山”，遂称乌拉山了，这在汉语中是常见的。西山咀是属乌拉特前旗境内的地名，卧羊台在包头与河套之间，当地人均熟悉。关于信天游传播交流的情况，严辰曾指出“‘信天游’流传的地域，主要是陕北，其次是晋、内蒙的一部分。——本集中就有不少是晋西北、内蒙一带的。这种邻近地区互相影响、交流传播的情形，原很自然。此外，信天游还常和其它民歌”（《信天游选》前记）。这里所谈的“其它民歌”，恐怕只能是指爬山歌，因为两行一段体的民歌，再找不到其它的歌谣。另外，严辰《信天游选》中所提到的“内蒙一带”，也是爬山歌，如上面的两首诗就较为明显。这也说明二者风格非常相近相似，实在不易辨别区分，它们之间共同的艺术特征是很多的。

（二）“异点”

产生于我国北方两个不同的地区，由于社会条件、地理概况、生活环境、习俗风情不同，所反映的社会内容，所表达的语言方式，所运用的曲调音韵……自然是各具特色，有不同的情调和韵味儿。关于信天游的形式特征，贾芝在《从〈王贵与李香香〉谈学习民歌》一文中，曾这样说过：“信天游本为两句一首，歌者叙事或抒情，往往用联唱。‘信天游，不断头’。唱起来短者两句，长者不限。两句一唱，可说是诗歌的萌芽；但以联唱歌咏一件事，就显示出信天游表现力丰富，变化多端。……信天游基本上是七字韵，字数不等。没有七字一句的呆板限制。它们是歌唱的格调，大都有韵，也有无韵的时候。所以它是格律诗，但形式相当自由有着宽阔的发展余地。”（载1958年6月号《诗刊》）

上面对信天游形式特点的概括，也适用于爬山歌。比较起来，爬山歌双声迭韵连绵词，更为广泛、普遍，句式结构也较复杂、多样，有的短到六个字，而长句子又可达十五、六个字，但都节奏鲜明，朗朗上口，具有较强的音乐性。诗句结尾均押韵，有的用“嘞”、“儿”、“呀”等字结尾，另有一番情味。如描绘女性眼睛的，信天游是这样的：

红格丹丹嘴唇花籁籁眼，
紫桃色皮肉浑身绵。

妹妹生了一双黑眼睛，
就象草上的露水珠颗颗明。

而爬山歌的迭字重音用的较多一些：

歪嘴嘴葫芦秋嘴嘴瓜，
千层层毛眼眼左右右花。

琵琶丝弦解忧愁，
白脸脸花眼眼惹风流。

情调韵味完全两样，前者写妹妹花籁籁的黑眼，像草上滚动的露水珠那样晶莹透亮；后者表现妹妹的花眼眼，睫毛初出的葫芦毛绒绒的达“千层”之多，从左看是花的，从右看也是花的，两种插绘各有千秋，都是很精彩“惹风流”的。信天游的句式结构，一般七、八、九言三个音步（或称顿）

的居多，而爬山歌长的每句达十几个字五个音步，比如：

哥哥，哥哥你再不要往俺们家户跑，
俺们灰头男人磨快了一口铡草刀！

大青山上的老虎岩石山上的猴，
你要是妹妹的真朋友挎上妹妹走！

短的爬山歌起兴只有六个字两个音步：

两狼山，老榆钵，
老呀老呀心坏彻。

麦子长，豌豆圆，
想了今天想从前。

这种句式结构在爬山歌中，还可以找到不少。另一种起兴八个字单字尾：

达果子香，海棠棠脆，
小妹妹的脸蛋蛋梨儿味。

双扇扇门，单扇扇关。
一个人睡觉单调单。

唱起来很流畅悦耳、音韵谐美、另有风味。此外，爬山歌里有些诗句，为了加重语气，或者为了韵脚协调，常常在诗行结尾借用一些助词，如“嘞”、“呀”、“啦”，或借用“儿”字等，如：

菠菜、韭菜称斤嘞，
人和人好交心嘞！

白马叫唤倒主呀，
寡妇唱曲儿要走呀！

人家的朋友交好啦，
咱们的朋友拉倒啦！

白马尾搓索套不住个雀儿，
双手手拍不住个花蝴蝶儿。

形象鲜明，诗意浓郁，助词“嘞”、“呀”、“啦”及“儿”字，是诗不可分割的有机部分。上列几种语言结构形式，在信天游中似乎还不太多见，可以说是爬山歌与信天游在艺术形式上，一点小小的区别或同中的“异”吧。

信天游产生在陕北的三边（安边、靖边、定边）、延安、陇东、米脂、延川等地。据严辰同志谈也流传到晋西北、内蒙古一带。它的词句、曲调优美、委婉、明朗、动人，诗人李季也是一位信天游的热心收集者。在谈论他怎样学习民歌文章中，他诗情画意地讲述了采录信天游时的感受和体会：“假若歌唱者丝毫没有察觉到你在跟前，他（或她）放开喉咙，一任其感情信天飘游时，这对你来说，简直是一种幸福的享受。我将永远不会忘记，当我背着包，悄然地跟在骑驴赶骡的脚户们的列队之后，傍着一眼望不到头的长城，行走在黄沙漫天的运盐道上，拉开尖细拖长的声调，他们时高时低的唱着‘信天游’，那轻快明朗的的调子，真会使你忘记了你是在走路，有时，会使你觉得你自己简直变成了只小鸟。”爬山歌流传于北方，主要是内蒙古一带。

信天游与爬山歌的区别，在语言、曲调上表现得较为明显。陕北和内蒙古地区的乡土人情、风俗习惯毕竟不同，出现在信天游与爬山歌中的一些方言土语自然不一样（其中有些是通用的，我们在前面已论及），比如婆姨（妻子），汉（男人），脑畔、麻搭（麻烦）、干妹妹、猫眼、阴推（借故）、灰稍稍（灰溜溜）、撩不下（难舍）、得脑（头）、清水水、高格朗朗、捣蒜鬼……这是陕北地区常用口语，在信天游中经常采用，具有特殊的乡土气息和情趣，如：

二号八音子红穗穗，
马后又捎干妹妹。

大明星落在脑畔上，
咱们俩个相跟上。

从语言看这是信天游。而爬山歌的语言除了少部分和信天游的一样，如枪崩、赖（坏）、猴（小）、命蛋蛋、红火、阳婆等之外，还有自己的方言土语的常用语，如思谋、盘肠、败兴、抖得红、拉拉溜（稀疏）、瞟哨（暗中监视）、孤哨（孤单）、搭摞（安排）、糟心、估划（估计）、空朗朗（空虚）、鬼眉溜眼、恍肠惚乱、强强价等。这是内蒙古地区平川劳动人民日常习惯用语，在爬山歌中经常出现，和信天游比较，自然另有一番情调韵味。比如和上面两首信天游内容相近的爬山歌，是这样唱的：

白马金镫虎皮鞍，
你把妹妹驮在狼山湾。

大风刮得雪花花飘，
泼上生死和哥哥交。

我们稍加细读，二者的区别是明显的。此外，关于双声迭韵，迭字重音的运用，信天游与爬山歌都较多，但比较起来，后者比前者更为突出，就整个语言的结构也是如此。这是因为内蒙古农村地区口音，都习惯于迭字重音，听起来抑扬有致，娓娓动听，如：圪截截、泪蛋蛋、、嘎崩崩、雾沉沉、灰脖脖、泪人人、蒙生生、一辈辈、命蛋蛋、山沟沟、野鹊鹊等。运用在爬山歌中唱之首韵回环，听之亲切悦耳，这也是它与其它民歌另一个不同的特色：

红豆豆红，菜豆豆菜，
新找的对象心心里爱。

山沟沟山洼洼十样样草，
十样样看见哥哥九样样好。

白格生生脸蛋蛋碎纷纷牙，
毛葫芦芦花眼眼该叫哥哥咋？

转弯弯炉台转弯弯炕，
转弯弯毛妹妹人家户上。

从上面几首诗例可看出，爬山歌语言形式的节奏和韵律美，既合乎口语的自然节奏，又有艺术上巧妙的心灵倾露。迭字迭音的应用，大大加强了抒情声调，收到了珠落玉盘、流泉叮咚的艺术效果。诵之音节响亮，抑扬顿挫，天然流畅，韵味无穷。民歌的节奏由口语化的音韵组成，它的特点是易记能唱，通俗易懂，琅琅上口，即兴成章。它之所以能广泛流传，固然与深刻的思想内容分不开，但与谐美的音韵也大有关系，爬山歌在这方面是比较突出和成功的。

关于信天游的曲调问题，《陕北民歌选》有这样说明：‘信天游’是陕北普遍流行的山歌，它的作者和演唱者不知道有多少。因此，它的歌词很多，它的曲调也丰富而多变化，不但这地区与那一地区的唱法或多或少有差异，就是同一地区中，这一带与那一带的，这民间歌唱家与那一个民间歌唱家唱的，也各有不同；甚至同一个歌唱家，在唱不同的歌词时，曲调也随感情的变化而变化……好在陕北的‘信天游’在歌词与曲调的形式上都属于一个类型，所以每段歌词用任何曲调唱来大致都配得上，都不失陕北的风味。”“信天游，是户外的、山野的产物，所以音阶很高……歌者运用他们的假音，唱得异常嘹亮，如果是站在山顶上，可以传到七八里远的地方去。”前面李季同志也提到歌手们“拉长尖细拖长的声调”，说明信天游曲调有变化不是固定的，另一个特点是高亢、嘹亮、悠扬，当然，也有缠绵、委婉、细腻的，象妇女们思念情人的歌子多是如此；爬山歌的曲调也非常丰富，已经搜集配成曲谱的约有一百多种，分别载于《内蒙古西部地区民歌选》、《爬山歌选》（附录）中，但也没有固定的格式，一种歌词有好几种唱法。对此，中国民间文学研究会于1955年给《爬山歌选》（二集）所写的前言里，有和信天游曲调类似的说明：“‘爬山歌’的歌词和曲谱的关系不是固定的，每首歌词都可以唱多种多样的调子，但每首调子又有它最适于表达的内容，曲调的地方色彩很浓。譬如在伊盟地区，最流行的是‘伊盟调’；在后套、中滩地方，最流行的是‘后套调’、‘中滩调’，连曲调本身，也是伊地区命名的。外地调子在本地地方也有很多人唱，也会受到大家的欢迎，甚至会唱的曲调多寡，是群众习惯上评价一个歌手优劣的准则之一。但无论如何，外地曲调仍不及本地曲调在本地方流行广。这里似乎有一条无形的纽带，一种深沉的乡土爱的情感，连结着每一个歌唱者的心。”曲调以地区命名，是爬山歌与信天游曲调的不同之处。由于各个地区的地理形势、艺术欣赏的习惯和要求不同，爬山歌的曲调多种多样、差异较显著，如大青山调比较高亢，土墨川调比较深沉，漫瀚山调比较豪放……和歌词内容一样，既有雄浑粗犷的倾诉，也有细致入微的抒唱，这些曲调都是随着诗歌的内容和感情而变化的，民间诗人和歌手对乡土的情爱，只有通过特有的乡土风味的音韵和曲调、旋律，才能真切、生动地表现出来。上面说过，信天游是“调子广”、“空窨里唱曲展不开音”，在山野户外音调高亢，传得很远，爬山歌也是如此，“爬山调，拉音长，十里路上有人听”，“的啷啷嗓子长长的音”，还有“生铜铜音”、“洒镗镗音”，“直唠唠音”等。说明爬山歌在山头草地，音响也的悠长、响亮、清脆、明朗、辽阔的，只不过二者的曲调，各自具有本地区特有的地方色彩和乡土情调风味罢了。

民歌的互相影响、流传，是件很有趣的事情。诗人严辰曾认为信天游在晋西北、内蒙古一带有所流传。《浅谈学习民歌》作者骝骑认为晋北流行的则是爬山调：“提起陕北的的‘信天游’，自然要想到晋北的‘爬山调’。实际上，整个山西也是一个大歌海，民歌的蕴藏量极其丰富。就拿晋北的‘爬山调’，‘撅席片’来说，无论从数量上或质量上与‘信天游’相比都毫不逊色，而且更有其独到之处——除有‘信天游’所常见的‘比、兴’手法之外，更具有对比、夸张和音韵巧合的特点。

哥哥走西口整一年，
泪蛋蛋能漂起九只船。

这是个出奇制胜的巧妙夸张——旧社会的农民，由于受尽官吏和地主的盘剥，走投无路而奔走口外，留在家里的妻子因对丈夫的极度思念，一年之内流出的眼泪竟能漂起九只船之多，其悲切之情，可想而知。（《汾水》1980年第2期）这段介绍和分析说明，流传的是爬山歌而不是信天游。据调查，内蒙古西部地区的大部分旗县，汉族歌谣主要是盛行爬山歌。至于流传在晋北的爬山调，是当地人民的艺术创造，还是文化上的交流传播，尚有待查考。另外，陕西作家贾平凹在他的小说集《山地笔记》的前言中，谈到他是在山区长大的，“吃山果子，喝山泉水，唱爬山调，山哺育了我，我也懂得了山。”如果他说的是同信天游一类型的爬山调，爬山歌的流传就更为广泛了。尤其是陕北靠近内蒙古伊盟地区的邻近农村草地，信天游与爬山歌的确是彼此相混、难解难分，说明二者是有着血缘关系的民间诗歌艺术的孪生姐妹。

第十五章

江南主旋律：吴歌思想倾向和艺术风格

吴歌，顾名思义，是我国汉语吴方言地区——江苏南部和浙江西部、北部而以苏州、吴县为中心的民歌。根据顾颉刚先生 20 世纪 20 年代探究，并由当代歌谣研究专家天鹰先生印证，吴歌产生和流传的地区，除上述外，早已扩展到了包括上海在内的整个长江三角洲①。

第一节　吴歌源流小议②

据天鹰《吴歌研究提纲》论及，解放后地下发掘出来的新石器时代遗迹表明，长江以南，在四五千年以前，甚至在七千年以前③人类就在这里生活和进行生产活动了，那时侯就该有歌；到了春秋时期末代，吴国就以当时的大国而居，那时侯有歌是没有疑问的，但在当时，吴越离中原比较远，在经济上还处在较为落后的状态，当时的南方，在中原人看来还是蛮夷之国，被称为“南蛮”之地。《诗经》所录只是北方的歌，十三国国风，就是邶、鄘、卫、王（即周之东都洛阳）、郑、齐、魏、晋、陈、秦、桧、曹、豳等国的民歌。这十三国大概在现今的山西、陕西、直隶、山东、河南各省。总而言之，就是在黄河流域。④ 这与南北语言差别比较大也有关系，当时中原人称南方人为“南蛮鴃舌之人”，他们的语言是很难听得懂的。西汉末年的刘向，在他的

---

① 若从吴语系统来说，其地域当还要广泛，长江以北的南通的一部分和海门、启东以及整个浙江省都包括在内。

② 本节主要内容摘引天鹰《吴歌研究提纲》，上海文艺出版社 1985 年 1 月。文字结构有变动。

③ 见上海郊区青浦县松泽乡新石器时代遗址、浙东河姆渡新石器时代遗址的材料。

④ 胡怀琛著：《中国民歌研究》，商务印书馆版 1935 年版。

《说苑》里，曾照越国的原音记录过一首越歌，是根本无法看懂的，只好用楚歌的形式把它译出来：

越歌原音："滥兮抃草滥予，昌枑泽予，昌州州，𩜱甚州焉乎！秦胥胥，缦予乎，昭澶秦逾，𩧆堤随河湖。"

真是不知所云，译成了楚歌，便是："今夕何夕兮，搴洲中流。今日何曰兮，得与王子同舟。蒙羞被好兮，不訾诟耻。心几烦而不绝兮，得知王子。山有木兮木有枝，心说君兮君不知。"①

有关吴歌的记载在历史文献中是相当早的，顾颉刚先生在《吴歌小史》中曾摘引过几个材料，战国时楚国的使者陈轸对秦王说的话中，就提到了"吴吟"："王独不闻吴人之游者乎？楚王甚爱之。病，故使人问之，曰：'诚病乎？意亦思乎？'左右曰：'诚思则将吴吟。'今轸将为王吴吟。"②。这"吴吟"到底是歌是谣，或者什么像歌一类的形式，很难知道，但既然说"吴吟"，总是吴地特有的一种歌唱形式。在《楚辞·招魂》中，有一句"吴愉蔡讴，奏'大吕'此"，就直接讲到了当时的吴地已经有不同于其他地域的"歌"了。左思在《吴都赋》中也讲到了"吴愉越吟"，而且都是"与谣俗汁协，律吕相应"。可见他们是和乐的"歌"了。《汉书·艺文志·诗赋略》所著录的各地诗歌的篇目中，也载有"吴楚汝南歌诗十五篇"。这些都说明吴歌早就有，而且在汉以前就为人所称道了。到了孙吴时代，江南人所唱的歌，已经变得很有名，不但民间唱，士大夫也普遍能够仿作了。历史上有一个很有名的故事，《世说新语·排调篇》里曾有记载："晋武帝问孙皓，闻南人好作（尔汝歌），颇能为不？皓正饮酒，因举觞劝帝曰：'昔与汝为邻，今与汝为臣，上汝一杯酒，令汝万寿春。'帝悔之。"这"尔汝歌"，从形式上看，已经和南朝时的吴声歌曲差不多，当时颇为流行的民间谣曲。吴地的声乐，在这时也已得到北方人士的重视。傅玄曾说过以下的话："张奏鼓琴，郝素筝，虽伯牙之妙手，吴姬之奇，何以加哉？"（《北堂书钞》110 页引傅子）东晋初叶，特别是东晋后期，《吴声歌曲》更普遍地得到上层阶级的喜爱。《世说新语·言语篇》的一段话可以证明："桓玄问羊孚：'何以共重《吴声》？'羊曰：'以其妖而浮'。

以上材料，都说明吴歌早已有之。但吴歌作为一种歌体，在历史上具体的出现，是从南朝乐府开始。南北朝乐府中有一类《吴声歌曲》，就是吴歌。

① 参见《中国民歌研究》，第 22 页。见《说苑·善说篇》。

② 见《歌谣》周刊第 2 卷第 32 期。

郭茂倩的《乐府诗集》第四十四卷中说：《晋书·乐志》曰：吴声杂曲，并出江南；东晋以来，稍有增广。其始皆徒歌，既而被之管弦。盖自永嘉渡江之后下及梁陈，咸都建业，吴声歌曲，起于此也。这个记载很清楚地说明：吴声杂曲，原是江南地方民间早在流传的一些谣曲，自从晋东迁渡江之后，就被统治者采来，被之以管弦，加以仿作，变成了上层阶级也欣赏的乐府文学了。其次说明了民间谣曲作为新声，被采集起来以后，就流行在城市里，因为从东晋到梁陈，都建都在建业（即今之南京），所谓“起于此也”，并不是说吴声歌曲，都是城市产生的，它的产生还是在江南的广大农村里，被搜集改造后在城市里流传罢了。

《乐府诗集》中所录的《吴声歌曲》属于无名氏的共有三百几十首。《乐府诗集》中的《吴声歌曲》，除了文人仿作的之外，计有《子夜歌》42首，《子夜四时歌》75首，《大子夜歌》2首，《子夜警歌》3首，《子夜变歌》3首，《上声歌》8首，《欢闻变歌》6首，《前溪歌》8首，《阿子歌》3首，《团扇郎》6首，《七日夜女歌》9首，《长史变歌》3首，《黄生曲》3首，《黄鹄曲》4首，《碧玉歌》5首，《桃叶歌》4首，《长乐佳》3首，《欢好曲》3首，《懊侬歌》14首，《华山畿》25首，《读曲歌》89首，《黄竹子歌》1首，《江陵女歌》1首，《神弦歌》18首，共计337首。其体式大多是五言四句的，杂言的也有，如有五三句的，有起句是三言，后两句是五言的；有起句是三言，后三句是五言的；有五言二句中杂三言的，有前二句是三言，后一句是五言的；此外，也有七言二句为一首的，四言四句为一首的等等，但这些只占少数。民歌发展到这时，其基本格式已经比较格律化了。

《吴声歌曲》在内容上比较单调，多数是恋歌，其中以《子夜歌》、《读曲歌》、《懊侬歌》、《华山畿》最为重要，其量也多。《子夜歌》有42首，《子夜四时歌》有75首，此外还有《大子夜歌》2首，《子夜警歌》3首，《子夜变歌》3首，加起来达到125首，占全部《吴声歌曲》的三分之一强；《读曲歌》也有89首；《懊侬歌》14首；《华山畿》25首。

《吴声歌曲》中的各类歌，作为六朝时代（晋宋梁辞）带有鲜明的民歌特色的乐歌，是历史上被最早记录下来的吴歌，它在内容上和形式上都需要进一步研究。它的内容虽然基本上都是恋歌，但它对男女恋爱时的各种情态、心情、意境、景色都有极出色的描绘。至于它在艺术上的特色，也是丰富多彩的，这里不详论。有一种表现形式被历代文人看作吴歌的基本特征，那就是所谓的“吴格”。《诗家直说》中说：“古辞黄蘖向春生，苦心随日长。又曰：石阙生口中，衔碑不得语。又曰：杀荷不断藕，莲心已复生。此皆吴格，指物借意。”《沧浪诗话》中说：“上句述一语，下句释其义，如古子夜歌，读曲歌，则多用此体。”这与“指物借意”，好像是两个意义，但两者又常常是联系在一起的，所以《诗体释例》① 中说“按此即吴格”。《古诗纪统论》也有解释：“上句述一语，下句释其义。如古《子夜歌》：“黄蘗郁成林，当奈苦心多。”

从现有的一些资料表明，吴歌唐以后在民间不断变化着和发展着。在《吴声歌曲》中，民歌的基本形式是五言四句，七言句只是少数歌中出现，而且都是在五言歌中的孤句，到了唐朝七言诗句已经逐渐演变成主要的句式了。刘禹锡的竹枝词虽然是根据巴、渝、沅、湘间的民歌仿作的，但历史上研究竹枝词的人，大多认为他是受吴歌影响的。从全国范围来说，各地的民歌都已向七字句发展。历史上一首很著名的吴歌，南宋赵彦卫的《云麓漫抄》中只记录了其中的两句：“月子弯弯照照九州，几家欢乐几家愁?”《京本通俗小说》中完整地记录了下来：

月子弯弯照九州，几家欢乐几家愁。
几家夫妇同罗帐，几家飘散在他州！

在《云麓漫抄》中只说“此二句乃吴中舟师之歌。在文人的拟作中，亦可看出吴歌在唐宋时即已形成七言四句的格式，唐朝的刘禹锡的《竹枝词》固然不是直接拟吴歌，而苏轼在杭州任过三年通判，他是亲自听过当地的民歌的，而且评论说“吴人用其语为歌，含思婉，听之凄然”。只是他嫌“其词鄙野”，因此“易之”，实际上也是模拟当时吴歌格式而写的民歌，他写了三首都是七言四句的，如：“陌上花开蝴蝶飞，江山犹是昔人非。遗民几度垂垂老，游女长歌缓缓归。”② 到了明朝，七言四句的民歌已极其普遍，明叶盛在《水东日记》中，除了记录“月子弯弯照九州”之外，还记录了一首在当时是很少见的记录家庭关系吴歌：

南山脚下鹁鸪啼，
见说亲爷娶晚妻。
爷娶晚妻爷心喜，
前娘儿女好孤凄！

稍后的陆容在《菽园杂记》中也记下了一首：

南山脚下一缸油，

① 胡才甫著：《诗体释例》，中华书局 1937 年版。

② 《吴歌小史》，见《歌谣》周刊第 2 卷第 23 期。

姊妹两个合梳头；
大个梳做盘龙髻，
小个梳做扬篮头。

叶盛是昆山人，陆容是太仓人，都是吴歌盛行地方的人，叶盛说：“吴人耕作或舟生动活行之劳，多作讴歌以自遣，名‘唱山歌’。”陆容也说：“吴中乡村唱山歌，大率多道男女情致而已。”可以看出，在明朝吴中唱七言四句山歌已经是习以为常了。

因此，到了明末大量吴歌被搜集起来，就并不奇怪了。从搜集的角度看，如果说南朝的《吴声歌曲》是吴歌的第一个阶段，那么，明朝的《山歌》是我国历史上吴歌搜集的第二个阶段，也可以说是第二个高潮。当然，这不能仅仅用当时民间存在着大量民歌来解释，主要的是由当时的社会条件决定。

吴歌的搜集最著名的当然是冯梦龙的《山歌》，但冯梦龙并不是当时唯一搜集吴歌的人，还有一位叫醉月子的人也辑有《吴歌》一集，他辑录的吴歌也有 65 首，在当时来说，也已是洋洋大观了。在明清的笔记和戏曲中，也有不少吴歌的材料。冯梦龙的《山歌》确实是一部史无前例的吴歌辑集，全书共有十卷，300 多首。除卷十《桐城时兴歌》外，全部是吴歌。它和历史上那些歌谣集子（大都是从古籍中摘录汇集的）不同，所收歌谣极大部分都从未在前人书中出现过，也就是说，是从当时人们的口中采集起来的。这除了说明当时吴歌流传的数量之大，同时也说明，要具有多么大的魄力和耐力，才能完成这样一部不平凡的集子。虽然当时社会上有一种新的风气，但占统治地位的究竟还是封建势力，可以想象，完成这样一部集子，他遭到的社会压力有多大。这部集子可能风行过一时，但几百年来几乎失传，直到 1934 年才在徽州访得，当时关心歌谣的一些学者都为它写了序言。顾颉刚先生认为“自从发现了这样丰富的材料，吴歌始有研究的工作可做”。

《山歌》中的吴歌，和六朝乐府中的《吴声歌曲》比较起来，已经大大不同了，不但明朝吴歌已经起了新的变化，最主要的还在于《吴声歌曲》经过统治阶级采乐机关的修改，失掉了它纯粹的民间面目。《山歌》可贵之处则是它原封不动地从人民口中记录，保持了本来面目，甚至在记录时仍保持了吴声。比如有一首吴歌《月上》，《山歌》中是这样记录的：

约郎约到月上时，
冉了月上子山头弗见渠。
咦弗知奴处山低月上得早，
咦弗知郎处山高月上得迟？

这是一首十足的苏州北地歌，保持着浓郁的吴县山歌的韵味。这可以看出收集者对记录民间山歌的忠实态度。

这首歌到了清朝人汪秀荣等著的《渔矶漫钞》中，便变成：

约郎约到月上时，
看看等到月磋西。
不知奴处山低月早出，
还是郎处山高月上迟？

这二首吴歌从内容上来看，没有差别，但语言上已经起了变化，前者用方言照原样记录，后者却已改成一般通行的语言了。

明朝的吴歌，从内容上说，几乎还全是男女私情之事。除了有个别涉及到家庭中其他关系的之外，鲜有超过范围的，它和六朝时的吴歌比较起来，更加赤裸裸不加掩饰。在冯梦龙的《山歌》中，其中还有很大一部分是描写性行为，这与明朝末年的社会风气有关。

在明之后，吴歌的搜集又消沉了一个时期，清代晚期也有一些零星的刻本，特别是民初胡云翘编《沪谚外编》很值得一提。它虽然名为“沪谚”，却收了大量的歌谣，内容与明时的吴歌，已大异其趣，几乎没有男女调情的情歌，几乎全部是反映社会生活和家庭生活的，反映生活的面很广，看得出来这时人民的思想意识已经有很大改变。除掉一般的儿童游戏歌，十二月花名、生产、物产、风俗的歌外，反映家庭生活的有婆媳关系、姑嫂关系、甥舅关系、嫁出的女儿与娘家的关系、孤儿苦、童养媳苦、丫头苦的歌，还有讽后娘恶的，讽懒婆娘的；反映社会生活的有长工苦、农民苦、学生苦、盐贩苦的歌，还有讽刺富农剥削、讽刺高利贷，讽刺政客的歌等等。

《沪谚外编》是吴歌搜集一个新阶段的前奏，吴歌搜集的第三个阶段是随着 1918 年北京大学搜集民歌开始的。那是一个中国社会从旧民主主义到新民主主义转变的激烈动荡的时代，反帝、反封建的运动随着五四运动波及了全国各个角落，特别在知识分子中间受到外国学术界的思想影响。长期为知识阶层所鄙视的人民的创作，被注意，它们在文艺的和科学研究上的价值受到重视。最高学府北京大学成立了歌谣研究会，出版了刊物《歌谣》周刊。在这种风气的推动下，吴地的一般知识分子也重新注意起吴歌来。《吴歌甲集》约收集吴歌 150 首。1928 年出版的《吴歌乙集》编集了吴歌 112 首。1929 年出版了李白英编的《江南民间情歌集》，1933 年出版了黄洁心编的《湖州歌谣》。同年江苏省立教育学院也出版《江苏歌谣集》五册，其中有相当大的一部分是吴语地区的歌。1935 年重印了新发现的冯梦龙的《山歌》。1936 年顾颉刚先生发表了他的研究著作《吴歌小史》，引起了当时学术界的注意，一时得到不少人的响应。

中华人民共和国诞生以后，人民当家作了主人，因此，这时期的吴歌搜集，已不再是几个少数知识分子孤军奋斗的情况了，它一开始就在政府的文化机构以及文艺各界配合下进行，它的规模之大是史无前例的。钱静人同志在《江苏南部歌谣简论》的《前记》中曾说到“一九五二年八月间，苏南文学艺术界联合会号召全区文艺工作者，搜集整理民间音乐。由于各方面的努力，到今年（1953 年）春天，共收到民间歌谣和戏曲二千二百七十五首。”这只不过是个例子。同一时期，上海市的文学艺术团体和群众艺术馆等单位，也都发动了广泛搜集，浙江西部的属于吴语地区的各县，也做了很多搜集工作。特别是 1958 年在全国之内掀起的搜集新民歌运动中，传统的歌谣也被大量搜集起来，各县编印的这方面的资料，多得现在也尚无法统计。20 世纪 60 年代，有些地方还专门派出采集队，对一个地区一个县的歌谣作普遍下调查。如上海地区在 1961 年就组织过采风小组，对奉贤县作了普查，时间达半年多。当时参加采集的有上海文学研究所民间文学组、上海文艺出版社、上海群众艺术馆和奉贤县文化的同志。这次调查的结果，曾写出了《奉贤县民间文学调查报告》内部印刷出版。当时参加工作的杨里冈同志，不幸于去年因病逝世。发现了许多过去没有的新品种，使吴歌的领域大大地扩展。

六十年代后半期到七十年代前半期的十年间，“文化大革命”，民间文学遭到了扼杀，吴歌自然也不例外，除了过去已经印刷出版过的作品外，有些保存在文化机关和个人手上的许多资料，散失的不少。1976 年“四害”铲除，大地回春，吴歌在全国文艺界出现的大好形式下，也显出了新的生机，吴歌的采集工作又受到了各方面的重视；上海地区把“文化大革命”中散失的《哭丧歌》，又重新派人采集。半年之间，采集到《哭丧歌》达四千多行，比“文化大革命”前搜集到的还多两千多行。在吴歌的中心地区——苏州，把民间歌手和民间文学爱好者，冒着风险保存下来的吴歌，编成了《吴歌新集》，全集共有吴歌三百多首，分成七类：《歌头》《对歌》《苦歌》《山歌》《情歌》《怨歌》《儿歌》。这个集子中的吴歌，不少是以前的本子中未曾放入的，对吴歌的保存和研究当是一个新贡献。

第二节 吴歌内容特征

作为一种植根于广大人民生活的民歌，在思想内容上都具有人民性和民族性特点，吴歌亦不例外。然而在具体内容中，吴歌又有自己更鲜明的特征，特别是近代以来，中国的吴歌不是泛泛地反映生活，而是有着一定的侧重点，因而也更有反映生活的深刻性。

（一）对历史上不实之辞的批判

吴方言区是我国较早进入经济、政治和文化较发达阶段的地区，当地人对各种事物与现象比一些边远地带百姓更有敏感性。比如过去一些戏曲、说唱对孟姜女故事大多篡改和歪曲，而吴歌的歌手们持不同的态度，唱出了不同的主题和思想。

先谈被篡改和歪曲的表现。最早故事见唐人编纂的《琱玉集》：

杞良，秦始皇时，北筑长城，避苦逃走，因入孟超后树上。超女仲姿，浴于池中，仰见杞良而唤之。问曰："君是何人？因何在此？"对曰："吾姓杞名良，是燕人也，但以从役而筑长城，不堪辛苦，遂逃于此。"仲姿曰："请为君妻。"良曰："娘子生于长者，处在深宫，容貌艳丽，焉为役人之匹？"仲姿曰："女人之体，不得再见丈夫，君勿辞也。"遂以状陈父，而父许之。夫妇礼毕，良往作所。主典怒其逃走，乃打煞之，并筑城中。仲姿既知，悲哽而往，向城啼哭。其城当面一时崩倒，死人白骨交横，莫知孰是。仲姿乃刺指血以滴白骨，云："若是杞良骨者，血可入。"即沥血，果至良骸，血径流入，便将归葬之也。

在这篇记录中，构成孟姜女故事的主要几个情节，当时已经形成：

1. 秦始皇筑长城，杞良避苦逃走，入孟超后园树上；
2. 超女仲姿，浴于池中，身体为他所内见，因以托身；
3. 杞良被打煞，筑入城内；
4. 仲姿往寻，向城而哭，城为之崩倒；
5. 滴血认骨；
6. 拾骨归葬。

《琱玉集》这篇记载，原出于《同贤记》。《琱玉集》是中唐以前①人所编，《同贤记》已佚，它的成书时间自当更早，由此可见，这个故事的雏形在唐以前就已经形成。现在的孟姜女故事，虽然已有不少新的成份加进去，而且遍及全国，各地都带上了地方色彩，但它的基本情节却保存了下来。

《同贤记》之后，唐、宋、元、明、清各代都未见有采自民间的故事记载，一直到“五四”时期，民间文学受到学术界的重视，新记录的孟姜女故事才陆续有所刊登。但比较完整更接近于人民口头传述的记录，是在解放后出现的，如李清泉记录的《孟姜女的故事》② 张紫晨记录的《长城和孟姜女》③ 等。本文的主旨不在追寻和探索孟姜女故事的发展线索和形态变化，各时代孟姜女故事的异同，这里不加详论。但可以肯定的说，散文的孟姜女故事是比较接近于民间口头流传的，它和戏曲、说唱等的根据原来情节，经文人或专业人改编取舍、敷衍成章，大不相同。

把孟姜女故事改编成戏曲在宋、元即已开始，如宋、元南戏中就有《孟姜女送寒衣》④，元杂剧有郑廷玉著的《孟姜女送寒衣》⑤，前者尚存曲词残篇后者则只存篇目，原剧已佚。明传奇有《长城记》（弋阳腔）、《杞梁妻》（青阳腔）、《寻亲记》、《孟姜女传奇》等，也或存残篇，或已佚。清代有时剧《孟姜女》⑥。近代地方戏中，差不多各省主要剧种都有演孟姜女故事的⑦，有的还有专门演出孟姜女戏的剧团⑧，演出的重点各有不同，戏目名有《哭长城》、《孟姜女寻夫记》、《孟姜女过江》、《孟姜女哭长城》、《孟姜女》等等，不胜枚举。

被篡改歪曲最严重的要数孟姜女故事的长篇说唱，具体表现：

其一，被用来宣扬封建伦理和封建道德：孟姜女故事的基本情节比较简单，被改编成长篇说唱时，作者根据不同的意图，穿插进各种情节和人物，

---

① 《古逸丛书》是根据旧钞本影印的，第十二、十四卷后都有钞写日期，两卷都写于天平十九年丁亥，即唐玄宗天宝六年。

② 见《中国民间故事》第一集，贾芝、孙剑冰编。

③ 见《北京的传说》，张紫晨、李岳南编。

④ 见《南词叙录》。

⑤ 见《点鬼簿》。

⑥ 见《纳书·楹曲谱》。

⑦ 如京、昆、扬、甬、淮、赣、湘、闽、奥、川、豫、秦、评、睦等剧，还有柳琴、黎园、蒲仙、黄梅、倒七、河北梆子等剧种也演“孟剧”。

⑧ 如江西就有以演《孟》戏为剧种的。此外，如安徽、江西、湖南、湖北、贵州、广西、江苏、陕西、山西、等地的傩戏、傩堂戏、师公戏、端公戏、香火戏等，也都以《孟姜女》为主要剧目。

所以不同的长篇说唱往往具有不同的形态，但它们的思想内容却大致可以分成两类：即宣扬封建伦理道德的和宣扬佛法的。在以宣扬封建伦理道德为目的的说唱中，主要通过世俗的故事宣扬孟姜女的“孝”、“贞节”和“贤良”。它们的情节有简有繁，人物有多有少，篇幅有长有短，可以随意变化。以《孟姜女哭长城》（宣讲）为例，这篇宣讲故事，保留了孟姜女故事中几个基本情节：1. 秦始皇修边造长城，范杞良和孟姜女成亲三日，即被抽去筑长城；2. 孟姜女千里送寒衣；3. 孟姜女长城哭夫，长城倒了数丈；4. 滴血认骨；5. 背夫骨而回，在潼关落雁崖下肠断气绝，潼关人造庙祭之。这篇宣讲流行在陕西一带，保持着孟姜女故事的古老形态，和在明清以后发展起来的江浙故事形态，有不少差异；但它的基本情节还是具备的，问题是在这基本情节内，作者加进了一些什么。由于这篇宣讲的题旨很明确，所以，它的情节强调部分、省略部分和增添部分也就有了很大变化。这篇宣讲要突出孟姜女的“孝义烈贞”，因此，它省略和修改了早在《同贤记》中就有的杞良逃入孟家后园，见肉体结亲的情节，改为她早由父母作主娶入范家的。这样更合乎封建礼法，否则不管怎样加以粉饰并涂上灵光，总有点闺阁千金私定终身之嫌。杞良是婚后才被拉去筑长城的，因此，很合乎情理的是杞良临去时对孟姜女提出“侍姑”要求：“妻呀，我的老母要你侍奉。”于是孟姜女殷勤侍奉婆母三年，“婆母思儿流泪。孟姜女讲故事、笑话解愁”。埋藏下自己心里的悲苦，强颜欢笑，克尽孝道。婆母死后，孟姜女“买纸一张，描婆母容像供奉”，甚至去长城送寒衣时还带着遗像，“早晚跟儿享豆觞”。她的孝行和万里送寒衣，得到邻里张世修老善人的赞赏，称她为“天地贤孝贞烈之人”，劝勉两个媳妇要学她的榜样。这里作者把赵五娘葬公婆上京寻夫的情节放在孟姜女身上。为了加强她的“贤孝”的气氛，还杜撰了两个无关紧要的人物——塞翁和老母，给她以同情和帮助，而把孟姜女故事中非常重要的去长城路上的艰难困苦的情节略掉了。到长城后，她一边寻丈夫白骨，一边还念念不忘对婆母的孝心。等她哭倒长城，滴血认骨，收拾夫骨而归，在潼关力竭而亡，得到同坟合葬、立寺造庙、千万人焚香礼拜的待遇。故事到这里就结束了，说唱人在结语中，发出“都要向孟姜女孝义烈贞”学习的劝告，而无一言触及秦始皇的暴虐和丑态，这类故事大致如此。在这个故事里，孟姜女单纯是封建社会的“贞女和孝妇”，她的所作所为完全符合封建的伦理道德，阉割了孟姜女故事反徭役的重大社会意义。

其二、被利用来宣扬佛法：孟姜女故事说唱中属于这一类的主要是宝卷，也有其他形式的，如南词《绘图孟姜女万里寻夫全传》，共有十六回，类似小说，仍有说唱。这类作品大抵把孟姜女和万喜良看作菩萨转世，或者是天上的金童玉女，注定三世不得圆房。他们投生下界是为了拯救众生，最后历尽苦难，终于功德圆满，上归天界。全篇穿插进许多荒唐怪诞的情节，如孟姜女去长城途中遇到节母，投宿在当时还幼小的韩信家里（为了把他们串在一起，竟把韩信从淮阴迁到了离浒墅关不远的山中），在清凉寺遇到了二百多年前的华周、杞良之妻（因她们吃了千年何首乌，所以虽然活了二百多年，犹同十八、九岁一般）。她们的出现主要为了陪衬孟姜女的节义无双，华周、杞良之妻自叹不如。还有在金山寺救了高渐离之妻等等。孟姜女所以能够到长城，一路上靠无生老母、仙姑、观音菩萨、韦驮和许多山鬼野神的祐护。为了显出孟姜女的神圣不可侵犯，还编造企图损害她的劫贼包偷光和毕不成。包偷光抢了孟姜女的衣包和雨伞，他要出卖竟无人敢问津，连看一眼都要眼痛手痛，银子别人一看就变白铜，雨伞打开周身是窟窿。到最后，包偷光被菩萨幻化的老婆婆驾风提到几千里外的长城，在那里跪等孟姜女，献伞献衣包，落了个七窍流血而亡的报应。至于毕不成（因为他亵渎圣女）当然也是吃了苦头，命丧黄泉。

这一类故事除了重点宣扬佛法外，和前一类故事在思想内容上没有差异，它们都是以封建道德为基础，尽力夸大孟姜女的贞操孝贤，在他们的笔下，孟姜女成了封建社会的理想人物。但两者也有不同之处，在前一类作品中，对封建社会的最高帝君（秦始皇），避免他和孟姜女的尖锐矛盾。有时甚至还把他写得很大义，他赞赏孟姜女的贞节，为她造坟。大多不写后一段秦始皇要封孟姜女为正宫的情节，这一类作品对“君君臣臣”的封建伦理是不予触犯的。后一类作品，多着眼树立天上圣君和佛的崇高功业，而对地上的帝君则不免有些微词，为了争取善男信女，扩大宗教在人民中的影响，对于民间的疾苦也表示了某些同情和抚慰。因此此类作品中往往比较多地采用了民间传说中的情节，不过是根据宗教教义加以改造过的罢了。

与上述内容和主题相反，民间歌手演唱的长篇叙事吴歌《孟姜女》则是较好保留了孟姜女故事的人民性它的挖掘记录，具有重大意义。这个《孟姜女》本子是1983年春天在吴县搜集到的，歌者姚永根，是个七十三岁的老农民。她家住在太湖边一个三面临水的半岛上，系偏僻闭塞之地，文化生活贫乏，唱山歌竞为风气。姚永根从小就跟随父亲学唱山歌，会唱多个长篇叙事吴歌，《孟姜女》就是其中之一。抗日战争爆发后，长江三角洲战火弥漫，影响了歌手的情绪。解放后，党很重视民歌的搜集的演唱，但由于“左”的思想的影响，传统吴歌的搜集进展不大，特别是长篇叙事吴歌的搜集没有受到应有的重视。虽然《孟姜女》是姚永根家传，但久已不唱，现在重唱也需要在记忆的聚藏箱里，翻箱倒柜地进行艰苦的搜索、整理、组合，使之成全壁。所以，在记录时歌手常常辗转反侧，难以成眠。这首两千余行的歌，记录了整整半个多月，从记录角度说尚算得顺利，歌手却为这首歌的复述用尽了心血。在记录完成当晚，歌手就旧病复发，大量的咯起血来。录音的后期，歌手体力已渐不支，但他仍然支撑着勉力完成整个故事的演唱。

这是一个关于《孟姜女》故事的比较简练和完整的长篇叙事吴歌，是用吴县的山歌调唱的，除保留了《孟姜女》故事固有的基本情节之外，在个别情节和语言上都有不少民间歌手独创的地方，带着民间文学的泥土气息和光芒，不同于以前用各种说唱体裁歌唱的本子，为目前用歌唱形式的《孟姜女》故事仅有的佳本。

首先，它巩固了孟姜女万里寻夫的“爱情”基础，扫除了加在孟姜女故事上的种种迷雾。以前在说唱中关于孟姜女万里寻夫的卓操异行的起因，比较突出的是两个方面，一是“女子之体不得再见于男子”（后来发展为见我白肉的便为夫妇）的封建伦理观点；一个女子的肉体为男子所见，不成夫妻便只有死，因此丈夫是神圣的，女子应该为丈夫殉节，所以，万水千山在所不辞，生不同床死同坟。一是天上“金童玉女”的化身，他们注定要经历今世的磨难，因而有这样卓绝的举动是不奇怪的。这两个原因都是消积的、被动的、命定的、不得不然的。是远离人间，缺乏人情味，缺乏人物的个人因素，缺乏“情”的。在长篇叙事吴歌《孟姜女》里却有另一种处理，它突出了一个“情”字，带着浓厚的感情色彩。在旧的说唱本子中，孟姜女下池塘有各种各样的原因，大都是不合情理的，其目的在于孟姜女的肉体让躲在树上（或假山后）的万喜良看到，而缔结成婚姻。其缔结婚姻的方式也往往是孟姜女当面许婚，甚至逼婚。在这个本子里，孟姜女是在捞将要下沉到水底去的扇子，脚下的石头一晃动跌入水中，躲在假山后面的万喜良听到喊声，不顾自己的安危，出来救人。万喜良救了孟姜女的命，引起了孟姜女对他的感激之情，这是两人关系的第一个重要环节。第二，是在孟姜女的盘问下，万喜良述说自己的身世和不幸遭遇，得到了孟姜女对他的同情，存心为他“隔河摆渡”。这里孟姜女对万喜良已有了意，但她不明说，却自己回到闺房里。在孟姜女示意下，丫头孟香把万喜良拉到楼上，对封建时代的妇女来说，这是个很大胆的行动，却是合乎情理的。她要救急难中的万喜良，而且自己早已心许给他，所以不避嫌疑：这里也说明孟姜女是一个敢于蔑视礼法的人，她考虑的只是救万喜良，封建时代的小姐的堂楼是一个禁地，躲在楼上是万无一失的。这一举动表现了孟姜女大胆、多情和仗义的性格，面对朝廷重金缉拿的钦犯，敢说："天坍有奴出头来撑，地塌有奴拉住伊。"这本子虽然还留有"见白肉，配夫妻"的封建伦理观念的影子，只是淡淡一点而已。第三，万喜良在堂楼急得生了病，孟姜女百般地关怀和服侍，医好了他的病，这又进一步的增深了两人的情意。第四，消息走漏之后，万喜良被官府捕去，歌手又安排了两个动人心魄的情节：一是哭别，二是探牢。特别是探牢的情节，是别本所未见过的。这些一步一步地加深了万、孟二人的感情，使后来孟姜女万里寻夫之举，建立在爱恋的基础上，而不是冷冰冰的封建伦理使然。这一点是对历来孟姜女故事在思想和人物上的重大突破，增强了孟姜女故事的人民性。

其次，表现了对封建统治阶的无情揭露：《孟姜女》故事的核心是万里寻夫，这是这一故事后期发展起来的特点，在旧的许多本子里生化出许多荒诞怪谲的情节和人物，吴歌中却突出和加强了过关、拜佛等情节的描述，对封建统治机器和宗教迷信进行了入木三分的揭露，不同于一般唱本浮浅的唱骂，以下是极其精采的大唱段：

关官是个活阎王，
笑眯眯刀来园①
独个仔标致娘子关下过，
碰碰是要拔伊拖上床。

拖上床，拖上床，
吃着仔苦头勿许来声张，
顺心顺意放走，
强头是别颈要送进乱坟坑。

过了浒墅关，一路上的地名都一笔带过，在镇江又出现了一个高峰——金山寺烧香，是这个本子别开生面的一折，是它人民性的又一次强烈的闪光。《孟姜女》故事是被佛教剽窃、篡改、利用最多的故事之一，有许多本都带着浓厚的颂佛的色彩。而这个本子，在金山寺烧香一节却对寺庙的虚伪和罪恶大大地数落了一番。这也是它非常精采的段落，民间歌手想象的奇巧，出人意外。孟姜女到金山寺是去烧香的，但一开头，就把法海和白娘娘斗法的故事扯了进去，歌手的同情是在白娘娘一边的。这当然是一种借题发挥，孟姜

① 园，江南方言，藏。

女的历史背景是在秦朝，白娘娘故事的发生却要迟得多，但这并不妨碍民间歌手对这件历史公案发出心的回响。孟姜女上金山寺去礼佛，但一进佛殿就对宗教的虚伪产生由衷的厌恶。她唱道：

要烧香，进庙堂哎，
短命和尚象仔中秋节后格苍蝇是嗡嗡仔格响，
大秃头象个仔格弥陀佛呀，
小秃头跟勒身后头，头颈要伸出仔尺把长哎。

其三，到长城以后的情节，也仍然是比较健康，表现了人民性。它把旧说唱本中万喜良被打肉桩或埋葬在长城之内，长城马上就造成的情节略去了。如果万喜良在造长城中果能起到这样的作用，那么，秦始皇捉万喜良并没有错，相反，他为的是能免除万民的死，孟姜女寻夫也失去了社会意义。只不过是个人悲欢离合，而且和广大人民的利益是背道而驰的，削弱了这个故事在反徭役中的作用。在这个本子里，却有另一种处理：是西北风把城墙吹倒几十丈，压死了民夫 102 人，万喜良也在其中。万喜良的死与千百个民夫联系在一起，他是封建时代苛重徭役的牺牲者。

哭倒长城和滴血认骨，是孟姜女故事的固有情节，是故事的中心环节之一，没有这两个情节，就构不成完整的孟姜女故事。它在各说唱本子中处理是不相同的，这个本子用了这两个情节，并没有作过多的渲染，甚至像滴血认骨的情节，也没有带上迷信的成份。民间歌手用了滴血认骨的情节，却表示了对“滴血末拉里寻骨哎蛮希格奇哎”的惊讶和不解，认为是“伤心人做出仔伤心事”。在这个本子里突出描写的是孟姜女在长城寻夫的细节，她从春到夏，从秋到冬跋涉在万里长城工地寻访，从雁门关一直寻到嘉峪关，既描写了孟姜女寻夫的曲折过程，又反映了长城民夫的艰难情状，把哭倒长城的情节展现在广泛的背景中。

与秦始皇的关系中，除了细节上与别的本子有不同外，有一点也是独特的，孟姜女投海而死时，不少唱本都说是秦始皇认识到她确实是节烈的人，给她安葬、造庙。这个本子秦始皇余恨未息，残暴地叫人拿铁扫帚把她的细皮嫩肉扫掉，她的肉变成了银鱼；甚至把她的骨头磨成了粉，骨粉一飘变成了蠓飞子，“叮得仔昏君拉里呒处仔格逃”。压迫者和被压迫者的矛盾没有得到调和，孟姜女死后对无道的昏君还给予惩罚，给人一种两者斗争的广阔而遥远的图景。孟姜女遭到了悲惨的结局，但斗争并没有结束，这无疑是又一次加强了这一故事的社会意义。

（二）劳动妇女形象之精苦塑造

吴歌，特别是近代长篇吴歌，淋漓尽致地展示了劳动妇女勤劳，勇敢和胜利者的形象。

新中国诞生后，上海地区先后搜集、整理并出版了反映我国近代到解放前夕生活的长篇吴歌《贩桃郎》《白杨树山歌》、《五姑娘》。“文革”后发表了《严家私情》、《白六姐》和《五姑娘房门半扇开》、《林氏女望郎》、《红小姐望郎》，以及《打窗兰》、《接阿姨》、《鲍六姐》、《卖脂香》、《赵圣关》、《沈七哥》、《薛六郎》等。从现有的资料看，上述叙事长歌大都产生于急剧变化的近代社会，因此打上了比较强烈的资本主义意识的烙印。近代长篇吴歌中的女主人公，就是敢于对封建主义婚姻冲锋陷阵的勇士和胜利者，其中妇女形象揭示了封建制度已处于风雨飘摇和急速瓦解之中。

在长篇叙事吴歌中，人们着力塑造的形象具有喜剧性，如《贩桃郎》、《严家私情》、《五姑娘房门半扇开》，均属这一类型。以悲剧结尾的长篇吴歌《五姑娘》、《林氏女望郎》等，在民间也不仅有悲剧结尾的唱法，而且同时也有喜剧结尾的唱法。

两种结尾中，喜剧结尾更具有时代色彩，反映了这个时代人们的思想趋向。以《严家私情》为例，它的情节很简单：

1. 有个学生叫沈三庆，有一次追鸟到严家宅东头的歇凉亭，被严家小姐严素珍看中，接进房中；

2. 两人发生了私情，被嫂嫂识破，捉住了奸情，送到官府究办；

3. 严素珍跟到官府，主动承担了责任，在公堂进行辩解；

4. 府官慑于她言词锋利，不敢和她为难，自作媒人，把他们判成夫妻。

在《贩桃郎》和《五姑娘房门半扇开》两篇长歌的结尾中，她还不肯就此了结，对府官说“衙门就比烟花地，进进出出坏名声，你差了三差四役绳绑枷压进官府，现在我伲两人哪来脸面再做人?”结果，府官给她们恢复了名誉，给男的一担酒，女的一头羊。夫妻两人一个挑着酒，一个牵着羊，欢欢喜喜堂堂皇皇走出了衙门去成亲。这真是好看煞人的一个场面，大出封建官僚机构的洋相。在现实生活中，这当然是不可能的，但却符合这个时代人民意愿。

喜剧结尾的女主人公的形象，是一个个性很解放的人，她没有一点封建时代妇女那种羞羞答答、悲悲戚戚的情态，主动的把自己看中的对象招进家来，当她的私情被丫头识破，她反唇相讥，毫无畏缩，结果把丫头收买了过来。当嫂嫂对她进行盘问时，她表现出了大胆泼辣的个性，反而揭露了嫂嫂的老底；这是一段很精彩的唱词，把封建时代的假面具、假道德无情地揭露了出来：

严素珍就话侬（侬，即吴语的你）嫂嫂黄熟梅子落地勿要卖啥青，

侬登拉（登拉，登是住，拉是语助词，这里是住在的意思）娘家屋里也不正经，

搭得平民百姓倒呒啥（呒啥，没有什么，没有关系的意思），

为啥啦搭仔（为啥啦搭仔，为啥，即为什么。啦、仔都是语助词、衬字）和尚出家人，

倗（倗，即吴语中的你）哥哥拿了年庚八字摆勒硬搓头扫帚上扫了东场、扫了西场，横也勿要来竖勿要，

奴劝倗哥哥免过（免过，比如）讨个二婚人。

当嫂嫂到她房中来捉奸时，她面不改色，言词诤诤，警告嫂嫂捉不出奸情的后果。当嫂嫂捉出了奸情，把她情人绑送到府堂去时，她知道问题的严重性，自己挑起了全部责任，要情人咬定“口口声声姐偷郎”，表现了她对爱情的忠贞。在官堂上对质的时候，又表现了她的大胆泼辣，机智勇敢。作为男子汉的她的情人，在官府的威势面前，吓得“话勿出讲勿出两笃（两笃，即两滴）眼泪面上滚”的时候，她却镇定自若，应付自如。一开口就使府官觉着份量：“迭能（迭能，作这种，这样解）姑娘勿曾会着过，知府一听呆登登”。她为自己辩护的一席话，有板有眼，不允人不信。官府深知她的厉害，害怕断得不好会丢掉自己的乌纱帽。她的话像连珠一般：

严素珍就话，迭个辰光三年有旱荒，三年有雨荒，三年有风荒，九年功夫荒得柴呒一根，米呒一粒，沈家学生拿三百石白米、四百石冬藏（冬藏，即陈米），拿到严家宅里应接倗大男小女丫头使女论十名。爹爹爷爷算勿清，爹爹爷爷拿仔黄杨算盘、拿仔誊清账簿，行到南纱窗下、八仙台上，坐仔九棱八角沉香杌子、摆起黄杨算盘、肖开誊清账簿，朝上一拨，五退五乘十，朝下一拨，九除一乘一、逢一进一十，退退拨拨，算算算仔三日三夜算勿清（这一段歌词在民歌中是用急急鼓鼓的调子唱的。它由一连串的叠句组成一个长句）。

拿我姑娘做退债人，

爷格手里攀格亲，

伲（伲，各个地区的吴语，有不同的音，伲是上海地区的我）阿哥阿嫂乌梅淘饭要起黑心，

黄狗毛要赖婚。

知府一听两只眼睛滚咾滚，

象南天一个踏车星：
迭桩事体一定要断伊夫妻成双对，
倘若断伊拆开知府老爷做勿成。

知府虚张声势地假意问了一阵之后，反而批驳了原告，让姑娘打赢了官司。一场悲剧变成了喜剧。

这个人物在历史上完全是新型的，即使在民间创作中也不多见，这是新的经济因素反映在人物身上的结果。她和官府的关系，当然不是由于个人个性上的原因（姑娘的刚强、府官的软弱），而是两种思想较量的结果。府官为什么这样不理直气壮，因为一种新的婚姻观念，已经在社会上发生了较普遍的影响，也影响到腐朽的统治阶级内部。表现了新的意识形态在形成过程中的势如破竹的姿态，而旧的封建关系和意识形态，正处在一种土崩瓦解的状态中。当然，文艺作品表现的是一定社会的本质的东西，它和现实生活有着很大的距离。不然很难理解这个时代为什么人民这样喜欢这个人物，也很难认识人民塑造这个人物的典型意义。

（三）反映封建家长制家庭的奴役实质和男权中心社会里男女不同命运

这两方面主要体现在上海吴歌的哭嫁歌之中。在封建家长制的家庭里，媳妇相当于奴隶，不得自由，正是“婆拉门槛三尺三，进门容易出门难”。

媳妇和家长的关系，处在极不平等的地位，这里不是单纯的长幼之分，而是奴役与被奴役的关系。

人家爹娘像官员，
把你的女儿当长年，
人家爹娘像阎王，
把你的下贱女儿当长工！

（上海《哭嫁歌》）

对家长制的封建家庭，娶来一个媳妇无异于增加一个免费的劳动力。媳妇不但要做家务，而且还要去田间劳动。在田地多的人家，媳妇还要比雇来的长工做在头里，上海的《哭嫁歌》中就是这样唱的：

田地多来寻人种呀，
叫人花来一淘呀，
自家花要领前头呀，
我小小囡仔兴草（兴草，兴是多和长的意思。）阔畦头呀，
吓得来急汗像小雨能呀，
紧肉瘫子像鸭蛋能呀，

周身像大风大浪里格桥桩兢兢能呀。

在家务劳动方面也并不轻松。新媳妇在家庭中处在最低下的地位，不但要服侍公婆，还要讨好叔伯姑嫂。至于吃呢，那也只能吃一些其余家庭成员的余羹残饭。

八月犁星对大门，
拿仔四角升箩问大人，
三升米饭要烧粢饭香，
一圆镬子（一圆镬子，即一只圆镬子）要出三顿饭，
公婆大人要吃镬心饭，
姑娘小叔要吃白米饭，
小小囡吃仔二拳（二拳，即二团）麦粞水淘饭。

不但如此，封建家长对媳妇还要作肉体上的折磨，动不动就可以施行“家法”。上海的歌中，对这一点作了形象的描绘：

青蓬芦头压下来，
细竹梢梢抽下来，
大棒打来纷纷碎，
小棒打来节节断，
木头打来刨花卖，
竹头打来做洗帚卖，
一把头发缠三缠，
一根门闩拦腰断。

在这家庭里，媳妇的日子是难过的，“日间头胜如监牢里，夜间头胜如鸟笼里”。土家族的歌中也说：“层层地狱层层牢，你的下贱女儿活不了，十八层地狱黑洞洞，你的下贱女儿活不成！”

所有这一切，对封建礼法来说，完全是正常的，合乎规矩的。媳妇如果有什么不满、反抗，那就是违反了规矩，大逆不道，马上就要受到舆论的谴责。做家长的可以兴师问罪：“做错生活叔叔伯伯立仔一场头，说错说话大妈婶婶坐仔一前头。”

做父母的明明晓得女儿到婆家去受这些痛苦，也没有办法，反而认为是理所当然的。诫训女儿“要争气，要成人，头一要替爷争气，第二要替娘争气，第三要争自身气”。做媳妇的违犯了封建礼法，有违“孝道”“妇道”，连娘家父母都有责任，脸上没有光彩。所以做父母的总是要女儿忍受，要女儿“头鸡啼，窜身起”，“二鸡啼，头光面滑出房门”，“三鸡啼，拿来仔四角

升箩问大人”，去克尽“妇道”。土家族的歌中，父母也诫训女儿要在新家庭中低心下首，要“抬起板凳让人坐，走到窄路让人行，老的面前要听话，少的面前要宽心。你十分性子要改个完，千万莫逗人家讲闲话，万万莫给爹娘添麻烦”。

在封建家庭里，儿子的命是“贵气”，他是这个家庭天生的合法继承人；女儿的命是“下贱”，她在自己出生地扎不下根，“像香炉脚下的一堆纸灰，狂风一来纷纷飞，像山中的小鸟，长大就追飞。”

做女儿的是“倒霉命”，像天上飞的灰尘一样，谁也不关心，任你飘落在哪里都得不到反应，甚至染上了她这“倒霉命”，连青草坪的青草都不会生了。那种有死无生的绝望之情，象奔流一样倾泻出来，哀怨至极。读至此，真能令天下妇女，同声一哭。

在《哭哥嫂》一节中，一开始就对“你我本是同娘养，同娘生，生来贵贱不相同”的命运进行了埋怨：

下贱妹妹送出去，
哥哥在家好做人。

在这里，哭嫁歌的作者已经进一步把问题触及本质，那就是男权中心制度反映了男女之间利益关系。这制度是以牺牲妇女的权利作为前提的。这一节的几段歌词虽然比较含蓄，但妹妹对哥哥的埋怨之情，却隐隐的贯穿在各段之中。

在《别姊妹》一节中，这样“一样萝卜几样菜，一样儿女几样待。一棵大树几椏分，一样爹娘分出几样心”的话题，又重新提起：

出嫁姑娘：
生来是个男子，
大树脚下好躲荫，
父母跟前好做人。

十姊妹：
生来是个女子，
蒙头搭帕赶出门，

赶到笆茅（笆茅，象茅草的草本植物，但比茅草高大，茂盛）脚下难躲荫，赶到人家父母跟前当贱人。

男女的不同的命运和妇女在旧时代受欺凌的地位，在这一节中成为主要的内容。这一节是新娘和伴嫁的姑娘（一共九个人，连新娘称十姊妹）对唱的，她们共同唱出了几千年来妇女的共同心声。

在上海郊区各县吴歌的哭嫁歌里，问题是这样提出的，因为妇女不能劳动，不能养老父母，所以父母“惹厌”：

为啥今朝踏板头上要分男女呀，
像壁角落里蓬尘扫脱我，
门口头烁砖踢脱我！
姆妈呀！
侬多厌我来惹厌我，
养仔阿哥兄弟末，
前年大树要生根。
养仔小小囡俉末，
阶沿石种花勿生根。
养仔阿哥兄弟羹饭送，
养仔小小囡俉朝外送。
养仔阿哥兄弟满堂红，
养仔小小囡俉满屋空。
……

所以，父母对儿女就有了分别，养儿子，好像“门前种起枣子树，枣子开花蜜头甜”，养女儿，好像“门前种起心焦树，门后种起懊悔树”。因此，“后园头三大蒜四葱，姆妈只垦大蒜勿垦葱，新打薄刀起胡葱，一刀切来两刀空。”只管儿子不管女儿，把女儿急急忙忙嫁出去完事。这段歌辞比较起来，是属于封建社会的更后期的作品了，所以它只就男权中心社会所造成的结果来看问题，不知道女儿所以不能给父母送“羹饭”，落得个人去屋空，正是男权中心制造成的，并不是做女儿的本身存在什么先天性得弱点。

媳妇是家长制家庭的奴隶，从她一进男家的门以后，她就不再是自由的了。即使是想要回自己的娘家去，也是：

人家的父母不开恩，
我有脚不能伸呀，
人家的父母不开口，
我有脚不能走呀！

这里说的“人家的父母”，指的就是公婆。女子做了别人的媳妇，就要受公婆思想的束缚和限制。这在其他语种歌谣中也有所体现。只是在这里展示得更加明显。

第三节　吴歌格律浅说

资料表明，吴歌同其他地区的民歌一样，开始都是四言句、五言句，唐宋以后才基本上发展为七言四句。刘禹锡在竹枝词序言中，说到夔州（今重庆）的儿歌“激汗如吴声”，看出了重庆、上海两地区民歌的共同点。

直到现代，吴歌的基本格式还是七言四句的，长歌则既有以七言四句分段的，也有七言多行的。如：

天上星多月勿明，
河里雨多水勿清；
京里兵多要造反，
姐妮郎多要乱心。

这是吴歌的典型句式。从音节上来分析，便是二二三，或二二二一，即：

天上　星多　月勿　明，
河里　鱼多　水勿　清；
京里　兵多　要造　反，
姐妮　郎多　要乱　心。

这种句式当然不仅吴歌中有，全国很多地方的民歌，也莫不如此。可以说，七言四句头的山歌，是我国民歌中一种极为普遍的形式。但从明以来，这种形式在吴歌中却有了大的发展，那就是句子中嵌入了大量的衬字和衬句，使句子变化多端，很难分辨是几字句。民歌的句子本来就比较灵活，富有伸缩性，各地民歌中运用衬字的现象并不少见，但像吴歌那样运用得普遍和一句之中有那样大的容量，却是绝无仅有的，以致于可以说，它已成为吴歌的一种独特形式。其他各地的七言四句头山歌，大多比较整齐划一，偶或有些衬字，很少有超过十多个字一句的。

吴歌中的七言四句山歌有两种情况：一种是它的句式保留着典型的形式，即比较严格的七言四句；另一种加了许多衬字和衬句。在明朝以后，后一种情况大量出现，成为吴歌的一种基本格调。

在明人冯梦龙辑录的《山歌》一书中，衬字衬句的歌比比皆是。从已搜集的吴歌看，衬字衬句除了音乐唱腔上的原因外，语音和语言的表达特点是很大的因素，如《山歌》中的：

搭识子私情雪里来，
屋边头个脚迹有人猜。
三个铜钱买双草鞋我俚情哥郎颠倒着，
只猜去子弗猜来。

这首歌第一句八个字，第二句九个字，第三句十六个字，都用了衬字；第一二句的衬字出于语音上的原因，第一句的“子”，第二句的“头个”，去掉衬字便是七字句：“搭识私情雪里来，屋边脚迹有人猜”。从语意上说，这样也已完足；从语调上说，加上“字”“头个”等衬字，不但使语言增添上吴歌的色调，而且也使语调更加圆润起来。熟悉吴语的人听来感到悦耳和亲切。从吴歌文学的角度来看，声调的柔和倩丽，是一个很大的特点。第三句的结构更加复杂了，仍然没有离开七字句式，不过在七字句的格式内，加上了更多的衬字。

七言四句头吴歌衬字较多的长句，一般的都出现在第三句或第四句。如：

娘问囡倍啥心焦？
有郎匆得知奴吒郎个若干，
阿晓得奴囡倍日日好象镬里煎仔勒熬。

但多数都在第三句上。从这句结构上说，第一句是起（兴）；第二句是承，引出本意来；第三句是全首的高潮；第四句是结。这是四句头山歌一般的结构，至于每句的字数的多寡，变化多端，不能一般而论。四句头吴歌中，第三句有长达二三十个字的，如《听歌碎碗》①：

郎唱山歌响铃铃，
门前头阿姐端得饭碗要来听；
眼望青天、脚踏阶沿、肩靠门窗、“啪冷”一响、打碎一只龙凤八角、八角龙凤、江西金边花饭碗，
骂声唱歌郎格害人精。

这首歌的第三句长达35个字，它已超出一般衬字的范围，由一系列的短语和形容词组成。它运用白描、形声辞和夸张装饰的手法，造成重叠、鳖复、峻急和高低抑扬的丰富的音响效果，表达出主人公听歌时失神的神态。这句歌辞虽然有这许多衬字和叠句，但它仍然是七字句的扩大，它的基本内容只

---

① 见《吴歌新集》（内部资料），苏州市文学艺术界联合会编印。

是“打碎一只花饭碗”。

叠句的运用在长篇吴歌中尤其普遍，例如《严家私情》①，全歌不到五百行，除了时时出现异峰突起般的十几个字、二十多字的长句之外，三四十字以上的叠句就有六处之多，其中最长的句子达八九十字。在长歌中，这当然还不是叠句用得最多的，句子也不是最长的；在《捏面裹馄饨》② 里，全歌不到一百句，叠句就有七处之多，其中最长的一句竟达 140 个字。这些衬字和叠句在歌中的反复出现，使故事的进展波澜起伏、奇峰突起，增加了歌词的色彩。

吴歌中叠句有各种各样不同的妙用，如为增加语言的说服力，不厌其详地把细节一一写出，不断重复，许多话看起来像是不必要的赘句，但正是这种同义反复的赘句，使含意表达得更深切，使要说的事说得活龙活现，不允人不信。如《白杨村山歌》的附录五《杨村丫枝》中，一对男女在谈私情时，女的要说服男的不要为私情去打自己的妻子，露水夫妻不长久，还是自己的妻房恩爱长。她用的叠句是：

姐说道郎呀，侬阿曾晓得前年子间，旧年子呀，侬还在姐拉堂（拉堂，吴语“地方”）攀花转去，有病困在床角落里，侬家中贤妻手拿黄米到水桥头去嘎格三嘎、淘格三淘、漾格三漾，回转拿到镬子里去厢托格三托、煎格三煎，盛在只金汤盏碗里，一只手粥汤，一只手药汤，行进房里，撩开青纱帐子，阿大拉爷，阿二拉爷，揭开被，撑起手来，抬起头来，搭侬一口粥汤、一口药汤喂下去，望侬吃落去仔一天一天好起来。

这个叠句的叙事是多么细，像说家常般地一五一十道来。“烧粥”这一件极简单的事，它交代了多少个细节，米要说明是“黄米”，淘米地方要说明是到“水桥头”，淘的时候也写出它的各种动作“嘎格三嘎、淘格三淘、漾格三漾”；烧的时候也写出它的动作“托格三托、煎格三煎”；喂的时候又交代它极细的动作：端汤、进房、撩帐、揭被、撑手、抬头、喂汤。这样细致的描写，不但是其他种类的歌中所没有，任何别的文体中会成为极琐碎而无用的，在吴歌中却别具妙用，在艺术中自成蹊径。这是吴歌的独一无二的艺术创造，如果说在别的文学样式中也有这种手法的运用，那么是吴歌把这种手法推到了极致。

有的叠句用在辩驳的场合，显示歌中人物的雄辩口才。如在《严家私情》

① 见《民间文艺集刊》第三集，上海文艺出版社 1982 年 11 月版。
② 见《民间文艺集刊》第三集，上海文艺出版社 1982 年 11 月版。

中严素珍的私情被嫂嫂捉住，官司吃到了府里，严素珍替情人进行辩护，把没有的事情说得凿凿有据，使知府老爷难辩是非，只好胡乱的断了案，使一下上风。她回答道：

严素珍就话，迭个辰光三年有旱荒，三年有雨荒，三年有风荒，九年功夫荒得柴呒一根，米呒一粒，沈家学生拿三百石白米、四百石冬藏拿到严家宅里应接伽大男小女丫头使女论十名。爹爹爷爷算勿清，爹爹爷爷拿仔黄杨算盘、拿仔誊清账簿，行到南纱窗下、八仙台上，坐仔九棱八角沉香杌子、摆起黄杨算盘、肖开誊清账簿，朝上一拨，五退五乘十，朝下一拨，九除一乘一、逢一进一十，退退拨拨，算算算仔三日三夜算勿清，

拿我姑娘做退债人。

民歌作者用叠句把一个敢作敢为、敢说敢争的姑娘形象表现得活龙活现。前半段把没有的事讲得凿凿有据，后半段把极简单的事说得极复杂，振振有词，主要也是通过细节的过细叙述，说的如行云流水，毫无破绽可抓。

很大一部分特别长的叠句，主要是从歌唱的要求出发的，内容上关系比较少。叠句是表现歌手才华和唱功的最重要的部分，深受群众的欢迎和喜爱。叠句很多是用急急鼓的调子唱的，要一口气把一段歌辞唱完。很长的叠句一口气唱不完，中间换气时也要使人感觉不到。不能做到这一点，歌者的功夫就会被人认为不到家。所以，叠句的文字常常出现没有意义的重叠、反复，近于游戏的味道，完全是耍嘴皮子的。

在句法上来说，叠句不管怎样长，它仍然是附加在七字句上的，因为这种叠句，它的结尾一定落在七字句的尾调上，否则它就不合唱腔。

吴歌的衬字叠句起于何时，无文可考，但从历史看，《诗经》、《楚辞》里有“兮”、“些”等衬字与民歌相伴而存。至于格律化的唐宋诗词，自然没有什么衬字和叠句。除了这些格律化诗词，民歌中早就有和送声。所谓“和送声”，是“和声”与“送声“的合称。和声，指同时发音的几个乐音的配合。送声，即原为加在篇末、句尾的声音。如：

巴东三峡（女儿）猿鸣悲（女儿），
夜鸣三声（女儿）泪沾衣（女儿）。

和送声一般为虚字，后也包含嵌在两词之间，而且也采用一些实字。可以说，这种和送声就是当今吴歌衬字叠句的基础。它是随应民歌开唱的需要，内容上强调或突出某个中心词的意义，艺术上给人一种浓郁的音乐美。

吴歌中衬字叠句的运用，有自己的特色。衬字有虚衬和实衬之分。虚衬

如“咳”、“哎呀”、“嗨”……；实衬如“女儿”“妹呀”、“姐儿”、“这个”……。这种衬字叠句现象，在各地各族民歌特别是在小调、俗曲中，都同样存在，但像吴歌中运用得这样普遍和突出，却是不多见。

第十六章

彼岸之美声：台湾歌谣浅析

台湾，古称“夷洲”、“流求”，是中国领土不可分割的一部分。台湾岛与大陆，有着不可分离的密切关系，以汉族为主体的台湾各族同胞，与大陆众多民族血肉相连，这是两岸同胞所公认的“铁的事实”。1624 年荷兰侵占台湾。1661 年（明末）民族英雄郑成功率众驱逐侵略者，收复台湾。1683 年清置台湾府，属福建省。1885 年改建台湾省。1895 年被日本占领，1945 年抗日战争胜利后归还中国。日本人占据台湾 50 年间，处心积虑，千方百计地将台湾同胞化为日本人，由于台湾同胞强烈的斗争精神，多次组织起义，不断奋力反抗，日本人的无理企图全遭失败。台湾同胞历尽千辛万苦，从大陆带去的优秀历史文化和淳朴风俗习惯得以发扬光大。台湾汉族民间文化同样有深厚的底蕴，台湾本岛汉族歌谣内容丰富多彩，形式多种多样。从语言学角度上看，台湾汉族歌谣以闽方言闽南话歌谣和客家话歌谣为主，兼有我国北方方言的普通话歌谣。这里，着重介绍闽南话歌谣和客家话歌谣的思想内容、艺术形式及谚语的一些特征。

第一节　闽南语歌谣在台湾

台湾的汉族百分之八十以上源自福建，以漳州、泉州人为最多，讲的都是闽方言闽南语，反映在其歌谣中的风土人情、艺术形式，自然有闽南本土的特色。

从 20 世纪 90 年代初期，台湾省各地采集、整理和印行的歌谣看，当地民间歌谣，不仅数量宏富，题材广泛，形式多样，而且思想内容十分深刻。以云林县为中心的台湾闽南语歌谣，反映了台湾岛上闽南方言地区汉族人民生产生活的方方面面，体现了当地人民共有的素质和风俗特征。

一、闽南语歌谣的类别

台湾文化部门按当地人习惯，将该方言语歌谣分为五大类，即儿童歌谣、仪式歌谣、节令歌谣、一般歌谣和和叙事歌谣。实际上从所流传的歌谣作品看，可以根据这几类化解来与大陆习惯分类的类别相应的内容。譬如这里所说的“一般歌谣”，其涵盖面就极为广泛，所列举的作品，已经包括了20世纪80年代以来我国较统一分法所分的八大类①中的生活歌，时政歌、劳动歌和情歌，甚至也包含有关历史传说故事歌。

儿歌，包括游戏类和一般类，这与大陆人对儿歌的分类法大体相同。只是大陆各族儿歌，除了游戏歌外，其它儿歌又分为“摇篮曲”和“事物歌”。

同样，对上述“一般歌谣”类，在大陆各族歌谣中，除大类上包含上述几类外，每个大类又包含若干小类。如劳动歌，分为农田歌、渔猎歌、行业劳作歌等；生活歌分为长工苦歌，单身苦歌，妇女苦歌和其它苦歌等；生活知识歌、劝世歌和娱乐歌。台湾则因汉族人口等各方面原因，类别没有分得那么细，但从各种资料的歌例和整理印行的作品中，也不乏上述各种细类歌谣。试以《十步送妹》② 为例：

一步送妹到楼上，脚步紧随手垂胸，
郎君没做坏事情，不怕被妹先负心。

二步送妹上楼梯，郎君送妹长叹息，
明明给君你 thianthui③，上等鱼肉吃不胖

三步骗君头会晕，听君言语讲不完，
我家来信逼得紧，不得无奈拆离身。

四步送妹云水车，头晕目眩倒着站，

---

① 1986年《中国歌谣集成》编委会指示各省市歌谣卷大体要按以下八大类分类：劳动歌、时政歌、仪式歌、情歌、生活歌、古歌、历史传说、故事歌和儿歌。广西在编纂《中国歌谣集成广西卷》各族歌谣时，根据当地实际情况，在以上八大类基础上，增加了个“引歌”作为各类歌的开头。

② 见台湾《云林县闽南歌谣集》(二)。

③ thianthui：意为承诺，此依原文照抄。

一封信我无处寄，要寄嘉义妹之处。

五步送妹火车站，等到时间尚未到，
等到时间若走到，朋友相约到妹家。

六步送妹火车内，两人哭着没人知，
打算和妹结夫婿，不疑离别分两地。

七步送妹到田里，郎君送妹脚已酸，
想要和妹纯长久，怎料有头却没尾。

八步送妹山洞内，山洞黑水流出来，
郎君为人不会差，妹子回去得再来。

九步送妹到彰化（地名），我说的话你得听，
妹子回去当乖女，路途遥远难打听。

十步送妹到台北，抬头一看麻子家，
想要和妹情长久，谁先负心是愚兽。

（廖丽雪、陈素主整理）

这首歌，看其内容，按大陆分类是别离歌，属情歌的一种，但台湾当地将它放在“一般歌谣”类，与大陆分类法有所区别。

台湾还有一种被称为“杂念”的歌谣，有其特定的含义。

按照台湾众文图书股分有限公司的《台湾风俗志》解释，所谓杂念就是指通常流行的俗谣和情歌而言，因取随“哼念”之意，故名“杂念”。例如游人、娼妓、苦力、工人等，平日就经常随着音乐节奏在唱这种民谣情歌。也有不用乐器而清唱。歌词都是使用台湾闽南语，音乐使用北管。恰如前面所叙述的，台湾只有南管歌词才使用台语，而音乐一律使用南管；反之北管歌词却是用官话，音乐一律使用北管。台湾的“杂念”还有一个特点，即闽南语歌和北管乐混合使用。杂念的歌名大体如下：《过渡》、《打》、《死妻》、《跪妻》、《离妻》、《出外》、《嘉义》、《花鼓》、《刘廷英搅烂》、《张秀英》、《孟姜女》、《火烧楼》、《游苏州》、《煽墓涂》、《商辂》、《王妙娘》、《食》、《相马》、《长城》、《英台》、《刘允》、《状元》、《小金》、《病子守寡》、《闹

葱》、《二四送》、《十二步》、《十二按》、《卅二呵》、《十八摸》、《十二生相》、《一串年》、《大开门》、《高山流水》、《二锦》、《紧通》、《太五对》、《汉中山》、《说思情》、《大八板小八板》、《一斤姑》、《开金扇》、《黄大娘》、《算歌》、《新神早》、《二八佳人》、《盘茶头》、《海堂山歌对》、《八角日落》、《海堂尾》、《三仙会蕃豆姑》、《茶郎归家》、《姑嫂接哥》、《姑嫂春洒》、《妻子边夫》、《竹叶青》、《姑嫂闹家》、《七寸枕头》、《洗手中》、《度伯开船》、《十二月古人》、《十八姊》、《补硼》、《点灯红》、《十条手巾》、《上山采茶》、《夫妇团圆》、《茶郎煮饭》、《茶娘寻夫》、《四季春》、《十二思莲》、《酒》、《奉酒》、《醉酒》、《结拜》、《三更天》、《彩莲歌》、《看芙蓉》、《登花报》、《盘赌》、《叫妻回家》、《哭别十里亭》、《劝兄》、《小开门》、《小圆圆》、《大夫调》。

此外客家人也有“杂念”，其歌名如下：《瑶仙问》、《新章游花地》、《董仲寻母》、《雪中送炭》、《金叶蓝》、《李书云卖字》、《私探睛》、《杨府祝寿》、《水浸金山》、《李金童捱雪》、《桂枝写状》、《梨花罪子》、《郑院藏龙》、《老女拜神》、《阴魂雪恨》、《井里藏儿》、《玉连环记》、《陈姑自尽》、《途抱随牵》、《何府祝寿》、《流沙井》、《辕门罪子》、《谢小娥受戒》、《逼媳出雷》、《义结连枝》、《四季莲花》、《辫子释妖》、《勾脂粉跌落水》、《妓女从良》、《迎新送旧》、《唐明皇游月宫》。还有很多这种民谣情歌，无法一一列举，这里抄举闽南语的《二十四送》、《使犁歌》和《时代流行歌》① 下面是这种歌词的两、三段：

《二十四送》：

一送兄哥是新正，兄今说话妹着听；
咱今双人古相取，咱厝家事兄料理。

二送小妹笑微微，小妹牵兄入房去；
吩咐我兄脚放轻，脚步放轻无人疑。

三送兄哥入布田，小妹生水兄艰难；
看见小妹生做好，害兄了无钱通导。

四送兄哥日头长，小妹招兄上牙床；

① 《台湾风俗志》第257——260页，众文图书公司（台湾）印行。

兄哥挣钱真干苦，勤俭粒积卜娶某。

五送兄哥入摇船，小妹招兄上床困；
兄今趁钱某不娶，家火般来分对半。

六送兄哥半冥时，无好金鸡早早啼；
无好火鸡啼障早，小妹看见真有搭。

七送兄哥七月半，当今少年真览烂；
人说少年头面皮，不通过家卖热货。

八送小妹爱食姜，入庵入庙讨和尚；
和尚讨来无头鬃，阮身尽看哥一人。

九送兄哥做一头，小妹相斟舌相交；
伸手乎兄做枕头，十八青春少年候。

十送小妹有主意，一蕊好花在身边；
花今开透任君采，兄哥采花惜花枞。

十一送小妹就起行，行到东街寻阿兄；
哥哥生做真正巧，甘心共尔结婆。

十二送小妹真是水，兄哥甘心捧盆水；
小妹生来真是白，甘心共汝洗脚白。

十三送兄哥暗忙忙，小妹招哥来告困；
双手解开裙腰带，两腿夹来真快活。

十四送……（缺原稿）

十五送兄哥天渐光，小妹无意来开门；
小妹送哥出房去，我哥只去病相思。

十六送兄哥更又深，小妹看见暗沉吟；
今日新兄无治厝，家官有事有人当。

十七送小妹笑混混，身穿白衣套红裙；
梳妆打扮抹胭脂，梳头拈粉真标致。

十八送兄哥出外方，小妹看哥心头酸；
四目相看折不离，未知我哥何时圆。

十九送小妹来洗棹，小妹招兄来再搁；
哥今说话讲不通，是咱夫妻无别人。

二十送小妹真有义，兄哥侥心伴小弟；
若然遇着新夫回，阿哥仔细不通来。

二十一送兄哥天卜光，小妹看哥目周黄；
哥今有钱来照顾，谁人侥心死半路。

二十二送小妹笑纷纷，身穿白衫红罗裙；
梳妆打扮真好看，终世共哥做一群。

二十三送兄哥来打门，小妹听见来开门；
小妹看见我哥来，是阮双人着意爱。

二十四送兄哥出外方，看见我哥心头黄；
四目相看难分离，未知我哥何日归。

《使犁歌》：

所谓使犁歌，就是在祭日或喜庆之日，由农夫化装成耕田的样子，在大街上游行时所唱的歌。全体分成两组，边唱边问答。所唱的内容大部分是“博歌”，同时也唱即兴应变的歌。所谓“博歌”，就是用“甲问乙答”方式对口合唱的歌，相当于大陆各民族青年常唱的“斗歌”、“盘歌”。在台湾农村，相隔一块田或一座山或一片沼泽，双方问答的方式是高唱情歌。在市区，到了夜深人静的时刻一群人中间摆上一把椅子，在几座蜡台上点上蜡烛，双方在蜡烛两旁，相隔一定的距离，彼此你一首我一首地对唱情歌，旁边还有乐器伴奏，是众人环视之下对唱。有时候唱歌败的一方，由于不能忍受失败，就与对方斗嘴，于是博歌成了“相骂歌”。如：

莲子开花一点红，全望娘子相痛疼；
相害娘汝总不可，代念兄弟出外人。

意为：荷花开放时有一点红，观赏时要相亲相爱；不要做出陷害郎君的事情，要想到郎君在异乡的辛劳。

金桔开花红基基，相好那是有真情；
能生能死同做阵，不可放手娘单身。

意为：金桔开花一片红，你我相爱是真情；假如会有同生又同死，莫让我一人守空闺。

木棉开花有一枝，哥仔生成即文理；
敢是潘安再出世，害阮想思十二时。

意为：木棉花儿朵朵开放，我的情郎天性举止斯文；难道是潘安再生吗？害得我日日夜夜思念。

以上是互相恭维的“情歌”。下面是一些对骂的歌：

菜豆开花结成条，不好查某（女子）透冥奸；
提钱提银给哥用，一条大路透房间。

意为：豇豆开花结成长长的豆角，淫荡的女人不但通霄和人奸宿，而且拿钱给情郎花，从大马路上打情骂俏直通房间，真是个不知耻的荡妇。

桂花开了树顶香，少年兄哥不是人；
一年侥千共侥万，采了花心过别枞。

意为：桂花一节边树梢都放香，你年纪轻轻的不积阴德，一年之中摧残了成千上万的花朵，当你把这些花芯采下之后，又无情把她遗弃。

这种对骂的歌往往带有人身攻击成分，但总的情况是一种娱乐，歌者之间并不记仇。使犁歌人数不定，通常是由一个戴着纸犁牛面的人牵着拴有绳子的架犁，另外一个化装成农夫拉着犁，两个化装的农夫扛着锄头，还有两个人分别化装成一男一女的老农，另外有四、五个人化装成农夫跟在后面。同时又有几人组成的乐队，乐队使用南管或北管，分成两组，边由乐队伴奏边唱，歌词和博歌略同，即相当于情歌中的斗唱。

《时代流行歌》：

双脚踏到仙仔仙公庙，仙公门口一仔一块石；

道头离远真仔真可惜，就叫搭心搭心没得着。

这首“情歌”的意思是说：“用两条腿走到仙公庙的门前，坐在门前的石阶上，由于路途遥远觉得很累，可惜事先约好的情人却没见到。”

另一首，如：

李仔好食，酸哎哎；杨葡好食，咬女需损；

因为与哥，做夥困；裤带却好，短三分。

上面这首“情歌”的意思是说：“近来不知为什么缘故，对于李子和杨葡的酸，觉得味道特别甘美，这究竟是什么缘故呢？啊！我想起来啦，以前我跟情人睡过一夜。啊，就是这个道理，所以我的裤腰带才短了三分。”歌词反映了一女子与情人相处的情景，颇有生活情趣，也体现了那位女子愿意面对现实，敢于吐露真情的性格特征。

二、闽南语歌谣形式

从形式上看，台湾闽南语歌谣语歌谣主要有七言四句，七言扩展句、杂言句和童谣。①

（一）七言四句

这是最常见的格式。其中多数是第一、二、四句押平声韵，第三句仄声落尾。如《耕农歌》：

一更更鼓月照山，翻土播种忙田边；

田里秧苗绿油油，家家户户要丰年。

又如《五耕鼓》的第一节：

一更更鼓月照山，牵君的手摸心肝；

君来问娘要怎样，随便阿军我心肝。②

这些民歌句句押韵，韵字的声调顺序为“仄平仄平”。如《六月茉莉》：

六月茉莉真正水，郎君生得真古锥；

好花难得成双对，身边无娘最吃亏。

有些民歌也是句句押韵，但韵字的声调顺序为“平平仄仄”。如《六月田水》：

---

① 参阅陈侣白《台湾汉族民歌格律初探》。见段宝林、过伟、刘琦主编：《中外民间诗律》第109页，北京大学出版社1991年8月版。

② 青年男女之间，女称男尾为“君”，男称女为“娘”。相当于“郎”，“妹”。

六月田水当值烧，鲤鱼落水尾会摇；

山猪着镖叽叽叫，阿娘着镖微微笑。

有些民歌首句不押韵，第二、三、四句押韵，声调顺序为“平平仄平”。如《三盆水仙》：

看见 / 日头 / 要斜 / 西

鸟母 / 宿巢 / 怕子 / 寒；

举头 / 我母她 / 无处 / 看，

看过 / 云外 / 几重 / 山。

七四句的民歌，一般每句四个音步。此歌第三句多出一个字，但音步并未增多，即所谓“音齐字不齐”，故仍归入七言四句式。

七言四句式还有其他押韵和声调形式，不一列举。有些民歌

以七言四句式为基础，加以扩展。

台湾最脍炙人口的民歌《思想起》，其格式就是在七言四句的前面加上“思想起”三个字，类似广西彝族《羊情带》情歌，每唱二句或四句都加上“羊情带”三个字。一首《思想起》的开头或结尾都带上“思想起”三个字。相传二百多年前，清廷从闽粤一带调集军队、工匠和其他劳动人民东渡海峡，在台湾的恒春登陆，修筑工事，开发宝岛。这些人思念大陆和亲人，常常聚在一起，用恒春民间的曲调即兴填词，回忆在大陆时的情景，抒发思乡之情，于是唱开了《思想起》这种歌。后人继续不断即兴填词，但不一定都是寄托乡情，也可表达其他内容。下面这个例子是唱恋情的，句句押韵，第二、三、五进为平声，余为仄声。

思想起，

冬天过了是春天，

百花含蕊当要开；

阿娘生得真正水，

想无机会来相随。

《草蜢弄公鸡》最初是童谣，后来常在台湾的戏曲和曲艺中出现，多用于欢乐场面或讽刺内容，其局势是在七言四句的后面加上五言两句。第一、三、四句押一种韵，韵字的声调顺序为“平仄平”；第二、六句是另一种韵，仄声。

草地阿兄真风流，看到女人乱乱叫，

每日不时黑白想，希望娶到美阿娘。

草蜢弄公鸡，公鸡扑扑跳。

《病团歌》描写妇女十月怀胎中出现的病态，每月一节歌，都是吃某种食物。每节的格式，都是七言四句后面加上五言三句。以下是正月这一节，第二、四句押平声韵（其他各月有些第一句也压韵），余无韵。

女：正月/算来/桃花/开，
　　娘今/病团/无人/知。
男：君今/问娘要/吃什/么？
女：要吃/山东/香水/梨。
男：要吃/我去/买。
女：你买/给我/吃。
男：哎哟/我妻/喂！

此例第三句多出一个字，但仍为四个音步。

以上都是在七言四句的基础上加头加尾的例子。另有一种从七言四句化出的民歌，如《一只鸟仔嚎啾啾》，句式为“七九九九”，即后三句各增加一个音步（第二句多出一个字，但音步一样）；句句押韵，韵字的声调顺序为“平仄仄平”。

一只/鸟仔/嚎啾/啾，
嚎到/三更/半暝/找无/岫。
什么人/给我/弄破/这个/岫，
被我/捉到/于他/不干/休！

七言四句和类似七言四句的民歌，有些是多段的词，如《一只鸟仔》、《卜卦调》各四段，《五更鼓》五段，《六月茉莉》六段，《桃花搭渡》十二段，等等。

（二）杂言，句数不拘

如另一首《思想起》：

思想起，
第一最大就是天和地，
第二最大就是老母亲和老父，
若不信您大家都来想详细，
骨头就是老父给，
咱这个肉就是老母的。

第二至四句可视作四句式的前三句，但此歌的特别之处在于把最后一句化成两句，全歌句子长短不一，成了很不规则的格式。第一、二、四、六句押仄声韵。

《祖母的话》是一首多段体民歌，第一、二段各六句，第三段五句，第四段却是七句。以第一至第三段为例：每句四至五个音步。押韵方面，第一段有转韵，第二段一韵到底，第三段三处押韵；韵字平仄不拘。

做人的/媳妇要/知道/理，
晚晚/去睡要/早早/起，
又要/烦恼/天未/光，
又要/烦恼/鸡无/蛋，
烦恼/小姑/要嫁/无嫁/妆，
烦恼/小叔/要娶/无眠/床。

做人的/媳妇要/知道/理，
晚晚/去睡要/早早/起，
起来/梳头/抹粉/点胭/脂，
入大/厅/拭桌/椅，
踏入/厨房/洗碗/箸，
踏入/绣房/做针/黹。

做人的/媳妇/真艰/苦，
五更/早起/人嫌/晚，
烧水/洗脸/人嫌/烫，
白米/煮饭/人嫌/乌，
气得/剃头/做尼/姑。

闽南语中，“光”、“蛋”、“妆”、“床”同韵；“理”、“起”、“脂”、“椅”、“箸”、“黹（zhǐ）”同韵。

台湾汉族民歌中有一种叫卖调，如《卖豆奶》、《收酒矸》等。因为边串街边叫卖，多为杂言，且同一题目中格式不一；每首都有转韵，韵字长短不一。

东家真可恶，害我真艰苦，
迫我夫君无出路，卖豆奶相照顾。
豆奶呀，热的油炸果呀，咸糕仔润啊！
出门囝要嚎，一家乱糟糟，想到这个眼泪流。
赤脚来出门，想着心头酸，
行到警察亭子口，卖豆奶顾三顿。

不敢多歇困，那行心那忍，真怕警察来欺。

闽南语中，“嚎”、“糟”、“流”同韵；“门”、“酸”、“顿”同韵，“润”、“困”、“忍”同韵。南管古曲的词，大多是长短句。后来一部分演变为民歌，保持了原来文字较典雅的特点。如《百家春》，篇幅较长，句式以五言为主，穿插三言、七言、九言甚至二言。押三种韵，平仄不拘，疏密不一，而且有些地方内容、词语重复，可能是演变过程中未全部糅合好的缘故。全歌如下：

当春芳草地，万物皆献媚。
为着什么事，抛了妻，游远地，长别离？
忆昔别离日，二八少年时。
到如今，霜华两鬓垂，
叹一声，青春不再来。
君你是亡异乡，亦当托梦来。
存亡不可知，将琴弹别调，又恐坏名节。
多望春花开来深润地，深闺终日泪滴成伤哀。
又心伤，空断肠，苦夜长，泪沾裳，悲伤！

闽南语中，“媚”、“离”、“时”同韵，“铼”、“哀”、“知”同韵。

台湾汉族民歌中，杂言而不拘句数的有一定数量，不一一列举。从以上数例，可见一斑。

（三）童谣和催眠歌

台湾汉族民歌中的童谣和催眠歌，句式有变化的较多，句数和押韵不拘一格。

催眠歌的格式大多比童谣规整，押韵也完密。如《摇团歌》，“三三七”的句式，平声韵。

摇啊摇，摇啊摇，
摇团仔爱困爱人摇。

又如《婴仔婴婴困》，句式全为五言，八句押三种韵，先仄后平。

婴仔婴婴困，一暝大一寸；
婴仔婴婴惜，一暝大一尺。
摇团日落山，抱团睁睁看；
团我心肝，怕你受风寒。

闽南语中，“惜”、“尺”同韵。

再有一首《婴婴困》，句式三、五言交替，六句押三种韵，先仄后平。

婴婴困，婴婴困，一暝大一寸；

婴婴惜，婴婴惜，一暝大一尺。
婴啊婴，啥人生？
婴啊婴，阿母生。

以上两例虽然是句句押韵，但并不单调，因为都转了两次韵，而且先仄后平，所以押韵完密而有富于变化。

童谣的形式，不甚规则。除少数情况外，大都句式多变或押韵不严。如《西北雨，直直落》虽然句式全是三言，但押韵很不严密。

西北雨，直直落，鲫仔鱼，要娶某。
鱼古鱼代兄，打锣鼓，媒人婆，土虱嫂。
日头暗，寻无路，赶紧来，金火姑，
做好心，来照路，西北雨，直直落。

闽南语中，“雨”、“某”、“鼓”、“路”、“姑”同韵，除“姑”字外均为仄声。

另有一首《鲫仔鱼娶某》，以其第一段为例，押韵严谨，句式变化较多，三、五、七言并举。

天乌乌，要落雨，鲫仔鱼，要娶某。
母鸡扛轿大腹肚，蜻蜓拿旗叫艰苦，
龟担灯，鳖打鼓，鲇鲐做媒人，土虱做查某，
蚊子吹嗒嘀，黑白鲁，黑白鲁。

闽南语中，“乌”、“雨”、“某”、“肚”、“苦”、“鼓”、“鲁”同韵，除“乌”字外均为仄声。

再有一首十分有名的《天乌乌》，句式很不规范，三、五、七、八、九言都出现；押韵很不严格，有转韵，前半部分的结尾“真正趣味”和全歌的结尾均无韵。

天乌乌，要落雨，阿公拿锄头要掘芋。
掘啊掘，掘啊掘，掘到一尾旋溜鲇，
哟嘿嘟真正趣味！
阿公要煮咸，阿嬷要煮淡，
两人相打弄破鼎，
哟嘿嘟哟嘿唧

闽南语中，“乌”、“雨”、“芋”、“鲇”同韵；“淡”、“鼎”同韵。除“乌”字外均为仄声。

第二节 台湾的客家话歌谣

台湾汉族中约有15%来自广东，多为梅县、潮州之人。他们被先到达当地、人口占绝大多数的福建闽南方言区人（俗称“福佬人”）称为“客人”，即讲客家话的人，亦称“客家人”。

台湾的客家人主要聚居在新竹、苗栗、桃源以及屏东、花莲港等地，小部分聚居其他地方。客家语民歌可分山歌和小调两类。山歌又可分过山调、山歌仔、平板调三种。过山调是上山劳动、挑担过山时所唱的歌，曲调高亢舒展，旋律跳动较大，节奏灵活自由。山歌仔旋律平稳，节奏规整。平板调曲调流畅，富有叙述性。以上山歌，大多既可独唱又可对唱，可即兴编词。小调主要流行于居住在平原地带的客家人中，所反映的生活面较广泛，都有固定的唱词，一般不即兴编唱。但不论是各种山歌还是小调，大都是七言四句，只有少数例外；押韵比较严谨；风格上，抒情、秀丽的居多。

（一）七言四句

最通常的是第一、二、四句押平声韵，第三句仄声落尾不押韵，如以下几个例子：

一山过了又一山，路头弯弯真难行；
阿妹姻缘我有份，天上没路也要行。

客家语中，“山”、“行”同韵。

日落山头一点黄，牛母带仔下池塘；
哪有牛母不惜仔，哪有阿妹不恋郎。

三月里来好风光，茶山阿哥做茶忙；
日里上山铲茶草，夜里做茶到天光。

有些是对唱的，如《摇船调》：

什么圆圆在半天？什么圆圆在河边？
什么圆圆街上卖？什么圆圆在眼前？

月亮圆圆在半天，石头圆圆在河边，
鸭蛋圆圆街上卖，镜子圆圆在眼前。

不少民歌，第三句和第二句大同小异，为的是把第二句的平声落尾改造成第三句的仄声落尾，以取得良好的声调效果和回环照应的情趣。如下面的两个例子：

远远看见妹飞来，不高不矮好人才。
不高不矮人才好，放下功夫嬲（niǎn）下来。

山歌越唱声越娇，三弦来和九龙箫。
三弦来和箫子曲，石板来搭万年桥。

有些押仄声韵，位置也是一、二、四句。如：

吃酒人人都望醉，读书人人都望贵；
恋哥人人都望久，希望双竹会透尾。

七言四句的民歌中，有些是多段的词，如《摇船调》两段，《卖酒》七段，《撑渡船》、《十二月古人》各十二段，等等。

（二）其他格式

七言五句的，如《上山采茶》：

急急忙忙离了家，离了家中来采茶。
我今采多妹采少，无论采得多与少，
多少总爱转回家。

此例是第一、二、五句押平声韵。

七言五句而又对唱的，如《桃花开》：

男：桃花开来菊花黄，阿哥想妹有三桩；
一来爱妹鸳鸯枕，二来爱妹象牙床，
三来爱妹救命方。
女：桃花开来菊花黄，阿妹哪里有三桩！
裁缝正有鸳鸯枕，木匠正有象牙床，
药店正有救命方。

此例是每段第一、二、四、五句押平声韵。

客家语民歌中也有《病囝歌》，每段形式与闽南语的略有不同，是在七言四句的后面加上“三三七”；押韵比闽南语的完整，也是平声韵，

男：正月里来新年时，
女：娘今病囝无人知。
男：我今问娘吃什么？
女：爱吃猪肉炒姜丝。
男：吃什么？

女：炒姜丝。

合：爱吃猪肉炒姜丝。

路摊小贩所唱的《瓜子仁》，句式是“九七五五七”，第一、二、四、五句押平声韵。

一盘瓜子摆在大路边，

一卖烧酒二卖烟。

相公来饮酒，

小姐来把筵，

小小生意爱现钱。

《初一朝》这首民歌，句式是“三三九九九五七”，第一、二、三、五、七句押平声韵。

初一朝，初二朝，朝朝起床哥哥来揽腰。

阿哥问妹床子怎难起？腰带丢失寻呀寻半朝。

哎哟三八妹，腰带丢失眠床头。

客家语中，“朝”、“腰”、“头”韵相近。

除上述七言体外，还有三言体、四言体、五言体和杂言体。特别是杂言体在台湾客家语民歌中占有相当大的比例。1936 年台湾新文学出版社印行的《台湾民间文学集》收入的400 多首歌谣中，就有50% 以上的杂言体，其句式多半是：三三五五四四，也有三三六六四四。如：

初一早

初二早，

初三无可巧，

初四顾顿饱，

初五隔开，

初六挹肥，

……

上述歌属三、五、四杂言句，似乎还有一定的规律，即首两句为三言句，次二句为五言句，接下去若干为四言句。但有些歌谣短句长句参差不齐，有四言、五言、六言、十数言。

……　……

初九天公生日，

初十食，

十一请子婿，

十二查某子转来食泔摩仔配芥菜，
十三关老爷生，
十四月光。
十五元宵冥。

（《台湾民间文学集》）

这种长短杂言句歌谣，在句式上很难找到什么规律，但它能比较自然地表达歌者的思想感情。

杂言体的客家歌谣在大陆的唱法，也颇有韵律。据过伟先生提供的资料，杂言体中的七言四句体之首句属三言句，也称“三句头”。如“苦楝根，苦楝开花白莲莲，阿哥就系（是）苦楝根，妹唔（不）嫌苦就来跟”。至于杂言多句体，也有一定的押韵方式。如陆川客家童谣《么介东西响》①：

么介东西叫？知咋（蝉）虫叫。
知咋虫让般（怎样）会叫？有斤腌（壳）。
田螺有腌又让唔（不）会叫？水中物。
蛤蟆（蛙）水中物巨（它）又会叫？嘴发（阔）。
泥箕嘴阔发巨又唔（不）会叫？竹器。
横箫（是）竹器又会叫？多眼。
米筛眼更多巨又唔会叫？边圆。
铜锣边圆巨又响？铜器。
铜锁系（是）铜器巨又唔响？有须。
羊头有须巨又唔响？嘴尖。
犁头嘴尖巨又响？生铁。
生铁打钟巨又唔响？人捶。
人捶打笼又唔响？纸做。
爆竹纸做巨又响？有导线。

从上述歌词，可看出客家歌谣的押韵方式，是以双句押韵为主，也有一、二、四句押脚韵，一、二、四、五句押脚韵，句句押脚韵，也有不押韵。多段的客家歌谣，有一韵到底，也有中途换韵，前者民间称“连贯韵”，后者称“梅花韵”。四句体歌一、二句与三、四句，分别押不同的韵。如：“井里撑船难转弯，难得转变出井栏，人才唔中阿妹意，黄金满屋冒看巨。”前两句“弯”、“栏”押韵，后两句“意”、“巨”押韵，五句子歌一般为一、二句押

① 段宝林、过伟、刘琦主编：《古今民间诗律》，北京大学出版社 1999 年版。

一韵，四、五句押另一韵。

台湾的客家歌谣内容丰富多彩，除了较普通反映爱情生活，特别是体现青年在采茶、种田时盘歌斗趣（当地称“搏歌”）外，还有反映长工生活、节气变化、地方风物、人生修行等内容。如一首《东势叶家长工谣》①：

东势叶家：鸡啼出门，半夜入屋。
完工起工，提了四猪入屋，喊得满堂子叔。
长年喊夹，头家又摄目。
作了半年零工，还不知头家住的是瓦屋还是茅屋。

（游日光讲诵，陈敌榛采录）

东势，是台湾桃园县平镇社的一个地方，当地有个叶姓人家，田地广阔，人丁旺盛。他家请来的长工，每天早出晚归，鸡啼就要出门做工，半夜才能入屋。叶家买来一点点猪肉，却请来满堂的亲戚朋友来共享。长工想夹点肉来吃，老板（“头家”）一直眨着眼，目视他们不可以吃肉。又由于天不亮就出门劳作，天黑了才能回家，根本看不清居所的环境，作了半年的零工，“还不知头家住的是瓦屋还是茅屋”，体现了长工生活的艰难和对老板的不满情绪。

台湾客家歌谣中的《二十四节气歌》体现了当地节气特征：

立春雨水正月节，二月惊蛰和春分，
三月清明同谷雨，四月立夏与小满，
五月芒种夏至节，小暑大暑在六月，
立秋处暑七月份，八月白露及秋分，
九月寒露同霜降，十月立冬与小雪，
大雪冬至十一月，小寒大寒是过年。

（赖兴辉讲诵　陈敌榛采录）

据讲诵者说，以前大家都农耕，没有读什么书，但是即使不上学读书，只教小孩子唱山歌，山歌的歌词里面就有教你怎么耕田，这是什么植物，这是什么动物，它们的习性是什么。所以学唱山歌后到实地一看就能懂、就能够了解。虽然没有读书，但从日常生活里就学到了。

比如这一首农谚，说二月份惊蛰，“蛰”的底下有一个虫字，所以到那一天虫鸣就开始了。背这首诗的目的主要是为了从事农业，有些人不认识字，农业知识就靠这类歌谣一代一代传下去。

---

① 台湾金荣华编：《桃竹苗地区民间故事》第249～250页，台湾中国吕传文学学会印行。

又如《十七十八想爱修》，也是一首颇具特色的民谣。

十七、十八想爱修，合掌烧香又怕羞；
二十七、八想爱修，手抱孩儿哭啾啾；
三十七、八想爱修，塘上鲤鱼乱啾啾；
四十七、八想爱修，又想嫁女娶新妇；
五十七、八想爱修，阎王来信乱啾啾；
六十七、八想爱修，手持拐杖街上游。

这首诗讲的是人生各个阶段都有足以阻碍修行的原因。所谓“修行”，即学练佛家或道家的理学、礼仪。歌意是说：十七、八岁的时候想要修行却怕人家笑话；二十七、八岁的时候要养儿育女；三十七、八岁的时候，人的欲望好像塘上跳跃的鲤鱼一样，正在活跃旺盛的阶段，如果去修行，心有不甘；四十七、八岁的时候，又要嫁女娶媳妇；五十七、八的时候，身体不好了，常常怀疑阎王来信；六十七、八想要修行，但也只能手持拐杖街上走走了。

第三节　台湾高山族歌谣韵律①

高山族是我国台湾省最早的居民，由于居住地区和方言不同，高山族又分为泰雅、赛夏、布农、邵人、邹人、鲁凯、排湾、阿美、卑南、达悟等十个支系。在台湾岛上，人们又常将这十个支系说成十个民族。如当地学者田哲益所著的《台湾原住民歌谣与舞蹈》就将上述的十个支系作为十个民族，分别介绍他们歌谣的特点。高山族民歌中，一部分有传统的唱词，不但有语音，而且有意义，这就成为流传下来的传统口头文学，可以翻译成汉族的文字。本文所论述的就是这部分民歌的唱词。另有一部分高山族民歌，没有传统的有意义的唱词，第一遍唱作“那路弯”、“那里弯”、“依路弯”“奥那那西”等等，虽然有语音，却无语义（类似汉族民歌中的虚词“衬字”，但它是整首均为“衬字”），只表达出一种情绪；第二遍起可由领唱者即兴编词唱出，这些词句比较粗糙，没有流传下来，流传的只有第一遍的那些“衬字”。这部分民歌数量较大，在节日歌舞中更占多数。为了使它们更好地为各族人民所接受和欣赏，近年来有些诗人、歌词作家根据曲调的情绪填写了优美的、

① 参见《中外民间诗律》（段宝林、过伟、刘琦主编，北京大学出版社 1991 年）、陈侣白《台湾市山族民歌韵律举隅》，段宝林、过伟、刘琦主编，北京大学出版社 1991 年版。

格律较严谨的歌词，且已传唱、流行，但因它是专家笔下的产物，不是高山族民间“传统”的歌词，所以不属于本文论述的范围。

（一）押韵较严的

有的逢双行押韵或首行也押韵，有的是行行押韵，有的有转韵。如：

1.《唱吧，心爱的人》，两段，每段四行，第二、四行押韵。

〔高山语〕（男）雯嘎依散，起米拉卫，
沙沙娘，起米拉卫！
（女）瓦都亚卫，起米拉卫，
沙沙娘，起米拉卫！

〔意　　译〕（男）雯嘎依散，心爱的人，
唱起来吧，心爱的人！
（女）瓦都亚卫，心爱的人，
唱起来吧，心爱的人！

这是男女对唱的歌。“雯嘎依散”是一个姑娘的名字，“瓦都亚卫”是一个小伙子的名字。每个唱歌的人都可换上自己心爱人的名字。此歌流行于台北、新竹、台中等县泰雅人中。演唱者巴度亚依（林忠）①，译词者陈侣白。

2.《采花》，四行，第二、四行押韵。

〔高 山 语〕那挪那那沙那米，
那那沙拉玛米拉。
米呀沙那玛希诺沙内，
玛拉奈瓦沙玛米沙拉。

〔意　　译〕走吧走吧去采花，
山上开满了各种花。
折下小树枝当木梳，
在头上插下鲜艳的花。

此歌流行于台北、新竹、台中等县泰雅人中。演唱者路兰色市（李雪玉，女），译词者陈侣白。

3.《爸爸去捕鱼》，四行，各行长短不一（曲调分别占五、八、四、八个小节），行行押韵；但由于半数的行都很长，所以实际上韵脚分布并不太密。

〔高 山 语〕（男）米玛那哎米玛那哎吉娃玛诺米达？
（女）米达乎骨达依萨娃阿里安奴萨那吉娃玛诺米达。

---

① 巴度亚依为高山语的名字，林忠为他汉语的名字。下同。

（男）里那阿各弗丁尼娃玛？

（女）那路哎骨萨达佐萨奴萨那吉娃玛诺米达。

〔意　　译〕（男）在那里？在那里？爸爸他到哪里去？

（女）爸爸他以到东海撒网，大小鱼群一齐游进他的鱼网里。

（男）你可知道鱼儿有多少？

（女）我已看见爸爸一网打到银光闪闪、活蹦乱跳的二十八条鱼。

此歌原名《渔歌》，流行于台湾省东部、南部阿美人中。演唱者谷莫日（黄新发）、慕兰（慕兰）、斯耶奥（斯宜兰），译词者王晨湖。

4.《真心相爱结连理》，三段，每段四行。第二段一韵到底；第一、三段有转韵，均两行押一种韵。

〔高 山 语〕（男）的玛依阿那玛勒各美得，
的玛依阿那玛勒罗美得，
拉乌那沙西阿扎拉美恩，
拉乌那沙西阿扎勒门。

（女）米斯罗美罗美达恩索恩，
米斯罗美罗美达恩索恩，
乌拉玛罗拉安发呀索恩，
乌拉玛罗拉安发呀森。

（男）佳卡罗哇阿格米那罗哟，
佳卡罗哇阿格米那罗哟，
多依的玛罗罗沙沙弗，
多依的玛罗罗沙沙弗。

〔意　　译〕（男）山地姑娘真美丽，许多青年爱着你，
唯有我爱得最深切，无论谁都不能比。

（女）请你不要花言巧语，你的爱情全是假的，
害得我睡不着吃不下，身体一天天瘦下去。

（男）心爱的姑娘莫怀疑，我的爱情是真的，
真金不怕火来炼，真心相爱结连理。

这是男女对唱的歌，流行于高雄、台东等县排湾人中。演唱者洛拍巴切斯·伯让额兰（骆义川）、马沙路（王光治）、乌巴乌·阿萨奥（林忠富）等，译词者洪永宏。

（二）押韵不严，甚至有很大欠缺的

有些民歌韵脚分布不均匀，疏密相差较大；有些在要害处不押韵；有些押韵有头无尾。如：

1.《看新娘》，两段，每段六尾（曲调分别占四、五、六、四、四、五个小节）。第一段第一、二、三、六行押韵，第二段第二、五、六行押韵，均各有连续两行不押韵。

〔高山语〕那那沙那米诺奈诺奥哟沙，
那沙米诺米那赛乌鲁沙那阿的奈奥里达。
阿拉米诺乌鲁沙米那沙玛里诺奥里达，
那米那海拉西乌鲁沙米那赛诺，
奥吉达米达赛哈达米诺内，
米那赛奥吉达奥吉达嘹那。

木下木下木下玛支哼奈，
木嘎拉乞斯力格沙鲁乌多嘎猎加。
乌哇玛汗木乞干力嘎沙鲁乌多玛乌劳，
依士阿支拉西木柱依路乌哇木嘎汉，
依玛罗力木乞干乌嘎木沙，
依玛罗力木乞干乌嘎木沙。

〔意　　译〕看呀看呀大家都来看新娘，
她的眼睛像月亮，她的脸儿像鲜花。
月亮看见她，悄悄在云后躲藏，
鲜花看见她也不敢开放，
它们都不敢和她比漂亮。
它们都不敢和她比漂亮。

去呀去呀去把喜讯传扬，
新娘是我们村最美丽的姑娘。
来娶亲的新郎是全村最有名的猎手，
他带着弓箭来接新娘，
什么人都不敢把路挡，
什么人都不敢把路挡。

此歌流行于台北、新竹、台中等县泰雅人中。演唱者路兰色市（李雪玉，女），译词者路兰色市、陈侣白。

2.《山地劳动歌》，四行，句式十分整齐，前三行都押韵，但末行却不押韵。

〔高 山 语〕罗希罗希罗希罗，
玛嘎哦巴沙约罗，
哈杯沙应西灰罗，
木沙依罗拉欧玛。

〔意　　译〕天亮天亮天亮啦，
大家赶快起来吧，
带上两个大芋头，
快去山上劳动吧。

此歌流行于台北、新竹、台中等县泰雅人中。演唱者巴度亚依（林忠），译词者陈侣白。

3.《遥念》，四行，前两行有韵，后两行无韵。

〔高 山 语〕格鲁沙拉奈夏阿那，
依诺恩斯那，那希玛那沙？
格鲁呀米朵罗罗，
那沙依那胥沙内。

〔意　　译〕远去的人儿我挂心怀，
我在想念你，你在想念谁？
想思树上花儿开，
想念中的人儿会回来。

此歌流行于台北、新竹、台中等泰雅人中。演唱者路兰色市（李雪玉，女），译词者陈侣白。

4.《谷子长得腰一般高》，四行，也是前两行有韵，后两行无韵。

〔高 山 语〕阿嘎阿嗄奥基嘎果扎，
依哟也奥嘎也呀捏嘎奴扎。
诺呀诺阿兹哎基奥也酒阿哎，
依哟瓦那奥嘎尼哟阿呀阿这。

〔意　　译〕金黄的谷子长到腰一般高，
看来今年收成准定好。
辛勤劳动换来的丰收果，
就怕种田人自己吃不到。

此歌反映了日本帝国主义统治台湾时期抓丁抓伕、强征粮食，高山族同胞担心吃不到自己所种谷子的愁苦心情。流行于恒春一带排湾人中。演唱者苏利傲·布拉格（伊锦林），译词者洪永宏。

（三）句、韵不够，衬字来凑

有些歌除歌词外，结合采用有音无义的“衬字”，使得行数、押韵比较完整。这是高山族民歌较常见的做法。如：

1.《赏月》，原为三行词，第一、三行押韵；凑上一行衬字后变成四行，第二、四行另押一种韵，变成一种交错押韵的形式。

〔高 山 语〕米诺沙米达嘎诺米达耕索。
那诺嗨那米呀奥米沙哎呀，
嗬骨嗬骨沙米达嗬兜米达耕索。
（阿奥沙阿依呀阿艾那米呀。）

〔意　　译〕月亮高高挂天上，多么亮，
看吧看吧景色多么美呀，
年轻人，看那月亮多么亮。
（阿奥沙阿依呀阿艾那米呀。）

此歌流行于台北、新竹、台中等县泰雅人中。演唱者路兰色市（李雪玉，女），译词者陈侣白。

2.《上山割藤》，原为五行词，凑上衬字（实际上是多行衬字，这里只录一行）后变成双数行，逢双行押韵。

〔高 山 语〕夫拉夫拉再郭夫诺斯，
喔夫诺萨尼嘎嘎
乌达达拉祖哇，
诺给索哈尼嘎嘎。
（噢依央嗬依央噢依央嗬哼，）
拉纳拉纳骨儿嘎嘎。

〔意　　译〕闪呀闪呀光芒闪耀，
哥哥手中的割藤刀。
你要问他去哪里，
哥哥上山割藤条。
（噢依央嗬依央噢依央嗬哼，）
我的哥哥多勤劳。

此歌流行于台东等阿美人中。演唱者伊祖（林忠），译词者刘登翰。

3.《思念》，原为两行词，凑上两行衬字后变为四行，第二、四行押韵。

〔高 山 语〕米里安米里安那里鲁玛嗬南，
米里安那里哇哇依呀里央（依也央）。
（那路弯那依那那呀噢，
那路弯那依那那哎依哟呀噢嗨依也央。）

〔意　　译〕多么想念多么想念我的家乡，
多么想念我家里的亲人（依也央）。
（那路弯那依那那呀噢，
那路弯那依那那哎依哟呀噢嗨依也央。）

此歌流行于台东县一带卑南人中。演唱者阿德哈布（温少武）、马沙路（王光治），译词者陈侣白。

4.《哥哥的烟》，六行词，原无韵，第二、六行末加上衬字后，算是有了很疏的韵。

〔高 山 语〕依巴里塔马可里朱母路，
母库哇依索（嗨央），
巴里玛弗巴里玛弗，
依倍里巴路恩。
玛哼南依那巴那，
哇里达朗哇达朗（嗨央）。

〔意　　译〕哥哥香烟上的青烟，
向着何处飘散？
不会灭呀，不会灭呀，
就像妹妹心儿不会变。
我在等待着好日子，
等待着明天，明天。

此歌流行于台东、花莲、屏东等县卑南人中。演唱者雾心（奈金雄），译词者陈侣白。

5.《你的衣服真漂亮》，三段，每段三行词，第一、二行有韵，第三行大多无韵；虽然每段后面各加了一行虚词衬字，但却未起到弥补押韵的作用。

〔高 山 语〕嘎巴嗨那沙嘎戈，
嘎巴嗨那沙嘎戈，
玛肤给来拉扎玛克。
（嗨哟嗬吭哼。）

额哎呀那沙嘎戈，
额哎呀那沙嘎戈，
达戴依哈依法鲁佐。
（嗨哟嗬吭哼。）

法那哎那沙嘎戈，
法那哎那沙嘎戈，
玛肤给来米达哎斯。
（嗨哟嗬吭哼。）

〔意　　译〕你的衣服真漂亮，
你的衣服真漂亮，
不会种田没用场。
（嗨哟嗬吭哼。）

你的歌声真温和，
你的歌声真温和，
待人凶狠又刻薄。
（嗨哟嗬吭哼。）

你的手儿真正巧，
你的手儿真正巧，
一朵花儿也绣不了。
（嗨哟嗬吭哼。）

这是小伙子讽刺不好的姑娘的歌，流行于台东县阿美人中。演唱者列夫克（张明亮），译词者刘登翰。

第十七章

人生初绽之音：中国儿歌

儿歌，是劳动人民及其子弟根据儿童理解能力、生活经验、心理特点和欣赏趣味，以简洁生动的韵语所创作，并长期流传于儿童生活中的口头短歌。

在我国古代，儿歌被称为“童谣”、“孺子歌”、“小儿语”等等。古籍中的童谣，包括儿童自己创作的歌谣和成年人所创作、专供儿童吟诵的有趣的歌谣，但更多的是指各个时期所产生的表达人们政治态度和呼声的短歌，属民间文学一种样式。“儿歌”一词是“五四”运动时期正式启用。

第一节 儿歌的分类

儿歌类别多种多样，按中国一般习惯，分为游戏儿歌、教诲儿歌和绕口令三大类。《中国歌谣集成广西卷》各民族儿歌大体上分为摇篮曲、事物歌和游戏歌。台湾学者朱介凡对中国儿歌颇有研究。他在其巨著《中国歌谣论》中的儿歌一章，将儿歌分为十类，即母歌、童话世界、人生孺慕之情、讹传与创化、游戏生活、上学与励志、父子之演绎、抒情与叙事、月光光、孩子们的诗趣。朱介凡的单本专著《中国儿歌》中，进一步将儿歌调整为四大类：抒情与叙事儿歌、童话式儿歌、游戏儿歌和逗趣儿歌。虽然大类简化，但每个大类又分为若干细类。就最后一类——逗趣儿歌而言，则分为连锁歌、对口歌、岔接歌、儿化韵的儿歌、颠倒歌、绕口令和急口令。

连锁歌，有如宇宙人生大联串，有从一数起、岁时、兄弟姐妹、十秃子、月光光、为何不杀鹅、天大寒、连珠、事义相接、隔字跳楼、嵌套连锁。

对口歌，相当于成年歌谣中的盘歌，包括数字引对，问为什么、问怎么、问何人、问何处、问多少、对口岔连等。

朱介凡先生在《中国儿歌》一书中提出一个较为鲜明的观点，即童谣并非儿歌①，现将其一节文字摘录如下：

何谓“儿歌”为“童谣”，这是我们首先应辨别的。中国书灾惑星化为赤衣小儿，降世间，为孩子们造作童谣之说。这说法，在往昔迷信，硬是把事委诸天命的一种借口。童谣多是政治性的预测、讽刺，让历史家取为治乱与衰的论断。像那人们所熟知的，有关董卓的的童谣，“继汉书、五行志”：

献帝践祚之处，京师童谣曰：“千里草，何青青；十日卜，不得生。”案：千里草为“董”，十日卜为“卓”。凡别字之体，接从上起，左右离合，无有从下发端者也。今二字如此也，天意若曰：卓自下摩上，以臣凌君也。青青者，暴盛之貌也。不得生者，亦旋破亡。

童谣也可称“民谣”，直到民国，犹时有流传。虽然如今人们不再相信什么灾祸星了。略举几例。民国、察哈尔“阳原县志”卷二：

大青灰，大青蓝，大青黑紫，大青完。

注云：吾县骂人颜色不好，为“黑紫”。完，即终了义。按此谣发生于宣统元年，因商人多售染料，中有大青灰，大青蓝等色，街巷儿谣遂有此谣。未几而大清亡，此亦预言也。

巴巴豆，万万岁，生的儿子去当纠察队。

巴巴豆，指未剪头发的女性。这是民国十六年武汉流传。……

不怕南来一双虎，只怕北来一双鸡。芦沟桥事变后，九月中旬，在河北永清、霸县一带作战，听当地农妇告诉我的一则民谣。虎，指中国军队，尤其是大刀队；鸡，指日本飞机。当二十二年长城抗日，二十九军大刀队勇于肉搏战，日军闻风丧胆。此后，老百姓还乐于称说。其实，黄河以北各地，中国飞机不易抵达，日机肆虐，即使一两驾，也扰得我军民不宁。

这些童谣、民谣的特征：

1. 重在政治性。

2. 以歌唱而存在，是耳语式的流传。因其所说的事物——动乱灾荒，社会巨变，与人们实际生活关系密切，传播快速如风。

3. 吉凶祸福，成败顺逆的“先知”预测。

4. 表现为老百姓的议论、讽刺、评断，无畏于权威。

5. 词义游离恍惚，故意逗人猜解。

6. 没有一定的结构形式。

7. 后人就历史已有事物的附会。

---

① 详见《中国儿歌》第8页，台湾纯文学出版社出版发行。

8. 时间性的限制。一旦时过境迁，谣就不再流传，非如一般的儿歌和民歌之传承甚久。童谣之所以并非儿歌，主要的一点是：童谣很少关涉儿童生活。

综上，朱介凡先生主要是从童谣多属政治性预测、讽刺而少与儿童生活关涉这一角度上提出问题和表明自己的观点，与当今人们对童谣的理解，也并无原则相悖之处。钟敬文主编的《民间文学概论》对这一问题的说明，大体上代表了大陆众多学者的观点。文中言："古籍中所谓的童谣，固然包括儿童自己所创作的歌谣和成人所创作、专供儿童吟诵的有趣的歌谣在内，但更多的却是指各个年代产生的表达人民政治态度和呼声的短歌，即前面所介绍的时政歌。"①

时政歌以民谣居多。它一般篇幅短小，句数、字数都比较自由，没有什么固定格式，适合成年人也适合儿童吟诵。就其语言来看，大多数都比较精炼、锐利、爱憎分明。所以说，鲜明性是其主要特点。这种鲜明性，取决于作者立场的坚定。如："骑虎不怕虎上山，骑龙不怕龙下滩，决心革命不怕死，死为人民心也甘"，语言坚定有力，毫无矫饰晦涩之处。有时虽然也采用隐语、谐音的艺术手法，但并不影响它的鲜明性。时政歌里的隐语、谐音是歌谣的一种特殊表现手法，它往往用在阶级压迫极为深重，言论自由受到极大限制的时候。如，汉末董卓专权，人们就用"千里草，何青青、是日卜，不得生"来诅咒他；宋代童贯、蔡京等权臣误国，人们就用"打破筒，泼了菜，便是人间好世界"来嘲骂他们；蒋介石搞法西斯统治时，人们便用"捣烂盐钵子，打碎酱罐子，才能过上好日子"来表达自己的意愿。这"千里草"和"十日卜"是"董卓"二字的隐语。这"筒"、"菜"、"盐"、"酱"等是"童"、"蔡"、"闫"、"蒋"的谐音，借喻童贯、蔡京、闫锡山、蒋介石这些历史上的罪人。

讽刺是传统时政歌谣的重要艺术表现手法。童谣经常采用反话正说、歪打正着等嬉笑怒骂的方式，对被讽刺的对象进行揭露、批评和否定。例如："举秀才，不知书；举孝廉，父别居；寒素清门浊如泥，高第良将怯如鸡（或作），就是对那些秀才、孝廉和将军们的绝妙讽刺。秀才本来是应该有知识、有学问的。而竟然"不知书"；孝廉本来应该是孝顺父母的，而竟然"父别居"；将军本来应该是勇武胆壮的，而竟然胆小到"怯如鸡"，看来是一种奇怪现象，其实这正是对封建社会政治腐败的深刻揭露。这类歌谣的产生，主

① 钟敬文主编：《民间文学概论》，上海文艺出版社 1980 年版。

要是由于政治阶级的压迫，人们不得不采取一种曲折的方式来表达自己的愤懑情绪；同时也由于艺术表现上的需要，人们采用这种手法，往往会将某些事情的矛盾揭露得更彻底，对某些丑恶现象批判得更深刻。

第二节　儿歌的思想内容

儿歌不像成人歌，一出口就带有什么倾向性和政治性，而是以逗趣逗乐为主，逐步引起儿童的乐趣，帮助他们发展自己的智力，提高他们对生活的认识能力。当然由于最初的儿歌，是成年人编写吟唱，因此，势必带有一定的倾向性，也不足为奇。这里，根据钟敬文主编的《民间文学概论》和朱介凡《中国歌谣论》儿歌部分的几大类别作为引析。

（一）关于母歌

母歌自催眠曲开始，也可以是摇篮曲。

婴儿期的睡眠，是十分重要的。人生当比摇篮曲阶段，其生活特征，只是吃奶和睡眠，吃饱了睡，睡醒了吃。“中国母亲底书”说：据现代生理心理学家断定：婴儿脑海的生长，迅速惊人。他于成年人比较，成年人脑子生长的速度，仅为婴儿小脑子发展速度的千分之一。大人因此应当懂得：第一，要给婴儿预备下安全清静的环境，使他的发展，毫无阻碍。第二，要用妥善的方法，把他的发展纳之于正规之内。总之，一个人一生的成就之型，可以说已定之于摇篮之内。中国谚语本有“摇篮里定终身”之说。

一两个月的婴儿，小脸上已有了哭笑的表情。这时期，妈妈的催眠曲，是他人生最初听得入神、感到激勉的歌声。小心灵上已经听熟了，听惯了，听得非常的舒服了，可以迅速地进入沉静的睡眠。如：

我儿子睡觉了，我儿子困觉了，我花儿把卜了。

我花儿是个乖儿子，我花儿是个哄人精。（北平常惠录）

并说“把卜”不知何意，有人谓系蒙语。蒙古人出不知道，后在”儿女英雄传“第二十回有“罢卜着睡”或许是小孩子含着奶头睡觉，叫做罢卜。英文 PAP 是乳的意思，倒也相近。

（二）游戏儿歌

这种儿歌或唱或诵，能够丰富游戏的内容，增添孩子们的兴味。它有的是一种口头伴奏能够统一游戏动作，使游戏更为生色。比如，民歌普通流行的“拉大锯”：“拉锯，送锯；你来，我去；拉一把，送一把；娃娃快快长，长大骑白马。”这是大人拉着孩子的双手，对面坐着，一来一往，边模仿拉锯的动作边唱的一首歌。在做这种动作的时，通常是由大人领诵，幼儿边拉锯边学。年龄稍长的儿童，逐渐离开了大人的帮助，能够自己搭伴结伙玩各种游戏。于是，随着游戏方式的不断增多，儿歌的内容也就愈来愈丰富。山东流行一首《拍球歌》：

俺打一，一不算，
俺打两个莲花瓣。
俺打三，小镗锣，
俺打四个够五个。
一五二五，刮风起土；
一六二六，淹淹河谷；
一七二七，谷子大米；
一八二八，马兰花开；
爱开不开，一百过来。

这是当地儿童在拍皮球时所唱的儿歌，边拍边唱，循环反复，当唱第二遍的最后一句时，就唱“二百过来”，以此类推。这种歌大大的增加了游戏时的趣味。此外，像踢毽子、跳皮筋、捉迷藏等，都有与其相配的游戏儿歌。例如四川儿童在捉蜻蜓时，往往还要哼唱《落下来》：“大麦秸，丁丁猫（蜻蜓的别名），落下来；不打你，不骂你，玩玩就放你。”贵州侗族的孩子们在捉萤火虫的时经常唱这样一首歌：“萤火虫，夜夜红；上天去，雷打你；下地来，火烧你；进洞去，蛇咬你；翻坡去，猫捉你；快快来，我救你。”这些儿歌，都将昆虫拟人化，充分的反映了儿童的心理特点，使他们感到亲切、有趣。类似的游戏儿歌还有《小花狗》、《月奶奶》、《水牛儿》（蜗牛的别名）、《花喜鹊》等。

少数民族游戏儿歌，自然带有民族特点和地方特色。如广西靖西县壮族的《斗鸡》：

我家养的鸡，
难数有几只，
母鸡带小鸡，
项鸡下蛋圆鲁鲁。
公鸡喔喔啼，
催人早早起，
公鸡吃饱米，

同迸①相斗飞过篱。
公鸡斗公鸡，
眼花转得急，
输的咯咯去，
赢的喔喔啼。
（冬松搜集翻译，见《中国歌谣集成广西卷》）

斗公鸡是当地壮族逢年过节常常见的娱乐活动。就是平时，每当见到公鸡相斗时，人们也在一旁念谣取乐，儿童尤念得起劲，意欲让两只公鸡斗得更凶。公鸡也似乎明白人意，一只不服一只，斗得脸红脖子粗。节日盛会，人们还以两个小孩（男女均可）装扮成两只公鸡作斗鸡的游戏，一位老人装扮饲养员，边喂鸡边念即编的斗鸡谣，以增加节日的快乐气氛。

又如广西鹿寨县壮族儿歌《舞龙谣》："卖龙车车，卖给爹。问你爹爹几多岁？我和爹爹一百岁。老板老板有火吗？有哇有哇，你要它来做什么？我要它来者罗卜。你要给我吃没给？给呀，给呀！给几多？给一碗。一碗没够吃！给两碗。两碗没够吃！给三碗，三碗没够吃..."游戏玩法如"老鹰捉小鸡"。一人问，一人答。问者如"老鹰"角色，答者如"母鸡"角色，其后有数人十数人不等，其中一人牵着"母鸡"的后衣摆，其他人一样牵着前者的后衣摆，形成一条长纵队，形如"小鸡"角色。对答完一段歌谣（可长可短），"老鹰"开始"捉小鸡"，"母鸡"奋力保护后边一群"小鸡"。以"老鹰"捉完"小鸡"为胜。若在某时限内，"老鹰"捉不完"小鸡"就判"老鹰"失败，被罚"老鹰"背着不挨捉的"小鸡"绕场走数圈。因为玩游戏时状如舞龙，故名《舞龙谣》，它反映了当地儿童直至青少年斗智斗勇的娱乐活动。

（三）教诲儿歌

教诲儿歌则偏重于对儿童的教育作用。它不但能够丰富孩子们的知识，启发他们的智慧和想象，而且有助于培养他们的好思想、好作风、好习惯，是教育学龄儿童的重要工具之一。

"排排坐，吃果果，你一个，我一个，妹妹睡了留一个。"

这首儿歌几乎是我国人民家喻户晓的。它以极其简炼、朴素的语言和白描的方式，说出了要关心别人、互助友爱、不能自私自利的道理，教育了我国一代又一代的孩子。湖北流传一首叫做《小老鼠》的儿歌："小老鼠，爬竹

① 同迸：状语，"相互追赶"之意。

竿。竹竿滑啦，磕着老鼠的白牙啦；竹竿倒啦，磕着老鼠的光腚啦！”其实，小老鼠就是顽皮、淘气的小孩子的化身。两三岁的儿童，尤其是男孩子，整天爬高钻低，闯祸惹事，于是大人就通过这一首儿歌警告他，既有趣又有教育意义，这比板着面孔训斥一顿效果要好得多。

儿童，须其父母兄姊、叔伯、姑舅、诸姨与爷爷奶奶、外公外婆们的保育、提携、抚爱，才得逐渐长大，而以无限爱心捅抱这个世界，准备投身社会。从摇篮时期起开始，孩子们最先认识的，自然是妈妈，而后及于家人戚友。两三岁年纪即已对人伦有了自然的认识，父慈子孝，兄友弟恭的德行，已用不着耳提面命教训了。人们回忆起少小年纪，长辈们的厚爱，谁能不起一份深深感恩怀德之情。《孟子·万章》篇：“大孝终身慕父母。五十而慕者，予於大舜见之矣。”於此，略述人伦关系的儿歌。

小板登，你莫歪，让我爹爹坐下来。
我替爹爹捶捶背，爹爹叫我好乖乖，
我敬爹爹一杯茶，爹爹赏个玉虾蟆。（湖南长沙）

小板床，四柱腿，我跟奶奶说个嘴，
奶奶嫌我吵的嘴，我跟奶奶做碗汤，
爹吃一碗，娘吃一碗，
剩下一点，给小三吃了罢。（河北束鹿）

祖孙间，“老小，老小”情趣如见。
梁山头上一只羊，远往松江米粮，
大斗量来小斗，升箩头上养爹娘，
爹娘养我能长大，我养爹娘哪得长？
（民国、江苏《川沙志》卷十四录）

摇摇摇，摇到石头桥，石头桥，一棵小樱桃。
小樱桃，长的好，红裙披绿袄，
小樱桃，你是谁？我是你的小宝宝。（陕西长安）

（全歌重点落於末句。儿童以得长上疼爱为喜。）

我哩乖，我哩姣，不吃麻糖买糖糕。
我的亲，我的人，摇钱树，聚宝盆，
金銮殿，午朝门。（河南百泉）

（亲子情谊，呼声可闻。末四句，述望子成龙的心愿，言之简切。）

石榴开花夜夜黄，东边来过小姑
告诉爹，爹做一声，告诉妈，妈做一声，
告诉大哥，大哥做一声，
告诉二哥，二哥做一声，
告诉小哥手拿笔墨砚池开：
么妹八月十五生，同年同月同日同时生。（湖北武昌）

（先母述。做声，江汉语词，答话貌。）

杜梨儿树哗啦啦，我家大姐嫁入家。
借个剪子铰红布，借个骡子送媳妇，
一送送到北京城，哥嫂子都来迎。
哥哥穿件大绿袄，嫂子穿件大绿裙，
大绿裙上一对儿鹅，嘻嘻哈哈渡大河；
大河对过儿媳妇多，不纺纱来尽唱歌，
一天唱不到半斤米，不够婆婆喂小鹅。
小鹅儿下个蛋，吃一半，留一半，
留给孩子当顿饭。（北平）

上述儿歌①具体形象的传授给儿童其常识，特别是教育儿童认识各种事物，包括亲人的出生年月。用这种儿歌教育儿童，可收到意外的效果。

（四）绕口令

绕口令，又叫“急口令”、“拗口令”，这是儿歌的一种特殊形式。

它是将若干双声、叠韵词或者发音相同、相近的语词，集中在一起，组合成简单、有趣的韵语，使孩子们在急切之中，不容易念得清楚明白。绕口令具有锻炼说话能力，矫正发音部位，使孩子们把话说清楚的作用，颇受欢迎。“出前门，走十步，拾着鸡皮补皮裤。是鸡皮补皮裤，不是鸡皮不补皮裤。”这是流传在北京地区的一首绕口令，主要就是以“补”、“裤”和“鸡”、“皮”等字之间的叠韵关系构成的。还有一首流传于绍兴地区的绕口令说：“高高山上一枝藤，藤条头上挂铜铃，风吹藤动铜铃动，风停藤停铜铃停。”主要也是以“停”、“铃”的叠韵和“藤”、“铜”的双声关系构成的。在刚开始念这种句子时，孩子们也往往由于念错而哈哈大笑，但多念几次，

① 朱介凡：《中国歌谣论》，第332~333页。

就容易念得正确取得成功。

绕口令的作用，一是使歌声韵话变得更丰富有情趣。二是训练儿童语言发音能力。三是扩展歌谣生活的境界。

试分析以下绕口令①：

壁上挂只鼓，
鼓里画只虎，
虎爬破了鼓，
拿块布来补，
还是布补虎？
还是布补鼓？

拗口的，是鼓、虎、布，补四个字的吴方言读音。这首歌的拗结处，集中于末两句。

门背后一根断扁担，
明天早晨起来花发火柴。（花，砍的意思。）

再有，按着方言读音的拗口歌：

六合县，
有个六十六岁的陆老头，
盖了六十六间楼，
买了六十六篓油，
堆在六十六间楼；
栽了六十六株垂杨柳，
养了六十六头牛，
扣在六十六株垂杨柳。
遇着一阵狂风起，
吹倒了六十六楼，
翻了六十六篓油，
断了六十六株垂杨柳，
打死六十六头牛，
急煞六合县的六十六岁的陆老头。

此歌分析：

1. 全歌为十四句。

---

① 转引朱介凡《中国儿歌》，第312页。

2. 以七言为基本，搀杂九言，又点入八言和十言，而以三言起首，十四言收束。其排列是：三十七七七九七九七八七九七十四。

3. 十四句共一百一十一字，最多同音字是六、陆，计二十八字。其次同音字为十，计十二字。

4. 楼、篓同音，共计五字，都读 lou，但声调上，楼读阳平，篓读上声。

5. 楼、篓与六、陆，同声异韵。有、养、油，也是同声异韵。

6. 盖、买、栽、堆、吹、翻、断，这三组字，皆是同韵异声。

7. 头、楼、油、柳、牛、篓，皆是同韵异声，这几个字，都在每一句的收束里。也夹杂一两字在每句的起伏处，若有、扣就是。

8. 在意境上，第八句前为前段，是静态；第九句以后为后段，是动态。

9. 第九句，头一字的“遇”，与末尾字的“起”，因为是意境变迁的开键，所以字眼的声韵，也都变了节奏。

10. 十四句中，“了”字一线相承，前后应合。

11. 后半段，首句的“起”字，与末句的“急”字，同韵异声。使这几句急读下来，前后有了照应。

12. 起句三字，语气缓和，第二句开始拗口，以下形势逐渐加紧。到第七句，形势一变，是句异常顺口的话。以下又形势逐渐紧张，而把所有拗口的字，挤在收束的末句里。

黑啦黑啦来个客，
骑个小黑驴，
穿着一声黑，
在这黑晚上，
那里看出是个客？

按照皖北话形成了方音的拗口歌。

急口令，句子中的字眼并不拗口，但要一口气急速唱说，就不免气急结巴了。

天上一颗星，
地上一坦平。
那个一口气，
数得二十四颗星？
一颗星，两颗星，三颗星……
二十四颗星。
张果老，

张果老，
张果老的门前有棵白核枣，
白的多，
红的少，
看的多，
买的少。
凭你说得快，
一口气说不完一百个枣，
一个枣，两个枣，三个枣……
一百个枣。

还有一种，乍看来，像拗口令之类；其实，字眼并不拗口，只是句子故意拖长，前后字眼重床叠架，急速不休停的念唱，总不免气急结巴。只有说相声、唱小曲的，训练有素，念唱起来，似觉不太吃力。一定把握了在声韵上，如何发声、念字、送气、收声，轻重音配合，以及凑韵合辙的诀要，方能如此熟练。小孩子念唱起来，当然七颠八倒，逗人喜乐。

（五）关于抒情和叙事儿歌

抒情、叙事儿歌主要是朱介凡叙述的一大内容。他认为儿歌中抒情者屈多。

首先孩子们的情感生活，要有所引发。其次，成人们生活的疾苦，每藉儿歌来发泄。譬如家庭间，如儿子爱妻嫌母，老奶奶就必会有意无意间让小孩儿学会“娶了媳妇忘了娘”的歌。即使婆媳和睦，也仍然喜欢唱这首歌，一家老小就更显得和乐，大可安慰了。何况还隐潜着未有明说的警告：“孩子，记得哟，你长大了可别这样。”也因为歌谣的普遍性，人人难於置外。姑嫂间总有芥蒂甚焉者水火不容，就难怪这类歌谣流传之广。前述的“歌谣生活”篇之十“一般人的歌谣生活”中谢陨树所述“老槐树”是最切近的事例。

儿歌的抒情，孩子们可并非“劳者自歌”，而彷佛是些小诗人，唱尽了人世间的苦乐。

甜秸子点点红，俺娘不给俺拖头绳；
拖的头绳有点短，俺娘不给俺梳个纂；
梳的纂有点趴，俺娘不给俺买对花；
买的花骨朵少，俺娘不给俺染棉袄；
染的棉袄色不雅，俺娘不给俺找婆家。
找的婆家兄弟多，先药死公公后药死婆，

留着男儿好使船，留着丫环好烧火。(山东荣成)

这是渔民的歌谣。纂，发髻也，南方俗谓巴巴头。北方乡间，秋天多染衣，颜色褪了或旧衣改制，要染。自织棉布，做冬衣，也要染。

既嫁之后，却又恨起公婆来。可是，歌谣有其公正精神，不允许媳妇这么心性偏激，年轻人不厚道。

本为“月光光”起兴的儿歌，却借以讽女子遇夫不淑：

月亮奶奶明晃晃，开开朝门洗衣裳，
洗的白，浆的白，取了个女婿不成材。
又喝酒，又摸牌，早起去，黑了来，
这个还不分打开！五个孩子一家俩，
剩了个空肚，跟着他奶奶。(山东恩施)

爱妻嫌母的儿歌，很多很多，都是同情老母，而讽刺儿子：

野麻雀，尾巴长，娶了媳妇忘了娘。
把娘搁在山后头，媳妇娘在炕头上，
烤白饼，炒沙糖，媳妇媳妇你先尝。
我去后头看看咱们娘，
咱们娘变了一个屎蝌螂……（北平）

末两句，似乎幽默岔趣，实隐含无限酸痛。

第三节 儿歌艺术特点及其作用

凡属儿歌，都有上天下地的奇趣、联想、童心与诗趣。萧瑞《无边的回忆》：在我们家里，我排行第三，上面有两个姐姐，下面有一个妹妹，一个弟弟。小时候，我长得很胖，人很糊涂，口齿也很不清晰。妈妈说：有一次，两个姐姐从学校学会一个歌回来，就很高兴的教我唱：

大姐嫁，金大郎，
二姐嫁，银大郎，
三姐嫁，破木郎。
大姐回来杀只猪，二姐回来杀只羊，
三姐回来，炒一个鸡蛋，还要留着黄。
大姐回，坐车回，

二姐回，骑马回，
三姐回，走路回。
走一会，哭一会，望着天边流眼泪。
天也平，地也平，只有我爹娘心不平。

这个为歌而哭的女孩，早已经长大结婚了。此文写于海外。给本书证明了一个事实：孩子生活于儿歌世界里，不管怎样的一首歌，他总认定自己乃是歌中的主人公，为之悲欢哭笑，感欢不已。尽管孩子们并不了然，人生的感叹，是怎么回子事。

小孩好，小孩好，休教稀泥滑跌了；
稀泥好，稀泥好，休教老爷晒干了；
老爷好，老爷好，休教云彩遮住了；
云彩好，云彩好，休教大风刮散了；
大风好，大风好，休教墙头堵住了；
墙头好，墙头好，休教老鼠掏透了；
老鼠好，老鼠好，休教狸猫逮住了；
狸猫好，狸猫好，休教麻绳勒死了；
麻绳好，麻绳好，休教小刀割断了；
小刀好，小刀好，休教孩子弄缺了。
（老爷，俗称太阳，尊敬而昵的口气。）

叙述多种意象，以小孩心性为终始，从地上泥土到天上云彩，又从天说到地。"好了"的韵脚，洒脱而明快。

儿歌更多的是通过拟人化的艺术手法，曲折地反映现实生活，这是儿歌能够引起孩子们的强烈兴趣，使他们的好奇心得到满足的原因。

拟人化艺术手法的产生，可以追溯到上古时代，大约同原始神话和宗教的产生颇有点儿关系。近代心理学的研究证明，儿童对于自己的幻想或游戏，往往持一种信以为真的态度。他们认为自己想象的或进入游戏状态的一切事物，都是有生命、有感情的。这同原始人对待客观事物的态度极其相似。许多优秀的儿歌，通过拟人的手法，反映了孩子们想象力的丰富和内心世界的纯洁。鲁迅曾收集一首叫做《跳花墙》的北京儿歌："羊，羊，跳花墙；花墙破，驴推磨；猪挑柴，狗弄火，小猫上炕捏勃勃。在这首风趣的儿歌中，那些小动物好像一个小家庭的成员。除了小羊非常淘气蹦蹦跳跳地弄坏了花墙之外，其它"人"都忙着干自己的家务活，使这个小家庭充满了团结、友爱的气氛。列宁曾说过："如果你给小孩们讲故事，故事里的鸡儿猫儿不是说人话，那么，孩子们对你讲的故事就不会发生兴趣。”①。这段话虽然不是在专门论述儿歌、幻想故事时所说，但它却阐明了拟人化这种艺术手法在感染和教育儿童方面的重要作用。

拟人化作为一种艺术表现方法，往往只是选取描写对象与比拟的某种精神、作风、行为有相似之处的那一点，加以集中地甚至是夸张地描写，而不去理会描写对象的其它方面。正像孩子们“玩疯了”一样，他们已经完全进入了幻想的、游戏的世界而暂时忘却了其它一切。同时，它所描写的那一点，又必然是这个对象所具有的属性或特征，这就使拟人化手法有了现实的根据，并使孩子们的联想朝着正确的方向发展。就拿上面所选的那首儿歌来说，出现的全部动物都是家畜，驴推磨、猫上炕，又是北方农村的孩子们最熟悉不过的事。这样，就得到了儿童们的认可和传唱。如果让猪上炕、猫推磨，也许就会遭到孩子们的反对。总之，游戏儿歌和教诲儿歌这拟人化手法的大量运用，既有它幻想的、虚构的一面，又有它现实的、有根据的一面。所以，孩子们并不觉得其虚幻，而感到就是如此。高度的幻想与现实生活的巧妙结合，这是拟人化手法艺术力量的所在。

儿歌归纳起来，有以下几个特点：

（一）内容浅显、思想单纯

儿歌是在乳儿的摇篮旁边伴母亲吟唱而进入儿童生活的。孩子们随着年龄的增长，由感知到模仿，最终学会诵唱儿歌，并从中获得审美享受。儿歌的内容往往十分显浅，易为幼儿所理解，或单纯集中地描摹、叙述事件，或于简洁有趣的韵语中表明普通的事理。例如，圣野的儿歌《布娃娃》：

布娃娃，
不听话，
喂她吃东西，
不肯张嘴巴。

于天真稚气表达了幼儿对周围生活的模仿和思考。同时，孩子们在诵唱这首儿歌时马上就会联想到自已吃饭的情景，懂得应该养成良好的生活习惯。

（二）篇幅简短、结构单一

幼儿对周围事物的认识还比较单纯，又限于口耳相传，因此，儿歌的篇幅短小精巧，结构单纯而不复杂。常见儿歌，一般只有短短的四句、六句、八句，当然也有较长的。就每句所组成的字句是基本句式。短小、单纯，自

① 列宁：《关于战争与和平问题的报告》，《列宁选集》第3卷，人民出版社1960年版。

然就易学易唱。如全舒的《小青蛙》："小青蛙/叫呱呱/捉害虫/保庄稼/我们大家都爱它"只19个字，既描绘出青蛙鸣叫的田野图画，又告诉儿童一个常识，简洁、单纯，易诵易记。

（三）语言活泼、节奏明快易唱

儿歌的传播在很大程度上是通过游戏方式来实现的，所以要求其作品适宜诵唱，并能与游戏过程相配合，必须呈现出鲜明的音乐性和节奏感。幼儿好动，又处于学习语言、提高语言表达能力的阶段，富有音乐感、节奏明朗、生动活泼的儿歌语言可以引起幼儿的美感、愉悦感，激发他们学习语言的积极性。因此，无论是传统儿歌还是创造儿歌，也无论是世界上哪一个民族的儿歌，都具备合撤押韵、节奏明快易唱、语言活泼的特点。

有些儿歌还采用叠词叠韵，如皮作玖的儿歌《小鸟学我操操》：

风吹杨柳飘飘，
小鸟学我操操：

　　我伸腿，它踢脚；
我拍手，他跳跳；
我把腰儿弯弯，
它把尾巴跷翘。

　　操好了，
再见了，
小鸟"噗哧噗哧"飞走了。

全歌押"iao"韵，使用摹声词及叠词叠韵，表现出汉语语言的音响美，回环美，活泼生动，切合幼儿学习语言需反复记忆的特点。

儿童最早接触的文学样式就是儿歌。儿歌总是和游戏活动相伴相随的，因此儿歌对儿童的作用也就和游戏的作用联系在一起，使儿童在欢歌嬉笑中受到文学的感染。儿歌的作用可以概括如下：

（一）歌是儿童情感教育的需要

儿歌吟唱中，优美的旋律、和谐的节奏、真挚的情感可以给儿童以美好的享受和情感熏陶。

儿童听唱儿歌既可以联络与周围人的感情，也可以是他们的情感得到抒发，从而调节他们的情绪，使其得到愉悦。其中，婴儿听儿歌，会从和谐优美的声音中领受亲人的爱抚，从而产生情感效应，心理得到慰籍和满足。而幼儿唱儿歌。则是感情的外泄过程，并且能从中体验模仿成人的劳作和生活，验证自己的经验和记忆。如："《小板凳》，/真听话，/和我一起等妈妈。/妈妈下班回来，/我请妈妈快做下。"这首抒发了儿童对妈妈依恋、期盼其早点回家的真实情感，从而使儿童学会尊重妈妈，尊重他人，并在外泄感情的过程中获得教益。

（二）是儿童启迪心智的需要

儿歌中有大量的作品，都是以某方面的知识作题材，可以形象有趣地帮助儿童认识自然界，认识社会生活，开发他们的智力，启迪他们的思维和想象力。例如，儿歌中有介绍山水草木和鸟兽虫鱼的形象、习性和功能的，有描述日月星辰、四季变化的，有介绍浅显的自然和生活常识的，有介绍简单的数目和时间观念的……

因此，从一定意义上说，儿歌是引导儿童认识世界、认识自己、步入人生的第一个领路人、启蒙者。

（三）儿歌是儿童训练语言的需要

语言是人类特有的用来表情意、交流思想的工具，是思维的直接现实，人的思维随着语言能力的发展而提高完善。幼儿思维能力的发展更与语言能力的发展紧密相关，无论是语音正误、词汇积累，还是用语句表情达意，都反映和制约着思维的发展变化。儿歌在这些方面发挥着重要作用。

儿歌浅显、明快、通俗易懂、口语化，有节奏感，便于幼儿吟诵。反复吟诵儿歌，能帮助幼儿矫正发音、正确把握概念、初步认识事物，并能培养他们语言的连贯和表达力，训练发展思维，培养和提高他们运用语言的能力。例如，《十四和四十》这首儿歌是典型的矫正发音的，而金波的《小白兔》："小白兔，/三瓣嘴。/硼硼跳跳四条腿儿。"则告诉幼儿小白兔的外貌特征是什么，便于幼儿区分小动物。

幼儿感知事物从表象入手的特点，决定他们乐于听取具体形象的话语，而儿歌恰是以生动活泼的独特语言方式，迎合了孩子们的口味，深入幼儿的心灵，发挥着多方面的作用。

第十八章

欧美诗风：英法俄墨歌谣选析

歌谣，是人类共有的文艺品种，也是人世间普遍存在的民俗文化事象。世界七大洲、五大洋，大凡有人类居住的地方，都流传着各种各样的歌谣。这里摘引江枫等几位学者对欧州、北美几个国家歌谣研究文章，以祈进一步探索。

第一节　英国歌谣的基本格律①

英国歌谣，包括英格兰民歌和苏格兰民歌。其格律主要特点是头韵和尾韵结合。英格兰民歌使用规范英语，苏格兰民歌则是使用英语的苏格兰方言和克尔特人使用的盖尔语，但是就其格律而论，却是大同小异。

英语歌谣中有相当部分使用古英语，其中包括英雄诗、宗教诗、抒情挽歌、格言、谜语、咒语，而以史诗《贝奥武夫》（Beowulf）为最长，也最完整。

《贝奥武夫》是一部英雄史诗，所涉及的人物，生活在五世纪至六世纪，将传说写成方字大约在 8 世纪前半叶，而现在仅存的一份手抄本约成于 10 世纪末。从这部长达 3182 行的史诗来看，当时尾韵尚未成为诗歌格律的组成部分。

《贝奥武夫》和其他古英语诗歌，全部使用头韵。所谓头韵，是指每个相关词开头的辅音或元音相同。每一诗行分前后两个半行，每半行各有两个重读词，重读词一般押头韵。于是，每一诗行最多可以有四个押韵词，最少，当然应该有两个，而以前半行两个，后半行一个押韵词的诗行最为常见。

---

① 摘引自江枫《英国民歌格律浅识》，见段宝林、过伟、刘琦主编：《中外民间诗律》，北京大学出版社 1991 年 3 月，文字有改动。

试举《贝奥武夫》为例——以“○”表示重读，以“ˊ”标记押头韵的音：

Héαldtuun，hrúse，nu h？leðleð ne móstα，eórlα？the！

Hw？t，hyt？r on ðegódebegéαton.

Gú－deαð fórnαm，féorh－beαlo frécne fyrα gehwylcne leódα mínrα，

párA ðe pir líf ofgeAf，gesáwon séle－dreAmAs.

Náh hwA swéord wege á

……

现代英语译文：

Hold them now，Earth，now hand of man cannot，A greé ttribés treasures. Truly，from you brave men first got them；battle death has taken，Murderous fighting，the men，one and all，Peers of my people：they have passed from this life，Rest from hall－joys. None remains with me to bear the sword，……

现代汉语译文：

请收存，大地，现在人的手已不能，收存这伟大部落的财宝。不错，曾经是勇敢的人们从你取得，然而他们，我所有的同辈，经历这殊死的斗争，都已经战死：全都已经离开这人世，在长眠中安息。再没有人和我一起披荆斩棘，……

从每句两个半行，使人们想起我国楚辞中“亦余心之所善兮虽九死其犹未悔”之类的句式。这种以“兮”字联结着的实际也类似于两个半行的半句，这种由前半行经过一个暂短的间歇再向后半行的过渡，也像由一行向另一行推进一样，都有助于形成起伏跌宕之势。而每半行两个重读词，重读词之间词头辅音或元音的重复，则使诗句获得了有别于自然语句——大白话的特征：节奏。这就是古英语诗歌中用以增强其语言音乐性的手段。尽管这种音乐性十分粗糙、原始，毕竟增添了一些音乐美：使人听来有趣而悦耳。而取材于自然语言，发掘语言潜能，再有意识地加以利用，以叙事、以抒情，以诉诸想象、诉诸听觉……本是语言艺术的开端。

1066年诺曼尤征服英国，于是英语和英语歌谣受到了法语和法语诗歌的影响，最明显的是尾韵的出现和尾韵在诗歌格律中占据越来越重要的地位。

下面一首短小的抒情歌，出现在12世纪到15世纪之间：

〔英　文〕fó　wles　in　the　frith

〔直　译〕　　鸟　在　　树林

The fishes in the flood,
鱼 在 大水
And I mon wáxe wood:
我 一定 发疯 会要
Much sórwe I walked with,
许多 烦恼 我 行走 怀着
for béste of boon and blood.
为了 最美好的 骨头 和 血

［意 译］水里的游鱼，
树林里的鸟，
我就要发疯了：
为了一个美好的血肉之躯，
我的心中非常苦恼。

在这首歌谣里，既有头韵，也有尾韵。

从头韵的角度看，1、2 两行似乎是两个“半行”，四个重读词 fowles，frith，fishes，flood，词头都是 f；3、4 两行则又像是另外两个“半行”，只是两个“半行”各自只有一个押韵重读词，也就是以 w 开始的 waxe 和 walked。而值得注意的是，3、4 两行内，waxe 和 walked 又分别和 wood 和 with 形成了类似于汉语“双声”的头韵关系。

从尾韵的角度看，第 1 行行尾的 frith 和第 4 行行尾的 with 相韵，第 2 行行尾的 flood 和第 5 行行尾的 blood 相韵，于是，这首诗就形成了 aboab 这样一种韵式：一种不严格的交韵。

这首歌谣的形式，可以被认为是英语诗歌从使用头韵向使用尾韵过渡的一种中间格式。尾韵的使用，大大增强了诗歌语言的音乐性。而且，作为一种结构手段，尾韵还赋予诗歌以形式上的内聚力和稳定的完整感。但是头韵也并没有从此便在英语诗歌中完全消失，恰当的使用头韵仍然是近现代英语诗歌创作的艺术技巧之一。

这首歌谣还表明了比兴手法的美学功能及其在世界各民族诗歌中普遍性。第1、2 行“水里的游鱼/树林里的鸟”，既起着“兴”的作用，成为全诗的引子，又为这首诗的尾韵提供了基调，而且，以无忧无虑的飞鸟和游鱼作为倾诉对象，就为苦恼的抒情主人公提供了情绪上的对比和反衬，从而提高了这首诗的艺术感染力。

中世纪是英国民歌创作的鼎盛时期，到 18 世纪末和 19 世纪初，经过泼西（Thomaspercy，1729～1811）、司各特（Sir1825～1896）的努力，丰富多彩而又数量巨大的民歌作品终于被收罗起来，汇编成集。恰尔德的《英格兰与苏格兰歌谣》就有八卷之巨，而每卷又厚达四百多页，真可谓洋洋大观。其中一部分不仅英国流传久远，甚至越出国界，被移民带往世界各地，特别是带到新大陆去的成了美国民歌传统的重要部分。

英国中世纪民歌和其后的近现代民歌，在格律上和同时代的文人诗歌互相影响而彼此类似，只是民歌的格律更自由、更灵活一些；韵式较为简单，主要有 aabb 之类的韵律，abab 之类的交韵和 xaxa 之类的隔行韵，而且用韵不求工整；由轻重音节构成的音步，在诗行中的数目无一定之规，轻重音的音步组合方式也不如文人诗整齐；像世界上许多民族的民歌一样，常常使用文人诗很少用的有音无义的衬词，而且大量利用词、句或句式的重复，以形成回环复沓、一唱三叹的气韵。

例一：

〔英　文〕"Oh whére haé ye béen, Lord Rándall my són?
〔直　译〕　哦　哪里　曾经　你　在，　爵爷兰德尔　我的　儿子？
Oh whére haé ye béen, my hándsome young mán?"
哦　哪里　曾经　你　在，　我　的英俊　的年轻　人？
"I haé béen to the wild wood, móther,
　我　曾经　到　那　野　树林，　妈妈，
máke my béd soon,
铺好　我的　床　快，
For Ím wéαry wiһúnting, and fain wald
因为 我是　疲倦了　由于打猎，而　想　要
lie dáwn."
躺　下。

"Where gat ye your dinner, lord Rańdall
　哪里　得到　你　你的　正餐，　爵爷　兰德尔
my son?
我的　儿子
Where gat yé your dinner, my handsome
哪里　得到　你　你的　正餐，　我的　英俊的
young man?"
年轻　人

"I dined wi'my true love: mother, make
我 进餐 和我的真正的 爱： 妈妈， 铺好
my bed soon,
我的床 快
For I'm weary win'hunting, and fain wald
因为我是 疲倦了 由于打猎， 所以 想要
lie down."
躺 下。

［意 译］"哦，你上哪儿去了，兰德尔爵爷我的儿子？
哦，你上哪儿去了，我的英俊的年轻人？"
"我到野树林去了，妈妈，快铺好我的床，
因为我打猎累了，我想要躺下来休息。"
"你是要哪儿吃的饭，兰德尔爵爷我的儿子？
你是在哪儿吃的饭，我的英俊的年轻人？"
"和心上人一起吃的，妈妈，快铺好我的床，
因为我打猎累了，我想要躺下来休息。"

以上是《兰德尔爵爷》这首民间歌谣的起首两节。其主要特点是轻重分明，如果以－表示轻音，∨表示重音，则这一节的节奏是：

－∨｜－－∨｜－∨｜－－∨｜
－∨｜－－∨｜－∨｜－－∨｜
－－∨｜－－∨｜－∨｜－∨｜－－∨｜
－－∨｜－－∨｜－－∨｜－－∨｜

第1、2两行都是抑扬格与抑抑扬相间的四音步诗行。第3行是一抑抑扬格与抑抑扬格相同的五音步诗行；第4行则是一个抑抑扬格四音步诗行。四行的最后一个词都是单音节词，分别为：son，man，soon，down.

第二节的节奏是：

－－∨｜－∨｜－－∨｜－－∨｜
－－∨｜－∨｜－－∨｜－－∨｜
－∨｜－－∨｜－∨｜－∨｜－－∨｜
－－∨｜－－∨｜－－∨｜－－∨｜

它像第一节，由三个四音步诗行和一个五音步诗行组成，而音步的轻重音组合，基本上是抑抑扬格，只是略有变化：

第1、2两行的第二个音步和第3行的第一、三、四个音步都是抑抑扬音

步。而四行的行尾，也分别是：son，man，soon，down.

这首歌谣一共五节，第五节是：

〔英　文〕"O　I　féar　ye　are　poisoned，　lord　Rándαll
〔直　译〕哦 我　耽心　你　是　中毒了　爵爷兰德尔
my　són！
我的　儿子
O　I　féar　ye　are　póisoned，　my　hándsome
哦　我　耽心　你　是　中毒了，　我的　英俊的
young　mán！
年轻　人
"O　yes，　I　am　póisoned.　mother，　máke
哦是的　我是　中毒了，　妈妈，　铺好
my　bed　sóon，
我的　床　快
For　Ím　sick　at　the　héart，　αnd　I　fáin
因为我　病了　在　这　心上　我　想
wald　lie　dówn
要　躺　下

［意　译］"哦，恐怕你是中了毒了，兰德尔爵爷我的儿子！
哦，恐怕你是中毒了，我的英俊的年轻人！"
"哦是的，我是中了毒，妈妈，快铺好我的床，
因为我病在心上，我要躺下来休息。"

其节奏是：

– – ∨ | – – ∨ | – – ∨ | – – ∨ |
– – ∨ | – – ∨ | – – ∨ | – – ∨ – |
– ∨ | – – ∨ | – – ∨ | – – ∨ |
– – ∨ | – – ∨ | – – ∨ | – – ∨ |

这四个四音步诗行各行行尾，也像其他各节一样，分别为：son，man，soon，down.

从整首歌谣看，每节四行，每行四个音步，音步的轻重音组合则以"抑抑扬"格为主而间有抑扬格，整齐而有变化。整齐，使得诗行的推进起伏有致而和谐流畅；变化，则避免了节奏的单调。Son，man，soon，down，由于元音各不相同，所以不能算是押韵，但是由于结尾辅音都是鼻音 n，则又可以

认为是互押邻韵或半韵。如果把每一节都视为一个单元，则节与节之间存在着一种特殊的互押尾韵的关系。

例二，民谣《爱德华》其第一节为：

〔英 文〕“why does your bránd sae dráp wiblud,
〔直 译〕为什么 你的 剑 这样 滴着 鲜血
EdwArd Edward?
爱德华， 爱德华
Why dóes your bránd sae dráp wiblúid,
为什么 你的 剑 这样 滴着 鲜血
And why sae sád gang yé, O?”
为什么这样 悲伤 走着 你，哦
“O I haé killed my háwk sae gúid,
哦 我 杀死了 我的 鹰 这样 好
mither, mither,
妈妈， 妈妈
O I háe kílled my háwk sae gúid,
哦 我 杀死了 我的 鹰 这样 好
And í had náe mair but hé, O."
我 没有 更多的 除了 他，哦

〔意 译〕“为什么你的利剑鲜血淋淋，
爱德华，爱德华，
为什么你的利剑鲜血淋淋，
为什么你这样哀愁，哦？”
“哦，我杀了我这样好的鹰，
妈妈，妈妈
哦，我杀了我这样好的鹰，
除了他我别无所有，哦。”

这一节的格律是：

－V｜－V｜－V｜－V｜
V－｜V－｜
－V｜－V｜－V｜－V｜
－V｜－V｜－V｜－
－V｜－V｜－V｜－V｜

∨－|∨－|

－∨|－∨|－∨|－∨|

－∨|－∨|－－∨|－

其节奏是以抑扬格四音步与三音步诗行为主，间以两个扬抑格音步短行，只有最后一行第三个音步变化为抑抑扬格；此八句的尾韵韵式是：axabaxab. 由于两个短行是插入性成份，而第3行是第1行的重复，第7行是第5行的重复，这样的诗节实际是韵式为abab的抑扬格四音步诗行四行一节格式再配合一定曲调歌唱时的展开和变化。

其余六节，在格式上都和第1节相似，只是其中三节韵式略有不同，变化为：axabcxcb.

第二节，妈妈不相信爱德华的回答，于是爱德华又说，“是我杀了那匹栗色马。”

第三节，妈妈说，“那一匹已经老了，你又有了新的一匹马。”儿子才说，我杀了我亲爱的爸爸”。

第四节，妈妈问，“你为此要受到什么样的赎罪惩罚？”儿子说，“漂洋过海流浪到天涯”。

第五节，妈妈问，“你怎么处置你的城堡和楼塔”，儿子说，“由它们矗立着，由它们去倾塌”。

第六节，妈妈问，“留些什么给你的妻子和儿女”儿子说，“我将再也不会看见他们，让他们到世界各地去行乞吧。”

第七节：

“留点什么给你亲爱的妈妈，
爱德华，爱德华，
留点什么给你亲爱的妈妈，
亲爱的儿子告诉我，哦？”
“地狱的诅咒由你承受，
妈妈，妈妈，
地狱诅咒该由你承受，
罪恶的主意你给了我，哦。”

《兰德尔爵爷》和《爱德华》的例子可以帮助我们了解英国民谣这样一些特点：

一、以轻重音的有规律的组合和有规律的重复出现形成节奏，以诗行行末音节音响有规律的重复形成尾韵。

二、由于是口耳相传的语言艺术，为了适应稍纵即逝和配乐歌唱的特点，而有大量句子与句式的重复，同时，这种句子与句式的重复加上所配曲调的变化与重复，也形成了这种口头文学渲染抒情气氛的重要手段。

三、与史诗不同，不表现人物众多、情节复杂、规模宏大的历史事件，多取材于人物和情节都比较简单的生活插曲。

四、所唱的多为人所熟知的故事，其主要功能不在于报道和记述，而在于抒情和表达对于是非善恶的爱憎和臧否。

五、服务于抒情的叙事很讲求技巧。普遍使用的手法是利用戏剧性的对话，通过有个性而揭示内心世界的问答，塑造特征鲜明的人物和生动地展开情节。同等重要的是，巧妙设置悬念，通过一个个悬念的出现与解决，把故事、也把情节推向高潮。许多流传久远的佳作都很少有例外。

第二节　法国歌谣的音乐性特点①

法兰西民歌曲子的存在由来已久。这些曲子种类不同，名称各异，它们的起源可以追溯到高卢时期（法国在罗马帝国统治前后称为高卢）。那时，高卢人用他们的地方方言把教堂的拉丁文颂歌或游唱诗或拉丁文饮酒歌及嘲讽歌进行了翻版和融会贯通的改造，于是产生了歌谣曲子这一民间艺术。自中世纪以来，法兰西民歌与教堂颂歌以及游吟诗人的抒情诗歌保持着相互影响、相得益彰的关系，然而作为民声民情最直率纯朴的表现，民歌与其他类别的诗歌，无论在词句的音律上，还是在音乐的旋律方面，都是有所不同的。

从音律说来，法兰西民歌简洁明快，着重节奏和半协音，常采用叠韵和回旋的叠唱。法语没有长音与短音之分，却有轻音与重音之别，节奏是由轻音节与重音节的交错形成的。每个词的重音在最后一个音节，但在单词形成意群时，词的重音消失，节奏重音落在意群的最后音节上，（重读的词一般是名词、动词及形容词），例如：ləuniversité（大学），若用“’”来标出它的重音，国际音标可以写成：［ly－ni－vɛ：r－si－té］，但若是：luniversité de pékin］（北京大学），那么重音就有所转移，国际音标应该写成：［ly－ni－vr－si－tedpe－k］。法语的重音特点，形成一种比较单调的节奏，与法国民族，

① 摘引自刘强《法兰西民歌的音乐性》，见段宝林、过伟、刘琦主编：《中外民间诗律》868～881页，北京大学出版社1991年。文字略有改动。

特别是有教养的阶层不喜欢感情外露是合拍的。然而民间的语言却常常渲染感情，这时，人们用另一种重音，即“强调重音”，来突出字首的音节，例如：Quel bonheun！（多么幸运呀！）Formidable！（了不起呀！）c´estepouvantable！（真可怕呀！）这样的词句，重音落在所强调的词的第一音节，而这一重音不像节奏重音那样加强音量，却是将音调拉长，而且强调重音出现时，节奏重音并不消失，若用“→”来表示强调重音，以上几个词句的国际音标应该写成：

[k→ɛl bɔnoé：n]

[f→ɔr－mi－dábl]

[sɛ te→puvtábl]

强调重音的出现，打破了法语的单调沉闷，使节奏抑扬顿错，更活泼，更富于生活气息。

半协音指重读的音节中元音相同，而辅音却各异，例如下列诗句并不是韵，只有半协音：

〔法文〕Ils dormiront sous lA pluie oules

〔直译〕他们将睡 在 下雨 或

étoiles
△

星

Ils gAloperont Avec moi portənt

他们将驰骋 和 我 带着

en croupe des victoies
△

在鞍后胜利

〔意译〕他们将睡在风雨中或星光下，

他们将和我一起驰骋，鞍子上挂着胜利。

叠韵则指同一声音（或同一辅音或同一元音）的重复出现。我们且用下面一首民歌为例：

〔法文〕martin prend sa aerpe，

〔直译〕马丹 拿 他的砍柴刀，

au bois ils´en va，

至 树林 他 走 去，

au boisi ls´en va，

到 树林 他 走 去，

faisant grand´ froidure,
做 大的 寒冷
le nez lui gela,
鼻子 他的 冻了
Quel donnage, martin
什么 样损 失马丹
Martin quell dommage
马丹 什么 样损失

〔意译〕马丹拿起镰刀，
他往树林里去，
他往树林里走，
天气十分寒冷，
他的鼻子冻了，
多糟糕呀！马丹，
马丹，多糟糕呀！

这是一首七句五音节的民歌，它的节奏，由轻快，逐渐减慢下来，前五句有两个重音，落在第二音节及第五音节上，六句七句有三个重音，第六句的强调重音落在第一个辅音上，节奏重音落在第三音节及第五音节上，第七句强调重音落在第三音节的辅音上，节奏重音则落在第二音节及第五音节上。用国际音标写如下（着重号△为重音所在）：

o bwa il sā va
o bwá il sā va
lə ne lyi ʒəla
△
k – ɛl dɔmaʒ mart ē
△
[mart ē k→ɛl dɔma：s]
△

从音标可以看出，这首民歌并不押韵，而是押半协音，如二、三、五、七、句中〔e〕，同时，它大量采用叠韵，元音的叠韵如每句中均出现的〔ē〕，第二、三、四句中均出现的〔a〕，辅音的重叠如第四句中的〔ma〕，第五句中的〔mar〕，第六、七两句的〔e〕。叠唱如第二、三句，第六、七两句。

这些带有诙谐成分的民歌，与游吟诗人的诗歌及十一世纪末出现的《武功歌》（如《罗兰之歌》）是泾渭分明的。游吟诗人歌诵奥秘的爱情，他们的咏唱，精于音律，更接近抒情诗。《罗兰之歌》则歌颂查理曼大帝及其将领的现征，是一部由十音节体（每个诗句是十个音节）写成的史诗。全诗共4002句，分为291个长短不等的诗节，每句在第四音节后有一停顿。下面是第268节《美丽的奥德之死》，从这段包含有18句古法文诗的段落中，不难看出它没有韵，只有半协音，而且全节都用一个半协音〔a〕：

〔法文〕la mart de la Belle aude
〔直译〕 死亡 的 美丽的 奥德
liempereres est repairet d'espaigmne
大帝回来从西班牙
E vienta ais ol meillor sied de France;
及来到艾斯到最好所在地的法国
Muntet el palas, est venut enla sale.
登上宫殿来到在内大殿
As li alde venue, une bele damisele.
到他奥德来一个美丽的姑娘
Go dist al rei ："O est Rollant le
她说对皇帝何处是罗兰队
catanie
长
ki me jurat cume sa per a prendre?"
他对我发誓作为他的妻子娶
cares en ad e dular e pesance.
查理对此有痛苦伤心
Pluret des lilz, tiret sa barbe blance
哭从眼睛揪他的胡须白色
"Soer cher'amie d'hume mort me demandes,
姐妹亲爱的朋友的人死向我问问
Go t'en durai mult estoreet echange;
我你给更好的交换
Go est loewis, mielz ne sai a parler,
那是路易更好不知道说
Il est mes filze si tendrAt mes mArches."

他是　我的儿子和　将有　我的　步伐
Alde　respunt：　"Cest　mot　mei　est　estrAnge.
奥德　回答　　　这话　对　我　是　奇怪的
Ne　plAce　Deu　ne　ses　seinz　ne　ses　Angeles
不使喜欢上帝　不他的圣人　不　他的　天使
Apris　rollAnt　queue　jo　vive　reme（igne!"
在后　罗兰　我　活着　留下
Pert　lA　color, chet　As　pize　C（rlem（gne.
失去　颜色　跌倒　在　脚　查理曼
Sempees　est　morte,　Deus　Ait　merei
立即　死　在　上帝　有　慈悲
de　l´ Anme!
对　灵魂
FrAnceis　bArons　en　plurent　e　si
法兰西　的　公侯　　为　她哭　及
lA　pleignent.
她　怜悯

〔意　译〕《美丽的奥德之死》

大帝从西班牙归来，
抵达法兰西京城艾斯，
他入宫殿上大殿，
倩女奥德来到面前，
她问皇上："罗兰队长何在？
他曾立誓娶我。"
查理不禁悲愁交集，
他揪着白胡须落泪：
"女儿，你问的是个亡人，
作为弥补，我要赐你更英勇的
路易，他是我的儿子，
他将拥有我的威风。"
奥德答道："这话对我没有意义，
我若活在罗兰死后，
请天主及各位神明诛杀我。"

说罢她面目无色，跌倒在查理脚下
丧了气。祈天主怜悯她的灵魂！
法兰西的公侯同声为她哭泣。

《武功歌》是一首法兰西琴词。它以弦琴伴奏，近似我国琴书的单调说词，没有民歌那样活泼。虽然没有严格的修辞及音律，却能以简单的节奏及旋律在人们记忆中长久流传，无论是饮酒歌，传统的宗教节日歌、劳动歌，还是叙事的抒情曲都无例外。

十七世纪在巴黎兴起了嘲讽性的曲子，如反对红衣大主教马扎然的曲调，以及新桥民谣等，都是以新词填旧谱的曲子。这时期还出现了悲歌、滑稽歌、饮酒歌及舞曲，充分表达了人们的喜怒哀乐。民歌好像变成了与生活紧密不分的社会现象，而不在于音乐与词的完美结合。进入十八世纪后，法国几乎成了没有诗的沙漠，幸好民歌并未中断。这是产生革命歌曲的时代，马赛曲就是在这世纪末写成。这些革命歌曲都有这样的特征：将雄健有力的词句填入旧调子，使之产生了新的政治效果。例如大革命时期流行的歌曲《卡马尼奥》原是一种节日的舞曲：

〔意　　译〕韦托夫人①作出保证，
要扼杀全巴黎，
韦托夫人作出保证，
要扼杀全巴黎。
她的举动没有成功，
感谢我们的炮手：
大家来欢跳卡马尼奥，
欢声万岁！
欢声万岁！
大家欢跳卡马尼奥，
大炮的欢声万岁！

在这首革命歌曲中，可以看到其活跃的节奏，半协音及叠唱。十八世纪民歌的另一倾向是牧歌及抒情曲。下面是一首出自诗人之手的抒情曲《殷勤》中的第一节，音律比较规则，全节八句，均为六音节，用交叉韵（aBaBcDcD）

〔意　　译〕下雨啦，下雨啦，牧羊姑娘，

① 韦托夫人：路易十六皇后的绰号。“韦托”是否决权，此处指她的权力很大。

快赶走你纯白的羊群，
我们走进茅屋里去吧，
牧羊姑娘，我们快去：
水霹雳雳地响，
看呀，看呀，暴雨来啦
看那一边，雷火闪亮。

不难看出这首歌的音律是与文人诗一致的，它不仅押韵，还遵照法国诗歌要求阴阳韵交错的法则。所谓阴阳韵，即重读的音节后跟随不发音的字母e，如第一句的bergere。法语中用小写字母代表阴韵，大写字母代表阳韵，因此，这段民歌的押韵方式是：aBaBcDcD。此外，它还采用了叠韵，这是古典诗歌中少见而浪漫派诗歌、象征派诗歌及近代诗都努力仿效的。它的音节简短，也显示了民歌的特色。因为法国诗惯用亚历山大体，有时用十音节体，最轻快的诗也用八音节体。再举一首熟悉的歌谣为例，歌词简短的节奏和声音重复（叠韵）的效果就更为明显：

〔法文〕FréreJ（cques，（bis）
〔国际音标〕［tɣɛɣ zak］
〔直译〕兄弟雅各（重唱）

睡你（重唱）
sonnezlesm（tines！（bis）

敲响晨钟（重唱）
dig，ding，dong！（bis）

笛丁东（重唱）
〔意 译〕雅各神父，（重唱一遍）
你还睡吗？（重唱一遍）
敲响晨祷钟吧！（重唱一遍）
笛丁东（重唱一遍）

继十九世纪之后，在二十世纪，作家们作出了更大的努力来发掘和保存这传统的民间瑰宝，如阿拉贡、普雷韦尔、格诺都是民歌的写作大师，然而法兰西民歌仍然是濒临于消失的声音。下面是一首写成于二十世纪的流行民歌。在音律上它采用亚历山大体，每句有四个重音，形成四个节拍，同时也采用了半协音、叠韵及回旋的叠唱，其中相似的元音和鼻腔元音，使杳杳的回声不绝于耳。请看：

Cochiques（秋水仙）

〔法文〕colchiquesd（uslesprésfleurissent，fleurissent，

〔国际音标〕［kɔlsfk dā le pré flærfs flær：s］

〔直译〕秋水仙在草原开花开花

colchiguesdanslesprés：c ′ estl（findel ′ été

秋水仙在草原是末尾的夏天

Refr（in（叠唱）

L（feuilledάuromneemportéep（rlenvet

树叶的秋天带走被风

Enrond（monotonetombeentourbillonn（nt

成圆圈单调的落下成旋转的

Ch（（t（ignesd（nslesboissefendent，sefeudent，

栗子在树林自己裂开自己裂开

Ch（（t（ignesd（nslesbo？ssefendentsouslep（s

栗子在树林自己裂开在下脚步

Refr（in（叠唱）

Nu（gesd（nsleciel？étireut，s（étirent，

云在天空自己伸展自己伸展

Nu（gesd（nsleciels（étirentcommeune（ile

云在天空自己伸展像一个翅膀

Refr（in（叠唱）

Etcech（ntd（nsmonCoeurmurmure，murmure，

这歌声在我的心低声说话低声说话

Etcech（ntd（nsmoncoeur（ppellelebonheur

这歌声在我的心呼唤幸福

Refr（in（叠唱）

〔意　　译〕秋水仙词

秋水仙在草原上开放了，开放了，
秋水仙在草原上：这是夏天的末尾。
（叠唱）
秋天的树叶随风飘扬，
单调的圆舞曲旋转着坠落在地上。
栗子在树林里裂开了，裂开了，
栗子在树林里裂开在脚步下。
（叠唱）
云飘在天空里伸展呀，伸展呀，
云飘在天空像大鸟的翅膀。
（叠唱）
这曲子在我心中低声唱，低声唱，
这曲子在我心中呼唤着幸福。
（叠唱）

从以上文字，我们可以归纳出三点有关法兰西民歌音乐性的一些特征：

一、由于和乐的需要，民歌必须有一定的协音和韵。法兰西民歌用半协音多，用韵少。

二、由于用民间会话的语言，法兰西民歌重节奏和重叠韵，而且常常由于常用强调重音，重音节奏（重音在词首）常取代音节的节奏（重音落在最后一个音节）。

三、法兰西民歌常采用重唱（bis）和叠唱（ref ˊ r（in），叠唱甚至成了民歌的固定部分或副歌。

第三节　俄罗斯歌谣韵律浅说①

俄国的民间歌谣古已有之，早在俄国诗歌格律形成之前就已经存在了。俄国民间歌谣也是一种有韵律、有节奏、优美的语言艺术，自古以来用的是“重音诗律”。这种诗律是根据俄语的语言特性而产生的。俄语是有重音的语言。俄语中的词是由单音节、双音节或多音节组成，每个词只有一个重音音节，其余为非重音音节。重音音节读出时用力，显得突出，这样形成了轻重音节之间质的差别。俄语歌谣节奏的基础是重音节的重复。这就形成了“重音诗律”。诗歌的基本节奏单位是诗行。每一诗行有二、三个重音，包含等量重音的若干诗行，并列排行，连贯唱诵，就自然形成节奏。诗行可长可短，比较自由。诗行中轻重音节也不要求有规则地间杂。民间诗歌不都有韵，有的诗押韵，有的无韵。而形成韵的往往是动词和形容词，下面举几个例子说明，唱谢肉节的歌：

нάша　Мάсляница　го дοάя,
Онά　гόстика　дор ггάя,
Онά　Hé　kеюкнамнех όдит,
Всёнакомόняхр азбезжάет,
Чтόбыкόникибыливороные
Чтόбыслугибылимолодые.
一年一度的马丝连尼察②，
迎来了人人喜爱的春姑娘，
春姑娘驾起快车走遍了万家，
给人们送来温暖和欢畅，
看她的马匹乌黑油亮，
看她的仆从年轻漂亮。

这几行诗里，第一、二行诗是形容词押韵，годовάя－дорогάя，重音落在倒数第二个音节，为阴韵；第三、四行是动词押韵，хόдит－разбезжάет，也

---

① 摘引自徐稚芳《俄罗斯民间诗歌的韵律》，见段宝林、过伟编：《民间诗律》699～703页，北京大学出版社1987年。文字略有改动。

② 马丝连尼察为俄罗斯谢肉节的音译。

是一对阴韵；第五、六行又是形成容词押韵，邻近两个诗同韵的叫毗连韵。这里是三对毗连韵。从重音分布来看，每一诗行有三个重音，加上韵脚，自成鲜明的节奏，读来琅琅上口。

再如圣诞节祝福歌《柯里亚达》：

пришлá коляда
Наканунерождествá
Дáйтекорóвку
Мáслянуг олóвку!
Адайбогт ому
Ктовэтомд ому
Змурожьгустá
Рожьужиниста…

〔意译〕

圣诞节的前夜，
柯里亚达来到你家门前，
请把小牛拿出来奉献，
牛头又亮又新鲜，
上帝保佑你，
这所房子的主人！
你的黑麦密密层层，
来年丰收喜盈门，
……

这首诗的每一诗行有两个重音，诗行末尾有相同音节的重复 корóвку－голóвку；тому－дому，也可以算是韵，但有的不能算韵。节奏由诗行的重音重复而产生。

再如反映生活习俗的婚嫁歌：

выдалматушкадалéчезáмуж
хотéламáтушкачáстоезжáти
чáстоезжáтипод？лгугостити
Лéтопрох？дитматушкинéт…

〔意译〕

妈妈要我出嫁到远方，
妈妈打算常来看我，
常来看我，怕我受折磨，
我盼了一夏天，可见不着妈妈面……

民间诗歌是吟唱的，有着音乐旋律，因此音乐的节奏掩盖了歌词的节奏，诗行中的重音不十分明显。另一种不是咏唱，而是缓慢地讲述的英雄歌谣和历史歌谣，这些歌谣中词中的重音比较明显。英雄歌谣的诗行一般包含三个重音：

Как во стэлЬном во гэроде во киеве
У великого у князя у владимира…

〔意译〕

在京都基辅城里，
在伟大的符拉其米尔大公那里……

有的诗行虽长，但词组只突出一个重音，词数虽多，仍保持三个重音：

Похте́лося вольги много мудрости
Шуко－рыбою ходить ему в глубоких морях
Птицей－соколем летаь ему под оболокы…

〔意译〕

伏里加想学会很多本领，
他想在深深的大海里像鱼儿一样游泳，
他想在云层下像雄鹰一样飞翔……

随着社会的发展，到十九世纪下半叶，一些诗人的创作深受人民群众的欢迎，他们的某些诗篇和民间诗歌一样在民间广为流传，现在俄国出版的民间诗歌集中也搜集了进去。如涅克拉索夫的抒情诗《请给指出这样一个处所……》，拉金的《光明赞》、依纽希金的《从边疆到边疆》和列别捷夫一库马奇的《祖国进行曲》，这些都有严格的韵律。以《光明赞》为例：

Сме́ло това́рищи в нэгу!
Духом окре́пнем в борьбе́.
В ца́рство свобэ дыдорэгу
Грудью пролэжим себе́.

〔意译〕

同志们向着太阳向着自由，
向着那光明的路。

你看那黑暗已消失，

万丈光芒就在前头。

这首诗用重音音节诗律写成，用的是重轻轻格，即一个重音音节，两个非重音章节组成音步，这种诗就叫做三音节音步重轻轻格。用符号表示，重音音节为“∨”，非重音音节为“－”，“/”为音步分隔线，则为：

∨－－/∨－－/∨－

音步可以看作为节奏的基本单位，相同结构的音步在诗行中重复，包含相同音步的诗行的连贯朗诵就变成优美的节奏。这首诗中第一、三行用阴韵，即重音落在倒数第二音节；第二、四行用阳韵，重音落在最后一个音节，阴阳韵交叉出现，形成交叉韵。

第四节　墨西哥歌谣的韵律①

段若川女士1941年生于湖南长沙，1964年毕业于北京大学西语系。翻译过数十首西班牙民歌和数本拉美小说，也作过外国文学及民间歌谣的研究。这里，引用其其墨西哥歌谣研究的一篇论文的主要文字，作为四海一方之音。

谈到墨西哥民歌，人们马上会想到“马里亚奇”。源于哈利斯科州的“马里亚奇”是法语 mariage（婚礼）的讹音，指的是典型的墨西哥民间小型乐队，包括小提琴、竖琴、吉他等，有时再加上长管、单簧管和小号。乐手身穿“恰罗”服装②为城乡各种庆典演奏，一名或数名民间歌手引亢高歌。他们弹着吉他，奏完引子便开始演唱，旋律往往是重复多次的短小乐句，每次重复都有变化。歌唱的线条以平行三度进行。这种和声唱法是墨西哥民歌最典型的特点。他们演唱的节目有：“桑冬嘎”（sandonga）、“方丹戈”（fandango）、“瓦潘戈”（huapango）、“当切拉”（ranchera）、“松”（son）、“科里多”（corrido）、“坎西翁”（canción）等等、几乎包括了当代墨西哥民歌的所有种类。

“瓦潘戈”原是指流传于尤加丹半岛及墨西哥东部的一种歌曲，源于西班牙的“塞吉迪亚”（seguidill）。复节奏，2/4、3/4和6/8拍相结合，但是在

---

①　段若川：《墨西哥民歌的分类及韵律》，见段宝林、过伟、刘琦主编：《中外民间诗律》，北京大学出版社1991年版。

②　“恰罗”（charro）：指骑马的人。典型装扮是深色紧身长裤、短外套，宽沿大帽和衣裤上缀有金银花饰。

口语中“瓦潘戈”已用来泛指所有的墨西哥民间歌舞。比如1978年墨西哥总统洛贝斯·波蒂略访华时，送给中国听众的那张唱片就叫《献给中国的瓦潘戈》，其中包括墨西哥最典型的民歌和器乐曲。

在墨西哥，广为流传的歌舞是“哈贝拉”（jarabe）。这个名称有“糖浆”之意。源于西班牙的“萨帕特亚多”（zapateado），有“跺脚”或“踢踏”之意，其节奏类似“玛祖卡”舞曲，3/4拍子，间有插入6/8拍子，尽管来源于欧洲，但已带有墨西哥风味。

这是前面的八音节的四句，后面是六音节四句副歌，然后是欢快的踢踏舞，一段段跳下去，最后以副歌结尾。现代的“哈拉贝”舞，歌词已发展成从五音节到十三音节不等的诗句，但关键是保持三拍子，开头可以有一段“方丹戈”或一段歌谣，但总是有两段踢踏舞，然后是一段散板，叫“帕塞奥”（paseo）以示休息，然后又是一段踢踏舞，直到结束。最有名的是《塔帕第约的哈拉贝舞》，来源于哈利斯科州（哈利斯科州的人被称为“塔帕第约”），它由九段不同风格的乐曲构成，小伙子们穿着精神的“恰罗”服装，绕着身穿五彩缤纷的宽大长裙的姑娘欢跳，他们成双成对，但各跳各的。小伙子把草帽扔在地上，向姑娘求爱。这个舞蹈在“马里亚奇”乐队的伴奏下，欢快热列，具有强烈的感染力。它已成为墨西哥的“国舞”，常在重大节日和外交场合表演。

“哈拉纳”（jarama）是住在尤加半岛的居民的典型歌舞，其曲调最接近古代墨西哥歌曲的旋律和节奏。6/8拍子与3/4拍子相结合，其歌词往往用玛雅语演唱，内容常常表现爱情。

“桑冬嘎”是一种圆舞曲节拍的歌舞曲，原于西班牙的“霍达”（jota），3/8拍节奏，它综合了印欧混血人、瓦哈卡州的土著居民萨波台克人及西班牙人的精神。“桑冬嘎”为萨波台克语，意为“节庆、欢笑、愉快”。悲痛和欢乐这两种感情同时表现在萨波台克人举行的葬礼中。失去亲人的悲痛是暂时的，送葬完毕，他们唱着、笑着、跳起“亡灵舞”，因为一个善良的灵魂升上了天堂，那是他们最终的归宿。在“桑冬嘎”舞中，妇女扮成死者，男人则为纯洁的灵魂得到超度而快乐。所以，女人们扮得光艳照人，深色宽大的长裙上绣着大朵鲜花，醒目、漂亮。她们的心灵圣洁，动作稳重，舞蹈过程中从不露出腿部，双手绝不高于双肩，表现得端庄肃穆。男人的动作则奔放不羁，活泼伶俐，与妇女的动作形成鲜明的对比照，他们激励着妇女，不要悲伤，要寻求生活中的欢乐，生活是永远不会结束的。配合着“桑冬嘎”舞的歌曲，在玛琳琶的伴奏下美妙动听。

总之，“桑冬嘎”表达了人类最深切的感情：生与死、苦与甜、离散与团聚、欢乐与悲伤，还表现了人对神的感情，祈望得到神的同情。

“松”这个名称意义非常广泛，包括许多不同种类，在不同的地区有不同的叫法，如在瓦斯台克被称为“瓦潘戈”，在盖内罗叫“古斯多”（gusto）或“奇莱娜”（chilena），更有甚者，古巴的民歌也统称为“松”，虽然这些民歌并不相同。

“松”，源于十七至十八世纪在西班牙形成的一种抒情舞曲，在墨西哥各地流传开来，曾被称为“小松”（sonecito）。由小提琴、吉他、大吉他、墨西哥五弦琴的竖琴组成的乐队伴奏。如今，用马里亚奇乐队伴奏时加上了大号、小号和其他管乐。“松”在社会活动中、在庆祝会和公共场合表演，如饭店或露天广场。

“松”的主要特点是节奏感强，充满激情。这是由于配上了欢快的伴奏所造成的，主要是6/8拍和3/4拍，有时是5/8拍。

“松”总是以唱歌和舞蹈为基本素材，一开始演奏一段乐曲，常常是一段“方丹戈”，然后是不同形式的唱段，如“瓜希拉”（guajira，3/4或6/8拍）、“塞吉迪亚”（seguidilla）、“博莱罗”（bolero）、“探戈”（tango）……或者就是一段简简单单的歌谣，然后有多段副歌和过门。过门时跳舞，舞伴成双成对，但各跳各的，他们变幻队形，或跳踢踏舞，或弹着吉他，并穿插着各种动作。演唱过程中或结尾时，常加上因不同职业而异的各种亲切的呼叫声，如赶马人、牧牛人发出“乌哈哈”或“啊衣咧罗啦”等喊叫声，或者用假嗓发出尖叫，这样，这种源于西班牙阿斯图里亚斯省的民歌（在那里被称为“莱辛却”，rejincho）便带上了典型的墨西哥特色。

“松”的歌词是“科布拉”（cópula）。这是一种简单的歌谣，内容多为爱情及流浪的生活，常常一语双关。诗句可长可短，音节可多可少，每一段落从三句至十句不等。

“松”的演唱者极少独唱，常常是三至七人，或是大家同声歌唱。伴奏的乐器为小提琴、竖琴和小四弦琴。在乐声上多采用流行曲调，有时是安达露西亚的，有时甚至采用阿拉伯的，多采用大调形式，表演者还用嗓音和动作，模仿人、兽、鸟、物，如鸡鸣、火车吼、兽嚎等。

墨西哥不同地区的“松”，吸取当地流行的节奏、形式、旋律和风格，成为当代墨西哥最纯粹的民歌之一。

流传最广的墨西哥民歌则是“科里多”。这是该国人民用了近一个世纪的时间精心培育的一种抒情、叙事民歌，是可以演唱的文学形式。“科里多”是由西班牙卡斯蒂利亚地区的“罗曼采”（romace）、墨西哥的“科布拉”（cópula）、“坎塔尔”（cantar）、“哈卡拉”（jacara）等民歌发展演变而来的，可以说，所有的西班牙诗体都有把自己的遗产留给了“科里多”。

首先是“罗曼采”，它在西班牙本土流传了几个世纪。这种诗歌最早是十六音节一句，四句一段，每行都押韵，一韵到底。后来，把十六个音节一句的诗分为作为八个音节一句，就成了双行押韵，仍是一韵到底。

从形式上看，“科里多”与“罗曼采”一模一样：八个音节一句，四句一段，双行押韵。酷似“罗曼采”的“科里多”占总量 1/4 以上。不仅仅是形式，其内容也继承了“罗曼采”的抒情、叙事性质，讲爱情、讲征战，讲英雄业绩等等。但它们之间仍有区别：“罗曼采”对音乐性要求严谨，讲究风格，曲调旋律的长度有限；墨西哥的“科里多”虽不失西班牙的韵律，却不受上述种种要求的羁绊。曲调旋律不受局限，可因抒情、叙事的需要而任意延长。

“科里多”又是民间歌谣“坎塔尔”和“科布拉”发展而来，保持了这类民谣的抒情特点，其形式也像这二者一样变化多端，不规则，有些是一、三句押韵，有的则是二、四句押韵，这类“科里多”占总数的 60%。还有一部份是从西班牙另一些诗体发展而来，如“雷冬第亚”（redondilla），即：在四句一节的诗中，第一、四句押韵，第二、三句押韵，为 abba 式。

除“德西玛”以外，“科里多”还以其他许多种西班牙诗体中继承了它们的形式，如“阿莱汉德里诺”（alejandrino）等，这里不再一一列举，“哈卡拉”最早也发源于西班牙，是一种欢快的歌舞曲。从七十世纪起便在墨西哥流行，其特点是充满大男子主义气概，夸张、吹牛、高傲，那正是当时的流浪汉、吉卜赛人、牛皮匠和好汉们的特点，这些特点，构成墨西哥人性格的一个侧面。“哈卡拉”把它的气质赋予了“科里多”。

“科里多”形式多样，名目繁多，可以称为“罗曼采”、“故事”（historia）、“叙事”（narración）、“训戒”（ejemplo）、“悲剧”（tragedia）、“马尼亚尼达斯”（mananitas）、“回忆”（recuerdos）、“诗”（versos）和“歌谣”（cópula）。南方的“科里多”又称为“博拉”（bola）。这些不同的名称不是由于乐曲的不同，而是由于不同内容和产生于不同地区，但它们的共同特点是抒情、叙事的性质。随着 1910 年墨西哥大革命爆发，“科里多”兴起，现虽进入暮年，但仍属墨西哥流传最广、最有代表性的民歌。《阿黛丽达》简直成了农民起义部队的军歌。

第十九章

亚非连韵：日巴越及非洲一些国家歌谣格律浅说

第一节　日本的“记纪”歌谣①

日本“记纪”歌谣指的是收录在日本最古的两部历史著作《古事记》(712）和《日本书纪》(720）中的241首上古歌谣（其中歌词相同或基本相同的有51首）。这些歌谣咏唱的内容以爱情为主，部族之争、农耕渔猎、祈祷祭祀居次。歌风古朴粗犷，反映了上古歌谣的原始面貌。由于“记纪”歌谣的绝大部分已初步具备了和歌的各种定型歌式，故被称为和歌之“源”。

“记纪”歌谣中的定型歌式有四句体歌、片歌、旋头歌、短歌和长歌。这些歌式都不讲究押韵，但有音节数和句式上的要求。比如四句体歌为二十四音（24个音节)，句式是五、七、五、七；片歌为十九音，句式是五、七、七；短歌为三十一音，句式是五、七、五、七、七；长歌音数不限，将五、七句反复三次以上，最后以七音句结尾即可。它的基本句式是五、七、五、七……七。上述各种歌式均采用“五七调”，即是第一个五七或第二个五七后停顿或断句，以求得顺口的音乐性和节奏感。需要说明的是，这里所指的定型歌式都是相对而言的，由于“记纪”歌谣正处于向定型的和歌歌体演变的雏型阶段，所以在句式中出现多音和少音的现象都是难以避免的。

一、四句体歌（二十四音，五、七、五、七句式)

〔国际音标〕[a sa dʒi no ha ra ko ʃ i nadʒi ɣui]

---

① 李强：《日本“记纪”歌谣的句式与格律》，见段宝林、过伟、刘琦主编：《中外民间诗律》，北京大学出版社1991年版。

〔直　　译〕丛生细竹原腰缠

[s ra wa ju ka dzw aʃ l jo jw ku na]

天去（不）足（用）行啊

〔意　　译〕细竹丛生处，步履艰又难。

不能下天飞，要靠双足行！

这是一首对蹠形歌谣，句式为六、五、六、六，也有五七五七句式，与要求的音节数出入较大，这正说明了它是和歌谣形成之前的古谣。

二、片歌（十九音，五、七、七句式）

在日语中片歌的“片”字是不完整的意思。它是日本歌谣（诗歌）由偶数句向奇数句演变时的一种最单纯的形式。上古日本人在长期的摸索中，发现用七音结尾的奇数句具有稳定感，也能较好地抒发情感。于是出现了五、七、七句式的片歌体。片歌有两种，一种是独唱形式，一种是问答形式。

1. 独唱

〔国际音标〕haikejaiwagienokatajo

〔直　　译〕可爱呀我家的方向从

云腾起

〔意　　译〕多可爱呀，我的家乡！

从那儿飞起层层白云！

此系典型的片歌，句式为五、七、七。

2. 问答

〔国际音标〕ŋijbaɤi　tsw kw ba o sul gi te

〔直　　译〕新治筑波过

i kul jo ka ne tsw ɤw

几夜睡

kaŋanabetejoniwakokonojo

屈指数夜九夜

ɕi ni wa to o ka o

日十天喽

〔意　　译〕新治筑波过，曾有几夜宿？

屈指细细数，九夜十昼喽！

这两首歌的句式为四、七、七和五、七、七。

三、旋头歌（三十八音，五、七、七、五、七、七）

为了弥补奇数句的片歌因歌型过短、表达不十分充分的不足，有人采用重复片歌的方法，形成了旋头歌的歌体。“旋”字在日语中为“重复”之意。

〔国际音标〕sw sw koriga ka mi ∫ i mi ki ŋi

〔直　　译〕须须许理酿造的御酒

wareeo olerolptpmag i

我醉事无酒

e gw ∫ i ŋi wa re ei ŋi ke ri

笑酒我醉

〔意译〕须须许理的御酒让我醉了！

是太平酒、欢乐酒，让我醉了！

此歌的句式为五、六、七、五、四、七。

四、短歌（三十一音，五、七、五、七、七句式）

关于短歌的形成，说法不一。有人认为它是在四句体歌后加上七音尾而构成的；也有人认为它是将旋歌头的七音尾去掉后而形成的。总之，它是一种最能为日本人所接受的诗歌形式。在其它歌体相继消失后，它却一直延续至今，并派生出新的短诗形式——俳句，被誉为日本古典文学中的一枝奇葩。

〔国际音标〕jakwmotatswidzwmojaeŋaki

〔直　　译〕八云起出云人重垣

tswmagomiwijaewakitsŋakwrw

妻居八重垣筑

sonojaeŋakio

这八重垣啊

〔意　　译〕涌起层层云，出云八重垣，

与妻同居住，筑起八重垣，啊！八重垣哟！

“记纪”歌在格律上亦有自己的特点。一是韵律与节奏。这种歌谣一般押尾韵。分别为一、四句韵和二、三句韵：

× × × × × × ×
　　　　　　　△

× × × × ×
▲
× × × × × × ×
▲
× × × × × × ×
△

一首短歌可以分成A、B、C三个段落，由三群人来吟唱。A群人先唱第一段，B群人接着唱第二段，最后可由A、B、C三组人合唱第三段。A的节奏是③-②、③-②-②，B正好相反，为②-③、②-②-③，C则重复了B的②-②-③。这样，通过五、七句式中②、③音组的交替运用，形成了一种和谐的、错落有致的自然节奏。这种节奏正好与日本人求神时常用的二拜二拍手一拜的礼法节奏相吻合，这不能说是一种巧合吧。

此外，这首短歌中，第一句和第四句；第二句、三句和第五句为脚韵式的重复（成ABBAB韵式）。

二是叠语、对句：

sw sw ko ɤi ga,

ka mi ʃ i mi kl ni

wa ɤe e l ŋi ke ɤi

ko to na gul ʃ i

e gw ʃ i ŋi

wa re e i ŋi ke ɤi

这也是前面引用过的一首旋头歌。歌中第三句和第六句为对句；第四句和第五句中使用的是叠语。

第二节 越南歌谣点评

越南毗邻我国广西、云南。两国山水相连，歌谣有许多相同之处，也有各自的一些特点。这里引用越南太原师范大学教师刘光创（Lưu Quang Sáng）评介越南歌谣主要形式的文章及我国学者赵龙生对越南“仿唐诗律”的评述，标题为笔者所加，文字亦有所变动。

刘光创作为正宗的越南人，直接用汉语介绍其越南歌谣，而且评介得具体入微，实在难能可贵。以下是他亲自交给笔者的文章，除个别词句略加修改外，尽可能保留其原意。

一、越南歌谣形式特征

越南歌谣主要是指越南京族（越南国内称京人、越人）的歌谣。从文学上看，如果把民歌的那些附加的衬词衬腔（基本上没有意义的）词语去掉，便是歌谣。因此可以说歌谣和民歌之间没有明显的界限。民歌就是有一定的节奏的歌谣。

例（1）：

〔歌　　谣〕：Yêu　nhau　cởi áo trao nhau

Về nhà mẹ hỏi, qua cầu gió bay.

〔国际音标〕：ieu^{1} ɲau^{1} kəi^{4} ao^{5} cɔ^{1} ɲau

Ve^{2} ɲa^{2} mɛ^{6} ɛ hɔi^{4} kua kθu^{2} zɔ^{5} bai^{1}

〔汉　　意〕：相爱就交换上衣，

回家母亲问原因，就说是过桥时被风刮丢了。

〔北宁民歌〕：Yêu nhau cởi áo ý à trao nhau. Về nhà，vềnhà mẹ cha có hỏi a ơi a rằng qua ãy a qua cầu tình tình tình gió bay.

其中的ý à（咦呀），a ơi a（啊诶啊），ây a（诶呀），tình tình tình（叮叮叮）是附加的衬词，没有实际意义。

从来源方面而言，民歌是在一定背景、一定地区由人们唱出来的歌曲，具有地方性的特点。有些歌谣却缺少地方性，尽管某某歌谣描写的是那个地方，还是具有普遍性。

过去，人们把歌谣称为风谣，是因为有些歌谣反映（描写）各地方的风俗习惯。武玉潘（越南著名研究文学家）认为：“我们（越南）的歌谣是四言、五言、六－八言或七－七－六－八言的诗，可以吟颂整个句子，不用加上附加词语。如果用同一首歌谣唱出来就成为民歌。”①

歌谣就是由人民集体创作、具有普遍性的讲究韵律的口传文学。往往是由一个人创作，多人修改，在流传过程中，不断得到改善，语言和意思也不断地修改到了完整的程度。

越南歌谣具有人民性、现实性、浪漫性、普遍性、佚名性、传口性、集体性的特征，其内容、形式多姿多彩。下面就几种常见形式分述如下。

---

① 武玉潘：《越南俗语、歌谣、民歌》，越南社会科学出版社 1990 年版。

1. 声调系统：

越语有六个声调，这六个声调的高度如下图所示：

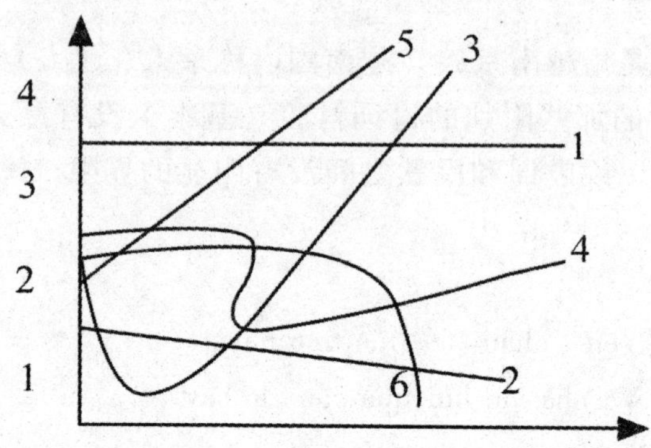

第一声与汉语的阴平差不多，但没有汉语的阴平调那高，在书写时不加声调，例如 la（喊）。越语第二声比第一声低，这个声调汉语没有，例如：là（是）。

越语的第三声，汉语也没有相同的声调，例如：l ã（吕）。第四声跟汉语的上声差不多，例如：lã（饿）。第五声跟汉语的阳平差不多。例如 lá（叶）。第六声跟汉语没有相同的声调。例如 la（陌生）。其中第一声和第二声是平声，第3、4、5、6 声是仄声。

2. 平仄律和押韵律：

越南歌谣以六－八体为主（约占 90%）。这类歌谣大部分两句一首（一句六言、一句八言）。六－八体的押韵律也比较简单，可以分成以下两个系统：

A、普遍性的韵律：平韵（脚韵）

	1	2	3	4	5	6	7	8
六	---	平	---	仄	---	平 （韵）		
八	---	平	---	仄	---	平	---	平

续表

	1	2	3	4	5	6	7	8
						（韵）		（韵）
六	---	平	---	仄	---	平（韵）		
八	---	平	---	仄	---	平（韵）	---	平（韵）
	○○○					○○○		
	○○○							○○○

例（2）：Công cha như núi Thái sơn

Nghĩa mẹ như nước trong nguồn chảy ra

Một lòng thờ mẹ kính cha

Cho tròn chữ hiếu mới là đạo con

〔国际音标〕：koŋ¹ cə¹ pw¹ nui⁵ tai⁵，sən⁵

ŋie³ mɛ⁶ pw¹ nwθk⁵ fsɔŋ¹ ŋuon² cai⁴ za¹

mot⁶ lɔŋ² t'ə² mɛ⁶ kiŋ⁵ cə¹

Co tsɔn² cw³ hieu⁵ mθi⁵ la² dau⁶ kɔn¹

〔汉　　译〕：父亲恩德重如泰山

母亲恩情如水从源泉流出来

要一心孝敬于父母

才算是个好孩子

第4、6、8字（音乐）必须是固定的平、仄声，第2字可以自由变换平仄声。

B、特殊性的句式和韵律

腰韵，即上一句第六音节和下一句第四音节押韵。

	1	2	3	4	5	6
六	---	平	---	仄	---	平（韵）
八	---	平	---	仄	---	平

例（3）：

Núi cao chi lắm núi ơi

Núi che mặt trời chẳng thấy người thương

〔汉意〕：山怎么这么高哇

你挡住了太阳，我看不见我爱的人

值得说明一点，第六言和第八言虽然都是平声但是不可同一个声调，必须轮流是第一声 – 第二声 – 第一声 – 第二声这是配声律。六 – 八体的节奏主要是：2 – 2 – 2 · · · · · · 但个别的也有 3 – 3（六）4 – 4（八）有一种是混合体。

可以说歌谣的六 – 八体是格律诗但对押韵律讲它没有唐诗那么严格，句子数量不限制所以可以表达人丰富多样的情绪。

除六 – 八体外越南歌谣还有双七六八体。这就是七言体和六 – 八体组合而成。每一句的字数不固定是六或者八字，而是 7 – 8、6 – 11、7 – 9 字等。这一类在越南歌谣中所占的比例很少，只占 2%。这一类的押韵律如下：

	1	2	3	4	5	6	7	8
七仄			仄	平		仄	（韵）	
七平			平		仄（韵）		平（韵）	
六		平		仄		平（韵）		
八		平		仄		平（韵）		平（韵）

例（4）Người ta đi giáo tiền giáo gạo

Tiểu tôi đi giáo áo giáo nồi

Nhà nào công đức thì thôi

Nhà nào đi vắng tiêu tôi giáo bò

〔国际音标〕：ŋwθi^{2} ta^{1} di^{1} zau^{5} tien^{2} zau^{5} ɤau^{6}

tieu^{4} toi^{1} di^{1} zau^{5} au^{5} zau^{5} noi^{2}

ɲa^{2} nau^{2} koŋ dwk^{5} t^{1}i^{2} t^{1}oi^{1}

ɲa^{2} nau^{2} di^{1} vaŋ^{5} tieu^{4} toi^{1} zau^{5} bɔ^{2}

〔汉　　意〕：别人去捐款、捐大米

我小和尚去捐衣服，捐米饭

谁家给钱就收

谁家没人在家我就“捐”黄牛

双七六八体的来源还没有得到正确的解释。

除上述的两种外，越南歌谣还有双七体、四言体、五言体、混合体但是很少。

3. 语言特色

众所周知越语的词汇有大约70%词语是汉－越音词，但在歌谣里用的词语绝大部分是纯越语词汇，这是因为歌谣是民间文学，是由劳动人民（主要是农民）创作出来的。因此歌谣的语言带有浓厚的京族人的地方特色，吟诵起来具有浓浓的越南京族人的乡土气息。

二、越南歌谣的分类

越南歌谣可分为古歌谣和现代歌谣（抗法、抗美歌谣），现代歌谣主要歌颂越南人民抗法和抗美的战争，鼓励在战场的战士为祖国战斗，鼓励在后方的人努力劳动为抗战做出贡献。这里讲古歌谣。

越南古歌谣在艺术形式方面体现赋、比、兴三种手法。

赋体：直接描写人或事物。

比体（比喻）：借用一件事说明自己的心事。比如男女双方不能直接说出自己的感情就用船和码头的形象来表达感情：船！你去了还想不想念码头。我码头一定等你回来。类似这种比喻很多，这里翻译越南著名的歌谣：

（1）我们俩就像新塑的像，像新造的钟，新建的寺庙

（2）我们就像春蚕，能吃能住在一起

我们就像蜜蜂，时时刻刻在一起……

（3）路过路边的寺庙，看看有有多少瓦头，多少瓦头就多么爱你。

（4）水牛啊，我告诉你，我到田里去耕作，你帮了我，我就不会辜负你的功劳。

（5）去异地的路弯弯曲曲，山山水水像图画一样。

（6）十五岁就跟你结婚，你嫌我小不要跟我睡觉。现在十八岁了，我躺

在地上，你就把我拉到床上。

（7）皇帝的孩子就要当皇帝，寺院里尼姑的孩子就要扫寺院。人民一起了干戈，皇帝的孩子就要扫寺院了。

赵龙生（江苏人，北京外语学院工作）对越南歌谣研究颇深。这里引用他关于越南仿唐诗和“双七、六、八诗体”评见的文字。

在越南诗文中，仿唐律诗占有很大的比重，尤其是在古诗和在知识界上层创作的诗歌中。

越南语有音调，可分为平仄两种相对的音调。平：包括平声和玄声；仄：包括锐声、问声、跌声、重声。

仿唐律诗和绝句，其中又各分为五言、七言，其结构形式如字数、押韵、粘、对等基本与唐律（近体诗）相同。比如七言八句仿唐律诗歌，其结构形式如下：

字数：全首八句，每句七字，共56字。

韵脚：首句的尾字与下句（偶句）尾字入韵，主要押平声韵。

平仄：每句诗，平仄互换，有规律的声调互换构成诗的基本节奏：2－2－3。

粘：上联的对句—下联的出句的平、仄必须是共平或是共仄：2－3，4－5，6－7，8－1。

布局：全首诗分4段：

首二句——题；

接二句——实；

继二句——论；

尾二句——结。

题：第一句——破题，进入题目。

第二句——承题，连接上句，准备转入下一部分。

实：领联，解释题目，进入主体。

论：颈联，深入主体。（实和论四句要求对仗）

结：结束主题，抒发诗人的感情和情怀。

基本格式：

平平仄仄仄平平
仄仄平平仄仄平
仄仄平平平仄仄
平平仄仄仄平平

平平仄仄平平仄
仄仄平平仄仄平
仄仄平平平仄仄
平平仄仄仄平平

三、赵南歌谣的双七、六八诗体

这是六八诗体之外的又一具有越南民族特色的诗歌体裁。诗中的六八两句式结构沿袭原六八诗体的格式，再在前面增加两句七言诗，变成两句七言、一句六言、一句八言。双七、六八诗体由此得名。

可以只由这四行诗句构成一首诗，全首诗为28个字。也可以由多段这样的四行诗句连成一首长诗，每四行诗句自成一段，段与段之间不连韵。

每段首句（七言句）不入韵，第二个七言诗句的尾字与下一句六言诗句的尾字押韵；然后，六言诗句的尾字再与下一句八言诗句的第六字押韵。

双七句中的出句（首句）的尾字可以与其对句（第二个七言诗句）的第五字押仄韵声。其格式如下：

仄平平平平仄仄
仄平平仄仄仄平
平平仄仄平平
平平仄仄仄平仄平

节奏：首两句七言句的节拍是：3—2 -2，3 -2 -2。第三句六言诗句的节拍是：2 -2 -2。末句八言诗句的节拍可根据需要：或2 -2 -2 -2，或2 -2 -4，或4 -4。

例如：

Ngòi tau cau nuoc trong nhu lọc,
溪 头 桥 水 清 如 澈
Duong ben cau cỏ moc còn non,
路 边 桥 草 长 尚 嫩
Dua chāng lōāg dăc dăc buon,
送 君 心 悠 悠 凄
Bo khon bang ngu, thuy khon băng thuyên.
步 难 如 马 水 难 如 船

摘自《纪妇吟》

〔意译〕渭桥头，清水沟，
清水边，青草途，
送君去兮心悠悠。
君登途兮妾恨不如驹，
君临流兮妾恨不如舟。

除上述格式，双七句的平仄起式还有下面一种：

平仄仄平平仄仄
仄平平仄仄仄平
平平仄仄平平
平平仄仄仄平仄平

例如：

Chang̀ tuôi trě, vôń dòng hāo – kiệt,
君 年 轻，拥 情 豪 杰
Xĕṕ bút nghiên, theo viêc đao – cụng……
收 笔 砚， 随 事 刀弓

〔意译〕君年轻壮志满怀，
弃笔从戎舞刀枪……
摘自《征妇吟》

第三节 巴基斯坦民歌诗律

巴基斯坦流传最广的歌谣是班家毕语唱的“马嘿亚”（Mahiya）。据佐尔菲·卡尔①介绍：马嘿亚多由妇女来唱，所以平常称为“妇女之歌谣”。但是现在男人也唱了。妇女所唱的对象一般是自己的情人或者丈夫。马嘿亚这个词是“马嘿”变过来的。“马嘿”是女子对“心上人”的爱称。过去在农村年轻小伙子主管放牧。年轻牧人就叫“马嘿”。他们正在谈恋爱的年龄，放牧又是谈恋爱的好机会。年轻姑娘们和所爱的男人——放牧的“马嘿”，用民歌谈情说爱，这样“马嘿”渐渐就变成了女子对“情人”的爱称。马嘿亚流传

① 佐尔菲. 卡尔，巴基斯坦人，1967 出生，北京大学中文系专业硕士研究生，曾在北京语言学院、北京大学中文系学习汉语 9 年，著有民间文学调查报告、论文数篇，如《张承志的 < 黑骏马 > 与民间文学》等。

开来，也就成了一种非常流行的著名歌谣。

在孤独悲哀的时候，或婚礼热闹的场面中，人们都唱马嘿亚来表达自己的心情。特别结婚的时候，妇女们随着小鼓的伴奏，独唱合唱马嘿亚，还有对唱问答，这就更加热闹。在这样的场合人们会不断地编出新的马嘿亚来唱。如果编得好，就可以流传开来，大家都唱。很多外地来参加婚礼的亲戚朋友也带来了她们那儿有名的马嘿亚，这就得到了交流，流传得更广。下面将马嘿亚的诗律作简要的说明：

一、马嘿亚的体式和句式

马嘿亚平常只两句就成一首，内容和形式却很完整。它的句式长短却不固定，但是第一句的词数一般为全诗词数的三分之一，这是固定的格式。例如：

〔班加毕语〕① Kukaan day dou juray

〔直　　译〕耳环　的　两个　对，

Mahi sadda pullan jahaa assan baghadi ki luray

情人　我的　花儿　一样　我　花园　什么　用处。

〔意　　译〕耳环成双成对，

情人像花儿一样使我心醉。

第一句里有四个词，第二句有八个词。第一句正好是第二句的一半长。也有人认为每首有三句，第二句可以分为两个短句。

二、马嘿亚的结构

在结构上马嘿亚比较简单，两句一首，一般第一句起兴往往又起定韵的作用，在内容上和第二句没有直接联系。第二句才是此歌的主题所在。例如：

〔班加毕语〕Doghi wich hull chuldi

〔直　　译〕农田　里　犁　耕着，

Teree judai mahiya burdash nayn ker sekdi

你的　分离　亲爱的　忍住　不　到　我。

〔意　　译〕农田正在耕种；

---

① 本文歌例为方便读者，用丁字母拼音。

跟你分别，亲爱的，我实在心疼。

从上例可以看出第二句歌唱爱人的别离，这是此歌的主要内容。第一句只起开口起兴的作用，与第二句的内容没有直接的联系；但是如果没有第一句就不成为马嘿亚了。有小部分马嘿亚的两句之间的内容上是有联系的，用两句共同叙述一件事情。如：

〔班加毕语〕Jail khana buri bala

〔直　　译〕监狱不好糟糕，

Na thndda pani na dunya di laggy hawa

没有凉水没有世界的碰到风。

〔意　　译〕监狱这个糟糕的地方。

喝不上水，更听不到外边的消息。

三、马嘿亚的韵律

马嘿亚只押尾韵，但是韵的长短则有所不同。有时用一个相同的词来押韵，有时用两个。还有的用不相同的词的相同的词尾来押韵。下边分别举例来看：

两句的句尾由相同的一个词来押尾韵，匀式为 AA。

〔班家毕语〕Koi bulbul ud jasi

〔直　　译〕有　　鸟儿　飞走　会的，

Rin　pupdasi　day　jind　miti　wich　rull　jasi

没有　远去的情人　的　生活　土　入　坏　会的。

〔意　　译〕小鸟儿飞过去了；

你就要远去了，没有你我就要进土里去了。

两句的句尾都是“jasi”，用同一个词来押韵。两句里“jasi”的意思也一样。

两句的句尾由相同的两个词来押韵，例如：

〔拉丁字母〕Diwawichtaikkuinai

〔直　　译〕油灯里油一点没有，

Aake mill mahi khet likhany di wail kui nai

过来相见亲爱信写的时间一点没有。

〔意　　译〕油灯里的油一点也没有了，

快点回来吧，给你写信的时间一点也没有了。

这里用两个词"Kui nai"（一点没有）来押尾韵，是"长脚韵"。

词尾的词虽不相同，但是有相同的词尾，例如：

〔班加毕语〕Bari di puttli chaan

枣树 的 很少 影子

Sukhiya kui kui dukhiyan day buhry graan

幸福很少很少痛苦的全部村子。

〔意　　译〕枣树下边的影子很少；

幸运的人儿不多，不幸的人却真是不少。

这首歌的第一、二句句尾都有同样的词尾"aan"，由这个词尾来押尾韵。同样可以起到音韵和谐的作用。

马嘿亚的每句由两个词的词尾来押尾韵，例如：

〔拉丁字母〕Churiyan di baa juri

〔直　　译〕手镯的带对，

Sukhan kulun dukh way chegy jinna tur niba churi

幸福比痛苦吧好它们终于跟着一直。

〔意　　译〕带上一对手镯吧；

幸福比痛苦好，它始终跟着我。

这首诗第一句句尾是"baajun"，第二句句尾是"nibachun"。这样由两个词的词尾来押尾韵。这两句中的四个句尾词各有三个音节相同，两句尾韵为三个音节长，也是一种长脚韵。

两句的句尾有三个词押韵，例如：

〔班加毕语〕Shisha utta chai pay gai

〔直　　译〕玻璃上边脏有了，

Pel nabi say wekh rehndy hun lami judai pay gai

一秒不是分开生活过现在永久分离有了。

〔意　　译〕玻璃已经模糊了，

过去一点也分不开，现在却永久离开了。

这里句尾有两个相同的词"paygai"。加上前边有不同的词，而词尾相同，"chai"和"judai"都有"ai"的词尾。这样三个词作句尾的长脚韵。

用"马嘿亚"这个词押尾韵，如：

〔班加毕语〕Kulary wich bou mahiya

〔直　　译〕仓库里干草情人，

Chen bawhan chery na chuery sanu tare luu mahiya

月亮不管出来不出来我呢你的光情人。

〔意　　译〕仓库里装满了干草，情人呀！

不管有没有月亮，你的恋都闪闪发光，情人呀！

这里两句句尾都是马嘿亚。用“马嘿亚”起押韵的作用，这样更亲切，感情更深，诗意更美。也有人认为马嘿亚民歌每首三句，则第二句可分为两句，整首诗的第二句不压韵，韵式由 AA 变为 A－BA。

马嘿亚之前的词也同时押韵，例如：

〔拉丁字母〕Kaile kaan mahiya

〔直　　译〕黑色　乌鸦　情人，

Turgayamahikerkaylagygranmahiya

走了亲爱的完了全部村子情人。

〔意　　译〕黑色的乌鸦，情人啊，

亲爱的你走了，全村就都完啦，情人啊。

这里马嘿亚之前的词押词尾韵“an”，连上马嘿亚共四个音节作尾韵。形成长脚韵。

“马嘿亚”押尾韵和谐悦耳，自然动听，顺口好记。押韵的音节数越多，尾韵越长，唱起来越好听，越有音乐感。但是一般最多也就用三个词来押尾韵。“马嘿亚”这种短小的民歌，之所以能在巴基斯坦全国广泛流传，是同这种和谐的诗歌韵律密切相关的。

第四节　斯瓦希里语歌谣格律①

斯瓦希里语是非洲大陆三大主要语种之一，操斯语的人数超过五千万，其范围包括坦桑尼亚、肯尼亚、扎伊尔、乌干达、莫桑比克、科摩罗群岛、刚果东部、马拉雅北部、卢旺达、布隆迪、赞比亚和马达加斯加等国。

斯瓦希里语一词来源于阿拉伯语中的“沙阿赫尔”，意为“沿海”或“沿海人”。“Ki”是班图语中“语言”的意思。两千年以前，阿拉伯人就以经商、探险的名义来到东非沿海地区，这些人与东非地区土著居民交往过程

① 蔡临祥：《浅谈斯瓦希里的民谣与诗律》，见段宝林、过伟、刘崎主编：《中外民间诗律》第 935 页，北京大学出版社 1991 年版。

中，发现他们操一种独特的语言，因此，阿拉伯人就用阿拉伯语给这种语言起了一个名字，叫“沙阿赫尔语”。后来逐渐演变，最后还是用了班图语拼写法，叫“斯瓦希里语”。斯瓦希里语属东班图语族，东非沿海地区一些文献中都曾经有过如下记载：“早期，在坦噶尼喀、肯尼亚和恩古贾、奔巴①两岛的居民，通过海路，用一种古老的帆船作为交通工具，彼此相互往来，通用一种简单的班图语……。”这种语言就是原始的斯瓦希里语。后来，阿拉伯人、欧洲人、葡萄牙人、波斯人和其他亚洲人先后来到东非沿海，在沿海各主要城市，如蒙巴萨、坦噶、桑给巴尔、达累斯萨拉姆、巴加莫约等地从事贸易活动。在与本地人长期交往中，他们不仅在生活习惯上，而且在文化传统、语言等方面都给当地居民带来极大的影响，因此斯瓦希里语也逐渐引进了包括阿拉伯语、英语、葡萄牙语和波斯语等在内的大量外来词。随着社会的发展，这种语言日益完善和丰富，从而发展成为今天的斯瓦希里语。

斯瓦希里语和汉语一样，也用语言凝炼、词藻优美、意境深邃隽永的诗歌表达人类在日常生活中喜怒哀乐的感情。然而，今天格律严整的斯语韵诗却是从早期民间歌谣逐渐演变和发展而来的。自古以来，居住在东非沿海地区操斯语的班图人就有在婚礼、丧礼、祭祀、庆丰收、庆战争胜利、狩猎归来和人生的几个主要阶段（如出生、命名、成年仪式等）的庆祝活动中吟唱歌谣的跳风土舞的传统习惯。有人说班图人是“歌舞伴终生”，此言不假，尤其是男女青年的成年仪式，更是既隆重又庄严。男青年到十六岁，女青年第一次月经来潮就算进入成年时期，这时就要在村中长者和家长的主持下，举行叫“将多”的成年仪式。在整个仪式过程中要进行割礼和举行各种歌舞活动，通过这些活动对青年进行有关谈婚论嫁、成家立业、生儿育女和成年人义务等教育，而这些教育一般都是通过歌舞的形式进行的；已成家的男人和妇女分别将男女青年围在中间边歌边舞边齐唱歌谣，寓教于歌舞之中。这类歌谣很长，可连续唱几个小时，一首歌谣往往要重复多次，以示对青年的耐心教诲。请看如下例子：

〔原文〕ShAni　yA　MwAdilifu②

ShAni wAlimwengu shAni, yA kiumbe mwAdilifu

AliotAkAtA moyoni, kwA cheko nA ukunjufu

Mtii kAshA mAkini, dAimA ni mwAngAlifu

---

① 恩古贾和奔巴合称桑给巴尔。

② 选自 M · M · Amiri《诗集》。

KAsoro peney mAchAfu, hugwAzAA kApiteA.

HuleA wAke wAtoto, si mchusA si mchAfu
KwA kAtAdhA nA mApito, hAngoji kAmwehAlAfu
Ndiye mAji zimA moto, kiAmboni twAmsifu
KAsoro penye mAchAfu, hugwAzA AkApoteA.

〔意译〕 《文明人世》

大千世界，文明人世。
心地明净，常挂笑意。
忠诚严谨，莫忘仔细。
一时过失，贻误终生。

养育妻女，天经地义。
含辛茹苦，本是天理。
以德报德，有中皆碑。
一时过失，贻误终生。

这类歌谣有的是一首有严格格律的韵诗，有的则是一首很长的自由诗，有韵律，但不很严格，往往不受音节、诗行的限制，但很讲究对偶，要求吟来琅琅上口，能配上音乐即可，这类自由诗在歌谣中占多数。在婚礼、丧礼或庆丰收、求雨等各个场合里所吟唱的歌谣由于情调的不同，其内容和格式也各不相同。婚礼上吟唱的歌谣当然是喜气洋洋的，祝贺新郎新娘相亲相爱，儿女成群；在求雨场合，众人合掌举于胸前，抬头面对苍天，口中所吟唱的歌谣则是低沉虔诚，恳情切切；在丧礼或祭祀的仪式上，其歌谣却如泣如诉，凄婉哀怨，催人泪下。

非洲民间歌谣常常离不开舞蹈，而舞蹈则常以鼓为伴，因此民间歌谣常按鼓点的节拍进行创作。鼓点节拍快而急，歌词则简短，舞蹈动作一停一顿，歌谣也相应一停一顿，当舞蹈动作和鼓点的节拍缓慢而带规律时，歌词也就长而有规律了。如坦桑尼亚国家歌舞团曾在我国上演过的《野牛舞》，其所吟唱的歌谣就属这一类，它随着舞蹈演员粗犷豪放的舞蹈动作，抑扬顿挫，时停时唱，长短不一。此外，目前在东非地区流行的塔拉伯乐曲所配的歌谣也多属这类型。一般来说，为适应舞蹈而创作的歌谣很难有严格的格律和韵脚，其音节、诗行、诗节的组成也不严格。然而，随着社会的进步和文化的发展，歌谣的形式也在不断地创新，流传在民间的格律不很严格的歌谣，有一些经过整理和重新创作，在不改变原意的基础上，成了有严格格律的歌谣，不过这类歌谣已不再单纯是为了舞蹈而创作了。M·M·Amiri 的《文明人世》就是一个很好的例子。它原是民间为青年举行成年仪式时吟唱的一首诗句长短不一的自由体歌谣，后来经过 Amiri 的重新创作，成了一首有严格诗律的十六言诗①，全诗共七个诗节，这里摘引的只是其中两节。

就诗而言，斯瓦希里语并没有像汉语那样有诗与词之分。汉语的诗分为古体诗、律诗、绝句和词。律诗又分为五律、七律、长律和绝句等。而斯诗只是根据每句的音节多少，押韵与否，诗行和诗节的多少分为歌谣、长诗、短诗、五行诗和自由诗等。斯瓦希里语采用拉丁字母拼写法，有 24 个拉丁字母（比英文少 Q 和 X），其中包含 5 个元音字母。由元音字母和辅音字母组成不同音节，每个词由若干音节组成，因而怎么写就怎么读。下面分别介绍：

斯语早期歌谣，严格地说没有特定的格律，不受音节、韵律和诗节的限制。然而就斯诗历史而言，它是斯诗发展的基础，是今天规范的斯语韵诗的雏型。据考证，最早的斯语歌谣起源于东非集市上商贩的叫卖声、挑夫们抬重物时的号子声和青年割礼时吟唱的民间小调，此外还有绕口令也属于这一类。例如：

〔原文〕MAmA，chAku chAku mAchungwA！

〔意译〕夫人们，快来呀，又大又甜的柑子！

BwAnA，mAcho mAcho hAmnA，sAmAki！

先生，别东张西望，买鱼吧！

为了吸引顾客，商贩们不断地在集市上叫喊着，这些叫喊声已初步有歌谣的特色，其特点是强调对仗，如 mAmAA（夫人）对 bwAnA（先生），chAku chAkuA（好吃）对 mAcho mAchoA（东张西望），mAchungwAA（柑子）对 sAmAkiA（鱼）。商贩们叫卖时配上当地民间小调，琅琅上口，富有诗意。还有像中国“吃葡萄不吐葡萄皮……”之类的绕口令在斯语中也不少见。如：

〔原文〕WAnA wAli wA liwAli hAwAli wAli mtupu.

〔意译〕他们有利瓦利②饭，不吃没有调料的白饭。

KAle kAtoto kAdogo kAlikoAngukA mtinu kAkAvunjikA

---

① 十六言诗即每行 16 个音节的诗，按汉语习惯以“言”表示音节。

② 一种带调料的米饭。

kiuno kAfAriki jAnA kAkAzikwA leo Asubuhi.

小孩从树上跌下来，腰摔断了，昨天死了，今晨埋了。

据考证，这些韵脚一致下节奏性很强的绕口令都属于民间歌谣的范围，它们已具备了歌谣的雏型。

第二十章

东盟之音：印尼柬泰歌谣

东盟，是东南亚国家联盟的简称，包括文莱、柬埔寨、印度尼西亚、老挝、马来西亚、缅甸、菲律宾、新加坡、泰国和越南等十个国家。2004年中国——东盟博览会在广西南宁举行，建立了中国——东盟自由贸易区。认识东盟一些成员国的歌谣，对研究东盟成员国的文化，促进中国——东盟经济的发展，更有深远的意义。

第一节　印尼"板顿歌"的格律

东盟十国之一的印度尼西亚（简称印尼），是东南亚面积最大、人口最多的国家。其最主要最富有代表性的歌谣是"板顿"（pantun），即四句歌。它是一种结构严密的格律诗，隔句押韵，韵脚为 a b a b 形式。每行（每句）包括4—6个单词，8—12个音节。朗读时每句分两部分，前半句为升调，后半句为降调。一般第一、三句的前半句亦押韵。如《哎哟，妈妈》：

Dari	mana ▲	datangnya	lintah △
从	哪里	来	水蛭

Darilah	sawah ▲	turun	ke	kali ●
从	水田	流（降）到		小河（溪）

Dari mana datangnya cinta?
从 哪里 来 爱情

Darilah mata turun ke hati①.
从 眼睛 流（降）到 心里

第1、2句为引子，3、4句为内容；第1、3句押“a”韵，第2、4句押“i”韵。第1、3句由4个单词、9个音节组成；第2、4句由5个单词、10个音节组成。这首“板顿”诗的中文意思是：

水蛭是来自哪里？从田间流进小溪。
爱情是来自哪里？由眼睛传到心底。

在印尼还有一种多于四句的偶数句“板顿”，名叫“达丽奔”（Talibun）。其特点与四句“板顿”其本相同，只是句数是六句、八句、十句等。如果全诗共六句，前三句为引子，后三句为内容，押韵规律为 a b c, a b c；如果全诗共八句，前四句为引子，后四句为内容，押韵规律为 a b c d, a b c d，依此类推。例如：

Sejak berbunga daun pand an
自从 开花 叶子 阿檀

Banyaklah tikus di pema tang
多 老鼠 在 田埂

Anak buaya datang p ula
崽 鳄鱼 来 也 又

Daun selasih tambah ban yak
叶子 西番莲 增加 多

① 武文侠《印度尼西亚的民间诗律》，见段宝林、过伟、刘琦主编：《中外民间诗律》，北京大学出版社1991年。文字有变动。

Sejak　semula　dagang　di　jalan
自从　起先　做生意　在　路

Tidak　putus　dirudung　malang
不　断　遭到　倒霉

Banyak　bahaya　yang　menimpa
很多　危险　的　临头

Namun　kasih　berpaling　tidak
尽管　爱怜　回头　不

〔意译〕阿檀①叶子一开花，老鼠便到田埂来安家。
鳄鱼崽子前来光顾，西番莲②叶子多如麻。
早就在路旁做生意，倒霉的事情一起起。
灾难危险频频来，虽然相爱，相顾却无意。

这首“达丽奔”除了句尾符合 a b c d 的押韵规律（第 1、5 句押“an”；第 2、6 句押“ang”；第 3、7 句押“a”；第 4、8 句押“ak”）外，句中的上半句也根据 a b c d 的规律押韵（第 1、5 句押“a”；第 2、6 句押“us”；第 3、7 句押“ya”；第 4、8 句押“sih”）。

印尼的“板顿”歌起源于何时，无从考察，但最早流行于苏门答腊岛和马来西亚的马来半岛，这是马来族及其分支的传统居住地。有人认为它是从我国云南传到印尼的，因为印尼民族就是我国云南人一批批迁徙去的。早期的“板顿”是男女青年用来表达爱情的歌，恰似我国云南少数民族的盘歌。后来“板顿”渐渐发展，其内容也扩充到其他方面；流行地区亦从苏门答腊岛流传到印尼其他岛屿。受“板顿”的影响，爪哇、巽达、马都拉等较大的民族也都有了本民族语言的“板顿”诗，其特点与规律相同于马来半岛及苏门答腊岛的“板顿”。如：

Suwé　ora　jamu
很久　没有　（服）草药

Jamu　godong　nanas
草药　叶子　菠萝

---

① 植物名，学名为 pandanus tectorius.

② 植物名，罗勒属，学名为 Ocinum.

Suwe ora ketemu
很久 没有 相见

ketemu pisan atine panas
相见 一次 心 热

〔意译〕好久没有喝草药了，这种药是菠萝叶。

好久没有见到你了，见一次面心就热。

“板顿”直接影响到印尼的民间戏曲，有些戏曲如东爪哇的“鲁德鲁克”戏的唱词就是优美的“板顿”歌。

由于印尼语及印尼各民族语言元音使用频率较高，说起话来富有节奏感，而押韵的“板顿”吟唱起来就更为动听。

现代的“板顿”有些已不受传统“板顿”格律的束缚，但仍保持其基本特点。

印尼民族众多，每个民族都有自己的民歌。绝大多数民族的民歌歌词都是“板顿”形式，如首都雅加达流传的“通心菜摇呀摇呀摇”及马鲁古民歌“惜别”就是两个很好的例子。先如《通心菜摇呀摇》：

lenggang lenggang kangkung
摇动 摇动 通心菜

kangkung di tepi rawa
通心菜 在 边 泥塘

Nasib sudah beruntung
命运 已经 好运气

Dapat kekasih suka tertawa
得到 爱人 喜欢 大笑

lenggang lenggang kangkung
摇动 摇动 通心菜

kangkung dari semarang
通心菜 来自 三宝垄

Nasib tidak beruntung
命运 不 好运气

punya kekasih diambil orangl
有、拥有 爱人 被拿 人（别人）

〔意译〕通心菜摇呀摇，飘飘然在泥沼。
遇上个爱笑的心上人，算我运气好。

通心菜摇呀摇，三宝垄城出的苗。
别人娶走了我心上人，我的命运多么糟。

又如马鲁古民歌《惜别》：

kalau	ada	sumur	di	lad ang (△)
如果	有	井	在	旱田

Boleh	kita	menumpang	man di (▲)
可以	我们	借光	洗澡

kalau	ada	umurku	panja ng (△)
如果	有	我的岁数	长

Boleh	kita	bertemu	la gi (▲)
可以	我们	相见	再

〔意译〕假如有口水井在田里，
我们可以借光把澡洗。
假如我的寿命长百岁，
日后我们能够再相会。

· 印尼的儿歌亦以“板顿”为基础，隔行押韵，如：

Elok	rupanya	kumbang	jan ti (△)
漂亮	样子	甲虫	甲虫

Dibawat	itik	pulang	pet ang (▲)
被带来	鸭子	回来	午后

Tidak	terkatd	besdr	hc ti (△)
不	说出	大	心

melihat	ibu	sudah	pul ang (▲)
看见	妈妈	已经	回来

〔意译〕甲虫的样子真漂亮，
背在后晌归来的鸭身上。
看见妈妈回家来，
甭提心里多欢畅。

第二节 柬埔寨歌谣的韵律[①]

柬埔寨是一个多民族的国家，全国共有 20 多个民族，其中高棉族占 80%，少数民族有占族、普农族、老族、泰族等。柬埔寨人信奉佛教（属小乘教）的人占柬全国人口总数的 90%以上。

柬埔寨通行柬语（亦称高棉语）。1954 年柬独立后，柬语被宪法规定为国语和书面标准用语。柬语属南亚语系孟——高棉语族。它是一个缀音语。多缀音，用倒装句法，首为受名词，次为动词，而殿以主语。柬埔寨文字由梵文和巴利文蜕变而成。它有 33 个辅音字母，21 个常用元音，7 个复合元音及 12 个独立元音。文字的构成用反切拼音法，即元音在前，辅音在后。

一、一般格式

柬埔寨歌谣韵律严谨，用词讲究，题材广泛，能吟能唱。吟时顿挫有节，优雅动人，耐人寻味；唱时旋律悠扬，悦耳动听，回味无穷，为本国人民所喜闻乐见，在整个东南亚地区也享有很高的声誉。柬埔寨已整理成文字的歌谣称为柬文诗。这种柬文诗概括起来可分两大类：古体诗，主要是四言诗和杂言诗，在民间流传甚广；近体诗，包括七言诗、八言诗、九言诗、十言诗、十一言诗、其中七、八、九言诗在民间流传最广。许多歌谣的唱词一般均按这些体裁写就，有着很深的群众基础和生命力。

柬文古体诗和近体诗的区别在于每句诗的音节字数不同。就其格律而言，近体诗比古体诗更严格些，但不如汉语诗那样要求平仄、对仗，而只要求押韵。韵脚的具体要求如下：

1. 元音相同。如：

〔拉丁音标〕Beh dong　　kaom laoh，

〔直　　译〕心　脏　　年青人

srey　kom　srao　naoh，

女子　别　恋　念

① 闵永年：《柬埔寨民间诗律》，见段宝林、过伟、刘琦主编：《中外民间诗律》，北京大学出版社 1991 年版。

min　ngeay　ban　pleam，
不　容易　得到　立即

oy　beh　dong　on，
献给　心　脏　妹妹

slab　son　khmean　neam　oy　cheat
死　零　没有　名声　献给　国家

hor　chheam　lebey　neam　moen　chhnam
流　血　扬名　名声　万　年

这里的 kaom laoh、srao naoh，pleam、neam、chheam 均为同韵词。前两个词的元音为 aoh，后三个的元音是 ea。

2. 阻声辅音相同。如前诗例中第三、五、六句中的韵词阻声辅音均是 m，即 pleam、neam、chheam。

3. 高低辅音相同。如前诗例第一、二句中韵词 kaom laoh、srao naoh 的辅音 k、l、s、n 在句中均为高辅音。第三、五、六句中韵词 pleam、neam、chheam 的辅音 p、n、ch 都是低辅音。高高押韵，低低合辙，符合押韵规律。但并不尽然，高低辅音互作韵词的诗句并不少见。

二、押韵规律

柬埔歌谣押韵方法分三种：

1. 句内押韵。即一句中有两个以上的音节相互押韵，韵词位置可前后相互挨，亦可隔开排放。如：

〔拉丁音标〕Buon　sngat　bat　rop　kaon dal　dey

〔直　　译〕躲藏　无声无息地　人　中间　土地

sngas 和 bat 是句中的韵词。句内押韵法在近体诗中较为多见，古体诗中的杂言诗也有运用。

2. 句外押韵。即句中某个音节与下句中某个音节押韵。如九言诗的押韵方法：

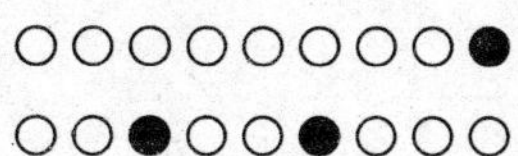

第一句中的第九个音节与第二句中的第三、六个音节押韵。这种押韵方法基本上所有的诗都采用。

3. 段外押韵。即前段某个句中的某个音节与下段某个句子中的某个音节押韵。如卡德四言诗：

Ⅰ ……○○○●
Ⅱ 1. ○○○○ 2. ○○○○
3. ○○○● 4. ○○○●
5. ○○○○ 6. ○○○●
7. ○○○○

前段最后一句中的最末一个音节与下段第三、四、六句中的最末一个音节押韵。一般的诗体都运用此法。

三、特殊歌谣的章法和句式

柬埔寨一些歌谣在章法、句式上有自己的独特性。下面分别作些介绍。

1. 卡卡德四言诗　卡卡德是柬文的译音。“卡”的意思是“乌鸦”，“卡德”为“行走、跳跃”。卡卡德为“乌鸦跳”。此诗体每段七句，每句四个音节。韵律：

①第一句第四个音节与第二句第四个音节押韵；②第三句第四个音节与第五、六句第四个音节押韵；③上段第七句第四个音节与下段第三、五、六句中的第四个音节押韵。如图：

Ⅰ ① ○○○△ ② ○○○△
③ ○○○▲ ④ ○○○○
⑤ ○○○▲ ⑥ ○○○▲
⑦ ○○○●
Ⅱ ① ○○○△ ② ○○○△
③ ○○○● ④ ○○○○
⑤ ○○○● ⑥ ○○○●
⑦ ○○○○

例如：

〔拉丁音标〕　Beh dong Kaom laoh△

〔直　　译〕　心　脏　年青　人

leao min khoch saoh△

好　不　坏　丝毫

khngom oy on na▲

我　给　谁

Trov oy meat phum

应该　给　祖　国

Cheat ty sne ha▲

的　可　爱

Re oy sa sna▲

或　给　宗　教

Cheat ty ko roph.

的　尊　敬

〔意　　译〕　青年人的心，

赤诚火热，

我要将它，

献给可爱的祖国，

献给神圣的宗教。

2. 波姆诺尔杂言诗　波姆诺尔是柬文译音，其意为“说、抨击、谩骂”。它是一种讽刺诗，每段三句，第一句六个音节，第二句四个音节，第三六个音节。韵律：

①第一句第六个音节与第二句第四个音节押韵；

②前段第三句第六个音节与下段第一句第六个音节和第二句第四个音节押韵。如图：

Ⅰ　①　○○○○○△　　②　○○○△

③　○○○○○▲。

Ⅱ　①　○○○○○▲　　②　○○○▲

③　○○○○○○。

例如：

〔拉丁音标〕　sdach Kheng Kom heng saoh sa△

〔直　　译〕 国王 生气 恼 怒 非常

Teah to srech tha

拍 桌子 吼叫说

Voey voey cheah chenh oy chhap.

努 才 走 开 快

Anh braoe a meat oy chap.

我 使唤 太监 来 抓

Yuk tov sam lap

拿 去 砍 头

Khsen khsay chy va eylo.

结 束 生命 马上

〔意　　译〕 国王怒发冲冠，拍案大吼：

“卑贱小人快滚开！

太监们给我将他拿下，

推出斩首，

以消寡人胸中之愤。”

3. 布炯厉杂言诗　布炯厉列是柬文的译音。“布炯”意为“龙”，“厉列”意为“婀娜”，布炯列意为“飞龙戏舞”。该诗每三句为一段，第一句六个音节，第二、三句各四个音节。这种诗体多用以描写和赞美森林迷人的景色。韵律：

①每段第一句的第二个音节与第四个音节押韵；

②第一句第六个音节与第二句第四个音节押韵；

③前段第三句第四个音节与后段第一句第六个音节和第二句第四个音节押韵。如图：

例如：

Ⅰ ①○△○△○▲ ②○○○▲

③○○○●

Ⅱ ①○△○△○● ②○○○●

③○○○○

例如：

〔拉丁音标〕 Sor saoer daom naoer prey prouk

〔直　　译〕 赞　扬　之　行　森林

Lut luah san thouk

生　长　众　多

Trao say sa kha.

茂　密　枝　杈

〔意　　译〕 迈步森林，

枝繁叶茂，苍翠挺拔，

景色迷人，令人陶醉。

4. 波恩笃尔卡杂言诗　波恩笃尔意为“讽刺，讥嘲”。它是一种讽刺，每段四句，第一、三句四个音节，第二、四句六个音节。韵律：

①每段第一句的第四个音节与第二句的第四个音节押韵；

②第二句第六个音节与第三句第四个音节押韵；

③前段第四句中的第六个音节与后段第二句中的第六个音节、第三句中的第四个音节押韵。如图：

Ⅰ ① ○○○△　②○○○△○▲

③ ○○○▲　④○○○○○●

Ⅱ ① ○○○△　②○○○△○●

③ ○○○●　④○○○○○○

例如：

〔拉丁音标〕 Trey tha eh aoe

〔直　　译〕 鱼　说　啊呀

Bung roeung te taoe metech khlang

微　薄　（语气词）　何　强大

Out mean kaom lang

吹嘘　有　力　量

Ket sman tha anh khlach hang.

以　为　我　怕　呢

〔意　　译〕 鱼儿嗤笑鱼筌：

“你竹篾之躯，

千疮百孔，

色厉内荏，有什么可怕呢？”

5. 波罗马革杂言诗　波罗马革是柬文的译音，意思是“悲怆”。此诗体每段四句，第一、三句为五个音节，第二、四句为六个音节。它多用以倾诉诗人内心的痛苦悲伤及发泄对某人的怨怒。韵律：

①每段第一句中的第五个音节与第二句中的第三个音节押韵；

②第二句第六个音节与第三句第五个音节押韵；

③前段第四句中的第六个音节与后段第二句中的第六个音节以及第三句中的第五个音节押韵。如图：

Ⅰ　①　○○○○△　　②○○△○○▲
　　③　○○○○▲　　④○○○○○●
Ⅱ　①　○○○○△　　②○○△○○●
　　③　○○○○●　　④○○○○○○

例如：

〔拉丁音标〕　Trong meday ster neng baich
〔直　　译〕　胸　母亲　几乎　将　裂
　　　　　　　Duch ke haich huor brao mat
　　　　　　　如　他人　撕　胆
　　　　　　　Pong poh duch ke kat
　　　　　　　腹　如　他人　剖
　　　　　　　Duch ke kur chhe khelaoch phsa.
　　　　　　　犹如　他人　搅　痛　痛苦
〔意　　译〕　母亲心似刀割，
　　　　　　　肝胆俱裂，痛不欲生。

6. 七言诗　每段四句，每句七个音节。韵律：

①每段第一句第七个音节与第二句中的第二或第四个音节押韵；

②第二句第七个音节与第三句第七个音节及第四句中的第二或第四个音节押韵；

③前段第四句中的第七个音节与后段第二、三句中的第七个音节以及第四句中的第二或第四个音节押韵。如图：

Ⅰ　①○○○○○○△
　　②○△○△○○▲

③○○○○○○○▲

④○▲○▲○○●

Ⅱ ①○○○○○○○△

②○△○△○○●

③○○○○○○○●

④○●○●○○○

例如：

〔拉丁音标〕 Tom tha Kluon bang duch reach sey

〔直　　译〕 冬 说 哥 似 麒 麟

Kluon neang teav srey duch ku hea

姑 娘 貂 女人 如 山洞

Reach sey baoe ban lom mov chea

麒 麟 如果 得到住 处舒适的

Min oy khleat khlea ku bea laoey.

不 愿 离 开 山 洞 啊

〔意　　译〕 阿冬说："哥好比无家可归的麒麟，

貂妹好比一个山洞，

麒麟觅到安适的住所，

怎么愿再次离开。"

7. 普通八言诗　每段四句，每句八个音节。韵律：

①每段第一句中的第八个音节与第二句第三或第五个音节押韵；

②第二句第八音节与第三句第八个音节及第四句第三或第五个音节押韵；

③前段第四句中的第八个音节与后段第二、三句中的第八个音节及第四句中的第三或第五个音节押韵。如图：

Ⅰ ①○○○○○○○△

②○○△○△○○▲

③○○○○○○○▲

④○○▲○▲○○●

Ⅱ ①○○○○○○○△

②○○△○△○○●

③○○○○○○○○●

④○○●○●○○○

例如：

〔拉丁音标〕 Kaot chea sray khmean ovey

〔直　　译〕 出生 是 女人 无任何东西

sang Kun mai△

报 答 妈

Reak sa tai△ key oy tha vo ro▲

仅保持 名声 使 存 在

Smaoe sang kun dail lok po

相当于 报 答 母亲

wu to△

怀孕

Bra kaot le nea mok khche

一 定 听见名 声 散

khchay tov.

开 去

〔意　　译〕 身为女人，报答父母养育之恩，

最重最厚的礼物，是美好的名声。

8. 九言诗　每段四句，每句九个音节。韵律：

①每段第一句第九个音节与第二句第三或第六个音节押韵；

②第二句第九个音节与第三句第九个音节及第四句第三或六个音节押韵；

③上段第四句第九个音节与下段第二、三句第九音节及第四句第三或六个音节押韵。如图：

Ⅰ 1. ○○○○○○○○△

2. ○○△○○△○○▲

3. ○○○○○○○○▲

4. ○○▲○○▲○○●

Ⅱ 1. ○○○○○○○○△

2. ○○△○○△○○●

3. ○○○○○○○○●

4. ○○●○○●○○○

例如：

〔拉 丁 音 标〕　Elov bray kai min brao kaob duch chti

〔直　　译〕　现在 改 变 不 如 意

Khaok khan snit khit khan sney

错 失 亲蜜的 失去 爱

bai baik sm aoh

变卦 忠心

Et nek nea khnea nek nit kit srao naoh

不 想 念 相互 思 念 缅 情

Pom kuor saoh daoh day sun

不 值得 丝毫 放开 手 零

na no pov .

啊 妹妹 最小的

〔意　　译〕　我的心上人。你不该不念旧情，

食言变心，将我要弄。

第三节　泰国民间歌谣中的“莱”和“格仑”

泰国，古称暹罗，素有“微笑国”之美誉。其民间诗歌十分丰富。这里，根据北大东语系裴晓睿在《中外民间诗律》一书中发表的《泰族民间诗歌格律述略》一文内容，对“莱”和“格仑”两种歌体作些简明的介绍。

一、莱

这是泰国最常见的一种歌谣形式，分长莱、平律莱、古莱、丹莱。长莱无字数、句数和韵律的限制，只要每句中有一个词与前后句中任何一个词押韵即可。平律莱、古莱和丹莱一般都是五言句，每首五句以上，每句最后一个音节与下句中或第一、或第二、或第三押韵。末句最后一个音节用第一或第五声调。

如：《帕銮箴言诗》属于平律莱。其中大部分诗句是五言句，个别也有四言、

六言、七言者。

〔国际音标〕 m a nL：j h?/i rian wi cha：

〔对 译〕 当 幼小 使 学本领

h?/i hǎ: Srìn m a jài:

使 谋求 财富 当大

jà: fài au sáb th?/n

莫 期求 钱财 他人

jàː riàː n k ː khuam

莫 打算 诉讼

pràphr˩t ton ta: m buraphrá b ɔ: p

行为 自己 按照 祖先 规制

au t : ch ɔ: p sǐa ph i t

要 只 正确 失掉 错误

jàː uɔ: pk i t pen ph a: n

莫 做事 为 恶棍

jàː uàt h ǎ: n k ː ph˩an

莫 夸耀 勇敢 对朋友

〔意 译〕 幼时学本领，长大谋财富.

莫羡他人财，莫要打官司.

言行守祖训，行端少谬误.

莫夸匹夫勇，莫为强梁事.

又如:

〔国际音标〕 khúa thr náː m m : khúa

〔对 译〕 捋 呀 (你) 捋

r̥: p tàbe˪ h?/i th ˪ khannaː

快 前冲 使 到达 田埂

cà d?/i phū: t caː kan

以便 谈 说 彼此

cà d?/i phū: t caː kan

以便 谈 说 彼此

kìaw thɤ n?/ː m ː kìaw

割 呀 (你) 割

jàː　mua　l　ː　mua　liǎw
莫　只顾　看　只顾　扭头
khíaw cà　bà:t　m　ː
镰头　会　割破　手
khíaw cà　bà:t　m　ː
镰头　会　割破　手

〔意　　译〕捋呀捋,
快快冲到田埂处,
好把心中话儿吐,
好把心中话儿吐.

割呀割,
东张西望使不得,
小心手划破,
小心手划破呀.

(«割稻歌»片段)

二、格仑

这是泰国民间歌谣的另一种体式.多用于说唱、对唱和催眠曲.格仑的基本形式是每首四句,每句六至九个音节.首句叫换句,次句叫接句,第三句叫承句,第四句叫送句.

1. 韵律.格仑的韵律分句间韵句内韵两种.早期格仑只有句间韵.后来享誉"格仑之父"的伟大诗人顺吞蒲(1786—1855)首创在格仑中加入句内韵,致使格仑读来更加流畅悦耳、富于音乐之美.自此,句内韵便广泛为人们所接受.

Ⅰ、换句○○○○○○○○△　○○△○△○○●　接句
承句○○○○○○○○●　○○●○●○○▽　送句
Ⅱ、换句○○○○○○○○▲　○○▲○▲○○▽　接句
承句○○○○○○○○▽　○○▽○▽○○○　送句

2. 节奏.格仑十分讲究节奏.无论是六言、七言、八言或是九言,每句都有两处停顿.图示:

○○/○○/○○

○○/○○/○○○

○○○/○○/○○○

○○○/○○○/○○○

节奏除能使格仑读起来顿挫有致、琅琅上口之外，还与句内韵规则有着密切的关系. 即：在换句、承句中，句韵应出现在第一、二拍和第二、三拍之间. 而在接句与送句中则只出现在第二拍与第三拍之间. 图示：

○○●/●▲/▲○○　　○○○/○△/△○○

○○●/●▲/▲○○　　○○○/○△/△○○

3. 声调. 除韵律和节奏外，声调是使格仑优美悦耳的另一个重要因素. 格仑对每句句末词之声调有着严格的要求.

泰语有五个声调：

第一声调　　O

第二声调　　\

第三声调　　∧

第四声调　　/

第五声调　　V

换句句末词可用2、3、4、5声调；

接句句末词可用2、3、5声调；

承句句末词可用1、4声调；

送句句末词同承句，但一般不用闭口音节.

4. 例诗.

1）社帕（说唱词）. 采用平律格仑. 多用来讲述长篇故事，格律要求不甚严格. 演唱时，有拍板和小钹伴奏.

〔国际音标〕 khrán　rú˪/c　ː　sǎː˪/sàw　:˪ l?!ː

〔对　　译〕 当　清晨明　曦光亮在地

thɔː˪　prà　sǐ: ǹtw: n taː/hǎ chá: mài

通　巴　　西　醒　眼　　慢不

lá˪ n?!ː/tam mà: k/sài pà: k wái

洗　脸　捣　槟榔　放　　口

n?!˪ khiaw/bài　bài/l　: w trɔː˪　ka: n

坐　嚼(嚼物状)　　然后　思考

c　˪ rɔːl˪ r̥ak/taː　sǒn/kap　taː sǎw

就　喊　叫　达孙　和　达叟

jaː i mi˪/jaː i máu/pen ph　an b?!ː n

雅明　　雅　毛　是　　邻居

pr　k sǎː　w?!ː/tuː　kh?!ː/cà khɔːwaː n

商议　　说　我　　要　　请求

khít àː n/khɔː lūː k sǎː u/sǐː pràcan

想　　求　　女儿　　西巴简

〔意　　译〕　清晨曦光照亮大地，西巴通睁眼争忙起。

洗罢脸来捣槟榔，咀明嚼去犯思虑。

叫声达孙和达叟，雅明雅毛老邻居。

我有一事相烦扰，要娶西巴简之女做儿媳。

（社帕《昆昌与昆平》片段）

2）道格穗与撒格瓦（对歌形式之一）。

〔国际音标〕sàk kawaː/wan níː/chóː k diː nák

〔对　　译〕撒　格瓦　今天　　运气　好很

d?!i phóp phák/no˪ raː m/saː masàmɔː n

得　　遇　　面　佳　丽　　美人

tàlɯ˪ le˪ phêː˪ /phinit/con tít klɔː n

惊　看　盯　观察以至　成诗

mɯan thùːk sɔːn/síap sàk/pàkùraː

好像　被　　箭　穿　刺　插　胸

khɔː w?!i waːn/chǒːmjo˪ /sǎːm no˪ lák

请　拜　求　美人　　三　淑　女

chūaj chùt chák/sɔːn niː/thiː thɤna

帮助　扯　拉　箭　这　一下　吧

phia˪ phɤːj/kham/r?!mrót/phótcànaː

只要　开　言　诉说　诗味

n?!n khɯː jaː/chùt　thɔːn/phít sɔːnɤːj

那　　就是　药　扯　拔掉毒箭　啊

〔意　　译〕撒格瓦，今天真走运，得遇如花玉人。

痴看经颜诗吟就，一箭穿心胸是爱神。
乞求窈窕淑女，拔却此箭多垂恩。
但须开口叶珠玑，即是赐药解毒人。

（《男唤》，沙提·色玛宁）

第二十一章

激情的背景：中国歌谣生态环境透视

人类社会何种文化都要以一定的生态环境作为其生存发展的依据和条件，歌谣亦不例外。那么，歌谣的生态环境是什么呢？不言而喻，它首先是人类的生产、生活，特别是人们的体力劳动是歌谣产生和发展的熔炉。其次是各族民间各种各样的风俗仪式，其中多半是由祭神、娱神的言辞转而为歌谣缘起之一。再次是稍后兴起的歌圩、歌会。第一、二种环境及其相关问题在前面已作了多处阐述，这里对歌圩、歌会作分析和研究。

第一节　中国歌谣盛会

在我们祖国辽阔的大地上，有许许多多的歌谣盛会活动，特别是少数民族地区，处处是歌的海洋。各少数民族几乎人人能歌善舞，不仅有唱歌的习惯，而且有各种各样不同形式，不同名称的歌谣盛会。其中，具有悠久历史的壮族歌圩，伴随着人类社会历史的发展，呈现出多层次存在、多角度流动和多渠道传承的嬗变趋势。现行的歌圩与流传意义上的歌圩，有了极大的不同，歌圩也伴随着现代社会的发展而发展。当代社会对歌圩作出选择，古老的歌圩文化对现实生活的适应，它的存在本身就是在实践其在现代社会的应用的功能。歌谣学家吴超在刊授资料中讲的“歌节”概况，就是我国各族歌谣盛会活动。

对于歌节，各地区、各民族按自己的风俗习惯和方言特征，有着各种各样不同的称谓，吴超先生在其刊授讲义中，列举了不少歌会。① 笔者于此基础上再作些诠释和补充。

---

① 吴超刊授讲义：《歌谣学概论》，第50～52页。

一、以歌唱活动和歌唱场地命名的歌节

1. 壮族的“歌圩”。“歌圩”是外族给壮族所定之名，壮语叫“欢龙垌”，意为“到田间去唱的歌”；有些地方称“欢窝敢”，意为“出岩洞外唱的歌”。壮乡这种聚众唱歌的日子特别多，以大的节日来算：在春耕以前，就有春节、二月十九、三月三、四月八；到了夏收以后，又有中元节、中秋节、九月九、冬至节等等。至于日常婚丧喜庆和农闲时，聚众唱歌，则难以数计。歌圩分“野歌圩”、“夜歌圩”两种。“野歌圩”又称“歌波”、“窝波”，一般在山坡、田峒举行，以唱山歌为主，男女青年对唱情歌（包括见面歌、赞歌、约会歌、分别歌)，还唱盘歌、故事歌等。除对歌外，常伴有“抛绣球”、“碰蛋”、“舞龙”、“舞狮”、“放花炮”等活动。“夜歌圩”又称“歌堂”、“坐妹”，在室内举行，以唱盘歌（包括邀歌、答歌、入座歌、赞歌、花果歌、农季歌、谜语歌等）为主，有独唱、对唱、领和的多声部等形式。歌圩的规模少则上百人，多则上千上万人，近年来有组织的“三月三”、“中秋”歌会多达十万之众；从早到晚，乃至通宵达旦，持续数日。每逢节日，男女盛装，并按传统习惯，用枫树叶、黄花草、三月花煮染成五颜六色的糯米饭。相传吃了这种饭，便了使人像花草树木一样的兴旺茁壮。歌圩上，人群川流不息，如潮似海，歌声此起彼伏，连绵不断，许多上了年纪的老歌手也热情赶来，并趁此机会把珍藏的歌传给下一代。

2. 西北民歌的“花儿会”。花儿，又称少年，是流行于甘肃、青海、宁夏、新疆等省（区）汉、回、土、东乡、保安、撒拉、裕固、藏等民族人民中的具有独特高原风格的民歌。“花儿会”是一年一度传统的花儿歌手竟唱会，多在六月六日举行，以甘肃莲花山、青海老爷山和瞿昙寺等地的“花儿会”最著名。每逢会期，上山会碰到很多“关卡”，当地群众拉起马莲草编起的绳子拦路问歌，必须当场答歌才让通过。山上处处可见一顶顶遮阳伞下，聚着五、六个女青年，三、四外准有五、六个男青年。每边都有一个“串把式”当参谋，他们不时地唧唧耳语后，歌声穗之而起，你来我往，对答如流。大多即兴编成。内容以情歌为最丰富，包括拦路歌、问答歌、相认歌、叙情歌、送礼歌、连欢歌、祝愿歌、离别歌等。其次有歌唱生产劳动、风光景物、历史故事、新人新事，也有赞颂寺庙、神灵、祈雨求子等带有宗教迷信色彩的。就其形式、风格和唱法，可分为河州花儿和洮泯花儿两大流派。歌曲调子多以“令”来命名，如：“白牡丹令”、“尕马儿令”、“绕三绕令”、“大眼

晴令”、“撒拉令”、“莲花山令”等等。会期一般五天，人们沉浸在歌海里，入夜围着熊熊的火堆，往往直唱到东方发白，不少青年男女在这儿找到了如意的对象。最后一天日落西山时，人们才恋恋不舍地互以“花儿”祝福告别，相约明年再来。

3. 哈萨克族的“阿肯弹唱会”。阿肯，是哈萨克族对年青歌手的称呼。每年盛夏七、八月间，牧民们热情地邀请各地阿肯，云集北疆巩乃斯草原和阿合塔草原，举行一年一度为期十天左右的阿肯弹唱会。他们之中，有饱经沧桑、年过花甲的老艺人；有初露锋芒的后生牛犊，还有金嗓银喉、歌如流水的妇女、姑娘们，四方歌星，济济一堂。首先由年高艺精的阿肯演奏古老庄重的冬不拉曲《贵巴斯》作为序曲，继之各地名歌手相继表演，有独唱、对唱、合唱，除传统唱词外，多系即兴编唱。此外，还有诗朗诵、长篇叙事歌弹唱等节目。盛会的高潮是阿肯对唱竞赛，各方使出浑身解数，互问互答，比智慧、比歌喉、能唱到最后者为胜。夺标者的名字将传遍草原，长长留在人们心中。歌唱表演结束，常举行赛马、叼羊、姑娘追、摔跤、拔河、打靶等传统体育活动。

4. 京族的“唱哈节”。京族三岛：巫头、山心、澫尾，位于我国南海北部湾内、珍珠港边，鼎足而立。“唱哈节”是京族人民传统的歌会节日。“哈”或“唱哈”是京语，意为“唱歌”。传说远在七、八百年前，有位歌仙来到京族聚居地区，在每天劳动之余，热情教大家唱歌。痛斥地主老财的罪恶，道出大家心中深藏的美好宿愿。京族人民学唱者越来越多。后来为了纪念歌仙，人们兴建起“哈亭”，在亭里唱歌和传歌。再后来这一活动就发展成了“唱哈节”。日期因地而异，澫尾、巫头二岛从农历六月初十起，山心岛从八月初十起，一连举行三天至七天的活动。“唱哈节”在“哈亭”举行，有一套完整的仪式：首先是迎神（一般是迎镇海大王），其次是祭神（选杀最大的猪，叫做杀养象），再次是入席（男子达到规定年龄即可入席听唱，妇女不入席，只坐在旁边听唱）。唱“哈”的角色都是邀请来的，通常为三人：一位男歌手称“哈哥”，持琴伴奏；两位女歌手叫“哈妹”，互相轮流演唱。演唱时，主唱的哈妹站在哈亭正堂中，手拿两块小竹片，边唱边敲，另一哈妹坐在一旁，轻叩竹制的梆子压拍，持琴的哈哥便依曲调拨奏和，歌声悠扬婉转，琴声清亮柔美。歌词内容大都是歌唱本民族的历史、传说故事，友谊和爱情等。歌者如痴如醉，听者入神入迷。最后是送神。在唱哈仪式之前，还往往举行踩高跷、斗牛等娱乐活动。

5. 傈僳族的“汤泉诗会”。傈僳族男女老幼，人人能歌善舞。“汤泉诗会”俗称“澡塘会”，是傈僳族最大的赛诗盛会，每年正月初二到正月十四举行，来自泸水、兰坪、碧江等县的傈僳族男女多达几千人。人们一到温泉就杀鸡祭神，祈求山神庇佑，然后沐浴洁身。节会内容主要是赛诗。有流传久远的古代民歌。歌手们砌磋琢磨，交流经验，锤炼自己的创作；老歌手们培养新人，传授古老民歌。每天赛歌一二十起不等，大多通宵达旦。有的唱到极兴时，可延续七天七夜。各地歌手赶来集会，唱歌抒情，结交诗友。青年们也会在波浪起伏的恋歌海洋里钟情相爱。赛歌时男女双方对立，女的手拉着手，男的肩搭着肩，两足还按一定的位置移动，并不断地交换位置。赛诗会上歌虽数不清究竟有多少，但贯穿诗会始终并被推崇为澡堂诗会主题的却是讴歌爱情和劳动的长诗《汤泉恋歌》。这是一首世代传承下来的抒情长诗。叙述一对男女青年历经三年在温泉边三度相会的恋爱故事，深刻地揭露了旧社会买卖婚姻制度的罪恶，反映了傈僳族的社会风貌和生产斗争、生活情况。

6. 仫佬族的“走坡会”。每年年初择日举行。“久不唱歌记不来，久不走路起青苔，久不进入花源洞，不知花谢是花开。久不唱歌慢慢记，久不行路慢慢来，同妹齐如花源洞，桃花正伴里花开。”这首民歌生动地反映了仫佬人对唱歌的喜爱。“花源洞”是广西罗城县仫佬族有名的“走坡”场之一，群山环抱，风景宜人。四面八方的仫佬族男女青年，从山涧小道汇集到这里。小伙子们三个一群、五个一伙，选好地方，见姑娘们过来时，便掏出手帕边摇边唱：“见妹行路脚悠悠，我把山歌拦路头，千兵万马让他过，只拦阿妹停坡沟。”姑娘们也摇手帕搭理对唱：“哥是半空云里风，妹是江河湖海龙，同心同德搞四化，千里姻缘一线通。”人越聚越众、歌越对越多。当听到“报哥真，双手厚茧妹欢心，连歌到半丢开去，情妹不是那号人”时，小伙子们都乐而忘返。山歌沟通了年轻人的心，激越着年青的一代更好地工作、劳动。

7. 侗族“赶歌场”。又称“赛歌会”、“踩堂”。盛行于贵州省黔东南州天柱、锦屏、剑河、三穗、镇远一带侗族地区。每年有赶歌场十余处，其中最盛大的是天柱、度马的二十坪歌场，共赶三天，每年农历七月二十到二十二日，参加歌会的最盛时可达三万人以上。赶歌场主要是赛歌，内容丰富，形式多样。有比聪明才智的对歌；有歌颂民族英雄和讲述历史的叙事歌、古歌；有控诉反动统治阶级压迫剥削，表达对自由幸福生活向往的叙词；有倾吐男女之间相亲相爱的情歌；还有歌颂社会主义新人、新事、新生活的歌。开始赛歌，先是以村寨为单位的集体对歌；然后各自寻找对手，有一个对一群的，有男对女的，也有一对男女对唱的，还有一男对多女，或一女对多男的。围观者越多，他们越唱越起劲。经过反复较量，弱者逐渐淘汰，直到只剩下少数“歌王”（能手），不分上下。“歌王”大显身手出奇制胜的时候，就是赛歌的高潮。这时，歌场内外，四面八方，连连发出“啧哟”的赞扬喝彩声。赛歌会结束后，胜者不骄傲，远近闻名，败者不灰心，决心来年取胜。同时，大家都依依不舍，各自进行交朋友，赠送礼物，定期约会等活动；有的男女青年还物色到了自己惬意的情人。除了精彩的赛歌外，还有惊人的斗牛表演，和传统的文艺演出活动。场面壮观，非常热闹。湘、桂、黔边罗蒙山区侗族的三月“太戌日歌会”又叫“三月街”、“赶坡”、“赶坳”，盛况与此相仿佛。

8. 苗族的“坡会”。有些地方称“闹冲”、“爬坡”、“踩山节”，名目很多，是苗族人民每逢节日或农闲汇集一堂唱歌的盛会。坡会时间因地而异。位于乌江上游织金县龙场区的苗胞多在农历五月五日举行，当地称“花坡会”。既是青年们谈情说爱、老人们会亲访友的喜庆节日，也是姑娘们、妇女们比花裙、显针线技艺的好机会。位于广西元宝山一带的苗胞多在秋收以后举行，除男女青年对歌、跳舞、吹芦笙外，还有斗马活动，最后给善斗的“马英雄”挂上优胜的红绸绣球。它的主人容光焕发，露出胜利的喜悦，人们纷纷祝贺，尊称他是最会养马的“公老”，如果是个青年，那就会获得姑娘们的青睐。黔东南凯里香炉山爬坡节，每年农历六月十九日举行，人山人海，热闹非凡，苗族男女青年热情地对歌、唱歌、“古霞”（唱飞歌、游方、跳舞、斗雀等）。滇东北一带的苗胞一般在春节前夕或春节期间举行。节日最富地方色彩的活动是爬杆，坡会场中立一根几丈高的刚剥下皮的衫木杆，木杆顶上挂着一筒玉米酒、一节长香肠，爬上竿后，就可摘下一朵红花插在心爱姑娘的头上。

9. 瑶族的“要歌堂”。粤北连南的“八排瑶”最盛行歌堂，又称“歌堂会”。按照传统习惯，每三、五年举行一次。时间大都从农历十月十六日开始，历时三天或九天不等。因各排（村）举行的年份不一样，青年们逢会必到便有了更多的接触机会。节前，各家都事先通知远近亲戚好友前来观光，一时间街头巷尾塞满了穿新衣、戴新帽的人群。插山鸡尾是特有的装饰物了，民歌里唱道：“莎妈头里插彩鸡翎，风吹头巾轻飘飘。”节日的头一项仪式是祭祖先。多是上岁数的人，虔诚地把“祖公”从庙中抬出巡游、拜祭。“色翁”（瑶语巫师）带头开唱：“引歌唱，引歌先唱盘古皇……”男女青年们却聚到村了广场上去了。多情的小伙子们三个一伙、五个一堆地朝着姑娘们唱起来，别看姑娘们不作声也不对歌，但她们已在暗中选择爱人。小伙子们唱得口感舌燥时，姑娘们大都已选好人了。晚上，有幸得到姑娘欢心的小伙子，就可以独自到姑娘家里去对歌表情了。每天的活动都是祭祖先和青年们聚集唱歌并行。参加“要歌堂”的青年可达八、九十对之多，所唱情歌内容十分广泛，有单身苦歌、赞美歌、祝愿歌、历史故事歌等。入夜围着篝火而坐，尽情地唱，往往通宵达旦。不少对是在堂上认识，往后又不断加深了解，最后成为幸福的终身伴侣的。节日期间，好客热情的主家，都要做二三十斤糯米糍粑招待亲朋，端出清香水酒供人们饮用，酒放置在公共场所，唱累唱渴的人们，可以用它提神润喉。

10. 白族“石宝山歌会”。美丽神奇的宝石山位于云南剑川沙溪西北，这里林木葱绿，花草芳香，景色秀丽，每年农历七月底，方圆百里的白族和彝、纳西、傈僳、回民族的群众，从丽江、洱海、剑川、兰坪等地云集到此，举行为期三天的盛大歌会。人们身着各具特色的民族服装兴致勃勃地登上宝石山，松竹林里，小溪边，篝火旁，三弦、木叶、笛子小曲悦耳动听，情意缠绵的对调歌声回荡在山林翠谷中间。成双成对的人儿漫步在人间仙境中，即兴对歌，互吐衷肠。须发斑白的老人们，三五成群地漫步在雄伟古老的寺庙、石窟里，观赏那精雕细琢，栩栩如生的的南诏石雕艺术。真是“游有佳游，四海宾朋可往寻迹探古；乐不胜乐，八方情侣俱来对调赛歌。”

11. 畲族的“歌会”。畲族人民喜爱唱山歌，尤其喜欢盘歌。每逢农历二月二、三月三、四月分龙节、六月初一、七月七、八月十五、九月九等日子，都是畲族人民传统的歌唱节日。盛装的男女青年三五成群，于景色优美的山顶、古寺、歌坪，对唱拦路歌、请唱歌，散条（四时时一节的山歌）、数数歌、节气歌、谜语歌、新山歌等，通过唱山歌，倾诉过去的苦难、斗争和劳动，讴歌新社会的美好生活，传授生产和文化知识，表达爱情和希望，增进了解，建立友谊和感情。演唱形式有独唱、对唱、齐唱、重唱等。满山歌声此起彼伏，热闹异常。

二、以歌舞为活动中心的节日

广义上，人们也常把一些相关的节日称为歌节。因为它们多以歌舞为活动中心，离开了歌舞，节日就像一个人患了营养不良症，显的苍白无力。如：

广西彝族的开年节、跳弓节、庆丰节。特别是跳与节四天期间，当地彝族各种调式的歌谣，都随着本民族的鼓舞、葫芦笙舞、彝胡舞（“集契”）和铜铣舞，得到充分的展示。

云南彝族的“火把节”（西南各民族都有）、“二月八年节”、“插花节”和“三月会”。

云南白族的“绕三灵”、“三月街”、“蝴蝶泉会”、“花朝节”（里子节）、“果子节”。

傣族的“泼水节”，“巡田坝节”、“开门节”、“晃露会”。阿昌族的“浇花水节”。

各地苗族的“苗年”、“芦笙节”、“踩山节”、“姐妹节”、“吃新节”、“赶秋节”。

瑶族的“达奴节”（盘王节）、“赶鸟节”。

侗族的“花炮节”、“斗牛节”、“播种节”、“土王节”。

藏族的“洛萨节”（新年）、“雪顿节”、“望果节”、“塔尔寺灯节”、“萨葛达瓦节”、“转山会”、“藏林吉桑节”、“达玛节”、“藏北赛马会”。

高山族的“丰年祭”。

仫佬族的“吃虫节”。

景颇族的“目脑纵歌”

布朗族的“山抗歌”。

崩龙族和傣族的“插花节”。

回、维吾尔、哈萨克、乌孜别克、塔吉克、塔塔尔、柯尔克孜、撒拉、东乡、保安等伊斯兰教各族人民的“开斋节”、“古尔邦节”、“圣纪节”。

塔塔尔族的“撒班节”（犁头节）。

柯尔克孜族的“诺劳孜节”。

蒙古族的“大年”、“小年”、“那达慕大会”、“鲁班节”（云南通海县蒙古族）。

朝鲜族的“春节”、“清明”、“中秋”、“老人节”、“回甲节”、“回婚节”。

锡伯族的“娘娘会”

达斡尔族的“阿湟节”。

布依族的“跳花会”、“六月六”。

羌族的“年节”。

水族的“端节”。

土家族的“调年会”。

佤族的“拉木鼓会”。

哈尼族的“里玛主节”、“苦扎扎节”、“十月年”、“米索扎节”。

独龙族的“卡雀哇节”。门巴族的“年节”。

基诺族的“年节”、“新米节”、

普米族的“大年”、“转山会”。

纳西族的“海坡会”、“三月龙泉庙会”（骡马大会）。

上述节日，有些是包含着各种仪式，有些则无明显的仪式。然而无论是否有仪式，歌和谣是少不了的，只是多少的问题。不少节日是歌谣贯穿活动的始终，如广西彝族跳弓节，每个环节都充满着歌舞和民谣，并以歌谣叙唱本民族神话故事、迁徙历史、征战事宜和风情事象，人们称之为“民族歌舞的盛会”、“民族历史的演示”，一点儿都不过分。

第二节　壮族歌圩的起源与发展①

壮族歌圩，是壮族歌谣的载体，也是壮族歌谣的生态环境之一。研究壮族歌圩的起源与发展，是研究壮族及相关民族歌谣产生和发展不可少的一个组成部分。

“歌圩”习俗，在广西壮族民间，称谓各有不同。靖西、德保一带称“巷单”，意为圩市之开头；也有的叫“航单”、“航端”，“航”即圩市；大新县称之为“龙洞”，意思是下到垌场去；来宾、横县一带则称“圩蓬”，意思是欢乐的圩日；② 乐业一带还有“窝敢”的说法，“敢”即岩洞，意思是出到岩洞外面去；外地人叫它作“风流街”，则带有点贬义。不了解当地习俗的人，还以为这“风流”是一美称，亦不足为奇，然而当地老百姓并不满意这样的叫法，因为它不符号客观实际。

在一些汉文古籍中，还有“浪花歌”之称，也有“跳月圩”等等说法。③这些又是另一种内涵，人们可从不同的角度理解。

壮族及其先民自古以来居住在岭南。这里丛林密布，层峦叠嶂，岩洞曾是人们遮风蔽雨的居住之所。山与山之间的谷地——垌场，是人们的劳作之地。走出岩洞，走进垌场，聚集在一起，就形成了分布于壮乡各村寨之间大大小小的圩市。顾名思义，“歌圩”的“歌”指的是歌唱文化，“圩”则是集市贸易，它们分别属于人类精神活动和物质活动的领域。歌圩是以歌为主、定期聚唱、歌与圩结合的节日，充分体现了它与壮乡经济活动的密切关系。

① 本章后三节材料由在读博士研究生陆晓芹提供。

② 欧阳修等：《壮族文学史》第1册，第235页。

③ 潘其旭：《壮族歌圩研究》第2章，广西人民出版社1991年版。

壮乡各地大多都有自己的歌圩日，且日期不尽相同，它们大多集中在春季或秋季。有的地方一年一次，有的两次或多次，并相沿成习。一个歌圩，可以调动周边各社区民众的积极参与，人数少的有三五百，多者有两三万之众，往往伴随着活跃的市场交易活动，是一个集经济、娱乐、宗教于一体的、有机的社会文化系统，具有社会整合的功能。

壮乡及其先人向来能歌善唱，这可以在汉代刘向《说苑·善说》的《越人歌》中看到最初的记载。这首歌是公元前528年由壮族的一位先人——"榜枻（栧，yì）越人"唱出来的，"榜"是划动的意思，"枻（栧）"是划船用的短桨。由此可知，歌者是一位划短桨的越人。他一边为楚国贵族鄂君子晰划游船，一边用质朴的语言表达对他的真挚感情："今夕何夕兮？搴舟中流。今日何日兮？得与王子同舟。蒙羞被好兮，不訾诟耻。心烦而不绝兮，得知王子。山有木兮木有枝，心悦君兮君不知。"这种爱歌善唱的传统经过千百年积淀，培育了壮人及其先人思维歌化、以歌代言的习俗，最终形成了定期聚唱的歌圩。

关于歌圩的起源，众说不一。民间传说中，有祝寿丰年、唱歌择偶、悼念殉情者、刘三姐传歌等说法①。对于这个问题，当代研究歌圩的学者们有的认为，"歌圩源于远古对偶婚生活"②；有的认为，歌圩"脱胎于氏族部落祭祀活动"③。应该看到，歌圩作为一种由原始氏族社会孕育而生的民族文化，具有意义的混融性，它的产生决不是哪一种因素单独作用的结果。"原始宗教活动是壮族歌圩的母体，是它孕育了歌圩这种壮族人民所喜爱的形式"。而两性的追求，"是促使歌圩从宗教母体中诞生的第一动力"④。

一般人认为，歌圩最初是作为壮族先民满足"两种生产"需要的一种方式而产生的。"根据唯物主义观点，历史中的决定因素，归根结蒂是直接生活的生产和再生产。但是，生产本身又有两种。一方面是生活资料即粮食、衣服、住房以及为此所必需的的工具的生产；另一方面，是人类自身的生产，即种族的繁衍"⑤。而文化，"包括一套工具一套风俗——人体的或心灵的习

---

① 潘其旭：《壮族歌圩研究》，广西人民出版社1991年版。

② 农学冠：《岭南神话解读·壮族歌圩的源流》，第230页。

③ 潘其旭：《壮族歌圩研究》，第92页。

④ 黄秉生：《歌圩与壮族的审美意识》，载《广西民族学院学报（社哲版）》，1986年第1期。

⑤ 恩格斯：《家庭、私有制和国家的起源》第1版序言，《马克思恩格斯选集》第四卷，第2页。

惯，它们都是直接或间接地满足人类的需要”①。从历史上看，稻作农业是壮族先民赖以营生的主要手段。为了保证作物丰收，人们一方面要进行非常艰苦而细致的劳动，另一方面则把希望寄托在祖先、神灵的保佑上。因此，人们除了做好从春耕到秋收的一切田间工作之外，还要春祈秋报，举行各种祭仪。从歌圩活动的时间来看，主要在春插之前和秋收之后。这种安排体现了稻作生产的季节性规律，当直接服务于这种生产活动。据清末明初的《凭祥乡土志》载：“时届四月，俗有歌圩。男女成群，各分行数，歌声互答，自乐其乐。然乐而不淫，有关雎之遗风焉，诸父老云：非有此举，无以兆丰年。”直到几年前，广西靖西县大道乡歌圩、大新县下雷霜降歌圩，还在歌圩日举行祭神仪式，以求谷物丰稔和人畜平安。当然，季节性的祭祀活动也是男女青年择偶欢会的最佳时机。特别是实行外婚制后，平时从事漫长而艰苦的田间劳作的年轻人要想认识不同氏族、不同村落的同龄人，只有借助于定期的聚会。这样，就产生了以对歌传情、择偶婚配为主要内容的传统歌圩活动，促进了人类繁衍。在原始时代，两性之间的交往也往往具有巫术的意味——人们通过两性的交合达到谷物丰产的目的。“在农业的各种节日里，尤其是在与播种和收割有关的节日里，我们可以看到世界各地各时代允许普遍性交的最鲜明的例子——阿尔及利亚的农民反对任何禁止女人淫乱的规定，他们的理由是，任何提倡性道德的企图都会危害农作事业的成功。”② 这种以感应巫术来祈求农业丰收的作法在壮族地区也存在。据明嘉靖的《钦州志》载：“八月中秋假名祭报，扮鬼神于岭头跳舞，谓之跳岭头，男女聚观，唱歌互答，因而淫乐，遂假夫妻父母兄弟恬不以为怪。”③ “跳岭头”是流传于广西钦州、灵山一带壮族民间的一种宗教祭祀仪式，在这样严肃的场合让男女青年自由对歌、交合而“不以为怪”，一定是出于更重要的目的——而人类最大的需要无非是谷物的丰收和种族的繁衍。在这种仪式中，还有一个表现人类性交的性舞：一人拿着象征女性生殖器的大纸具，一人拿着象征男性生殖器的柱形道具，二者交戳，以此祈求生育和五谷丰登。④ 从盛行歌圩的季节来看，也充满春祈秋报的的意味。春天，“生气方盛，阳气发泄，生者毕出，萌者尽达”⑤，在古人看来，这正是大自然生育能力最强的季节。歌圩中，青年男女

① 马林诺夫斯基：《文化论》，华夏出版社 2002 年版。

② 张君：《神秘的节俗》，第 122 页。

③ 转引自廖明君《壮族生殖崇拜文化》，第 204 页。

④ 张明君：《神秘的节俗》，第 124 页。

⑤ 引《吕氏春秋·纪春季》，转引自《神秘的节俗》，第 112 页。

自由交往、择偶婚配，既顺人心，也应天时。我国古代中原地区也曾有在农历三月三“上巳节”祭祀高媒以迎接生命之神复活的习俗。万健中认为，这种“仲春之会”是“在春天特定的氛围中举行的一种以两性交媾的手段来祈祷人、物丰产的祝愿仪式及巫术”①。“三月三”歌圩，就是壮族酷爱歌唱、擅长歌唱及倚歌择配的习俗与汉族或汉族先民“上巳节”互相结合的结果。②不难理解，歌圩作为“两性生产”的产物，最初确实具有感应巫术的意义。

在歌圩发展过程中，原有宗教色彩不断淡化，其服务世俗人生的功能则越来越明显。在传统社会，它是壮族青年男女倚歌择偶的主要场所。而且壮族历史没有形成广泛通用的文字，“述其先哲历史，完全以歌词（或道巫经典）传诵之，故蛮民眼光下之歌谣，几与历代‘宗谱’、‘史乘’、‘典章’同一珍贵”③，因此，歌圩史实上还是传统文化的集散地，承担着保留传承民族文化是重任。人们在歌圩上对歌，就是传递民间智慧、学习民族文化的过程。在传统的壮族社会，“无论男女，皆以唱歌为其人生观上之主要问题，人之不能唱歌，在社会上即孤寂寡欢，即缺乏恋爱求偶之可能性；即不能通今博古，而为一蠢然如豕之顽民。”④ 相反，一个能歌善唱的人，往往被视为文化知识的拥有者——一个充满智慧的人，倍受世人的推崇。

正是这种心态的作用下，对歌成了壮族人民最高明的交际手段、最有效的恋爱媒介和最文明的娱乐方式。它也为歌圩的发展壮大注入了永久的驱动力，成为农业经济下壮族人民最美的精神粮食。在聚众歌唱的过程中，人们定调不定词，总能临机自撰，以歌传情，以歌会友，或柔情蜜意，或唇枪舌剑，通过对歌考验自己和对手的智慧。对他们来说，歌唱是生活的一种方式——生活中可以无豪宅、少美食，却不能没有歌唱。平日里，朋友见面要唱歌，分别也要唱歌，娶妻生子要唱歌，家中死了亲人也要唱歌；就是相互之间闹矛盾，也可一用歌声来解决。可以毫不夸张地说，壮族人的一生是在歌声中度过的。遍布各地的歌圩就是这歌化生活的典型，是歌唱社会化最集中的体现。它最初作为壮族先民发展“两性生产”的一种手段，具有实用的价值。但作为一种精神性的实践活动，它从一开始就体现了壮人的理想和追求，并随着社会历史的发展，实现了从实用到审美的升华，成为人们生活艺

---

① 万建中：《中国古代的性爱节日——“仲春之会”的形成及衍化》，载《东方从刊》，1995 年第 2 辑。

② 陈驹：《壮族“三月三”歌节探源》，载《广西民间文学从刊》第 6 辑，1983 年。

③ 刘锡蕃：《岭表纪蛮》第十八章第一节“蛮人好的原因”。

④ 刘锡蕃：《岭表纪蛮》第十八章第一节“蛮人好的原因”。

术化的主要方式。

一般认为，歌圩最晚形成于唐代，歌仙刘三姐是歌圩的女儿①，是歌圩形成的标志②。如果从那时算起，歌圩至少也存在了一千三百多年。在历史上，歌圩曾经引发一些汉族文人的好奇心，他们对此作了一些记载。但由于文化上的一些隔阂和偏见，所记往往比较简单，而且有认识上的偏差。新中国成立后，有不少学者对歌圩的形式和内容、源起和发展、时间和空间分布、社会功能、文化内涵审美意蕴等进行了深入探讨，使歌圩这一独具特色的民族文化奇葩得以展现真容，并出版了《壮乡歌圩的源流》、《壮族歌圩研究》《歌圩与壮族的审美意识》等一批论著。但是，作为一种社会文化，歌圩还在不断地发展变化之中，因此对它的研究也是一个永久的课题。特别是在二十世纪八十年代以后，随着国家改革开放政策的实行和壮族社会的现代化进程，歌圩出现了结构性的演变，向我们提出了一个全新的话题，即：在现代化的环境下，传统歌圩文化应当以何种姿态介入当代生活？以歌圩为代表的壮族传统文化如何与现代化接轨？基于此，笔者进行了比较广泛深入的田野调查，试图对歌圩在当代的流变态势、流变规律和流变原因作一整体把握，探讨这种流变所体现的文化意义，就民族传统文化的现代问题谈谈自己的一些看法。

2. 歌圩的发展，潘春见认为歌圩大致经历了三个阶段：原始形态歌圩、传统形态歌圩、现代形态歌圩三种类型。潘还对各个阶段歌圩的特点作较深入的分析。她认为，原始形态歌圩是诗歌、音乐、舞蹈三位一体，传统歌圩则是宗教和婚恋的分离，集市和歌圩互为依托，以传说故事为歌圩的契机和触发点，男女界限分明，综合的智力考察居于极为重要的地位。文学意义上升，出现歌书与歌圩互为依托的现象，舞蹈基本消失。进入现代，歌圩又有新的发展，“重要表现在宗教的淡忘、婚恋的淡化、政治的渗透、政府部门或半官方组织干预和活动内容的扩大等几个方面”③。这些分析切合实际，为今人从历史的角度把握歌圩很有帮助。从活动内容和形式而言，其发展变化的趋势是宗教意识不断淡化，婚意娱乐成分不断增强。

但是还应该看到，歌圩的发展虽然表现为一种时间的进程，却由于其空间分布的广泛性而呈现了地区的差异，例如：东兰、天峨等县还流行的青蛙歌圩和靖西县每年八月十五的请月娘歌圩就表现了较浓重的宗教意味；有一

① 见《刘三姐传说试论》，载于《钟敬文民俗学论集》，第118页。

② 见《壮族歌圩研究》，第143页。

③ 潘春见：《歌圩源流》，载《广西民族研究院》，1995年第4期。

些交通不太方便的地方，传统形态歌圩还保存得比较好；而一些经济发展比较快的地方，歌圩则突破了固有的模式，表现为新的形态。

从歌圩的分布上看，盛行歌唱活动的歌圩已大大减少。以靖西县为例，据过伟的《广西各地分布表》① 统计，在二十世纪八十年代中期该县曾有56个歌圩点，但现在还能比较好的保持歌唱传统的已不到十个。那些曾经盛行对歌活动的歌圩出现了三种情况：一是无圩无歌——一些地处郊外远离经济活动中心的歌圩衰落了，如靖西县的油茶坡歌圩；二是有圩无歌——不少地方的歌圩与一般的圩日已无显著不同，虽然歌圩日作为一个节日的意义还存在，但人们主要从事与歌唱无关的活动，如靖西县果乐乡歌圩、龙临镇歌圩；三是有圩有歌——一些历来盛行山歌的乡镇、村寨仍把聚众唱歌作为歌圩日活动的重要内容，主办者往往以举办歌赛的形式带动群众性的聚唱活动，如靖西县新圩乡歌圩和大道乡歌圩。一些原来没有歌圩日的乡镇，也可能出现新的歌圩——德保县那甲乡过去没有歌圩，1985 年，乡政府决定每年以公历5 月 4 日为歌圩。从此以后，每年这一天，乡里面都要举办山歌比赛、打球、演戏等丰富多彩的活动，吸引了当地和邻近乡镇的人们，从而达到活跃市场的目的。

从歌圩的功能上看，歌圩日经贸活动的范围日益扩大，经济功能越来越突出。在广西靖西县，每当某乡镇逢歌圩日，从县城开往该地的中巴上总是特别拥挤，大家都是去赶歌圩的。其中，有的只是想去看看热闹，但也有不少是来自外省的商贩，他们带着各自的商品去赶“风流街”，深信这一天的生意会比平日的要好得多。与此同时，当地政府和民众也认识到了山歌对于活跃市场的作用。歌圩日里，他们邀请歌手、组织歌赛，希望能通过唱歌使整个圩变“暖”——热闹、繁荣起来。地处靖西县和德保县交界处的靖西县渠洋镇新力村也有自己的歌圩日，但因为没有人组织，已有好多年没有歌赛了。2001 年歌圩日（农历三月十九），村里几个从外地打工回来的年轻人出面募捐钱款，邀请附近的歌手，组织了一次歌赛。虽然参加圩市活动的群众不过五六百人，但不到百米的街道两边还是摆满了各种农产品和小商品，人们来往其中，村里人终于看到了久违的热闹。与这种经济功能形成鲜明对比的，是传统歌圩倚歌择偶功能的衰落。一个热衷于唱山歌的小伙子坦言，如果是为了找对象，他是不会到歌场上来的，因为现在谈恋爱的方式很多，并不需要通过对歌，而且现在的姑娘也不会仅凭几句山歌就定下终身的。

---

① 潘其旭：《壮族歌圩研究》附表，第 281 页。

从歌圩的组织者来看，参与组织歌圩活动的已不仅限于民间的团体和个人了，而是有不少官方与半官方力量的介入。官方介入歌圩活动的方式也有多种：一是通过行政命令在宏观上对歌圩活动进行规范；二是在活动经费上作适当的扶助；三是政府直接干预活动的过程。越往基层，这种介入的力度就越小，如靖西县大道乡歌圩的山歌比赛，虽然得到了乡政府和村民自治组织——街委会的支持，但负责具体工作的主要是从岗位上退下来的池老先生、孙老师等几位热爱山歌的老人——他们出面向各家各户募捐，负责赛歌的组织工作。民间和官方合力介入歌圩活动对于保持传统文化、活跃农村市场无疑是有一定的积极意义。

从歌圩中的唱歌主体来看，老龄化的趋势越来越明显——唱歌者多为中老年人，年轻人对山歌的热情普遍比较淡薄。以靖西县大道夜歌圩为例，在参加通宵聚唱的四五百人中，二三十岁的年轻人不到十分之一，而且几乎都是男性。一个来自德保县都安乡的小伙子在得知笔者的身份后，希望笔者能为他找同龄的女歌伴。那晚在当街百姓的客厅中唱歌的大多数是中老年人，还有好几个人据说已经做曾祖父（母）了。当然也有一些地方，年轻人还能较好的保持唱山歌的传统。这些地方往往离经济中心比较远，交通不太方便，而且历史上歌唱之风也特别浓厚。过去在各种典籍中，关于歌圩的文字多着墨于年轻人。那时候，歌圩是年轻人择偶婚配的主要场所，对歌则是他们认识、交往的媒介，不会唱歌或歌唱得不好的人都很难在歌场上获得异性的青睐。现在，情况起了很大的变化。虽然每年歌圩期，年轻人还会积极地参与，但大多数人似乎更愿意以说话的方式直接和异性打交道——他们或三三两两聚在街头路边低声交谈，或在各种饮食摊点上边吃边聊，一改传统中以歌代言的风俗。相比之下，那些深爱歌唱文化濡染的中老年人则更愿意沉醉在歌唱活动之中，他们不愿意放弃任何唱歌、赏歌的机会。这些在传统歌圩文化中成长的人们，晚年仍不忘情于山歌，所以喜欢茶余饭后聚在一起用歌声休闲娱乐。一些歌会，纯粹是交情会友，一般也不涉及经济活动，与我们所说的歌圩是有很大区别的。但已有了时空上某些规律性，不同以往随机性很强的临场性歌会。应该说，它是从歌圩文化母体中衍生的，是歌圩在当代社会条件下的一种变体，同样值得我们去关注。

3. 从“娱神”到“娱人”

壮族民俗家潘其旭从广西左江花山壁画图样的分析，论证原始仪式性的歌（与舞紧密结合在一起）主要是用于祭神、娱神①，而后逐步向“娱人”过渡，从“舞化”朝“歌化”发展，揭示歌圩发展的内涵。

所谓“娱人”，是以满足人们的审美需要为主要目的，通常表现为自娱性和表演性的形式和手段。原始仪式性群体歌舞从“娱神”向“娱人”发展，也就是在这方面从中得到加强以致逐渐分离出来。例如，上一章谈到“蚂拐节”，在“祭蚂拐”期间，人们自发装牛扮马，或舞起斗笠簸箕，或男女盘歌对答，就是在祭典中伴随产生的自娱形式；在举行“葬蚂拐”仪式之后，一些青少年跳起“蚂拐舞”，就具有表演性质，让大多数人观赏，得到一种美感享受。而不像我们在花山壁画上看到的那样，全体成员仿效神蛙姿态的群舞形式。原始仪式舞蹈在这里已消除了其社会化的职能，代之群体性的歌唱，“蚂拐歌”贯穿整个仪式的始终。原始的崇蛙意识，由“舞化”变成了“歌化”。

这种变化，是因生产的发展、文化的进步、人群的增加及社会组织结构的变化所致。在原始社会里，由于生产工具的粗劣，生产力十分低下，人的死亡率高。人们为了求得生存，每个成员都不能脱离群体，同时，他们又都是所在群体倚重的力量。这样，集团与其成员便自然地结合成一个单一的整体。他们往往在一种动机、一种感情之下为一种目的而进行群体活动。反映在文化形态上，也表现为这样一种群体一致性的形式和特征。“在跳舞期间他们是在完全统一的社会态度之下，群舞的感觉和动作正像一个单一的有机体。原始舞蹈的社会意义全在乎统一社会的感应力”。随着社会的发展，人群逐渐增多，族群也就遂生而集散。尤其是进入农业社会时期，家庭作为社会的细胞，成为生产、生活和生殖的单位，原始公社趋向解体，就不便于、也不可能让大范围内的全体社会成员，在仪式中按统一的形体动作来参加集体舞蹈活动。同时，社会的分工和文化的进步，原本要在仪式中“舞出来”的那些宗教神话，已逐步变成民间口头承传，人们以简便的唱诵形式来叙述，并抒发自身的思想情感；而举行膜拜的一套仪式，也就成为巫师、祭司们的神圣职能了。这种发展和演变，我们通过壮族的“岭头节”可窥之一斑。

广西钦州一带的壮族群众，每年中秋前后欢度传统的“岭头节”，又称“跳岭头”。“岭头”即山坡。据明嘉靖《钦州志》风俗条载：“八月中秋假名祭报，扮鬼神于岭头跳舞，谓之跳岭头，男女聚观，唱歌互答……”清道光《钦州志》卷之一又云：“是期，延巫者花衣裙，戴鬼脸壳击两头鼓（按：即

① 潘其旭：《壮族歌圩研究》，广西人民出版社1991年版。

蜂鼓）……狂歌跳跃于神前，村男妇于坛戏歌，互相唱和，名曰：跳岭头。日不如此则年不丰稔”。可见，“岭头节”是祭祀性的节日，“跳岭头”是一种祭报酬神的宗教歌舞。这一活动至今仍在盛行。各自然村均有其定例的“岭头节日”，在中秋前后十天内举行。届时各家户大摆筵席，款待各方宾客；邀请“岭头队”（即巫师祭司人员，由十多人组成一队），到村头设坛“跳岭头”，祭报丰稔。其所跳者，分为“三师舞”、“四师舞”、“四帅舞”、“三元夫舞”和“五雷舞”（“五雷”即雷神）五个程序。从名称和部分内容来看，受了道教的一定影响，实质上是从不同侧面表演人格化的太阳神、水神、火神和雷神的故事。它与壮族先民的自然崇拜的观念和祭仪一脉相承。雷神驰骋于上天，统管地上人间祸福，故谓之“天神”。南部壮语“召法”（即“天之主”），或“卜法”（即天之父）；“雷劈”谓之“法拔”（即“天劈”）。从广义来说，“天神”也包括日、月、星辰等天体物象之神灵，这是崇天信仰意识的表现。宋代“钦人”之“祭天”，为于郊野向天举祭，明代以降钦州壮人的“跳岭头”，亦沿之在山坡上设坛跳舞行祭，故有的也称之为“跳天”，即“跳舞祭天”之意。前引《天下郡国利病书》称载，自左江流域界至“交趾海”（即北部湾）“皆骆越也”。而钦州地处北部湾畔。鉴此可以推断，从“祭天”到“跳岭头”，亦即古骆越人崇拜雷神（天神），和与之密切关连的祭铜鼓（雷鼓）、祀蛙神（雷王使者）、尊“它文”（壮语“太阳”之译音，含义即“白日之眼”、“天神明目”）敬“恼尼”（壮语音译，含义即“星辰”。铜鼓铸有天星纹饰，传说星星即无数闪亮的铜鼓）等原始信仰，以及类似花山壁画表现的祭祀活动的历史延续和遗存。

我们从“跳岭头活动中可以清楚看到，混融性的原始群体歌舞已发生了这样的变化：“扮鬼神于岭头跳舞”，虽然是出于人们祈求丰稔的愿望和酬神祭报的“年例”，但完全属于表演性质，整个意识分为“抛偈”（舞蹈）、唱格（歌舞）和坐唱（清唱）三个程序；参加仪式的“舞者”，已是专业或半专业化。他们须经立坛拜师并受戒学艺，建立师承关系而组成各司其职的班子，俗称“岭头队”；备有一套法事“行头”——“鬼脸壳”（神像面具）、“花衣裙”（绘制的服饰）、“两头鼓”（陶制蜂鼓）及各种道具，全班应邀举祭，表演神灵故事。届时，“村男女于坛戏歌，互相唱和”。可见，群体的歌唱也已从祭祀仪式中分离。甚至，“男女聚观，唱歌互答，因而淫乐，遂假夫妻父母兄弟恬不以为怪。”唱歌求偶活动也藉此滋生。不难看出，以自然村落为单位并一年一度举行的壮族“跳岭头”的全部活动，反映了骆越部落族群的原始祭祀仪式，如何从“娱神”到“娱人”、从“群舞”到“群歌”、从

“舞化”到“歌化”的过渡形态。

然而，民俗文化在空间上的流布发展和在时间上的传承变异，由于经济、社会的因素和各种条件的差别，又常常形成不平衡的状态，表现出不同的特征。壮族的原始群体性祭祀仪式的发展和变异也正是这样。有的在仪式中全部以“歌”代“舞”，有的则在举祭后行以聚唱对歌。如清乾隆《镇安府志·风俗》记述“元宵前后，以大粽酒肴祭土神，杂坐祠前共饮，唱土歌以祝太平。”在那里，其祭仪之“舞”已消失并且完全“歌化”了，从原始仪式的“舞祭”变成了“歌祭”。而有的正式仪式的“歌祭”又已经淡化或变异，“歌”与“祭”趋向分离，产生了举祭后群体自由对歌的形式，特定的祭期和祭地，遂成为人们一年一度欢会聚唱的媒介和契机。壮族的“歌圩”，也就在这样的历史文化背景上，及其发展的过程中逐渐形成。

实际上，从原始宗教群体歌舞仪式演变发展为民间游乐性的传统节日活动，在世界各民族中都不乏其例。欧洲农村传统的“五朔节”活动，人们绕着“五朔树”或“五朔花柱”跳舞的习俗，便是树神崇拜原始礼仪的遗风，有的地方已发展成为规模盛大的狂欢节日活动。这在英国著名的人类学家和民族学家詹母斯·乔治·弗雷泽的名著《金枝》中，就有生动而深刻的的论述。

在英格兰，到了五月，在降灵节或特定的日子里，村上所有年轻小伙子、姑娘们、老人和妇女，都涌到山林彻夜嬉戏游乐。次日早晨，他们以最虔敬的礼仪，从林中运回“花柱”。经精心装饰，插满花草，涂上色彩，柱顶挂上许多手帕和小旗，然后在村中或空旷场地举行竖立花柱盛典。接着，又在花柱周围铺上稻草，并用青翠的树枝扎架在树上，就近搭起可公休息的凉亭和棚舍。随之人们围绕着花柱——向偶像祭祀舞蹈。在德国一些地方，白天由年轻人跳，夜晚由老年人跳。在法国西南部海港波尔多，每条街上都竖立着一棵五朔花柱，整个五月每天晚间，男女青年都聚集在柱周围欢歌狂舞。有的地方，还由一位年轻小伙子或姑娘满身披挂青翠的树叶和鲜花扮作“树神”，尊为“五月之父”或“五月之姑”、“五月皇后”等，被领到现场绕场巡游。每年竖立五朔节树（花柱）并加以奉祭的目的，“是请回刚刚在春天醒来的能保佑丰产的植物之神”；“五朔树或枝的涵义也相应地延扩为祈求保佑妇女多子，牲畜兴旺”。为此，人们还将绿枝来装点门庭，以佑福祥。

值得一提的是，以舞祭树神为主体的“五朔节”的礼俗，与以歌祭蛙神为中心的壮族“蚂拐节”及其他“歌圩”中的仪式，有不少相类似之处：

——在英国和瑞典有些地方，孩子们在五朔节前夕，每人手里拿着一束象征丰年之神的桦树绿枝，跟随小提琴手走遍家家户户，演唱五朔节赞歌，祈求风调雨顺、五谷丰登、人人多福；并向为他们馈赠鸡蛋、咸肉一类礼品的主家房舍门顶上，插一条绿枝。在节日期间，孩子们还举行竞赛，以最先跑到五朔树跟前者为王，给他挂上花环，手持五朔树枝，领着队伍游行，到各家门前唱赞歌："祝福你——鸡窝里的母鸡多下蛋，牛棚里的奶牛多产奶。"

——"蚂拐节"里，找到第一只青蛙的人被尊为"蚂拐王"，每天由他率领一群少年，抬着代表神灵的青蛙游村串户诵唱《蚂拐歌》："蚂拐姑娘到，来报新喜到"；"养鸡变凤凰，金凤下彩蛋"；"养牛生龙角，麒麟满牛栏"；"谷穗长一尺，棉桃吐银线……"并收集人们赠送的鸡蛋、糍粑等礼物。

——俄罗斯农民在降灵节前的星期四那天，都要到树林中去唱诗，舞动花环，并砍下一株小白桦树，给它穿上女人服装，扎着各色彩带，然后举行宴会。宴毕，大家抬着盛装打扮的桦树，载歌载舞回到村里，把它尊为"贵客"安放在一家屋前，自此人们每天到那里瞻仰。降灵节那天，又把它抬到河边，扔入水里，随着也把所有的花环也丢下河去。以此举象征树神降雨之魔力。

——在"蚂拐节"中，人们把大年初一找到的第一只青蛙尊为"蚂拐姑娘"，欢歌拥载将它请回村寨，将起其入"宝棺"并置于纸扎五彩"花楼"，接着，又唱歌将其抬至凉亭安放日夜供奉。最后举行蛙卜葬祭，以卜雨水祈丰稔。另一种是将蛙置于家中神台供祭，人们歌而贺之，届时又群体唱歌送去放生，以祈吉祥，风调雨顺。

再者，德国有用染成红、黄色鸡蛋装点五朔花树的习俗，英国有在五朔花树歌舞场地搭凉棚供人们歇息的设施；而"歌圩"场中，有搭彩色歌棚并在棚檐上挂各色彩蛋的风俗。

通过比较，两者在活动形式、性质和意义方面，均大致相类，可谓异曲同工。

由此可见，原始宗教仪式从"娱神"到"娱人"的演变，是人类文化发展史中一种普遍的现象和共同的规律。它体现了人们对自然客体认识和自身主体认识的提高，也反映了人们的思维能力和社会文化的进步，以及审美目的及审美活动的发展。其演变过程，就是人们自觉或不自觉地为自身与自然界分离，从自然宗教的桎梏中挣脱的复杂过程。而这种信仰习俗和文化现象，只是由于生活环境、文化心理结构及历史条件的差异，在其表现形态及发展进程中，具有各自地域性的、民族性的不同文化性格，显示出多姿多彩的风格特征。

第三节　刘三姐对歌圩形成与歌谣发展的影响

不言而喻，民间歌谣的创作和发展有赖于各种载体，其中歌手歌仙的作用，更是不能忽视。被誉为壮族歌仙的刘三姐，在成长的过程中，极大地丰富了歌谣的创作，促进了歌谣的发展。应该说，刘三姐是壮族千千万万个优秀歌手的典型。

歌仙刘三姐对壮族歌圩形成的起着重要的影响，潘其旭在其《壮乡歌圩研究》中的相关文字，展示了歌圩变化发展过程中的一个突出特点。① 同样，刘三姐在历史上的出现，也促进了歌谣的发展。

脱胎于氏族部落祭祀活动的群体歌唱形式的歌圩，正是植根于民族的生活土壤及文化心理，并由此形成、发展和得以传承。而在民间传说中，则往往把壮族的这些历史文化现象及其表现形态，归功于"歌仙"刘三姐（又名刘三妹，刘三娘）所尚。有唱道："如今广西成歌海，都是三姐亲口传"，视刘三姐为"始创歌之人"，奉其为岭南民歌的"祖师"。又说，兴歌圩是刘三姐传歌所致，或说是为纪念刘三姐（妹）"仙化"而定期会唱遂成歌圩，"相传刘三妹就是歌圩的第一个领袖"。在古籍方志中，亦记述有关刘三妹的多种故事及其歌词，还刊有《刘三妹歌仙传》。这些虽然属于传说、仙话一类，但其产生于一定的历史文化背景，有深刻而广泛的民族生活依据。

关于刘三姐（妹）其人其事，在古籍方志及民间传说中所述不一，主要有如下数说：

一说刘三妹唐代广西贵州（即今贵港市）西山水南村人。如清初著名文学家王士（1634～1711）的笔记《池北偶谈》卷十六《谈艺六·粤风继九》载云：

相传唐神龙中，有刘三妹者，居贵县之水南村，善歌，与邕州（按：今南宁）白鹤秀才登西山高台，为三日歌。……复和歌，竟七日夜，两人皆化石，在七星岩上。下有七星塘，至今风月清夜，犹仿佛闻歌声焉。

其《粤风续九》条，即前述的清初进士吴淇于顺治十五年（1658）出任广西浔州府司里（推官）后，与同事搜索整理桂平、贵县一带民间歌编辑而成的各族民歌集，王士据此辑录而名之。

① 潘其旭：《壮族歌圩研究》。广西人民出版社 1991 年版。

最早记述刘三妹的身世、刘三姐与秀才对歌情节及仙化过程的，则是与吴淇同期的浔州属吏张尔翩写的《刘三妹歌仙传》（一下称张《传》）。该《传》收入《古今图书集成·方舆汇编·职方典》卷144《浔州府部·译文二》，为雍正元年（1793）续卷。作者在《传》中，详细地记述了采写的目的、日期和经过："世传仙女刘三妹者，一善歌之佳人也。余不知其所由来。癸卯（康熙二年，即1663）清明日，因访友于西山杨氏。路经山谷，惟见春色撩人，红字万状，轻烟薄雾，山突天平。须臾入寨，即仙女寨……"并于篇末识云："兹吾郡司理吴公（即洵州司理吴淇）采风至此，访歌仙之迹，命（即张尔本人）为传以纪之。"由此而推知，张《传》当今所见的记述贵县歌仙刘三妹故事之篇，吴淇主编的《粤风续九》所述及者，亦自然于之相类。故张《传》为《浔州府志·艺文》所辑载，亦为其同代及稍后的文人著述转引或生发刘三妹故事之所本。

还有一篇为孙芳桂写的《歌仙刘三妹传》（以下简称孙《传》），是著名历史学家罗尔纳纲先生从路工著《访书见闻录》发现的。原为陆志云评选编入《古今文绘稗集》，康熙己巳（1689）刊刻。而由于其作者年籍未详，有的学者便推测："可能是明代文士"。入依此说，孙《传》亦可能是明代之作了。这似乎缺乏根据而难于成立。在这里，有必要顺便解开这个疑团。

从孙《传》刊刻的时间来看，于辑录《粤风续九》的《池北偶谈》较早的闽中刊本，均同为康熙二十八年刊行，这就意味着孙《传》的撰写，不会早于康熙二年实地采录的《粤风续九》及张《传》。若孙《传》确系明代之作，《池北偶谈》或《浔州府志》不可能会不述及。再者，康熙中任广西督学的闵叙著《粤西笔述》"浔州白石山"条中，所记的贵县西山刘三妹者，亦不外乎是《池北偶谈》之说。这就是说，康熙二十多年所记贵县刘三妹故事的多种刊本，当出自吴淇、张尔翩采录之辑载。

再从孙《传》的内容来看，基本上于张《传》及《浔州志府》所载相同，而其中的一些差别之处，亦是有所本或作者的加工修饰。例如：关于刘三妹"依瑶侗（壮）诸人声音为歌词"，"粤民及瑶侗（壮）诸重人围而观之，男女摆层，咸望以为仙"的记述，言刘三妹为岭南溪侗苗、瑶、壮之歌祖者，亦见于陆次云《峒纤志志馀》。入后者云："诸溪峒初不知歌，善歌自刘三妹始也。"三妹依其声韵，作歌与之，以为谐婚跳月之词，其人各奉为式，苗歌云："读诗便是刘三妹"。三妹与白鹤秀才登粤西七星岩酬唱而化石，"诸苗、瑶、侗（壮）之属，遂祀刘于洞中勿替"。而孙《传》为陆次云评选编入《古今文绘稗集》，文中述及其与溪峒苗、瑶各族的关系，显然是互相参照或为陆次云选编时按已见所加。

关于刘三妹生卒之年岁，孙《传》云“生于唐中宗神龙五年己酉”；“化石”之年月，“时玄宗开年十三年（725）乙丑正中旬。”唐中宗李显在位五年，即乙巳至乙酉（705～709），曾用神龙（二年）和景龙（三年）两个年号，己酉应为景龙三年（709）。而张《传》及《浔州府志》、民国《贵县志》均说“刘三妹生于唐中宗神龙元年（705）。看来孙《传》对纪年号的笔误，是按刘三妹年轻时对歌化石的岁次而推定，从己酉至乙丑（709～725），正好为其生卒虚龄之享年。孙《传》加上三妹卒年并无考据，亦吴新意。

刘三妹与白鹤秀才张伟望对歌的曲名和情节，亦系综合《池北偶谈·粤风续九》的歌名和张《传》的记述而编就，并使之加重了文人文学的色彩。对此，我们还可以从其中对人物衣着神态之描述得到印证：“三妹服鲛室龙鳞之轻绡，色乱飘露，头作两丫鬓丝，发垂至腰，曳双缕之笠带，蹑九风之绞履，双眸盼然，抉影九华扇影之间。少年着锦纱，衣绣衣，节而立于右……”显然，这些都不是原来民间传说的语气，而是作者着意加工，没有张《传》那样实地采写的真切感。总之，孙《传》非明代之作。言刘三妹为贵县籍者，当首见于前述的《粤风续九》登文集。二是凡有刘三姐（妹）故事流传的地方，都把刘三姐说是当地人，如广西的《宜山县志》载：刘三姐，唐时下涧村壮女……性爱唱歌，其况恶之，与登近河悬砍柴。三姐身在崖外手批攀一藤，其兄将藤砍断，三姐落水流至梧州，州民捞之祀，号为龙母。

《苍梧县志》载：刘三娘，须罗乡人，剩于明季。……出入必歌，使纺织而棼其缘，随歌随理，即有绪；使治田，歌如故，须臾终田。在扶绥县，有说刘三姐是该县渠黎驮丁人或新安村人；在恭城县，则说刘三姐系当地马鞍山刘家人凶；在容县、岑溪一带，又说刘三姐为县境大容山人；在平南县说刘三姐是漂泊于廉浦（即今钦州、合浦）间的民间“歌圣”，等等。在广东有关记载中，如南宋王象治《舆地纪胜》“三妹山”条云：“刘三妹，春州（即今阳春县人）人。”而《阳春县志》所载清嘉靖进士谭敬昭（1774～1830）《游通真岩并序》则说：“刘仙不产于阳春，仙经所称白石山女仙刘三妹者，是为西粤贵县人，以善歌化粤瑶人至今祀之，以为歌仙。”屈大均《广东新语·女语·刘三妹》又云：“新兴女子有刘三妹者，相传为始造歌之人。”但乾隆《新兴县志》卷25《仙释》则说“刘三妹不知何时人”。当地的民间传说及研究者大都认为，“刘三妹生于广西贵县百石山，死于广东阳春黄泥湾（即春湾）”。另外，流传于客家人中的《自古山歌从口出》等故事，又说刘三妹石清末梅县松口圩人，或称“潮梅人”；流传于翁源县的《三妹罗隐对山歌》故事，则说，“刘三妹和罗隐秀才是一个地方的人”。而罗隐为唐五代诗人，籍浙江新城（今富阳县），据民间传说，“刘三太，本吴川之歌女，原名三妹自制土歌，声极清妙，听者多风激楚，不分高下，非下里巴人比也”。

在民间传说里，刘三姐（妹）是一位不谙诗书的勤劳善歌的农家姑娘。由于她歌才出众，无人赛过她而远近闻名。为此，有一个（一说有四个）秀才载满一船歌书专程来找刘三姐（妹）对歌以分高下。那天，刘三姐正在河边洗衣服，见来者急于打听刘三姐并扬言非唱赢她不可。她便随口唱道：

江边洗衣刘三妹，
你要对歌快唱开。
自古山歌心中出，
哪有船装水载来？

秀才们闻这歌声就像吃了当头棒喝，无词以对。当刘三姐问明他们的尊姓是陶、李、罗之后，接着又唱道：

姓陶不见桃花发，
姓李不见李花开，
姓罗不见锣鼓响，
三位先生那里来？

三个秀才被一问再问，翻出歌书对答不了几回合，就被刘三姐犀利的山歌压倒了，只好抛掉歌书狼狈而逃（贵县的传说是秀才们慌乱中遇风暴翻船沉没，变成大茶江中的覆船山）。刘三姐用歌声讥讽他们：

风吹桃树桃花谢，
雨打李树李花落，
棒敲烂锣锣更破，
花谢锣破怎唱歌？

显然，这些民间传说是以颂扬“下里巴人”为主题的。

由此来看，歌仙刘三姐（妹）表现为两种形象：一为出自农家、聪明伶俐而出口成歌的“下里巴人”歌手；一是“淹通经史”、善唱“阳春白雪”的歌者。同时，对其评价亦反映了两种社会阶层的文化思想及审美观念。后者把“通经传”作为刘三姐（妹）“善讴歌”的前提条件，其与张伟望的唱和，为“阳春”对“白雪”，并视之为高雅而“非下里巴人比也”。这全然是封建文人学士按照自身的意愿所作的故事。而前者则以“自古山歌心中出，哪又船装水载来”之歌句，开宗明义道出了口头的文学艺术源于劳动人民的创造，它早于书面文艺而且比之更为丰富和充满生气。缘此而出现了民间歌手大胜文人学士的对歌情节，对脱离生活实践的秀才们作了无情的鞭笞。从这些故事所体现的几乎是两相对立的刘三姐（妹）的形象表明，诸歌仙刘三姐（妹），只不过是历史上不同阶层的人们，按照自己的生活体验和寄托意愿而拟构的仙化的人物，为了使之真确可信，便编就其年籍身世，因此，若把刘三姐视作历史人物来探究，那自然就不会得出什么结果。

其实，清初张尔翮最早采写的《刘三妹歌仙传》，就是将故事置于奇幻的“仙境”种来描述的。言其入得的“仙女寨”，“忽闻层峦之上”有“若继若续的、响振林木”的歌声。“回顾无人，青峰满目，远盼山巅，惟二石人偶坐”。只觉“声在半天，缥缈云端，意者其仙籁呼，倾耳细听，随声仰望，或隐或现。遥见人影三五成群，互歌相答，惟闻呵呵声，而不知其所歌何调，何奇幻若此乎?”随后其“抵友家，见一叟，童颜鹤发，仿佛仙状”。问知“此地古有歌仙，故乡中所生男妇多善歌”。刘三妹与白鹤秀才对歌化石的故事，便由这位老叟所述。“今山巅之石偶三人者（三妹之夫林氏衣随之笑而化石，故言三人），即当时升仙之遗迹也。故吾乡之善歌者皆钟二仙之英灵”。总之，全篇从景观而及人叙事，都极力以“仙化”的笔调来渲染。叙者所据，是“得闻先人，考之故老，始备详其事，非敢诬也”》访者记之尚带疑惑，却又认为“即以此观，则知武昌之望夫石，宜都之襪袂峰，皆此类也。余于此益信”。这些都只不过是以前人的“仙话”和当地的风物传说来作依据，何以信以为实？而今之所谓“刘三妹其人其事确实历史存在”之说，又仅以当地明清时期所载歌谣及新发现的孙芳桂《歌仙刘三姐传》为论据，实际上还是落于古人窠臼。

从上述史料可以看出，歌仙刘三姐（妹）传说，当是“粤俗好歌”社会生活的产物。在这当中，其情致又如李调元《粤东笔记》所云：“东西两粤皆尚歌，而西粤土司中尤盛”。正因如此，在广西的贵县、桂平、玉林、平南、容县、岑溪、梧州（苍梧县）、昭平、富川、贺县、横县、宜山、环江、罗城、柳州、象州、鹿寨、柳城、金秀、融水、三江、来宾、龙胜、桂林、阳溯、灵川、蒙山、荔浦、灌阳、平乐、恭城、都安、马山、东兰、山林、大新、扶绥、合浦等38个县市，都有刘三姐（妹）的故事和风物传说，其流传的覆盖面，遍及广西的东西南北地域。而故事内容情节又不尽相同，刘三姐（妹）的族属也因不同的民族而异。有说是汉族的或壮族的，亦有说是瑶族的、苗族的或仫佬族。对于这种现象的产生，笔者认为，不能一概地视为缘自某故事的流传变异，而是岭南各族依据自身生活习尚，按照各自的理想追求和审美观念而创造的结果。

如前所述，岭南及其后裔的主要聚居区域，历来就以歌唱乡著称。而其“风俗好歌儿女子，天机所触，虽未尝目接诗书，亦解白口唱和，自然合韵。说者谓奥歌始自榜人之女”。由此可见，粤地女子好歌的习尚，是基于一种特定的民族文化心理，而并非出于“目皆诗书”。同时，粤歌的渊源当追溯到汉代刘向《说苑》中所记载的“榜人之女”唱的《越人歌》。因此，明末清初的文人记述，把传说生于唐代且所谓“淹通经史”的刘三妹，说成是岭南“始创歌之人”，是向百越族群的后裔壮、瑶诸民族传授歌谣的“歌仙”。这只不过是后人所编的故事，并不可能真实地反映粤地各族民歌产生的悠久渊源。譬如，“粤俗好歌”乃“越人尚歌”之风习的继承和发扬；而作为古越人的后裔之一的壮族，也就并非于唐代才依刘三妹的歌式唱歌。这个史实，我们在第一章的《壮歌与“越人歌”的关系》中已作了阐述。当然，歌仙刘三妹故事的出现，自有其特定的历史条件、文化背景及社会意义，尤其是与“歌圩”的形成和发展，有着密切的关系。但这是流而不是源。

群聚对歌，是歌圩活动的固有形式和鲜明特征。在所有刘三姐故事的记述及民间传说，都以刘三姐对歌的情节和场面为中心来开展。其中，有刘三姐与一少年或秀才对歌三日或七日而化石的，有刘三姐巧对三秀才而使之羞败而覆船的；有刘三姐以对歌招婿而使求婚者结舌叹惜的；有刘三姐面对众歌者的盘问而对答如流的，等等。同时，凡是有刘三姐故事流传的地方，几乎都有刘三姐对歌的风物遗址。而其对歌的形式和情致，在近现代的歌圩中仍然如故。这也使刘三姐故事所反映的歌圩活动的主要形式和特征，具有相对的稳定性，并成为一种民族传统的文化活动和审美形式而世代传承。

还值得我们注意的是，在各地传说刘三姐对歌或仙化的遗址中，大多是一些岩洞。例如：广西的柳州鱼峰山鲤鱼岩，玉林水月岩附近的刘仙岩，容县马鞍石下的刘三岩，宜山的白龙洞，鹿寨洛容镇的高岩，融水的老君洞，桂林的七星岩，广东的丰开开建的水石岩，罗定的罗定州清岩，阳春的春湾铜石岩（又称“通真岩”），等等。这一现象，自然与前述的古代南方民族（包括壮族的先民俚、僚）“以岩穴为居止”、“巢居岩处”的历史生活遗址有关。同时，与他们古时群聚歌唱活动的地点也确有密切关系。如在广西壮族地区，靖西一带从前把赶歌圩叫“出岩洞”；大新叫“相爱洞”；而田阳的春晓岩歌圩在右江一带更是远近闻名；柳州鱼峰山鲤鱼岩下的八月十五歌会，至今仍久盛不衰，并自古有歌唱道：

唱歌好，唱歌好，唱歌好耍又得玩，

不信你看刘三姐，唱歌得坐鲤鱼岩。

这些都在很大程度上表明，古时的歌圩活动，是在人们曾经穴居的特定岩洞中或洞外举行。各地刘三姐传说中的对歌岩遗址，可能就是古时人们曾经聚会唱歌的场所。故有不少岩洞至今仍为人们向往的游览胜地，或为传统的歌圩场地。它既为刘三姐故事的生动性增添了传奇的色彩，亦成为悠久斑斓的民族歌唱生活的历史见证。

刘三姐形象的产生是歌圩发展到成熟阶段的标志，还可以从刘三姐传说产生的时代、歌唱形式及其生涯遭遇等方面来加以印证。歌圩中，又产生了大量的新歌谣。大多数的传说都把刘三姐（妹）说成唐代人。刘三姐虽不是真有其人，但据此推断其故事产生于唐代，这是有文史资料可考证的。如广东阳春县春湾铜石岩内存有石刻："乾化乙亥重阳日刘仙三姐歌台"。而"乾化乙亥"即五代十国后梁乾化五年（915）。据《阳春县志》卷一载："铜石岩一名通真岩，在城北八十里思良都，岩有五室，高三、四丈，深广丈余，相传唐时刘三妹于此飞升，歌台故迹在焉。"所传刘三姐（妹）生活年代亦与石刻相符。因唐代三百年，五代十国仅五十余年，故史称唐五代。而当时岭南歌风已盛，从五代孙光宪作的一首《菩萨蛮》词句中亦可见一斑："木棉花映丛祠小，越禽声里春光晓。铜鼓与蛮歌，南人赛事多。"为此，唐五代有"歌台"出现亦是很自然的，说明一种从"娱神"歌舞活动分化出来，并以"娱人"对歌为主体的群体歌唱形式已经形成，且具有一定的规模。这种对歌的风范，我们还可以从宋人周去非《岭外代答》所载看到它的风貌：男女"迭歌相和"，"皆临机自撰，不肯蹈袭，其间仍有绝佳者"。显然，宋代的此般唱和风习亦并非一时而生就，当与唐五代"刘三妹歌台"一类歌唱形式有承袭关系。其时对歌暨兴，善歌者随之涌现，超群者被誉为"歌仙"。于是，各地有慕名而在会期前来听歌习歌的，有延请其前去教歌传歌的，或专程约其唱和比试的，有关善歌者的各种轶事传闻也应运而生。由此前后印证和推断，刘三姐（妹）故事产生于唐代是可信的。唐代是我国文化鼎盛时期，民间歌谣也在此时得到进一步丰富和发展。

再从流传下来的刘三姐式的岭南民歌来看，大都是七言四句体的歌式，这与唐代兴起和盛行的七言体民歌，有密切的关系。唐代是我国历史上一个经济发展和强盛统一的封建帝国。唐初至开元天宝年间曾出现了空前的经济繁荣和文化发达的局面，也产生了我国诗歌创作的黄金时代，李杜等"诗仙""诗圣"辈出。同时，民间用于信口吟唱的民歌、山歌亦有很大的发展，并且，由汉魏时期的"子夜歌"等的五言四句形式，转为七言四句体的"竹枝歌”（亦称“竹枝词”或“山歌”）。这是随着经济文化的繁荣发展，社会生活日趋多样化，语言词汇不断丰富，并用于歌唱形式以抒发对复杂的生活感受的结果。从而，七言四句体竹枝词（即山歌），遂成为唐代民歌的代表性形式。

“唐朝的竹枝词和柳枝词之类，原都是无名氏的创作，经文人的采录和润色之后，留传下来的。”从刘禹锡的仿作《竹枝词》中，可看到它的面貌，并从其“小引”中，亦窥见民间竹枝词歌唱的原始形态：

四方之歌，异音而同乐。岁正月，余来建平，里中儿联歌竹枝，吹短笛击鼓以赴节。歌者扬袂睢舞，以曲多为贤。聆其音，中黄中之羽。卒章激讦如吴声，虽伧停不可分而含思宛转。有淇澳之艳……

由此可见，这类竹枝歌传说为节庆时的群儿联唱，以歌多为优胜，具有赛歌的性质，表现为一种群体歌舞形式，又类似《诗经》中的“关睢”、“淇奥（澳）”之风，有情歌的特点。而这种少年男女社交活动的恒歌酣舞，往往是在祭祀之后进行，“邪巫击鼓以为溪祭，男女皆唱竹枝歌”。

歌仙刘三妹传说在唐代的出现，反映了当时岭南的不忿地区或在一定的场合里，群体歌唱活动——类似《竹枝词》“小引”说的“里中儿联歌竹枝”那样，已开始从祭祀仪俗中分化出来。同时，亦以“曲多者为贤”，著名的歌手、歌师临场竞唱，而以像刘三姐（妹）与白鹤少年酣唱那样的对歌形式为主体，开展唱歌为戏，以歌连情或比试歌才等活动。这也就是歌圩开始成熟的表现。并且，歌唱形式，也出现了三字头加三句七言为一首和七言四句体的新形式。前者可能就像《粤风》存辑的由三言加五言交替四句为一首的《良歌》发展而来，后者由五言四句体的《僮歌》发展而来。而这显然又是与唐代开创和盛行并占主导形式的七言四句体民歌，是相应相承的。

第四节　歌圩流变及其内容

作为歌谣载体之一的壮族歌圩不断促进歌谣的发展，故有必要对歌圩流变状况及内容作些探索。

有人说：“文化是不断流动的，永远从高处流向低处，从民族文化汇流成为多民族的区域文化，从单元文化汇流成为多元的全世界人类文化。"① 现代工艺文明正以其锐不可当的势头席卷全球各个角落，经济日渐一体化，大众文化方兴未艾，传统文化也面临着全面的转型。作为封闭自足的壮族农业社会模式的歌圩，也由于壮族社会的变革而发生新的变化。这种演变才刚刚开始，还远未能定型，因此现在来谈规律似乎显得为时过早。但是，不可避免的工业现代化大趋势已经为各种文化的发展规定了内在的逻辑指向。这让我们可以在这种大背景的观照下大致把握歌圩的发展脉络。具体来说，这种发展为多层次的存在、多向度的流动、多渠道的传承、多样化的功能等四个方面的内容。

（一）多层次的存在

进入20世纪90年代以后，民间文化的复兴和大众文化的崛起使我国的社会文化日益呈现多元化。这也意味着，经过"文革"后十多年的思想解放和社会分化，中国文化进入了精英文化、大众文化和民间文化的三分格局②。这种分层格局，也同样辐射到了壮族歌圩文化。千百年来，歌圩文化一直植根于壮族民间，和土地、劳动着的壮人、和悲欢离合着的壮人、和婚丧娶嫁的壮人在一起，用它最质朴的形式，表达最真诚的情怀。各方游客来过，只把这作为旅途中最动人的风景；文人墨客来过，也只把这作为滋润笔端最美妙的题材。歌圩一直在本乡本土中默默的生存，供人们自娱自乐，任歌潮自潮自落。刘三姐传歌，足迹遍及汉地、瑶山、侗寨，却从没有离开原汁原味的土地。如今，当壮族人走出村寨，当现代化的气息渗入壮家的角落时，歌圩也在不知不觉中走出去了。它从乡村走向城镇，从本乡本族的土壤走向更广阔的社会空间，呈现了多层次、多韵味的人文景观。

在中国，民间文化是在乡土社会定型的，它既是广大农民的精神产物，也是他们的精神伴侣。歌圩之于壮族人民也是这样的。传统上，壮族人民居住在山间谷地中，平时忙于劳作，和亲朋好友相会的机会很少，于是圩市成了他们最主要的交际和娱乐场所。每年的歌圩日，更是全民娱乐的节日——这一天，人们以歌传情，年轻人交新朋，老年人会故交。但"文革"中，在主流意识建设一体化文化的形势下，歌圩和其他民间文化形式一起，成了被抹杀、被禁止的对象。尽管当时还有人私下偷偷的唱山歌，但作为一种文化

① 周有光：《现代文化的冲击波斯湾文化的流动规律》，生活·读书·新知三联书店2000年版。

② 高丙中：《居住在文化空间里》，中山大学出版社1999年版。

形态的歌圩，实际上在一段相当长的时间内被生生剥离了其生存的土壤而濒临灭亡——传统被人为的中断了。当思想得以解放，文化环境相对宽松时，壮族人民凭着对历史的记忆恢复了歌圩的传统。这时候的社会环境，与传统歌圩时代已大不一样了。随着国家改革开放和现代化建设，壮族社会也不断开放和发展，进入了由传统农业社会向现代工业社会转型的阶段。曾经在农业社会中与全体壮族人民生死相伴的山歌，实际上已经逐渐成为少数人的专利，成为壮族传统文化的精华。

在广西各地（尤其是壮族地区）的城镇，人们很容易看到这样一幅图景：在城镇的喧嚣中，一些中老年人聚在一起唱着山歌，似乎忘了身处何处。在百色市，每个周六上午，后龙山纪念碑前都有这样的歌会，歌手主要是本地的居民和附近村寨的农民，人数多在三五十人左右。在城市的另一端——白色矿务局，则每天晚上都有这样的聚会，歌手也是一些单位里的退休工人。大化县也不知从什么时候起就有了这种歌会——周末晚上在电影广场上，.会有一些老人聚在一起唱山歌。像这样的歌会，在广西宜山、柳州、靖西、德保、河池等地都有。人们唱山歌时，完全是为了自娱自乐，不在乎有没有人听。

这是歌圩在大众文化背景下的新发展，体现了传统歌圩文化与现代都市生活的结合。它与大众文化、尤其是都市休闲文化的兴起有密切的关系。大众文化“统指工业制造的文化，主要是指由电视、广播、广告、流行刊物等大众传播媒介传播的文化”①，它是通俗的、短暂的、也是可消费的②。其中，休闲文化是人们在物质生活得到一定程度保证后对精神生活的一种追求——越来越多的人以各种方式提高自己的精神生活质量。在工作之余，人们阅读、看电视、唱歌、跳舞、运动、旅游——于是，作为壮族民间文化精华的歌圩文化很自然的走进了城镇的特定人群中。具体来说，主要由以下两种情况：

一是一部分人从乡下搬到城里，把本土的山歌文化也带去了。如广西山歌擂台赛歌王之一、来自河池市的刘菊鲜、郭桂英，多年前从乡下到城市做生意，由于爱好山歌，平时经常和其他歌手在一起对歌、切磋歌艺。靖西县三叠岭某企业招聘了一些来自农村、善唱山歌的工人，这些人平时不仅会聚在一起唱歌，还常以企业的名义参加县里的历次山歌赛。像这样的情况在广西各地都有，它事实上是与壮族乡村社会不断开放同步的。

---

① 聂振斌等:《艺术化生存——中西审美文化比较》，第408页。

② 高丙中:《居住在文化的空间里》，第203页。

二是一部分老年人年轻时深受歌圩文化濡染，现在离开了工作岗位，也不用再忧心生计，可以有比较多的时间来唱山歌。在德保县，笔者见到六位老年女歌手，她们原来是县里各中小学的老师，过去忙于工作没有时间聚在一起唱山歌。现在，退休了，就经常一起参加歌圩活动，甚至在靖西县的一些歌赛、歌会上也常见到她们的身影。靖西县人民公园门口经常有一些老人聚会唱歌，他们中有相当一部分人来自附近的农村。

文化的种流动不仅指一种时间进程，也包括空间上的相互渗透。从文化的格局来看，民间文化处在最底层，它“在现代社会里是受精英文化和大众文化左右的”①。歌圩是一种民间文化形式，同样也面对着这样的境遇。如果说在大众文化影响下的城镇山歌会表现为一种自然状态，那么，经精英文化和主流意识倡导的当代歌圩——各种歌节、文化节，则是为实现某种实用功利，具有鲜明的时代特点。它一方面把歌圩文化纳入到更为广阔的社会空间，承担了相应的社会责任，另一方面也使歌圩文化离原生态越来越远。其中，最典型的要数南宁国际民歌节。

南宁国际民歌节“是南宁植根于广西这片浩瀚‘歌海’，着眼于弘扬民族优秀文化，树立城市美好形象，促进经济社会文化全面发展而举办的大型节庆活动”②，是壮族歌圩文化在当代的演变和拓展。1982 年，区政府决定以每年农历三月三为壮族传统歌节。从 1993 年，区人民政府，决定在三月三歌节基础上举办“广西国际民歌节”，到 1998 年，分别在南宁、柳州、桂林举办了六届。1999 年，将歌节更名为南宁国际民歌节，每年由南宁市政府举办。当年，南宁歌节就以开幕式大型晚会《大地飞歌》打出自己的名气。2000 年，歌节举行期间，也同时举办了广西贸易洽谈会（简称贸洽会）和中国第九届金鸡百花电影节，受到中外嘉宾的好评。2001 年的南宁国际民歌节于 11 月 11 日至 13 日举行，与之捆绑举行的有第五届中国戏剧节、第十一届孔雀奖少数民族声乐大赛、广西贸易洽谈会（合称“两节”“一赛”“一会”）以及南宁国际美食节。在活动期间，有来自国内外的两千多名演职员参加了各种文艺演出活动，“绿城欢歌”系列文化活动使南宁成了歌的海洋，经贸洽谈会吸引了国内六千多嘉宾，其中有五个国家组团参加了这一活动。国际民歌节“是集文化、经贸、旅游于一体的大型节庆活动”，“以鲜明的国际性、民

---

① 高丙中：《居住在文化的空间里》，第 206 页。

② 引自《民歌的盛会欢乐的海洋》，见南宁国际民歌节网站：http \ www. nnsong. com.

族性和现代性"① 对人们的文化视野和审美心理造成巨大的冲击，影响极为深远。并形成了自己的文化品牌，成为外界了解广西、了解南宁的重要窗口，被誉为南宁递给世界的“最美丽的名片”。

在这张“美丽的名片”上，有作为民族文化重要组成部分的民族音乐、民族舞蹈、民族服饰、民族饮食习惯、民族礼仪习俗等内容，也有极具现代色彩的各种文化娱乐、招商引资、科技交流等活动，可谓内容丰富、形式多样。歌节以突出民族性、现代性、国际性为旨归，不仅组织了中华民间歌手大赛、广西歌王擂台赛等富有乡土气息的民族传统文化活动，还“通过民歌新唱等形式，激活了民族文化传统中积极强健的基因，使民歌显现出现代美”②，为歌节注入了更多的现代气息。可以说，民歌节在最大限度上满足了各方面的要求。从民众的角度来说，民歌节是群众性文化活动的集合地，使人们得到了审美、娱乐等方面的体验；从主办者的角度来说，它的收益是更是惊人的——“三届民歌节共引资140亿”，扩大了南宁市的知名度，“对南宁城市建设的推动更加明显”。总之，南宁国际民歌艺术节确实取得了很大的经济效益和社会效益。

（二）多向度的流动

歌圩就像一条河，永远在不停地流动。当代歌圩文化以融合传统文化与现代文明为旨归，既指向过去，更指向未来，呈现了多向度的流动形态。

1. 从民族民间的口承化到人类的精英艺术

在历史上，壮族是一个全民歌唱的民族，有关史书记载：“（其）风俗喜欢唱歌。他们的男女撮合多在春秋佳日聚众欢歌的时候。”③ “女及笄，于春时三五为伴于山椒水湄歌唱为乐，少男群歌和之竟日。”④ 在传统农业社会中，壮族人民以歌敬神，以歌为媒，以歌作乐，用山歌代替语言，交流思想，表达感情，形成了思维歌化，言语歌化的习惯。但从区域来看，广西东部和西部的情况是不尽相同的。桂东壮族社会由于经济发展较快，歌圩文化保存得并不完善，西部则一直到20世纪80年代还能看到全民歌唱的独特人文景观。

但随着桂西壮族农业社会由封闭走向开放，歌圩文化由全民性向精英转

① 李妍：《从南宁国际民歌艺术节探讨当前民族文化活动的特点及走向》，载《广西民族研究》，2001年第3期。

② 引自王杰《使民歌显示现代美》，载于南宁国际民歌节网站：http \ www. nnsong. com.

③ 徐松石：《粤江流域人民史》，转引自《壮族历代史料荟萃》，第106页。

④ 见于《小方壶斋地丛钞》，转引自《壮族历代史料荟萃》，第93页。

化的进程也在加剧。如今，即使在桂西壮乡，也已经不容易见到人们沿途唱和、隔山呼应的动人场景了。人们似乎变得矜持起来，除了山歌比赛和婚礼、迁居等仪式之处，平时一般不肯轻易开口。当然，这时上台的也多是十里挑一，百里挑一的好手——他们实际上已经承担了弘扬壮族歌唱文化的重任，成了壮族民间文化的精英分子。

2. 从边辟的乡村民俗到都市的文明基因

壮族歌圩是一种重要的民俗事象，也是壮族及其先民爱歌善唱心理积淀和集中无仪式的结晶，它早已成为渗透于壮族社会的独特的文化模式，与社会的发展变化同呼吸、共命运。因此，当其生存环境发生改变时，适应这种变化当是必然的选择。顺应城市化这一现代文明发展的方向，壮族社会也日益开放，不仅壮乡人开始走出村寨，接受现代都市文化的熏陶，作为壮族传统文化的歌圩也开始走出村寨，渗透到都市生活中，与现代文化发生一定程度的良性互动。在与现代生活的碰撞和对接中，歌圩找到了流变的契机：一、对爱歌善唱的壮乡人来说歌唱是愉情悦性的主要方式；二、以歌为灵魂的歌圩文化在民族现代化建设的进程中具有特殊的功能。这样，歌圩文化就进入了都市文化的视野。城镇中的各种歌会由政府主办的文化节、歌节，秉承了壮族歌圩文化以歌传情、以歌会友的灵魂，主动适应当代社会生活。其中，歌会具有明显的自发性，它是在大众文化背景下特定人群自发地聚合，以满足歌唱个体的精神需要为主要目的；各种歌节、文化节则体现为主体的自觉操作，主要服从于特定的经济目的，因而具有较强的现实功利性。

3. 从族际走向国际

历史上，每逢歌圩季节，前来赶圩的不仅是壮族群众，还有不少汉、苗、瑶、侗等民族的人民。他们和壮族人民一样听歌赏歌，以歌交情，以歌会友。在传说中歌仙刘三姐传歌的足迹不仅仅在壮乡，还遍及侗寨、苗岭、瑶山及汉族村镇。至今，这些民族的人民还一直把刘三姐视为本民族的歌仙、山歌鼻祖。继承了刘三姐的歌唱传统，壮族人民不仅唱壮歌（西南官话），而且用歌与各族群众交流。2001 年南宁国际民歌节的山歌擂台赛上，来自桂北瑶山的歌手和壮族歌手同台竞歌，不相上下，一起获得歌王称号。可以说，壮族歌圩很早就走出了本民族的视野，成为与周边各民族联系的纽带。

（三）多渠道多媒体的传承

壮族歌圩“就其中的歌唱而言，它不仅是男女青年抒发情感的重要方式，而且还是广大群众满足他们在求知、教育、审美等精神生活方面的需要的传统活动"①，是壮族民间文学（尤其是诗歌文学）创作、保存、传播的园地。

人类通过学习而保存、传播文化。在传统社会，这种学习主要是通过口口相传和行为模仿。歌圩文化的传承靠的也是这样一种方式。人们通过口传学会了歌唱技艺，通过世代相沿成习的模式继承了歌圩日聚会唱歌的传统。但是，以对歌为核心的歌圩网点远不只是每年的一两个日子的对唱，还指壮族人民世代相承的以歌代言、生活歌化、歌唱社会化的生存模式。这些，同样需要传承。但由于壮族历史上自己没有形成统一的文字，只能在有限的范围内的一种汉字的偏旁部首创作而成的土俗字，因此，除了口口相传和行为习得之外，有关壮族歌圩模式的记载主要见于历代的一些汉文史料中。可以说，传统中歌圩文化的传承途径是非常单一的。进入现代社会，人类文明、尤其是科学技术的发展，使壮族传统文化的传承可以通过多种途径来实现。

一是文字记载。在文字上对于歌圩文化进行详尽记载是新中国成立以来的事。目前，从上到下，从研究人员到基层群众，都往往通过文字把歌圩活动记录下来。这种记录，既有关于歌唱过程的，也有关于整个歌圩日活动情况的记录；既有对一般活动的原始描述，也有深入的分析研究。特别值得说明的是，人们现在还可以用壮族自己的文字进行记录——壮文版的《三月三》杂志自从创刊之日起，就用拼音壮文在"情歌集锦"、"壮乡歌台"、"歌海撷英"等栏目中登载了大量的山歌。

二是音像传播。现代科技的发展给歌圩文化的传承提供了更便捷的手段。目前借助的音像手段主要有拍照、录音和录像。在一次歌圩活动中，人们可以通过录音把现场的对歌永久地保存下来，拿回家慢慢欣赏。

三是艺术创作。通过艺术创作传承的歌圩文化，更注重其精神内涵的传达。20 世纪 60 年代，电影《刘三姐》在国内外引起了强烈的反响，人们通过它了解了歌圩，了解了壮族。这是通过现代艺术形式表现歌圩文化的成功范例。现在，人们可以通过戏剧、影视、舞蹈、音乐等种种艺术手段，再现歌圩活动的情况，表达歌唱文化的深沉韵致，表现壮族社会的历史进程。由于艺术表达方式的多样化，强化了歌圩文化影响的深度和广度，使其成为可以满足不同阶层、不同层次人们精神需求的一种文化资源。

（四）多样化的功能

歌圩是一种综合性的文化现象，从其产生之日起，就在实践着娱乐世俗

---

① 潘其旭：《壮族歌圩研究》，第 233 页。

人生的功能。但在不同的历史时期，它的具体功能是不相同的。最初的歌圩有祭祀神鬼的功能，现在还流行于广西东兰、天峨等地每年正月祭祀青蛙女神的活动和流行于靖西一带每年八月十五请月娘的活动都说明了这一点。但随着壮族社会的发展，歌圩的宗教意味日益淡化，其世俗化的趋势越来越明显。在传统的壮族农业社会，歌圩主要是青年男女交际择偶的场所，他们通过歌声表达感情，加强交往，最后实现婚配。进入二十世纪后十年，歌圩的祭祀娱神功能更加淡化，倚歌择偶的功能也日益衰退。在世俗化的过程中，其服务社会和经济的功能则越来越明显。

一是以歌传情会友。对壮族民众来说，歌圩一直是他们实现社会交往的主要场合，传情会友也是对歌活动的固有功能。当下以歌传情、以歌会友的功能已被注入了新的内涵。在乡村的歌圩上，人们还会唱情歌，但主要是表达一种旧日情怀——用一个基层文化工作者的话来说是“温旧情”，以恋爱为目的对歌已经非常少了。

二是服务于社会和经济。对南宁国际民歌节的主办者来说，传情也罢，会友也罢，目的就是一个，扩大南宁的影响，发展南宁的经济——歌圩这种服务社会和经济的功能在改革开放以来日益明显。在乡村歌圩日，人们的经贸活动总是比平时红火。因此，当全民歌唱活动衰落时，一些地方往往通过举行歌赛来“暖圩”，吸引大家前来参与。目前，在广西各地如雨后春笋般的大小歌节和文化节，就是想充分利用本土的文化优势，来吸引住世人的目光。这种做法确实起到了一定的效果。南宁国际民歌节举办三年来，引入外资140亿元（人民币），城市面貌发生了很大的变化，城市知名度也得到提高。①

三是娱乐大众的功能。无论歌圩活动能产生多大的社会和经济效益，落实到个人时，最突出的还是文化娱乐。对传统的壮族社会来说，歌圩是主要的文化集散地和休闲娱乐场所。在其中，歌者以歌抒情言志，获得了身心的愉悦，听者则可以在欣赏品评中获得快感——现代社会中，人们休闲娱乐的方式多了，但对于歌圩场上长大的人们来说，山歌还是最好的娱乐。在远离经济中心、交通不便的壮族地区，歌圩也还是壮族群众重要的交际和娱乐场所，因此，歌圩日的圩市，往往是人山人海，非常热闹。在城镇，自发的山歌会是人们、尤其是老年人休闲娱乐的一种方式，人们在其间自娱自乐，获得了精神上的享受。政府举办的各种歌节、文化节，除

---

① 见《普列汉诺夫哲学著作选集》第2卷，第322页。

了经济目的外，也有满足人们精神生活的考虑，是教育鼓动人们投入现代化建设的一个措施。①

这种流变体现了壮族社会多元文化共生的趋势，体现了文化本身从自发到自觉的演进过程，起着整合壮族社会的巨大作用。

① 参阅《八桂都市报》，2001 年 11 月 12 日 A4 版。

主要参考书目

农冠品主编：《中国歌谣集成广西卷》，中国社会科学出版社 1992 年版。

吴超刊授讲义：《歌谣学概论》，1984 年 3 月。

张紫晨著：《歌谣小史》，福建人民出版社 1982 年版。

吴同瑞、王文宝、段宝林编：《中国俗文学概论》，北京大学出版社 1997 年版。

段宝林、过伟编：《民间诗律》，北京大学出版社 1987 年版。

段宝林、过伟、刘琦主编：《中外民间诗律》，北京大学出版社 1991 年版。

段宝林、过伟、刘琦主编：《古今民间诗律》，北京大学出版社 1999 年版。

潘其旭著：《壮族歌圩研究》，广西人民出版社 1991 年版。

《歌谣》周刊合订本第一、二、三卷，北大国学研究所国学门歌谣研究会出版（1922 年），中国民间文艺出版社复版（1985 年）。

黄勇刹著：《采风的脚印》，中国民间文艺出版社 1983 年版。

黄勇刹著：《歌海漫记》，广西人民出版社 1981 年版。

黄勇刹著：《壮族歌谣概论》，广西民族出版社 1983 年版。

欧阳若修等编著：《壮族文学史》，广西人民出版社 1986 年版。

中国民间文艺研究会甘肃分会编印：《花儿论集》，1983 年版。

韩燕如、郭超著：《爬山歌论稿》，内蒙古人民出版社 1983 年版。

胡怀琛著：《中国民歌研究》，商务印书馆版 1935 年版。

（苏）尼. 皮克萨诺夫著，林陵水夫刘锡诚译：《高尔基与民间文学》，中国民间文艺出版社 1980 年版。

王克文著：《陕北民歌艺术初探》，中国民间文艺出版社 1986 年版。

天鹰著：《论吴歌及其他》，上海文艺出版社 1985 年版。

李惠芳著：《民间文学的艺术美》，武汉大学出版社 1986 年版。

黄勇刹、陆里、蓝鸿恩主编：广西民间文学资料集《广西歌圩的歌》广西壮族自治区民间文学研究会编印，1980年10月。

朱介凡著：《中国歌谣论》，台湾中华书局印行。

田哲益著：《台湾原住民族歌谣与舞蹈》，武陵出版有限公司2002年版。

胡才甫著：《诗体释例》，中华书局1937年版。

《吴歌小史》，见《歌谣》周刊第2卷第23期。

《古逸丛书》旧钞本影印第十二、十四卷。

贾芝、孙剑冰编：《中国民间故事》第1集，中国民间文艺出版社1983年版。

张紫晨、李岳南编：《北京的传说》。

《吴歌新集》（内部资料），苏州市文学艺术界联合会编印。

《民间文艺集刊》第3集，上海文艺出版社1982年版。

台湾《云林县闽南歌谣集》（二）。

《台湾风俗志》，众文图书公司（台湾）印行。

金荣华编：《桃竹苗地区民间故事》，台湾中国吕传文学学会印行。

钟敬文主编：《民间文学概论》，上海文艺出版社1980年版。

朱介凡著：《中国歌谣论》，台湾纯文学出版社出版发行。

朱介凡著：《中国儿歌》，台湾纯文学出版社出版发行。

《关于战争与和平问题的报告》，见《列宁选集》第3卷，人民出版社1960年版。

武玉潘著：《越南俗语、歌谣、民歌》，越南社会科学出版社1990年版。

农学冠著：《岭南神话解读·壮族歌圩的源流》，广西民族出版社。

黄秉生著：《歌圩与壮族的审美意识》，载《广西民族学院学报（社哲版）》1986年第1期。

恩格斯：《家庭、私有制和国家的起源》，《马克思恩格斯选集》第4卷，第2页。

马林诺夫斯基《文化论》，华夏出版社2002年月1月。

廖明君著：《壮族生殖崇拜文化》，广西人民出版社1995年版。

张明君著：《神秘的节俗》。

万建中著：《中国古代的性爱节日——“仲春之会”的形成及衍化》，载《东方从刊》，1995年第2辑。

陈驹：《壮族“三月三”歌节探源》，载《广西民间文学从刊》第6辑，1983年。

刘锡蕃：《岭表纪蛮》第十八章第一节。

《刘三姐传说试论》，载《钟敬文民俗学论集》，上海文艺出版社。

潘春见著：《歌圩源流》，载《广西民族研究院》，1995 年第 4 期。

周有光著：《现代文化的冲击波斯湾文化的流动规律》，生活·读书·新知三联书店 2000 年版。

高丙中著：《居住在文化空间里》，中山大学出版社 1999 年版。

聂振斌等著：《艺术化生存——中西审美文化比较》。

《民歌的盛会欢乐的海洋》，见南宁国际民歌节网站：http \ www. nnsong. com

李妍：《从南宁国际民歌艺术节探讨当前民族文化活动的特点及走向》，载《广西民族研究》，2001 年第 3 期。

王杰：《使民歌显示现代美》，载于南宁国际民歌节网站：http \ www. nnsong. com

徐松石：《粤江流域人民史》，转引自《壮族历代史料荟萃》。

《小方壶斋地丛钞》，转引自《壮族历代史料荟萃》。